蒋子龙文集

龙志亚 题

第11卷

恨郎不狼

人民文学出版社

前　言

　　大约是三十多年前了,《文汇报》自"文革"结束后率先恢复副刊,主编向我约稿。我写了《小人效应》一文,主编怕出事,把它放在报纸上最不起眼的一个下角。然而还是被《光明日报》的一位大记者看到了,他立即复印了二十六份,到各个办公室散发……

　　今天我翻阅自己在使用电脑前写的一堆杂文剪报,最强烈的感受是惊叹社会已经由惧怕杂文变得无比之"杂"了! 正如我以前在一篇谈杂文的文章里所说过的:"当今世界似乎进入了一个杂文时代,这并不是说当今世界要捧杂文了,而是指世界本身变成了杂文。"到处都有"投枪和匕首",经常发生让人警醒和刺痛的事件。层出不穷的灾祸和事端,算不算是送给这个时代的一篇篇杂文? 有些人或组织的所作所为,也是天天在世界各地写杂文。

　　没钱的杂,有钱的杂得更邪乎。世界杂,社会杂,政治杂,官场杂,生活杂,男女杂,人杂,事杂,心杂,情杂……现在的杂文即便累吐了血,也杂不过现实生活。不管是谁都有满肚子的杂感,杂文技法被大普及,谁都可以讲段子、作杂文,到处都是杂文化。

　　其实我并不能真正分清随笔和杂文的区别,因此,杂文卷里某些文章可能像随笔,而随笔卷里有些文章像杂文。比如我自小喜欢体育,在观看世界大型体育赛事时,随看随写了一些文章发表,像杂感,"杂"味儿于是多些,便收进了这本杂文卷。

蒋子龙

2012 年 7 月 20 日

目 录

1

小人效应

何谓小人？《现代汉语词典》里解释为："品格卑鄙的人。如，'小人得志'。"可悲的是小人多"得志"。

"小人得志"成了一种社会现象，形成一种很大的破坏力。

小人能量大。一个很好的单位，有一两个小人泼命一搅，或到上级部门告恶状，或在下面公开捣乱，轻者使有功的变为有过，使好人变为灰溜溜心灰意懒的人，使好单位变为坏单位，人心涣散，效率大滑坡，由盈变亏，陷于不死不活。这还是轻的，重者能把一个好端端的人或企业毁掉……谁没见过或听过这种小人魔术？又有多少优秀分子没有被这种小人魔术伤害过？

不管人们喜不喜欢"人治"，都无法否认领导者的个人因素对一个单位的决定性影响。换上一个好头头就可能使一个坏单位"起死回生"，撤掉一个好头头就可能使一个好单位"落花流水"。连美国人约翰·奈斯比特都认为，个人的时代已经到来，承认个人的作用是"二十一世纪大趋势"的主线，"个人可以更加卓有成效地左右社会的改革"。

既然能靠"人治"，也就可以靠"人乱"。小人攻击的目标常常是那些对单位有"决定性影响"力的人物。对治理企业有方的人整治一下，企业还能不乱吗？

小人真有这么厉害？

是的，一个小人的破坏力往往能胜过成百上千个好人的建设力。挨过整的人都有过这样的感慨，到关键的时候，那些众多的他曾信赖的,同时也曾信任过他、支持过他、从他身上得到过好处的人,都帮不上他,听任一两个小人闹得天翻地覆。好人能背后着急,偷着说几句同情的话,就不错了。

好人怕惹事。而软弱会助长邪恶。使当代社会有形无形有意无意地纵容破坏力,不保护建设力。不仅一般老百姓怕惹事,相当多的领导干部也怕惹事。一出了事,不先怀疑告状的,不先责怪闹事的,总是先埋怨被告,一腔怒火先对老实人发。即便查清老实人是被冤枉的,也还是要说:"你惹他干什么?终究是无火不冒烟,他抓不着你一点影子也不敢乱告嘛!"真所谓"宁得罪君子,不得罪小人"。

先告状就沾光,所以恶人先告状。俗云神鬼怕恶,何况人乎?怕惹事就是怕小人。小人深知这一点,闹事之前先把领导困在自己的效应场里。早在许多年前,群众就为小人总结出一句话:"花上八分钱,够你忙半年。"现在打小报告的手法更先进了,意欲牵着领导鼻子走,先激怒领导,让他发脾气、讲话、做批示、成立调查组,闹得满城风雨,先祭起舆论的大刀砍杀一阵。不论将来调查结果如何,小人先胜了一招。

领导也好,舆论也好,总是对好人严,对小人宽。制度往往是整治那些遵守制度的人,而好人多不善于利用正确,小人却善于制造"运动",利用"运动"。他们"没有运动盼运动,不搞运动不会动"。他们相信,要使自己发达,最容易的办法就是让另外一些人倒霉。

不损害别人的人会经常受到损害,经常损害别人的人自己安全。正如癌细胞不怕好肉,好肉惧怕癌细胞一样。

小人效应对人们的精神构成了最大的毒害。说真话并不容易,说假话却并不困难,十个人叙说同一件事会说成十种样子。于是社会上真诚少了,歪理多了。

一件事有多少人参与就有多少道理,听谁的话都有理,唯独真诚没有理。小人正是利用社会的复杂,利用人们对坏事的好奇心,不断制造"轰动效应"。

好人说话做事讲究人格,自尊自重,受社会的约束,也受自己的约束。小人没有格儿,更没有自尊自重的负担,所以无拘无束,享受更多的自由,在以好人为主的社会上,小人无形中成了特殊的享受"优惠政策"的人。长此下去,不能不让人担忧,小人的队伍会逐渐扩大。

何况,小人还不一定就是小人物。

各个阶层都有小人——这也许就是为了维持人类的"生态平衡"。明眼人一看便懂,本文并不是在有意制造"小人恐怖"。

难讨公道

　　老马下狠心买了一个弹簧秤,放在口袋里,立刻觉得硬气多了,如同腰里掖了一把手枪。离休后他闲得难受,没事找事承揽了家里的采买任务。一来可以活动腿脚,延缓筋肉萎缩;二来和社会保持一点联系,看看、听听、说说,不至于与世隔绝,过早地丧失活力。然而,如今上街买东西是何等困难,上当受骗,买的东西不顺心,在外面受气,回到家受埋怨。特别是缺斤短两的事情经常发生,回到家后再发现已经晚了,回去找也说不清楚,反惹一肚子气,不值得。如今有了弹簧秤可便当多了,当场验证,随时都可讨得公道。

　　他相中了一挂香蕉,很漂亮,价格也合理。只是卖主长得神头鬼脸,不是个好惹的货。以往他买东西不但挑货,还要挑人,一看卖主不是善类,无论货多好也躲得远远的。老马摸摸口袋里的弹簧秤,如今有了它还怕他何来?何况小贩的柜台前还立着一个纸牌子,上写:"缺一两我是孙子!"这句广告词果然有效,他的摊位前围着一群挑选水果的人。

　　老马把自己挑好的香蕉递过去,小贩过了秤收了钱:"七块零五,就算七块。"他接过香蕉,从口袋里掏出自己的弹簧秤,用秤钩钩着香蕉把一称,少二两多。

　　"同志,分量不够哇!"

　　"你的秤不准。"小贩眼露凶光。

　　"我这是新秤,经国家验收合格,准予使用的。"

　　"我的秤是联合国批准的!你想要吗?"小贩一把抢过香蕉放到自己的货堆上,把七块钱摔给他。

"哎,你这是什么态度?"老马开始脸发白、手发抖。

"这是好的,你又想吃香蕉又怕花钱,跑到这儿来搅和我的买卖,老不死的!"

"你怎么骂人啊?"

"我骂你了,老不死的! 快滚开,别耽误我卖货。"

"你看看你自己写的牌子……"

"我的牌子怎么了?"

"缺一两你是孙子!"

"不错,缺二两我就是你爷爷!"

"你……你们大家给评评理……"老马感到眼发花,气发紧,他硬挺着不让自己摔倒。他指望大家会主持公道,替他说话。因为都是消费者,利益是一致的。给他的分量不够,给别人的分量也不会够。

但是没有一个人站出来说公道话,相反,倒有人向小贩讨好。他们也许怀着一种侥幸,认为经过这样一闹,小贩再给后边的人过秤时可能不会少给分量了……

老马摸摸索索地回到家就病倒了。家里人听完事情的原委,也没有去找小贩理论,找去也讨不回公道,只会再讨一肚子气。于是都埋怨他——

"首先你就不该带着弹簧秤去买东西。现在的市场是一个弹簧秤就能找到公平的吗? 你不是不吃不行吗? 不是不买不行吗? 既然如此,就自认吃亏倒霉。吃了许多大亏都认了,何必计较这些小亏呢? 吃亏是福,古人说得太对了。你买香蕉是为了润肠通便,不是为了惹气生病。为了二两香蕉弄成这个样子,岂不是更亏了!"

老马一摔弹簧秤:"闭嘴! 这还是共产党的天下,我不信就没有说理的地方。"

"你是老党员,就应该懂得共产党怕就怕认真二字。既然大家都怕认真,都不认真,你又何必脱离社会、脱离群众,认真给自己找病呢?"

老马闭上了眼睛,完了,老了,不认输不行了。从此他就很少出门了,说话也越来越少,形神日渐憔悴。

看日本人的流泪表演

前不久参加一个朋友举办的宴会,席上有一个日本老人,在不足两个小时的聚会中,两次把话题扯到日本侵华所犯的罪行上,躬身低头谢罪,然后摘下眼镜擦眼睛。有一大半在场的中国人都很感动,反过来倒劝解和安慰这位日本人,越发地把他待为上宾,说着恭维他和为他开脱的话,不停地为他斟酒布菜。

我不怀疑这个日本人的真诚和善意,却就是感到浑身有一种说不出的不舒服。任何一个民族总有一些好人和恶人,这个日本老者,应该说还算是日本好人圈里的一员。但日本的主流社会对侵华时期所犯下的罪恶,基本态度是百般狡辩,拒不认罪的。一九九八年底,中国人特别关注传媒爆炒的一条国际新闻:"在江泽民出访日本前夕,《日本经济新闻》和《朝日新闻》披露,日本政府已做出决定,在江泽民主席访日期间将发表的日中联合宣言中,日本将就侵华战争的历史问题明确在宣言中写入向中国人民'谢罪'的字样,代替此前的'反省'。这将是日本政府第一次向中国人民明确表示'谢罪'。"我将信将疑地等着看日本人公开"谢罪"。等来等去却等来了这样的报道:"当江泽民主席带着中国人民的良好愿望踏上日本的土地时,日本政府拒绝向中国人民作书面道歉。"

连"道歉"都拒绝,谈何"谢罪"——这就是日本。

这有人种上的原因,或者说是由民族特性决定的。泰戈尔说,蛮横和嗜武恰恰表现了一个民族的软弱和不自信。在日本人的性格里就有尚武好斗的一面,他们最著名的神话是《桃太郎》,讲一个从桃子里出生的英雄征伐鬼岛，打败岛上首领，把金银财宝全部掠夺一空的故事。还有另外两个神话英雄："一寸法师"和"五分次郎"，都是身高只有一寸和五分的"微型英雄"，却能以小胜大，凶狠好战。同是"二战"罪魁的德国，公开向世界人民谢罪的话不知说过多少遍，他们的前首相还曾在一个非常隆重的场合双膝跪倒，以谢天下，这不就看出民族的差异和心态、境界的不同了吗！

日本之所以对所犯罪行顽固抵赖，死不改悔，还有另一个原因：自恃是亚洲第一大经济强国，有恃无恐，心理上没有压力。他们历来崇拜强大和征服，岳建国先生在《对日本要有清醒的认识》一文中说："公元六六三年，日本军队在朝鲜半岛被中国唐朝军队打败后，马上派使者赴长安向唐王表示祝贺，并开始向中国学习。一百四十年前，美国海军准将佩利率强大的舰队强令日本开关，日本战不过，屈服了，随后还在佩利登陆处为其建纪念碑，又开始向美国学习。'二战'后美军占领日本，日本人马上称盟军司令麦克阿瑟为'恩人之帅'，并准备建纪念碑。"

世人早有共识，对死不改悔的恶人，要有法，要有惩治的力量。如果善者处于弱的地位，对于强大的恶势力，一味地迁就、感化、企盼、示爱，又怎么能奏效呢？试想，如果日本当年侵略的是美国，会允许它这样强横吗？如果我们现在强大如美国，它敢这样出尔反尔吗？于是我想到那些算是不错的日本人，到中国来鞠躬谢罪，磕头上坟，心里也有一点"根"——那就是相信我们一定会原谅他们，一定会对他们客客气气的，这是通过另一种形式表现出来的"有恃无恐"。一方面是日本政府的强硬不服罪；一方面是个别日本人的哭天抹泪，我们又为之感动、赞赏，这不是有点太尴尬了吗？

日本人谢罪有一种非常著名的方式——剖腹自杀。失败者向上司谢罪，激进者向政府抗议，或是对爱情和生活绝望的失意者，都喜欢采用这种自戕方式。我们从日本的历史书籍中和电影画面上看到的这种场面太多了，日本人似乎是很为自己的这种"剖腹精神"自豪的。为什么没有一个日本人用这种方法向中国人民谢罪呢？

我这样说并不是鼓励对侵华有悔罪的日本人都剖腹自杀。即使我肯这样鼓励，日本人也未必真的能被激出这样的勇气。我只是想提醒日本人和喜欢看日本人鞠躬流泪表演的中国人，不要把这种事情看得那么轻巧，特别是不能容忍怀着一种优越感表演"反省"。中国人更是千万不要让极少数日本人的"反省"表现，影响我们对日本总体倾向的判断，对日本的某些方面要学习，对他们的有些方面则需要严加警惕。

一九九九年三月四日的《报刊文摘》报道："到二〇〇三年，日本将发射四颗侦察卫星，将成为与美国并驾齐驱的侦察卫星大国。日本侦查卫星的主要任务是，监视世界热点地区的形势特别是军事形势的发展变化，亚太地区则是重中之重。中国从香港到北京的广大沿海地区，每天至少一次受到日本侦察卫星的地毯式侦照，台湾海峡两岸、北京、上海等大都市都将受到日本侦察卫星的特别关照……"日本是这样做的，我们又怎敢轻信他们"反省"之类的托辞？更不能相信个别善良日本人悔罪的眼泪会对整个日本的走势能有多少约束力。美国人鲁斯·本尼迪克特说："美国与之战斗的敌人中，日本人的脾气是最琢磨不透的。"新加坡前总理李光耀也说过："日本不是一个普通正常的国家，它很特别，有必要记住这一点。"我们更不该忘记的是，在近代一百多年里，中国接连吃了日本几次大亏。一八九四年，日本发动侵略中国的甲午战争，侵占台湾和澎湖列岛。一九三一年发动"九一八"事变，侵占中国东北。一九三七年，发动全面侵华战争……中国人始终是愿意和日本人民世代友好相处的。但不能光靠客客气气，还是应该以强大自己为上策。

名字的疯狂

古人云："黄帝正名百物。"世间凡是东西就都有自己的名儿，没有名儿的就不是东西。人是"万物之灵"，名字自然就尤为重要。

中国人历来对起名字非常讲究，名字是"名"和"字"的合称。如老子，姓李，名耳，字伯阳。韩非子说："夫立名号，所以为尊也。"当年秦始皇统一中国后，谋臣们先劝他给国家定名："今名号不更，无以称成功，传后世。"

可见名字对一个国家、一个朝代、一个家族乃至一个人是多么的重要。眼下到了做梦都想发财升官的年代，人们自然就更重视名字了。《说文解字》里解释：名，命也。现代顺口溜也说："不怕生坏命，就怕取坏名。"

所以，现代人为了给自己改个好名字，或者给子女起个好名字，真是绞尽脑汁，测八字，查生辰，翻词典，问先生……恨不得名字一诞生就万事大吉，功成名就，财源滚滚。

据报载，一对年轻的中国夫妇，出于一种复杂的心态给自己的儿子取名"万岁"。趁着现在没有人自称万岁也没有人喊万岁了，何不捷足先登把万岁这两个分量最重、意味无穷的字占住！但"万岁"没有喊多久，就遭到周围人和亲戚朋友的强烈嘲笑，后来简直就弄得无法让孩子见人，不得不重新给孩子改了个极其普通的名字。

心理学家的调查结果证实，父母在给孩子起名字的时候，会不期然显露出自己的本性，反映出他们自己的人生追求、价值判断、生命定位以及许多性格特征。美国的《读者文摘》也讲了一个类似的故事：巴西有个一直渴望当官却怎么也升不上去的小公务员,有了儿子后起名叫"部长"。他以为让儿子叫"部长"就真是部长了,想借儿子补偿自己的官场失意。

孰料儿子长大后不仅没有沾上"部长"这个名字的光,反而到处找不到工作。因为谁也不想雇个部长,成天"部长、部长"地喊着,叫外人一听到底谁大啊? 就这样,年轻人被耽误了前程,后来想改名字已经晚了。

他父亲到临死的时候安慰他说:"你没有什么可抱怨的,有那么多重要人物为当上部长争得汗流浃背,成天望着天空观察是否能福星高照。而你呢,却已经是部长了,你一直是部长,生下来就是! 这是你的权利,你不必依赖任何政府,可以永远是部长,一直到死!"说完,父子俩抱头痛哭。

有人说名字就是符号,叫什么都行。符号就是标志,这个标志可非同一般,要伴随你的一生。你有什么符号就吸引什么信息,在信息时代你有什么信息就会有什么命运。你不是部长叫"部长",不能万岁叫"万岁",以前叫"万岁"的人都死了,靠这个名字吸收到的不是长寿,而是一股腐朽和死亡的气息。再说既然是符号,名不符实,名实分离,生命永远处在分裂状态,这个人的生活能好得了吗?

起个普通的名字,通常反映了性格朴实、随和,容易融入社会。有人甚至还故意求俗,大俗大贵。如叫"狗剩",说不定更长寿;叫"铁蛋",会结实、健康。

名字起得深奥,是追求超凡脱俗,拒绝潮流,自视不俗,目标定得很高。

起个怪异的名字,体现了望子成龙的野心,希望子女将来能成为让人瞩目的焦点人物。

根据流行的时尚起名字,显示了赶时髦的癖好,通常会思想开通,善于交朋友……

总之,世界上没有人会对自己和子女的名字马大哈。外国人也一样,由于他们的名字更麻烦,写起来一长串,平时为了简便就把几个字头拉出来,以缩写代替。这一来不打紧,写一长串原名的时候是一种意思,缩写后容易变成另外一种意思。比如美国的前总统肯尼迪,全名是 JOHN F KENNEDY,缩写后就只是 JFK。

去年,美国行为医学会(其缩写是 SBM)第十九届年会上,专门讨论了"姓名和寿命的关系",详细研究了加州自一九六九至一九九五年的死亡者的死亡证明书。得出的结论是:"姓名缩写含贬义的男性,如:PIG(猪),BUM(屁股),UGH(呸),DIE(死),SAD(悲伤)等,比姓名缩写毫无意义(不好不坏)者平均短命二点八岁。而姓名缩写是褒义的男性,如:JOY(欢乐),LOV(爱),WIN(赢),WEL(健康),WOW(巨大成功),LIV(生活)等,比姓名缩写无意义的男性平均寿命又增长四点四八岁。

这就是说,姓名含褒义比姓名含贬义的男人平均要多活七点二八岁。

美国的行为医学专家们自然不是在搞迷信,他们把人的种族、性别、死亡之年、社会经济状况以及父母忽视等原因综合起来,仍然无法解释新研究的成果。报告说:"惊人的发现是,父母给孩子起的名字似乎可以改变孩子今后的死亡原因及时间。姓名缩写贬义者,不仅寿命较短,而且所患疾病的种类也更多,意外死亡发生率最高。"

这就是所谓"符号"的意义。

一个人的"符号"就是这个人的社会存在,有什么样的存在自然就有什么样的生活。以前孩子多的家庭顾不过来,有时就马马虎虎地随便给孩子安上个名字。也有个别人出于某种原因不喜欢自己的孩子,故意给孩子起个下贱的或出洋相的名字。现在生存竞争十分激烈,要个孩子不容易,金贵还金贵不过来呢,哪肯在名字上马虎!倒是应该防备金贵得过了头,想一"名"惊人反弄巧成拙。

现代人不仅给孩子起名字要花样翻新,拼命拔高,在给自己的公司和业务项目命名时也要云山雾罩,胡乱标榜。如歌舞厅要叫"富豪王"、"凤和凰";洗浴房起名叫"梦里水乡"、"重返伊甸园";住宅小区的名字就更邪乎了,什么"动感之都"、"情缘花园"、"钻石广场"、"金尊山庄"……甚至连饭馆的菜名都出现了"包二奶"——无非是用牛奶、羊奶烹制鲍鱼;"波黑战争"——菠菜炒黑木耳;"悄悄话"——就是凉拌猪腰子和猪耳朵……

——真是疯啦!如今疯狂也是时髦。

所以,要了解现代人和现代社会时尚无须太费事,只要留意一下周围五花八门的名字,就能知道个大概其了。

人民币上的味道

每一次拿到工资,我都要粗略地读一读人民币上的内容。也只有人民币上才有这么丰富的内容:这一张上油脂麻花,显然是从卖肉的人手里流通过,他们切完肉不擦手就摸钱,才使人民币这么黏腻腻充满肉感。或者人们刚抓完油条、吃完手扒肉、啃过猪蹄,就掏钱付账,用钱当擦手纸,从纸币上可以刮下一层油泥,可见人们的生活多么富足油腻。

这一张带着鱼腥味儿,上面还粘着一片干鱼鳞,我仿佛看见无数只手,抓完各种各样的鱼鳖虾蟹,湿漉漉地就把水产品的全部味道又印到了人民币上。这一张则皱皱巴巴从中间断开,它的前主人从报纸上撕下一条带着铅字的纸,又把两半糊在一起。说它不是钱吧,银行是把它当钱给了我。说它是钱吧,人民币本来的面孔被破坏了,至少中间那一条报纸不能算是钱。这样的钱接受容易,再把它流通出去就难了。

另一张掉了一个角儿,好像是前主人不忍撒手,恶狠狠地咬下一口留做纪念。还有的钱币上记了一串串数字,甚至还在上面演算过加减乘除。这说明有人挣钱很多,手、脚、脑加在一块也算不过来,身上又从来不带别的纸,或者带了也懒得拿出来,索性在人民币上演算,既方便,又是一种炫耀。

于是人民币被涂抹、揉搓得面目全非了,更委屈了印在上面的名人头像……总之,人民币在流通过程中的经历是丰富多彩的,每一张纸币似乎都有一串故事,最后失去了自己本来的面孔、应有的面孔,变得脏兮兮、滑腻腻、皱巴巴、灰突突,成了最脏的纸。难怪人们都爱钱却又喜欢说:"钱这种东西很脏!"你拿着一沓钱很容易就能闻出自由市场的味道、农贸市场的味道、骡马大市的味道、乡村集市的味道……一种经济活跃的味道。再仔细闻,还会闻出生活的其他味道,如烟鬼的味道、酒色财气的味道……

这是不爱人民币,还是太爱人民币了?我曾就此请教一个见多识广的人,他说从表面看,民间流通的货币没有比人民币更脏、破损率更高的了。如果说我们人多,流通快,倒手多,美元、英镑等货币世界通用,使用的人不比我们少。当然他们使用信用卡的人也多,那对货币是一种保护,更主要的还是人家对货币的尊重和爱护。

前不久,我路过香港,想买胶卷,见柜台上立一小牌,上写可以付人民币,便掏出一张五十元的人民币递过去,这张钱很干净、很新,只在边上裂开一个小口,售货员就拒收,我问她是只对人民币这么挑剔,还是对所有货币一视同仁?她讲不论什么钱,破损的或太脏的都不收。而这张钱回国后就很好用,于是我就开始注意各式各样的外币,果然未见破损或脏得太不像样子的,到换币处换来的钱几乎都是崭新的。

渐渐地我发现,即便同是人民币,在不同城市、不同地区,命运也不一样。在有的城市买东西找回的钱,要相对干净得多,比如深圳、大连。我想,钱不仅反映一个国家、一个地区的经济面貌和发达程度,还表达了当地的人文素质。

吃　醋

在一个著名的化妆品广告中有这样一句话："美丽的女孩有点酸！"原来，美离不开酸，美要有一点酸。酸即娇媚、泼俏、性感、放电……凡女人，没有不希望自己美的。那就要能酸、会酸，酸得恰到好处。一点不酸不行，但酸得太过也不行，太过就成了"酸溜溜"，使人倒牙。做女人的技巧就在于把握这种酸的程度，如同制醋过程中把握发酵的火候一样，即行话说的"发好了做醋，发不好酿酒"。

做醋需先把粮食酿成酒，由酒再做成醋。所以，凡会做醋的都能酿酒，会酿酒的却不一定能做醋。酸比辣更难。既然酸能酸出一种美来，在需要酸而自己又不酸的时候就要人为地制造一种酸，那便是吃醋。爱的特性是怀疑和轻信。连《犹太法典》里都说："没有妒忌的爱情不是真正的爱情。"妒忌是什么？妒忌就是吃醋，就是发酸。

如此看来，真正的爱情就要经常吃点小醋。于是，吃醋就成了世界上最绝对的一种感情。花花世界，女人吃醋，男人也发酸，大家一同大吃其醋，醋海兴波，酸不溜丢，不亦乐乎！故而历史上因为吃醋杀人，乃至发动了一场战争的事例层出不穷……

人活得好好的，爱得热乎乎，为什么非要自找苦吃——不，是自找酸吃，大发醋劲呢？这是生存的必须，是爱的必然。天地万物都存在于一种自然的平衡之中，即"阴阳协调，相生相克"。一年分为四季，就是大自然的一种调和。正如《周礼》上所说："春多酸，夏多苦，秋多辛，冬多咸。"自然界需要平衡，生态需要平衡，生命也需要平衡，一旦平衡打乱，轻者受伤害，重者被毁灭。不然天下已经有那么多好味道，为什么还非要发明醋这种酸物质呢？

许多年来，注重保健的人就一直在醋上大做文章。二十世纪八十年代之初，全国从南到北兴起一阵大喝"一号饮料"的热潮。传说此饮料最早是由中央机关为保健而发明的，故称"一号饮料"。其实就是往雪碧里兑醋。这毕竟有些麻烦，成本也较高，普通家庭难以长期坚持，于是就改成了"每饭一勺醋"。眼下最时髦的健身术是"每日三口：一口醋，一口芝麻油，一口葡萄酒"。现代人不管想出多少健身养生的绝招，总是离不开吃醋这个基本点。

但我长时间以来对醋都没有好印象，因为小时候的一次吃醋吃怕了。那是得了疟疾，怎么也治不好，人被折腾得走了形，后来母亲听来一个偏方，买来两根油条，倒了半碗醋，让我早晨起来倒坐在门槛上，吃一口油条喝一口醋。油条本来是我平时馋出口水也不能经常吃到的好东西，没想到跟醋混着一块吃就不是味儿了，比任何药汤子都更难下咽。母亲手拿笤帚疙瘩站在眼前，使我不敢糊弄……奇怪的是受过那次罪之后，疟疾果真好了。

醋发明于春秋时期，最早是当药用的。战国时代的名医扁鹊，就用醋"理诸药、消毒"。到明代医圣李时珍修撰《本草纲目》时，已经收录了二十多种用醋的药方。但现代人不得不吃醋，是因为入口的食物中碱性物质增多了。比如许多人每天都离不开的茶，就属于碱性。而人的身体本身必须维持酸碱平衡，才能和谐融洽，所以醋就成了必不可少的东西。

目前的科技手段能够检测出醋能杀菌、促进血液循环、提供人体所需的氨基酸。所以醋厂的职工爱说自己不感冒，得癌症的也很少。因为做醋和吃醋又不一样，他们天天泡在醋里，呼吸的是醋，眼睛看的是醋，鼻子闻的是醋，皮肤接触的是醋。冬天预防流行感冒的一个偏方，就是往铁锅里倒二两老醋，放在炉火上熬干，让空气中充满醋香，消毒灭菌。前些年"非典"肆虐，醋曾脱销一时，家家煮醋，酸气熏熏。

看来爱欲泛滥又注重养生的现代人，非得经常把自己泡在醋缸里不可了！

"公　偷"

春节期间,嫩江地区一户农民在自己的大门上贴出一副对联:

炮仗一响辞旧岁

今年还得偷部队

横批:不偷不对

此联一出,立刻逗笑了四邻八乡,一传十,十传百,从地方传到部队,从部队又传向四面八方。奇怪的是很少有人对此感到气愤、感到厌恶、感到耻辱,就连被偷的部队中人也只是感到一种无奈。更多的是欣赏他的粗直、他的真实、他的直言不讳和有恃无恐。他居然偷出了一种情趣、一种幽默感,偷得大张旗鼓,偷得潇洒自如。

足见时下一些地方的偷风是何等强盛!

去年十月正是大豆收割季节,我在嫩江见识了浩浩荡荡的小偷大军和明目张胆的偷窃场面:早晨五点多钟,他们登上了火车,腋下夹着一条空麻袋,手里提着一根棍子,成群结队地拥挤在车厢里。而且不买票,并有各种办法对付查票,他们大方得有点旁若无人,抽烟说笑,搞得车厢里乌烟瘴气。有当地人,有当地人在外地的亲戚朋友。每到大豆收获季节,小偷们就写信、打电报,互通消息,云集至此。铁路沿线周围有59196部队(又称嫩江基地)的四十四万亩大豆地,而且是全国质量最好亩产量最高的大豆,市场上的抢手货。当时的价格一斤要卖一块多钱,每天轻轻松松也能偷上五十多公斤。收割时间要延续一个多月,每个小偷一个"偷季"下来都能获利四五千元。

小偷人多势大,加上解放军对老百姓不能打不能骂,被抓住了也没有关系。他们或者找个清静的地方把大豆割倒,用棍子一敲,只把黄灿灿的豆粒收进麻袋里便扬长而去;或者跟在部队的联合收割机后面,以捡为名,行偷之实;或者夜晚出击,赶着马车大偷!

偷得如此轰轰烈烈,我看得眼晕,不禁想起一则"文革"笑话:村支书的老婆偷庄稼被社员抓住,支书却在群众大会上说:"伟大领袖教导我们说,十个社员九个贼,你不去偷你怨谁!"我在嫩江时曾采访了一个小偷,问他为什么竟敢偷得这么明目张胆?

想不到这小偷还振振有词:"现在谁不偷啊?你们城里人就不偷吗?偷税漏税是连续地偷,贪污腐败是明偷、大偷。厂长富,科长肥,工人只能去做贼。厂长怎么富的?科长怎么肥的?是只靠工资吗?还不是直接或变相地偷国家。有本事的大偷,转转脑筋,动动嘴皮,使用手里的权力,很轻易地就偷到手了。我们没有本事,只能小偷,起早贪黑,吃苦受累。而且不偷私人,专偷公家,公开地偷,你说天下人有谁不想偷啊?不偷的只是因为没机会。"

好一套"偷论"!

在这个小偷看来,人人都有颗贼心,生活就是你偷我,我偷你,偷国、偷权、偷钱、偷物、偷心、偷人、偷情、偷名……世上没有不可以偷的东西。而最好偷的是国家的东西,这叫"偷公"。"偷公"者可以"公偷"!

难怪时下一些地方偷风日盛,花样翻新,小偷们的贼胆越来越大。所以各家各户安防盗门,装防盗锁,买保险箱,日子过得好一点的就更操心,墙上拉铁丝网,院里养狼狗,手里提电棍,在处心积虑地防备小偷的同时也无异于把自己投入了监狱。一道道网、一道道门、一道道锁,挡住了坏人,也锁住了自己,人跟人之间的关系越来越像想偷的和被偷的,你防我,我防你,防不胜防。突然单位出了什么问题,或社会上又刮起一阵什么风,医药费又涨价了,工资发不出来了,加了好几道锁的那点积蓄变得不值多少钱了,等于又被狠狠地偷了一把!

　　恶恶相报,亏的是老百姓。绝大多数老百姓,只有被偷的份儿,没有偷别人的能力,偷风越烈,老百姓越遭殃。唯愿公家多装几道防盗门,治一治各种各样、大大小小的小偷们,不让他们"偷公"或"公偷",则国家幸甚,百姓幸甚。

"生梯"和"生华"

　　上个世纪末,在以促进婚配为主要目的的"天津世纪之约大型联谊会"上,非常突出地证实了社会学家早就担心的一种现象:男的择偶往下选,女的选婿往上挑,造成大龄的优秀女子过剩。真是怪了,现代人几乎没有不敢干的事,什么老规矩都可以打破,唯独在选择配偶时对年龄的挑剔,一直遵循古老的习俗,似乎越守旧就越时髦。《周易》上称老夫配少妻是:"枯杨行梯,无所不利。"而老妻配少夫则是:"枯杨生华,得不到称誉。"

　　中国古代有不少关于老夫娶少妻的佳话,比如《今古奇观》里的那个刘元晋,一个七十八岁的老家伙,娶了个年轻的小媳妇,还捎带上一个小丫鬟,两个年轻女人在同一年里一块为他生下了两个儿子。现在这种"生梯"的"佳话"就更多了,前年八十二岁的美国诺贝尔文学奖得主索尔·贝娄,让他三十多岁的夫人给他生了个女儿;当年七十二岁的传媒业大亨默多克,还迎娶了一位三十来岁的亚裔姑娘,现在已经用试管生下了两个孩子;年逾花甲的法国影星伍迪·艾伦,在他收养的朝鲜裔女儿年满十九岁的时候,正式把父女关系改为夫妻关系……

　　这类的事情多了,每发生一件,就被媒体大炒特炒一番。中国的百岁老人章克标曾公开登报招婚,不也被传为一时的佳闻吗？于是乎就带出了这样一种风气:男的挑女宁小勿大,越小越不嫌小;女的挑男宁大勿小,越大越不嫌大。倘有违反这一古例的,便要承受巨大的社会压力。二十世纪快要结束的时候,海城一个十九岁的小伙子和一个三十七岁的女人相恋,受不住舆论的压力就双双服毒自尽了。

现在,我就越发地关注四川的那对夫妻了,他们是真正的一对佳偶。丈夫叫蔡强,今年二十六岁;妻子姓刘,现已四十三岁。二十多年前,漂亮贤淑的刘正在积极筹备结婚的时候,一场车祸夺去了深爱她的未婚夫的性命,她万念俱灰,不顾家人反对,决定独守终生。不久便收养了四岁的孤儿蔡强,两个人过起了相依为命的生活。今天,蔡强已经是个英俊能干的成年人了,"面对身边不少年轻漂亮的女性却从不动心,倒是总牵挂着养母的一举一动。多年来无依无靠的刘,也感到了一份来自成年男性的稳定感和安全感,就越来越依赖他,慢慢滋生出一种异样的感情"。两个人经过长时间慎重的考虑,决定走向婚姻,将母子关系转变为夫妻关系。他们不无忧虑地对人说:"我们知道自己的举动会遭到很多人的非议……"

非议又怎么样?如今被人非议的事情多了。非议不非议是别人的事,幸福不幸福可是自己的事。古今幸福的名人中,也有不少是妻大夫小型的:德国文学巨匠歌德,最亲密的女朋友是大他七岁的夏洛蒂,被誉为"歌德的缪斯女神、评论者和他感情的归宿"。哲学家谢林,和比他大十二岁的卡洛琳娜结婚,可以想象当时一定比今天更能引起轰动,当然也包括许多非议。西班牙的天才画家达利,疯狂地爱上了好朋友又是诗人艾吕雅的妻子加拉,并最终娶为妻子。加拉就比达利大十岁,却成为达利诸多作品中唯一反复出现的"美神"。现在演艺圈的人都喜欢老少配,不仅有相当数量的老夫少妻型,也有不少老妻少夫型。五十二岁的弗朗西斯卡·阿尼斯和三十五岁的拉弗·费纳斯相差十七岁;三年前两人在《哈姆雷特》一剧中扮演母亲和儿子,在现实生活中他们却是一对美满的夫妻。五十一岁的苏珊·莎瑞顿和三十九岁的狄姆·罗宾斯结婚十年来,形影不离,互相忠实,已有两个孩子。也是嫁了一个小丈夫的著名影星奥内拉·穆蒂说:"双方关系的质量与年龄没有关系。"

那些成功的和比自己年轻的男人共同生活的女人们,几乎有着一致的感受:生活比以前更加单纯简单,放松快乐。进入了新的生活领域,有了一个新的生活速度,对生活所提供的一切表现出好奇心。自我开发,自我扩展,自我充实。当今社会既然把一大批最优秀的女子留在闺房里嫁不出去,谁敢保证有那么一天社会风气不会变成以找大妻子为荣,重新又时兴"女大三,抱金砖"?

不懂感激

　　人脱离了对大自然、对他人和社会的感激,就无法独立地存活于世。而邪恶往往正是从不懂得感激开始……沈阳有位"现代武训"王儒臣,一生笃信教育可以兴国。一九七八年平反后,拿出补发的工资和全部积蓄办牛奶站、开饭店。一九八六年用所赚的钱成立了"华夏儒臣育才赞助社",在报纸上打出广告,愿意帮助求学有困难的大、中学生,于是各地的贫困学生纷至沓来。他热诚接待每一个前来求助的学生,"大把大把地往外掏钱,学生们把钱装进口袋,轻飘飘地挥挥手就头也不回地走了。以后王儒臣就按他们留下的地址寄钱,却从来得不到一点回音。还有的学生连面都不露,只从学校寄来贫困证明和校址,一句话也不多说。只有当老人寄出的钱被退了回来,才知道那个学生已经毕业。毕了业,学生们也就无影无踪了,仿佛和王儒臣之间什么事情也没有发生过"。

　　十三年里他赞助四十多名学生完成了学业,其中有十名大学生。如今,王儒臣已经八十四岁,双目失明,瘫痪在床,屋里破破烂烂,一张嘎嘎作响的破木床,一个油渍斑斑的旧碗柜,一台黑白电视机。老人一直有个愿望,想跟他帮助过的学生照张相,随着病情的加重,这个愿望也越加强烈了:"眼睛看不见了,来唠唠嗑也好啊。"在那间空荡荡的破屋子里,老人成天就这么自言自语地念叨着,等待他的恐怕是永久的失望……

　　这就是现在不懂感激、不会感激的一个典型事例。他们还都有自己的理:我没有强迫你,你愿意给,我愿意要,两厢情愿,心安理得,这说不定还成全了你行善或出名的心理。他们不愿意感激，是因为不管他们承认不承认，感激都是一种债务，欠了人家的债是要还的，欠了人家的情也得还，所不同的是这种亏欠虽说理应偿还，却不会被催讨。当代社会不是时兴欠债不还吗？不光不还，欠债还有理，欠债的是大爷。你如果想得罪谁，就借钱给他，或有恩于他……剩下的就只能劝解王儒臣老人了，要么不干，要干了就赶快忘记它。你做了善事如果还老记着它，损失的就不只是金钱，还有你的情感和善意。所以发达国家的富翁们经常赞助慈善事业，他们面对的是一种事业、一个机构，很少面对具体的个人，省了许多麻烦。反过来说，如果王儒臣老人是大富翁、是名流、是官员，那些受他资助的学生说不定都会回来找他，以受过他的资助为荣。因为他身上有光环，或许还能继续照耀他们。

别说是一个不沾亲不带故的老头儿，就是亲爹亲妈又怎么样？《大河报》曾发表陈仓的一篇文章，陕西南部山区的农村妇女王花蕊在西安找不到工作，连冻带饿病死街头。谁能想得到她还有两个"混得很不错"的儿子，大儿子辛继成是副县长，二儿子辛继全是中学教员。王花蕊结婚第五年丈夫病故，她年纪轻轻地守寡抚养两个孩子，靠在山里砸石子、在小学校门前摆小摊让他们读完了大学。当他们有了文凭、有了身份之后，就看不上"已经不成样子"的母亲了。王花蕊到县政府探望大儿子，辛继成竟对县里的人说是上访的。最没有人性的是这哥俩还把他们的母亲赖以存身的那间房子卖了四千元分掉，害得王花蕊不得不外出打工。直到这哥俩到西安街头收尸的时候，辛继成还一口官腔："这是我们县上的一位孤寡老人，我是代表政府来处理她的后事的。"对现在的孩子千万可不能光是养、光是宠啊，也不能把教育他们的责任都推给学校、推给社会。自己的孩子要自己教、自己管，不可丢了《三娘教子》的传统。

丑女人的活动力

当下许多公司雇用一批靓妹美女做业务员，搞推销，拉订单，战无不胜，财源滚滚而来。有一公司的老板，独出心裁，聘请了一位丑女人专攻领导层，走后门，探听消息，要政策，拿批条，也几乎是攻无不克，效果奇佳。

美女容易成功可以理解。丑女有如此威力，原因何在呢？

此女虽丑，并无残缺，眼、耳、鼻、嘴、身俱全，也还没有丑到"惨不忍睹"的地步。她自知其丑，单靠貌不能取悦于人，就只有在"媚"上下功夫。胆子大，撒得开，放得开，什么样的衙门都敢去闯，什么样的头头都敢去见，不怯阵，不忸怩，见了男人分外熟，见了头头格外来神……也正因为她丑，领导见了她放心、放松。即便说话走了板，动作越了轨，也无所顾忌。因为群众绝对不会怀疑领导会跟这样一个丑女人发展不正常的关系。然而她再丑也是女人，容易刺激男人的兴奋点，却又让男人感到安全，事情自然就好办得多了。

能在领导层里兜得开，其他领域便更不在话下，金钱、名誉、地位接踵而至。她成了名女人，自己拉杆子当了老板。这一来更是如虎添翼，曾扬言："只要我想办的事，没有办不成的！"

这个世界仿佛就是给她准备的。

中国古代曾有过著名的"四大丑女"，其中一位就是春秋时期齐宣王的皇后钟离春，她心地贤淑，才智过人。这是第一类丑女人，代表了不少貌丑心善的女人，她们把主要精力投入自己的事业，或投到家庭和丈夫、孩子身上。她们是社会的福气，是男人的福气。这样的丑女既能获得同性的喜欢,又能获得男性的尊重。

但,上面说的那位丑女,是属于"眼斜心不正"的丑。她以丑为美,以美为敌,卖丑,利用丑,淋漓尽致地发挥丑的魅力。她的脸虽不耀眼,却结实得多,不易破损。其实这类丑女人的魅力不在脸上,而在舌头上。而她几乎浑身是舌头,她的舌头又从不休息。

这类丑女人必然逐渐男性化。在男人堆里她感到如鱼得水,与男人争高低,以男人为敌或交男性朋友,却很少往女人群里凑,几乎没有同性朋友。其实她也不会有真正的男性朋友。如果有几个男人跟她好,那也是想利用她——围着她转的多为小男人。

这样的女人不论取得什么样的成功,也不会有真正的幸福和快乐。因为男人不喜欢她,女人讨厌她。

蛤蟆三条腿

国庆"黄金周"放长假,我跟朋友去钓螃蟹,看守螃蟹坑的青年从昨晚大醉后的沉睡中被唤醒,告诉我们没有钓螃蟹的诱饵了,叫我们自己到草丛里去抓条蛇,剁成一段段的当钓饵,或者逮个蛤蟆撕开了也行。这次钓蟹活动的发起人老孙,很快就抓到了一只蛤蟆,且大呼小叫起来:快来看哪,这个蛤蟆三条腿!

俗话说:"三条腿的蛤蟆不好找,两条腿的人有的是。"我在农村生活过十几年,各种各样的蛤蟆可谓见得多了,却从未见过三条腿的,或者说根本就不相信世上会有三条腿的蛤蟆。现在却清清楚楚地看见,托在老孙手里的蛤蟆确实有三条腿,一条腿正常,另一条腿从根部分叉,又变成了两条腿,实在是蹊跷。

有人说这是宝,可送到药铺做药;有人说这是毒,是水草污染的结果……我看着那只畸形的蛤蟆,眼里不自在,心里不舒服,劝老孙赶紧放生。既然它受污染能够畸变,螃蟹跟它生活在同一个环境里,能好得了吗?经我这么一提醒,大家忽然对钓螃蟹失去了原有的兴趣,这里的螃蟹即使钓上来谁还敢吃呢?

此后,我开始留意有关畸形动物的报道,这一留意不要紧,几乎经常发现这方面的消息。安徽五河县发现了四条腿的公鸡,除两条正常的腿以外,又在尾腰角处生出两条腿,也同样有爪子,样子像公鸡,却不会打鸣报晓;说它是母鸡吧,又不能生蛋,其实是个四不像的"鸡"。江苏一户农民家的母猪,生了十二头小猪全都没有屁眼儿,光吃不拉,几天后就都死了。还有,澳洲的鸵鸟搞同性恋,泰国的猴子被阉,这种事多得不胜枚举……

还是回到三条腿的蛤蟆上来吧,美国明尼苏达大学的遗传学家在全州八十七个郡里都看到了三条腿的蛤蟆,以后又在密苏里、爱荷华、加利福尼亚、佛蒙特等许多州发现了这种畸形蛤蟆……这着实把科学家们吓了一跳,他们还从来没见过这么多的三条腿蛤蟆,而且是在这么多的地方同时出现。蛤蟆自恐龙时代就已经存在,它们对环境极其敏感,浸透性皮肤使它善于监察环境,难怪它们会有这么多生出了三条腿。可地球环境真的恶劣到凡是两条腿的生物都要多生出一条腿吗?那么,人离着生出三条腿还有多远呢?

别着急,人在生出第三条腿之前先会有一些其他的变化,比如:人的脑袋会越来越圆——这是日本的科学家经过精细测量后得出的结果。过去人的脑袋本来是长形的,鼻子坚挺,大嘴利牙,咀嚼有力,男人更有丈夫气,女人的瓜子脸也是传统美女不可少的,显得幽雅贤淑。现代人都有了一个像球一样滚圆的脑袋,据说好处有二:一、给人以圆滑成熟的感觉,有些人再想"削尖了脑袋往上钻",难度增大了;二、从物理学的角度讲,双脚行走时脑袋越圆越稳定,万一有个磕磕碰碰,圆的比长的更皮实。

但凡事都有它的两面性,人的脑袋过圆也不都是好事。日本庆应大学教授山本和郎指出:"随着头形越来越圆,年轻人的幼儿化现象也日趋明显。经一九九八年和一九九二年的比较调查发现,上课时不停地说话,在集体活动中不遵守规则的倾向越来越严重……"

圆——却又代表着一种成熟。但现代人是不是成熟得过早过快了?北京一个三岁女童的母亲用避孕药哄她玩,她也就把这种药当糖豆吃,于是便来月经,甚至连乳汁也分泌而出……科学家们认为人类的早熟现象今后还将继续下去,过许多年之后女人到七岁时身体就已发育成熟,做好了养育后代的准备。科学家描摹未来世界上的美人,诸如"环球小姐"吧,就会是这样一副尊容:"身高只有一米多一点,头很大很圆,几乎与腿紧挨着,一条颈椎,一条腰椎上只有二到三块腰椎骨,一个乳房,像现在的许多哺乳动物一样,锁骨消失了。总共只有六根双骨节手指,脚上有八个脚趾(小脚趾没了)。当这位美人轻启朱唇微笑时,你会发现她没有牙齿,只有蟾蜍所具有的那种结实、尖利的颌骨。小姐的鼻子消失了,在原来的位置上只剩下两个小孔以便呼吸。"(1999年9月12日《城市晚报》)

好,好,如果以这样的容貌为美,人类岂不是越进化越成妖怪?越发展就越倒退,越现代就越原始……

原来真有所谓"六道轮回"——但地狱不是神造的,皆因人类自身作孽深重。也许下地狱,或转生为饿鬼、畜生还算是好的呢,胡折腾到一定的程度,说不准就进入"世界末日"。近几年在地球上频频发现"前人类"的遗迹,证明地球人类确曾有过"末日":在南非发现二十亿年前的机制金属球;在印度的摩亨佐达罗城发现远古的核战争废墟;在美国的羚羊喷泉发现五亿年前的人类足迹;在美国的科罗拉多州发现几千万年前的金属器件;在加蓬共和国的奥克洛铀矿发现二十亿年前的核反应堆……

由此可见,不能光听现代人怎样自吹自擂,说科学技术发达到什么地步,人这种生物其实是非常渺小的,生命有很大的局限性,地平线也限制了我们直接的视线。高傲的人类对自身的许多事情并不真正了解,对已经逝去的一切和即将发生的一切更是懵懵懂懂。也许有一天,地球上真会变得三条腿的蛤蟆有的是,两条腿的长得像模像样的人却找不到了。

"花花肠子"

三十二岁的郁阿发在法庭上这样陈述："六月六日早上六点多,肚子钻心的疼痛把我搞醒了,哇!她提着一把血淋淋的刀子站在我面前。我小腹的左下部被她扎了一刀,我疼得话也讲不出来啦,用手捂着肚子。不用力还好,我一用力就把自己的肠子给挤出来了,这个女人好狠心哦,她盯着我,一把将我的肠子拉过去,拿起刀恶狠狠地切下去,足足有一尺多长,丢在地上就跑了,再没有回来。"

那个持刀割肠的女人是郁阿发的妻子,带着两个孩子平时以卖菜为生。割肠现场是郁阿发包养"二奶"的地方,她的本意大概是想看看丈夫的"花心"到底是什么样的,结果掏出来的却是郁阿发的花花肠子……那也不能白掏,先割下一段解解气。

男人"花心"自古如是,于今为烈。由于通讯传播技术的发达,特别是手机和伊妹儿的出现,对各种各样的外遇都提供了更大的方便。日本在世纪末公布了一本《丈夫白皮书》,社会学家们似乎要对这个世纪的男女关系作番总结。原来日本的男人也有"八成以上想和别的女人做爱,尤其是有好女人引诱,均无拒绝的信心,即使蜜月期间的丈夫也这样想。逢场作戏是男人的本色,是作为男人的当然行为"。

日本人认为,人都是在想结婚的时候和不得不结婚的时候才结的婚,所以往往不是和最想结婚的人结婚。过去是结婚后七年爱情开始冷却,现在改为三到五年。爱情冷却就是爱情变质的开始,也是爱情向外发展的时期。所以"花心"的男人怎么防也没有用。

男人到底是一种什么动物呢?世界各国的科学家一直都在探讨

男人为什么最容易不忠。

美国纽约大学的古人类学家迪安·福克通过研究得出结论：男性易不忠跟男性的大脑平均比女性重一百一十二克有关。多出的那部分当然就是男人的"花心"了。还有一种理论认为，女人每月只排卵一次，而男人每天都能产生上千个精子，对于繁衍后代的几率，女人的卵子很宝贵，男人的精子却无所谓。

因此，女人对感情大多是专一的，男人大多不能专注，这是生理造成的。

这么说男人的"花心"就没法治了吗？怎么会呢，现代科技如此发达，人类完全可以重新设计自己，比如改变基因，从根儿上去掉男人的"花心"。倘若眼下还指望不上基因技术的话，也可以采用器官移植，现在不是可以给人装上"狼心狗肺"，或弄成个"人面兽心"吗？如今正是动物热，好像是动物就比人好，比人可爱。挑选一种最忠诚的雄性动物，将它们的器官取下来给"花心"男人换上。但一定要选准了，有些动物可比人还乱哪！

动物学家已经提醒过了，在动物界，"凡雌雄体形相等的，基本是对偶婚，如天鹅、大雁等鸟类。而狮子、老虎等雌雄体形差别较大的动物，一般都是一夫多妻。"可别闹不好没有把男人的"花心"去掉，又在人的智慧和狡猾上，再加上动物的凶猛和无所顾忌，那可就更乱套了。还有一个办法，就是学习郁阿发的老婆，准备好一把刀子，必要时自己给丈夫做手术。郁阿发在缝好肚子后曾对记者说："我真的是很没脸的啦，再也不敢包'二奶'啦！"

看看，一刀下去，立见成效。当然这是玩笑，切莫当真。

男人的跪

近来下跪的事比较频繁。山东济宁市副市长李信，为掩盖劣迹向举报人下跪。劣迹没有掩盖住，反而被曝光了。重庆一家企业的三男一女四白领，因业绩不佳，自罚在公共场所下跪一小时。他们选择在早晨上班的高峰期，"齐刷刷跪在电梯门前，对着出入电梯的人鞠躬问候：'早上好！'让人躲避不及，被吓一大跳。"

跪着怎么"鞠躬"？应该叫磕头才对。难怪有人会被吓一跳，平白无故受人磕头，按民间说法是要折寿的。如果说折寿是迷信，折跟头、掉乌纱帽是很有可能的。据《新京报》载，二〇〇五年六月，河北绳油村数百名村民为了政府征地的事向定州市委书记和风下跪，和书记极其傲慢，以嫌弃和蔑视的口吻嘲骂："别来这一套，这个我见得多了！"

太张狂了，一个县级市委书记真的能经常见到别人给自己下跪吗？果然，没过几天此人就被撤职了。也常见媒体报道，有些老板逼得打工者下跪……一家律师事务所的调查证实，这些苛刻的动不动就逼迫员工下跪的老板，少有成气候或发大财的。

"文化大革命"期间被逼迫下跪成风，街头或批斗台上常常会跪成一排乃至一片，可生活很快就颠倒过来，那些下跪者重新站直了，风光依旧甚至成了更为重要的人物。倒是那些用野蛮和暴力逼人下跪者，或被抓、被杀，或不知所终。

这就是说，下跪者常常并非真是弱者。有时胜者、强者也得跪。中国历史上不可一世的秦始皇，就给小小的安陵使臣唐雎下过跪。秦始皇使诈，口头许以五百里之地换取只有五十里的安陵，安陵派唐雎去辞谢。秦王威慑道："公尝闻天子之怒乎？"唐雎曰："臣未尝闻。"

秦王道："天子之怒，伏尸百万，流血千里。"唐雎问："大王尝闻布衣之怒乎？"秦王答："布衣之怒？亦免冠徒跣，以头抢地耳！"唐雎曰："此庸夫之怒也……若士必怒，伏尸二人，流血五步，天下缟素，今日是也！"说罢挺剑而起，直指秦王。秦王色挠，长跪而谢之曰："先生坐，何至于此……"

看来这个"跪"字，还真有文章可做。人的脚，本应撑在底下，有了需要躲到后边晾起来就是"跪"。在远古时期，人的跪不算一回事。因那个时候的人如果不想站着了，就席地而坐，坐得时间久了屁股又凉又疼，会坐的就将尾巴骨垫在两个脚掌上。坐累了身子前倾，屁股离开脚掌，重心移到双膝上，就成了跪。因此跪和坐差别不大。

跪——真的成了一回事，表达某种意义，有了象征性，还是炎黄子孙的老祖宗轩辕黄帝带的好头。《庄子·天宥》记载，黄帝到空峒山向广成子问道，"膝行而进，再拜稽首而问"，问道之后出来时"再拜稽首而退"。于是，人下跪就有了目的：有所祈求时要跪，参禅拜佛、祭奠祖宗、求神灵保佑，以及感谢别人的大恩大德时就要跪下。

随着人类社会的发展，跪的味道也跟着一点点地演变。有学者考证，残唐五代以后，椅子从西域传入，跪也随之发生了微妙的变化。贵人高坐椅子之上，比跪着的人高了一截，跪者的脸正对着椅子上的贵人之胯。倘是再磕下头去，跪者的脸便只能对着贵人的脚。如此一来，跪就有了明显的低贱和耻辱的成分（左泥《古今跪事略考》）。

谢罪要跪，被砍头要跪……这是不跪不行的。男人下跪一般都没有好事，最普通的是死了爹娘都要跪，即所谓"孝子头遍地流"。一是谢父母的养育之恩，二是为父母在生前所犯的过错赎罪，好让他们顺顺利利上天堂。但，古人讲"男儿膝下有黄金"，不是发生大事或万不得已，人是不可轻易下跪的。不要以为受人一跪是很惬意、很争面子的事，即便那些跪倒的真就是生活中的卑贱者、屈辱者和失败者，一般人也是当不起别人一跪的。

世界上最著名的一跪，就是许多年前口碑原本就不错的德国首相勃兰特,代法西斯德国向波兰人民谢罪,在一个重大的外交仪式上竟当众双膝跪倒。他的那一跪感动了世界,使德国很快站了起来。日本现任首相小泉纯一郎,经常参拜他们的"靖国神社",拜鬼大约也是要跪的,他这一跪却跪出了骂声一片,跪得让整个日本站起来都困难了。

跪——原本就有因敬而跪、真心想跪、胆怯而跪、假跪、智跪、不得不跪等多种多样。

王允给自己的奴婢貂蝉下跪,是要她深入虎口,卖身使连环计,杀董卓害吕布。可谓"智跪"。而现在的一些男人常常会主动给女人下跪,多不怀好心眼儿,正像黄鼠狼在吃鸡之前,前腿一弓,先要向鸡深深一拜,然后一扑一咬,大功告成。连上不了台面的阿Q向吴妈求爱,都会玩儿下跪的把戏。还比如男人在外面拈花惹草,弄出麻烦,最常用的一招儿就是给老婆下跪。被欺负的女人都是"千金难买一笑",正好一跪能博得女人一笑,岂不等于跪出了千金?据现代医学证实:多跪是一种对身体大有好处的运动。

如此说来,男儿膝下不仅有"黄金",还有健康。反正现在的男人们已经让妇女界大为失望,失望多年了,不如索性调动膝下的"黄金",来个大跪,多跪,三拜九叩,既有利于自身健康,又有利于家庭和睦、社会安定。

何乐而不为呢?

极 限

这本是一个数学概念,用以说明世间万物都有自己的临界点:即便坚硬如钢铁,加热到一定的温度也会熔化,改变成分。

人更是无处不受到自身极限的制约:

生命有极限,自古至今还没有万寿无疆的人。

人的体能有极限,在体育运动中,世界纪录便是人类的极限。亚洲纪录是亚洲人的极限。中国纪录是中国人的极限。

人的精神也有极限,超过这个极限,精神就会崩溃,或做出极端的反常的举动,或成为精神病人。

人的能力有极限,周围人人尽知的一些不如意的事情就是不能消除。普通人有普通人的难处,当官的有当官的尴尬,连明星们"明"到一定的程度也难再发出新的光亮。

就是犯了罪的人,还有个极刑……

然而,命运还赋予人类一个永恒的使命,就是不断地向自身的极限挑战。这也是历史所证明人类不得不遵循的生存法则:承认极限,又不囿于极限,而是千方百计地突破极限。否则,人类自身以及赖以生存的社会环境、心理环境和物质条件,就不会有今天这样的进步。

事实证明,人的极限并不是不可突破的。生命有极限,同时又有巨大的潜力。人类发明体育运动,就是公开宣告向体能的极限冲击。冲破极限者,就是胜利者。百年奥运的历史留下了一项项人类成功地突破自身极限的纪录。突破了原有的极限,就创造了新的纪录。于是新的纪录随之又成了新的极限。

人类的使命似乎就是,不断冲击旧的极限,创造新的极限,哪怕就是短短的一瞬间。

生命需要每一个瞬间,更需要辉煌灿烂地突破人类极限的瞬间。它激励自己和别人,证明人的潜力是无穷尽的。

这样的瞬间是美丽而永恒的。

人类的文明史就是被无数个这样的瞬间所推动。爱因斯坦的大脑被认为是突破了人的极限。印刷、火药、飞机、火车等所有人类重大的发明创造,无一不是突破了人类正常思维极限的结果。

前辈大师们不朽的经典之作,也都是冲破人类自身极限的成果。

有些人忍受着病痛而投入工作的热情和毅力,就突破了正常人的极限。突破了人的极限,凡人就成了超人,就是天才。所谓"超水平发挥",就是超过了极限。

极限是一种艰深,一种完美,一种常人难以忍受的劳苦。突破极限又是少有的极大的快乐和幸运。保持一种临界状态,敢于向人的极限挑战——生命的美丽在于此,生的魅力也在于此。

警　句

　　每个人的生命都是独立存在的个体,却构成了人类社会这个巨大的群体。没有哪一个人可以拒绝别人的智慧和经验而能独立存在。

　　于是,人类创造了短句子——格言、警句——这是一种极其普遍的文化现象。

　　写作的人终生都在追求"语不惊人死不休"。没有文化的人,有时候也能说几句他们自己创造的警句、格言,以安慰、警策和激励自己。

　　差不多每个人的学生时代,都有摘录警句或名人语录的习惯。许多人将这一习惯一直保持到晚年,这其实是一种非常有效的学习和积累的方法。

　　所谓"学富五车",不就是将能表达别人精彩思想的精彩句子记得多吗?无论学养多么深厚的人,也不可能将前人和今人的所有著作都能一字不漏地倒背如流。警句记得多,才能触类旁通,旁征博引。

　　人类的历史经验、生活知识全部概括在格言里,世界上没有排斥格言的粗人,也没有排斥警句的学者。

　　梭罗有言:"最后一位哲人不得不重复第一位哲人所说的一切。"

　　警句可贵,因为它得来不易。它是深思熟虑后的豁然顿悟,是猝然间的奇思妙想,是人生智慧的结晶,是生活经验的凝聚。字字珠玑,句句精警,才称得上是警句。

　　这些精警的短句子,却展现了浩大的思维天地,闪耀着哲理和思辨的光辉,非常自然,又极富个性特色。绝不是那种强呕的故作惊人之语。警句是可遇不可求的,不是人人都能得到、都能创作得出来的。有人终其一生,最后变成几则警句活在历史上,活在人们心间。有人著述颇丰,却没有留下一句格言。

警句难求,因此,警句珍贵而招人们喜爱。

警句知心,能让人茅塞顿开,举一反三,激发共鸣,心意相通。被指导,被启发,被感动,被惊醒,被慰藉,被逗笑。或如轻风拂面,或如醍醐灌顶……警句是人们的精神营养。

在人类的文化瑰宝中,有许多著作是用格言、警句的形式写成的。如《论语》《道德经》和许多的佛经。所以耐读,且能被历代人广为传诵和摘抄。即便是用警句形式写成的《魔鬼辞典》,一经问世也能风靡世界,其精妙的悖论,也同样给人启迪,如击一猛掌。

辑录古今中外之格言、警句的书很多,分门别类,洋洋大观。然而人的智慧本来就如汪洋大海,无尽无休,怎么可能都收录齐全?再加上辑录者见仁见智,难免会有遗珠之憾。只要是珍珠,你遗漏了别人还会把它捡起来,早晚都会发光的。

格言不断迸发,时间长了会使你自己也变为一条谚语。

龙年话龙

到农历腊月二十三糖瓜祭灶的时刻,我终于听到了迎新年的第一组鞭炮声。神龙见首不见尾,人们已经感觉到龙年的龙味儿了。

在此之前我曾经担心,人们似乎把全部热情、精力和希望都用在迎接阳历的"新千年"上了:寻访太阳的足迹,争先沐浴新千年的第一缕曙光,连续不断地庆祝,通宵达旦地狂欢,待热闹过后却发现旧千年的最后一刻和新千年的最新一刻并无什么明显的差别,苦的照样苦,难的仍旧难,欠钱的也没有人代为偿还……欢乐过后不免有那么一点怅然若失,还有那么一点疲惫,到了年根底下还冷冷清清没有一点年气。莫非对所谓"新千年"的庆祝透支了中国人过春节的兴头?西方人制造的"千年虫"没给电子世界造成多大的麻烦,难道能咬伤东方的龙年?

多亏是龙,《周易·系辞》里说它是"精气为物,游魂为变"。上下数千年,特立独行,奇气横溢。或从容舒展,吞吐回环;或傲睨万物,俯仰古今。临近年关,突然驭风嬉云,满天响亮,声势赫赫地一扫新千年庆典后的沉闷,舞动金爪把炎黄子孙带进春节的洋洋喜气之中。

这就不能不说说数千年来一直伴随着我们这个民族的生存和发展的——龙。华夏祖先为什么要以龙为自己的图腾?龙——又是怎样成了中华民族的象征?

任何一个民族都有自己的图腾,大多是选取一种具体的动物。如美国人崇尚白头鹰,俄罗斯民族偏爱北极熊……太具体了就要受那种动物本身局限性的制约,任何一种动物总是有长有短,有优有劣,经不住深迫。以此寄托整个民族的情感、文化、历史和理想,难免会有许多尴尬之处。

而龙,"变化非常物,含生类不群。天渊无定在,大小忽相分。万甲尽藏雨,浑身通绕云"(明代陈成的《龙》诗)。最擅长画龙的陈容也这样形容龙:"扶河汉,触华嵩,普厥施,收成功,骑元气,游太空。"谁能说得清这是何方神灵?其形体变幻莫测,其身世迷离恍惚,千百年来众说纷纭,未知孰是,这就赋予龙一种诡异奇幻的神秘色彩。

神而秘,就有了永恒的魅力!

古籍曾为我们勾绘出远古时代人龙难分、人龙杂处的生动社会图景。传说的河伯是人面,乘双龙。《淮南子》里说:"雷泽有神,龙身人头,鼓其腹而熙。"《山海经》干脆描述了一个龙蛇的世界,远古时期的神、神人、英雄无不是"人首龙身"或"人首蛇身",有点像西方的天使都长着翅膀一样。如开天辟地的盘古,东方的天帝、创造万物的伏羲,炼石补天、黄土做人的女娲,统一中原的黄帝,防洪治水的夏禹,火战专家祝融,以及共工、相柳、贰负、烛龙等,无不龙形化,犷悍猛毅,力大无边!

龙——充溢着原始的活力、野性和神圣的威仪。

它代表了一种精神——宽广博大的宇宙意识,忠贞无畏的进取决心,高蹈胸怀,昂扬志气。汉字里形容这种精神有许多词组:猛若蛟龙、龙舟竞渡、龙腾虎跃、龙马精神。

龙——代表了中国人崇尚的一种健和美。在那腾跃而起、飘飘凌云的刹那间,凝聚起无穷无尽的力量,起伏有致,灵动自如,"乘雷车,服应龙,骖青虬,登九天……"何其美哉!是阳刚之美,是飞动之美,充满活力和创造力。

龙——以其独特的精神魅力持久不衰地影响了我们民族文化乃至民族性格的生成和发展。

从古至今,我们的建筑、音乐、舞蹈、绘画、诗歌、体育、服饰等等,更不要说庆典和祭祀,哪一项能缺少得了龙?由此可见,我们的确是"龙的传人"!

即使是在十二生肖中,龙占辰时,早晨七到九点钟,正是一天当中最好的一段时光,据说这个时候最适宜群龙布雨。我们的新千年由龙开道,实在是三千年才能有此一遇的幸事、乐事。

民谚说:"龙抬头,小囤满,大囤流。"年年都有龙抬头,今年可是龙不走——这才是中国人的"新千年"。让我们用全部真诚和热情祈拜这个龙年,祝福龙的子孙生龙活虎,祝福我们的民族在龙年里龙凤呈祥!

裸　潮

　　还记得前几年在美国举行的世界女子足球锦标赛的决赛吗？当美国队侥幸赢了中国队后，一女球员脱光衣服绕场跑了一圈儿。这种脱显然是一种激情飞扬的庆祝。

　　脱——也可以作为惩罚。在英国拳王刘易斯和美国拳手霍利菲尔德交手前，刘易斯的经纪人、正在热火朝天地竞选伦敦市市长的罗马尼发下毒誓："如果刘易斯输了，我就在纽约时代广场裸跑一圈儿！"

　　赢了或输了都要脱衣服，不知这是一种什么毛病？还有的未见输赢先脱。悉尼奥运会前夕，二十九名澳大利亚最出色的运动员拍裸照登在《黑白》杂志的封面上，第一版甫一登场便即刻引起轰动，十万份杂志几个小时便告售罄。这一成功引得澳大利亚女子足球队员们眼热，便集体出版了一本裸体挂历。悉尼著名的邦迪海滩也不甘人后，举行了裸体冲浪比赛，吸引了四十四人参加，观众却达数万人，把当地麦当劳的汉堡包都抢购一空，其盛况可见一斑。

　　既然运动员可以脱，别人为什么不可以呢？曾控告克林顿在当州长时对其进行性骚扰的前阿肯色州女雇员波拉·琼斯，大概是把获得的八十万美元的赔偿花光了，便为美国成人杂志《藏春阁》拍裸照，据称报酬可达六位数。看来被千人瞧万人看，可比被一个人骚扰划算多了。

　　去年六月四日清晨，天刚发亮，纽约威廉斯堡大桥底下的人行道上，忽然从四面八方钻出了一百五十个赤条条的男女，胖瘦高矮不一，皮肤白黑相间,齐刷刷地撅着屁股趴在地上。其场面蔚为壮观,过路人不知是发生了大地震,还是到了世界末日,全都驻足一观。原来是一位名叫斯潘塞·图尼克的摄影师在拍摄一幅惊世骇俗的"艺术照片",并声称这幅作品"象征几百个生命的躯体组成的有机生命景色"。那些把全身脱得精光任他摆弄的男女,也可借此过上一把瘾。

当今世界上的任何新潮都不会落下的中国,黑龙江鹤岗市于去年八月二十六日正式建立了"中国第一家天然裸体浴场"。报纸上说:"脱光一洗,回归自然。"广东阳西县儒洞镇的陈士凡则更邪性,他把赤裸的优势发挥到极致,不仅擅裸,还要在身上涂满猪油,然后别锁撬门,夜入民宅奸污妇女。即使被人堵上,一抓一滑,也容易逃脱。裸潮到他这儿就变味儿了,在他成功地作了几次案之后,最终还是被抓住了。因为法网一张开,就不怕滑了。

最绝的还数俄罗斯的M1电视台,推出了一套《赤裸裸的真理》的节目,花高薪征募美女做主持人,专门派去采访国家的政要,在采访时美女主持通身一丝不挂。据此台的主人莫斯克温说:"俄罗斯的许多政治家都愿意接受这种独特的采访,但政客在接受采访时往往需要尽力控制自己,不让自己过于关注美色。"这个台即便在播报严肃新闻时也不忘自己的特色,美女主持一边读新闻稿一边宽衣解带,到新闻播完,身上的衣服也正好脱光。

人们一定会问,当今世界为什么会脱风大盛呢?动力就是一个字:钱。俄罗斯的那家"脱台",由一个无名且濒临倒闭的小台,一跃而成为莫斯科的大台,"收视率翻了两番,收益增长了两倍"。既然有人爱看脱,就一定会有人脱,哪里有需求,哪里就有生产。当然也不排除有人是为了好奇而脱,或者想展现自己性感的胴体的魅力。但,一鸣惊人或出奇制胜,最后都要归结到钱上。在商品社会,什么都能作为资本,也都可以拿去出售。美色永远都是紧俏货,只要放开市场,保证供销两旺。

说　怪

墨西哥库拉若州的选民,对无能且生活腐败的议员凯撒·门多萨深恶痛绝,为了赶走他竟投票选举一头二十八岁的驴为库拉若的新"议员"。

无独有偶,作家张长著文,中国某地人民代表大会换届,群众投票时将三名"人大代表"候选人画"×",改选化肥、农药、柴油。

前者体现了墨西哥人的幽默和舆论的无畏,后者体现了中国人的老实和无奈。民以食为天,国以民为本,人民代表不为民办事,不如变做化肥更实惠。

南京一女子因迷恋跳舞,丈夫屡劝无效,遂假装亲热将其舌头咬下一块,丢进马桶,并按下开关。不想那女子手疾眼快,从翻滚的水花中捞出舌头,跑到医院重新接上。

还有割阴茎、咬掉鼻子等等,这类的事情多了。请情人们护好自己的情根,不要把它以及舌头、鼻子、耳朵等要害部位,轻易送到别人的牙齿底下。即便像那女子动作麻利,舌头也有了马桶味,以后谁还敢碰这"马桶舌"呢?

瑞典向科威特出口大批狼尿,撒在公路上吓跑麋鹿、骆驼等动物,以免它们影响交通。

哎呀,连狼的尿都这么厉害!

人们常说"狗屁不通",狼尿却可大"通"。瑞典又是怎样采集"大批"的狼尿呢？莫非瑞典野狼都懂得定时定点地往准备好的容器里撒尿？

英国威尔特郡撒菲拉动物园，绞尽脑汁想让两只害羞的猩猩交配，好制造出下一代。根据它们喜欢看赛马和其他动物生活录像带的经验，管理员给它们播放色情录像带，希望能刺激起两只雌雄猩猩的性欲。结果它们频频打呵欠，毫无反应。

这才叫"以小人之心度君子之腹"哪。人类喜欢观看同类或其他动物的交配，以为动物也会像人一样。岂料，动物对人类喜欢干的勾当竟全无兴趣。

河北一男子，新婚之夜得罪了新娘，新娘罚他喊一声娘，否则不准上床。新郎机智，油嘴滑舌地说你本来就是我的新娘。新娘不依，非要他去掉"新"字。新郎无奈，只得脆脆生生地喊了一声"娘"。

新娘也是娘，而且是新的娘。新的娘永远都比老的娘新鲜、金贵。因此新郎也可以理解为"儿郎"，凡"郎"都小一辈儿。

美国三十三岁的银行家泰勒·戈斯莫，性格内向，找不到女友，娶母马为妻。又一美国人哈克尼斯，厌倦了与女人闹别扭，最后悟出他一生中真正爱的是自己的车，于是和凯迪拉克结为夫妇。还是美国人汤森，经历多次恋情后嫁给了自己。还有娶羊为妻的，与机器人、电脑、母牛、蟒蛇结婚的……这都不算什么，最绝的是哈尔滨的葛某，娶断气的姑娘为妻，敢与死人结婚。

他们争奇斗怪，热闹了半天，还是跳不开结婚这个俗套子，还得要这个形式保持这份名义。这却给正常人带来麻烦，我奉劝诸君，当你看到一个人和一件东西在一起，或一个人和一个动物在一起，千万别乱打招呼，自以为是地乱下定义，没准人家是一对夫妻。

一段时间来，北京各医院接诊了不少女性病患者，她们大多数并无行为不检点之处,麻烦出在坐下时撩起了裙子。

真是防不胜防,草木皆"病"!

最近英国有近百名妇女,由于在试管婴儿坐胎时弄错了瓶瓶罐罐,生下了不属于自己的也不知是谁的孩子。

这个世界乱了套。试管坐胎大普及之后,杂种、野种将占据优势,那时的世界不知会是一副什么样子?

谈 "吻"

　　自悉尼奥运会开始,中国运动员获胜后有一个非常抢眼的动作,那就是吻。或自吻运动衣胸前的国徽图案,或蹦着高地双手向观众抛飞吻,或一次又一次地吻自己的金牌,或拥吻教练员……大吻特吻,吻得比西方运动员还溜儿。这个中国人以前喜欢在私下里进行的动作,开始公开张扬。

　　据西方人考证,吻是人类从蜜蜂和某些鸟类那里学来的。蜜蜂和某些鸟都是嘴对嘴地向幼蜂或幼鸟喂食。人类最善于"青出于蓝而胜于蓝",便将吻的作用和范围扩而大之。近日,英国伦敦大学的妇女历史中心举办了一场"接吻研讨会",指出"接吻原是西方一种历史悠久且博大精深的社会行为,在不同的年代、时间、场合,吻的意义也有所不同。大致可分为庆祝之吻、和平之吻、友谊之吻、性感之吻……"历史上最著名的"庆祝之吻",是第二次世界大战胜利结束的消息发布后,一位海军战士和一位陌生的女护士,情不自禁地在大街上抱住对方就吻,成了吻的经典。

　　但是,世界上最长时间的吻却与庆祝、和平、友谊、性感无关,是为了金钱,或为了出名。去年四月,一对以色列男女长吻了三十小时四十五分钟,最后以体力透支而住进医院。但这一纪录很快又被一对胡芬和席尔瓦的荷兰人打破,新的"马拉松接吻"纪录是三十四小时十一分三十七秒。这种吻更需要技巧,光是"深情款款"可能支持不了那么长时间。中国现在也经常举办接吻大赛,且势头生猛,有望很快就能打破世界纪录,登上《吉尼斯世界纪录大全》。由于中国是武术之乡,在接吻大赛上不仅要比嘴上的功夫,还要体现身上的技巧,每每以姿势取胜。在二○○五年的武汉接吻大赛上,最吸引人眼球的接吻就有上吊式、背口袋式、骑脖子式、绞缠式、黏湿式、飞燕式、蟒蛇式……令人眼花缭乱。

但,世界上明码标价最值钱的吻,可能数英国四十八岁的建筑工人威尔逊的吻了。他因一次意外事故嘴部受伤,不能再亲吻他的妻子,为此告上法庭,最终拿到了二十八万英镑的赔偿。这也等于说,他的吻就值这些钱。人们公认,"现代人的爱情正逐渐缩水",而人们吻得却越来越热闹。英国人在站台告别时长吻不散,造成人满为患,阻塞通道,害苦了那些无人可吻又急着要上车的人。于是英国北部城市瓦灵顿不得不在所有站台、码头竖起"禁止接吻"的大牌子。爱吻的人自然就要抗议,政府受不住吻的压力,作为折中不得不在站台和码头上又专门开辟一块地方设立"接吻区"。在"禁吻区"里接吻警察要干涉,在"接吻区"里不接吻,也被视为怪物。

台湾一名二十六岁的蔡姓男子,在与女友亲吻时用力过猛,造成"外伤性耳膜破裂",相当于挨了重重的几个耳光。据给他诊治的耳鼻喉科的医生讲,这种情况并不是个别的,有些年轻人瞎吻、乱吻、强吻,很容易吻出毛病。比如英国的倒霉蛋艾伦·泰勒,二十七年前因热吻女友米莉,感染了一种叫"腺热"的病毒,造成终生瘫痪,彻底丧失了男人的"雄风"。也还有因一吻而毁了前程的,几年前时任美国副总统的戈尔,在《早安,美国》的电视节目中,当着成百上千万电视观众的面,在他妻子的唇上印下一个长长的吻,使许多人大皱眉头,报纸上登出了一百零七篇质询文章。当时刚经历过克林顿绯闻案的美国人,已经见吻心惊,故戈尔在此后角逐美国总统败北,就可以理解了。甚至在肯塔基州一年一度的游园会上,一头牛伸出舌头想舔一个女孩,也被大炒特炒,说是公牛向人索吻,多情一如牛仔……

中国人除去能在大庭广众堂堂正正地进行"庆祝之吻"外,"性感之吻"也是随处可见,并出现了两种极端:一种是影视作品中的吻已经滥了,几乎是有剧必吻,乱吻一气。但可圈可点的"经典之吻"却少之又少,大多是为吻而吻,性感倒谈不上,肉麻却是真的,有时能吻得让观众身上起鸡皮疙瘩。二是偷偷摸摸地在暗处进行,既在暗处就容易吻错了人,于是就有人专门利用别人的错吻来敲诈。福建有个巫师阿太,盯紧有权有势的人,将他们在不该吻的场合吻了不该吻的人,统统摄入镜头,以此进行敲诈,那些乱吻的人便乖乖地为其所用,酿成了一桩轰动全国的大案。

人要管住嘴并不容易,一是吃,一是吻。吻也是一种吃。纵观当今腐败大案,没有一例是离开这两条的。

爱上小偷

　　有许多公共汽车售票员竟这样提醒乘客:"车上的乘客请注意,下一站车上将上来几个小偷,请看管好自己的钱包和随身携带的物品。"还有更张狂的,广州一小偷将事主家里扫荡一空之后致电事主:"你家被我偷了,快点回去收拾。"一个十五岁的新疆和田男孩伊明江,因偷技高超,竟像足球明星一样被高价买来买去,七年中先后换了四个老板,最后一个老板为了得到他花了十万元的"转会费"。

　　一家大报的年轻记者,从报社领到了过大年的各种奖金,再加上提前发放的工资,共有六七千元,点清后塞进自己的长带多功能包,放到自行车后座旁边的铁筐里。他很清楚,城市的春节就是"偷节",于是将多功能包的长皮带在车座下面绕了两圈儿,只要自己的屁股不离开车座子,任何人也无法将皮包拿走。

　　他骑上自行车,满心高兴,优哉游哉地回家了。回到家下车一看,铁筐里的皮包不翼而飞。先是发呆发愣不相信眼前的事实,继而捶胸顿足,大骂大叫,心疼,后悔,愤怒,赶紧到派出所报案。然后冷静下来,却始终百思不得其解……从报社到家,他没有停过车,屁股始终没有离开过车座,没有穿过人群,没有看过热闹,没有撞过人或被人撞过,皮包是怎样被人偷走的呢? 要想在他行进中偷走他的包必先割断皮带,什么样的圣手,什么样的快刀,一边跑着一边在他屁股底下割皮带,还能让他毫无觉察?

　　他想来想去,中途只有过一次轻微的碰撞,一位年轻漂亮的女郎碰过一下他的车把。女郎穿着入时,粉面含娇,对他不好意思地一笑,他随即满眼生辉,报之一笑,一路兴奋不已……他昼思夜想,越想越认定那女郎就是偷走他包的人。奇怪的是,他对那女郎不恨、不怨,只觉得她神、她奇、她俏。

于是,他开始遍访女偷。经过一段时间的努力,虽然没有找到那个曾对他有过一笑的女郎,却跟另一位年轻漂亮的女偷建立了感情,自己也学会了扒窃。后来被警察抓住,交代是体验生活,准备将来写一部反映小偷的长篇小说。

几年前,青岛破获了一个"少年盗帮",都是十岁左右的孩子,占据了市中心地下封闭多年的防空洞,使用着偷来的现代电器,有着严格的"帮规"和等级制度,分班作业,轮流值更。每逢喜事,都换上干净衣服到饭店里去大吃一顿。

《人与法》杂志也曾介绍过"黄歇帮"的故事。黄歇是个村子,隶属湖北荆门市管辖,过去穷得兔子不拉屎,"好男不娶,好女不嫁"。"近年却暴富起来,几栋价值百万元的洋楼悄然盖起,一辆辆桑塔纳轿车出出进进,人人有大哥大,个个穿国际名牌服装,有人豪赌时一次下注多达三十万元……"

一个村为一个帮,以血缘、亲情维系,盗遍全国二十多个省,他们下手偷的都是大数,少则几万,多则几十万。

"黄歇帮"还规定,谁失手谁扛,打死不认账,谁扛谁有功,能享受丰厚的"抚恤金",家属可以被帮里养起来。

《天天日报》的文章说,在中国中部有个油田,附近村民靠在天然气输送管道上打孔偷气发财致富,"油田周围四十四个村镇全部实现气化,每天窃气五十万立方米以上,相当于目前北京市民用天然气的两倍多。这些气一部分做燃料、办企业用,大部分被放空浪费了。"更不要说对输气管道的破坏,"仅油田一个二级单位一年就堵孔一千五百多个,仍然堵不胜堵,甚至堵孔还没有打孔快。输气管道本是高压作业,却被打孔窃气者搞得千疮百孔,有'气'无力,常常造成化肥厂停产或引起爆炸和火灾……"

偷盗不仅成帮,还成为一种专业。偷盗不再是一种偷偷摸摸的勾当,而是一种半公开半合法的职业。以前叫"偷气专业户",现在都成了"大款"。"偷气大款"、"偷电大款"、"偷坟大款"、"偷税大款"、"偷户大款",其实都是偷国家、偷人民,顺手还偷走了国法、人心和正常的社会秩序。

呜呼哀哉。

现代人有多少怨恨?

现代人想发财把眼睛都快想蓝了,呕心沥血地琢磨能赚钱的点子,什么招儿都使。一种叫做"出气公司"的买卖,正呈现出雨后春笋的势头,在中国内地各个方位亮出了旗帜。

先说东北,吉林一家"出气公司"打出的广告是:"代人被打,为人约会。"该公司的于经理说:"公司里什么人都有,顾客需要什么我们就提供什么,总之一定要让顾客满意。至于要被人打,或受雇去打人、杀人,那是为了挣钱,也就顾不得那么多了!"你撒气,我挣钱,周瑜打黄盖,一个愿打一个愿挨。

再说大西南成都,比东北人的出气办法更刺激一些。或许他们认为打一般的人出气没有太大的意思,气也不一定能出得净,于是一家茶楼就专门聘来成都体育学院武术系毕业的本科生、四川武术擂台赛的冠军贺乐根,隆重推出了一种叫"人靶"的服务项目,客人只要每三分钟缴纳二十元钱,就可以对这位年轻的武术冠军拳打脚踢。但,刚开始的时候只限于女性能享受这一特殊服务。不知支撑这一"人靶"服务能得以火爆的都是些什么样的女人?是离婚的、独身的、女权主义者,还是跟男人竞争失败的女强人?敢于对一个陌生的男人动手动脚,是缘于憎恨,还是喜欢?抑或是有着更为复杂的原因?她们对年轻的大学生贺乐根是真的施以拳脚发泄对男人的怨恨,还是打打捅捅捏捏掐掐地进行挑逗或试探?

还有老革命根据地江西南昌,更直截了当地把出气公司叫做"发泄场"。其宗旨是:"如果你想发泄不快和愤怒,想打人、骂人,都可以在这里找到发泄的对象。发泄方式是这样的：对着模拟人使出你的浑身解数，倾注你的全部仇恨，或打（可以用鞭子打、棍子打、挂着打、吊起来打……），或骂，还可以在模拟人身上套上你自己痛恨的人的头像，进行发泄，直到解恨为止。"

真令人毛骨悚然！现代人的心里到底埋藏着多少深仇大恨？用这种办法真的能发泄仇恨吗？要知道撒气的过程常常要再一次撕裂自己的伤口，如果顾客仇恨的是自己所在的市里甚或是省里的领导人物，再具体点就是市公安局或省公安厅的某些领导，"发泄场"也敢把他们的头像挂在模拟人的身上任人厮打和污辱吗？这算不算是侵犯人权或名誉权呢？这一个又一个的花样翻新的"仇恨事业"，让人感到现代人是由憎恨的情绪造成的，仿佛人跟人之间除了敌意、怀疑、妒忌、怨恨就没有别的了。用正常手段实现不了的目标就用愤恨去实现，不顾一切地要达到目的，不顾一切地去憎恨。这不是渴盼武斗、渴盼"打、砸、抢"吗？

这让人们对"中国不会再发生'文化大革命'"的承诺产生困惑，只怕是再闹起来会比第一次还要凶狠……"文化大革命"结束快三十年了，今天二十五岁以下的人根本没见过"文革"是什么样子，心里这种怨恨的种子是怎么播下的呢？难道就因为不能成功、发不了财、没有考上好学校、没有找到好工作、家庭破裂……或是仇恨也能遗传？

上个世纪可以说是个"仇恨的世纪"，因为仇恨所以多战争，人类历史上仅有的两次世界大战都发生在上个世纪，全世界因战争死亡的人数过亿。进入新的世纪，这仇恨似乎并未减少，频繁的战争及死亡，不断在人们的心里留下仇怨。而"文革"时的中国还多了一种"战争"——接连不断的"政治运动"。这个词真是造得传神，"政治"一旦变成了"运动"，也就成了不可或缺的东西，有条件的谁不想参加呢？于是培养了普遍的政治情绪、政治怨恨，千军万马都拥入政治的运动场。对政治的崇拜排斥了其他正常的生活，破坏了人们正常的判断力。

目前大家肚子里的"气"既然还储存着这么多，需要办公司来"发泄"，可见我们还得继续为以前的错误付出代价。

土吃洋和洋吃土

可口可乐是地道的洋饮料，被称做美国文化的代表，美国人喜欢加冰块或冷冻后饮用。中国人却把它和生姜放在一起煮沸后喝，说是能治感冒。能治感冒的一定不是坏东西，感冒的人喝，不感冒的人也喝，特别是在冬天的酒席宴上，热腾腾的生姜可乐成了抢手货。

雪碧兑醋，被称为"一号饮料"，有一阵子曾红遍中国。前不久我在珠海居然看到了罐装的"天地一号"，大小饭店都公开出售，打开来其实就是雪碧加醋。

还有红酒里加雪碧……总之，土吃洋的花样很多。

洋物土吃的结果，反使洋物大盛，大量吞吃了中国人的胃口。

比如麦当劳、肯德基，你吃它的货，吃上瘾，吃成习惯，就变成了它吃你，吃你的文化，吃你的市场。恰如尼采之言："谁占有，谁就被占有。"

土吃洋，洋吃土。洋吃土，土吃洋。地球从来就是一盘大菜，看你会吃不会吃。

如今世界网络化，在因特网上又是谁吃谁呢？

第二次世界大战之后，日本靠土吃洋成了经济大国，被西方人骂作有技术，没有科学，技术是从西方偷来的。但他们偷来技术能够消化吸收，这叫会吃。

最能土吃洋的还是美国人，他们不仅吃别人的东西，更注重吃人——"现代科学之父"爱因斯坦，他的祖国要杀他，美国把他抢了去，保护起来。俄国的文坛巨匠索尔仁尼琴，被自己的祖国驱赶出来，又是美国把他收留下来,后来获得诺贝尔文学奖……

这类事情多得很,所以全世界的精英都流向美国,创造出强大的美国经济和美国文化。

美国也因此吃出了甜头,成了世界天才的集中地。

这才叫大吃、精吃。比较起来,中国人的喜欢满足口腹之欲,不过是小儿科。

也有人想拒绝土吃洋或洋吃土。但现在的世界,任何一个国家想闭关也闭不住,想锁国也锁不牢,你不吃就只有被吃的份儿。或者大吃特吃之后,食洋不化、食土不化,造成恶果。

人类非常聪明,又非常无知,永远不会"绝顶"。后来总还会有更聪明的人出现,市场看起来已经饱和,可又有很多空白,总还会有人发明出新鲜玩意儿让人购买,开辟市场,占领市场。

忠诚调查

　　纽约成立了一家"忠诚调查侦探所",一年内就接受了四百余名女子的委托,帮助对她们的丈夫和未婚男友进行"忠诚考查"。于是,侦探所雇用了三十名年轻美貌的女模特做"诱饵",展开诱惑行动。其结果是:"没有一名男士能经受得住女模特美色的考验,他们或与主动前来搭讪的女模特调情,或留下电话号码要求再约会,甚至还有的提出了上床的非分要求。"

　　这是女士们闲着没事干自取其辱,知道了男人们都"花心",又能怎样呢? 女士们难道能齐心终身不嫁,绝不接触男人? 柳下惠早就死了,即使他能再生,现代女人会喜欢他吗? 什么都喜欢调查一下的美国人,也想用科学的数字说明是哪些人最"花心",曾在《人口统计学》上发表了有关美国人的"性趣"调查结果:"学历低的比学历高的性欲更旺盛;最令人感到意外的是那些'工作狂'们,原应没有时间做爱,可他们的性需求反而较常人更多;喜爱爵士乐、拥有枪支以及对总统不满的人,大都好色。"中国人喜欢把什么都往文化上拉,张口闭口地大谈"性文化",美国人的调查则证明"性"排斥文化,是"粗人运动"、"狂人运动",抑或还是"政治运动"。

　　所以,中国的女人就现实得多,不用花钱请侦探雇美女地去跟踪、考验,也不必劳心费神地做什么调查,凭自己的直觉和别人的一两个眼色就知道自己的男人是不是有了外心、打了野食。去年夏天,台北出现过一次"太太大游行",举出的标语牌上赫然写着:"反对一国两妻制!"这些女人都是老板的妻子,她们的丈夫钻台湾现代法律的空子

（台湾目前不承认大陆的法律,当然包括婚姻法）,于是就利用到大陆办公司的方便养二奶甚或公开娶二房。

许多的中国女人还有个特点,闹归闹,并不主动撒出竞争,闹过之后仍然希望跟"花心"的丈夫"在一个锅里搅马勺"。有些女人自认是看透了世上的臭男人,与其大闹一番之后还不得不睁一只眼闭一只眼,就不如提前把另一只眼闭上,还省得动肝火,伤和气。

退得快，老得慢

先别说人，连地球都衰老了，体积膨胀，直径不断伸长，旋转速度在不断减慢，就像人老了变得臃肿发胖、行动迟缓一样。地球的负重却还在层层加码，降落到地面上的宇宙灰尘逐年增加，光是接纳宇宙间落下的陨石每年大约就有两千六百至七千二百亿块。热带雨林急速减少，土地沙化急剧增加，每天都有一百多种生物灭绝……于是，疲惫不堪的地球每年都要在内部发生十万多次地震，人能感觉到的有三千至四千次之多。

奇怪的是，把地球折腾成这个样子的地球人类，反倒活上劲来了，寿命逐年延长，企盼了几千年的长生不死之术，有望能得以实现。科学家们已经发出了豪言：到二十一世纪中叶，人的寿命可达到一百三十至一百五十岁，下个世纪将活到自己想活的岁数。但是，科学家们说的是人能够活得长，并不是说能永葆青春。也就是说，人该老还是要老的，说不定还会老得更快，只是老而缓死，或老而不死，在漫无尽头的长寿中活着，至于生命的质量则是另一回事。

世界首富盖茨在四十二岁的时候就感到自己老了，领导微软帝国已力不从心，于是萌生退意。在新经济前沿的一些行业里，正流行一到三十五岁就退休。到三十岁就有了恐慌感，不知什么时候就会歇菜，或被扔出去。高科技的发展造就了一个年轻的市场，现代经济创造了"一种男性青春期文化，一切毫无节制"。世界上有许多高效益公司的总裁是三十岁以下的年轻人，在当今对资源的热潮中，最惹人眼目的是"傲慢自大的年轻资源"——在华尔街，在硅谷，在所有想追赶潮流的地方,绝对形成了一个年轻化的倾向。这么多的新投资都放在了高科技上,而高科技是建筑在熟练的技术上,今天的技术只能今天教,不是三年前教的。经验一文不值,它只意味着你的技术已经老了。在高科技时代,到二十五岁时刚刚离开学校四年,就有了老的感觉,因为你的技术已经老了四年。如果你在硅谷,二十五岁最好已经挣到了钱,因为你已经完了,倘若在一个行业干了七年,那就是一条恐龙了!

这些站在新时代潮头的"白领"和"金领"阶级,一个个都赚了大钱,尚且整日活得紧张兮兮,落伍得如此迅捷。那些活得更为艰难的普通人岂不要老得更快?这就是现代游戏规则。在所有行业,所有地方都同样处在年轻人的圈子里,新一代不断涌现,一切正在变得越来越年轻,把所有人都卷入社会达尔文主义的疯狂竞争。这种竞争的残酷还在于把跑得最快的人再拉出来比赛,就像奥运会比赛,最后只能有一个冠军,其他人都是失败者。

而且这些年轻的昂首阔步的成功者,有自己标榜的东西,按照自己的方式生活和行动,不需要从上一代手中接过权力,因此就不需要前辈,根本不理睬老家伙们。像盖茨这样的人,富可敌国,说退休两片嘴唇一碰就出来了,退不退他都能终生享用不尽。对其他人来说退休可就没有这么轻松了,那是生命中的一道坎儿啊!倘能按着过去国家规定的年龄退休算是幸运的了,许多单位由于经济状况不景气,纷纷出台自己的土政策,什么"内退"、"病退"、"退养"……总之是要你提前回家。到底什么时候算老总该有个标准吧?古代是有规定的,《礼记》上说:"人生十年曰幼,学。二十曰弱,冠。三十曰壮,有室。四十曰强,而仕。五十曰艾,服官政。六十曰耆,指使。七十曰老,而传。八十九十曰耄。"按照这个标准三十岁才可以成家,四十岁出去当官做事,到六七十岁才能称老……足见古人的生活节律是何等地从容不迫。人们都说古代人的寿命短,依照这个公式却显然比今人要老得缓慢。

现代人老得快,寿命长,退休又提前了,老而不死的时间特别长,在这一大段日子里可怎么打发呢?

情绪污染

现代生活里的情绪污染已经非常普遍了。比如骂街，有一个人开了头，大家就都跟着骂，好像不骂几句就不算是地道的中国人。外地人进市，坐上出租车听见司机一开骂，人家对这个城市就难有好印象了。人在外面易受坏情绪的污染，带着满肚子闷气、嘟噜着脸子回到家，摔摔打打，看什么都不顺眼，立刻便将坏情绪传染给全家，整个晚上甚至连续几天都不得安宁。同样，在家里怄了气，也会把坏情绪带到外面……

而人们在日常生活中会有许多外在的或内在的神秘因素搅扰心神，现代人的情绪反复无常比运气的反复无常还要来得古怪和不可理喻。情绪又极容易相互感染，闭塞人的心智，用心理学家的话说，情绪病毒就像瘟疫一样从这个人身上传播到另一个人身上，一传十，十传百，搞不清从哪儿开的头，也不知将到何处中止。其传播速度有时要比有形的病毒和细菌的传染还要快，被传染者常常一触即发，越来越严重，有时还会在传染者身上潜伏下来，到一定的时期重新爆发。这种坏情绪污染给人造成的身心损害，绝不亚于病毒和细菌引起的疾病危害。

现代人很容易就携带上各种各样的情绪病毒，商品社会也像依赖商品流通一样刺激和推动着情绪病毒的流传。因为人们在急于追求财富，追求享乐，追求感官的瞬间刺激，追求新潮，紧跟流行。可生活的潮流此起彼伏，扑朔迷离，于是生存竞争激烈，市场转换不定，弄得人们晕头转向，身心疲惫，人格和行为都趋于市场化，成天想的就是怎样把自己推销出去,看苗头,估行情,不断地顺着社会行情进行自我塑造、自我改变……这样活着怎能不累,抵抗力减弱,自然就更容易被情绪病毒感染。

情绪病毒的产生是心理平衡机制失调所致,也就是心理防卫机制遭到破坏。高度市场化的发达国家,早就在治理环境污染的同时也开始下力气治理情绪污染,想出各种办法帮助人们清除情绪病毒。欧洲喜欢"运动排毒",法国人还发明了"精神排毒操",他们一旦发现自己感染了情绪病毒,就去出一身臭汗,将郁结于胸的情绪病毒随着汗水排出体外。美国人发现了自己情绪带毒就去玩儿沙子,"将手指脚趾都深深地插进沙子里撩拨",他们认为沙子细软柔滑,可散可聚,无孔不入,能过滤人的情绪病毒。日本人的排毒办法是照哈哈镜,看着自己扭曲变形的怪样纵情大笑,以嘲笑自己出气。或者在门框上挂一只皮球,用前额去撞,撞的力量越大,皮球反弹回来的力量就越大。让人从作用力和反作用力相等的原理中受到启发,以期达到平复情绪的目的。

那么中国呢?目前光是环境污染就够让人头痛的,似乎还顾不上情绪污染的事。人们只看到了环境的日益沙漠化,还没有意识到人的心灵也在日益地沙漠化。也许是先有心的沙化,后才有环境的沙化。或者说,环境沙化只不过是心灵沙化的映照。现代人自身的情绪污染日趋严重,又怎么能治理得好环境污染呢?

写信和守信

"信"字的古写为"伈"。人有心才叫信。写信即是交心，接信就是接心；守信就是守心，失信就是丢心。当然，心也会变色、变味、变坏，因此信也有战书、黑信、诬告信、匿名信……。

当一个人接到一大堆邮件的时候，最想先打开的就是信。在一大堆信里最想先看的，是跟自己关系最亲近的人的来信，特别是情书、家书。也正因为信有如此大的魅力，世界上才有了各种奇奇怪怪的信，而且又因为信发生了无数奇奇怪怪的事情。我国的古代有"烽火报信"、"飞信驰檄"，皇帝调兵的信件是"虎符"，军事密信又称"阴符"、"阴书"，还有"鸿雁传书"、"鸡毛信"、"葫芦信"、"诗信"、"画信"……如唐代女诗人陈玉兰的《寄夫》，本是一信，竟成了千古绝唱："夫戍边关妾在吴，西风吹妾妾忧夫；一行书信千行泪，寒到君边衣到无。"

同样，国外也有类似的"物信"、"图信"、"羊尾信"、"声音信"等等。公元六七世纪，波斯人进攻黑海北岸的西徐亚人，这个游牧民族便给来犯者送去一只飞鸟、一只青蛙、一只地老鼠和五只利箭。其意思是警告入侵的波斯人，赶快像惊鸟那样飞走，像青蛙那样四散奔逃，像老鼠那样打个洞藏起来。否则，就只有尝尝西徐亚人的利箭了！那时，国与国之间送斧头就表示宣战，送烟管则表示求和。人与人之间表示友好、亲密、爱情，要送树叶、树枝、羽毛、贝壳等等。

人生有情，信便是有情物。由于电子通讯技术的突飞猛进，信的概念越来越宽泛，容量也越来越大，在"信"的后面加上一个"息"，便呈爆炸的趋势。"信息"有了商业价值，也就有真有假，远不是原来的信的味道了。信——是人类文明史上伟大的发明,唯愿信息爆炸不要把由"人"和"心"构成的信也炸没了。

即便网络时代将手写的书信"炸"没了,还有一种"信"却变得无比重要,这就是"信用"。《说文解字》里说:"信,诚也。"儒家的五字道德箴言在"仁义礼智"之外也还有一个"信"。孔老夫子在《论语》里格外强调,"与朋友交,言而有信"。

《易经》也说:"人之所助者,信也。"在发达世界,在规范的商品消费社会,"失信不立",一个没有"信"的人几乎就难以立足,成为没有"用"的人。人,都是先立信,而后才能求发展,信用能给人以无形的力量。

人类社会已经发生了翻天覆地的变化,许多东西都改了,为什么自古至今对信用的重视不变呢?这是因为"资本主义得以出现,全赖信用与资金的流通和集中,在这中间信用比资金更重要"(许倬云《从历史看时代转移》)。这就是说社会越前进,经济越发达,越要依赖信用。因此在西方发达国家,一个人一旦有了不守信的记录,到哪里都会遭到拒绝。

信用是人格的证书,比任何学历证书都重要,千万不可走错一步,让人格破产。信用就像镜子,一旦破损便难以复原。在竞争激烈的今天,能保证公平竞争的就是信用。胸中有信念,对自己有信心,才会对别人守信。把金钱置于信用之中,而不相反。

你享受过"奉承服务"吗？

　　河南省作家协会的会员钱诗金,曾在北京的路边"卖话"轰动一时,有大群的大学生每人出十元听了他两句话:"数风流人物还看真招"、"把人当赢看"。而"事业是天,把天做大"一句被二十多家企业买走。如今企业难干,老板们"有病乱投医",哪怕是只言片语的智慧也是好的,好在花钱不多。再加上现在失业的、离婚的、被骗的、心情压抑的倒霉蛋不少,一两句开心的话也有市场。一位会说汉语的外国人花八美元买走了他的"活出好心情,快乐总是你"。有了这样的祝福,那老外想必会快乐上一阵子。

　　钱诗金能卖出去的显然都是好话,用他自己的话说是一些"窍门话、抓心话、震撼话、刺激话、点子话、新潮话、乖乖话……"至少要让人听着舒服,甚或受到启发和激励。否则人家怎么会掏钱呢？愿意到大街上花钱买骂的人毕竟不多。无独有偶,日本新兴起的一种职业,也是在大街上"卖话"。所不同的是专门向买主拍马屁——公开打出的旗号则叫"奉承服务"。他们身穿鲜红的汗衫,表示他们是"职业奉承者",用中国话说就是"马屁精"。在东京繁华的街头一坐,旁边立一个大广告牌,上写:"奉承屋,每分钟一百日元。"

　　有人往他们眼前一凑合,他们便立即搭讪:"你最近被人奉承恭维过吗？感觉一下你潜藏的魅力吧,放纵一下自己……"如果买主是年轻女子,他们就会赞美她有非凡的时尚感,让人着迷,然后把她和某个著名的歌星或影星拉扯到一块儿大吹一通。如果客户是男的也会有另外一套词儿,反正是要把你吹得脸红心热、浑身无比舒坦了才算达到目的。据说所有接受过这项拍马屁服务的人,都被拍得心旷神怡,笑得合不拢嘴。一位曾被拍过的人说:"感觉好极了,我一向不自信,在日本人们很少相互赞美,无论你有多么出色,也没有人夸你一下,生活在这样的环境中真是让人恐怖。"

原来不光当官的喜欢马屁精,普通人也喜欢隔三差五地被人拍上那么两下。所以从古到今,从东到西,拍马之风就从未断绝过。人人都是肉体凡胎,喜欢被拍可以理解,何以也有人愿意拍人呢?答案很简单:有所图。有的图钱,像日本的那些小马屁精们。有的图官,有的图色,有的图命……《赵南星小品》里讲过一个故事,一个秀才寿数尽,去见阎王,恰巧赶上阎王放屁,秀才即献《屁颂》一篇,曰:"高耸金臀,弘宣宝气,依稀乎丝竹之音,仿佛乎麝兰之味,臣立下风,不胜馨香之至。"阎王闻之大喜,立即给这该死的秀才增寿十年。看看,连阴曹地府的阎王爷都喜欢被拍马屁,阳世间的活人还有救吗?那张口就能作出《屁颂》的秀才,可算是马屁精的祖师爷了。

但是,也有因拍马而被杀头的。明初翰林学士解缙,十九岁中进士,后来主持编纂《永乐大典》,不愧为一代雄才。同时也因会拍皇帝的马屁而闻名,民间流传着不少有关他拍马屁的故事。一次他和明太祖朱元璋一块儿钓鱼,他不断地上鱼,朱元璋却一条没钓着,皇帝自然满心不高兴,他即刻吟诗一首,哄得龙颜大悦:"数尺丝纶入水中,金钩一抛荡无踪。凡鱼不敢朝天子,万岁君王只钓龙。"有一回朱元璋故意难为他:"昨天宫里出了喜事,你吟首诗吧。"解缙一听是皇帝得了儿子,马屁顺嘴而出:"君王昨夜降金龙。"朱元璋一转口:"是个女孩儿。"解缙也立即改口:"化作嫦娥下九重。"朱元璋又说:"生下来就死了。"这真是难解,解缙却话锋一转:"料是世间留不住。"朱元璋再逼一步:"已经把她扔到水里去了!"解缙接着吟道:"翻身跳入水晶宫。"

这马屁拍得多地道,既回避了"死"字,又把坏事说成了好事。这样一个大才子,在四十七岁的时候却被皇帝的锦衣卫用酒灌醉,埋在积雪中活活冻死了。因为他老拍皇帝的马屁拍烦了,拍完了老皇帝不想再拍小皇帝了,自己也功成名就,应该享受别人来拍自己了,于是开罪了皇帝的弟弟。凡拍马屁都会遇到这个问题,你不可能见人就拍,那么多人累死你也拍不过来,拍了张三丢了李四,就会埋下祸患。即使再高明的马屁精也有拍不到点儿上的时候,拍对了九次有一次拍错就前功尽弃。再加上拍马屁既是力气活儿还得动脑子,一年到头地老拍总会有烦的一天,而拍马屁有一条死规矩,被拍的可以烦,拍马的不能烦,马屁精自己一烦,离着完蛋就不远了。

垫 底 儿

　　几个陌生的小伙子敲开了我的门，张口就叫"蒋主任"，让我一激灵，我是哪门子主任？但很快就知道他们是什么人了。高高兴兴请他们进屋，拿烟沏茶。我喜欢和工厂来的人聊天，什么时候来都行。坐定以后我请他们自报家门，为首的说：

　　"我们就别一一介绍自己了，一怕您把我们的名字写进文章，二是您听了也未必都记得住，我们有个共同的大号，保管您不会忘记，叫：垫底儿的！"

　　垫底儿的？

　　《红灯记》里有一句词儿："妈，有您这碗酒垫底，什么样的酒我都能对付！"会喝酒的人在喝酒前先吃几口菜或咬几口馒头、面包之类的东西，有了垫底儿的，不容易伤胃，不容易喝醉。您下饭店点了一盘炖鲍鱼，端上来鲍鱼只有几个，单摆浮搁在油菜和玉兰片的上面，论数量油菜和玉兰片比鲍鱼多得多，却是为鲍鱼垫底儿的。

　　我笑了："好一个垫底儿的，今天碰上茬子了。你们可知垫底儿不一定是坏事，更不等于不重要，比如社会，尽管像宝塔一样分出许多阶层，没有塔基焉有塔身和塔尖？做尖子是极少极少的，大部分人是垫底儿。在下面垫底儿也有垫底儿的好处，至少比在上面牢靠安稳。其实世界上任何一种能立得住的东西，都得有底儿，底儿正上边就稳，底儿斜上边必歪，底儿坏上边就塌。"

　　"话是这么说，可现在谁拿垫底儿的当回事？您当过我们的车间主任，对工厂的情况还知道一些，所以带着一肚子不明白来请您开导开导。"

"别客气，我当车间主任那会儿你们还不知在哪儿转筋呢，只能说我当过你们的师傅的车间主任，老皇历了。因此，你们不明白的我也不一定明白。"

"美国的大明星泰勒，嫁给了一个开推土机的工人，他们没搞'文化大革命'，那推土机手也不是好莱坞的'工宣队长'，他们居然能凑到一块儿。您说邪门不邪门？明星不觉得屈，工人不觉得低。他们从来不说工人是主人，可工人活得像个人，在任何人面前也不必自惭形秽。不像我们，在'工人阶级领导一切'的年代，有些女演员、女知识分子下嫁给工人，'文革'一结束，又纷纷离异。现在可好，产业工人收入低、社会地位低，想找女朋友都困难了。您认识人多，有合适的想着咱们点。"

绕了半天弯子原来是叫我给他们介绍女朋友。我拿一张纸，请他们写下姓名、年龄、职业、收入。

"看看，连您这样的人给介绍对象也要先问职业和收入，只要我们讲出职业和收入，任何姑娘都会撇撇嘴掉头就走，因为我们有职业无工作无收入。今天找您来的真正目的是想求您给找点活干。"

"为什么？ 工厂关门了？"

"门关着开着都差不多，反正工资发不出来了。我们成了工薪族里的无薪层，名副其实是为别人垫底儿的。"

怎么会这样？ 我没有心思再跟他们讲笑话了。他们年纪轻轻，闲待到什么时候是头？ 另谋出路又谈何容易，经商要有资本，况且也不是人人都能经商赚钱……我为他们犯愁，眼下找工作太困难了。但我也不相信他们会饿肚子，即便工厂关门，也会为职工提供基本的生活保障。

"您不要以为我们是来向您哭穷，现在谁也不愿意讲自己怎么怎么穷，因为穷不再光荣，而是耻辱。再说讲出自己的穷也没有用，富人没有耐性没有时间听穷人讲自己的不幸，穷人听了穷人的倾诉也解决不了问题，所以只有向您这样的人讲，向您这样的人问。"他们递给我一本杂志,是《上海经济研究》一九九四年第十一期,我先看他们用圆珠笔标出的地方——

"辽宁省杨家杖子矿务局所属的岭前矿,吃饭定量供给,每个职工两个馒头、一碗菜汤。并非人们留恋一九五八年人民公社的时光,实在是没有别的办法。矿上三个月没有发工资,车间、厂、矿三级的互助金都借光了。"

"黑龙江双华煤矿的一千七百八十三名矿工连续八个月没拿到工资,矿上出面担保向粮店赊欠公粮,后来赊欠太多粮店也不再照顾他们了,职工只能靠玉米和菜叶粥充饥。"

"据吉林、河南、山东、江西、广西、海南、山西、陕西省总工会的保守估计,生活困难的职工至少在七百万人以上。"

"看来垫底儿的不光我们几个。您说这种局面还能持续多久?"

我回答不了这个问题,只能用空话安慰他们:"人们不都说眼下是转型期吗?在转换阶段发生什么事情都不足为怪。但国以民为基,民以食为本,到什么时候也变不了。物极必反,船到桥头自然直。不必怨天尤人,也不一定非抱着一个坟头哭,这个社会最大的优点就是活泛、机会多,经济造就人生比'阶级斗争决定一切'公平得多,自由宽松得多。去试一试,去闯一闯,塞翁失马,焉知非福?对未来要有信心,此处不留爷,自有留爷处……"

我也只有这几句不着边际、无关痛痒的空话送给他们。

再来一次"公私合营"如何？

任何一个人不论出于什么目的出国,总会自觉或不自觉地对所去国家的经济状况有所感觉:食住行是否方便？ 社会富裕程度如何？ 物价高低？ 社会秩序怎样？ 等等,想不了解都不行。而且会很自然地和自己的国家相比。

倘是去美国、日本等世界一流的经济发达国家,无论见到怎样的经济奇迹,也不会感到惊奇。因为世界上天天都是关于它们的报道,你所见到的往往还不如听到的。但是当你去一个你对它所知不多、名气不大的国家,所见到的情况和中国相比也可称得上是创造了经济奇迹,那你受到震动就非同一般,感慨很多,想的也很多。

我的马来西亚之行就是这样。它又称大马,即除了马来西亚之外,还包括加里曼丹岛的两处地方。

其经济状况不必细说,我也细说不了。其实从外表看,富裕的国家同富裕的家庭一样,大同小异。只有贫穷才会多事,才会"花样翻新"。大马比一流发达国家要落后些,但物价很低,比中国还要低得多。比如乘出租车、吃饭比中国差不多便宜一半。而他们知识分子的收入比中国的知识分子却要高出四五倍。但是你更关心它的经济是怎样发展起来的？ 为什么世界上有许多大国、中等国家,甚至小国,都能搞得很好呢？ 在访问中得知:

原来马来西亚经济的起飞就是近十几年的事情,和中国进行改革开放的时间差不多,只是少一些波折和干扰。他们的办法很多,其中有一条让我格外感兴趣——因为中国也开始试着走这条路,从目前看只是还没有大马政府十几年前那样的决心和魄力。

一位经济界人士介绍说：马来西亚经济的起飞，得益于推行私营化。在八十年代初政府就发布了国有企业私有化的计划，分期分批地把航空公司，还有中国人认为的喉舌广播电台以及交通命脉铁路、港口等变为私营或公私合营，并允许外国企业家购买这些企业的股份。最近政府又公布计划，加快私有化的步伐，一些所谓国家经济的要害部门，如国家电气局、邮政、能源、文教卫生机构等，也可以私营或公私合营。这将大大减轻政府的财政负担，政府又可以用这些钱去干应该干的和急于想干的事情。

私有化——折磨了人类几千年，人类却摆脱不开它，想不出更好的办法替代它。自共产主义理想诞生以来，世界上有许多人，包括一些伟大的人物和平凡的大众，都想尽早地消灭私有制。然而一个多世纪过去了，仍然只有愿望和理论，而没有建立起一个成功的事实。最辉煌的一段时间是在第二次世界大战之后，建立起一个"社会主义阵营"，掀起一股"公有热"。即便是"资本主义阵营"中的许多国家也兴起一股国有企业热潮，在世界各地纷纷建立起许多国有企业，这些国有企业在各个国家的经济发展中曾起过重要作用。

几十年过去了，其中一大部分企业失去了活力。自上世纪七十年代末开始，世界上先后有五六十个国家又掀起了国有企业私有化的浪潮，并很快收到了明显的经济效益。首先是欧美诸国，如英国前首相撒切尔夫人之所以能在位十一年，一个主要原因就是推行私有化卓有成效。紧接着私有化之风也吹到了亚洲，似乎吹到哪里，哪里就受益。日本将著名的"国铁"变为"私铁"，不久即扭亏为盈。最讲整齐划一的新加坡自一九八五年开始，已将二十多家国营企业实行私有或公私联营，还有泰国、印度、菲律宾等，马来西亚是起步较早的。

也许跟这股全球范围的私有化浪潮不无关系，以前苏联为核心的"社会主义大家庭"突然解体，私有制老树新枝，大有独领风骚之势。中国经济想与世界经济接轨，想躲开私有化大潮的冲击是不可能的。况且经过十多年的改革开放，私营企业已雨后春笋般地建立起来，其情状也如春笋出土,挺然、猛然,不躲不避。如名气很大的巨人集团,第一个亿万富翁张果喜等等。而公私合营则没有这般张扬,革命在悄悄地进行。先是在浙江、广东等南方诸省的中小型企业中自发地搞起来了,几十家,几百家,不少是陷于困境的国有企业求助于私人资金和私营经营机制,改变了企业性质,找到新的生机。也有一些私人企业主想借国家的力量摆脱小作坊式的生产模式,参与社会化大生产的竞争。后来,这"静悄悄的产权革命"革到了大型国有企业的头上,如:广东横跨珠江的四座大桥、珠光隧道及三家水厂的百分之六十的资产股份,以三十年为限转让给了泰国国际集团。顺德著名的华宝集团百分之六十的股份,被香港蚬壳电器工业及公司大股东翁氏家族斥资十二点八亿港元购得……其实中国北方搞得热热闹闹的许多所谓中外合资企业,也是公私合营。

这悄然而起的产权革命,必将改变中国的经济格局。但这已经是第二次公私合营了,第一次是在四十多年前——

"一九五〇年八月,中央交通部部长章伯钧与民生实业公司总经理卢作孚签订了《民生实业公司公私合营协议书》,规定在经过一段时间的筹备后,民生公司正式公私合营。一九五一年二月,新中国第一家公私合营企业——公私合营民生实业公司,正式挂牌营业,卢作孚任总经理……"不久在中国内地掀起了一场轰轰烈烈的急风暴雨式的公私合营运动。一旦形成一股政治风暴"就是粗糙的"很难要求公正和合理,不测算股份,不根据资产分配权力,国家强行入主企业,独掌大权,使公私合营成了一块空招牌。即便如此也没有让这块招牌挂多久,很快这些企业里的"私"就不知去向,全变成了"公有",中国就算"完成了对私有经济的社会主义改造"。

谁能想到,还没有超过半个世纪,公私合营又回来了。卢作孚的后人在长江上又竖起属于自己的民生公司的牌子,私有经济又回来了,仍然富有生命力。

经济的发展确有自己的规律。走社会主义道路,就是要逐步实现共同富裕。

但经济搞得好的国家却有许多共同的东西。

一个作家出国感受最强烈的却是经济问题,这是作家的悲哀,还是经济的悲哀?

目前中国的成年人都喜欢谈论经济、关心经济,正说明我们的经济还没有发展到不用老百姓操心的程度。

由不敢当标兵谈起

"反腐倡廉标兵"的产生过程是严格而复杂的,先由群众推举,然后进行横向和竖向的比较,再由上级部门一层层地筛选、审核,可谓八面见线。"反腐倡廉标兵"非同其他一些先进人物,名单公之于众以后要经得住社会的检查、群众的议论。当下人们对腐败现象深恶痛绝,倘候选者身上有一点儿事,群众一封举报信,非但标兵当不成,说不定还会引火烧身。可见能够当上反腐倡廉的标兵是很不容易的。到了评选的最后关头,有些很可能会中选的人却开始退缩,不想再接受这种荣誉。最后退出了廉洁勤政的评选活动。

这事惹得人们议论纷纷,有人说这是一些心里有鬼的人,怕在评选中被查出问题,标兵当不成反而闹出什么丑闻。有人说这是些聪明的人,反腐倡廉的标兵不是一顶桂冠,而是一个紧箍咒,当上这样的标兵不会有一分钱的奖励,反倒会有诸多不方便,不便坐好车,不便吃吃喝喝,不便送礼收礼,自己不方便就是别人不方便,说不定会影响四面八方的关系,耽误工作等等。

如此说来到最后评选出的那些反腐倡廉的标兵,且不说他们那些事迹如何过硬,如何动人,单凭他们敢于接受这一称号,就证明他们正大光明,充满自信,"傻"得可爱、可敬。

反腐败是在改革开放的大背景下进行的,廉洁奉公也必然会带有社会主义市场经济的特色。宁要"社会主义的草"不种"市场经济的苗",把企业搞得半死不活,把自己和群众搞得很穷,没有钱"吃"和"贪",不能算廉洁奉公。当下廉洁奉公的先进人物有一些共同的特点:他们的思想是改革开放的,首先在改革开放中做出了突出贡献,他们所在单位的经济效益和社会效益都很好,有很多钱而不多吃多占,这才是廉洁奉公。为国家创造了很多财富,仍然兢兢业业,并不居功自傲,大手大脚,这才是勤政。但他们该坐什么车还坐什么车,该住什么房还住什么房,并不一定非要骑自行车上下班,或者老少几代住在一两间小房子里才叫廉洁。

　　穷固然不能养廉,我也不大相信富就能养廉。日本不能说不富吧,但日本的政治人物闹出的经济丑闻算少吗?法律、制度、道德,才是廉政的保证。当下对廉洁勤政的先进人物怎样重视,怎样大加宣传都不过分。最有效的宣传是让老百姓相信他们,知道生活中还存在着一批这样的人,就会对国家生出许多信心,对未来生出许多希望。

作家和开会

不可设想,现代人类如果不开会怎么受得了?经济、政治、军事、文化等许多国际、国内的重大问题,要靠开会来决定。人类历史上记载着许多重要的会议。

尤其是中国人,几乎在娘胎里就懂得开会了。因为怀孕的妇女可以不参加或少参加体力劳动,但开会不得请假。挺着大肚子去听报告,学文件,讨论国家大事,研究计划生育,开会是后出生的中国人必不可少的"胎教"。

不计其数的会议,想起来有些是可恶的。当我还是个中学生的时候,平时一个跟我很要好的同学,只是因为对我的学习成绩总是比他好不服气,准确地挑选了一个机会,到团委打了我的小报告,说我为刚打成"右派"的教导主任鸣不平。经过精心策划,在一次全校共青团员大会上突然向我万炮齐发,一些好朋友翻脸无情,血口喷人。我则气得口吐鲜血,自然也不会说出好听的话。最后借着调班撤掉了我的班主席职务,团内给了警告处分。我第一次知道开会的厉害,会场如战场,炮弹呼啸,血肉横飞。以后在"文革"期间又经历过袖珍型批判会——加上我只有四个人和七千人大会只批判我一个人的巨型批判会……像我这种人不可能热衷于开会,开会成了我生活中一件很头疼的事。

大约几年前,我主持一次文艺界的老同志座谈会,要讨论的事情很简单,几句话就可以解决问题,但例行公事不能不开会。当时机关里只有一辆旧上海轿车,从八点半出车,把十几位老同志都接齐,已经快十点钟了。我建议这个小会只能开半小时,我把要讨论的问题讲出来，每个人用几分钟的时间表示个态度就足够了。从十点半开始送大家回去，到把最后一位送到家，差不多也快十二点钟了，还不影响老同志们吃饭和午休。堂堂美国总统有时和其他国家的首脑也只"通话十分钟"或者"会晤半小时"，一个坚决按上级指示办事的群众团体有什么事情半小时还说不完呢？即便真有话想说，大家都是作家，而一个大作家曾说过，简短是天才的姊妹，相信谁也不会说得太长。然而我又想错了，只要开会，大家还真有说不完的话，一个人发言半小时都不够用，"好不容易开一次会，还不叫我们把话说完吗？"

还有一个难题，开会发什么东西？本部开会好办，按眼下的社会风气，凡有外人参加的会没有白开的。然而作协很穷，而且会越来越穷。我提议凡非发东西不可的会就每人发一本稿纸，又高雅，又有作家协会的特色。此设想，却遭到工作人员的一致反对。发稿纸会挨骂，还不如不发。朋友埋怨我参加现代会议太少，孤陋寡闻，一个对开会没兴趣、不擅长组织各种会议的人，怎么能当好主席呢？

此话中肯而尖锐，打疼了我。好在我这个主席早已是"超期服役"，很快就下台了。谢天谢地，我下台之后，天津作家协会可以好好地开会了。

把晚上交给好莱坞

　　数年前我曾花一天的时间专门参观过好莱坞,现在才知道当时并没有真正认识好莱坞。深切地知道了这座世界独一无二的"梦幻工厂"的厉害,是近半年的事情——

　　城市各区纷纷成立有线电视台,大有雨后春笋之势。我所居住的街区终于也开始挨家挨户地敛钱,然后引进一根线,加入了有线电视网。于是,电视不接天线也变得清楚了,内容也和国家办的无线电视台有了很大区别,基本上以播放电影录像为主,每天晚上两部,有时白天还要播放一两部,大部分是好莱坞电影,还有一部分港台片。我不能不想这样一个问题:好莱坞到底生产了多少影片?难道他们早就想到了会有今天——中国人的精神要靠他们制造的梦幻来填充?

　　北方城镇兴起有线电视热,其实是好莱坞热。如果没有好莱坞的影片真不知这些有线电视台靠什么支撑?如果和无线电视台的节目一样乏味,谁还会花钱看你的有线?南方人爱看香港电视台,一些香港电视台每天晚上也必有一部西方电影,同样也是以美国电影为主。这就是好莱坞,成了为全世界提供梦幻的工厂。西方发达国家对此也许比较习惯了,而中国这个世界上最大的文化市场,坚持着与美国不同的意识形态,竟然没费多大劲就被好莱坞全面占领了。不知该感谢好莱坞,还是不能不承认好莱坞的强大?

　　在有线电视上基本看不到中国电影,其实有些中国影片还是很不错的,不知什么原因中国的电影和电视似乎是各干各的,老死不相往来。就整体质量而言,中国的电视剧还不如电影,相当多的电视剧是粗制滥造的劣等品,无法吸引观众。在无线电视台没有竞争的情况下,老百姓只好一边嘲骂一边仍然当电视的忠实观众。现在有了有线电视台,便一窝蜂地选择了好莱坞。

且不论让好莱坞影片占领中国人的精神生活有什么得失,仅这一现象本身就足够耐人寻味的了:看着美国电影,喝着可口可乐,还有遍地开花、生意兴隆的麦当劳及其他各式各样的美国产品,构成了美国的整体形象,这就是美国文化的魅力。如果说日本对中国市场的征服主要是电器产品和汽车,他们那种自以为是的文化精神却让人讨厌,不得不怀有戒心。那么美国人对中国市场的征服则是从文化上、精神上,首先征服了孩子,甚至让被征服的人没有觉察到自己输了。这就是文化的作用,它让你不知不觉地接受了美国味儿,连中国人操办奥运会、足球赛都富于强烈的美式文化色彩。它的文化包容了一切。

对这样的文化靠抵制是不行的,也是无益的,除非你再退回到闭关锁国的年代。只要你开放,对发达国家的物质产品也许还可以暂时地抵制一下,他们的文化则是无孔不入。唯一的办法是强大自己的文化,强大自己的精神,未来的世界将以文化区分,没有自己强大文化的民族是不可能被其他民族所重视的。若要强大自己的文化先要正视现实,扶持自己的文化。在政策上不能对人宽对己严,卡不了别人专卡自己,不能对经济宽对文化严,致使经济和文化不同步,既影响文化的发展,也束缚经济的发展。

倘若说春节联欢晚会体现的就是目前中国文化的整体水平,那么我们现在确实存在着无文化、无灵魂、无构想、无天才演员的尴尬境地。靠一些是声音而不是音乐是俗不可耐而不是幽默的东西支撑一场又一场的电视节目,怎么能让观众不去看好莱坞的电影录像呢?

飙　车

　　台湾人喜欢说,能在台北开车,跑遍世界都不怕了。因为台北市路窄、车多、车速快,如果再碰上飙车族……

　　目前台湾人谈论最多的又不牵扯任何敏感的政治问题,不必有什么忌讳,无论在什么场合都可以大谈特谈的话题——就是飙车。

　　飙车曾经是一种风景。

　　想想看:几辆、几十辆、几百辆,乃至几千辆摩托车,像从天上掉下来的从地里钻出来的一样,狂飙奔突,风驰电掣,在城市的街道上横冲直撞。忽而从前面袭来,忽而从后面钻出,金戈铁马声乍沸,霹雳车缠电火急,那该是一种什么景观呢?

　　很自然,飙车很快就走过头了,变成了一种社会公害,被明令取缔——

　　狂飙已经形成,要想取缔谈何容易?警方采取打歼灭战的办法,先是在台北市集中打击飙车族,然后是高雄市、台中市……

　　这同样激怒了飙车族,他们居然给警方下战表:某年某月某时,将袭击哪一个警察局,以示惩戒!

　　据说他们的报复手段就是开着飞车撞警察,或者拿着鸡蛋、石头、西红柿之类的东西投向警察,投向警察局大楼——这似乎又是一场刺激。

　　追求刺激是人的一种天性,以青少年时期为最烈。但刺激要分是什么性质的,受穷,挨饿,衣不蔽体,够刺激的吧?好像没有人喜欢。倒大霉、得大病,就更刺激,也更没有人喜爱。让人喜欢的刺激,是一种带有"玩"的意味,能享受新奇。用一种生气眼红的腔调说,是"吃饱了撑的",或者叫"有钱烧的"、"叫病拿的"。

许多刺激也实在是有钱有闲的人才能追求得起的。

飙车族最初追求的就是一种开飞车的感觉。到摩托车修理部把马力从90cc改大为130cc,于是小车换大马形成一股风,一种时髦,不能改也得改,不给改不行。修理部门有钱的诱惑哪还有不行的事呢?改装后的摩托车如同大马拉小车,启动快,加速快,开起来有一种飘浮感,更具刺激性。

"飘飘薄青云,意是凌神仙。"

飞车一族渐渐觉得光是"飘飘俗仙"已经不过瘾了,开始尝试撞人的刺激——或者从前面飞来把人吓得惊叫一声逃开,逃得稍慢一点就被撞个屁滚尿流。或者从后面偷袭,把人撞飞,撞个半死,车不减速,绝尘而去。

再以后,觉得光是撞又不过瘾了,开始加上抢——飞车抢掠女人肩上的小包和男人手里的皮包,真是如探囊取物。赶上高兴或不高兴了,还要打,还要杀,闹得大街上急急流如箭,猎猎杀气高。

想玩儿出人命,一个人玩儿就显得势单力孤,刺激程度也不够。于是,几个人、几十个人、几百人,乃至几千人一块玩儿。多为十八岁以下的少年,在夜里十二时到凌晨三时之间最活跃。终于成了一股股狂飙。

飙车现象并非只在台湾有。美国有"飞车帮",或者称"飞车党"。年龄范围更大一些,装束刺眼,让人一看就不是好惹的,只要有一群一伙的"飞车帮"出现,难得会有什么好事情发生。虽然他们叫"帮"称"党",却很少看见会有几百辆或几千辆摩托车凑在一起闹事的。

日本称这类人物为"暴走族"。如果写成"暴走卒",就很像一个相扑运动员的名字,带有典型的日本文化特点。他们似乎只追求开飞车的刺激,没有后面那几个层次的享受。

说来说去,只有"飙车"两个字,最形象,最生动,带有中国文化的韵味——"人生寄一世,奄忽若飙尘。"

有人担心，年轻人这样下去怎么得了？有人则不以为然。世界永远处在新旧交替之中，互相看不惯，历来如此。每个人随着年龄的长大，自然而然地会接受社会体制的规范。

日本青少年研究所理事长扇谷正造套用《共产党宣言》的语气说："一个幽灵在日本徘徊，这幽灵就是新人类……"

世界又何尝不是如此？

无论悲观也罢，乐观也罢，都无法回避这样一个事实：世界正面临着一个"巨大的世代转换时期"。"朋克"在美国取代了"雅皮士"，法国的新人类叫"弄波爵士"，"侃派"则在许多国家都有……"新人类"正一批批地降临到这个世界上来，"旧人类"终究会退出历史舞台，世界会成为"新人类"的天下。

新的还会变旧，又有更新的产生。

也许经济发达和图像——电子文化发达的地方，新人类产生得就快、就多。他们是现代富裕社会的产儿。钱多了总是要派生出许多东西，这也是没有办法的事情。

历史不能安稳，穷了要折腾，富了也要折腾……

惩　罚

　　八年前,特纳尔在一次酒后驾车时,撞死了一名叫苏珊的年轻姑娘,姑娘还在上高中。当时他接受了一项由姑娘的父母提出的处罚:每周要给死者的父母寄一张支票,支票必须是开给苏珊,金额只为一美元——不多不少,仅仅是一美元。而且要在以后的十八年的每个星期五寄出。真是"黑色的星期五"啊!

　　特纳尔觉得自己捡了个大便宜。每周一美元,十八年加起来不过是九百三十六美元,太小意思了。苏珊家的亲戚朋友们也大惑不解,认为苏珊的父母因悲愤过度被气糊涂了。每周一美元是个什么数字?若想用罚款解决,就要狮子大张口,要他九百万、九千万也不为过,还要一次全结清。干吗要拖上十八年?夜长梦多,拖来拖去对方赖账了怎么办?苏珊的父母却不为所动,坚持原来的条件。

　　八年以后,特纳尔受不了了,不再按时寄支票。苏珊的父母又将他告上法庭。特纳尔的精神几近崩溃,他泪流满面地对巡审法官说:"我实在是无法忍受了,每次填写苏珊的名字时心里都会泛起极度痛苦的罪恶感。苏珊的死还历历在目,这伤口太深了,而且每个星期都要撕开一次,后边还有漫长的十年,怎么熬啊?也许熬不到十年我就会疯了。我喜欢躺在床上胡思乱想,现在无论什么时候一躺下,就看到苏珊正向我走来……"他要求加倍偿还,并一次全部付清罚款。

　　他的请求理所当然地被法庭和苏珊的父母拒绝了。法官虽然理解他的痛苦,却还是以藐视法庭罪,判他三十天监禁。

　　为此感到了稍许宽慰的是苏珊的父母,他们的目的就是要让特纳尔不能淡忘了苏珊的死,要让他牢牢记住因自己的过失给别人造成的无法弥补的痛苦。他每到寄支票的时候才会想起苏珊的死就觉得受不了了,可苏珊的父母在八年来没有一刻忘记过自己的女儿。一个像花一样的女孩儿,说没就没了,轮上哪个当父母的能受得了?但是,他们也并不想要他用一生来承担那次事故的后果,所以只定了十八年。

真厉害,这无异于精神判刑。

如果当初只是罚特纳尔一大笔钱,他会因为心疼钱而觉得自己已经受到了惩罚,这容易让他心安理得,很快就会淡忘了自己所闯的祸。只有经过这样的精神惩罚,他才会真正领悟到无论自己受到怎样的惩罚都无法改变所造成的恶果。

惩罚原来也是可以换一种方式的。惩罚的方式不同,所收到的效果就不一样。地球上的犯罪和过错每天都在发生,千篇一律的惩罚在不断地重复着,倘若受害者和制定法律的人在极度的痛苦和憎恨当中,仍能像苏珊的父母那样冷静地想出最符合这个人的惩处办法,对拯救这个人并防止他(或她)以后重犯同样的罪过和错误,肯定会大有裨益。

据闻,许多国家在处理交通事故时,对肇事者的处罚都试着要弄出点新花样:有的被剃光头发;有的要到自己孩子所在的幼儿园接受孩子们的嘲笑和批评;有的要举一块牌子,上写"我因酒后驾车,不幸撞死人",站在自己醉酒的酒吧门前,向过往的司机现身说法……这显然是受了中国"文化大革命"的启发。

对罪过的惩罚应该是严肃的,不能儿戏化,更不同于羞辱。因为法律不是闹着玩儿,它代表着一个国家的精神和尊严。"文革"期间花样百出的整人技法,不是幽默,不足以效仿。

打造男人

一个聪明而又漂亮的女人,就具备了重新修理自己丈夫的资格。因为经典人物早就有言在先:"女人的权利就是男人的责任。"

毕业于师范学校的广西姑娘吴艳萍,结婚后把宝都押在了丈夫赵建军的身上。"按着现代成功人士的做派重新为他设计了吃相、站相、坐姿、说话的神态、腔调、手势。规定他每三天必须修剪一次头发,两天习书作画一小时,还要经常阅读中外大富豪的奋斗史,每天临睡前做一百次俯卧撑……"当然更不可不制定发财的指标,赵建军原本经营着一个只有六个人的小化工厂,吴艳萍却要求他"在两年内资产达到千万元以上,五年左右超亿元,在立足化工领域的基础上,涉足房地产、酒店、体育等产业,组建一个庞大的跨省、跨国集团"。

在吴艳萍的精心指导下,赵建军的表情越来越僵硬,心里因无所适从而越来越乱,最后变得沮丧、阴冷。大凡成功者受到的教育往往是来自自我,因为他们需要。所以说最好的教育是饥饿,而在这场妻子对丈夫的改造运动中,真正饥饿的是吴艳萍,并不是她的丈夫。他不饿,你非让他强吃,结果会如何呢?经历了十年奋斗,赵建军到底还是破产了。男人失败了,也是女人的失败,两个人只能分手,分手费是二十万元。对于像吴艳萍这样心高的女人来说不算多,可就是为了能筹措到这笔钱,赵建军铤而走险地去偷汽车,被当场抓获。一场煞费苦心地打造男人的实验宣告彻底失败。

——当下这类的事例多啦。因为社会上盛传"阴盛阳衰",女人们对男人们越来越不满意,别的男人管不了,就对自己身边的男人展开了一场场的改造运动,以适应新形势的发展。改造的手段以及培训科目虽各不相同,其结果却都不大美妙,往往以失去男人为代价,千辛万苦终于把男人打造成功了,这个男人却不属于你了,倒让别的女人捡了个现成的。更有甚者他们还会携款离去或对你下死手。侥幸还在一起凑合的,男人也会变得脾气乖戾,反复无常,要不就是委顿琐细,自轻自贱,越发地不像个男人了。当今的男人们到底是怎么一回事呢?自己没本事,还不愿意接受老婆的培训,真可谓烂泥糊不上墙!

但是,这也提醒了女人们,想干什么自己去干,别指望男人。君不见,现代社会的女能人格外多吗?那都是些清醒的明白的女人,有的也是被逼无奈才投身男人的世界一争高下的。优秀的女人是因为自己优秀,并不是因为她嫁了个优秀的男人。在嫁人这件事上,最好是先看准了再说,千万别把结婚典礼当成丈夫培训班的开课典礼。设若暂时找不到好的,临时先抓一个凑合着,而后再把这一个改造成另一种自己想要的男人,一意孤行的自负,不仅会破坏自身女性气质的协调,而且倾注了自己的全部情感和精力,甚至付出整个一生,却往往事与愿违,好心不得好报。因为男人和女人是两种完全不同的动物,他们相互依存是为了爱和战争,并不是为了相互理解,甚或是为了相互改造。古今中外有数不清的女人因搞不清这种关系而付出了惨痛的代价,包括精明如做过美国第一夫人的希拉里。

许多人相信克林顿能当上总统希拉里功不可没,说她在许多年前就眼光独到,在面前如森林一般的男人群中准确地发现了克林顿,并自信有足够的能力对他施以改造。且不说克林顿能当上总统并非都是希拉里改造的结果,可当克林顿在美国的政治天空耀眼地升起时,立即就成了许多美国妇女心中的偶像,甚至成了她们的梦中情人,从那一刻起实际上就宣告了希拉里作为女人的巨大失败,她在生理上和心理上已经失去了丈夫。以至于后来出了那么大的丑闻,让希拉里由"第一夫人"变为"第一失败的女人",连所剩不多的政治虚荣也被抹了黑。倘若她不是女人,或者是女人而不是克林顿的妻子,那么她倒可以算是克林顿称职的高级顾问。

　　诸位女士,如果自问没有希拉里的本事,又绝对没有把握能打造出一个美国总统,那就趁早收拾起对男人的野心,安之若素地当好女人。

代……

当下这年月想发什么财的没有？把肚皮借给别人代人生孩子赚钱；看到谁家死了人，便披麻戴孝，哭天抢地地代人号丧；前不久四川破获了一个"小偷公司"，用办公司的形式把小偷们组织起来，发挥"集体智慧"，创造更大的"收益"；辽宁营口还有更邪的，竟有一家"杀人抢劫公司"，在短短的七个月里就杀了十一人，抢劫财物无数……

最令人想不到的是美国商人霍普，于二○○○年九月在加州成立了"月球驻地球大使馆"，在网上拍卖月球地皮，这个世道有人敢卖就有人敢买，只几个月的工夫，就有三十万人通过网络跟霍普交易，成了月球上的地主。霍普这个财迷心窍、胆大妄为的家伙，也就真的大模大样地当起月球的代理人来了。这也是一种偷、一种抢，无非是偷得更明目张胆，抢得匪夷所思还不受法律制裁。

代理呀代理……如今还有什么不能代你去办理的呢？

"代吃公司"——有些人过于繁忙，请吃请喝的事情应酬不过来，就请人代替去大嚼一番。"代人道歉公司"——你得罪了得罪不起的人，就花钱请人代你去赔礼道歉。如今该骂的人和该骂的事也不少，倘若你想骂谁了，自己出面又怕骂不过反被人家骂，就请"代骂公司"出面，保准能骂个七荤八素，狗血淋头。现在欠债是一种时髦，有借无还，于是就应运而生了"代替催债公司"。现代生活竞争激烈，人际关系错综复杂，矛盾重重，仇怨增多，你想杀人解恨当然也可以找上面所说的"公司"代理啦……

西方人则是从"代"字的正面做文章，成立了代替人实现夙愿的

"幻想公司"。比如:有人想在交通最拥挤的时候坐着直升机从大街上空一掠而过,有人想与四米多长的巨蟒相拥而卧又不受到伤害……许多千奇百怪看来不切实际、荒诞不经的想法,只要不违背社会道德规范,并在法律允许的范围内,"幻想公司"都能帮助你实现。

过去的服装店一贯用假人做模特,立在厅堂,或摆进橱窗,人们已经熟视无睹了。为了招徕顾客,有些商店开始以活人代替假模特。这一新兴行业中的佼佼者叫李德,其过人之处是"能在一个地方一站就是几个小时,一动不动,而且心跳转缓,血压降低,肤色转灰,眼睛一眨不眨,就如同假人一般"。以假乱真能值钱,以真代假更稀罕。

还有的并无具体角色要代理,须时刻准备着,察言观色,待机而上。现在的老板大多都比较霸道,甚至包括一些女上司。有个平庸的职员老也得不到提升,一有机会就躲在女老板身后,看看有什么能代替老板做的。有一天终于让他等到了机会,在一个非常安静的会场上女老板放了一个响屁,当大家正感到非常尴尬的时候,这个平庸小子突然灵机一动,从女老板身后站出来承认是自己所为。不仅解了女老板的围,也让大家不再难堪,被人私下里称做"放屁代理人"。

看看,一个"代"字学问有多大?代人受过可以成为屈死的冤魂,也可以成为升官发财的手段。李代桃僵、越俎代庖……"代"字的用途大了去啦!特别是在"假冒伪劣"盛行的时代,就更离不开"代"。时代,时代,"时时"都得连着"代"。

通过对当前各式各样的"代"的了解,就能认识这个五花八门的社会。商品时代的金钱关系使人们亲情淡薄,在中国南方一些城市就出现了"亲情代理公司"——孤独老人想有儿女陪伴在身边,只要你付费,代替当儿当女的人就出现了,保管比真儿女还要孝顺,更像你的儿女。而且也不一定都是当小辈儿,有些阔人家的少爷羔子,轮到学校开家长会了,就临时到"亲人出租公司"找个爹或娘,代替自己的真爹真娘去应付老师的絮叨和批评。至于临时当妻子、当丈夫、当情人的买卖就更多了。

既然什么角色、什么关系都可以代替,血缘自然也可以代替。于是各大城市纷纷成立"精子库"。但，乞丐的精子是没有人稀罕的，人家要的是成功者的精子，所以全世界的"精子库"都叫"名人精子库"。许多对自己的遗传基因不满意的人，想"改良"自己的后代，更换门风，就用"精子库"里名人提供的玩意儿代替自己丈夫的精子，将来的孩子自然就是"代产品"，父亲和孩子全是假的。可是，上海精子库的最新统计报告显示："捐精者仅有两成合格！"百分之八十的精子是残次品和带病的，倘若代理爸爸没找好，反找了一身病，这不是缺德嘛！其实专家们早就告诫过了，想通过借精生个麒麟儿，其几率只有"1/(2的23次方)乘以(2的23次方)，可以说基本上不可能"。

可见世间的许多事情并不是都能一"代"了之，如果大家都一味地代来代去，代行一切，什么都代，那未来的世界还有什么是属于自己的呢？还有什么是能够令人信以为真的呢？

恶人将死

表现之一：傻和赖。

报载：前江西省副省长胡长清，在押赴刑场的途中，动用全部心思在脸上挤出媚笑……一个要死的人了，还要强迫自己笑，真也难为他了。原来这是有原因的，他开始跟警察磨叽："我能写毛笔字，你们就别毙我了，留着我给你们写字，天天写，写多少都行……"一个曾经做过高官的人，难道会不清楚此时毙不毙他并不由押送他的警察说了算？求生的欲望使他变傻变贱，能求就求，能赖就赖，伸出手乱抓救命草。

还有另外一种傻，湖南有个死囚犯赵正洪，行刑前的最后一个夜晚，通宿没有合眼，临到要上刑场了，"脸上又露出了傻乎乎的笑容，并带着乞求的神情对一个穿便服的人喊："记者大哥，能给我照张相吗？"这时候还要照张相给谁看呢？如果是想给自己留纪念，显然已经用不上了，他这时候倒应该"万念俱灰"才对。想给别人留纪念？好像也多此一举，就算是他的家人，会愿意看到他被枪毙前的照片吗？再说他的相已经照得不少了，至少在抓他的通缉令上，他的尊容已经散发到了全国！其实，他是下意识地想找点事干，拖延时间，哪怕是一分一秒都是宝贵的。好在这个请求不像胡长清的请求那么不切实际，警察立刻就满足了他。

表现之二：懵懂无知。

今年春天，我跟踪了两个死刑犯行刑前后的全过程，他们对待死的态度更令我震惊。一个是抢劫杀人，在行刑前警察问他要留什么遗言,他大大咧咧地寻思了一会儿,然后没头没尾地扔出一句莫名其妙的话:"别告诉我大姐。"我猜他可能最尊重他大姐,或者他大姐最疼爱他。另一个是强奸未遂怒而杀人,临死前警察问他对家里人还有什么要说的,他咧咧嘴,想笑而没有笑出来:"说什么呀? 快给咱来根烟吧!"

我当时深信他们并不真正理解什么是死,因为他们从来就没有正经地活过。死亡是今生的一部分,人有什么样的生,才会有什么样的死。达·芬奇说过:人们往往以为夜以继日地在学习如何生存,实际一直在学习怎样死去。死是生的自然延续,至死方休——这就是整个人生! 按一般规律,活得越久的人越怕死,而他们还太年轻了,一个二十一岁,另一个只有十九岁。一个说上过小学,一个说上过初一。自小就惹是生非,劣迹不断……糊里糊涂地来了,又糊里糊涂地走了。

表现之三:极度恐惧、失态。

被称做"杀人狂魔"的张君,身上背负着二十九条命债,曾嚣张地说过:"凡是在我抢钱的时候妨碍了我,凡是看清楚我的人,我都要打死他!"临死前却彻底变了一个人,"早上七时二十分,在法警为他上警绳时(即枪决前的五花大绑),竟发出了绝望的哭号,还间或伴有刺耳的尖叫,那一刻看守所的每一个角落都能听到张君那变腔变调的如女声一样的号叫"。在这之前他还向检察官磕头,对法警表白:"我过去很少说人话,今天要说点掏心窝子的人话……"

在恶人中他算是死得最痛苦的。人一般都不知道自己什么时候会死,对死的恐惧是空洞的,总觉得具体的死亡离自己还很遥远。张君就不同了,他确切地知道自己的死期,还要亲眼目睹自己死的来临。他的生活本身就一直被死神所支配、所追赶,这强化了他对死的想象,也就越发加剧了对死的恐惧。另一方面,他的极度恐惧还来自死的公正,他的死不是取决于自己的意志,而是取决于社会的意志,取决于法律的意志,这样的死不可逆转。"官法如炉真是炉,人心似铁不如铁。"过去他曾对别人的生命极端轻蔑,却没有勇气面对自己的死——这也正是死刑的意义之所在。他的恐惧和失态,将其罪恶的一生画上了一个丑陋的句号。

表现之四：冷静，麻木。

——这是最可怕的一种死囚。炸死了一百六十八人的美国死刑犯麦克维，从被宣判死刑后就开始节食，到死的时候，一米八八的身高却只有七十一公斤重，有意让自己变得瘦骨嶙峋，制造慷慨赴义的形象。处决的前一天被移到候刑室，在与律师和亲友道别时，"心情显得异常轻松，对于由自己一手造成的大爆炸惨案仍坚持不悔，并自认是胜利者，以一人之力对抗联邦政府"。他的律师奈伊甚至说："麦克维精神高亢，非常健谈、和气，还保持幽默感。"他还抄下十九世纪一位英国诗人的几句话，作为自己的遗诗："不管这门有多么狭窄/不管承受怎样的惩罚/我是我命运的主人/我是我灵魂的舵手。"行刑的时候，他专注地将所有观看行刑的人看了一遍，似乎要把这些人的人数记清楚。他把杀人当做一种信仰，有了自己的犯罪哲学。给人的感觉是，如果他有来生，还会继续杀人。这就叫死不改悔！

张君的同伙中也有一个这样的角色，名叫许军。执刑的前一天晚上一直呼呼大睡，押赴刑场前是法警把他喊醒的，好像被枪决后他就再也没有睡觉的时间了。

将死的恶人还有其他一些表现，这里不再一一列举。观察和研究恶人在临死前有多少种表现，大致就可以推算出还活着的恶人有多少种类型。要抑恶扬善，就得先要了解恶。

坟头上的风景

这座坟,位于陕西耀县方巷口村靠近公路边的一块"风水宝地"上,约有两层楼高,顶部矗立着一根两米多高的白色柱子,柱子顶端戴着一顶黑色的巨型博士帽,十分地醒目。

并非埋在坟里的人生前是博士,而是死者的儿子、现为东南大学教授的张荣亮及其一家六口均为博士,故修此坟以显耀。在墓碑上记述了六博士的辉煌经历,足以耀祖。但死者已矣,更重要的是能够向活人显耀(2000年7月7日《羊城晚报》)。

社会似乎由"读书无用"又恢复为"书中自有颜如玉,书中自有黄金屋"了。

有的地方在高考的时候,还可以给博士的子女多加二十分。可见,谁家能有一个博士就够风光的了,何况张家满门博士,怎可不在坟头上大做一番文章,光耀门楣,褒扬子孙,刺激乡邻!

中国人把坟地称做"阴宅",据说"阴宅"的风水如何关乎着阳世人的好坏。于是,有权势和有金钱的人就在大修"阳宅"的同时,也不忘给自己和祖宗修一座豪华"阴宅"。有了豪华的大坟,还要有豪华的气派,有风的借风,有雨的使雨,花样翻新,各有绝活。

广东韶关市一个姓蔡的派出所民警,在上坟的时候鸣枪祭祖,在祖宗坟前逞能,结果打死一个过路的七岁女孩,把自己显摆到看守所里去了。

这些年,有钱的人多了。每到扫墓季节或有送葬的队伍经过,你就看吧,汽车上拉满纸糊的元宝、金山、彩电、冰箱、汽车、别墅、手机、电脑等"贵重物品"。还有的专用一辆大轿车拉上几个或十几个扎糊得跟真人一般大小的"漂亮小姐",送给阴间的先人们享用。

此风刚兴的时候有人不解,做了鬼的爷爷、爸爸见到这些"永陪小姐"自然高兴,可同在阴间的奶奶和老娘会怎么想呢? 主家立刻解释说,也可以叫这些小姐给奶奶和老娘当保姆,或者当贴身的使唤丫头嘛。

想得周到,活着有什么,死了也要带走什么,以为死了跟活着一样。

发明用活小姐陪活人的可能是南方人的功劳,而想着给死人送纸小姐则是东北人的贡献。这股风最早是由哈尔滨刮起来的,正飞速南下,很快将刮遍全国。

由此看来,阴间也真够堕落的了,至少是充斥着假币、假货、黄毒……也许还应该再扎糊一些警察、法官、检察官烧了,以便到阴间打假除妖。

关于足球的两句话

一句是：死猪不怕开水烫。

先讲这个"死"字——反正中国足球就是这个德行了，随你怎么说怎么骂，全不在乎。去年夏天，一个让天津人又疼又爱又气又恨不看想看看了又后悔的球队又输了球，球迷们从看台上往下啐唾沫，骂街的内容也有变化：

"×××，你对得起一年二百六十八万吗？"

"呸，快回家抱孩子去吧！"

"×××，贪污犯！×××，大骗子！"

——足球比赛变成了经济法庭的审判大会。"×××"就是当时的教练，我有些震惊，也心存疑虑，一个在中国的甲A队伍里只居中等甚至还偏下的球队教练，一年会有这么高的收入吗？

这正是他们"不怕烫"的原因。拿着这么多的钱有人想骂就让他骂呗。老实说，中国足球的教练和球员们，目前的收入中有一大半是挨骂的钱。他们心里有数，所以就采取"死猪不怕开水烫"的态度。别看输了球，该吃的一点不少吃，该喝的还要喝足，该玩儿的也全不耽误，耷拉着脑袋照样住高档宾馆。

他们就不想一想，大家愤恨的为什么不是他们输球的直接原因，比如战术有误、精神不振、用人不当等等，而是骂他们拿了那么多的钱呢？其实球迷生气的并不全是因为你拿得多，是嫌你不值。三四流的水平拿一流的钱，所以气不打一处来，骂足球的人就更多，骂得也更邪乎了，你死猪不怕烫我也要烫！

第二句话是:茅房的砖头——又臭又硬。

这么多人骂足球,有时简直称得上是"举国共讨之",一骂几十年,按理说多坚硬的东西也该被骂垮了。唯中国的足球,却能在骂声中"茁壮成长",球迷不见少甚至还有增加,收入不断提高,尽管球员的绯闻不少,有些漂亮的歌星影星,乃至被评为世界体坛十大美女的奥运会金牌得主,偏偏都愿意找个踢足球的当男朋友。这就更把中国足球娇惯坏了。

但,真正娇惯中国足球的是足球的产业化体制。挨骂归挨骂,各俱乐部还都有钱赚,他们怎么会不"又臭又硬"呢?中国人这么多,还指望到球场上发泄肚子里的邪火,足球就不愁没有观众。有观众足球就不怕,你越说它臭,它还就越硬。

既然是商业运作,还得需要用商业手段来调整。有一天,挨骂多的太臭的球队会拖累企业,影响企业的名声,"千夫所指"嘛!到那时,你不骂它,中国的足球也会认真自省的。这些年各球队不是经常地变换旗号吗?这家养不起了,卖给另一家,总会有一天或有一个地方,某个球队没有人要了。中国足球有了生存的危机,自然就会想办法提高生存的能力。

目前就凑合着看吧,慢慢地等吧。欧洲和拉美足球好看有好看的乐趣,我们的足球不好看有可以随心所欲骂大街的自由。外国人过眼瘾,我们过嘴瘾,还不是差不多?

再说比足球更可骂的事也不是没有,犯不上老跟足球怄气。

征友不征婚

过年打扫卫生的时候,最耗时的就是清理书报杂志,不是拿一本扔一本,而是先要翻一翻。这一翻可不要紧,常常会被黏住,有时大半天清理不掉一本书,害得老挨家人的吆喝:咳咳,你那堆破烂怎么就清理不完了?今年春节前又奉命清理"文字垃圾",一旧杂志上的几则"征友广告——请注意,是征友,而不是征婚。颇耐人玩味,遂录于后:

"成名作家,36岁,征求对政治、美术与性关系有兴趣的不拘小节的漂亮女子为友。"

"大学教授,40来岁,不吸烟,英俊潇洒,希望在剑桥地带找到一位身材苗条,不谈政治但兴趣众多的女伴。不谈婚姻。"

"身体丰满的美貌中年寡妇,女经理,经济独立,征求年龄在半百以上的自由职业者为伴,喜爱上剧院、听音乐会以及美酒佳肴。但不必有结婚之念。"

"33岁的金发美妇,温柔体贴,征求雅致、富裕、善谈的男士,共享旅行、看戏和读书的快乐。请自我介绍并寄照片,免谈婚嫁。"

目前在中国的传媒上有大量公开征婚的,却还未见登广告征友的,我想很快就会有了。发达国家什么都要先走一步,发展中国家很快就会追上来,常常还会有过之而无不及。这种征友不征婚,只享受男女间的欢情,又可避免婚姻的责任和陷阱,实在是聪明又实惠。中国夫妻到老了才称"伴",即所谓"少年夫妻老来伴"。现代"新人类"从一开始就把男女关系界定为"伴"的关系,其人生原则里有好多"不"：

"不承诺"（什么都不承诺的人怎么能结婚呢？）；

"不送行"（你走就走，他连屋门都不会出的）；

"不为爱要死要活"（两人好则聚，不好则一拍两散）；

"不把工作和性爱带回家"、"不养家但可以养狗"、"不供楼"、"不想养老的事"……

如此做来是多么的轻松，自己吃饱连狗都喂了，活着尽情享受，死了无牵无挂，省去多少麻烦。再说，挑选一个"伴"的标准跟挑选配偶不一样，范围广阔，还可兼收并蓄，多多益善。同时又很灵活，什么时候想要了，就可以临时现找。

一位瑞士女郎，到纽约参加一个出版界的职业训练，为期三个月，因此希望能迅速找一个临时的男伴，于是登出广告："在出版界任职的美丽瑞士女郎，征求一位富有生气，风趣而明智的男士为友，共同欣赏纽约。"五天内她收到百余封信，应征者的年龄从二十岁到五十岁不等。有位建筑商，还非常俏皮地说："我是盖房子的，你是出书的，如果我们在一起，可以先建一个图书馆。"还有商人、律师、卡通画家和自称是"色欲博士"的人……其中许多人都寄来了照片。有位应征者居然寄来一张怀抱着一个女子的照片。你不是要找"风趣的"和"明智的"吗？并没说花心的不能应征。

表面上说现代人不讲究门当户对，其实还是非常注重对方条件的。比如门楣、学历、经济状况以及相貌等等。现代社会学家综合各项指标将男人和女人分成了ABCD四个等级，一般情况是A男找B女，B男找C女，C男找D女，最后剩下的是最高一级的女人和最低一等的男人。所以越是优秀的女人待字闺中的越多，越是有钱有地位的男人换伴就越频繁，这就引出了孤独和寂寞的问题。排解孤独和寂寞的最普通的方式就是找个伴儿。

别看大千世界茫茫人海，每个人的生活圈子其实又很小，真正找到自己想交的伴儿并不容易，找不好还会上当受骗，如今骗情骗色骗钱的事情可着实不少，即使什么也骗不去还会骗你的时间。怎么办？

先登广告。想不想真去会面或继续往下发展关系是另一回事，光是看这些应征者的来信就很有意思，如同面对一个五光十色的花花世界，足可以打发一时的寂寞。

所以，这些征友广告以及应征者的表白到底有多少可信性，也是值得怀疑的。

乱 套 了

　　国人爱抱怨,前些年抱怨不健康的文学和影视作品把青少年教坏了:读了黄色小说就去乱爱,看了武打电影就乱抛飞刀,看了《神偷》的电视连续剧就去拧门撬锁、模拟跳楼、实验上吊……不一而足。最近又开始埋怨国家回避了对青少年的性教育,以至于造成一代乃至几代人的性愚昧。越愚昧就越乱,八岁的小毛孩子就要"泡妞",北京一个十三岁的女孩生下足月婴儿,而婴儿的父亲就是她的同班同学……看看人家国外,"瑞典从儿童时期就开始性教育,新加坡的孩子在幼儿园就知道是母亲的子宫孕育了新的生命……"

　　于是,我们也要进行性教育了。二○○○年第六期《天涯》杂志的扉页上发表了一幅照片,北京理工大学的男女学生在课堂上吹安全套,一个个眯缝着眼认认真真地把安全套吹得跟气球一般大。真是惊世骇俗,成了大学生才知道在课堂上玩儿气球,我们的性教育的确够晚的。

　　同年十二月二日,广州英雄广场举办"艾滋病宣传咨询"活动,等着为人们解答问题的医学专家们冷冷清清地坐在一边"无人问津"。而派送安全套的地方却是人山人海,人们高扬着手臂,向前拥着挤着,有男有女,有老有少,有单打独斗的,也有成双成对的,大家都挂着一副捡了便宜的神情。一位年轻女士不问自答地大声给自己做解释:"领安全套没有什么不好意思的,现在时代不同了嘛!"

　　现在是啥时代?安全套时代?中国的性启蒙、性教育似乎就是从认识安全套开始。还有更能出点子的,一家颇有点名气的画报,竟然随刊附赠名牌安全套。这一带头不要紧,书商和出版商们也纷纷效仿,在今年秋天的武汉书市上,有些热销的名著和画集里都夹贴着安全套。据一位书市的老板讲:这种带"套"的书很受那些"特潇洒的人"的青睐。

真是怪事,这些想潇洒的人完全可以到药店去买套,或者找工会主席去白要,要不就等机会到广场上去抢去捡,为什么非得喜欢夹在书里的套呢? 特别还把名著当做存放安全套的盒子,就不怕亵渎了圣人让他们都变成白痴吗? 现在的书虽然不能说都是"圣贤书",可也不能把它当成派送安全套的工具啊! 要知道便宜是不能乱捡的,小心连人也被套住。

如果此风继续张扬下去,大家都举一反三,今后无论买什么东西都要搭配安全套,那不真的乱"套"了吗? 这样乱"套"一气就算是性启蒙和性教育吗? 那么,现在的青少年到底希望了解哪些性知识呢? 据北京市初中生实施青春期性教育的基本现状显示,初中生最需要的性知识依次是:"青春期性生理知识"(占 60.7%)、"性心理知识"(占 15.5%)、"性健康保健知识"(占 10.9%)、"性道德知识"(占 9.2%)、"性病及预防"(占 2.5%)、"避孕知识"(占 0.8%)。要解决这些渴求,并不是在课堂上吹安全套或在广场上散发安全套就能奏效的。

美女的悲哀

　　中国的正统文化历来对美女没有好印象,常常要把亡国、败家和毁身的责任推到女人身上。于是自古就流传着许多诋毁美人的话:"红颜薄命"、"好汉无好妻,赖汉娶花枝"、"甚美必有甚恶"、"美人是祸水"、"一笑倾人城,再笑倾人国"……简直就是房倒屋塌,国破家亡,足见美女的破坏力!

　　奇怪的是人们说归说、做归做,还从未见有怕美女和恨美女的,倒是任何时代都把美女视为社会的宠儿。人长得美了到哪儿都沾光,人见人爱,人见人帮,成功的机会更多,更容易获得赞誉。社会心理学家称这种现象是"光环效应"。光环耀眼,光环吸引人,于是大家就都一窝蜂地投奔光环,谈美,爱美,追求美。现代各式各样的化妆品和出奇制胜的时装,确实能化腐朽为神奇,使美女们越发地靓丽了。

　　美女如云,人们就像观察彩云一样看着这些美女们的命运变化。有的自杀,有的被杀,有的吸毒,有的出家遁入空门……美女们只要一大红大紫起来,危机感也就伴随而至,美不常驻,开始寻找归宿,一接近三十岁就好像有点饥不择食了。那些吃不着葡萄就说葡萄酸的人,眼看着一朵朵鲜花都插到了牛粪上,有的嫁了个相貌粗鄙的家伙,看上去像个在逃犯;有的嫁了个爷爷,却并不慈和;有的嫁了个不知什么人,连同美女也一并销声匿迹了;有的几易其主,最终还是名花无主……

　　这些要跟国外一些世界级的大美女相比,又算是幸运的了。二〇〇〇年的春天,美国闹出了一场轰动世界的美女逼婚的闹剧,其实应该叫悲剧。奥斯卡影后,三十二岁的好莱坞大嘴美人朱利亚·罗伯茨,和一个名叫本·哲文的无名小子拍拖了两年,她几次向对方暗示要结婚,哲文却就是不拾她的茬儿。无奈,朱利亚结婚心切,便雇私人侦探打听到男友父亲的地址,厚着脸皮找到将来有可能会成为自己公爹的人亲自提婚,然后私自订下婚期,找好了一家童话般的小教堂,请专门设计师给自己做了一套公主装的婚纱,定做了巨型结婚蛋糕,连结婚戒指都自己花钱买好了,秘密地筹备好了婚礼。本该是捡了大便宜的本·哲文,知道以后却大发雷霆,竟从此离她而去。

是美女们有病,还是这些提不起来的男人有病?社会学家们解释不了这一现象,倒是两位数学家,意大利罗马大学的卡尔达雷利和瑞士弗里堡大学的卡波奇,制作了"根据以人们的择偶方式来衡量社会幸福程度的数学模型",而后通过反复计算,在最新一期的《新科学家》杂志上公布了他们的计算结果。这是令人颇感沮丧的:"在一个无时无地不受到美女图画和照片轰炸的社会中,造就了许多人不切实际的期望,这种不切实际的期望又造成了一个个不幸的现实——美女俊男只会破坏他人的幸福。而他们中只有很少几个美貌的人能找到自己理想的情人,许多人都会很不开心。"

兜了一个大圈子,原来现代科学只是证实了中国一堆老掉牙的话。

名人的嘴

俗谚云:"虎美在背,人美在嘴。"

——这也代表了一种观点,认为有本事的人都有一张好嘴。这个"好"字不是说嘴形长得好看,而是指能说会道。实际上名人也往往都是"名嘴",这是因为名人练嘴的机会特别多,他们遭遇过各种各样的境遇,碰到过各种各样的问题,而且多是难题,时间一长嘴皮子自然就练出来了。

当然,要想说得精彩,首先得想得精彩,不能抹杀名人自身的智慧和修为。

比如名人处在最困难的时候,最能看出嘴的功效。美国拳王霍利菲尔德在跟英国拳王刘易斯打满十二回合的所谓"世纪大战"之后,不等结果出来就在拳台上蹦着脚地高喊:"我赢了!我赢了!"

这是作秀,表演给拳迷们看,或者还想影响裁判。很快主持人就宣布他输了,他圆乎脸一抹变成长乎脸,随即改口:"结果就是结果,即便对结果感到失望,但生活还得继续下去,我也还得去打拳。裁判有权根据自己的看法去判决。"来得多快,立刻给自己找了个台阶,从容而体面地下来了。

克林顿的性丑闻闹得正不可开交的时候,电视记者当着亿万观众问希拉里:"你为什么不离婚?"这是最难堪最尖锐又最不好回答的问题,有许多影星、歌星、球星,都是在面对这样的发问时不止一次地大骂出口大打出手,或借口是隐私拒绝回答。而希拉里不急不气,神色庄重地脱口而出:"爱让我不能离开!"

这个"爱"是广义的,怎么理解都行,当然也包括对女儿、对家庭,乃至对美国的责任,一下子用正理化解了全部尴尬。

克林顿在这个问题上对咄咄逼人的记者则采用了自我调侃的口吻:"取笑我的话已经被世人说尽了,再也没人能说出什么新鲜的了。"

人在愤怒的时候最容易失态,一失态说话就容易走板,作为名人最忌讳的就是失态和说错话。在一次争吵中丘吉尔被激怒了,他的政治对手中有一名伶牙俐齿的女人——阿斯特夫人。女人在争吵中似乎可以说一些撒泼的话,为了火上浇油:"如果我是你夫人,一定会在你的咖啡里放进毒药。"丘吉尔随口应道:"如果我是您丈夫,一定会把这杯咖啡喝下去。"

当然,也有的名人一动气就说粗活、骂脏话,这使他更有名,也更可爱。

如马拉多纳,丑闻不断,人们对他的喜欢程度却有增无减。而另一个球王贝利,因说话老是一本正经,做完美状,做先知状,每有大赛必发预言,这使他反而不招人喜欢。

名人当然也有因为太能说而丢面子的时候。

德国文学巨匠歌德,曾获得法学博士学位,三十多岁时当上律师,当时已发表了风靡全球的《少年维特之烦恼》。他在一次出庭为当事人辩护的时候口若悬河:"他不过是无限的仇恨和最下流的谩骂热情下的产物,在最无耻的谎言、最不知节制的仇恨和最肮脏的诽谤的角逐中孕育的丑陋而发育不全的低能儿……我不能再继续我的发言,我不能用类似渎神的话语玷污自己的嘴。对于这样的对手我还能指望什么呢?是的,是需要有一种超人的力量才能使一生下来就瞎眼的人复明。至于制止住疯子的疯狂,那是警察的事!"

他自以为讲得文采飞扬,旁听席上却发出哧哧的笑声,连法官都摇头,对方的律师立即驳斥歌德的辩护不伦不类,东拉西扯,哗众取宠,不以事实证据和法律为基础,一派行吟诗人的腔调。那场官司的结果当然是歌德所代理的一方败诉了。

还有一种名人,绝不逞口舌之快,还时时刻刻地告诫自己不可把话说得太精彩、太明白。如美国联邦储备委员会的主席格林斯潘,被誉为是仅次于美国总统的二号人物,甚至还有人说,美国谁当总统都没有关系,只要有格林斯潘就行。他一打喷嚏,全球都要下雨。就是这样一个重要人物,为了不让人们根据他的讲话去决定投资方向或到股市上去押宝,便练就了一种"外星人语",嘟嘟囔囔,含混不清,非常专业,又非常深奥难懂。令美国的银行家们大费脑筋,明明知道他说的是英语,有些单词也听得很清楚,连成了句子就怎么也不明白他要表达什么意思。为此他还险些葬送了自己的幸福,和女友相恋十二年,三次求婚都不成,后经旁人点拨女友才明白了他的心意,遂结连理,多年来伉俪情深。

可见,名人并不全是因为嘴而出名的,但名人一般都很会利用自己的嘴的。

人类新品种

二十世纪,除去动植物的品种在急剧减少,其他东西,比如病毒、服饰以及吃的用的,都在不停地增加新品种。人类本身也一样,新种群不断涌现,这个"代"那个"族",有时两三年就出现一拨儿,有时在一个时期里可以同时出现好几类新品种。连命名都来不及,就学习结巴嘴多说几个"新"字:新生代、新新生代;新人类、新新人类……

时下在中国名头较为响亮的新品种人有"飘一代"——听这头衔就有点神秘和玄乎。飘飘忽忽,随心所欲,离不开,靠不住,视能够让自己敞开折腾的足够阔绰的空间比亲情更重要。不养家,不供楼,不想养老的事,宁养宠物不养小孩,可以不断地爱,却从不为谁要死要活。

还有一个队伍更为庞大的新品种人叫"打口一代"——这不光神秘,还很怪异和费解,中国的所有词典里都没有"打口"这个词。这个"口"到底是读"kǒu",还是代表省略的意思? 在洁本《金瓶梅》里凡出现一个小四方框就表示省略一个字。实际上"打口"还真有点"打×"的意思,它是一个现代专有名词,指"已经进行过损坏处理的国外音像制品,比如用专门机器把光碟切掉一段"。有打口带、打口CD、打口录像带、打口MD、打口杂志、打口写真集、打口商人、打口消费者、打口音乐人、打口乐评人……这个新品种群体特指从一九七○至一九八五年出生的青年人,有人说有一亿多,有人说这个年龄段的青年人中真正属于"打口一代"的只有一百多万。一百多万也不是个小数字!

"打口一代"是这样描述自己的:我们总是骑着嘎吱嘎吱响的破单

车游荡在城市的小胡同里,寻觅我们想找的打口磁带,我们的音响效果总是让街道里和对面楼里的人咒骂。我们也总是感到不满和压抑,爱自言自语,不停地说着什么,但没人答理。没头脑和不高兴是我们共同的性格。我们快要被唾弃和埋葬了,因为我们被这个陌生的时代打上了口。"我们全身每个毛孔都啜饮着音乐,醉态中我们倾吐出发自肺腑的感情。""打口一代"的全部幻想、热泪、情欲、痛苦、绝望,以最为大胆最为刺激和最为有力的狂欢、咆哮、疯癫、逃亡、妄想发泄出来。

西方给新品种的人起名就比较通俗易懂,比如:"履历人"——顾名思义是追求有完美履历的人。世界不完美,有许多不可预计的灾祸。但人是能够控制的,可以尽量做到有完美的体态、成功的事业、宽敞的居所、靓车、知己……

"软弱人"——穿质地柔软的服装,喜欢感性行业,神经过敏,对母亲的话一般都要照单全收。男性软弱人能像姐妹一样跟女人相处,一块窃窃私语,能让女人不把他当男人,可跟这样的男人待长了也能让女人觉得自己不像女人。

"二手人"——指离过婚的人。"催婚人"——与人约会几天甚至几个小时就想结婚的人。但真要结了婚,很快就变得喜怒无常,来个一百八十度的大转变。还有"不修边幅人"、"伪雅皮士"、"T恤人"……纵观所有新品种人,大都新在"各色"上,我行我素,展放个性,不随俗,不入流,不同寻常。对周围循规蹈矩的人他们的态度是:"我就是你父母警告你要提防着点的那个人!"他们对生活习俗的态度是:"别想来摆布我!"对社会舆论的态度是:"你有权有意见,我只是不听!"

人类往后还会不断地诞生新品种,这是现代社会发达、宽容的标志。生活的所谓"现代性"及其多色彩的繁复人性,有很大一部分就体现在他们身上。品种单一不是进步,也不是正常的生态景象。如若不信可对照一下美国社会,从总统到普通百姓,什么品种没有?甚至在经过严格挑选和训练的军队里,你说出什么洋相的没有?

手机里的故事

　　新世纪的第一个春节前，在一个层次不低的小型会议上我受罪了……原来不带恶意的语言也可以如此折磨人，让你听不进，坐不住，走不得，受不了。中国的语言那么丰富，为什么一经有些人物的组织并通过他们的嘴说出来，就那么地枯燥无味，其实还不只是无味，简直就是一片轰轰隆隆、铺天盖地的噪音，使人心烦气躁，难以忍受，若干锅爆鱼！

　　这时候唯一的逃生之路就是赶快溜号。可会场太小，与会者全都大眼瞪小眼地你瞄着我我瞄着你，谁一离座就格外扎眼，怎好意思在众目睽睽之下拂袖而去？在去年春节前的这样一个会议上，我坐了一刻钟就熬不住了，假装去洗手间便溜之乎也。到正月初三有位领导同志打电话来拜年，说完了拜年话就问我，为什么在年前的会议上只坐了一刻钟就走了？这种事还要问吗？既然人家问出了口，就表明是一种责备。这说明开会的时候不光我听不进去，有些领导同志也听不进去，不然他就不会注意到谁中途溜了号，还给人家掐表记下时间。既然人家已经盯上我了，今年怎好再故伎重演？

　　其实我也不想浪费时间，既来之则安之，便说服自己要拼命集中精力听下去，哪怕就是获得一星半点的信息也好啊……理智上这么要求自己容易，真做起来可就难了，硬着头皮撑了不一会儿，就又熬不住了，心里只剩下一种佩服：有人能把中国话说得让中国人怎么都听不进去，这不能不说也是一种大本事！坐在我旁边的是一位知名企业家，他把真皮手包放在前面，挡住了掌心里精巧的银色手机，其神态好像是在全神贯注地听会,眼睛却一直盯着正在把玩着的手机,脸上的表情极其丰富,忽而会意,忽然微笑,忽然忍俊不禁地赶忙用手捂住嘴……我感到奇怪,便把脸凑过去想瞧个究竟。他怕我的举动太大惹得别人注意,就悄悄把面前的手机推过来,自己从口袋里又掏出一部,打开来摆在面前。我奇怪地看看他手机上的显示屏,不觉笑了,那上面映出了一段段时下正流行的顺口溜、政治笑话,还有黄色故事……不妨选几则凑合着能够入目的录于后,供看官管中窥豹:

《干部之歌》:"如今干部一大怪,五六十岁才学坏;唱歌要唱《迟来的爱》,跳舞专抱下一代。"

《现代乡长》:"骑着摩托牵着羊,哼哼着小曲查四方;家家都是小食堂,村村都有丈母娘。"

《荡调》:"月娘娘,照窗前,春风轻挑小门帘。床儿侧,枕儿偏,我与哥哥闹得欢。哥也颠,妹也颠,一阵昏迷一阵酸。哎哟哟,哎哟哟,惹得魂儿飞上天。"

还有一个署名"你的俏心肝"的女人发给他的情诗:"闭眼望空亲个嘴,一迭声呼唤狠心的你;鸭绒被虽厚不挡冷,我只要你的热肚皮!"

《追女人的经典对白》:

男的要涎皮赖脸:我今天很是顺利,看见漂亮女孩的灿烂笑容,心情就会更好,你能为我笑一下吗? 如果你真的肯笑,我会立刻"正大",你也一定会"微软"。

女的不理,男的动手摸她的衣服……女的问:你想做什么?

男:我要看看你的商标,想知道你这么美是不是天堂制造的?

女大怒:浑蛋,你把我当死人啦?

男:哟,拍马屁拍到马蹄上了……

如果把他手机上的段子都录下来,足可以编成一本小册子。难怪大老板们开会都把手机摆在眼前,过去还以为是一种炫耀,今天才知别有妙用。有了这样一台小型闭路电视机随身陪伴,无论开什么样的会,开多长的会又有何惧哉? 我也有手机,却只会当电话用,真是老土! 经常看到有些时髦人物兜里装着两三部手机,现在明白那是各有各的用处。手机里的老"段子"舍不得删掉,新"段子"天天在增加,一部手机怎么够用呢?要不手机行业老是这么火爆,品牌不断更新,一部更比一部先进。我身边的这位老板的手机就可以录下五个小时的节目。由于他是本地财界数得着的人物,往来多名流,谈笑有白丁,尤其是名媛佳丽,信息灵通,各种荤素段子很多,都纷纷发送到他的手机里来,浪词亵语,俳谐万端。说来也怪,现在只要一动荤的,就不分场合不分时间地一律受到欢迎,老少咸宜,男女均可。年轻的女人,尤其是导游小姐和名女人们,讲起荤故事来更加口无遮拦,似乎比男人还要有过之而无不及。莫非真像一首被篡改了的歌里所唱的:"全国人民大团结,掀起了市场经济性高潮、性高潮!"

淫风由腐败而生,酒、色、财、气总是容易贴在一起。每个贪官的丑行和经济案件的曝光,都会伴随着一连串的"黄段子",并立即在社会上流传开来。老百姓不是说"十个贪官十个色"嘛,也许这有点绝对了,可到目前为止,真还没有发现不贪色的贪官。且看国家已经公布的案例:王宝森,与比自己小近三十岁的女人长期奸宿;四川省石油总公司党委书记赵甫安,立志要嫖够一百个女人;贵州老革命根据地遵义行署常务副专员唐荣光,在不到半年的时间里就嫖娼狎妓十六次之多;在贪官中胡长清的级别算是高的,他的淫欲也高,在包养着情妇的同时还经常出入色情场所,有时还要让人把澳门的卖淫女在周末空运到南昌供他消受,故意表演用"远水"解他的"近渴",以示能"权倾一方、富可敌国";成克杰因有了情妇李平,才成为出了大名的成克杰;厦门远华大案的主犯是用"肉弹"加"银弹"把一个又一个的官员打垮……"贪风"和"淫风"如此搅缠在一起,怎么可能不影响世风呢?

贪官们做都做了,有人不做,说说过过嘴瘾,总可以吧?于是,手机就成了最好的传播工具。许多有身份的人连说也不用说,打开手机就能过上眼瘾,安全而又便捷。忙里偷闲,自娱自乐,特别是由女人传给男人的荤笑话,那味道、那刺激就更不一般。再加上凡是有手机的人,会议就少不了,手机真是救了命啦！由此可以想到,"少开会、开短会"的高调唱了几十年,会却越来越多,且越开越长,谁能说得清与会者都在看些什么？脑瓜里在想些什么？

行文至此,又想起一段民间顺口溜："会费一千亿,吃掉一千亿,浪费两千亿,坑害十二亿……"

五千只残手

当你看到大街上有一溜钉鞋掌的,过去打问保准都操着浙江口音。如果你见到有一队姑娘穿着相同的衣服,细腰窄肩,挑着茶担,颤悠悠迈着好看的碎步在大街上一字排开,甬问也都是浙江人。当北方人还抱着铁饭碗不放的时候,许多大城市里就出现了由私人加工作坊和专卖店组成的"浙江村"。更不要说,浙江的温州领风气之先,居然创造了一种改革开放的"温州模式"……足见浙江人发达的经济头脑和精明的市场意识。

还有,伴随这精明的附加物——吝啬和残酷。

《羊城晚报》引用中央电视台记者的发现:"仅浙江乐清市的柳市和虹桥两个镇的私营企业的劣质冲床,每年就要弄残五千多只手,有的大拇指被切断,有的四个手指被切掉,有的手掌被切断,有的手与上臂被切开……而且,出了工伤断手事故之后,想要让企业主承担责任那是难上加难。记者在采访中,没有遇到一个因工伤住院的病人得到了赔偿。"

当然并不是只有浙江才有这种现象,今年四月,十九岁的湖北工人赵明洲,在广东汕头市新亚塑胶珠厂上班时,右手的食指和中指一并被机器切掉。厂方不仅不服从汕头市劳动仲裁委员会做出的赔偿裁决,反而提起诉讼,要求赵明洲赔偿因断指事故给厂方造成的四万多元的损失(2000年11月8日的《大河报》)!你的手指断了不算什么事,你的手指硌坏了他的机器、耽误了他赚钱那可不行!

还有些私人作坊主非法招工,非法经营,像对待犯人一样地管制着工人。有的三十多个男女工人混住在一间潮湿阴暗的库房里,吃饭不管饱,常有人饿昏在工作台上。即便如此,工人每天也只能挣到九至十五元,加班一小时多给一元。恍惚间社会如同倒退了一个世纪,像是又要从疯狂的原始资本积累阶段重新开始,看来人们也得重新评价劳动的意义,不可再笼统地赞美劳动。

自由的劳动自然是美好而愉快的,世界上有一种被逼无奈且没有人身安全保证的劳动,则是丑恶的。

但,眼下毕竟不是"万恶的旧社会"了,乐清市每年几千例的断手断指事故成全了两种人:一种是当地的医生,精湛的断手断指再接技术广为人知,因为他们实践的机会太多了;另一种是律师,人称"打工律师",多来自外地,专门替因工致残的打工仔打官司,而且采取主动上门服务的方式,先不收钱,等官司打赢了,除去跟伤残者事先说定的最低赔偿金额,多余的部分都归律师。

这类苛待工人的事件,在正规的现代企业里已经很少发生。企业可以按着法规处罚犯了错误的员工,在不景气的时候也可以裁员,不必为员工的生活提供终生保证,但绝不在身体上压榨乃至伤害员工。因为弄伤了一个人,可比毁坏一台机器要麻烦得多,损失也大得多。同样也是从外省来广东打工的徐某,在深圳赤湾海洋石油设备修造公司当电焊工,一九九九年十二月十八日出海作业,在菲利普驻惠州的XJ302平台烧焊时不慎砸断了右小指。当时作业平台距离陆地三百多海里,而断指活体的保存时间不能超过十二个小时,坐船显然赶不及了。中国菲利普石油公司立即与深圳直升机机场联系,花六千美元租用一架直升机,为手指成功再植争取了时间。

现在,美国人连打仗都尽量多花钱少死人,一场海湾战争把伊拉克打了个稀里哗啦,美国总共才死了七十九个人,就这样美国的国内舆论还沸沸扬扬。到科索沃战争的时候,美国兵除去因自己造成的事故死了几个人外,几乎就谈不上有像样的伤亡,倒是成千上万地炸死别人,制造了数十万流离失所的难民。伊拉克战争之所以让美国和布什总统头痛,也跟死人太多有关……军事斗争、政治斗争就是你死我活,而现代经济行为的原则,是我赚也让你赚,只有让你也有赚头,我才能赚得更多。

　　现在,劳动力过剩是不假,人口膨胀也是真的,可不等于人就不值钱了、老板们也可以不拿工人当人。既跟工人对立起来,又想从他们身上多赚钱,这样的老板还会有省心的日子过吗?

笑的价格

今年国际说谎大赛的冠军是欧洲的一名医生,他讲的谎言是:为一个白痴移植了笑容,于是这个白痴便当上了国会议员。

笑,居然有如此大的魅力!

这个谎言道出了一个事实:现代人也许真的到了需要移植笑容的地步了。科学家们早就发出警告:人类笑得越来越少,最终将退化为不会笑的动物。而人跟动物的最大区别就在于笑,人会笑,而动物不会。

所以,人为了表示自己高贵得不同于动物,就格外重视笑,越是笑得少就越想看到笑。于是就有了"笑"的交易,我出钱,你笑给我看。需要用钱买到的笑,自然也就不能要求是发自内心的笑。装出来的也行,甚至强笑、假笑、苦笑也能凑合。社会正越来越变得"千金难买一笑"了!

既然需要用钱买笑,笑就成了奇货可居的商品——可以设计,可以制造,可以批量生产。精明的日本商人角川吉彦,就创办了一家"微笑学校",客户有大型汽车制造商、消费电子制造商、地方政府及一些社会团体,为他带来了丰厚的收入。其实,角川吉彦训练笑的办法很简单,"用牙齿咬住一根筷子,让嘴角高出筷子"。这时,人的面部表情看上去就像是在笑。

只要能让人看着像笑就足够了。这个窍门的确很绝,咬牙切齿是恨、是狠,心里想的是像咬筷子一样咬住对方,脸上露出的却是笑!这太适用于现代人了,难怪会有那么多人去学这种咬牙切齿发笑法。

　　笑成了一种技巧,一种皮和肉的机械运动,可以与人的心情和感觉毫无关系。这跟戴一个面具又有什么区别呢?以现代科技制造出一种跟人皮一样的微笑面具,应该不成问题。每个人一出门就戴上它,也省得再对着镜子咬筷子,嘴角上扬。

　　当人人都是假脸假笑,这个世界又比人人都龇牙咧嘴的地狱好多少呢?

冤　报

　　八年前,浙江宁海县桥头胡镇的胡小杰,经过周密策划将其妻胡美娟杀害,分尸后装入编织袋,埋到了村旁的眠牛山上。然后跑到广东给家里寄信,假托胡美娟的名义说在广东打工时认识了一个老板,要去香港定居。他做得似天衣无缝,一时还真的骗过了镇上的人。随着时间的推移,人们渐渐地淡忘了这件事,看来胡美娟的冤情真要被压在大山底下了!

　　今年三月,眠牛山突然山体滑坡,偏偏就发生在胡美娟被埋尸的那一段,好像就是为了让她的冤情能大白于天下。紧跟着胡小杰就被抓走了,令桥头胡镇的人惊诧不已。胡美娟冤气冲天,人忘了,天忘不了!用现代意识怎么解释冤气呢?它是一种信息,还是一种能积聚起现代科技无法解释的巨大能量?前年,美国的一座监狱里闹出了一件轰动世界(能轰动美国自然也就轰动了世界)的奇闻,一个死囚犯自称是冤枉的,但没有人相信。他气急了就用手掌拍打牢房的墙壁,那墙上便出现了一个血手印。很快那个犯人被执刑,看守铲掉了墙上的血手印。但几天后在原来的地方又出现了那个血手印,再挖掉,再冒出来……如此这般反复了许多次,监狱上下无不骇然。有人建议拆掉了那间牢房。待新牢房建成后,雪白的墙壁上赫然又冒出了那个血手印!现代科技高度发达的美国无法解释这一现象,只有重查这个案子,结果却发现那个已经被明正典刑的犯人果真是冤枉的。

　　今年春天,在西班牙的一家乡村旅馆里也发生了类似的事情。有一间房子的地板上无缘无故地出现了奇异斑点,渐渐构成了一张人脸,痛苦而哀怨。刮掉了还会浮现。换了新地板也赶不走那张让人难忘的脸。最后只得拆掉地板,向下深掘,才发现地下埋着一具骸骨。

　　——这与迷信无关,一定有某种现代科学还没有认识的物理因素在起作用。我们的现实生活里不是也有许多神秘现象是科学目前还解释不了的吗? 我为此请教过公安局的人,得到的答复是:人命关天的大案,基本都能侦破,有时在侦破过程中确实会碰到一些匪夷所思的提示和巧合。人的生命本身就无比奇妙,发生什么奇妙的巧合都不必大惊小怪。英国著名的喜剧演员莫理斯·巴里穆尔,每次演出后都要谢幕多次。他死后下葬时吊棺材的绳子不知怎么忽然扭了一下,棺材就斜卡在墓穴沿上动不了了。大家把他吊起来,小心翼翼地重新安放,但在大家的注视下绳子竟然又扭动了一下,棺材复又卡在墓穴的另一边的沿上。人们只好再把棺材吊起来……送葬的人没有惊慌,大家鞠躬感谢他最后一次谢幕,而后那棺材便平稳地落入墓穴。

　　死亡本身就充满悬念和神秘色彩,没有任何一个人能够预先知道自己或别的什么人在什么时候以什么方式死掉,鬼神崇拜就是对死亡的一种解释。所以,有关死亡的问题最古老又最具魅力,现代科学家们给它定名为"死亡学",投入大量人力物力研究死亡体验、死的过程、人死后有没有灵魂,以及生死之间,幽明殊路,是否存在着超验的感应和神秘的运数……在科学家们还没有拿出令人信服的解释之前,人们一般地都惧怕死亡,怕死人,毫无来由地认为"死者为大","人死如虎"。活着的时候不管多么懦弱,哪怕是人人都可以欺侮的角色,只要一断了这口气,立即就变得强大了,会让人感到畏惧。

　　正是这一点,使得大家对死亡变得敏感多疑,想象力无穷丰富,把巧合巧遇都能跟一个人的死联系起来,甚至还会请出鬼魂作祟。那些敢动手杀人的家伙,真杀死了人反变得胆怯心虚了,疑神疑鬼不得安宁,一有风吹草动就露出马脚。这就让许多冤死的人有了得以申雪的机会,"以死抗争"也便成了弱者的最后武器,甚至也有了强者诸葛亮"死后害司马懿"的故事。

造脸工程

　　这是莎士比亚对女人的提醒:上帝给了你一张脸,你却要给自己另造一张。现在,女人的革命就是先从脸上开始,造脸已经成为一种普遍的长久的工程。从小女孩开始就往脸上涂涂抹抹,到大学三四年级的时候则开始整容——为了好找工作或能找到好的工作。

　　其实促成世界造脸热潮的不光是女人,男人更邪乎。比如,美国著名的黑人歌星迈克尔·杰克逊,把脖子以上的黑皮全部撕去,贴上一层白皮,然后再用许多莫名其妙的原料把鼻梁架起来。看上去真如活鬼一般。然而正是这活鬼效应,使他成为传媒的宠儿,出一次绯闻,便轰动一次世界。只是他老担心自己的鼻子不知什么时候会掉下来——假的总归是假的嘛!

　　那么,人们为什么要热衷于把自己的真脸弄假呢?因为美貌也是商品,也可以出售,现代商品社会比以往任何时代都更容易以貌取人。脸生得好或后天造脸造得好,就可以一夜之间改变命运,出人头地。当今世界上最富有的寡妇达西·拉皮尔,是纯正的印第安人的女儿,一个没有受过良好教育的农村姑娘,十五岁就嫁给了邻家的男孩。美丽需要被人发现,以后开始有人对她进行包装,挖掘她的潜质——也就是"造脸工程"了。再以后就是一而再、再而三地被富翁相中,她也就一而再、再而三地离婚、结婚,到最后一个丈夫去世后,她的身价已经超过十亿美元了。这给世界上所有渴望成功的女孩儿提供了一个样板,原来凭着美貌就能这么轻而易举地发达,真是嫁对了郎胜过选对了行。要不然怎么会满世界的都是"小蜜"、"二奶"……

即便是想靠自己的本事闯荡，要想找对行也不能不重视自己的相貌。人们虽然喜欢唱"人不可貌相"的高调，在实际生活中却很容易被美丽的容貌左右感觉、态度和行为。女硕士求职不是开始时兴要带上自己的写真集吗？指导年轻人怎样求职的书籍里，还告诉女性一定要用自己的左脸对着招聘者，因为女人的美感要靠左半边脸体现，"左半脸比右半脸表情丰富、机敏，给人以匀称和温柔感，流露着爱情和体贴，因此就更迷人"。二○○○年五月十一日的《生活报》甚至还报道，有些民航售票处凭购票者的长相决定机票的贵贱，"长得年轻六折，长相老成七点五折"。你看看，由以貌取人，发展到以貌论价了……

既然相貌如此重要，现代人又怎敢不在脸上下功夫！可要想把脸造得好，都使哪些材料，是非常讲究的。老百姓刻薄浓妆艳抹的女人常用一句话：嘴抹得跟刚吃过死孩子一样。原来这并不是凭空乱说，是有科学依据的。今年八月，英国《独立报》披露了一个惊人的消息，西方的整容手术界是用死尸做美容原料，那些丽人的红唇酥胸上确实有着死人身上的东西。仅以美国为例，"每年约有两万具尸体经过再循环处理，取出皮肤和细胞组织，作为唇部整形和隆胸手术的材料，一具尸体可造福一百个活人。模特、演员以及漂亮女人们那肉感诱人的猩唇、丰满上挺的乳房，都有可能隐藏着天大的秘密"。目前使用尸体美容，已经成为欣欣向荣的人类器官行业的一环，"在英国一具尸体的价值高达七万英镑，如果把骨骼也利用起来还可以再翻一倍"。

难怪化浓妆的人容易让人想到鬼，想到妖气。

真是对不起，讲出了这样一个秘密，让那些敢往脸上胡乱涂抹的人是不是有了几分顾忌？其他人再见了这些尤物，是觉得诱人呢，还是恶心？

中国有多少"办"？

"办"——是办公室的简称。

"馒头办"——就是指颁发馒头生产许可证的办公室。今年年初，河南爆发了一个"馒头办事件"。也许会让人觉得新鲜，各种传媒纷纷跟踪报道，其起因是："郑州市'馒头办'从各区'馒头办'收回办理馒头生产许可证的权力，引发各区'馒头办'的不满。市'馒头办'便根据《郑州市馒头生产销售暂行管理办法》，大规模整顿验收馒头生产厂点，发现不少被市'馒头办'认定为非法的馒头厂点，原来都是在区'馒头办'挂了号的。"

听起来有点像绕口令。"馒头办"一出事件，又引出了"饺子办"、"面条办"、"酱油办"、"醋办"、"包子办"……我们也才知道社会上还有这么多"办"。到底有多少"办"，恐怕谁也说不清楚，或许有一天会出现一个"清理各种办的办"。那是后话，目前的这个"办"，那个"办"，到底办了谁？又是谁在办呢？

九月十七日的《南方周末》上有奇文：一个因腐化堕落被"双开"（开除公职和开除党籍）的县委副书记王某，在看守所里蹲了几个月，等风头一过就又活动出来了。他在本县副书记的位子上经营了十二年，在老上级、老下级、老关系和老相好的协助下，承包了亏损严重的县政府招待所。然后又是在"四老"的支持下，把县里的各种会议都拉到了自己的招待所来开。可千万不要小瞧开会，全国一年的会议经费是一千多个亿，依此类推，一个县的会议费一年下来也少不了。而且开会是官的，花钱是官的，宽打宽用的会议费便经招待所一过手就流进了王某的腰包。

同时，县委、县政府的各个部门，也纷纷把一些可以挪动的办公室都搬进了招待所。诸如"扫毒办"、"严打办"、"扶贫办"、"引资办"、"打狗办"、"爱护动物办"、"扫黄打非办"、"打假办"……"办"这种"公"的经费同样也是宽打宽用，理直气壮地公吃、公喝、公住，花钱不算账，多少不在乎。这就更把王某肥透了，只三个月的时间就遏制住亏损，到第五个月已净赚三十二万元，年终居然被选为全县"十大优秀企业家"！

——这就是"办"多的妙处。可以办，可以不办，可以这样办，也可以那样办，怎么办都可以，就看你会办不会办。

有人编了顺口溜："底下一根针，上边千条线；上边一较劲，下边乱成团。"笔者认识一位私营企业的老板，他有不同的看法："我年年都贿赂'收税办'的人，跟他们当朋友交，省了大量的税钱。与其拿钱充公，就不如花钱交朋友。把政府当朋友看，把各个'办'当成你自己的'办'，心情就会好多了。"

"高，实在是高！"——只是不记得这是哪部影片中的台词了。

总统需要神话

读罢《叶利钦回忆录》，不能不承认他是一位优秀的叙述者。思想敏锐细腻，文字坦直犀利，有着诗人般的感觉——他确实出版过多本诗集。但他当初所学的专业却是建筑设计，其代表作是莫斯科电视塔。

后来竟成了俄罗斯的政治设计师，在政治斗争的谋略上，例如众所周知的遏制和均衡手段，似无人能匹敌。他对大棒的威力深信不疑，善于通过矛盾、混乱和颠覆来领导国家，似天生喜欢危机前后的那种紧张气氛。他需要危机，危机使他振奋，就好像借着危机能从外部汲取巨大的能量，总能在最需要的时刻找到自己最需要的人，一次次地化险为夷。

他自负、好胜，病得老像要摔倒，可老也摔不倒。有摧枯拉朽的强硬性格，有极强烈的权力欲，却在任期未满的时候又突然辞职。总是让人意想不到，让全世界喜欢他和不喜欢他的人都同时叫绝，并未因辞职而"人一走茶就凉"，反倒是"好评如潮"，仍旧是世界热点人物。叶利钦身上有种非理性的东西，他好像是凭直觉而不是凭逻辑思维行事，这也正是他个人魅力的一部分。

美国总统竞选顾问拉尔夫·里德说过："政治在很大程度上就像个爱情故事，它的诱惑力在于神秘。没有神秘，就不会有魅力。"因此，一个强有力的总统往往要有神话伴随，或者说先创造神话，而后才能当上总统。有关叶利钦的神话可不少，比如大喝一声吓跑了提着利斧要伤害他的歹徒；当苏联解体时，一场内乱眼看要发生，荷枪实弹的士兵跟着坦克冲上了莫斯科大街,当时任莫斯科市市长的叶利钦冒着会被打死的危险跳上了坦克车,号召士兵放下武器,不得对人民开枪,人民是军队的母亲! 战士们就真的没有开枪,避免了一场杀戮。

叶利钦还在自己的回忆录里讲了一段关于普京的类似神话般的故事:一九九四年十月,由于卢布的崩溃,再加上英国女王的来访,叶利钦累得够呛。在圣彼得堡送走女王后感到疲惫和空虚,很想休息一下,就接受了彼得格勒州州长的邀请去参观郊外的狩猎场。随员不多,都身着迷彩服,拿着猎枪。叶利钦注意到一个迟到者,"迷彩服非常合体,一副军人仪态。他持猎枪的姿态非常自信,紧紧地抱着,就像拥抱一个心爱的女人"。

圣彼得堡的市长对他解释说,那是市政府第一副主席,姓普京,叫弗拉基米尔,开会不太守时,但非常可靠。谁都清楚,现在找个真正忠诚的人有多难! 随员在草地上摆好桌椅和食品,准备边吃边谈,还要讨论一些国内迫切的问题,午餐后再去森林打野猪。正当叶利钦又说得动了感情的时候,意外的事情发生了,从灌木丛中走出一个庞然大物,转动着眼睛,用蹄子扒拉着落叶,一步步地向他们逼近……

叶利钦写道:"坦率地讲,野猪的突然出现使我们惊慌失措,当时由于我讲话时太激动,眼镜掉在了地上,于是十个随同人员都钻到桌子底下找眼镜,情况很危急! 这时我侧目看到,普京没有往桌子底下钻,下面也没有地方了。他不知什么时候已经端着猎枪在一旁站着,随后听到两声枪响。后来检查的结果表明,'总是迟到的普京'击中了野猪的心脏。我的第一印象很准确,这是一个强硬、不妥协和思维敏捷的人,莫斯科需要这样的人。后来的一切就像预料的那样,命运终于使普京来到了首都。"

描述得多么传神,没有人会怀疑叶利钦这番话的分量。普京后来能成为俄罗斯总统,与其说是叶利钦的"预料",还不如说是他的"安排"。

当一个领导人失去了魅力,没有人缘了,民间又会传出许多关于这个人的政治笑话,而不是神话了。比如,在苏联尚未解体之前,就已经先有政治笑话在世界上流传,其中一则几乎可以说是家喻户晓:有一次勃列日涅夫和卡特相遇,两个人争论谁的警卫更好,吵来吵去难分伯仲,便决定当场实验。卡特叫来保镖约翰,打开窗户说:"如果你真对我忠心的话,就跳下去。"窗户距地面有二十层楼高,约翰流着泪说:"怎么能这样呢,总统先生?我家里还有老婆孩子哪!"卡特也哭了,说:"对不起,我不该用这种办法考验你的忠诚。"

下面轮到勃列日涅夫了,他对自己的一个保镖说:"伊万,跳下去!"伊万二话不说就要往下跳,被卡特一把拉住:"你疯了吗?会摔死的!"伊万一边挣脱一边喊:"放开我,浑蛋,我家里还有老婆孩子哪!"

作家,你为什么不自杀?

去年秋天,我应广西理工大学之请作关于当代文学的讲演。在讲演的后半段请听讲者提问时,有个人传递上来这样一张纸条:"现在的作家为什么不自杀、不发疯? 这是不是没有大师的一个原因?"

当着两千多人的面,我老老实实地承认不能马上回答这个问题,因为手里没有资料,待回去后写成文章,并寄给广西理工大学作为回答。

天才与精神病之间是否存在着某种联系? 这是世界上许多人都感兴趣的问题。

英国心理学家菲利克斯·波斯特博士积十年心血研究出了结果:精神病是心理活动和行为的异常表现,是一种需要治疗的病态。然而,创造性才华和病态心理这两个人类心理活动上的极端,竟有着某种联系。天才中多有精神疯狂症,而精神疯狂症又时常能激发灵感和创造性。因此,许多高智商的人患有精神病,高智商和精神病在遗传上有着双基因的可能性。

用艾森克个性问卷(EPQ)对艺术家、作家进行测试,发现作家在概念过度包含、怪异思想上和精神病人极其相似。

菲利克斯·波斯特博士按现代精神病理学的分析方法,研究了人类历史上三百名具有重要影响的人物,得出的结论是:

政治家中有百分之十七的人患有严重的精神病理毛病,如希特勒、林肯、拿破仑等,他们中有嗜杀如狂的恶魔,也有美国历史上出类拔萃的总统。

科学家中有百分之十八，如高尔登、安培、牛顿、哥白尼、法拉第等。

思想家中有百分之二十六，如尼采、罗素、卢梭、叔本华等。

作曲家中有百分之三十一，如瓦格纳、柴可夫斯基、普契尼、舒曼、贝多芬、莫扎特等。

画家中有百分之三十七，如凡·高、毕加索等。

小说家中有百分之四十六，如陀思妥耶夫斯基、福克纳、海明威、普鲁斯特、劳伦斯、卡夫卡、司汤达、福楼拜、莫里哀、托马斯·曼等等，不胜枚举。艺术家是波斯特研究中的"重灾区"，他解剖了五十名文人，除莫泊桑以外都有轻重不同的精神病！

惨啦，文人为什么这么倒霉呢？

这与所从事的创作职业有关，敏感易冲动，或雷霆震怒，或极度狂喜，或愤世嫉俗，或精神分裂，容易发作，也容易压抑，容易狂傲，也容易绝望。所以世界著名作家自杀的特别多：芥川龙之介、川端康成、三岛由纪夫、茨威格、法捷耶夫、叶赛宁、杰克·伦敦……几乎可以列出一个近百人的大名单！

难怪大学生感到奇怪，现在的作家为什么没有自杀的？也许他们心里真正想说的是现在的作家没有写出惊世之作，不具备发疯和自杀的资格。

其实，许多精神病患者的天才，恰恰是在一生中最健康的时期创作出他们最好的作品，他们是在完成了伟大的事业之后才得精神病的。真正在疯癫中走上创作巅峰的似乎只有凡·高，他自小就有神经质，从一八八八年开始，以每三天一幅的速度创作了一千三百幅画后突然发疯，住进圣保罗精神病院。曾手持剃刀想割断他的朋友、同是印象派大师的高更的喉管。后来在狂怒中又把自己的耳朵齐根切下，寄给了他钟情的妓女。也就是在他疯得最厉害的时候创作出了传世杰作——幽蓝的《蝴蝶花》。

那么，现在的文人为什么自杀和发疯的少了呢？

波斯特这样解释："现代社会里文人艺术家们精神不健康者明显减少，原因是他们都变得很现实，不再像十九世纪或二十世纪上半叶的同行们那样为理想而奋斗,因此就少了许多苦闷和烦恼。"又岂止是文人,政治家、科学家、思想家也同样变得很实际了,难得再有发神经病的。他们现在比较普遍的病是因养尊处优而过于肥胖。

天才的疯子或疯狂的天才越来越少,对于人类社会不知是幸耶?悲耶?

种种霸道

　　"霸道"——辞典里多解释为王道的对称。根据字面也可以理解为霸占道路、路霸,称霸于大街。本文要讲的就是这样的霸道。

　　许多年来,我每天清晨都要骑着自行车去游泳,基本上四季不断,风雨无阻。因此对现代城市里的种种霸道看得多,体会也颇真切。归纳起来大致有以下几类:

　　一、钱霸。当下在大街上横冲直撞、出事最多的是两种车:"有钱的车"和"为钱的车"。

　　现在几乎没有不堵车的城市了,而且堵死了市内堵市外。天津至北京一百二十公里,有时因高速公路封闭,不得不走原来的老道,我曾经走过六小时二十五分钟。一朋友走过八个多小时。跑北京没有办法,堵多久都得忍着,若参加市内的活动,一看形势不好就赶紧改骑自行车。我曾实验多次,都是骑自行车比坐汽车快。可最近有些马路上的隔离带被取消,整条马路都成了汽车道,骑自行车的只好挤在各种大汽车和小汽车的缝隙中间,猛吃它们排出的尾气。这就叫霸道,中国是"世界头号自行车大国",在城市的大道上竟没有自行车行走的地方了,这不明摆着是四个轱辘的欺负两个轱辘的,"强势群体"占了"弱势群体"的道!

　　那为什么会通衢不通,大道变成了小路甚至是死路呢?因为有钱的人多了,当官的人多了。有些当官的也就是有钱的,这是不言而喻的事实。人一有钱就要买汽车,据说有汽车做人就上了档次,对生命、对生活、对距离乃至对世界的感觉会大不一样。所以,中国掀起了私人买汽车的热潮。政府支持,媒体炒作,进行全国的私人买车大评比、大排名:北京第一,广州第二,成都第三……有人说"小康社会就是小车社会",要"开着小车才能奔小康"!

路还是原来的路,汽车一多怎能不挤成一锅粥?国人爱攀比,特别喜欢言必称美国,张口是欧洲,可别忘了我们的国情不同。尽人皆知中国人多地少,不可能把那点可怜的土地都用来修路。何况中国本来就有数不清的官车,厅局级以上的干部明文规定都配车,有许多特殊的处级也有车,算算看,中国有多少处级以上的干部?不是有个故事说,北京某机关进行人事调整,"司级干部一礼堂,处级干部一操场"嘛!再加上无以计数的国营企业,哪一家没有小汽车?俗云:"职工玩命干,挣了几十万;买个乌龟壳,坐着王八蛋。"在这样一个用车大国里,再疯狂鼓励私人购车,不用多了,倘若十三亿人口中有十分之一有私家汽车,全国的道路就都得变成停车场!

有钱人的车中相当一部分是老板车。许多大老板都配有专职司机,开会、谈判或参加一些堂而皇之的活动,由司机驾车,磊落大气,派头十足。但越是这种人越拥有最大的私人空间,需要最大的自由度和随意性,有些隐秘的私人约会就要自己驾车。跟从十几岁就开始驾汽车的外国人不一样,中国的这些老板大多是近年发起来才开始摸车,且时断时续,驾车技术大多还处在二把刀的境界。但他们的自我感觉却已经是老刀、宝刀了,各个身上都有一股霸气。人有霸气,车就霸道。这些车上了道一望而知,追尾的、撞头的、画龙的、翻跟头的……从今年国庆节长假期间的电视新闻上得知,由首都到一个旅游景点区区不过百八十公里,一天当中就有七桩严重车祸,多为私家出游车。有钱嘛,"打牌一宿两宿不睡,喝酒半斤八两不醉",倘若再加上"唱歌都会,跳舞不累……"可开着车一上了公路,就又困又醉又累。偏偏旁边又坐着家人,如果再有情人、小蜜和二奶之类的人物在车上,难免要逞能,玩票、玩帅,那岂能不玩悬?甚至变成玩命!二○○三年全国有一千一百万新手开着新车、疯车、傻车、醉车在马路上跑,难怪法新社的一名记者撰文说,中国的道路是世界上最危险的。

钱霸的另一类是"为钱的车"——出租车和小公共。现代人一沾钱就胆大,开出租来钱快,因此什么人都敢开出租!而且上了路不看路,心里想的是钱,眼睛四处趔摸,只要看见有像打车的,就凑上去搭讪。真要瞄上招手的,眼珠子一瞪,噌一下就拐上去,不管前不顾后,也不论在什么位置,碰上什么算什么,有一个算一个,挣到钱才是真格的!所以,在顺口溜《小字歌》里有一句:"小面搞乱了交通。""小面"就是"面的",像蝗虫一样在大街上钻来挤去,乱跑乱停。为了多赚钱,面的什么都能载,自行车、大白菜、蜂窝煤、大米、土豆⋯⋯所以车厢里很脏。车脏人的嘴也脏,客人一上车司机就开骂,骂天骂地骂市容,骂官骂民骂交警⋯⋯

二、官霸。现在连最偏远闭塞地区的人都懂得:"要想富,修公路。"公路是经济的动脉,也是国家和社会的动脉。可我们的动脉,说截断就截断。我很少乘汽车跑长途,今年碰巧,两次外出两次碰上封路。一次是七月,在北京通广州的高速公路上,走到石家庄以后,被警察拦住,在一个停满了车的服务区苦等了半个多小时,直到有个威风八面的车队过去之后,我们这一大片被扣住的车才允许上路。二〇〇二年十月十六日午后,天高气爽,我去北京办事,离京津塘高速公路进口还有很远,汽车就被堵住了,前面是一眼望不头的汽车长龙。我意识到不妙,赶紧下车跑到进口处,果然警察把高速公路给封闭了。我不解,上前打问,警察却极端傲慢无理,一脸蔑视,根本不理睬。我也恼了,摸出笔记下他的警号,然后再问:"如果我没有记错,你这个警察的头衔前边还有'人民'两个字,你挡着道不让我们过,又不说出理由,我今天豁了这条老命也要跟你找一个说理的地方!"

大概是我这副快急疯了的样子引起警察的好奇,他转过脸斜眼扫了我一下,口气仍然很不耐烦,显然不把我这条老命放在心上:"参加'十六大'的领导要回来!"嗯?这下可被我抓住了,我逼近一步大声质问他:"你胡说,'十六大'报告刚提出要建设政治文明,已经将代表人民的根本利益、代表先进的生产力都写进了党章,你随便封闭高速公路是破坏生产力,参加'十六大'的领导绝不会干这种事,一定是你们自作主张或假传圣旨……"警察还真被我问住了,瞪瞪眼张张嘴,扭身进了岗楼。同行者也过来劝我:"别跟他费话了,我们还得绕道去走老路呢!"

高速公路尚且如此,在市内戒严就更是家常便饭了。有时还赶在早晨八点多钟,正是上班的高峰时刻,中环线上本来已经挤成了一锅粥,忽然所有车辆,包括骑车的和步行者,都堵住不动了。住在国宾馆的高级车队要上高速公路,须穿过大半个闹市区,横穿几条交通干线,全部卡断,提前戒严。如今的上班族挣点钱不容易,迟到一会儿被扣这个罚那个,重了还有可能被炒掉,这个时候被堵住能不急吗?跺脚的,摁铃的,喊嚷的,骂街的,马路上就像开了锅!有一回我旁边是位工人模样的老者,在他身后有辆面的,心急火燎地顶了老师傅的自行车,还一个劲地摁喇叭。老师傅火了,回过头吼道:"你摁什么摁?前边过共产党!"我脑袋轰的一下,这话听着怎这么刺激?

大道大道,大家的道,许你走为什么不许别人走?你本可以想来就来,想走就走,坐在车里谁知道你是谁?知道又怎么样?前面有开道车,保证不堵你们的车就行了,何必非戒严?如果想戒严那就早一点或晚一点,为什么趁高峰凑热闹,如此扰民?

三、天霸。中国的高速公路渐渐网络化,人们越来越依赖它,可它偏偏无比娇气,夏天雨大了要关,风大了要关。到冬天就更受不了啦,有雾不开,有雪不开,有冰不开,有沙尘暴当然就更不能开了……北方的冬天除了这几样还有什么?而且没有统一的科学标准,你明明看到只有一点小雾,他非说是大雾;地面刚见白,他说是大雪……标准由他掌握,情绪在他身上,想关就关,说停就停。这下可把人们坑惨了,大家习惯于按高速公路上的行进速度计算出行时间,于是,误航班的,误车次的,误了事的,错过了机会的……

我一直想不明白,既然我们这个体制这么关心人民的生命财产安全,为什么在天气不好的时候不把所有的道路都封死?天气不好并不是汽车都不出来,该有多少汽车还是多少汽车,你把高速公路一封,把所有车辆都挤到原来的小道上,再加上人人都窝着一肚子邪火,气人开汽车,事故就出得更多了！这看起来像是关心群众,实际是对人的不信任,或者是故意作秀,以为别人对自己的生命反不如他对你更关心,这谁信哪？既然什么都喜欢攀比,为什么在高速公路管理上不跟西方发达国家比一比,我们修建高速公路本来就是借鉴了发达国家的经验,而人家绝不轻易封闭高速公路。只有自然灾害把某一段路面毁坏了,才会关闭进口,提醒大家及早绕行。至于刮风下雨,有雾有雪,请自便,充分相信成年人的智慧和自制力。如果你想找死,封了高速还可以去撞别的。公路管理者的责任是维护好公路,尽一切可能给行驶者提供最大的方便。比如下大雪,在第一时间动用最先进的科技手段和机械设备,清扫路面……

四、喜霸。每逢周六、周日,倘若再赶上阴历和阳历又都是双日子,平时嘈杂烦乱的城市一下子就平添了许多喜气。一辆加长的林肯或凯迪拉克,率领着一个豪华的大型车队,披红挂彩,车笛高鸣,边走边抛撒喜糖,施放气球。前面的开道车上架着摄像机,后面压阵的车上喜乐喧天……这样的车队经过哪里,哪里的交通就陷于瘫痪。人们在道边驻足观瞧,这是大家最愿意看到的一种霸道。

五、丧霸。国家人一多,有些事听起来就有些邪了:生育有高峰,结婚有高峰,死人也有高峰！大城市里天天都有送葬的车队占道,灵车打头,后面是大轿车、各种等级的面包车、小轿车、吉普车,根据死者及其家人的权势和钱势,车的档次以及多少会有所区别。但最后一定是一辆或几辆卡车,上面拉着花圈、花篮、纸糊的各种高档人间消费品,并沿途抛撒纸钱……不管马路上多么拥挤,这样的车队一过来,所有的人和车都主动让路。按中国的传统习俗,死者为大,不可闹丧。

六、穷霸。有钱的能霸,有权的敢霸,没有钱也没有权的照样可以霸。俗话说:"光脚的不怕穿鞋的。"小贩把货摊快摆到马路中间,我看你开汽车的敢碰？只要你一碰就算卖给你了！

汽车走得好好的,突然就有人向你车上撞来,反说是你撞了他……这叫"碰瓷儿"。

当汽车在路口停下等着变灯的时候,讨饭的、卖报的、卖方向盘套和各种小玩意儿的会蜂拥而上,堵在车头,你不出点血就甭想走人。

今年初夏的一天,我骑车还看到另外一种景观:一中年人,赤裸着上身,身下一辆破自行车蹬得飞快,有缝就钻,而且嘴里大喊大叫:"走喽走喽! 快! 快!"马路上行人止步,自行车闪躲,连汽车也减速为其让路。

看来只要你敢发疯,也可以到马路上风风光光地霸道一回。我不免想起骑自行车的人自我解嘲时说的一首顺口溜:"骑车好骑车妙,昂头挺胸腿脚好;眼神灵活不痴呆,一路风光看热闹。"

说了半天,这个也霸道,那个也霸道,当今社会还有什么人不霸道呢?

成亦萧何，败亦萧何

　　还记得有一种产品叫"三株口服液"吗？据说在鼎盛时期，它的年销售额达数十亿元。那时有关它的广告宣传也呈铺天盖地之势，城市里的现代传播媒体自不必说，就是走到中国任何一个最偏远的乡村，也不愁见不到它的广告。我在中国最西北的小镇霍尔果斯的民房后墙上，在云南和越南交界处荒僻的山村土丘上，都见到过用白灰写就的"三株口服液"的大字广告，一九九六年它的销售额已超过八十亿元。可到一九九八年就出了"常德事件"：全国媒体炒作湖南常德有一老汉，"服八瓶三株竟要了老命……"一时间沸沸扬扬，三株当年的销售额跌到二十亿元以下。尽管后来听说法院查实那老汉购买三株口服液的发票是假的，证明他是因服三株而亡的诊断书也是假的，可曾经铺天盖地的"三株口服液"至今似乎还没有恢复元气。

　　还有南京冠生园，已经有七十年的历史，去年用隔年陈馅翻制新月饼，被中央电视台曝光，引起轰动。今年就宣布破产……冰冻三尺，非一日之寒，冠生园破产的真正原因也许并不是由于被电视台曝光。但，现代传媒和经济的关系却就是这样黏在一起了，很像一对生死冤家，你中有我，我中有你，谁也离不开谁，却又经常要死缠烂打。好起来千好万好，卿卿我我，极尽缠绵和风光；翻了脸又六亲不认，大打出手，大骂出口。于是，有些企业家或主政一方的官员，对现代传媒的感情就变得复杂了，有的抱怨，有的蔑视，有的规避。

　　前不久，《北方航空报》的主编打电话给我，他的报要开辟专栏，系统地介绍中国各地的老字号，想来采访天津的几家老名牌，请我给予协助。人在两种情况下读东西最仔细，一是坐在马桶上，一是坐在飞机上。这等于免费为天津的名牌做广告，我欣然应允。岂料，人家来到天津走进第一家老字号就碰了钉子，态度冷淡，不介绍情况也不提供资料，要资料可以，得付费。我不知这家老店是吃过传媒的亏，因噎废食，还是被传媒宠坏了，傲慢自大，经营理念陈旧？

今年农历正月十五，石狮市从全国请去一批作家、记者和影视的导演举办"元宵笔会"。市委书记兼市长郑栋梁在介绍情况时说，我不愿意宣传，害怕宣传，石狮不宣传已经够出名的了。有好事容易出名，出了坏事就更容易一传千里！前几年的假药案闹得无人不知，今年元旦前着了一场火，也被《焦点访谈》给曝了光。可有的地方的大火比石狮的烧得更厉害，也没有人给报道。他话是这么说，可为什么还要举办这次旨在宣传石狮的"元宵笔会"呢？而且在春节期间，还花八十万元包装中央电视台的一场晚会，借以艺术地宣传石狮。听他的话好像是在诉传媒的苦，仔细咂他话里的滋味，有苦涩，也有得意。石狮发展得这么快，在二十年的时间里连跳三级，由一个渔村变成镇，由镇又变成县级市，并在全国百强县中名列第十二位。难道这跟它能得到传媒的重视没有关系吗？

其实，像"三株口服液"和"南京冠生园"这样的事件，国际上并不是没有发生过。可口可乐也曾喝出过毛病，雀巢咖啡曾发现有毒……传媒同样也大热闹了一阵，但并没有把这两家名牌搞垮！远的不说，就说眼前的，说我们身边的：中美史克的总部在天津，据说过去仅"康泰克"、"康得"两种药的年销售额就达数亿元。二〇〇〇年十一月，美国和中国的药品管理局先后发出通知，要求所有药厂停止生产任何含有PPA成分的药品在市场上销售。而上面的两种药，在中国的被禁名单里位列第一和第二，媒体轰动，患者震惊。对中美史克不啻是毁灭性的打击！

但，大难当前，中美史克表现出国际大公司的成熟、稳健与自信。他们立即启动"危机管理体系"，先稳定内部，公司发出保证，无论遇到多大困难绝不裁员。然后安定外部，所有客户手中积压的"康泰克"和

"康得",全部退款,总计退回八万多箱,价值二亿多元。紧跟着投资一点四五亿元开发新药,二百九十五天之后,不含PPA的"新康泰克"上市。同样也是先召开新闻发布会,拿出了国家权威部门对"新康泰克"的检测结果,重新获得了传媒和客户的信任,开始源源不断地接到订单。到去年年底,在只有两个多月的时间里便售出一万七千万粒,超过了相同时间内的"康泰克"和"康得"的销量。

真是成亦萧何,败亦萧何! 现代社会是开放的,而现代人的内心是封闭的,大家都是通过传媒了解世界、了解社会、了解他人,传媒就是现代人生活不可分割的一部分。繁复纷杂的现代社会也唯有通过传媒才可以调度一切、影响一切、左右人心。现代经济自然也就更依赖传媒。于是有人就想用钱收买,利用传媒为自己做广告。

所以,人们对待传媒也应该像对待生活一样要有幽默感。比如一个流传很广的广告说:现在的世界上老鼠比人还多,你只要寄五十元钱来,就告诉你一个无污染却有效的灭鼠办法。你真要寄钱去了,就真能收到一个秘方:"每个二十平方米以下的房间里放一只猫,标准的两室一厅可只放两只。"这确实没有污染,勉强算个主意,也不能说是骗人。我想这个人也未必就想靠此赚上一大笔,不过是对现代商品社会的一种幽默。一九五七年许多人因没有幽默感被打成了"右派",而毛泽东恰恰并不缺少幽默。历史的幽默有时是非常残酷的。

但,商家也不要忘了,广告是卖的艺术,这门艺术的灵魂是真实。倘是一味地胡吹乱编,迟早有一天会把自己连同老本都统统卖掉! 广告要准确地恰如其分地介绍自己的产品,不切实际的广告其效果会适得其反。

夫妻奇闻

新闻年年有,且越来越出奇。据报载:有一男人得了"性狂症",说得文雅点就是性欲过度活跃。新婚之初每天三五次,后来发展到每天十几次以上,每次狂病发作都急不可耐,状甚痛苦。他妻子为了救急,在家里干脆就不穿裤子,以应付丈夫的不时之需。此事被爱管闲事的邻居们发现,男邻居们妒忌,女邻居们也妒忌,来自四面八方的嫉恨化为沸沸扬扬的声讨,纷纷指责那个妻子不守妇德,最后由村长判决,竟把那个逆来顺受的女人给活活淹死了!

这类事情在开放发达的国家大概不容易发生,如果男人真的得了那种病也许正求之不得呢,省得花钱买伟哥了。一个老婆不够用,还可以找情人嘛。在中国,目前"包二奶"已经不新鲜了,时兴的是"包大奶"——即前些年跟老婆离婚又娶了小老婆的人,几年过下来又觉得新的不如旧的好,于是又回到前妻的身边。但无法再跟小老婆离婚,也许是离不了,就只能把原配的"大奶"再包养起来。

自人类脱离母系社会以后,一夫多妻或男人打老婆就不算新闻。但老婆打丈夫或一妻多夫,就有了轰动效应。最近北京曝出一条新闻:《不堪恶妻暴打,受伤丈夫索赔》。一位被打得精神恍惚的男子,走进海淀法院,向法官痛诉了多年来被妻子毒打的惨痛经历……这位张先生和妻子本是高中同学,大学毕业后建立了恋爱关系,一九九八年十月结婚。这就是说,他们一不是粗人,二不是生活在愚昧落后的偏远地区,可以说是现代大都市里的标准家庭。正是这样两个人,婚后却经常动手,连连吃亏的竟是男的。妻子多次将他的面部和颈部抓伤,他后背上的新伤旧痕也历历可见。今年四月三十日,两人又发生争吵,女的用菜刀将男的头部砍得鲜血直流,被医院诊断为"多发头皮裂伤"。为此张先生要求离婚,并索赔精神补偿费五万元。

这位张先生终究还是有些大男子气,老挨打却并没有被打服。自己打不过还能聪明地想到要寻求法律的保护,可见学也没有白上。比起来,武昌一个叫大伟的男子就更窝囊了,十几年前他爱上了高中毕业后站柜台的女孩儿眉,然后帮助眉复习功课,又资助眉上完了大学,并在当地最大的一家银行里给眉找了份令人羡慕的工作。两人结婚后一个叫长江的男子又如痴如狂地爱上了眉,眉也确实跟长江在一起住过、睡过、拍过结婚照……三个人就这么死缠烂打地一直凑合到现在也没有个说法(2001年7月21日《羊城晚报》)。

这就叫两男争妻。有人说这三个人都是失败者,也有人说这三个人都是胜利者,那个眉自不必说,有两个男人爱她爱到这个地步,也算不虚此生。那个大伟为爱做出了巨大的付出,无怨无悔,痴心不变,也算是轰轰烈烈地爱了一场,没有白活。再说那个长江,半道上插进来,也确实得到了眉,捡个大便宜还能算是失败吗?真正称得上是一妻多夫的,还得说最近一期《港台文摘》上转载的一条新闻:"在高加索,有一九十岁的女人,豢养着二十几个丈夫,如果再加上已经归天的或叫她给赶跑的,她一共拥有过五十九个丈夫。过去的地方官员对此总是睁一只眼闭一只眼,直到中央派来一个新官,整肃民风,才想起要对这个老女人进行制裁,根据婚姻法要判她坐十二年牢。她的二十三位丈夫站出来请求代为服刑,这样一分摊,每个人只需坐半年牢就行了。"

可惜消息太简短,不知那个女人有什么特异功能,竟能让那么多的男人对她如此服服帖帖?女权,女权,西方发达世界的女人们折腾了半天,也没有高加索这个女人不声不响地得到的实惠多。

人们都说社会在变,而且变化剧烈。到底变成了什么样,却又没有多少人能说得清楚。社会如海,人如一滴,一滴也可以映照出大海,这便是察看家庭的变化。家庭是"社会的细胞",而夫妻是家庭的核心,看看现在的夫妻关系变成了什么样子,大致就可以捋出社会变化的脉络。

　　由上海社会科学院社会学研究所副研究员徐安琪主持的中国婚姻质量调查,历时四年,于日前结束,《深圳都市报》公布了这份调查结果:中国夫妻在结婚前没有机会选择配偶的多达百分之四十六;对性生活满意的夫妻不足一半;有离婚倾向的夫妻却占了百分之四十二点一;只有百分之三的夫妻关系称得上是高质量和完美的;百分之七十五的夫妻自我感觉婚姻状况一般,也就是中等水平吧;百分之二十二的婚姻属于低质量……

　　男人女人,千人千面,千人千心。古人说,婚姻乃祸福之机。世上感到生活不完美的人,大抵是因为婚姻不完美。可婚姻完美的人又那么少,可想而知现代人的生存状态了……

　　但是,这个调查报告也给了许多人以安慰:世上有那么多人都是凑合着活,咱怎么就不能凑合下去呢?

关于男人的话题

二〇〇二年末,英国《男人帮》杂志从许多国家征集了五点九万张男人的选票,评出了"世界十大丑女"。榜上有名的有"俄罗斯网球玉女"库尔尼科娃,理由是库娃曾与拉丁情歌王子伊格莱希亚斯,一同入住伦敦某家酒店,因"叫声"凄厉,遭到住客的投诉。还有中国女影星章子怡,理由是"一副巨星派头,动辄数十名保镖护身,使男人们感到厌烦"……评选结果一公布,人们不免要问:是这些美女们"丑",还是男人们有病? 你听人家的"墙根",又受不了人家的"叫声",是不是浮想联翩,浑身燥热,由妒生恨? 章子怡的明星派头也让男人无法忍受,一个小女子竟敢摆这么大谱儿,让天下的大老爷们儿颜面何在? 如果说讨厌库娃是近似癞蛤蟆吃不到天鹅肉的嫉恨,那憎恶章子怡就是出于对女人事业成功的嫉恨。

妒忌女人竟妒忌到这般地步,现在的男人们可真够可怜的了! 难怪网上说,二〇〇三年的情人节流行送手铐,把情人铐住。当然是男的铐女的,男人对自己没有把握,以为凭借力气上的优势把女情人的双手铐住就算是拴牢了。世界音乐杂志《合群者》,有一期的封面女郎是著名歌星姬丝汀娜·艾丽娜,身穿三点式,摆了个极其性感的姿势,手腕上醒目地挂着一副手铐。不知是不是她的男朋友给铐上的?

男人要用手铐维持自己的自信和安全感,还想让女人看得起吗? 现在的女人们对男人唠叨最多的就是:男人像男人的太少了,全世界就剩下有数的几个,他们大多还存在于好莱坞的大片里、足球世界杯的赛场上和世界拳王争霸战的擂台上……

现代社会给男人会诊的结果是：男人大都精神压力过大，经常被自我怀疑深深困扰，平均寿命比女性少五岁（多虑多疑外加小心眼）；男人习惯于压抑自己的感情，更容易疲劳并患上心理疾病，是心理医生的主要病人，还很容易产生自杀的念头，其自杀几率是女性的四倍多（可怜复可怕）；男人最脆弱，遭遇严重意外事故的几率更高，死于交通事故和谋杀的几率是女性的二倍（黄鼠狼单咬病鸭子）；男人的健康状况也江河日下，血液循环容易发生障碍，易得冠心病、糖尿病、溃疡病，被诊断出艾滋病的几率是女性的三倍多，患色盲症的男人是女人的八十倍（可谓雪上加霜）；男人往往手头紧张，自尊心差，形容萎缩（令人想起武大郎的绰号：三寸丁谷树皮）；男人招致批评最多的是缺乏男人气，性功能退化，阳刚之气荡然无存。报载：抱怨丈夫性欲太强的女人日益减少，而对丈夫性冷淡不满的女人却日益增多（完了，完了，男人不男，乾坤错乱）。

人活得就是心气，力量是一种内在的气质。力气、力气，没有气就没有力。志气、胆气、牛气也一样，男人没有男人气了，也就丧志、丧胆，想牛也牛不起来了。在公共场所有人公然行凶抢劫或侮辱妇女，无人敢挺胸而出。于是女人们就要抱怨："现在哪还有男人啊！"可她们忘了，眼前行凶抢劫的正是男人！这是现代男人的又一个问题。英国精神病学家安东尼·克莱尔在《关于男人》一书中说："二十一世纪初，人们很容易得出如下结论，男人的问题非常严重。综观世界各地，无论是发达地区还是不发达地区，做出反社会行为的主要是男人，暴力、儿童性侵犯、使用违禁药品、酗酒、赌博等等，绝大多数是男人的'杰作'；在法庭受审的、在监狱坐牢的差不多全是男人；在侵犯他人、失职、冒险和故意伤害方面，男人也总能拿冠军。"

你说，男人还要得吗？其实，男人的命运在有男人的那一天，就已经决定了。《圣经·创世记》里说，男人一生日日劳苦才能得到吃食，汉字的"男"，就是田地里的劳力。这是男人的资本，有力气，劳苦得起。男人不怕劳苦，有能力有条件劳苦，挣得了吃食，那就可以扬眉吐气，管辖女人。问题是现在的男人想劳苦而不得了，正在失去男人传统的职能优势。过去,造船、挖煤、建筑、打铁等重体力劳动多由男人承担,他们出一身臭汗,挣一把大钱,养家糊口,说一不二,造就了男人高高在上的地位。而现在呢,商品和欲望的逻辑摧毁了传统经济模式的控制,世界正从蓝领经济向白领经济转型,新职业取代了旧职业,组装电脑、操纵键盘、接听电话、扫描条形码……要求工作人员最好具备一些女性特质,比如能够应付某些不确定因素的灵活性,对权力没有过多的奢望,聪敏的头脑以及亲切的微笑等等。所以在美国妇女中,职业女性从一九七三年只占百分之五十一增加到二〇〇〇年的百分之七十一。一九六〇年美国大学百分之六十六的学位都由男性获得,到一九九七年男性所占的比例下降到百分之四十四,而当年毕业的女硕士却比男性多出三分之一!落魄是男人的致命伤,失意的男人再怎么装强扮硬,也只是一个空架子。

不可否认,现代社会上还有许多成功的男人,可他们的问题也不少:由于狂热追逐业绩,经常被搞得身心疲惫,支离破碎,看起来声名显赫,恃才傲物,同样会灰心丧气,具有依赖性,需要别人的帮助,男人对此非常恐惧。看看,失意不好,得意也不好,于是就出现了另一种状况:不想离开家,躲在有父母保护的安乐窝里。据英国政府最近发布的一项报告称:"二〇〇〇年,年龄在三十岁到三十四岁之间的英国男性中,有百分之十仍然跟父母住在一起,而女性仅为百分之三。"男人竟如此衰败,成了长不大的品种。但愿他们的父母永远不老也不死,且有足够的钱养活他们!

二〇〇二年的秋天,中国吉林省首开先河,用地方法规的形式保障单身女子的合法生育权利。女人不结婚,也就是说不需要男人,照样可以生孩子。当然还需要男人的精子,男人的概念就等同于那种蝌蚪状的东西。据传再过些年,连男人的精子也可以省去,"科学家在女性体内发现可以让卵子受精的物质,女人完全可以像雌雄同株的树木一样繁衍生息"。本来,男人再怎么不是东西,还可以保留让女人受孕这样一个特长,现在竟连这最后的一点优势也丧失殆尽!男人不能尽男道,就成了男人最大的又最难以说出口的羞辱。

天道无常，人道也无常，世界上的许多生物都消亡了，没有消亡的物种也在变化。人也一样，特别是男人。现代社会之所以对男人那么看不惯，是因为男人正在变化，变得不伦不类，面目全非，甚至不男不女。而这正是"新男人"所追求的。最能说明问题的就是英国球星贝克汉姆，成了全世界女人崇拜的性感偶像，甚至连男人也喜欢他那张轮廓精致的脸。这是因为他剽悍狂野、阳刚之气十足吗？显然不是。甚至恰恰相反，他那变来变去的怪异发型，一身花里胡哨的装扮，有时甚至涂上红指甲，这不是典型的男人女气？竞技场上最充分体现了男人变化的新潮。那些最能表现男人力量的竞赛项目，诸如足球、篮球、拳击、摔跤等等，满眼都是神头鬼脸、歪瓜裂枣、半阴半阳、不三不四。东方的性感明星木村拓哉也不甘落后，开始给自己抹口红，风行一时的F4小子梳起飘柔的披肩发……男人一变成这样，就刀枪不入，不怕伤害了。自我欣赏，自我迷恋，有阴有阳，不阴不阳，还在乎别人说什么吗？事实是男人越这样，女人反而越喜欢，以至于形成一条现代男女恋爱规律："美女配丑男！"心理学家管这种现象叫"求偶从众心理"，是由于女性的好胜心理所致。

诡异、怪癖、破格、浮夸、坏品位已达到无可救药的地步，甚至连伤风败俗都成了时尚。靠多年经营迪斯科舞厅发财的七十二岁的德国"老花花公子"埃恩，最近公布了他"最后一项交易"：让一位极具吸引力的二十多岁的女郎跟他做爱，可怜他在交欢时因过度亢奋而发心脏病，最后在达到高潮的刹那间魂归天国，为自己风流的一生画上句号。那女郎则可获得二十五万美元的馈赠。这种种的小不正经和老不正经都标志着，在当今的世界范围内进入了一个"男色时代"！"男"的也称"色"了，难怪人类学家们说："男人无须向什么人企求温柔，温柔的就是自己！"

亲爱的可怜的男人们，变吧，快点变吧！早变早沾光，晚了可赶不上。一步赶不上，步步赶不上！

夹缝里的孩子

　　我不知道是只有中国人才格外想出国、特别愿意把孩子送出去或带出去，还是世界上无论哪个国家的人无一例外地也都想往国外去？"这山望着那山高"——人想出去原是无可厚非。

　　只是有那么一大群中国孩子，在自己还不能做主的情况下像幼苗一样被移栽到国外，而且在时下形成了一股风，并引起国内许多人的艳羡……这就不免要问：那些孩子真的该值得庆幸吗？

　　我有位朋友是英国光电子公司的高级工程师，他的妻子是另一家公司的电脑工程师，两个人都做得很成功，在伦敦附近买了一幢漂亮的双层小楼。他们的女儿在六岁多的时候被带到了英国，现在已经上中学，英语学得没有问题，课上课下足够用的，原来说得滚瓜烂熟的中国话，却忘得一干二净了——语言环境对一个孩子的记忆和忘却竟有这么大的影响！

　　这个女孩刚到英国的时候，父母为强化她的英语，让她尽快英国化，两口子在家里不说一句中国话。现在又改变了规矩，两个人在家里尽量不说英语，因为他们要逼迫女儿学中文。我的朋友在每天早饭前的半小时，雷打不动地要用国内小学的语文课本给女儿上中文课，每个星期天还要送女儿去上中文补习班。明明是我到他的家里去做客，他的女儿却立刻变成一个怕见生人的客人，躲到自己的房间里不出来，连吃饭都要求在自己房间里，就因为害怕父母逼她说中文。她说世界上最痛苦的事情就是学中文！

　　我想世界上恐怕就数中国的父母会折腾自己的孩子了。在国内的许多家长,从小学就让孩子去上英语补习班,恨不得孩子一学说话就先会说英语。到了国外的人,孩子的英语不用愁了,又逼孩子学中文,唯恐孩子丢掉了作为中国人应该持有的中文优势。我对朋友说,看来中国人到哪儿都活得挺累,你们都有绿卡,也有很好的工作和收入,在教育孩子的问题上却没有一点西方人的观念。为什么就不能顺其自然,多给孩子一些自由?朋友说,所谓绿卡就是长期居留证,并不是国籍,我们会老的,更不能保证会永远不失业,如果两年没有工作,就得卖掉这幢房子。更何况将来也许还要回国,不让女儿学好中文怎么行?

是啊,艺多不压身。天下的好事很多,谁不想多多益善地都能轮到自己身上。他们看上去在国外活得很好,有谁知道他们活得是多么的紧张,不管收入高低,总是缺乏一种安全牢靠的归宿感,且没来由地又将这种紧张感转嫁到了孩子身上。

另有一些孩子被家长过早地送出国,他们的年纪说小不小,说大不大,寄宿在亲友家,或读小学,或读中学。说他们小吧,多少又懂点事;说他们大吧,却并不真正理解远离父母的意义。他们生活在中国文化和西方文化的夹缝中间,成了不土不洋又土又洋的小尴尬人。这批孩子中有的在情感上和智力上已经有了明显的缺陷:孤僻冷漠,没有朋友,表达有障碍,甚至患上失语症……

还有许多出国读书或工作的中国人,只要有办法能把配偶带出去,就要在异国他乡生孩子,这样的孩子虽然生下来还没有那个国家的国籍,却像一根橛子揳在了那个国家,等孩子长到十岁以后就可以选择这个出生国的国籍了。当然,这得是发达国家,如美、英、法、德等国,极少听到有人会千方百计地替孩子选择柬埔寨、埃塞俄比亚的国籍。一些更有本事的人,到女人临盆前的几天或几周再出国,把发达国家当成产院,也是为了生个准发达儿。这批孩子的遗传是中式的,受的教育却是洋式的,由于他们从娘胎里就冲着要投奔西方才降生到这个世界上来,目标明确,态度鲜明,所以比地道的洋孩子更不愿意了解中国,也更容易误解中国。就像几十年前一批这样的台湾孩子,现在成了"台独分子"一样。

比如学中文，洋化了的中国孩子感到非常痛苦，而地道的西方孩子感觉就简单得多：好学或者不好学。这跟痛苦与否无关，痛苦——是情感方面的感受，干困难的事情不一定都痛苦，做容易的事情也不一定就不痛苦。文字承载着一个民族太多的信息，本民族的人和非本民族的人对它的感觉是不一样的。

前些年在体育界曾对"海外兵团"的崛起不无忧虑。所谓"海外兵团"现象——就是中国运动员出国后，代表所居住的国家跟中国比赛，而且还常有占上风的时候。其实，哪个领域都有一个"海外兵团"，估计这个"兵团"还不愁会后继无人。

美国的"烧烤俱乐部"

在西方,考核一个政客的第一道试题——忍耐。

光是漫长而激烈的竞选过程就够难熬的,其间还会碰上无数意料不到的打击,没有足够的忍耐力是坚持不下来的。即便成功地爬到了国家政要的位置上又怎么样呢?他们在国内接触选民或出国访问的时候,有谁没遭到过民众的围攻、谩骂?甚至还受到过石头子、臭鸡蛋和西红柿的袭击!

远的不讲就说最近的。全世界都知道英、美的关系最好,美国新当选的总统布什第一次访问英国,毫无例外地受到了英国民众的抗议。群众聚集在他要经过的街头,举着旗子,喊着口号,指责他在美国部署和发展"反导弹系统",和拒不在维护世界环境的《京都议定书》上签字……抗议达到高潮时就有鸡蛋像绣球一样朝他抛去——是不是臭的,从电视画面上看不真切。没过几天,英国首相布莱尔出访另一个同盟国,也受到了跟布什大致差不多的待遇。让我感到饶有兴味的是,当时他们的表情:你骂你的,你砍你的,我尴尬归尴尬,只要你没有一石头把我的脑袋给开了瓢,我就该笑还要笑,该说还要说,该干什么照干不误!

——这就是功夫!

有时还不仅仅是政客,只要在西方做个名人或有钱有势,就很容易会碰上类似的尴尬。今年三月二十九日,世界银行行长沃尔芬森在芬兰举行记者招待会,突然遭到蛋糕袭击,满头满脸都是奶油,像烂葡萄一样滴溜甩挂,他却仍不忘保持风度,并立即找到词儿为自己解嘲:

"味道还不错,只是这东西破坏我的节食计划!"

没有这两下子,怎么当一个大名人或做一个现代政客。像今年春天英国大选时的那个工党副首相,人家打了他一下,他马上回手一拳,愣把人家给打倒了!痛快倒是够痛快的,可自己的政治前程也叫这一拳就给打飞了。"小不忍则乱大谋",你心里既有"大谋",在小处就要能忍。那么,西方政客的这种"忍功"又是怎么练出来的呢?

这就不能不提到美国的第二十三任总统本杰明·哈里森所创立的"烧烤俱乐部"——他似乎是最早意识到一个自称是民主国家的政要,对民众该有怎样的忍耐力。于是便着手有计划地培训和锻炼政客们的"忍功",订下规矩每年的春天在白宫举行一次特别的记者招待宴会,用饭菜不是要堵住各种老记们的嘴,而是鼓励和吸引他们张开嘴——实际上那一天吃不吃饭并不重要,重要的是每个赴宴的人必须提前准备好一些幽默故事和歌曲,要集中讽刺一下总统和他的内阁成员。所以才叫"烧烤俱乐部"——要"烧一烧,烤一烤,但原则上不能烧焦,不可烤煳"。

在今年三月二十四日傍晚的"烧烤"中,老记们首先拿前任的总统夫妇开涮,这是一段录像节目——"克林顿"身穿囚服,单膝跪地,放声高歌:"即使你是在逃犯,我也会赦免你!"紧接着"希拉里"满脸无辜地唱道:"我们只拿走了属于我们自己的东西,这只不过是沙发、桌子、椅子、古董和水晶石。"这显然是在讽刺"特赦门"事件和克林顿夫妇下台后带走了大量白宫里的东西。随后是前任副总统戈尔出场,同样也高歌怨曲:"我明明赢得了大选,明明赢得了更多的选票,那帮共和党的法官却让我离开了白宫!"

——厉害吧?这实际上已经烧到了布什。按"烧烤俱乐部"的惯例,录像节目中一般不出现现任总统的形象。但记者们还是以动画片的形式涮了一把布什,他们用得克萨斯州(布什就是这个州的人)特产的一种豆子代表布什全家,幕后配乐唱道:"他来自得克萨斯州,他拥有贵族血统,他没有获得足够多的选票,但是他却当选了总统,这是因为他有一个尊贵的姓氏。"

布什说自己得了口蹄疫的那句著名的蠢话,也是在这次"烧烤"会上被烤出来的。正式的"烧烤"尚未开始,他先就有几分紧张,越想靠幽默给自己解围,就越是出自己的丑。他先说要克隆自己的副总统切尼,"我相信很多人还不真正了解我,我现在正在研究基因技术,我的最终目标是为了克隆第二个切尼,这样我就可以在任期内度过四年的悠闲时光。"接着他又承认自己"近来有时发音不够清楚,原因是不幸感染了正在欧洲流行的口蹄疫"。还表白说正为自己的"拙语症"而苦恼不已,甚至极不合适地引用了加里森·基勒骂他的话:"布什一张嘴就要坏事!"

对于政客来说,说蠢话比办蠢事更危险。因为干了蠢事不一定立刻就能让人知道。

这样的美式"烧烤"一年一次,今年已经是第一百一十六届了。每个总统在任几年,就要被"烧烤"几次,可想而知这对培养他们的忍耐力会有多大的好处。"烧烤"会增厚他们的脸皮,锻炼幽默感和嘴皮子。布什再笨,到明年"烧烤"的时候想也不至于再说这么多错话,或者再开这么不得体的玩笑了。

美国人除去固定的"烧烤俱乐部"以外,还有其他许多对政客进行"烧烤"的办法,比如在每年四月一日的愚人节上要评选出全美第一愚人,今年克林顿第二次当选"美国愚人"。美国人说他愚,却并不一定就不喜欢他,在今年初克林顿卸任总统时的支持率仍高达百分之六十五。现任总统布什,居今年的"愚人榜"第十二位,获得的选票率为百分之四十八,反比去年高了百分之六。

既然美国老大对自己的政客们经常这样"烧烤",其他西方的小兄弟国家自然就纷纷仿效,久而久之,发现获益匪浅——忍耐原来是应付危机和一切困难的最佳对策。忍耐往往比愤怒有效,并常常能打开所有的门……

美女经济学

  几年前,一位在美国通用汽车公司任职的朋友,约我到北京看国际汽车展。走进展厅,最抢眼的却不是汽车,而是陪伴在各种新款汽车旁边的女模特。她们的情态就像是把汽车当成了自己的情侣,或依傍,或抚摸,或缠绕,或旋转,搔首弄姿,极尽媚态。引得人群拥挤,好像美女能点燃人们购车的疯狂欲望。我有些少见多怪,便请教那位朋友:你们展览的是汽车,又不是服装,弄这么多女模特来做什么?难道是买一赠一,买汽车赠美女?其实美女跟钢铁构成的汽车似乎并没有必然的联系,就不怕喧宾夺主?

  朋友反问:你们作家靠的是作品,为什么还要特意标出谁谁是美女作家?写作本来是用脑用手,美女作家为什么要标榜自己是用肢体写作?

  呀……我一下子还真被噎住了。朋友笑了:呀什么呀?如今的时尚是美女流行,自然就有美女作家出来赶潮。哪里有美女,哪里就不愁没有人围观,有些人不会把每种款式的汽车都看过来,却肯定会把在场的美女们都细瞅一遍,看着看着说不定就动了买车的念头。因为人类自古就讲究香车宝马,香车宝马为的是要拉美人。现在马车不时兴了,香车就是漂亮的汽车,美女配好车,如影随形,天造地设。美女不仅不会喧宾夺主,反而会把汽车衬托得更加漂亮,越发地完美。美人既然能倾城倾国,倾倒一片客户岂不是小菜一碟?这是一个物质世界,物质推动社会前进,女人推动物质变化。同样,不追求物质的女人,也算不上是上进的女人。今天我就告诉你老人家,世界已经进入了性感时代,最直接的效果就是繁荣了美女经济!

妙论！虽然在我听来有点怪。因为以往中国的正统文化，对美女是没有好印象的，常常要把亡国、败家和毁身的责任推到女人身上。于是自古就流传着许多诋毁美人的话："甚美必有甚恶"，"美人是祸水"，"一笑倾人城，再笑倾人国"……简直就是房倒屋塌，国破家亡，足见美女的破坏力！

奇怪的是人们说归说、做归做，还从未见过有不愿意看美女的人和一见到美女就恨得牙根痛的人。自那次被朋友上了一堂"美女经济学"的课以后，我也就开始留意社会上的美女现象，果然凡有汽车展必配女模特，有时美女比汽车还多。其实又何止汽车业，现代经济中哪还有离得开美女的行业？铺天盖地的商业广告以美女为主，各行各业的形象大使多是美女，美女们占据了五花八门的杂志封面和报纸的彩版，更不要说一次次的选美大赛、模特大赛、时装展示，到处都在晃动的礼仪小姐，以及一切娱乐场所里的美女班、美女排、美女连……布料愈少，穿得愈美，香艳火辣，如梦如幻。美人云集做美事或做美梦，美人眼目，美人心智，美不胜收！

于是，美女成了一种紧俏的永远都供不应求的生产资源。这似乎是在印证当今世界仍是"父权资本主义社会"，或者说是现代文明下的"父系社会"。所以才把美女视为社会的宠儿，对美女的需求永远无尽无休，无可估量。

人长得美了到哪儿都沾光，人见人爱，人见人帮，成功的机会更多，更容易获得赞誉。社会心理学家称这种现象是"光环效应"。光环耀眼，光环吸引人，于是大家就都一窝蜂地投奔光环，谈美，爱美，追求美。现代各式各样的化妆品和出奇制胜的时装，确实能化腐朽为神奇，使美女们越发地靓丽了。人们相信美貌总能带来好运，灿烂的微笑、殷勤周到的服务总能讨人喜欢，使人神经松弛，感情变得柔和，更好打交道。正如时下的顺口溜所说：

办公有美女不累，喝酒有美女不醉；办事有美女调剂，成功靠美女勾兑。

反之，缺少美女调剂的活动就容易失败。比如中国足球，之所以老是扶不起来，一次次让国人汗颜，有人找到一条很重要的原因：中国足球缺乏女人缘。南美洲和欧洲的足球所以踢得好，是因为人家的选美冠军、超级名模以及各种各样的女明星都争着嫁球星。而中国的女明星们都想方设法嫁老外、傍大款、委身高官……

如果嫁得好还可以，却明明眼看着一朵朵鲜花都插到了牛粪上。有的嫁了个相貌粗鄙的家伙，看上去像是在逃犯；有的嫁了个爷爷，却并不慈和；有的嫁了个不知什么人，连同美女也一并销声匿迹了；有的几易其主，最终还是名花无主。甚或有的自杀或被杀，如舞剧《丝路花雨》中的女主角；有的吸毒，有的出家遁入空门……美女们只要一大红大紫起来，危机感也就伴随而至，美不常驻，开始寻找归宿，一接近三十岁就有点饥不择食了，即使是这样也还是不把眼光瞄向绿茵场！这令"国脚"们倍感寂寞，到了赛场上便提不起精神，弓着腰，缩着脖，像犯了烟瘾。

也许有人会说，外国的球星性感，英俊挺拔，强劲有力，白有白的味道，黑有黑的味道，生猛刚健，活力激射。而中国球员更像"杏干"，蔫不拉叽，你叫美女们怎么爱得上劲啊？但，日本和韩国的球员也是小个子，细腰身，头上一捧杂毛，下巴上几根黄毛，身上的球衫白不拉叽灰不拉叽就像厄厄裤子（普通话叫尿布），一个个灰头土脸，活脱脱一群土拨鼠。可人家敢于满场飞，不管技术怎样踢出了男人的气势、男人的力道。所以那个中田英寿的女友换了一个又一个，而且个个都是影视明星、名歌星或名模。韩国队的前锋安贞焕，其妻李惠媛就曾是韩国小姐，并公开许愿：韩国队只要打进"十六强"，她将安排球队未婚的球员与韩国参加选美的美女们集体约会。

——看看，男人踢球，却反证出"美女经济"的效益。这表达了现代女人对日常生活中的男人的失望。男人不男，正在失去雄性的魅力，幸好绿茵场上还留下了几个像雄性动物的男人。英国学者埃利斯，道出了现代社会阴盛阳衰的原因："许多产业本来是女人的，因此产业的力量便逐渐使男人变得像女人。"体育运动是如此，其他行业又何尝不是如此？

前意大利女议员拉·西西奥莉娜就是著名的色情电影明星,无论是出席议会还是在各种政治场合露面,总是穿一身性感撩人的低胸装。有时为了突出她的"左倾"政治理念,还公开裸露左胸以象征。并经常在演说时当众用力按摩着自己挺硬的巨胸:"我将给政治带来勇敢、真诚和直率,并把人民的问题带到议会。"当被记者问及这样突出自己的"胸部"会不会对她的政治生涯造成不良影响时,她竟语出惊人:"本·拉登和他的恐怖组织造成了成千上万人的死亡,我的胸部却从未对任何人产生过伤害。"她还公开声明:"我愿意将自己献给伊拉克总统萨达姆,以换取世界范围内的和平。"想以自己的胸脯拯救世界,真可谓是"胸"有大志!

那么,这是美女们有病,还是当代这些提不起来的男人有病?社会学家们解释不了这一现象,倒是两位数学家,意大利罗马大学的卡尔达雷利和瑞士弗里堡大学的卡波奇,制作了"以人们的择偶方式来衡量社会幸福程度的数学模型",而后通过反复计算,在最新一期的《新科学家》杂志上公布了他们的计算结果。这是令人颇感沮丧的:"在一个无时无地不受到美女图画和照片轰炸的社会中,造就了许多人不切实际的期望,这种不切实际的期望又造成了一个个不幸的现实——美女俊男只会破坏他人的幸福。而他们中只有很少几个美貌的人能找到自己理想的情人,许多人都会很不开心。"兜了一个大圈子,原来现代科学只是证实了中国一堆老掉牙的话:"红颜薄命"、"好汉无好妻,赖汉娶花枝"……

一部人类史就是关于女人的记录。现代女人在经济活动中越来越起着举足轻重的作用,是命运使然,也是历史的必然。二○○二年八月八日的《南方周末》公布了猎头公司对中国一些城市高级女性人才任职情况的调查,南方以广州为例,在十项职位中有一半是女性占优势。比如:人力资源经理(总监),女性占百分之八十;财务经理(总监),女性占百分之六十;行政经理,女性占百分之九十;其他部门经理女性也占了百分之四十……北京的女性职业经理人的比例,也只是比广州略低一点点。

这并非是"中国特色",去年在世界商界风头最劲的人物应该是美国年轻的美女卡莉,领导了惠普这家老牌大公司和著名的康柏公司的两强联合,她娴熟地掌控大型商业集团的技巧,让全球的经济界大开眼界。她也曾被评为"全球最漂亮的CEO"。很显然,智慧能给女人带来美丽。华尔街著名的"铁面美女"萨莉·克劳夫切克,是知名的伯恩斯坦证券分析公司的董事长兼首席执行官,年薪超过二百万美元,并有"研究之王"的美誉,于一九九七和一九九九两次被《金融投资者》杂志评为华尔街头号证券分析师。是"头号"啊,前面没有男人,而且是号称"世界金融中心"华尔街的"头号"!

这里有必要提一下,美女的标准也在不断地变化,就像有些女人认为怪里怪气或歪瓜裂枣式的男人性感一样。前年,美国《男士健康》杂志,在全国举行了"男士心目中最性感的五十个女人"的评选,结果获得第一名的是克林顿夫人希拉里。现代男人认为,性感不是女性的曲线,而是女性的力量。有出色的智慧、卓越的能力和自信的风度的女人,才最具吸引力,并能散发出性感魅力。不可否认,这种女人响当当的地位和才华,也是颠倒众生的一个重要因素。当然,这样的女性在相貌上也不能太不堪入目!

阳消阴长,男的弱,自然就喜欢女的强。由是在能够想见的未来,不论世界发生什么样的经济危机,哪怕像美国这样的世界头号经济大国也出现经济衰退,号称"经济动物"的日本已连续十年经济滑坡……但,世界范围内的"美女经济"却呈现出一派兴旺发达的态势,而且还会继续兴旺发达下去。美国经济学家格雷厄姆·莫利托早已预言:未来千年,世界经济的第一大推动力就是休闲娱乐业——电影、电视、出版、音乐、旅馆、特色公园、酒吧、歌剧院、音像厅等。

因为每跨入一个新时代,人们的休闲时间就会延长,在二十一世纪的前一百年,休闲经济将居于世界经济的主导地位。"到二〇一五年,休闲娱乐业的收入将占到美国国民生产总值的百分之五十。"而休闲娱乐业恰恰是美女如云的地方,那正是她们的强项。甚至可以说,休闲经济即"美女经济"!

明星的人缘

有一年，天津举办世界乒乓球锦标赛，我去看了女子单打的决赛。乔红一路过关斩将，打掉了许多国外高手，最后和"冠军王"邓亚萍相遇，争夺金牌。我以为这对中国观众已经没有悬念了，她们两个谁胜谁负都没有关系。可体育馆内突然爆发出排山倒海般的声浪，呼喊着乔红的名字，为她加油。有人甚至站起来声嘶力竭地高叫："乔红，我爱你！""打败邓亚萍！"

我大惑，观众莫不是疯了？刚才邓亚萍打一个外国女选手，全馆的人都拼命为她鼓劲，怎么转瞬就这么出尔反尔？邓亚萍和乔红都是中国队的功臣，何以如此地厚此薄彼？旁边的人向我解释："乔红本来也具备世界冠军的水平，倒霉就倒在跟邓亚萍生在了同一个时代，她世界无敌，却遇邓必败。现在总该让人家拿个冠军了吧？"呀，这是什么道理？竞技场上不同情弱者，从来都是赢了有人缘，输了灰溜溜。乔红既然"遇邓必败"，为什么还有这么好的人缘呢？

这恐怕不像旁边人说的那么简单。我开始认真观察乔红，她长得不算漂亮，却有一种传统的美，贤淑温婉，谦让柔顺，很招人怜爱。难怪观众们会眨眼间就能自愿组成这么庞大的拉拉队。

人缘就是明星的"场"，有时候和他们的成就以及知名度并不都成正比。同是名人，有的是人见人爱，有的却人见人厌。人见人厌并不见得就影响其知名度，说不定还有助于提高知名度。俗语说：好话不出门，坏话传千里！如影星刘晓庆，论貌不能说不漂亮；论才也不算低，演过一些相当成功的角色，也曾一人在一部戏里分扮四个角色，又是演员中最早出书的人；论钱是"亿万富婆"。可媒体很少说她的好话，于是又影响了社会……你说她招谁惹谁了呢？

现在我来讲一个在体育明星中人缘最好的人。

还记得悉尼奥运会吗？中国运动员在上半段眼泪太多，拿了金牌的哭，没拿金牌的也哭。有个老射击运动员，赛后没有拿到金牌，竟当场昏倒，一大帮人围上来抢救，醒过来便泪雨滂沱，他哭旁边的人也哭，还反复重复一句话："我尽力了！"这是什么意思？是在向谁解释？没有拿到金牌回国后难道会扣工资？或者会承受什么压力？如果尽了力还没有拿到金牌，说明实力不够，或许根本就不该去，白占个名额！我看了电视便当即给《天津日报》写了篇文章，题目叫《企盼伏明霞》。中国队现在最需要的是伏明霞那沉静而灿烂的笑容！这么大一个国家，金牌拿多少先不说，眼泪不能那么不值钱！叫人家一看这是怎么啦？知道的是激动，不知道的还以为有多大委屈呢？

几天后跳水比赛开始，伏明霞出来了。我想在那一刹那，她那清纯的甜甜的微笑让全世界的人都眼前一亮。她可能也紧张，也带着满身伤痛，但让观众看到的是从容、镇定，一跳又一跳，最后摘得了金牌。她没有哭，还是那么文静朴实地笑着。记者凑上来，叫她跟祖国的亲人说几句话。在她之前的金牌得主也都受过这样的采访，那说词是千篇一律的，感谢祖国的培养呀，一定要为国争光呀等等，说得都不错，但都重复一句大意相同的话就让人不能不怀疑是教练事先教好的。伏明霞接过记者的手机，一听是她妈妈，立刻咧开嘴笑了："妈，我好想你呀，你什么时候到北京来看我？"真实，自然，亲切，这就叫举重若轻，是真正的大将风度。很快，她被世界媒体联合评为悉尼奥运会的十大最受欢迎的运动员和十大美女之一。

伏明霞的好人缘也就在那个时候得到世人的确认。

在商品时代，好人缘是巨大的资本。西方国家的明星为了追求好人缘往往不择手段：卖弄性感、制造绯闻、行为怪异……可惜，知名度高并不等于人缘就好。好的人缘要靠性格、相貌、成就、机遇等多种因素铸造。即使在西方国家，人缘特好的明星除去应有出类拔萃的成就以外,也还需要人见人爱的正面性格特征,太邪了不行。如 NBA 的巨星乔丹。悉尼奥运会后,精明的商家纷纷找上伏明霞,商家做广告都愿意找人缘好的明星,一上来就能使自己的企业和产品有个好人缘,人缘好市场就好,这也是市场的精明选中了她。

如今伏明霞的年收入超过七百万,高居国内运动员收入排行榜的榜首。依此看来,乔红退役出国有点亏了,倘是留在国内,以她的人缘是不会寂寞的。这也同时提醒后来的运动员,从一出道就应该注意培育自己的人缘……

你快乐吗？

游泳馆里有那么几个人，每天早晨一碰面，老远就咧嘴笑，然后高声呼叫：

"哦——哇！"

对方也同时回应："哦——哇！"

于是整个游泳馆里就都回荡着"哦——哇！哦——哇！"

随后大家一阵放声大笑。这其中有老头儿，有中年人，也有小青年，经这么一呼一应，觉得非常开心。

忽一日，一位总是不苟言笑的老同志问我："你们天天这么哦哇哦哇地叫喊，是什么意思？该不是什么黑话吧？"我猛然间还真被问住了……是啊，"哦——哇"是什么意思呢？其实什么意思也没有，就是打招呼。也许什么意思都有：你今天气色不错，你看上去很高兴，看来又有什么美事……这是一种亲昵、一种默契、一种诙谐，更重要的是一种快乐！各有各的快乐，各有各的快乐因由，也可以毫无因由地就快乐。经这么一阵开怀大笑，笑自己，笑别人，在这种快乐的引导和调动下，旁边许多不相干的人也跟着一块高兴起来——少数人的呼叫变成一阵集体的快乐。

但，快乐就是快乐，一种纯属个人的感觉和心态，常常会稍纵即逝，尤其是经不住追问：你心里真的这么快乐？你认真想想有什么理由值得这么快乐？你别是有病吧？就在我们大家正乐得带劲的时候，被老同志板着面孔连问三个为什么，一个个就都乐不起来了，呆头愣脑，看上去真有点像傻帽儿！

一场快乐是多么轻易地就能被葬送啊!

任何情感都经不住质问和抱怨,有时没有理由就是最强大的理由。比如,人们都知道猫的快乐在尾巴上,成天就追着自己的尾巴咬着玩儿,哄着自己高兴。狗的快乐在舌头上,永远奔拉着一条长舌,见什么都舔……它们难道还需要什么理由吗?人不是动物,人的快乐似乎得有个原因,因此快乐也就变得困难了,难以做到的事也就变得重要了——快乐被现代心理学视为"人类生存的终极目标"。

真正的快乐是人生的意义之所在,人生最大的成败得失就取决于快乐与否。

快乐非常重要,却并不一定非要有重要的理由才能快乐。就像我们每天早晨在游泳馆的快乐,并没有非常值得大乐特乐的理由,体育锻炼本身就会使身体发生一些变化,释放出一种能令人愉快的化学物质——"内啡肽",使大脑和精神得到休息,体内激素分泌平衡、舒畅,并促进与大脑有关的其他有益物质的分泌。

现代心理学认为,重要的是你感到快乐的频繁程度,而不是强烈程度。这就是说要经常快乐,而不是很少快乐,偶尔快乐一次就要乐出心脏病,或像老黄忠一样乐死。这就引出了有关快乐的定义,心理学教科书上是这样写的:"一种主观上安乐的状态——平衡而满足的内在感受。"当人快乐的时候,会喜爱自己,热爱生活,能够从每一天当中得到乐趣,悠然自足。

一提到"安乐"、"满足"等字眼,有人自然就想到财富、盛名和成功,好像快乐是好运气的附属物。最近一期的美国《行列》杂志发表了心理学博士乔伊斯·布拉泽斯的调查报告:"不可否认,贫困会带来痛苦,但人们一旦能负担得起日常必需品,那么增加财富就几乎不会再促进快乐。在世界上最富有的美国和欧洲,研究人员发现,收入与快乐之间的联系微乎其微——事实上,几乎没有联系。甚至连那些巨富,也比普通人快乐不了多少。"

最近,联合国一个研究调查组织在亚洲地区进行了一项"快乐指数"的调查,其结果也印证了布拉泽斯博士的结论:"亚洲首富日本人最不快乐,还有百分之六受访的日本人说自己根本就活得很凄惨(百分之六可不是个小数目,比中国的贫困人口的比例还高)。他们说,日本人从小就被投入'升学地狱',长大后则成为'公司人类',变做经济动物、工作机器,不得'过劳死'就得认便宜。平时还要住在世界上最小的'兔子窝'式的房子里……"

有不快乐的就有快乐的。世界上哪些人最容易快乐呢?还是美国哥伦比亚大学的心理学家肯下功夫,他们就"谁最快乐"的问题对十万名年龄、职业、性别、宗教信仰、经济状况不同的人做了调查,得出的结论是:

婚姻关系稳定的人比离婚者快乐;但,单身贵族比已婚的人更快乐。

男人比女人快乐;职业妇女比家庭妇女快乐;无子女者比儿女太多的要快乐。

老年人比年轻人快乐;说话者比倾听者更容易快乐。

中产阶级比富人或穷人都快乐。

在所有职业中,演员、心理专家、牧师和教师最快乐。而最容易不快乐的是秘书、公务员、律师和工人。

——这说的可是美国人,中国读者不要简单地跟自己对号。快乐不快乐主要是自己的感觉,只要你觉得自己挺快乐,就别管他人怎么看,更不要听旁人的说三道四。倘若老把自己置于别人的质问和考量之下,就将与快乐无缘了。所以到第二天,我们几个人一碰面,就又哦——哇、哦——哇地喊上了!

盘点 2001

上个世纪之末,大家对未来充满憧憬,对新世纪说了无数美好的祝福的话,全世界的人都企盼着、规划着……可谁也没有想到新世纪的第一年会是这个样子——根本没有开门大吉、抬头见喜,而是诡异多变,大凶大险,大起大落,大出意料!

没有一种预言是准确的。世界变得无法预测和无法规划了。

那就让我们来细细地品味一番……

由于上个世纪的末期苏联解体,俄罗斯还在动荡不稳,南联盟拆散,科索沃挨炸,美国也顺便炸了中国的驻南斯拉夫大使馆……进入新世纪后,美国人环顾世界,显然以为只有中国可以配做它的敌人了。于是四月一日在中国南海上空发生了中美"撞机时件"。不料五个月后,四架载满乘客的美国飞机,分别撞向美国自己的纽约世贸大厦和华盛顿的五角大楼……这就是在瞬间便改变了世界格局的"9·11"事件。

美国人说"这一天改变了一年的情况"。依我说岂止是一年,"9·11"事件即使不能影响一千年,至少也要影响一百年,因为世界从此不再是原来的样子了,要分化,要重组,人们也需重新分析和认识这个世界……

地球上经常发生地震,倒楼的事也时有发生,一场唐山大地震就倒了多少楼!为什么偌大一个世界会因为美国两栋大楼的倒塌而改变格局呢?并且被称为是"人类和平时期从未遇到过的大灾难"?这是因为纽约的世贸大厦是西方资本主义的象征。象征被炸没了,这还了得！更何况美国是世界上最发达最强大的国家,每年的国民生产总值高达九万多亿美元,等于两个欧洲,是世界第二经济大国日本的两倍多！这样一个"世界经济的火车头"被炸,必然会震动全世界的政治和经济结构,波及世界的各个角落。于是,发达世界经济下滑,股市狂跌,压缩生产,纷纷裁员,到处叫苦不迭,一片冰天雪地！

这就叫"全球一体化"——你中有我,我中有你,一荣未必俱荣,但一损肯定俱损。

"9·11"事件造成的经济损失固然巨大,但对美国乃至西方精神的打击却更为惨重。他们的傲慢、他们的自信、他们的世界观,都随着那爆炸的声浪被剧烈地摇动了。所以刚开始的时候美国被炸蒙了,继而雷霆震怒,疯狂般地将成千上万吨最现代化的杀伤力极强的炸弹投扔到阿富汗。致使阿富汗荒山僻岭中的山洞成了全世界关注的焦点,让一个叫本·拉登的家伙一夜之间成了地球上家喻户晓的人物！

但是,美国一方面在显示自己强大,一方面又草木皆兵,一会儿说这儿又被恐怖分子瞄上了,一会儿说那儿发现了化学病毒,现在去美国要脱了鞋子经受安全检查,美国政府还嘱咐自己的国民,出国旅行的时候不要暴露美国人的身份,以免被恐怖分子袭击……这不是表现出了在强大背后的极端虚弱吗？

这就不能不令人疑惑,当今世界到底孰为强,孰为弱？落后而弱小会挨打,先进而强大同样也会挨打。一个中学生"黑客",就能够进入美国国防部的电脑网络系统搅个天翻地覆！"9·11"事件更是如此,敌手小得看不见抓不到,甚至不能准确地令人信服地判定他在哪里。即便是在阿富汗挨炸弹的同时,又有联合国的救济人员去空投粮食和药品……现代人是多么的无奈和虚伪啊！

世界经济的一体化并不能掩盖各个国家在政治、文化、宗教、民族等问题上的隔阂和矛盾,"9·11"事件就是这种深刻隔阂和矛盾的激化。而事件过后这种隔阂和矛盾似乎更加深刻和激烈了。巴勒斯坦和以色列已经交火,印度和巴基斯坦也在虎视眈眈地对峙着,战争一触即发……

那么人们不能不问："9·11"事件是结束了，还是刚刚开始？但愿零零散散的恐怖分子不要发展成无处不在的恐怖主义！

最慎重的是根据过去的事件判断现在。任何事情的发生都不是无缘无故的，种瓜得瓜，种豆得豆，只有过去可以为现在和未来提供较为牢靠的预见。因此新世纪之初并非只有坏事，不妨先说说我们自己。夏天的时候申奥成功，秋天的时候举办了APEC，冬天的时候真正加入了WTO……这个世界就是这样，喜事和丧事一块来，坏事和好事同时发生。

在世界一体化的进程中，有先有后，有苦有乐，这要靠每个国家自己盘算。当下的世界不能不承认，中国和美国同时成了世界经济的两极——美国靠的是强大，中国靠的是社会稳定、劳动力充足和潜力巨大的拥有十三亿人口的市场。到现在我们才知道，人口多也并非全是坏事。人是消费动物，要吃喝穿戴用，人就是市场。十三亿台消费机器组成的大市场，真是羡慕死外国人！

说来说去，我们在新世纪的开场还不错。因此有必要盘点一下二〇〇一，不要让一些有益的思想随着时间而流失。过去的事情是最确切的，"9·11"事件也是过去了，只有现在最富有魅力。而现在是过去积累的结果，我们无法改变历史，却可以根据历史选择未来。

在这岁月更迭之际，还是让我们用全部的真诚祝福二〇〇二年。

文化这个筐

在一个偏远而闭塞的贫穷乡村,土墙上竟赫然刷着这样的大标语:"少生孩子多养猪!"——把生孩子跟养猪类比,生孩子花钱,养猪赚钱,结论是孩子不如猪!还有经济意识更为直白的口号:"结贫穷的扎,上致富的环!"……

——无孔不入、无处不在的经济意识、经济文化!

摸着钱边钻钱眼儿——现代人不分国家、种族,共同的口号是:"生活优先,经济第一。"

毋庸置疑,二十一世纪是经济世纪。今日地球是经济世界。经济强大便政治强大、军事强大、文化强大,经济落后就一切都谈不上,处处被动挨打。什么全球经济、地域经济、科学经济、文化经济、环境经济、旅游经济……现代人的生活中还有什么跟经济挂不上钩?

人,正在变为经济动物。

过去的经典说法:人是社会动物。但,人的社会性体现在三个方面:政治性、经济性和文化性。正好与构成社会的三个部分相协调:官场、市场、情场。官场就是政治,市场就是经济,而情场就是文化、情感和伦理道德。

过去的社会靠政治调节,一场又一场的政治运动、阶级斗争,因此人的社会属性最重的一面是政治性。现在是经济调节,而经济规律不畏强权、不畏暴力。我们走了许多弯路,交了昂贵的学费,终于认识了这一点,又回到以经济为中心的道路上来,并学会尊重这一规律。因此,现代人的社会属性第一是经济性,其次是文化性,最后才是政治性。

人类社会历来重视三种人:经济学家、思想家和政治家。没有经济学家社会建立不起来,将不知道怎样管理、怎样积蓄、怎样流通……有人做过统计,在二十世纪初,全世界只有几十位经济学家。到二十世纪末,世界上已经有了几十万名经济学家! 如果没有思想家,人类社会便不会进步,他们代表着人类的文化品位,设计理想,提供智慧。但思想家由于意识超前,思想锋锐,又往往为当时的政治所不容,命运多坎坷。还有一种人就是政治家,他们的任务是组织社会,如果肯于接受思想家的思想,便能将思想家的思想付诸实践。如果思想家的思想妨碍了他们的统治,他们就会迫害思想家。

中国内地的改革开放实际就是"经济调节"。大家的政治属性曾经是那么的敏感和强烈,在经历了二十多年的"经济调节"之后有了怎样的变化呢? 经济学界有个著名的观点:看一个国家是不是有希望,可根据两点。一、这个国家的政府是不是给人民以赚钱的自由;二、这个国家的人民是不是不赚钱就活不了。现在,中国人都有了赚钱的自由,不赚钱就活不下去的压力也有了。

还记得一九五八年的全国群众诗歌大赛吗? 获得第一名的是《党是娘亲俺是孩》,被传诵一时,成为一首"名作"。全诗共有四句,不妨摘录如下:

> 党是娘亲俺是孩,
> 一头扎进娘的怀。
> 咕咚咕咚喝娘奶,
> 谁拉俺也不起来。

把党比做"娘亲"是一个时代的缩影,不足为奇。关键是后三句,很形象地说出了当时的社会心态,大家都一窝蜂地扎进娘怀大口喝奶,谁喝得多就表示谁对娘最亲,还要谁拉也不起来! 十几亿人若都是这般耍赖,一天到晚只顾扎在娘怀里咕咚咕咚喝奶,娘有多少奶能经得住这样喝啊? 长江、黄河也得被喝干了! 所以,改革开放首先就提出给国营企业"断奶"。现在连下岗工人都知道,自己的身后是厂长、经理和老板,不能什么事都去找国家了。

成功的变革就是文化的变革,文化变革带动思想观念的改变。人的意识形态改变了,社会才能承受得住改革。改革中最重要的就是认识、就是思想。人类所有能够留下去的东西也只有精神。有了这观念的变化,中国的多种经济形态很快就形成了,多样式,多层次,多元化……经济一转变,也使社会的承受力变强了。中国的问题那么多,似乎人人都能张口就说出一两件:腐败呀、下岗呀、国营企业亏损呀……但谁也不能不承认中国的发展也很快。在区区二十多年里,东部沿海地区的变化更是了不起,这在人类经济史上也不多见,堪称是近代史上的第二新大陆。由此,中国从一个区域性的国家变为世界性国家。

观念变了,人和物的关系就好处理了。过去人怕物,穷的斗富的,把富的斗穷了仍旧不安生。原来人们嫌富并不爱穷,越穷越折腾,越折腾越穷……社会一转为以经济为中心,很快就产品过剩了。十三亿人的吃穿用啊,而且是被控制了近半个世纪、创造过一次又一次抢购风潮的十三亿人,一下子放开了肚子,放开了手脚,放大了胆子,这是何等可怕的消费呀!居然也有这么一天,吃的没劲吃了,买的没劲买了,促销广告满天飞,天方夜谭般地出现了物质过剩。但,物质增多了,又会有诸多新的矛盾出现,比如唯利是图、拜金主义、假冒伪劣、坑蒙拐骗……

改革——简单地说就可以概括为解决人和物的关系。

尽管经济调节使人们从里到外发生了剧烈的变化,然而周围世界的变化又远远快于人们内心的变化速度。所以物质丰富起来的人们,却感到精神苍白了,情绪负重,思想紧张,外表虚浮,内心脆弱……

这并不坏,是经济活动让人们发现了自己内心世界的真实,找到自身的丰富多彩,人们是多么渴望通过分享金钱或物质来分享生产能力和生命能量!经济调节使人们更深入地理解自我与他人、自我与社会联系的本质,有助于更好地把握自己,即使不能确保灵魂永不丢失,至少也能达到一种与外界的协调。

于是,经历了十年"文化大革命"被搞臭了的文化,又开始吃香了,香得成了一个筐,什么都往里面装,都往文化上贴。请媒体,找名人,拍广告,搞活动,树形象,扩大知名度——这似乎就算是"企业文化"了!

对这样的"企业文化"我们并不陌生,岂止是不陌生,简直是见识得太多了。小靳庄曾以"诗歌文化"闻名于世,大邱庄的"暴发户文化"就更邪乎,结果都是转瞬即逝。或许还可以说正是这种所谓的"文化"毁了他们。计划经济时代,工业战线曾产生了"鞍钢宪法"——即共和国的缔造者毛泽东在中共鞍山市委一个报告上的批示,提出了管理社会主义企业的原则。按理说,鞍钢是最有企业文化的了?农业战线则有影响深远的"大寨文化"……现在又如何呢?鞍钢和大寨都还在,大寨甚至比他们最出名的时候还更富裕,但过去的那种"大寨文化"却不复存在,大寨人甚至在竭力摆脱过去那种文化的阴影:以前造的田有六成已经还原为林草,从前以"先治坡,后治窝"和"战天斗地"为荣的农民有八成改行从事工商……

文化的确能够维系一个社会的稳定和发展。如中国的春秋时期孔子创立了儒家学说,石破天惊,引出了后来中国文化史上最活跃、最富创造力的百家争鸣的局面。并在此基础上形成了大一统的秦汉文化,因此大汉王朝一下子就统治了八百年!再比如,唐代文化充实丰盈、生气勃勃,是封建时代的文化高峰。同时,唐代又是中国社会发展史上的一个鼎盛时期。同样,企业文化也是能维系一个企业的稳定和发展的。

所以,世界著名公司都把创立和发展自己独特的企业文化视为公司"永恒的目标"。经过长期的尝试和摸索,自己的企业文化一旦形成,便成了企业的"传家宝"。世代相传,不断丰富,始终保持强劲的生命力。甚至让员工们对其有一种宗教般的崇敬。

中国的企业界也早已认识到了这一点,近年来不是纷纷恢复过去曾经辉煌过的老字号、老品牌吗?其实就是想打文化的牌。因为老字号和老品牌传承了历史,有着厚重的文化积淀,可以弥补现代企业文化品质上的欠缺。但,只是靠沾"老"字的光恐怕还不够,何况大量的新企业无"老"可沾。

那么,为什么不想方设法沾点文化的光呢?

现代企业的竞争从根本上说是文化的竞争。

不注重建立自己"企业文化"的公司,在生存和发展的竞争中必然会缺乏后劲,缺乏长劲。

一天有多少新闻

去年春天完成了长篇小说《空洞》之后,有一种近乎强烈的想写短文章的冲动。这是我的习惯,或者说是一个毛病:写一部长点的,就得换口味改写短点的;写上一阵短的就又烦了,转回来再写长的。过去老人管这个叫没长性。写着长的不愿意写短的,写着短的也不想碰长的。但在长篇的写作过程中,会有一些跟长篇没有关系的所见所闻所感所悟,便记到一个笔记本上,我称之为"瞬间笔记"——这是我写随笔的材料库。打开来,里面都是题目:

《"孤男寡女"也能吃》:讲合肥一家餐馆,为了吸引顾客在菜肴的名称上大做文章,有一道菜名为"孤男寡女",其实就是鸡鸭合炖。还有:"臭味相投"——臭豆腐蒸霉苋菜梗;"发财有余"——发菜炒鱿鱼;"贵妃出浴"——清汤笨鸡;"克林顿加莱温斯基"——蘑菇炖母鸡;"玉女横陈"——清蒸鳊鱼;"玉女脱衣"——削皮的黄瓜;"包二奶"——油炸裹馅的鲜奶……

当今世界,蹊跷事就是多。下一个题是:《嫂嫂用歌声唤醒小叔》:青岛崂山运输公司四十岁的司机董国森,于今年三月二十八日突发脑溢血不省人事,实施开颅手术后一直处于深度昏迷状态,并伴有摄氏四十多度的高烧。董国森的妻子因常年患精神病,照顾他的担子就落在他三位嫂子的肩上。妯娌仨轮流值班,每天给小叔擦屎端尿,一有空就趴在小叔耳边呼喊他的名字,叫他快回来,并反复唱一首《真的好想你》的歌。董国森时常从眼角流出泪来,五十四天后终于苏醒——久违了,老嫂比母!有一种感人至深的传统美,这样的事迹似乎好久没有听到过了。

《老公婚外偷情,老婆打折卖夫》:四十一岁的女子阮某,发现丈夫有了外遇,该使的招儿都使过了,仍不能让丈夫回心转意。她越想越亏,便心生一计,不如把这个反正也用不上的丈夫卖掉,多少还能落下俩钱。这样的男人能卖给谁呢?当然是他的那个情人啦。"大奶"和"二奶"经过一番讨价还价,最后以五百一十六美元成交——用一个变心的男人换一小笔外汇,比人财两空强多了,这也叫"堤内损失堤外补"。表面看原配的妻子够倒霉的,实际上真正可悲的还是这位丈夫,变成两个女人手里可以随便买卖的物件,而且一个四十多岁的壮男人只卖得五百一十六美元,以现在的牌价折合成人民币不过是四千多块钱。惨啦,惨啦,滥情的男人不值钱哪!

《公鸡下蛋》:北京怀柔县宝山寺乡农民张凤才,养了一只斗架凶猛的白色大公鸡,今年春天突然连着下了三个蛋,比普通的母鸡蛋略小,蛋皮凹凸不平。这不足为奇,现在男人可以人工授精生孩子,猪可以学狗叫(河北一农民养的一窝猪,经常被狗追着咬,久而久之也便学会了跟狗一样叫),为什么公鸡就不能下蛋?母鸡肯定也有会打鸣的了。

生活变得怪异了,人们该怎样认识现实和把持自己的心境?花花世界看似有太多的不协调,但诸多不协调又统统存在于大的协调之中——所以至今世界还没到末日,宇宙也并未爆炸。生活对待我们,就像宇宙通过空间将一粒粒微尘攫住并能吞没一样。而我们,也可以通过思想把生活乃至宇宙攫住。现代哲学认为世界有两面,一面是靠财富、权势和尺度衡量,另一面就只有用头脑和想象去感受。

感受是快乐的,世间有许多真理的发现就得益于瞬间的感悟。感受又来自好奇心,而好奇心是人心里最单纯的感情,也是最容易焕发的激情,它能帮助人们更多地了解现实,丰富自己的想象。想法多了就在脑中盘旋、纠结……于是,我就写下来编成这样一本集子。

我在写这些短文的时候是快乐的,仿佛是出自生命本身的需求,而不是写作的需要。但愿它也能给看到这本小书的朋友们带来些许愉悦。

唐装，坚持住！

不要误会，我并没有开着一个专卖唐装的服装店，生意不好在大叫坚持。之所以写下这样一个题目，是因为看到文化界有许多自视清高和自负有反世俗使命的人，对唐装一片口诛笔伐：说它不伦不类，俗不可耐，气质再好的人一穿上它立刻就成了"地主老财"或饭馆"跑堂的"，并断言唐装只是一阵风，必定长不了！

生活中有不少好事都毁在了人的一张嘴上，我生怕唐装的命运也不幸被这些人言中。真的希望唐装热能够坚持下去，坚持出一种融民族特色和时代特色于一炉的"国服"。

现在的男人们参加重要活动都穿西服，但西服毕竟源自西方，尽管它已经成了全球通用的"礼服"，可在许多国家都还保有自己的"国服"。如苏格兰的裙子，你很难想象男人穿裙子会好看，会穿出绅士风度和勇士的威武。可是，你若看过好莱坞巨星吉布森主演的反映苏格兰历史题材的影片《勇敢的心》，就不会再有这样的疑虑。那些穿着裙子的苏格兰勇士，体现了一种裙子和男人勇气的完美结合，似乎他们天生就该穿裙子，没有裙子反而不会有这样震撼人心的效果。

我在苏格兰的亲身感受也印证了那部影片给我的印象，如果没有那闻名于世的裙子，好像就没有苏格兰，或者苏格兰缺少了一些什么；在隆重的场合不穿裙子，也就称不上是地道的苏格兰男人。每逢民族的节日，或遇有婚嫁和过生日等喜庆的日子，男人们都要穿上裙子，那一天连苏格兰的教授上讲台都穿着裙子。裙子和他们的气质互为表里，显得庄重、和谐和体面。我入乡随俗地也想买条苏格兰裙子穿上，但一问价格便作罢了,用买一条苏格兰裙子的钱可以买下两套高档西服。我想他们把裙子的价格定得那么高是有道理的,裙子是苏格兰民族的象征,对苏格兰人来说,价格多贵都要买,这是他们的必备品。不是苏格兰人,则不会因一时好奇而又因价格便宜就乱买乱丢,糟蹋了苏格兰人的尊严。

还有日本的"和服",在别人眼里大概也不值得称道,那繁琐和臃肿倘若让文化人一批,还不知会说出多么难听的话。可你不能不佩服日本人的"坚持劲",不知从什么年代传下来的,就当做民族的品质和骄傲一样一代代传了下去。女人穿上别有韵致,男人一回到家就迫不及待地换上那宽大的袍子,有时在家里接待贵客也可以穿和服。久而久之,不论民族的服饰好看与否,他们的心理、相貌和精神就和衣服相称了。好像日本人就该穿和服,穿上和服就特日本。

此外有自己"国服"的还有韩国、缅甸、泰国等许多亚洲国家以及非洲的所有国家,北欧、东欧诸国。特别是阿拉伯国家,更是视自己的民族服饰为生命。很难说多灾多难的巴勒斯坦领袖阿拉法特,在国际上能有那么大的政治影响跟他的特殊装束没有关系。他的衣着,尤其是他那著名的头巾,成了一种符号,成了巴勒斯坦的旗帜。细数下来,服装没有自己的民族特色,纯粹以西服作为自己"国服"的,大概只有"有家而没有家乡"的美国了,或者还能说出少数几个国家。因美国总共只有二百多年的历史,大都是从其他大陆去的移民,除去土著印第安人有自己特殊的装束外,他们在服饰上还能继承什么样的传统呢?

我们就不一样了,自古华夏民族就有"衣冠王国"之称。《易经》里说:"黄帝尧舜垂衣裳治天下,盖取乾坤。"民间的经验则是"人配衣服马配鞍"。据专家考证,"从商代开始,大襟右衽、上襦下裳的服装逐渐定型。到周代出现'深衣',就是后来被称之为长衫的那种样式的衣服。"到了近代,西风东渐,中国落后被欺,崇洋媚外在所难免,致使中式服装也逐渐被西式服装所取代。国人也曾一度对中山装寄以希望,可到了动荡年代,竟以穷为荣,以丑为美,无论男女一律军便服、蓝制服、工作服。

　　直到进入开放的年代，中国人穿衣服的胆子才逐渐放开，追赶时尚，仿效明星，没有不敢穿的，没有不能学的。虽奇装异服层出不穷，看上去也花花绿绿，五彩斑斓，却总让人觉得缺少主体，缺少灵魂，缺少中国文化的根脉。多亏上海的"导向设计师"俞莺，为二〇〇一年的APEC领导人设计出了唐装，那等于是一次盛大的唐装发布会，让许多国家的首脑亲身向全世界展示唐装。这是伦敦、巴黎或米兰的天桥上任何所谓世界顶尖级的服装发布会所不能比的！

　　于是，唐装热起来了，电视上、大街上、会场上、市场上，无论男女老幼，无论职业身份，没有人号召，没有大轰大嗡，却气势强劲地装扮了社会的各个阶层。中国有了色彩，有了款式，而且这色彩这款式有了民族的个性，有了传统文化的味道。已经有好久没有看到这般喜庆吉祥的气氛了。

　　唐装在传统中装的基础上引入现代时装理念，很适合中国人的曲线。既现代，又古典，既"下得厨房"，也能"上得厅堂"，有一种化腐朽为神奇的力量，形成独具魅力的格式，表现出独特的民族服饰传统。事情就是这么怪，风水轮流转，世界越是开放，民族的东西就越是时髦，原来中国人也能够把自己打扮得有型有款，中国人也完全可以有自己与众不同的生存方式——这就超越了时尚，升华成为一种精神。

　　所以，唐装可以不必像刚兴起的时候那么热，也不必大街小巷会场商场一片唐装。但只要坚持下去，别再像以往那样狗熊掰棒子——掰一个扔一个。家家有唐装，甚或人人有唐装，而且不把它视为一般的衣服，是福分华贵的象征，是自己有根有脉的标志。在自己喜欢穿或认为应该穿的时候穿上它。也许有人刚一穿上唐装会感到别扭，或者别人看着别扭，只要坚持下去，等自己习惯了，别人也看习惯了，那中国人的气质就和唐装协调一致了，我们的"国服"也就算有了。

丑 是 宝

最近，美国加州亨廷顿植物园里的巨型魔芋（又称"腐尸花"）开花了，吸引了从世界各地赶去要见识一下此花的人，第一天就在这朵花的周围聚集了七千多人！

巨型魔芋为什么会有如此魅力？

因为它被誉为是"世界上最大最臭的花"，需经十几年乃至几十年的栽培才能开花。花瓣张开后直径超过一点八米，其花蕊高达两米多，呈紫红色。全部开放后里面还包含有无数小花，漂亮异常。这么壮观的大花却奇臭无比，散发出冲天的臭鱼和腐肉的恶臭，蜂拥而至的赏花人一个个都捂着鼻子，大叫着："好臭！好臭！"

越是嚷着臭，还越是要闻，越要兴奋地往前挤。你说是花怪，还是人怪？

世界上没有一朵或一片散发香味的花能吸引如此众多的赏客。

还有，在东南亚一带被称为"果王"的榴莲，也是因为其特殊的臭中香或叫香中臭，而受到特殊的欢迎和尊崇。

人对花果是如此，人对人也是如此。前几年《生活时报》曾公布过一项民意调查结果，现代女孩儿大都钟情于猪八戒。其中未婚女青年被问及这样一个问题：如果让你在唐僧师徒四人中挑选恋人，你选谁？没有一个人要选相貌端庄的唐僧，有百分之十的人选强者孙悟空，有百分之十七的人选忠厚诚实的沙僧，想选择丑陋自私的猪八戒当丈夫的却高达百分之七十三！

只要回顾近二十年的中国影坛，多是丑星当红。歌坛更是如此，有些歌星看上去实在是歪瓜裂枣、神头鬼脸,却能把女歌迷们迷得神魂颠倒。于是电视连续剧《西厢爱情故事》剧组,曾出价一千二百万元招募一名丑姑娘出任该剧女主角,公开打出了选丑的旗帜……

别看现代人舍得往脸上涂抹化妆品,心里却有一种根深蒂固的恋丑情结。美国畅销书女作家丹尼尔·斯蒂尔,曾有过四次婚姻,其中两任丈夫是在监狱里认识的抢劫犯和吸毒犯。据加拿大犯罪学家的一项调查,该国那些在押的罪犯中越是臭名远扬的,越能得到国内一些女性的青睐。名声臭不可闻的重罪犯却能收到慕名的陌生女子的情书,已经屡见不鲜。

犯罪学家认为,这些人想借接近罪犯来寻找刺激。现在都市的文明生活正在不断规范人的经历和想象,人们,特别是女人们想在这平淡无奇的生活中突然增加一张丑脸,或者爱上一个坏蛋,一惊一乍,发一身冷汗或热汗,也可算是一种惬意吧。类似于到"嘉年华"玩了一把刺激。

当然,世界上真正精通"丑学",并最会以丑出名、以丑赚钱的,还是要数毕加索。旅法女作家卢岚在《巴黎读书记》中揭示了这一"卖丑现象":法国有一部骂人大全《你他妈》,其中有一句话是:"你他妈丑成这样,嘿,活脱脱一张毕加索的画!"

毕加索画丑,毕加索卖丑。有人就说他是"天才画家,也是美术杀手,先把一切都敲得支离破碎,再错乱地重新组合",如人腿驴身、牛头马面等等。然而,今天"他的作品估价升值到五十亿法郎,几乎是一个王国的财富"。

你看这世道,一个丑字,原来也这么值钱!

真是,丑啊,臭啊……

恨郎不狼

　　某一天在医院门口看到一辆被铁板包裹得严严实实的运钞车，旁边站着两个荷枪实弹的武装人员，心想这医院发了什么大财，值当用运钞车拉钱？

　　就此向当医生的朋友请教，他说运钞车里装的并不是钱，而是药——伟哥。

　　啊？!不就是壮阳药吗？难道还会有人抢这玩意儿？中国人都好面子，你即便拿着"伟哥"想白送给人家，人家说不定还不好意思要哪。

　　朋友翻翻眼皮教训说，你居然还有这种思想，又怎么能跟得上时代呢？上个星期天的早晨，有一家生产壮阳药的企业在百货大楼前面召开产品发布会，向到会的人赠送一盒土造"伟哥"。你猜怎么样，从头一天晚上就有人排队，第二天天不亮百货大楼前面就已经是人山人海了，从十七八岁的年轻人到七八十岁的老人一拥而上，更新鲜的是还有相当数量的年轻女士。发药一开始，"阳痿大军"就疯了，呼喊着一起往前拥挤，如海啸暴发、山洪倾泻，挤破了脑袋，撕破了衣服，踩坏了厂家的货柜……

　　我想象着那种场面，真是令人头晕。怎么会有这么多阳痿者？不发壮阳药还看不出来，一个个都打扮得花里胡哨，原来是银样镴枪头。天津人还算是文明的，报纸上说泼辣的成都人在一次壮阳药的促销会上愣是踩伤了人……

　　人一阳痿就急了。阳痿的人又这么多，大家一块儿急，阵势自然就可观了。

阳痿者一成了气候,就不用再藏着掖着,壮阳也便成了堂而皇之的"壮举"。不光男的时刻想着"壮",女的也唯恐自己的男人不"壮",一块加入壮阳的行列。

《今晚报》载文,一位年仅二十五岁的女士,刚结婚一个多月便发现丈夫精神倦怠,她听人说过吃什么就补什么,羊肾最壮,便上街买了六串烤羊肾,让丈夫一气都吃下去。那小伙子心里有愧,再加上壮阳心切,哪还敢拂逆新婚妻子的美意?

真是恨郎不狼啊!

岂料羊肾吃下去以后,该壮的地方没有壮起来,倒把大肠头给壮起来了,顺着肛门蹿稀不止……写到这儿忽然想起要向读者诸公提醒一句,千万不要以为就是中国男人阳痿的多,男人阳痿是"世界潮流"。"伟哥"是美国人发明的,他们有需要才会搞出这种目前世界上最猛烈的壮阳药物。

目前泰国的大象正遭厄运,因为传言象肉可壮阳。可想而知,阳痿大军一红了眼,有多少大象能禁得住吃呀?!美国前总统克林顿堪称是当代世界第一大"情种",出了那样大的丑闻为什么不臭?仍旧风风光光,活得有滋有味?有人说就因为丑闻帮了他一个大忙,证明他不阳痿。澳大利亚悉尼蜡像馆的工作人员抱怨,每次检查克林顿的蜡像时,都发现他裤子的拉链是开着的。原来有许多参观者,其中包括不少大姑娘小媳妇,硬要蹲在克林顿蜡像的前面照相,还要把他的裤子拉链拉开,看看那里到底生猛到什么程度?可见一些西方人骨子里是羡慕克林顿的那个东西,至少也是怀有某种好奇。

这就是现实,就是男人们的现状。既然不行,补一补壮一壮也无可厚非。社会毕竟是进步了,要不怎么会满大街地撒壮阳药呢?

雾中的风景

"不知午雾湿人须,日照须端细有珠。"这心境是何等的晶莹纯洁,情趣盎然。"雾结朱砂气,波流白芷香。"又一个香字,古代的雾难道真是香的?还能入药治病,祛邪扶正?"雾是醒山酒,雾重山如醉。"因为有了雾才使万象变得莫测,进入一种类似沉醉的状态。雾是大自然的赐予,调节人类痛苦的理智,激发憧憬和想象力……

直至今天,当人们看不到古人所描述的香雾时,便要在舞台上造雾,特别是各种联欢晚会,舞台上不出现几次五彩烟雾,仿佛就造不出喜庆欢乐的气氛。

不知是从什么时候开始,真实的自然雾,变成了一种肮脏可怕的东西。气象台要提前预报,大雾罩下来了,能不外出的人都躲在房子里,活得在意又非要在雾中穿行不可的人,则戴上了防毒口罩。笼罩一切的大雾给人们造成一种瘟疫般的恐怖。一九九七年初冬,济南继一场酸雨之后又下一场酸雾,同一片天空"酸"一次不够,还要"酸"第二次,双"酸"双降,成了一大新闻。谁知道我们头顶上灰蒙蒙雾腾腾、心怀叵测的天空,积存了多少能够致酸的物质?不知哪一天就会劈头盖脸地泼洒下来……

我庆幸自己的头顶上还没有挨过酸雨的浇,但见过对其危害性的文字报道,也见过植被被酸雨腐蚀后的电视画面。如果酸雾像酸雨一样"酸",那就比酸雨更加厉害,因为它弥漫散发,无孔不入,可以通过鼻腔和口腔被人吸到肚子里去,岂不要腐蚀人的心肝肠肺?

我的庆幸没能维持几天,兜头一场大雾,让我认识到它危害的又岂止是人的身体的健康……

去年十二月十八日,我和《渤海经济瞭望》杂志的主编林开明,一同乘下午二时四十五分的班机从北京飞汕头。大雾已经下了两天,老林怕赶不上飞机,比原先约定的时间提前了一个小时,上午十点半钟就催促我出发了。我的观点是:下雾天飞机不是晚飞就是不飞,别怕赶不上,就怕它不飞。这时太阳已破雾而出,浓雾消散了不少,一般的视力似能穿透四五百米的空间,我对准时起飞也有了信心。在接近高速公路入口处的时候,我们的车不得不停了下来,前面已变成了停车场——高速公路关闭了。公路公路,大家走的路,居然也可以关死,给买路钱也不行!

这样的能见度似没有必要关路,一群司机围着守关的警察打听什么时候开路?警察也做不了主,只能回答不知道。在中国,"不知道"三个字最可怕,就是说没有时间,没有章法,随心所欲看着来……司机告诉我,昨天在大雾中有一百多辆汽车相撞,当场死了七个人——原来如此,这真叫高速公路的管理者为难啊,不关有可能出大祸,关了就有人骂大街。

我们可没有工夫凑热闹趟浑水,赶紧掉头,绕远道走老京津公路。这条旧道有许多年没有走过了,一点把握没有,今天很有可能是起了个大早赶了个晚集。老林是个严肃认真多思多虑且有几分学究气的老夫子,眼睛盯着窗外,一路上都在嘀嘀咕咕,一会儿觉得雾小一点了,他便脸色放晴。偏偏太阳只露了一下脸,很快又躲进云雾之中,他就觉得雾下得更大了,脸上立刻堆满愁云浓雾。

司机卖了大命,一路不停地鸣笛,东躲西闪,又挤又钻,好不容易在飞机起飞半小时前赶到了首都机场。首都机场的场面却让我们都傻眼了:候机大楼外面全是汽车,一辆挨一辆,一辆顶一辆,像花花绿绿的甲壳虫一样趴满了停车场,爬满了进港和出港的大道。候机大楼里面全是人,提着行李你挤我撞,但都是没头的苍蝇——瞎撞。硬箱子、软提包、带角的、有棱的,冷不防磕了你的屁股,疼劲还没有过去,大腿上又被狠狠地招呼了一下……

人们一脸的焦急,一脸的愤怒,一脸的无奈。乱糟糟,急煎煎,没有秩序,没有信息,也没有人管理。大厅两边几十个电子显示屏全关闭了,且没有广播,比如哪个班机取消,哪个班机延误,哪个班机可以登机或退票……在有些电子显示屏幕下面垂挂着八开的办公表格纸,上面用粗铅笔或彩色笔写着一些航班号。乘客们站在平时是用于输送行李的传送带上,坐在平时用来办手续的柜台上,有工作人员的地方就被里三层外三层的乘客包围着,七嘴八舌地提出各种各样的问题,工作人员或者不答,他们也实在没法回答;或者也发牢骚:雾又不是我叫下的,你们去问气象台吧!工作人员说的是大实话。但我仍是不解,宣布一下航班信息总不是很困难的事吧? 大雾怎会把室内的电线、电脑腐蚀坏了? 怎会把机场管理人员的智慧和责任感腐蚀掉? 偌大的一个机场怎会因一场雾就陷于瘫痪?

我和老林像热锅上的蚂蚁一样撞了六个小时的头,挤得通身大汗,撞得鼻青脸肿,竟然没有打听出我们要乘坐的8812号航班是取消了还是延误。如果是延误,将延误到什么时候? 偶尔得到一句回答,也是那最可怕的三个字:"不知道。"倒也有好心人传谎信,说在哪儿可以办手续了,等我们好不容易挤过去,却根本不是那回事。

候机大厅里凡是要钱的地方都有人服务,比如卖机场建设费的、卖机票的、卖吃卖喝的地方。我和老林找到一个卖开水泡方便面的地方,香香热热地将肚子填饱。可夜里怎么办呢? 难道要在这个快要被挤破的大厅里挨到天明吗?

连老林这位好好先生也不免口出怨言,讲他在国外也碰到过这种情况,机场里把乘客的吃住安排得很好,耽误时间超半天以上的还允许乘客上街游览,尽量减少乘客因误机造成的烦恼和不便。我劝他,这种时候千万不要想国外,不要想过去,只想眼前。眼前的事实是,中国的民航事业生意兴隆,坐飞机的人多,什么东西一多了就不值钱,就照顾不过来。这已经不是雾的污染,而是人的污染,人的心灵、素质的污染。我们去汕头不过是参加一个活动,耽误了也没有什么大不了,这大厅里肯定有人因误机而误了赚钱或赔钱的机会,又能怎样?

我学着他的学究腔:雾者,误也。大雾,大误。但也可以是大悟!

聪明的办法是找个地方给汕头打个电话,告诉他们,无论有什么事都等到"雾水大革命"结束以后再说。现在是满天雾水,满头雾水,幸好我们是双脚站在实地上,倘若你这时是飞在天空中,恐怕会比现在更着急,恨不得能快点平平安安地站在地面上,哪怕是站在大雾或酸雾中……

现代多恋症

现代社会注重民意。西方发达国家钻冷门儿的多,稀奇古怪的事情多,对世间万事万物都可以进行民意测验,包括对一些社会最敏感的、个人最隐秘的问题进行开卷测试。我们也重视调查研究,当然是那些值得调查研究的事物,对有些事情则不能正经八百地进行调查,只能靠自己去观察、揣摩、感受。比如:

现在中国到底有多少情人(不包括那些合理合法的等待时机结婚的有情人)? 这支情人大军主要是由哪些人员组成? 他们在中青年人口中占多大比例?

再比如:下面列出的两个男人,你更喜欢哪一个:

A君:有铁血男儿的气质和体魄,冷峻睿智,孤傲坚毅,不喜交际,正派体面,除自己妻子以外不接近其他女人。

B君:擅辞令,会交际,风流大方,有情有趣,来者不拒,绯闻不断,到处留情,快乐自信。

要想回答这些问题,还会遇到一些概念上的麻烦。生活在不断变化,人们要经常创造出许多新名词,老概念在更新、丰富,一些科学的规范化的概念,正在被一种约定俗成的模糊多义又便于意会的东西所替代。比如:何谓"情人"? 词典上解释为"相爱中的男女的一方"。这定义下得很绝,没有任何限制语和附加条件。也就是说年龄、婚姻、道德、法律等感情以外的东西都对其无碍,只要相爱就算情人。那么,现在有一句很流行、含义又很广泛的话,叫"泡妞",多指在有闲有钱的时候临时搭班子,又跟一般的舞伴不一样。这"泡"者和被"泡"者算不算情人？还有，未到"一见钟情"的地步，却可以"一见就碰"，这又算不算情人？说他们"相爱"吧，显然还没到那个火候……打住！何谓爱？每个人都有不同的理解，至少可以举出一千种关于爱的解释……乱了乱了，越说越说不清楚，还是不要陷入这种概念的游戏吧。

在多变的现代社会里，从一而终的爱情，以及像萨特和波伏娃那样用一辈子的时间去证明的爱情，是伟大的少数。谁碰上了都是幸运的，保护它也许很困难，但很值得为它付出代价。

李昂在《1990年后的爱情》里说得很粗率："现代人很重大的特性是不只没有常性，连耐性也没有了。在快速变迁的社会中，男女之间可能在一星期之中，把过去情人谈了二三年的恋爱才做的事，如拉手、接吻、生理上的接触——一下子都做完了。之后，就要面临到人生的喜新厌旧、喜欢新奇的天性……"

情人多，并不说明社会上爱情多。也许正好相反，爱越少的社会，感情的乞儿多，情人就会越多。

相对来说，西方发达国家比较重视男女之爱，轻天伦和责任。即便如此，他们也不推崇一个人可同时有几个情人，或走马灯似的换情人。往往是有了情人，就会立刻排斥原有的夫妻关系或老情人，很难"共存共荣"。宁选择离婚，不选择欺骗，好像忍受不忠实的男女关系，比被骂作喜新厌旧、道德败坏的耻辱更大。

中国的道德传统是重天伦和责任的，喜欢男女之爱，幸福和谐，能充实生活。更希望能白头偕老。现在却出现了多情人现象，一个男子可以有几个女情人，一个女子也可有几个男情人。

所以，人们在理论上或在心里也许更尊重A君。女人找丈夫或许愿选择他，因为他代表了女人（包括现代女人）所向往的一种真正男子的品质：正直可靠，自尊自信，有自制力，能从严峻的现实出发考虑问题。而不是随心所欲又不负责任，小家子气，自私脆弱，玩世不恭闯红灯，闯了红灯又装孙子，任凭围观者嘲讽唾骂，往他身上泼脏水。因为小男人太多，就衬出了A君的可敬之处。

但在生活里，现代人们（尤其女人们）肯定更喜欢B君。因为在现代社会里像 A 君那样的人未免活得沉重,活得太累,那张拒人于千里之外的面孔太枯燥乏味,在社交场合会显得格格不入。人们毕竟不需要经常挑选安全可靠的丈夫!找情人、交朋友谁不愿意选个有情有趣的?

有一位朋友颇似 B 君类型的人,几乎无人不知他的风流。但没有人厌恶他。相反,在公众场合数他最容易受到大家的关注和包围。他聪明、随和,也相当坦诚。当朋友们用他的风流艳事取笑时,他不恼怒,也不用谎言推说遮掩,堂而皇之地风流,大大方方地追求,坦然自得地接受追求。当然也有情场失败的时候,胜败乃兵家常事,处之泰然。

他不是莫泊桑笔下的"漂亮朋友",他不吃女人,不坑害女人,也没听说他拆散过什么家庭或为此吃过什么官司。他曾这样解释自己的"业余爱好":"所谓风流,并不都像人们所想象的那样,单纯去追求什么'生理接触',当代社会最缺少的是真诚的情感、心的沟通和理解。有一些很好的女人,有知识,有专长,甚至也有一定的成就,但活得很苦,很孤独。是她们造就了我,而不是我造成了她们的痛苦和孤独。"

不言而喻,多恋现象当然是现代社会的产物,这位老兄的多恋似乎成了一种善举,至少不能算是"缺德"。因为这种多恋不同于封建帝王的三宫六院,是在双方自愿的基础上进行的,有需要才能一拍即合。一些人的痛苦和孤独得到暂时的排解和慰藉,对命运的不公,获得了一种报复性的快感。

B 君的风流其实也成了一种工具,一种短期效应。也许还会引起饮鸩止渴般的后果。多恋就是分恋。一个人倘不是感情贩子,有多少真情能够同时分配给众多的情人呢?大凡多恋症患者,不论其素质优劣,层次高低,必不能跟每个人都全始全终,总有一天会周旋不下去,或无力再运转沉重的多恋机器。受伤害的是情人中的多数。

即便多情如 B 君者,感情取之不尽,用之不竭,可以同时分配给许多情人。这种分配也不可能是公道而平均的。他和其中任何一人的爱恋都不可能成为"伟大辉煌的爱情"。因为那种爱情的起码前提是

"专一"。许多多恋症患者会对此大不以为然:谁会羡慕"伟大辉煌"呢？现代人重视的是眼前,一朝欢会胜百年,追求辉煌的一瞬,而不是平淡的永恒。可怕的是,总有人身不由己地陷得太深,过于痴情,把多恋硬拔高到"伟大辉煌"的境界。到头来当然会失望,白误了"卿卿性命"。

任何艳遇都有其自身的盛衰规律,待热情消退或人老色衰,都有个回头看的问题。怎样把握自己的人生,到回头看时仍然无愧、无悔、无恨,实在是一门很大的学问。

一位过来人说,人生在某一个阶段对浪漫的爱情看得很重要,认为相爱比相处重要。其实男女简单地相爱,比能够长期地相处要容易得多。随着年龄的增大,还会有一个阶段认为相处比相爱更重要。倘是在相爱中又能长久地相处,那就是很大的幸运、圆满的人生了。

现代多恋现象,究其实质是暴露了现代家庭的缺陷。在法律保护下的相处中忽视了相爱,所以才造成夫妻相守,与情人相爱。但它既然是社会现象,社会本身也会不断地做出调整。社会在改革前进过程中也是分成许多阶段的,某一阶段很可能会出现某种副产品,无须大惊小怪。随着人们生活质量和生命品位的提高,人们相爱的质量和品位也会相应地提高。

能够指出现代社会上存在着"多恋症",也足以证明现代人的清醒。至于在感情问题上太清醒是好是坏,那就难说了。不是还有一句很时髦的老话,叫"难得糊涂"吗!

装糊涂者不糊涂。"难得糊涂"就是有难得的精明,至少保护自己不受到伤害是不成问题的。

现代人的牙齿问题

在美国，一位优秀的牙科医生，年薪会高过美国总统。

——这说明现代人格外重视牙齿。而牙齿偏偏又最爱出毛病。最近，英国公布了一项研究成果："由于金融业的竞争异常激烈，在这一行就业的人要长年咬牙拼搏，背负沉重的精神压力，渐渐养成了咬牙切齿的习惯。有些人不仅白天咬牙切齿成瘾，连夜里睡觉的时候也将牙齿磨得吱吱嘎嘎，响声刺耳，以至于造成不少配偶离他们而去，或分房而睡。可想而知，这些人的牙齿磨损严重，提前松动或脱落，结果使得牙医生意兴隆。"

难怪金融一条街上都有牙科诊所呢！

其实，白天需要咬牙切齿，夜里暗自磨牙的又岂止是金融行业的人呢？眼下哪个行业竞争不激烈？哪个人的精神负担不重？所以，现代人天天叫喊要补钙、补钙……因为牙齿就是一种高钙质的东西，补钙也等于补牙。

到下个世纪，会不会人人都有一副"铁嘴钢牙"？

比较起来还是中国人更厉害，为了适应新形势，为自己生存得更好，干脆多长几颗牙或在不该长牙的地方也长牙。据报载：沈阳一三十多岁男子，一侧鼻腔长期不通气且伴以出血，以为得了鼻窦炎，到医院一查才知鼻子里长出了一颗牙！

——医生称其为"多生牙"。

好，现代人仅仅嘴里有牙是不够的，有那么多好吃的东西需要咀嚼，有那么多可恨的事情想用嘴去咬扯，最好连眼睛里、耳朵里也长出

190

牙齿。

人们常常挂在嘴边的"老掉牙"三个字,描绘出人老了以后的惨景就是掉牙。没有牙就失去了战斗力、失去了竞争力,也象征着生命力已经衰颓。现代人强大的标志就是要有一口好牙,或一身好牙——过去人们用"武装到牙齿"来形容最凶恶的人,现代人则希望用牙齿武装到全身。

向动物学习

1

龙——是中国人的图腾。

龙的优势在于腰。腾、转、挪、闪,全靠腰的功力。掌握和支撑庞大的身躯也仰仗腰。

人断了双腿,有轮椅代步。断了双臂用脚写字。腰椎一断,灵魂顿失,不死也废。

腰支撑的不仅是人的躯体,还有人的精神和尊严。

2

龟——动作缓慢,且经常露着眼睛缩着脖子,有东西一碰立刻将头闪电般地缩进自己的硬壳。它是进慢缩快,慢是为了缩,动作太快就会缩不及。此物却被人类奉为智慧和长寿的象征。它的智慧在于缩,能长寿的原因也是因为会缩。

缩是防、是养、是暗笑,是"无为而无不为"。

狂躁的寿命只有几十年的人,却骂它为"缩头乌龟"——岂知它这一缩,就缩成了"千年的王八万年的龟"。而文明人类的历史才不过几千年。龟才是历史的吉祥物。

3

鹤——吃得很少,从不吃饱,经常是空腹。正因为它永远空腹,才飞得起,飞得高,能以高空为家。

人云:天是鹤家乡。野鹤如闲云。

空腹,头脑就清醒,不忘追求。

人的拖累就是肚囊,一辈子为肚子忙活,肚子塞饱了又会犯困。待到大腹便便,方知肚囊的累赘。甚至到人死了,肚子还是个垃圾桶,鼓胀得很高,惨不忍睹。

空腹诞生的时候那么可爱,满腹告别世界的时候那么丑陋。

4

西安华山厂十六街坊有一姓王的人,养着一只母京巴狗。有一次,此狗陪主人外出受到一只公狗的非礼,回家后便足不出窝,拒绝进食,三天后饮恨含羞而死。

人类常以"母狗"诟骂淫荡的女人,看来是冤枉了母狗。"你这个狗娘养的"也许成了一句褒奖的话。

报纸在发表这一狗新闻的旁边配了一条人的新闻:新疆精河县八十二团基建公司周某夫妇进城采购,周某发现小偷拉开了妻子的挎包拉链正欲行窃,他不敢阻止小偷却打了妻子一巴掌,以提醒她看好自己的包。周妻为丈夫的软弱、窝囊行为感到无地自容,很快就办了离婚手续。

5

天津宝坻县王卜镇一王姓农民,养了两只下蛋很勤的母鸡,有一天,其中的一只因下蛋脱肛,主人便把它杀掉炖着吃了。另一只母鸡为同伴愤愤不平,以绝食抗争,并咯咯咯地悲鸣不已,数日后气绝身亡。

动物越来越有廉耻，越来越有志气，人却越来越卑鄙无耻。人类咒骂同类有一句很恶毒的话叫做"你这个畜生"！当为自己开脱时，则喜欢说"大家都是人嘛"。言下之意因为是人，无论干了什么缺德的事、龌龊的事都是可以理解、可以原谅的。今后再把人骂成畜生，实在是抬举人类了。骂动物中的败类，倒可以用这样的话："你这个人！"

6

四川野生动物专家发现母猴也搞同性恋。
——如此看来猴子真是人的祖宗！

7

俄罗斯大马戏团的驯虎员贝尔纳排练了一个"老虎和人相爱"的节目，久而久之，忠诚而单纯的雌虎苏尔塔娜真的爱上了男主人。每当这个节目一开始，贝尔纳无须用鞭子，雌虎就表现得缠绵妩媚，柔情万种，激动的观众掌声不断，如痴如醉。

男主人却利用雌虎的痴情大赚其钱，大抬自己的身价。一次在斯德哥尔摩表演"人虎相恋"时，惹得体重三百二十公斤、曾咬死过驯兽员的雄虎雷克斯醋意大发，怒不可遏地扑倒贝尔纳，正要把他撕碎的时候，雌虎苏尔塔娜扑过来营救自己的恋人，和身躯庞大凶猛的雄虎打在一起，最后终因不敌被活活咬死。

它不惜以性命救护下来的恋人安然无恙，继续和别的雌虎表演假相恋。

当今社会，骗婚骗色的事情几乎天天都有，人类不仅骗同类，又开始骗取动物的情感。动物保护协会应该赶快制定禁止人类对动物进行性骚扰的措施。

8

居住在美国亚拉巴马州的斯图尔迪夫妇,收留了一只在他们花园里吃浆果的雌鸸鹋鸟。此鸟身高一米八〇,可能是对他们表示感谢,每天亦步亦趋地追随着他们,并从喉头发出怪异的声音,像是歌唱,又像是求偶,令斯图尔迪夫妇惊慌不已。他们向天鸣枪,希图吓走鸟小姐,但雌鸸鹋不为所动,照样追随着他们歌唱不已。

斯图尔迪只得打电话向动物管理部门求助,据动物管理部门的人讲,这只雌鸟显然是喜欢上了男主人。

——这只是人类的解释,是人类的一面之词。而且是典型的"叶公好龙",向大鸟表示友好在前,当大鸟回报他们的好意时他们又惊恐万状。

怎知雌鸸鹋就是爱上了男主人,而不是向他表示友好?

人类一听到雌的就很容易联想到性,联想到爱,可谓以小人之心度大鸟之腹。

这说明,人类家庭已经脆弱到怕一只雌鸟来插足!

9

墨西哥库拉若州的选民,对无能且生活腐败的议员凯撒·门多萨深恶痛绝,为了赶走他竟投票选举一头二十八岁的驴为库拉若的新"议员"。

无独有偶,作家张长著文,中国某地人民代表大会换届,群众投票时将三名"人大代表"候选人画"×",改选化肥、农药、柴油。

前者体现了墨西哥人的幽默和舆论的无畏,后者体现了中国人的老实和无奈。民以食为本,国以民为本,人民代表不为民办事,不如变做化肥更实惠。

10

瑞典向科威特出口大批狼尿,撒在公路上吓跑麋鹿、骆驼等动物,以免它们影响交通。

哎呀,连狼的尿都这么厉害!

人们常说"狗屁不通",狼尿却可大"通"。

瑞典又是怎样采集"大批"的狼尿呢? 莫非瑞典野狼都懂得定时定点地往准备好的容器里撒尿?

11

英国威尔特郡撒菲拉动物园,绞尽脑汁想让两只害羞的猩猩交配,好制造出下一代。根据它们喜欢看赛马和其他动物生活录像带的经验,管理员给它们播放色情录像带,希望能刺激起两只雌雄猩猩的性欲。结果它们频频打呵欠,毫无反应。

这才叫"以小人之心度君子之腹"哪。

人类喜欢观看同类或其他动物的交配,以为动物也会像人一样。

岂料,动物对人类喜欢干的勾当竟全无兴趣。

12

美国三十三岁的银行家泰勒·戈斯莫,性格内向,找不到女友,娶母马为妻。

又一美国人哈克尼斯,厌倦了与女人闹别扭,最后悟出他一生中真正爱的是自己的车,于是和凯迪拉克结为夫妇。还是美国人汤森,经历多次恋情后嫁给了自己。

还有娶羊为妻的,与机器人、电脑、母牛、蟒蛇结婚的……

这都不算什么,最绝的是哈尔滨的葛某,娶断气的姑娘为妻,敢与死人结婚。

他们争奇斗怪,热闹了半天,还是跳不开结婚这个俗套子,还得要这个形式和这份名义。

这却给正常人带来麻烦,我奉劝诸君,当你看到一个人和一件东西在一起,或一个人和一个动物在一起,千万别乱打招呼,自以为是地乱下定义,没准人家是一对夫妻。

心　穷

　　他有一个令人羡慕的职位：一家效益很好的大公司的常务副总经理，有两套住宅，全都装修得相当豪华。儿子当海员，女儿在外贸部门工作，收入都不错。家里积蓄丰厚，即便称不上是富翁，也稳居富裕家庭之列。然而他无时无刻不觉得自己穷，最后发展到以老婆的名义注册一个公司，从周围比他穷得多的朋友们的身上诈骗了几十万元。事败毁了自己和儿子的前程，成了一个真正的穷鬼。

　　贪婪者不是因为没有钱，而是因为心穷。心穷是真正的穷，穷到了底却穷不到头，穷此一生还会遗传给后代。不信请听听我们周围一片片的哭穷声：

　　没有资金呀，经费不足呀，快混不下去啦，工资发不出来啦……缺钱，缺钱，缺钱！有些单位亏损乃至倒闭确实因为有无法抗拒的客观原因。但也不能不承认有些企业的头头成天嘴上喊穷，自己活得不穷。他们不管企业的死活，上任伊始先给自己买车、买房，派自己出国考察，把儿女安插到要害部门大捞特捞。因此工人们骂："工厂难过年年过，厂长过得还不错"，"工人玩命干，挣了几十万；买个乌龟壳，坐着王八蛋！"这些人心如饿狼，前狼尚未吃饱就被调走，再上来一只更饿的狼。那只吃了半饱的狼到别处又变成一只新的饿狼，于是有些企业老是摆脱不了狼的血盆大口。他们喊着穷，吃穷，穷造！

　　哭穷哭得最凶的人不一定就是穷人。这叫心穷吃穷人，在制造新的贫穷。

　　还有经商运动。经商不足为怪，但是在中国居然形成了一个全民从商的大潮,这就成了少有的奇观。从知识分子到机关干部,纷纷往商海里跳,仿佛只要敢跳下去就能成时髦人物,不下海就活不下去了。其实谁的家里也没有到揭不开锅的地步,盖因心穷。不论在什么场合,是一些什么人物的聚会,不出十分钟准保要谈到钱,而且有个冠冕堂皇的理由,关心经济问题。这究竟是活跃的商业新气象,还是表达了心对金钱的饥渴?

正是这种心的饥渴使金钱很容易就操纵了一场场近乎全民性的倒钱运动,如:炒股票、造假品、五花八门的欺骗……无法统计全国有多少骗子,使用了多少骗术,欺骗了多少人,几乎每天都可以从报纸上看到有关这类案件的报道。数年前我曾想积存这方面的资料,看看骗术到底有多少种,后来存不胜存,材料多得无处堆放,只好作罢。

戚戚于贫贱,汲汲于富贵,虎视眈眈,其欲逐逐,"争名于朝,争利于市"。急于求富、羡富、谀富,贫而谄,富而骄,或夸大贫穷,或夸耀富有,同样都是心穷的标志。

古人讲"不患贫而患不安",穷得紧张兮兮、坑蒙拐骗,穷得丢了格失了度、失了自尊和自信,什么事也不敢信,什么人都敢怀疑。我们真的穷到了这步田地?

也许是穷怕了……按理说能让穷人怕的事情不是很多,俗话说"光脚的不怕穿鞋的"。喜欢怕这怕那,怕抢怕偷的是富人。有钱的人最怕不知什么时候会变成穷人,所以他们闹腾得也最厉害。

时下的"心穷现象"使整个社会都染上了一股穷气,这对发展经济并无好处。当今世界弱肉强食,哪个发达国家有耐性倾听一个穷国申诉自己的不幸?富人跟穷人打交道或做买卖的时候总会心存戒备,格外小心,即所谓"富在深山有远亲,穷在大街无人问"。人们喜欢说"本钱"、"本事",有本才能赚钱,有钱才能做事。你成天穷兮兮的,心如饿鬼,谁敢招惹你?当然也不可像"大跃进"、"洋冒进"那样打肿脸充胖子,装富作态,那也是心穷的一种表现。

谁也不能否认中国人的生活水平和富裕程度已经有了相当大的提高,但许多人却处在一种身富心穷的怪异情态之中。这不是改革开放非要经历的阶段,更不是我们民族的传统心理,我们的传统是守得住贫,耐得住富。贫而不拙,富而不贪;达不足贵,穷不足悲。欧阳修讲:唐之诗人多穷士,少达而多穷。然而不论当时还是后代人,都觉得唐代的诗人们很富,即便他们身上钱不多心里却都很富。富有的心灵放射出辉煌灿烂的光芒,李白固然可以豪唱"千金散尽还复来",几乎在穷困潦倒中度过了一生的杜甫对金钱也有一种平静的情致和幽默:"糁径杨花铺白毡,点溪荷叶叠青钱。"岑参甚至在囊中羞涩、欲饮无钱的情况下,仍可以拿自己和酒家开玩笑:"道劳榆荚青似钱,摘来沽酒君肯否?"哪有现代文人的钱包这么充盈而又活得这么戚戚不安、心浮气躁的?

"心穷现象"也并非商品经济的必然产物。在美国有相当多的人从银行借款买房,债务要背十几年甚至几十年。如果中途换工作搬家,要卖掉原来的房重新买房,又得背新债。也许终生都要背着债务生活,工作还不是铁饭碗,随时都有丢掉饭碗的可能。丢了老碗,再找新碗,他们活得快乐,对未来充满信心。连睡在地铁站里的流浪汉,眉宇间也有一种人的自尊,别人是不能对他们轻蔑的。不犯愁,不哭穷,不容别人轻侮,这是一种什么心态?

一九八九年,神户一华裔作家请我吃饭,陪同的一位日本友协的官员将剩下的东西打包,当晚通过邮局寄给东京的家人,他说明天早晨家里人就可以吃到,我们收入不低,物价也很高,一般家庭平时却很少能吃到这么好的东西。他做得自自然然,大大方方,我对他没有一点小气、穷气的感觉,反而对他生出几分好感。

可见心态极端重要,心里不穷,对国家对自己充满信心,守财变成了美德,节约变成了大方。心里有鬼,即便一掷千金,也让人感到穷变态,小家子气。

足寒伤心,心穷则伤气损志。经济上的短期行为,文化上的媚俗倾向,社会对道德对见义勇为者的呼唤,都可以从"心穷现象"上去寻找深层次的答案。唯愿在经济上已经脱贫的人们,赶快进行心灵"脱贫"。

以鼻取人

只要稍微留意一下每天的报纸和电视新闻,就会发现全球到处都充斥着谎言和欺骗,各种诈骗案层出不穷,花样翻新。现代科技那么发达,现代人那么精明,难道就找不出识破谎言、杜绝诈骗的办法吗?

回答是:有了。

对什么都爱研究一番的西方人,已经找出了现代人说谎的规律,知道了是哪些人爱撒谎,他们撒谎的时候有什么样的特征。结论是惊人的:原来学历越高的人越爱吹牛撒谎。

美国,又是美国的弗吉尼亚大学的研究人员,对三千名来自不同阶层的人士进行分析,受教育程度越高的人,撒谎的频率越比平常人高。普通人每对话十分钟,会有五分之一的人说谎,但拥有大学以上文化程度的中产阶级人士,说谎的比例达到三分之一。因为良好的教育丰富了这些人的词汇并增加了他们的自信,令他们说谎的机会大大提高。当然,他们在大多数情况下是扯一些无伤大雅的"白色小谎"。

还有就是受过良好教育的现代女性,吹牛讲假话的能力正在渐渐超过男性。她们不再像从前那样只在不得已的情况下才扯些小谎,而是开始向男性看齐,特别是在涉及金钱和性的话题上也会自吹自擂一番。据调查发现,"美国有百分之六十八的男性在面试时扯谎。女性为百分之六十二。在办公室,越来越多的女强人学会了讲大话,为了利益撒谎。在以前,这原本是男人的专利。"

不管他们多么有文化和充满自信,在撒谎的时候也不能做到完全地镇静如常。科学家们找出了撒谎者的二十三种特征,学术名词叫

"撒谎时语言和非语言的客观指标"，比如："擦鼻子、口吃、清喉咙、避免凝视、较少眨眼睛、喝水多、咽唾液多、讲话爱出错以及否认自己说谎等等。"

美国最高法院的大陪审团在审定克林顿绯闻案时认为他说谎，根据之一就是克林顿在作证时，一分钟之内竟摸了二十六次鼻子。芝加哥"嗅觉与味觉医疗研究基金会"的专家艾伦·赫希做出了令人信服的论证："人讲假话，鼻子的勃起肌便会充血肿胀，肿胀后的鼻子跟着就会发痒，迫使撒谎者搔痒、擦鼻子或摸鼻子。"

难怪西方人的鼻子长，原来是撒谎所致，经常地摸、拉、揉、擦，时间长了鼻子焉有不长之理。正好他们的文明程度高，受的教育多，经济发达，完全具备他们自己的科学家考证出来的撒谎资格。

如此说来根据鼻子论人，还是鼻子小一号的东方人更老实一些。这一科研新成就还提醒现代人在谈恋爱、交朋友、招工或选上司的时候，要注意观察对方的鼻子，要挑选那些瘪鼻子、塌鼻子和小鼻子的人。对那些高鼻子、鹰钩鼻子、蒜头鼻子、酒糟鼻子要格外小心了。

自从我知道了现代科学关于撒谎的最新研究成果之后，再走进任何一个会场都格外注意周围人的鼻子，发现克林顿尽管口才极佳且以撒谎闻名于世，但跟东方的撒谎者相比，还是小巫见大巫。我见过的撒谎者大都正襟危坐，道貌岸然，鼻子不长，却言不由衷，嘴不应心，大谎一撒几十分钟甚至几个小时，从来不摸一下鼻子。你说高不高？哪能像克林顿那么笨，一分钟摸二十六次，平均两秒钟摸一次，折腾得人心烦，还不如就摸着别动了！

但是，科学就是科学，只要你观察得认真，就会发现东方撒谎者的其他特点，比如"清喉咙"，在我们的会场上这太普遍了，咳咔咳咔，毛病可多了，貌似威严，实际是在掩盖撒谎。"喝水多"，一出场或一上台手里必端个大茶杯，有人自己不端，由服务人员给端，中间还要不断地往茶杯里加水。"较少眨眼睛"，紧紧盯着手里的讲稿哪还敢眨眼睛，要不就是看着空中，眼睛无神，目光散淡……

我猜，不善撒谎的人读了这篇短文，根据科学家列出的特征判断撒谎者,使自己少上当。而惯于撒谎者读了这篇短文之后,一定会在暗地里加紧练习,希望能在撒谎时克服那些被科学总结出来的"语言和非语言的客观指标",做到不动声色地撒谎,撒了谎又不带出一丝痕迹,让人无从查考。最可悲的是逼迫性撒谎、职业性撒谎和习惯性撒谎,不撒谎不行,堂而皇之。听的人明知他在撒谎,不听不信还不行。

有位诗人发过这样的感叹:人啊——人,叫我说你什么好呢?

那就什么也别说。

戴厚英祭

按老规矩,有人死了,活着的人都要说一句:安息罢!

对戴厚英的被杀,我们却不能说一句"你安息罢"就能了事,十年来人们都无法忘掉那丑恶血腥的一幕。事实上她也不可能安息,或变神变仙,或化作厉鬼,帮助我们整除人间腐恶!

她在跟凶手抗争的时候说的最后一句话是:"你会后悔的!"这是一个软弱文人面对死亡的凶险做出的最愤怒、也最无奈的表达。凶手现在也许会后悔,那又有什么用呢? 现代罪恶已无丝毫理性可言,愚昧丑恶到丧心病狂的地步。为了区区两千元人民币和五百美元就杀死两个自己熟悉的甚至是有恩于自己的人,窃得的"随身听"立刻就插到自己耳朵上听起来,窃得的皮鞋也大摇大摆地穿起来……

这种人的"后悔"能靠得住吗? 损失了像戴厚英这样优秀的作家和她年轻侄女的生命,来换一个没有人性可言的凶手的"后悔",值得吗?

在以前不足二十年的时间里,戴厚英在教学之余出版了八百万字的著作。凡舞文弄墨的人都知道,像她这样一个严肃的作家创作出八百万字是什么分量? 她的创作生命正进入成熟期,思想敏锐、才气纵横、风格独特……就这么轻易地被杀害了? 近年来人们不断地惊呼,中年作家病死的太多了,难道今后还要经常提醒作家们谨防被杀害吗?

戴厚英不是在自己家里被杀的第一个人,也不会是最后一个。李沛瑶事件人们还记忆犹新,一桩桩新的入室盗窃杀人案,似乎已经搅得人们几乎见怪不怪了。否则就无法解释,文坛以及社会为什么没有对戴厚英的被害表示出应有的愤怒。香港艺人们为了同事被偷拍,就可以组织起来、行动起来,游行集会,呼吁立法……让人感到了整体的力量、社会的良知。

几年前,台湾作家三毛的自杀曾搅动了中国文坛和社会,一些年老的或年少的名人还制造出和三毛有过感情纠葛的故事,到今天还有人在炒这件事。

而戴厚英,无论是创作成就,还是在文坛上的地位,都更为重要得多,就这么生生地被一个流氓无赖杀害,叫人怎么能不怒不恨不哭不骂?

在阶级斗争的年代和历次政治运动中,戴厚英往往首当其冲,倒也磨砺了她思想的锋芒。好不容易在政治上有了安全感,却没有防备会在盛年被人夺走生命……一代才女的命运就是这般令人可敬可佩可叹可悲。

在别人纷纷往国外跑的时候,她最有条件留在美国,却偏偏要回到国内来。想到这一切,要说后悔,好人会比杀人凶手更后悔:戴厚英的弟弟和弟媳妇如果能守在自己的姐姐和女儿身边,戴厚英的女儿如果能早些把母亲接到美国,戴厚英的父母如果留住女儿在安徽老家多待几天,戴厚英的朋友们如果在一九九六年八月二十五日那一天的下午,请她外出做客,或到家里去看她,也许这场令人切齿的凶杀就可以避免了……

后悔总是软弱无力的,而罪恶却无孔不入地在利用好人的善意和轻信。

戴厚英泉下有知也会后悔,凶手是她安徽老师的孙子,跑到上海混江湖,那位老师曾写信来要她多关照。以戴厚英的性格,对这个老师的孙子想必真的关照过,否则那凶手就不会熟门熟路地登堂入室,然后把她们杀害。从戴厚英的小说和大量言论可以看出,她对家乡、对家乡的普通百姓、对灾害和贫穷寄予了多么深切的同情。她不事声张地捐钱捐物,做了自己能做的,然而她的重情谊、重信义、善良念旧,最后却落得引狼入室,反害了自己。

天理何在?

像戴厚英遇到的这种情况,许多人都遇到过,真该小心了!

更可怕的是社会舆论的冷漠,该恨的不恨,该怒的不怒,莫非有一天家家户户真的要自备枪支弹药来保卫自身的安全吗?

戴厚英,焉能安息!

病态人格

　　这些年来可是出了不少异常邪行的血案：连接川陕的一条公路边上有家小饭馆生意不错，经济实惠的水煎包尤其出名，伙计们从来没见过老板进城买肉，可案板上天天有鲜肉。年轻的伙计总是不停地更新，隔几天就不声不响地消失一个，老板又会再招一个新的进来……后来破了案，那沿途很有名气的水煎包就是用伙计的肉做的。

　　还有，孙子偷奶奶的钱受阻，顺手就用斧头把奶奶砍死。母亲嫌儿子学习成绩下降，活活把儿子打死。儿子反感母亲逼他学习，把亲娘杀死的事已经发生了不是一次两次……传媒在报道这些案件的时候总是把原因归咎为宣传暴力的影视、游戏机和学生的学习压力过大等等。真的就这么简单？

　　这里似有意无意地规避了杀人者的内在因素。我们不妨重新分析一下世界头号杀人狂希特勒的病态人格是怎么形成的。其父当过流浪汉、鞋匠和海关职员，结过两次婚后第三次是娶了自己的亲侄女，并先后生下五个子女，前三个均夭折，只活了希特勒和他的妹妹。希特勒的父亲性情古怪、粗暴，经常酗酒和打骂孩子，而且是用马鞭往死里抽打。他跟妻子的关系也极不自然，那个小女人常常会喊他"叔叔"。可她对孩子完全放任自流，溺爱非常。这就造成了希特勒的心理从小便严重地扭曲变形，"内心充满焦虑和恐惧又胆大妄为，固执怪癖又优柔寡断，沉默寡言又异想天开"。

　　直至后来他完全成了一个怪物：乘大轿车时严格规定时速不得超过三十七公里，夜深人静时又逼着司机开一百迈以上的飞车兜风，以至于造成司机因精神过度紧张而失常。他渴求表面的威严,心理却极端脆弱,对部下时刻都心存戒备,开会酷爱占据长桌的一端,他最长的桌子是五十公分。希特勒还喜欢对自己的鼻子进行美容,让医生不露痕迹地一点点地加高,甚至当德军从苏联战场上节节败退的时候,他的鼻子加高术仍未停止。他还对别人的手指格外敏感,如果他不喜欢一个人的手,就会转身走开并拒绝与此人交谈。希特勒害怕显出日益萎缩的肌肉,无论天气多热也从不穿短衫短裤。他杀人不眨眼,又患有轻度"晕血症",怕见人血。他在自己庞大的鸟类养殖场里,看见一只孔雀死了要掉泪,而转头就可以下令毒死几十万犹太人,并心安理得。他年轻时狂热地爱上了自己的外甥女并导致对方自杀,此后便对女人再无好感,包括对他的情妇爱娃……

第二次世界大战期间,美国对参加西线登陆战举棋不定,总统罗斯福就下令美国中央情报局通过间谍收集完成了一份《希特勒性格特征及其分析》的报告。罗斯福在看了这份报告后就知道希特勒完了,他心理负担过于沉重,因而严重地变态、畸形,且虚荣得已经女性化了。于是就有了后来著名的"盟军诺曼底登陆"。希特勒是典型的病态人格,这有先天的因素,也有后天的因素。现代心理学认为,七岁以前是一个人性格形成的重要时期,家庭的环境气氛,父母的脾气性格、文化修养以及教育方式等等,都会对孩子性格的形成产生重要和深远的影响。"播下一个行动,你将收获一种习惯;播下一种习惯,你将收获一种性格;播下一种性格,你将收获一种命运。"

现代人生活节奏紧张,竞争激烈,什么稀奇古怪的人和什么稀奇古怪的事都有,怎样谋生的都有,什么样的家庭都有,单亲的、双亲的、空巢的、朋克的……因此具有病态人格的并不少见。一个明证就是患精神疾病的人特别多。单讲我国,精神病的患病率二十世纪五十年代为百分之零点二,七十年代是百分之零点七,九十年代初达到了百分之一点二六。这增长的速度可有点邪乎!据一九九二年全国精神疾病调查公布的结果,"我国神经官能症患病率为百分之二十二点二,尤其以青少年占比例最大。大学生中有心理疾患的占百分之二十四,中小学生则占到百分之三十左右。在高等院校退学、休学学生中,因患心理疾病的占总数的百分之四十至百分之七十"。

大家看到这样的数字不必惊慌,和其他国家相比我们还算是好的。据世界卫生组织公布的数字:"全球共有五亿人患有精神疾病,仅神经官能症患者就有一点五亿,精神分裂症为五千万……"你是不是觉得有点脊背发凉,头皮发麻,汗毛直立?恍若置身于一群眼神哩哩唧唧的疯子之中。你以为呢?上个世纪被世界公认是"人类历史上最血腥动荡的百年",战争、灾荒、饥饿、暴力、吸毒、污染以及人口膨胀,把地球折腾得千疮百孔还不说,连南极的老天爷都被人类的臭气熏出个大窟窿!

人类若不是疯了,能作这么大的孽吗?难怪现代人老是叫喊活得太累哪,既要小心自己发疯,还得时刻防备周围有人发疯,怎会不累呢?

差一点点儿

我参加监狱的一个座谈会,听到许多犯人都谈到了就差那么"一点点儿"……

金某,是一智商不低的窃贼,专门围着城市的中环线作案。他认为窗户对着中环线的人家一定会麻痹大意,中环线上昼夜车水马龙,小偷怎么敢登梯爬高地下手呢?他正是利用了中环线居民的这种想法,用不到一个月的时间围着中环线偷了一圈儿,光是偷得现金就有六十七万元。他甚是得意,决定见好就收,洗手不干了。可他在家里安安稳稳地待了一个星期,就待不住了,手痒难耐,决定再偷上三十三万,凑足百万,以后就真的不干了。他做好了准备,轻车熟路地刚一动手,便被当场抓获,后悔得直撞头:咳,就差那么"一点点儿"……

保险公司的业务员沈某,轻而易举地就贪污了一千多万元,决定再弄上二百万,凑成两个六百万,叫"六六大顺",然后就出国,溜之乎也。对他来讲再弄二百万并不需要多长时间,不过是最后一哆嗦罢了。可偏偏就在这最后一哆嗦的时候翻车了……

还有那些已经被枪毙或至今还关在监狱里的贪官们,也几乎都是就差那么"一点点儿"就可以滑过去了,却偏偏都在这最后的"一点点儿"上被抓个正着。差"一点点儿",就差了一生,这可真是宿命的"一点点儿"。原来这"一点点儿"通向地狱之门,有一种神秘莫测的可怕力量!其实,他们是因为被抓住了,才有了"就差那么一点点儿"的悔恨。如果他们不犯案,那不过是整个犯罪过程中的一点,他们的犯罪轨迹就是由无数这样的"点"构成。犯罪者的王国是一种用幻想构筑的城堡,他们在里边靠虚构的安全来取悦自己,永远生活在侥幸之中,哪有那么巧就被抓着?这是最后一次……

而贪欲如毒瘾,是一种永无止境的发作和挣扎。几乎可以断定,前面提到的那个大盗金某,如果没有被抓住,他偷够一百万元以后还会找出新的理由继续偷下去。"最后"复"最后","最后"无穷尽,一点复一点,点点连成线,线再连成片……直到发案才会画上句点。甚至连监狱都未必就是句点。从监狱释放出来又重操旧业的也大有人在。再干,又是就差那么"一点点儿"没有跑掉,鬼使神差地怎就这么巧!就差那么"一点点儿",看似偶然,实则是必然的反映。生命就是碰巧了才形成的,一次做爱,几十万个精子中碰巧有那么一个和卵子结合了,便孕育成生命的胚胎。人的命运也是如此,往往都是取决于那么"一点点儿"。差"一点点儿"没赶上,或碰巧赶上了那"一点点儿",就会过上两种截然不同的生活。

不信谁都可以回忆一下自己的经历,在既短暂又漫长的人生旅程中,最关键的只有几步,也就是看来非常偶然的几件巧事,改变和决定了命运。有人也把它叫做奇迹,人类的历史同样也是这样被推动向前的。甚至,地球的存在本身就是最不可思议的"巧"。如果地球稍微小那么"一点点儿",就不可能有大气层,人将没法活;如果再大那么"一点点儿",大气层就会充满氢气,人也活不了。地球和太阳的距离倘若再长一点或再短一点,地球上不是太冷就是太热,人类都将无法存在。地球的轴心偏巧倾斜得恰到好处,遂使地球上有了四季之分。世间万物都是热胀冷缩,唯独生命之源——水,是例外,低于摄氏四度以后反而会膨胀,这才使冰块浮在水面。否则,一到隆冬,海、河、湖、沼全部冻实,水中的生物就无法生存了。

地球自转还要围着太阳转,月亮又绕着地球转,都各有自己的轨迹。宇宙间有数不清的星球,也都是自己旋转着并绕着别的星球转,它们中如果有哪个差上那么"一点点儿",也就是百万分之一,就会造成连锁大碰撞,宇宙乱了套,地球和人类也将不复存在!

就差那么"一点点儿"——这就是必然,这就是规律。

所谓天才、绝顶聪明,就是顺应了这种规律。想成功,就"一点点儿"都不能差!俗话说的"人算不如天算",也是这个道理。无论是谁,想投机取巧,靠侥幸过关,必然会差上那么"一点点儿"。差之毫厘,失之千里,铁窗之内,悔之不迭。心里永远都留着一块病:"就差那么一点点儿……"

老 而 妖

我有一多年"泳友"——即经常一同骑车去游泳的朋友。他五十多岁,肝火旺,怪话多,牢骚很盛。按现代医学观点,看上去不大正常,到医院又查不出病,那就是进入了更年期。每天早晨我们都会看到两三拨儿在花园或路边晨练的老太太,有的还要涂脂抹粉,穿红挂绿,手持彩绸或花朵,随着音乐扭腰摆臀,手之舞之足之蹈之。

对此,我这位正处于更年期的泳友自然是很看不上眼:你看,你看,这些老妖婆! 这能叫晨练吗? 招摇过市,俗不可耐,简直是有伤风化,污染城市。

我笑着逗他说:不是正因为老太太们扭得好看你才扭头看的吗? 不然你骑车不好好地往前看,老往旁边的女人堆里瞧什么? 这说明老太太们化妆化对了,提高了回头率。

他梗梗着脖子,半天才想出了词儿:你知道现在有一种城市病叫视觉污染症吗? 就因为令人生厌的视觉环境造成的。建筑不美,市容肮脏,杂乱无章的路标、广告,横七竖八的管道和各种线路,还有人们不文雅的装束和行为……让人产生刺目感、疲劳感,严重了可诱发精神病和心血管病。

两个人天天在一起要骑上一段路,没有新鲜话好说是很沉闷的,好不容易有这样一个话题可以争论,我就引经据典、连蒙带唬地跟他争上了:古人说老要俏,妖也是一种俏,妖冶、妖艳、妖媚、妖娆……全都是好词儿。曹植的诗里有这样的句子,"美女妖且闲,采桑歧路间"。古人形容女人美会常用这样的话,"妖冶仙媚","说不尽万种妖娆,画不出千般冶艳"。毛泽东也写过江山分外妖娆……你竟然骂人家老妖婆。妖而成婆就为精,那可是一种具有超自然的怪异本领的精灵。如果真像蒲松龄那样有个妖精迷上了你,或你迷上了一个妖精,那是多大的福气啊!

他斜眼瞄瞄我,扔出两个字:穷嚼!

我换了语气:好,现在说真格的。你说现代人是不是比过去的人漂亮了? 就因为打扮得妖了。现在的哪个歌星、影星不妖? 哪一场演出不妖? 你一肚子看不惯是因为妒忌,现在小的可以疯、可以妖。老的也可以疯、可以妖。唯独中年人,压力最大,顾虑最多,枯燥乏味,活得最累,就像你现在的样子。五十多岁厌倦世界,到了六十多岁就开始被世界厌倦,能活动就多活动,不久会永远地躺下。能说话就多说,不久就会永远地闭上嘴。有句话说得非常好:老了,再一次成为小孩。所不同的是,小孩有人哄,老小孩没有人哄,要自己哄着自己开心。所以,要抓紧时间妖起来、跳起来、扭起来。至于别人,愿意看就看,不愿看拉倒。你所说的那个视觉污染症患者,都是因为视觉太好、太贼,不光乱看,看后还乱想,比如阁下你……

他低着头骑车,好像是没词儿了。

我的谈兴却刚上来:去年底,美国的《人物》杂志和奥地利的《新闻》杂志联合在全世界评选世纪美人。你猜最终获得第一名的是谁? 是六十五岁的意大利影星索菲亚·罗兰,把那些二三十岁的好莱坞艳星以及长期被人们捧为世界大美女的名模辛迪·克劳馥远远地抛在了后边。你敢说人家是老妖精? 人家还就真的妖得成了精! 眼下是个老龄化的社会,老龄化的一个特点就是老人多,三四十岁就落伍、就退休,也算是老了,往后还有一大半时间,不妖一点怎么熬得到头啊?

我还告诉你,现在不光女人妖,连男人也妖。最近一期的《报刊文摘》上有篇文章:《上海男人也"扮嫩"》。文章里说:这些年总是领导社会新潮流的上海,男人过了三十岁突然打扮光鲜起来,精心修剪出一个时尚有型的发式,头发上还一定要有保湿的摩丝,穿一身永不落伍的服装款式,一张口说话总是要满嘴新鲜词汇并时而吐出几句外语……妖不妖?我这样一说你身上是不是就起了鸡皮疙瘩?可是这样的男人吃香,好找工作,更容易被提升,往往事业有成。你说这是为什么?

他看着我,正想说什么,游泳馆到了:游完泳再告诉你……

社会这棵树

在张朝阳先生译的《企业的生命周期》中，称企业像一棵树，这棵树上爬满了猴子，每一层的树枝上都有。下面还有许多猴子正往上攀，上面的猴子向下看，看到的全是笑脸。下面的猴子往上看，满眼都是屁股。树上的果子总是由顶层的猴子先吃，它们吃完了就拉，下面的猴子得到的总是上面猴子的屎。下面的猴子要想挤到上面去，先要用脸贴过上面很多猴子的屁股，能爬多高，取决于它们以脸贴屁股的技巧。

最顶层的猴子不用贴其他猴子的屁股，可是有哪一天，想取代它的猴子会踢它的屁股，将其轰下去。在陷于困境的时候，上层的猴子会折断树枝投打下面的猴子，下面的猴子再投打更下面的猴子，猴子们便纷纷往下一层掉，你压我挤，混乱中会有猴子从树上掉下去……

当今这个世界又何尝不是如此？唯一的超级大国美国，占据着地球村这棵大树的最顶层，居高临下，抢尽风头，占尽便宜，什么都先吃头一口。下面依次是：发达国家中少数几个经济大国、一般的发达国家、发展中国家、不发达国家或曰贫困国家……

在现代生存环境里，金钱是获得世界认可的唯一途径，每个人因为所占有金钱的多少而处于不同的层次。据联合国发表的《世界就业报告》称："目前全球有近十亿人处于失业和半失业状态，占全球劳工总数的三分之一。有八亿人在挨饿，近五十年中全球有四亿人死于食品匮乏和卫生条件恶劣，是在二十世纪发生的所有战争中死亡人数的三倍。另外，世界上还有二千二百多万难民，由于战争、饥荒和其他灾难被迫流离失所,居住在难民营寻求避难。"

世界上有这么多的人生不如死,可在大树的顶端,有钱人却"虽死犹生"。西方发达国家继"白领阶层"、"金领阶层"之后,又出了一个"金棺材阶层"。据《幸福》杂志报道,在全球五百家大公司中,至少有百分之十五的老板跟公司签有死后几年仍享受薪水的合同。

如只有四十九岁的RJR纳比斯科公司的吉斯特,死后将享有为期五年、数目为九十七点五万美元的年薪。亨氏营养公司五十五岁的欧雷利,在他死后三年半内,每年仍可得到一百三十万美元……这种死后能躺进"金棺材"的名单还可以开出一大串,谁说金钱不能带进棺材?

这个世界上有许多人朝不保夕,而这些"金棺材"们的职位不但终身制,还要享受"世袭制"。联合国的上个年度《人文发展报告》公布:"富有的工业国掌握着全世界百分之九十七的专利。只占世界人口五分之一的富人,创造着百分之八十六的世界各国国内生产总值,掌握着百分之八十二的全球出口和百分之六十八的国外直接投资,控制着全世界百分之七十四的电话线。"

不讲世界首富每一天就可挣到差不多三亿美元,就以中国人比较熟悉的法国欧莱雅化妆品集团的总经理为例,每分钟即可收入两万法郎(近三千美元),"全球却有十五亿人每天的收入不足一美元,而在一九九三年,全球每天收入不足一美元的还只有十三亿人"。

这就叫"返贫现象",富的越富,穷的越穷。全世界最富有的百分之二十的人口和世界上最贫困的百分之二十的人口,在收入上的差距一九六〇年为三十比一,到一九九七年扩大到七十四比一。最新的全球数字还未统计出来,仅美国去年公布的行政总裁和工人在薪酬上的差别,已经达到了三百二十六比一。

透过这一系列枯燥烦人的数字,大家可以感知到这个物质高度发达的世界是为谁准备的了?原来它是极端的嫌贫爱富!全球像一棵树,每个国家也像一棵树,富国里有穷人,穷国里也有富人。通过金钱可以爬到树顶上去,通过权力也可以攀上本国的树顶。

叶利钦以说话直率著称,他在《自传》里写道:"如果爬上党的权力金字塔的顶尖,则可享有一切——专门的医院、疗养院、漂亮的餐厅和特制佳肴、不花钱的源源不断的奢侈品、舒适的交通工具……一亿人为一二十个人建立起'真正'的共产主义。当然,所有这一切都不属于个人,而是属于职位。制度可以把这些享受赐予个人,也能把它们从个人手中夺回来。"

他所说的"金字塔"不是很像西方人调侃的那棵树吗?

网和被网

写作依赖了电脑,离开电脑就像丢了魂儿,懒于思维,连几百字的东西也不愿意写。知道在键盘上动哪个手指能敲出一个汉字,提笔却忘字。写作变得轻松了,却觉得自己的文化水准正在一点点地降低。一旦电脑出毛病,比自己得了病还焦躁……它给你提供了方便,同时也控制了你。

自从跟电脑结缘,总有一种掉进陷阱的感觉。眼前是一个接一个的诱惑,比如:你正在使用的电脑永远都是已经落后的东西,即便你到商店再去买一台新的电脑,等你把它搬到家,它就又落伍了!世界上有许多像比尔·盖茨这样的商业魔头,不停地发明出新的软件,让你老处在被淘汰的危险之中。诱惑你去追赶,去更新换代,他们从中则大赚其钱。

我赶得累了,决定守着自己的破电脑,就认头当个打字员了。但仍然下不了决心当一个拒绝一切新事物的老顽固。这时候互联网又出现了——让你眼花缭乱,妙不可言!

网上深不可测,谁也不知道它联着谁,又通向哪里?你的能耐越大,网就越大,也越方便。网上永远有你看不过来的东西……渐渐地我又烦了,在网上耽误的时间太多,有价值的东西又太少,鱼目混杂,真假难辨。更要命的是大家一窝蜂地都往网上挤,电脑常常吱啦吱啦好半天也上不去。很快,新的诱惑——宽带网出现了,上网速度将提高一百倍,能让网民享受到全新的网络生活。

新的企盼有了,一种新的诱惑的钩子又向我伸下来了。网络的魅力恰恰就在于不断有新东西出现,为现代人描绘了一个又一个的梦。人是不能没有梦的,因此很容易被诱惑。

"网"——这个字用得太妙了!它本来就是捕鱼抓鸟的用具,是纵横交错的一种组织和系统。目前的世界都在网上,你要想进入这个世界,就要遵循这个世界的游戏规则,到网上来。你有本事,就网住了世界。你没有本事,就被人家的网网住。

人们把痴迷于网上的人叫做"网虫",这非常形象,令人不能不想到蜘蛛网。网上的蜘蛛是自由的,纵横驰骋,闪转腾挪。而被网住的虫子,命运就不大妙了,或者成为蜘蛛的腹中物,或者被网缠死。也许就是基于这样的忧虑,许多年来,我既摆脱不了电脑,又本能地排斥着电脑。

因此,老感到自己的电脑生活是被动的、尴尬的。想丢丢不开,想追追不上。活着,变成了没有终点的追赶。而且没有退路,只能往前赶。追赶并非是赶时髦,更不是要争什么第一,只是为了不被排挤出现代生活。实际上,在网络时代也不可能有第一。当今世界电脑界的一号人物、有电脑奇才之称的微软公司总裁比尔·盖茨,竟被一个英国男孩从网络上掌握了他的信用卡,并用他的钱购买了一大包"伟哥",通过网络寄给了他。

——这就是现代网络世界,想躲躲不开,想逃逃不掉。剩下的就只有一条路:跟上它。

跟上它,是跟上这个时代的最基本的条件。现代人只要活着,就无法不在网中。能够选择的无非是做个清醒、沉着的"网民",或是成为一只被网缠住的虫子。

"现象"何其多

前不久,萧荻老先生在《人民日报》海外版上著文:《蒋子龙今年59》。立即有人向作家协会打听,蒋子龙没有出事吧?说一见这个题目吓了一跳,五十九岁可是个敏感的年龄段,贪污受贿的特别多。

——俗称:"五十九岁现象"。

什么事一成为"现象",就如此地深入人心,让人举一反三,联想丰富。

社会上还有一种众所周知的现象,叫"四十七八,干也白搭"。一到这个年龄就提升无望了,船到码头车到站,吃老本,混日子……简称"四十七八现象"。

最近,媒介又在炒"三十五岁现象"。说所有人才市场上的招工单位,都设了一道不可逾越的年龄杠杠:不招三十五岁以上的人。原因是人到三十五岁就开始进入中年,身体素质在下降,一切都基本定型,失去了对新鲜事物的感知力。而且三十五岁的人生活负担最重,上有老下有小,夫妻感情也处于最脆弱的时候,不可能全力以赴地投入工作。

还有一种更邪乎的"二十六七现象"。据国家检察部门发布的材料看,近几年的经济犯罪中二十六七岁的人增长最快,远远超过了五十九岁的人。"五十九岁现象"已经引起了社会的广泛注意,对他们的防范措施严密了,特别是退休前的审计制度,使那些想最后大捞一把的人不那么容易下手了。而二十六七岁的人就不同,社会上还没有注意到这个年龄段的特点,这些人大都是业务骨干,广泛得到重用,他们正处于人生的上升阶段,野心最大,胆子最大,常常出人不意。

如二十六岁的贪污犯沈英民,原来就是天津一家保险公司的业务员,刚参加工作两年多就贪污一千多万元。像他这个年龄的人,有了钱以后不那么隐藏,胡造乱花,生活极端奢靡。想吃羊肉串了,就在周六坐头等舱飞到新疆,吃够了玩儿美了,第二天再飞回来。坐骑也经常更换,桑塔纳、奥迪、奔驰、林肯、凌志……越换越新,越换越高档。

记得前两年《北京经济报》,曾赫然刊出一则消息《十五六岁现象发人深省》:"来自中国青少年犯罪研究会的统计资料表明,近年内,青少年犯罪总数已经占到了全国刑事犯罪总数的百分之七十以上,其中十五六岁的少年犯罪案件又占到了青少年犯罪案件总数的百分之七十以上。"

为了一丁点小事就杀同学、杀母亲、杀奶奶……据教育专家分析,现在这个年龄段的孩子,心理狭隘、自私、唯我独尊、好占上风,而社会不良环境的熏染和家庭错误的教育方式,又助长了他们的心理缺陷,有的便直接走上违法犯罪的道路。

——这可麻烦了,现代社会到底还有多少"现象"?

把所有"现象"罗列起来,还剩下多少无"现象"的人呢?或许只有"下岗"的了。不对,"下岗"人员已经构成了洋洋大观的"下岗现象"……

那么要怎样才能使现代人活得形成一种健康正常的现象呢?恐怕先得要使这个社会环境变得健康正常起来。人总是随着社会的变化而变化,每个人酷肖自己所生活的时代,甚于酷肖自己的父母。

一言难尽"样板戏"

何谓"革命样板戏"？

我以为这是一些表现"革命样板"的戏，并非是戏的"样板"。这"革命样板"便是"阶级斗争一抓就灵"和"枪杆子里面出政权"的成功范例。总共八个"革命样板戏"，表现的都是这一主题。

而艺术是无须"样板"的。

艺术的根本特征是独创性。经典之作都是独一无二的，不可模仿，不可重复，怎么能允许千人一面，千部一腔，按着"样板"用标准件来组装呢？比如"革命样板戏"的那些搬到哪里都适用的创作方法："一股精神，两种矛盾，三个突出……"

"革命样板戏"的最大功绩，就是在那个没有戏可看的年代里给人们提供了一种戏。它成了"文化大革命"的象征，人们只要一看到"样板戏"，首先想到的就是那场一言难尽的"大革命"，而不是它的艺术价值。

我不知道经历过那场劫难的现在还有多少人愿意看"样板戏"，我反正从"文革"结束后就再也没有看过。在"文革"中没有被"触及"的人，或许对"样板戏"的感觉又不一样，是不是能引起许多回忆，激发出一种怀旧情绪？没有经历过"文化大革命"的人，看"样板戏"会有一种异样的刺激，能激起好奇心，这也是由于对"文化大革命"的猜想所造成的。将来，中国如果像现在的德国一样出现了新的激进分子，说不定还会把这些"样板戏"翻出来当做革命的"样板"。

——这就是"革命样板戏"存在的价值和意义。总会有人要演，也总会有人要看。

　　"文化大革命"中,我也曾被"样板戏"感动过。最喜欢的是芭蕾舞剧《红色娘子军》,因为我不懂芭蕾舞。对京剧则从小就喜欢,所以认为"京剧革命样板戏"可以称得上是戏,但不是好戏。在这方面我是个顽固的守旧派,认为京剧根本就不适宜表现现代生活,它历经数百年的千锤百炼,开发的剧目有五千个之多,已经形成了异常完整和稳定的艺术形式及传统——这是民族审美情趣长期积淀的结果。因此,它只适合表现历史题材。

　　让京剧穿上现代服饰,操一口普通话,张嘴一开唱便显得滑稽,让人不舒服。

　　京剧有许多经典剧目,一板一眼,一招一式,那真是百听不厌、百看不烦。经典都是大师创造的。"文化大革命"中没有大师,只有演员。所以"样板戏"充其量不过是"文化大革命"的经典。

来自林阿香们的恫吓

福建一农民,捡到了一个名为林阿香的身份证,他端详着这个年轻女人的照片,不免想入非非:阿香,好香,好艳,好靓……脑袋灵光一闪,随即冒出一个发财的主意。

他想办法搞到了一份官员名单,再到泉州建设银行开了一个账户,然后以林阿香的口吻写了一封信:"大哥:您好! 我曾在贵地一家酒楼上班,真名林阿香,您一定还记得吧! 您还经常应酬吗? 因取缔三陪我失业了,前几天家里又出了大事,急需用钱。走投无路我想起了您,您曾跟我说过遇到困难时会帮我的……希望您收到信后五天内,往下面这个账号汇三千元钱来。如果这么一个小小要求您都做不到,我是什么都可能去做的……"

他将信打印后寄出,很快就有一百四十八个官员上钩,陆续汇来三十七万元之多(《明鉴》)! 这个家伙真是把某些官员的心思摸透了:凡吃腥的大多都不是张一次嘴,嫖得多了对小姐们姓甚名谁难免记不清楚,只要是被阿香、阿妹咬上,自会乖乖地掏钱,以求"破财免灾"。恐惧没有极限,比危险更可怕。

难怪眼下有些官员会对"小姐"两字过敏,一听到有小姐找便胆战心惊。如曾引起传媒广泛关注的广西防城港市港口区政法委书记冯同杰,一年多以前迷上了一个叫阿玲的小姐。不想在他尝到放荡滋味的同时,放荡便已不再是快乐,而成了梦魇。这个女人是无底洞,不停地要这要那,一得不到满足就扬言要揭发、要告状。冯同杰被恐惧追赶,由当初的挖空心思找小姐,变成想方设法躲小姐,最终忍无可忍,恶向胆边生,在自己的警车上杀死了这个女人。

应该说,时下的许多官员最是小辫子上拴秤砣——打(搭)腰！他们有权有势,在商品社会权势是可以兑换一切的。可偏偏就是这些有权有势的官员却成了被敲诈勒索的对象。黑龙江省纪检委和监察厅合办的《明鉴》,去年发表过一个调查:《为什么遭遇敲诈的总是你?》这个"你"就是指官员。有的在办公室被绑架,有的找到家被恐吓勒索,有的骗子竟假借中纪委的名义送达"廉政通知书"以讹钱……如浙江瑞安市农民陈仕松,绰号阿太,采用蹲坑、盯梢的办法搜集领导干部嫖娼、受贿的证据,然后一一要挟,让当地官员都要对他唯命是从,连市委书记叶会巨也不例外。就这样,无赖阿太竟成了当地的太上皇。

掌权的领导干部阶层,成了被恐吓和敲诈的重灾区,听起来有点匪夷所思,像黑色幽默。其实道理很简单,谁做了亏心事,半夜自然怕鬼敲门。这或许预示着社会的一种畸变,说明官员阶层存在着明显的"软肋",明显到人人都看得见抓得着,武侠小说里管这叫"死穴"。而社会上就有那么一些人,认为只要点住了官员的"死穴",就是自己发财的机会。

已经出事的官员们基本上都是因两大爱好:爱财和好色。《法制日报》最近统计:"时下被查处的贪官污吏中,百分之九十五的有情妇,行为腐败的领导干部中百分之六十以上的人包二奶。"至于"一夜情"、嫖完就散的还不知有多少。贪官们的色情腐败已经疯狂到了令人发指的程度,且愈演愈烈。当年江西省副省长胡长清,从澳门空运一妓女到南昌淫乐。浙江省供销社主任、党组书记朱承岭(正厅级),在北京学习期间,竟以生活枯燥为由,从杭州空运三名"绝色美女"到北京"床上伺候",创造了糜烂的新纪录。

任何邪恶都有它的诱惑性,唯淫欲最炽盛,恶人从欲,如奴仆主。而且一旦惹上火,就再难罢手,只会愈淫愈乱。因为纵火的手,扑不灭火,最终必导致灾难性的后果。著名的"淫棍书记"张二江,连嫖带包搞了一百零八个女人,"那边常委们正等着他开会,这边他还在办公室里搞女人,然后提上裤子就去大讲反腐败"。显得他是多么会见缝插针，争分夺秒。其实他要的就是这股劲、这副派头。这是一种性表演、性炫耀，表示我行，我敢干，也能干！

许多年来人们不是一直在讨论"腐败的土壤"吗？什么权力绝对呀、缺乏监督呀、计划和市场的双轨制呀、收入低呀等等。还有很重要的一点不知是被忽视了，还是大家有意回避，那就是社会上淫风大盛。这体现在文化上是褒女贬男，美女广告、美女包装、美女大赛、美女主持、美女影视、美女经济、美女文化……另一方面壮阳的东西铺天盖地，好像天下的男人离开补药全不行了，无男不痿，无男不衰。于是便男女老幼一起大讲荤段子，网络上、手机里充斥着黄故事和黄笑话，刺激性欲，给男人们壮胆打气。甚至连糖果也做成女人的形状，据说很受男人的欢迎，他们在吃糖果时臆想着是把一个个的美女吃进肚里。有一种酒瓶子做成女人样，蜂腰肥臀，曲线玲珑，让酒酣耳热的男人们握在手里，想入非非，喝了一瓶又一瓶……

在这种社会风气下，男人最怕戴的帽子就是"阳痿"，你说他放荡、乱搞，那是抬举他。故张二江之类的贪官，都有相同的心态：我是头，我行，大头行，小头也行。可以腐败，不可以阳痿！所以有人奇怪，反腐败反了这么多年，且不说成效如何，就腐败本身为什么不像想象的那么臭？皆因一个"淫"字托着，以淫为能，以淫为乐，以淫为荣。此风不肃，腐败难除。但官能享受，终究是灵魂的墓地。那些淫棍们从淫乱中追求的并不是快乐，而是刺激。久而久之，刺激变成麻痹、报复，最后会孤注一掷。海南省纺织工业总公司的副总经理李庆普（副厅级），要打破张二江的纪录，先后搞了二百三十六个女人，曾在公务车上嫖宿不满十四周岁的幼女，同时还写下九十五本"性事日记"，搜集收藏了所有和他淫乱过的女人的体毛、内裤、卫生巾等物。很显然，这已经是不折不扣的变态了。

所谓放荡是什么？西方社会学家下的定义是："肉欲快乐的利己主义追求，构成它的是利己之心。"贪财跟贪色在本质上是一样的。古人讲骄奢必淫逸，皆因宠禄太过。这些贪官们的心里都有一匹脱缰野马，那便是色欲，一旦失控就会被一个"色"字牵着鼻子走，他手中的权力也随之变为国家和民众的祸害。如刚被逮捕的贵州省委书记刘方仁，到发廊推个头就跟发廊妹腻乎上了。堂堂一个"封疆大吏"，怎会这么容易就被一个"烂妹"拿下？

越是轻浮，越会热烈。人类的弱点之一，就是喜欢表露情感，滥情是无情的表现。再加上刘方仁借权势催情，无时无刻不处在发情期，势如色中饿鬼，见诱饵焉有不吞之理？那个发廊的郑小姐有丈夫，还有姘夫，贵为一省书记的刘方仁不过是成了这个荡妇的又一个姘夫。排在他前面的那个姘夫还给他送钱送物，忙前忙后地为他安排跟这个女人鬼混的地方。你看看，省委书记成了一个"下三烂"。然后就大笔给那些姘夫姘妇们批贷款、批工程，这看似刘方仁帮了那些流氓的大忙，实际上是把流氓们给害了，没有刘方仁，他们小得溜儿地偷点情、偷点税，或许还不至于弄到现在这般淫情大曝光，倾家荡产，还得到监狱蹲几年！

孔丘说，君子成人之美，不成人之恶。每一个贪官周围都有一批专门"成人之恶"的家伙，而贪官也成全了他们的"恶"，以相互帮忙始，至相互坑害终。所谓"拔出萝卜带出泥"，哪个贪官出事后不都带出一大串？可这"一大串现象"，却并未引起社会的重视和思索。有泥在，老"萝卜"拔走还可以再长新"萝卜"，倘若清理干净污泥，"萝卜"又缘何而生？这就是腐败的"土壤"问题。

老话说人贪财色如双斧伐孤树。何况贪官们大都把"酒色财气"四个字占全了，业已构成社会公害，那斧子自然也会越来越多。一个林阿香不就让一百多个"嫖官"曝光了吗？

闲聊"顺口溜"

　　无须否认,现代社会流行顺口溜,而且已经"溜"成了一种奇特的世俗文化景观。

　　你说吧,近年来,中国人谁没有听过或传过顺口溜? 一提这三个字,人们的脑子里立刻就会蹦出几个精彩的段子……现在还有什么现象、什么领域、什么人,是顺口溜不能编派的? 只要是老百姓关注的东西,准会有顺口溜编出来。

　　它无处不在,无孔不入,通俗上口,广为传播。

　　顺口溜竟然这么受欢迎,自然是有原因的。装作没听到或没看见,不如正视这一事实,研究一下顺口溜是怎么"溜"起来,并"溜"成气候的?

　　别看谁听到新的顺口溜时都会哈哈一笑,但人人心里又都很清楚,顺口溜现象的产生并不像表面的逗笑那么单纯,有着更为复杂的社会原因和现代人的心理因素。听起来简单,深哑滋味却不简单,别有意趣存焉。

　　当然也不可否认,顺口溜作为群众的口头创作,有着大量粗俗不堪的内容。那么作为眼下最红火的网络文学,以及很正规地印成铅字的流行文学,不也有许多低级庸俗的东西吗? 又何必苛责不能登大雅之堂的顺口溜呢?

　　当然也有许多报刊会经常正式摘发一些当下正流行的顺口溜,还有人每隔一段时间就把流行的顺口溜收集整理,编辑成册,正式出版。我至少见过四种版本的《顺口溜汇编》,每一本都很厚,定价不低,销路却还不错。

但是,眼睛阅读印到纸面上的顺口溜,跟用耳朵第一次听到这首顺口溜的味道,可要大打折扣,效果差远了,有些根本就让人笑不起来了,你说怪不怪? 世间有许多东西靠耳朵听不行,需用眼睛看才过瘾。而顺口溜为什么看不如听呢?

顺口溜,顺口溜,顺口溜出是为了让你顺耳进去,你听就听,不听就随风而散,查无此据,概不负责。它的魅力,或者它的杀伤力,就在于它的生猛鲜活,以直对隐,以粗对雅,以下犯上。一旦印成文字,必然要加以修饰,让它合文法,不刺眼,太直了要绕一下,太粗的要弄细点……这样一来顺口溜就变成了"顺眼溜",味道自然也大不一样了。

怪也就怪在这里,正是这样"来无影去无踪"的东西,却以一种无法阻挡、防不胜防的强势,加入到当前的社会流行文化当中。不能不承认,这种顺口溜出来的东西,却对社会时事和权力阶层多多少少起到了一点监测作用。当然是民间的测试、民心的度量。无论是谁,成了顺口溜嘲讽的对象,就离倒霉不远了。俗云:"千夫所指,无疾而终!"

在某种程度上可以将顺口溜视为群众的一种呼声,口无遮拦,荤素全有,出其不意,以逗笑为目的。其中所有的寓意,包括调侃、规劝、嘲讽、鞭挞,都是通过笑来完成。这是民风所致,国情所致,中国人特有的机敏和幽默所致。老百姓以顺口溜的形式发言,是民意的宣泄,也使社会有了出气孔,不至于闷得发酵而酿成沼气。让生活健康明朗,阴阳调和,平安少事。

故此,真还要感谢顺口溜。

但我翻遍了手边的工具书,却查不到关于"顺口溜"这三个字的出处。或许就是过去人们所说的民谣?《诗经·魏风》有云:"心之忧矣,我歌且谣。"《毛传》解释说:"曲和乐曰歌,徒歌曰谣。"可以称顺口溜就是不配曲的流行歌谣,它的传播广度,绝不亚于现代流行歌曲。

袁宏道《答李子髯诗》称:"当代无文字,闾巷有真诗。却沽一壶酒,携君听竹枝。"竹枝词也是一种民间歌谣,竟被袁宏道评价这么高。顺口溜来自民间,百姓因心之忧、心之忿,"情动于中而形于言,言之不足,故嗟叹之,嗟叹之不足,故咏歌之"。

所以,顺口溜最爽直快捷地表达了群众的情绪,直出肺腑,平实质朴,幽默鲜活,辛辣刺激。无论在什么场合,无论在场的有多少人,无论是些什么身份的人,每听到一首新的顺口溜,都会抚掌称快。

请问,当下还有什么作品,能有这样的社会效应?如《四大闲》中先把"大款的老婆"和"贪官的钱"摆在了前面,是大款们制造了"现代多妻制",养二奶、包情人、带小蜜,"家里红旗不倒,外面彩旗飘飘。办公室有好看的,身边有发贱的,远方有思念的。"据报载,广州等一些发达大城市的郊区都出现了"情妇村",其四周挤满美容院、健身房、歌舞厅、酒吧等娱乐消闲场所。

贪官的钱"含金量"最高,"工资基本不用,老婆基本不碰"。有些贪官出了事,家里犄角旮旯都藏着钱,闲着没有用。他们贪,不是因为缺钱,而是一种心穷的病态反映。

顺口溜最令人感到奇怪的是谁也无法知道作者是谁。这些年社会上流传了那么多顺口溜,简直可以车载船装,特别是在盗版盛行、版权纷争不断的今天,竟没有一个人站出来抢哪一首顺口溜的版权。

顺口溜的创作讲究切中时弊,又要自然流畅,好的顺口溜甚至很严密,漏掉一句或改动一句味道就变了。有时你在向朋友们转述一首新顺口溜时忽然忘了一两句,自己若想临时现编几句补上去,那可就难了,怎么编都不是原来的味道。哪怕是请在场的人一起帮着编,大家当场可以凑出许多句子,却每个人都觉得不怎么顺,不如人家原汁原味的顺口。

而顺口溜首先就要"顺",要有一种自然的流畅感和幽默感。可见,能够流传开来的顺口溜,创作时是经人下过功夫的,或集多人智慧反复推敲和锤炼而得。

那么,这都是些什么样的人呢?这才叫创作不为名利,"万人如海一身藏"。

笑谈"黄段子"

伴随顺口溜一同兴盛起来的还有各式各样的笑话,以黄色笑话为最多,又称"荤段子"。或三言两语,或百八十字,不必像顺口溜那么押韵,却保证能让听者一笑。有些还久传不衰,堪称"经典之作"。

民间的各类笑话很多,为什么唯黄段子独领风骚,几成铺天盖地之势?

全国几千万乃至上亿部手机,无时无刻不在储存和发送着各种带色儿的笑话,在各地奔跑着的成千上万辆旅游车上,不厌其烦地绘声绘色地讲着一个又一个的荤段子,还有数不清的饭桌上、茶话会上也在复述着这类笑话……

几年前我参加一个边塞笔会,大家分乘三辆车,到后来男女老少拼命要挤到一辆中级面包车上去。原来那辆车上有位北京的老记者,擅讲黄色故事,一个一个又一个,一黄一黄又一黄,连讲几天不重复,可谓此中高手。

凡是这样的高手,在任何笔会上都是最受欢迎的人。去年,一位老相识是正部级的在职领导干部,平时一贯不苟言笑,勉强被拉到山西参加一个活动,说好第二天一早就得赶回来。不想一到山西,每饭必有荤段子拌着荤菜下酒,外出视察一坐进汽车就听黄笑话,晚上更是听得黄天黄地荤头荤脑。此兄竟一连听了三天,还跟我大谈民间文学多么了不起,应该大力开掘等等。

荤段子——就是性故事。而性,是一种强大的力量,弗洛伊德说它是其他许多行为的驱动力。各种各样的人都会对它感兴趣,而且这种兴趣可以持续很长时间,直至晚年。

人类的任何一种活动,都没有像性这样在生活中起到这么特殊的作用。而现代时尚又给人们提供了一种更为自由的性态度,在这个已经为消费欲望所主宰的世界里,性也成了一种消费品,花钱可以购买。

但,五花八门的性病,特别是染上就会要命的艾滋病,又给现代人带来前所未有的恐惧、焦虑和孤独,真实的性快乐变得让人沮丧和惊惧。那么谈性就成了时尚,既省钱又安全,性饥渴和性压抑,却可以通过嘴的大谈特谈得到某种程度的释放。于是,荤段子便应运而生。这确实是由文化所决定的,不同的文化形态,决定了人们的性观念和性行为会迥然不同。在这个光怪陆离的现代世界上,并没有统一的性行为标准,一个民族的文化会限制这个民族的性行为模式。

中国虽然也在实行商品经济,社会也在大开放,但中国的文化背景决定不会制造出西方真杀实砍的"性解放运动",倒能够造出一个"谈性的运动"——中国文化中的含蓄和智慧,让人们绕着弯子编出了无穷无尽的性故事。

在中国这是有传统的,哪个年代都有黄笑话,不过是于今为烈罢了。以前讲黄色笑话似乎是男人的专利,现在"黄段子"大普及,不能不承认跟女人们的加入有关。中国的导游小姐擅讲荤段子已经很出名了,还有一批年轻的女明星、女强人、女白领,也乐此不疲,甚至大大方方地专喜欢讲给男人们听。一群一伙的大老爷们儿,听着一个女人讲荤笑话,那自然就更刺激,兴头也会越发地浓烈。

这就是中国特有的文化特点。既然是讲笑话,男人可以讲,女人也可以讲,男人可以享受,女人也可以享受。现代科学研究积累的大量证据表明,男女之间的相似之处大大超过了差异之处,而且男女之间的绝大部分差别,并不是由于生物因素造成的,而是社会和文化塑造出来的。

正是现代社会的开放、文化的活跃和自由,使人们对现实生活中的许多禁锢觉得难以忍受,讲黄色笑话能够获得犯禁的刺激和快感。却又不犯大忌,正好借以消除旅途中的疲劳和寂寞,打发掉无聊应酬中的尴尬和等待时的无奈以及烦躁。

现代人平时被套话、官话、假话弄得外壳都比较僵硬，装模作样，假模假式，有时甚至被会场上的气氛压得喘不上气来。一个黄故事讲下来，大家都彼此彼此了，谁也甭想再严肃正经、装腔作势。导游小姐之所以开场先讲荤段子，就是上来先把每个人的陌生面具和包装全部撕去，这实际上等同于"下马威"，在最短的时间获得组织和管理大家的便利。

另外，在旅途中如果大家都瘸子脚面——绷着，那也太累了。

人们却也不必为此忧虑，这股"黄风"是会刮过去的，连美国六十年代的"性革命"和我们的"文化大革命"都有个结束的时候，何况讲荤段子只不过是逗口舌之快，讲来讲去就没劲了。

社会的进步和成熟就在于容忍了顺口溜和"黄段子"的存在，我们也才得以用轻松的心态关注它，并借此从另一个角度理解当前的社会情势和文化形态，要说也不无裨益。

马路游击队

电影《铁道游击队》中有一首著名的插曲,里面有这样几句歌词:"我们爬飞车那个搞机枪,撞火车那个炸桥梁……"生动地反映了六十多年前那场抗日战争的一个侧面。现代大都市里,似乎也有一支类似的队伍,可以称之为"马路游击队"。

他们活跃在大马路上,挖马路,设路障……这不是小说中的虚构,也不是电影里的镜头,是确确实实地存在于当今的现实生活之中,凡城里人都感受过他们的威力。

十多年来,只要不外出,我每天早晨都要骑自行车去游泳馆或水上公园,因此三天两头地要遭遇"马路游击队",对他们的战绩也体会得格外深刻。比如,水上南路,爆土扬场一年多,终于修好了,又宽又直,像足球场一样豁亮,看着很痛快。谁知刚痛快了还没有一个星期,就被"马路游击队"瞄上了,立马横着凿开一道沟,电钻打,铁锹挖,好好一条崭新的大道被开膛破肚,狼藉一片。

我看着都心疼,便下了自行车,向站在沟边有点像游击队队长的人询问:你们这是干什么?

看不见吗?下管子。

为什么不在修路的时候就下好了?

现在下还晚吗?

……你不觉得这是在糟蹋钱吗?

钱是政府的又不是你的,操这份心干吗?

政府哪来的钱? 人民政府用的是人民纳税的钱,你怎么知道这里就没有我的份儿？

行啊，你把钱交给谁了就去找谁，我们只管挖路，不挖就挣不到钱。

话不投机，再跟他理论下去就可能会找不自在。这不是我的本意，我的本意是想长点见识，弄清楚城市的马路为什么非得前边修后边挖，总也不得消停？有什么管子不能在铺柏油之前一块埋下去？这是个老问题，几十年前相声里就挖苦过，应该给马路安上拉锁。可老问题为什么老不解决？

好在"马路游击队"很多，跟这支队伍谈不拢，还可以找别的队伍打听。他们并不像"铁道游击队"那样神出鬼没，"马路游击队"是大张旗鼓地招摇于市，理直气壮地阻断交通，你只要上街，想不碰到他们都难。

果然，我骑车不到十分钟，来到水上北门，门前一条直通中环线的南北大道还算幸运，修好后已经有好几个月没招惹"马路游击队"了，原来他们是想在这儿打一场大仗。既然让你囫囵了几个月，那现在就不是仅仅挖几条沟的问题，而是全面彻底地挖开重修，动用了掘土机、钻井机、风钻、电镐……给人的感觉是在这条马路上发现了大油田。现在油价上涨，即使是马路底下有油，也值得一挖。

只见各种车辆纷纷掉头、绕弯，迎面又碰上源源不断的车流不知情地冲过来，于是便挤成一团，大清早的司机们就开骂了……我看见一个衣着干净，很像是游击队指导员一类的角色。指导员一般都善于做思想工作，或许乐意回答我的问题，便将自行车推到边上放好，凑过去以一种最和蔼的语气搭讪：辛苦，又挖开了。

不辛苦，我们挖马路挖熟了，很容易。再说我们吃的就是这碗饭，不挖马路吃什么？

又是下管子？

不，是换管子。

反正是管子，不是下管子就是换管子，要不还有修管子、加管子……这马路底下到底有多少管子？

那可多了去啦,我告诉你,你站好了,千万别吓着:咱们这马路底下要埋设二十二种管道。听我慢慢给你数,地沟排脏水的大管子、专门排放雨水的管子、煤气管子、供热的管子、自来水的管子、装电缆的管子、包电话线的管子、包宽带网的管子——光是这类的管子就有好几种,网通、联通、电通等等这个通那个通的,每个通都要埋下自己的管子……说白了你们的马路底下比重伤员身上插的管子还要多。

管子再多也可以在修路的时候一次性都埋好啊。

不是还有个计划赶不上变化嘛,一个头头一个主意,同是一个头头又一会儿一个主意,一个老板一个干法,比如宽带网、电话线,公司不一样,有几个公司就得有几条线,谁给钱了就先给谁挖。谁的头大,叫我们怎么挖,我们就得怎么挖。再加上现在的管子质量太"好"了,刚埋下去说不定就坏了,又得挖开重新换管子。马路底下有这么多管子,你想能消停得了吗?有点毛病就得把路面刨开,所以马路上不能没有我们,得三天两头地挖……

难怪马路从来就没有干净的时候,我总以为是计划的问题,越是计划经济越不会计划。原来你们还是市场经济,把马路当市场,专门吃马路。

对呀,修马路的挣钱,他们在前面修好了我们在后面挖,照样挣钱。马路消停了,你们走着舒服了,我们可吃什么呢?

明白了,汽车族最怕马路上"碰瓷儿"的,原来"碰瓷儿"的跟你们"马路游击队"相比,还是小巫见大巫。"指导员"的话还让我想起在最近一期《瞭望新闻周刊》上看到的一则消息:

在我国平原地区,地下并行埋设六七趟光缆线路的情况十分普遍。以陇海铁路沿线为例,布设了电信、网通、移动、联通、铁通、广电等企业的光缆至少在七条以上,可这些光缆的利用率又极低,目前仅达到百分之十。也就是说,只要有一家的光缆就完全可以满足其他所有企业的需要。只是由于各企业间互不信任,各自为政,加上没有办法制定出一个合理的租用价格,于是就各干各的。其结果是大量占用耕地,浪费金钱,举世闻名的三峡工程,到目前才累计完成投资一千一百一十六亿元,而这些被重复埋到地下又闲置不用的光缆,却已经丢进去一千一百六十八亿元。

如此看来,"马路游击队"并不是孤立的,在中国辽阔的大地上还活跃着他们的大部队。

当下在中国人的嘴里使用频率最高的一个词汇就是"和谐",而"马路游击队",却敢在一片提倡和谐的声浪中制造不和谐,且有恃无恐,正呈现出不断壮大的趋势。因此,使马路成了目前城市里最不和谐的地方,挖挖填填,这儿堵那儿拦,尘土飞扬,又脏又乱,以至于经常堵车,事故频繁,打架骂街,平生事端……"马路游击队"怎么能脱得了干系。

"铁道游击队"以抗日战争的彻底胜利而宣告完成历史使命,转而跟全国人民一道开始"修铁道,架桥梁"。现代大城市里的"马路游击队",什么时候也能够转业,或少出来活动一些?就是说我们的马路何时能有真正修好的一天?多了不敢奢望,哪怕就消停个三年五载也行啊。

遍地飞机场

最早我对发达的印象是来自公路：美国的车队如长长的游龙，开着大声量的音响，在高速公路上风驰电掣；金发女郎驾着敞篷跑车，有时会探出半个身子嬉笑、喊叫，长发和裙裾随着汽车一同飞扬……

据说在"二战"时期，欧洲的许多机场被炸毁，记不得是哪一方曾利用高速公路起降战斗机。这令我无法不羡慕发达国家的公路，在那么多年以前就宽阔得足以能够当飞机场用。

后来我有机会可以去欧美看看，便抱着很大的兴趣要看他们的公路飞机场。一见之下倒并不如想象的那么宽阔，比如欧洲，出了城市大多也只有双车道，中间一条白线，有些非干线甚至只有一个车道。但车速很快，也很少堵车或发生交通事故。

与他们相比，我们的通天大道可以说是飞机场连着飞机场，穿过这条飞机跑道又登上另一条飞机跑道，可谓遍地飞机场。以在我国最先拥有高速公路的天津为例，从市区到塘沽不过百八十里的路程，除去原有的可双行的铁路外，还有两条高速公路、一条跟高速公路同样宽阔的一级公路、一条轻轨火车道……让有汽车的人感到太痛快了，只要有钱买油就可劲地跑吧。

即便是步行者或骑自行车的人，看着一条条飞机场般的大跑道心里也痛快，只觉得眼前一片空阔、敞亮。因为路两旁没有碍眼的东西了，原先的老树在修路的时候只有很少一部分被移走，更多的是砍掉了，清一色都是刚刚栽上的小树苗或花草。这种看着痛快的飞机场，走起来却有点麻烦，绕个路口就得半里地。有些飞机场还没有自行车道,缺乏"碰瓷"勇气的自行车族,如今上路就要多留点神了。

可话又说回来,现在是汽车社会,谁能拉动经济,自然就要优先照顾谁的方便。

高速公路网络化的巨大作用是无须怀疑的,"要想富,先修路"嘛,这个道理连农村的小孩子都倒背如流。现代人眼界大了,心胸大了,志向大了,于是需要大的空间施展大的抱负。城市要大,楼房要大,轿车要大,广场和停车场要大,道路更要宽大,而且越宽越不嫌宽。所以,当下任何一个城市都正在跟路玩儿命,像打地道战,横截竖挡,尘土飞扬……

这我就不懂了,西方发达国家的高速公路经历了半个多世纪,也不再加宽绷直,怎么能载得动如此发达的经济需求呢?现在的飞机也都变大了,万一战争需要还能再拿它当跑道使用吗?有一年在剑桥,我有机会去拜望我的英文小说集的主编白霞(Patricia Wilson),她的先生詹姆斯·莫里斯(Jams A. Mirrlees)是一九九六年的诺贝尔经济学奖的得主,多次来中国讲学,从南到北、从东到西跑过不少地方,对中国的情况相当熟悉,于是我就向他提出了上面那些关于公路的疑问。他反问我乘车从英格兰到苏格兰,兜了这么一大圈感觉如何?

我承认印象最深刻的不是公路,说实话他们的公路跟我们比差了一个档次。倒是他们的田野,看上去太漂亮了,既无太高的山,也没有太平的地,略呈起伏,绿野开阔,色泽油油。或一大块四四方方的墨绿中镶嵌着一片整整齐齐的金黄,或一片墨绿连接着一片金黄,金黄的是菜花,墨绿的是草场,难得看见庄稼。英国人像是用植物在编织地毯,打扮自己的田野,真不知道他们不种粮食吃什么?那些钱又是从哪儿来的?

莫里斯说,英国的工业确曾长期居世界首位,进入二十世纪开始衰落,特别是第二次世界大战之后,造船、煤炭、棉纺等工业急剧萎缩。近几十年,在汽车、飞机、化学、电子、石油精炼等工业项目上,又遭到来自美国、日本和其他西欧国家的竞争,发展艰难而缓慢。目前在国际上能打得响的是汽车和飞机的发动机,还有一部分高科技产业,如光电子技术等,大约占到国家总产值的百分之三十。但现代英国的主要经济收入是服务业,特别是金融服务业。伦敦是欧洲的金融中心,伦敦的证券交易市场在世界上也是举足轻重的……

听着英国权威经济学家的讲解,我似有所悟,现在发达国家赚钱就像变魔术一样,你看着他们成天像什么事都不干,却把大钱赚到手了。已经远远地超越了"要想富,先修路"的阶段,不再靠汽车载着集装箱在公路上多拉快跑,把挺好的路面轧个稀巴烂。其实,这个道理中国古人也早就说过,靠卖大力气只能挣小钱,靠技术只能挣中等的钱,靠钱挣钱才能发大财。"靠钱挣钱"——不就是"金融服务"、"证券交易"吗? 因此他们公路的负担也相对比较轻,当然也跟管理有序不无关系。

如今在中国大地上行进,给人印象最强烈的就是高速公路,傻大黑粗,纵横交错,高出地面一大块,横躺竖卧地带着一股霸气。这经常让人怀念过去的乡间小路,那同样也完全网络化了,像毛细血管一样铺遍中国大地,土地利用率极高。那时人们下地、贩货都推着独轮车,轻便实用,没有污染。小农经济时代的农具,自然适应不了现在的大生产,所以都改成了汽车和拖拉机,这就不能不大量地毁地修道。像川西平原,有着世界上最好的土地,也正在被混凝土覆盖……

问题是我们该怎样掌握这个度,尽量毁最少的地也能达到同等的效果。我忘不了,去年在报纸上读到国土资源部发布的通报时,所受到的震动和冲击,或许因为我是农村人的缘故,对土地过于敏感。通报说,中国人均占有耕地在世界上排位本来就很靠后,总的耕地面积已经降至专家们公认的十八亿亩的警戒线。可在近年来的城市化和公路化运动中,却仍旧毫无节制地大量侵占耕地,致使全国的耕地面积仍在急剧减少:

一九九九年全国耕地面积减少六百五十万亩;

二○○○年减少一千五百万亩;

二○○二年这个数字变成两千五百万亩;

二○○三年是三千八百零六点六一万亩。

这个数字不知到什么时候能够停止或缩小？若是按这样的速度继续递减下去，我看爱赶时髦的中国人就无须再人为地减肥了。我们耳熟能详的治国方略是，"手里有粮，心中不慌"。因为我们有十三亿人口，如果我们自己不能养活自己，世界就再也没有别的国家能让我们填饱肚子。在眼前的利益驱动下，不能不警惕某些进步中所包含着的危险，不能走极端和一窝蜂。

其实，中国古人修路是有经验的，好像从舜帝开始建城就要四四方方，东西南北各有一门，开四方之门，纳八方来客，开阔视野，便利进出。秦始皇统一中国后，打开城门是笔直的大道，能容得下一百名骑兵并排着跑下去，可以跑三天不变队形……但现代城市至少有一个问题是显而易见的，那就是路越修越多、越修越宽，堵车的问题却并未彻底解决，有时还更严重了。因为大家都以为路修宽了，可以随便跑了，没想到前边修后边坏，或前边铺后边挖，修路的自管修路，在路上挖沟的还自管挖沟，大家都是吃路的，你修路有钱赚，我挖路照样也赚钱……谁能真正说得清城市的效率到底提高了多少？

有些是管理的问题。如果城市继续无节制地膨胀，汽车继续无节制地膨胀，而交通管理又跟不上，光靠修路就能万事大吉吗？总不能把城市都变成路吧？眼下在上下班的时候，许多城市从高空看下去，就很像停车场。

"草根"大热

近来,"草根"一词大红大紫,大热大火。

几年前,有感于打工者的生活太过艰难和单调,质朴而又执着的"打工仔"孙恒,创建了"打工者艺术团",并创作了第一首打工者的歌:《团结一心讨工钱》。

> 干了一年不给工钱
> 家里还等着钱过年
> 空手回去可怎么办
> ……

不想大受欢迎,艺术团受邀到处去演出。碰上一些做贼心虚的老板还会百般阻挠,甚至将艺术团赶走。这让人想起过去的"前线剧团"、"战士文艺演出小分队"等。

艺术是人性的影子,再现人类的天性。打工者艺术团受到打工者的欢迎和支持是理所当然的,令人惊奇的是也受到了北京大学生们的欢迎,一次次把他们请到高等学府里去演出。后来孙恒和北京师范大学的一名女研究生结婚,两个人共同维护和坚持着这个打工者艺术团。于是,社会上便把他们以及类似他们的文艺演出定为"草根艺术"。

二〇〇六年夏天,中央电视台举办的历时近一个月的青年歌手大奖赛,最为火爆的是"原生态唱法",在"原生态唱法"中最后摘得金奖的,是云南彝族姐弟李怀秀、李怀福演唱的"海菜腔"。而在两年前的上一届大赛上,却由于人们不知"海菜腔"为何物,以及如何将其归类等问题,竟将他们早早地就淘汰出局了。

郭德纲在成名前自称"非著名相声演员",就是以"草根"自居,以示区别于高居于"庙堂"之上的那些"著名相声演员"。而郭德纲的"纲丝",也大多是在校的大学生。大学生原本是未来"庙堂"中的人才,为什么偏偏喜欢"草根艺术"呢?

与"草根艺术"相对应的是"庙堂艺术"。顾名思义是堂皇的、官办的、高雅的艺术,比如那一台台花费大量财力、人力搞出来的各种晚会和文艺演出,也确实有过精彩,推出了一些明星,留下了一批给人印象深刻的节目,却也不能不承认,"庙堂艺术"近年来令人失望,浮华、空洞、傲慢,陈词滥调太多,脱离生活,脱离群众。常常给人感觉整个晚上就唱一首歌,所有的歌曲调都差不多,唱法差不多,内容差不多,歌手形态动作差不多,唱了一晚上也让人记不住,大部分歌都是有歌无调,有音无律,叫歌不像歌。

再加上"庙堂"里太热闹了,明星拥挤,大腕云集,卖弄,夸张,快意时快语,失意时乱语,名和利挂钩,幕前和幕后较劲,新闻和绯闻结合。皆因庙堂高高在上,条件太过优越,讲究高投入、高产出,动不动就要大阵容、大制作,一切都寄希望于炒作和审查……

而艺术恰恰是不能命令的,在获得权力的同时也失去了生命力。这使"庙堂艺术"难有惊人之作,并渐渐失去了人缘。艺术是"黑夜和沉默的产物",它常常是可遇不可求的,不会因你是平民百姓便对你视若无睹,也不会因你是明星权贵就对你青眼有加。

"草根艺术"里倒确有真东西、好东西,让人耳目一新,甚至是石破天惊。如杨丽萍,原是"草根"中的佼佼者,后被选拔到"庙堂"中,偶尔才能现一下身。谁知她"有福不会享",竟毅然选择了逃离"庙堂",重返"草根"。两年后便创作出大型"原生态歌舞"《云南映象》,红遍国内外,也使"原生态"这个词汇大红大紫起来。

"原生态"自然也算在"草根"的范畴之内。中央电视台的青年歌手大奖赛本是"庙堂"盛会,为了更多地吸引听众,特意增加了"原生态唱法",这是"庙堂艺术"向"草根艺术"示好。但不想示弱,所以还是要按"庙堂"的规矩对"原生态歌手"当众进行知识考试,将有些"原生态歌手"难为得够呛。

这不免令人想起儒贝尔的妙论,他说最早的艺术家使傻瓜变得聪明,现代的艺术家努力使聪明人变得愚蠢。就像现在参加歌唱晚会一定要拿个小旗子或荧光棒,整个晚上舞动不停,嘴里伴以狂吼乱叫,或根据导演的示意疯狂鼓掌……

有些"庙堂艺术"创作灵感往往靠"侃",几个人住在宾馆里,吃着、喝着、侃着,一部大作品的框架就搭出来了。而"草根艺术"的宗旨只有一个,让观众喜欢,只有观众认可了才会掏钱买票,"草根艺术"也才有生存的余地。所以当代有建树的艺术家,常常身居"庙堂"心向"草根"。就比如赵本山,成立"刘老根艺术团",以东北的"草根艺术"二人转,悄无声息地就占领了北方的大城市。

还有数不清的"二人转小分队",也被人称为"草台班子",可以说是典型的"草根"了,也活跃在城市的各种小剧场、大浴池和火爆餐厅里。里面有无数个"赵本山"、"郭德纲",只是尚未大红大紫罢了。

甚至连文学创作也是如此,人们厌烦了远离真实生活和真实体验的虚华浮饰,渴盼能读到有真货色真分量的作品。文连平因吸毒曾连累家里四口人丧命,后来到新疆用了十四年时间成功戒掉毒瘾,并根据自己的经历写成一部长篇传记《地狱天堂》,感动了大量读过这本书的人。其中有话剧表演艺术家朱琳,亲自将其改编成大型话剧,由北京人艺搬上舞台。北京大学毕业的陆步轩,百般无奈当了屠夫,生活得以温饱后想起了自己曾学过的中文专业,在卖肉之余写成长篇传记小说《卖肉生涯》,也很受欢迎。

经历就是财富,感觉就是才华,差别就是优势。在市场上充斥着假冒伪劣的时候,真实便最有魅力。"草根艺术"发端于现实,为民间所需要,所以有强韧的生命力。福楼拜说,在一切谎言中,艺术是最真实的。当"庙堂艺术"让人感到不真实时,"草根艺术"想不"热"都不行了。

领略"大话文化"

　　向自己提一个问题:自二○○五年入冬以来,禽流感闹得异常邪乎,你心里紧张吗?

　　回答是:不大紧张,不光自己不紧张,看周围的人也没有多少紧张的迹象。

　　为什么? 你看看每天的报纸和互联网上的大标题:《流感大流行,势所难免》、《在危险迫近之际》……仿佛大流感已经到来,死亡就在身边,会死多少?《国际先驱论坛报》十一月七日有文:"世界银行宣称,禽流感引发的人类大规模流行病,可能让世界经济损失八千亿美元。"真不愧是银行家,立刻就能将病毒转换成美元。只是人们很难破解这道换算公式,要死多少人才相当于八千亿美元? 还有,"亚洲开发银行估计,禽流感将影响亚洲百分之二十的人口,导致百分之零点五的人口死亡……"(《参考消息》2005年11月9日)亚洲现有人口三十多亿,这就是说要有六亿多人染病,会死掉一千五百多万!

　　于是,出什么好主意的都出来了,见得最多的就是《吃八角焖牛杂,能对抗禽流感》……"八角"就是北方人所说的大料,炖一大锅肉放进两三瓣儿,那味道就够蹿了。倘是用一比一的比例炖牛杂,那还能吃吗? 互联网上有报道说,日本有人服用一种叫"达菲"的抗禽流感药,其成分里就有"八角",结果导致六十四人精神失常,十二人自杀。比禽流感本身死得还多,这不是没病找病吗?

　　从各类专家到各种媒体,一沾上禽流感的边儿,就拼命把话往大里说。可人们为什么依然皮松肉紧,从心里并没有紧张起来呢? 市场上的禽类食品,无论生的熟的,购买者依旧踊跃。我曾就此请教一位"左手一只鸡,右手一只鸭"的老者:您就不怕染上禽流感?他大大咧咧地说:"现在才正是吃鸡炖鸭的好时候,禽流感闹腾得越厉害,国家查得就越严,鸡鸭食品反而更安全!"妙,天津爷们儿想问题就是不一般。这跟两年前闹"非典"的时候大不一样了,那个时候人们是真害怕,人人自危,全力防范。

信息爆炸的时代,爆炸连连。人们第一次挨炸,心惊胆战,蒙头转向;第二次挨炸,仍能享受刺激带来的痛感或快感,却已稳住了神;第三次挨炸,就能穿皮不入内,抱着听新鲜、看热闹的态度……久而久之便生出了"抗炸性",说不说在你,信不信由我,甚至你越说得天花乱坠,我心里就越要打个问号。

信息为了能继续引起"爆炸"效应,便不得不加大剂量,倘本身的"药力"不足,就只能在烟雾和声音上做文章,虚饰,夸张,以期引得人们注意。长此以往,就形成了一个"大话文化":话往大里说,一个比一个敢说,谁发布个什么信息,都想追求"爆炸"效应,恨不得扔颗炸弹,不炸你一通、不吓你一跳,不算本事。

比如由国际知名的科学家和学者评选出来的《2004 十大科学预言》中宣布:"由于全球气候变暖,海平面上升,到二〇二〇年,东京、伦敦、纽约等世界名城都将被海水淹没,从地球上消失……"真敢说呀,这可不是说说就完事了,大家都在看着哪。还有十五年的时间,转眼就到,可上述城市里的人都活得好好的,纽约正在着手重建世贸大厦,伦敦争得了二〇一二年的奥运会举办权,都不见有丝毫准备撤离的迹象。

至于在当今商品社会里,"大话文化"更是俯拾皆是。市场叫"超市",明明是业余歌手却叫"超级女声",稍微出色一点就是"超一流",强壮一点的男孩儿叫"猛男",白净一点的就是"帅哥",到处都是"超级"。热水器叫"热霸",做鞋的称"鞋王",似乎谁都敢称王称霸。有两三把理发的椅子,就敢叫"美容中心",大小是个公司就挂个集团的牌子,可谓遍地集团,处处中心。放七天假叫"黄金周",大有遍地黄金、日进斗金之势。即便是在人们的日常生活中,也充斥着卡通、戏说……

满眼满耳都是大呀、绝呀、变形呀、魔幻呀等等等等。

"大话文化",是消费时代无孔不入的广告意识的滥觞,更有媒体的推波助澜,一切都是商品,一切皆可推销。广告做过头,会适得其反,"大话"说过头,也能引来灾祸。"萨达姆拥有大规模杀伤性武器"——就是美国中央情报局的一句大话,却引发了实实在在的灾难频频的伊拉克战争。人们天天在满天飞的"大话"轰炸之下,心理上不可能不受影响,一惊一乍,忽上忽下,完全相信,容易神经崩溃或精神抑郁,被吓出个好歹来还真不新鲜。不信吧,又怕被这些"大话"不幸而言中。

这样吓唬来吓唬去,神经脆弱的就染上了精神疾患,据世界卫生组织最新发布的消息,全球有一点二亿人患抑郁症,中国则超过两千六百万人,自新中国成立至二○○三年,每年有二百四十万人自杀,其中的百分之十自杀成功。专家们总结其原因,排在第一位的是"文化和社会背景造成的"(2005 年 11 月 25 日《人民日报》)。这岂不是说跟"大话文化"也有点关系?而神经粗硬者,久而久之反被大话吓唬皮实了,大话那么多,信是死,不信也是死,索性就随他去吧。老被吓唬,恐惧变成家常饭,也就不再恐惧了。不怕还关系不大,就怕不信了,这只耳朵进,那只耳朵出,你说你的,我做我的……

这就是"大话文化"所造成的"信任危机"、"神经麻痹"。从另一个角度看,也可以说是现代人的"定力"增强了,民间反应竟跟"大话文化"的风行形成强烈的反差,构成对"大话文化"的反讽。可见,大话并不培养行动的巨人,甚至相反,爱说大话者常常做小人。

"大话文化"能得以盛行,腐蚀的是社会精神和公众道德。过去有句俗话:"说大话不上税。"如今却未必,眼见当今世界正在为"大话文化"付出代价,这代价有经济的,更有甚者是社会的凝聚力、媒体的诚信度以及公众的信任感,都大打折扣。

当代婚姻大观

谁能想得到,猴年快剩下一个尾巴尖儿了,突然大交桃花运。盖因猴年是春节前立春,到明年"无春",民间传说"无春"的鸡年不适宜结婚。于是,结婚趁早,洞房快入,办喜事成了种庄稼,要急着赶节气,结婚也就结疯了。

有一个周末的晚上,我同时要给三对新人证婚,在这儿草草地讲一通祝福的话,立马又赶往下一家去祝福,如同演员"走穴"。许多饭店同时有几家人在大摆结婚包席,需有专人引导才不会送错彩礼、吃错喜宴。城市里处处张灯结彩,鞭炮齐鸣,迎亲的车队浩浩荡荡,披红挂花……这个世界可真是幸福啊,竟同时有这么多洞房花烛、鱼水之欢。

而且,不光结婚的多,还要结出许多花样。什么年龄的新人都有,儿子新郎、父亲新郎、爷爷新郎,孙女新娘、女儿新娘、母亲新娘……像六十多岁的国际著名影星伍迪·艾伦,不就和十九岁的朝鲜裔养女正式登记结婚了吗?将父女改为夫妻。

眼下不管是多么新鲜的事,只要外国有的,中国一定也会有,而且只会更新奇,更有味道。如四川有一刘姓女子,二十多年前在筹办结婚的时候,不幸未婚夫因车祸身亡,从此她心如死灰,决定此生不再嫁人,随后便收养了一个四岁的小男孩儿,取名蔡强,准备母子相依为命,度过一生。二十二年之后,蔡强已经二十六岁,长得像模像样,有型有款,喜欢他的姑娘也有,想给他介绍对象的人也有,他却对任何姑娘都没有感觉,唯独爱恋自己的养母。刘女士年已四十三岁,也渐渐

249

对成熟的养子生出一种别样的依恋之情，母子终于走上红地毯，变母子关系为夫妻关系，在当地传为佳话。至于像黄梅戏演员吴琼，嫁给小她十五岁的阮巡这种姐弟恋，就毫不足奇了，被电视台一炒，他们显得无比般配，简直就是天下"绝对"。

猴年有猴性，折跟头打把式，在婚姻大事上似乎也格外盛行"老少配"。凤凰卫视年轻的女主播隗静，嫁给了六十多岁的美国将军布来恩特。八十二岁的物理学家杨振宁，娶了二十八的女研究生翁帆，当他们出现在海南岛的第二天，就爆发了东南亚和南亚的"大海啸"，报纸上有评论说："足见他们挑战传统的锐度和强度，具有何等强烈的震撼力。"

这果然带起了一股时尚，某大学一丧偶的六十七岁老教授，以前找老伴的年龄要求在五十岁上下，杨、翁恋成了媒体的热点以后，他找老伴的条件一下子降为三十岁左右。我有一朋友今年七十三岁，离异多年，朋友们没少为他张罗，他却东挑西拣，大过恋爱瘾。最近有人给他介绍一位五十九岁的女演员，还相当漂亮，朋友们都以为这回差不离了，谁知他老兄甚为不悦："我有那么老吗？在你们这些朋友的眼里我就不能找个二三十岁的姑娘了？"

哎呀，老男人们也疯啦。而且疯得冠冕堂皇，引经据典，脸不变色心不跳。如今的婚姻好像怎么搭配都没有关系，渴望艳遇成了一种流行病。特别是身处现代媒体时代，被议论得越多似乎就越光彩。而配偶的年龄差距越大，就越能制造轰动效应。

但，议论不议论是别人的事，幸福不幸福是自己的事，国际心理学家和社会学家已经对眼下流行的"老少配"现象做过调查和分析，得出的结论是：有利的一面多是虚的，比如"老少配"容易给人留下深刻的印象（这还用说嘛），年轻女人能让身边的男人更富有青春朝气和男子气概，可以让其他男人羡慕无比（没错），不会带着过去婚姻留下的孩子……

而"老少配"的弊端，美国社会学家劳拉·史莱辛尔却实实在在地列出了整整十条：1.小娘子一般都有灰姑娘情结，太过追求完美。

2.几乎跟老成持重的丈夫没有共同语言。3.缺乏生活阅历。4.不够睿智。5.容易令人厌烦。6.男人无法从她身上获得支持。7.在成熟的社交场合,她们格格不入。8.过于依赖他人。9.过于苛求,总是不知足。10.在漫长琐细的生活中,她们对丈夫的帮助不大。

天哪,被这么一说,老头儿娶小媳妇除去瞧着好看、能惹别人羡慕外,麻烦也还真不少。可是这年头,人们更注意表面的暂时的效果,谁还在乎以后的感觉如何。

在"老少配"的风气引领下,不光结婚要花样翻新,征婚启事也讲究出奇制胜,无论女的男的老的少的,征婚时就没有不敢说出口的话,没有不敢公开提的条件,在这里不妨顺手摘录几则(哪个报纸上都有,网络上更是随处可见):

深圳一位四十岁女人的征婚词:"一枝花的徐娘,胸部魅力无穷。寻觅不服伟哥也一样强壮的猛男,拒绝沙发土豆(即成天赖在沙发上看电视的男人)。"

一个二十多岁的小伙子愿意找"长腿姐姐或姑姑、阿姨都行"(干吗不把奶奶也捎上)。

一位二十三岁自称"窈窕淑女"的,"寻找具有超强经济实力的男士,年龄不限"。这等于公开声明找的是钱。难怪许多真正具有超强经济实力的钻石王老五,因其太富有,反而不敢结婚了,怕的就是碰上这类"掘金娘"。如李嘉诚的次子李泽楷,公开宣称事业第一,母亲第二,爱情第三。还有胡润中国富豪榜上的首富王磊、搜狐的总裁张朝阳等等,都是富得不敢轻易结婚的人。

《辞海》上说,古时"婚"亦作"昏"。如果说过去是"女"的发"昏"才成"婚",现在该轮上男的因结婚而发昏了。所以,精明的现代人防备结个"昏头昏脑"的婚,在结婚前趁着还没发昏先签下各种各样的结婚协议,以限制自己发昏。比如,有的规定女方在婚后的体重不得超过八十公斤,超过一公斤就罚款多少。更多的是关于财产怎么分,要不要孩子,谁先死了怎么办,一方有了外遇怎么办,两人过不下去要离婚怎么办……像以花心闻名于世的奥斯卡影帝道格拉斯,与著名影星泽塔的结婚协议上就规定:"男的拈花惹草,给女方五百万英镑的赔偿费。如果离婚,按结婚年限每年补偿对方一百万英镑。"

说了这么多奇奇怪怪的婚配,难免要惹得人发问:那么你说什么才叫婚姻呢?我给不出更好的答案,但可以求教经典思想家的经典答案。这是个老掉牙的故事:柏拉图有一天问老师苏格拉底:什么是婚姻?苏格拉底没有马上回答,却叫他先到杉树林里去挖一棵最好的树回来做圣诞树,但只能选取一次。柏拉图充满信心地出去大半天,终于拖着一棵看上去并不是很起眼的树回来了。苏格拉底问他:"这就是林子里最好的那棵树吗?"柏拉图说:"因为只能选一棵,选完后似乎看见前面还有棵更好的,但时间和体力都不够用了,也就顾不得管它是不是最好的,先拿回来了。"

这时,苏格拉底才告诉他:"这就是婚姻。"

都市里的情场

居住在湖北恩施五峰山革命烈士陵园附近的居民，投书《楚天都市报》说，现在的情侣们竟把陵园当做幽会的场所，或嬉戏于烈士的墓穴之间，或在树木、阶石乃至墓碑、墓穴上乱刻什么"某某爱你一万年"之类的昏话，或公然坐在烈士墓碑上谈情说爱、拥抱接吻……这，真是成何体统！

可话又说回来，现代城市越建越大，房子越建越多，围墙和栏杆越来越多，保安也越来越多，唯独供情人们活动的亲密空间却越来越小。你叫那些动情的滥情的憋不住熬不住的热恋或乱恋中的男女，到哪儿去亲热？有亲热才好散热，倘若热度一天天在增高，却无处发散，岂不要出事？

膨胀的都市也膨胀起人们的欲望，包括情欲，格外炽盛，恨不得一步到位，神鬼不怕。而陵园这种地方恰好十分清静，私密性好，若有树木遮挡或靠山临水就更妙。说实话，现在要找这种地方恐怕也只有去陵园了……

天津当然也有烈士陵园，就建在全市最大的公园——水上公园的里边，或者说是水上公园建在了烈士陵园的里边。后来在烈士陵园旁边又毁掉一片茂密的林子，建起了周恩来和邓颖超纪念馆。去年的天津啤酒节就是在水上公园靠近烈士陵园的一侧举行，啤酒节嘛自然要喝酒，按国人的习惯喝酒还须有下酒菜，这就要爆炒、油炸、醋熘、烧烤等等。

每天人山人海，成千上万张台子在花草树木中间摆着流水般的宴席,烟熏火燎,大吃大喝,喝多了就大喊大叫、大闹大笑。各商家为了吸引顾客,都在自己的地盘上搭起舞台,请来各种档次的演出队,那真叫唱对台戏:你冲着我吼,我冲着你喊,敲当面锣,打对面鼓,比着看谁的声势大,谁能吸引更多的人。摇滚乐砸得地动山摇,"美女野兽组合"唱得鬼哭狼嚎,又正赶在三伏盛夏,台上三点式,游客薄露透,台上疯唱,游客跟着哼哼,台上疯跳,游客跟着跺脚,越到晚上越热闹,每天都闹到下半夜。

应该说啤酒节办得非常成功,我曾询问过一个卖烤羊肉串的小贩,他说每天至少能卖出一万串。若五角钱一串,一天就是五千元!商家获得了丰厚的经济收益,老百姓过了半个月的狂欢节,只是有点搅扰周总理夫妇和先烈们。倘他们泉下有知却未必会怪罪,老百姓的日子过好了不也是他们的遗愿吗?

现代城市生活无论多么节奏紧张、竞争激烈,人的天性中爱热闹的因子还不至于都丢光,生活不能天天凑热闹,可也不能全无热闹。没有热闹生活就会死气沉沉、缺少活力,该热闹的热闹一下,能给城市人的生活增添乐趣、焕发生机。所以,城市里不能没有供老百姓免费热闹的地方。你没有这样的地方,老百姓就会开辟出这样的地方。

海河流经天津市中心一段的西侧,紧靠着一条马路,这条马路边上从早到晚都坐满了人,下棋的、打牌的、拉胡琴的、唱戏的、举着牌子找工作的,或坐或站看热闹的……中心广场大草坪上的动物雕塑,也常被玩耍的孩子们毁坏。北运河边上的滦水园微缩景观,更是屡遭破坏……这是为什么呢?

恐怕跟能供人们热闹的场地太少了有关。因为人们要寻找热闹的劲头是限制不住的,特别是现在城里闲人很多,下岗的多,退休的多,老人孩子多,这么多天天都没事干的人,你叫他们去哪儿待着呀?

但也有人想出了绝招,在草坪上面十字交叉地拉上铁丝网。本来是美化环境的草坪,却让人感到不那么美,甚至不舒服,容易联想到战争年代的封锁线、地雷阵、敌占区,产生恐怖和厌恶心理。所以越是新区,越是好地方,越缺少人气,到处都悬挂着"禁止入内、违者必罚"的大牌子。

那么,人们不禁要问:城市建那么大、弄那么洋气,到底干什么用呢? 说白了城市不就是住人的吗? 就该照顾到居民的兴趣和需求,让人感到住得方便、实用和快乐。

这让人想到早在一八五七年,曼哈顿还没有塞满摩天大楼和小汽车,美国的园林建筑师奥姆斯特德就预见到纽约人将来需要在市中心有个休息的地方,于是在寸土寸金的黄金地段修建了阔大的中央公园。公园建成后奥姆斯特德特意在纽约各地张贴示意图,指明去公园的路径和方向,鼓励穷人和病人到公园去,无论贫富都可以在里面游玩,公园里的草地不会让任何人有受歧视的感觉,在中央公园每个人都受欢迎。以后的事实也证明,每个纽约人或去纽约的人,都愿意去中央公园里走走看看。奥姆斯特德成功地将风景变为城市建筑,纽约中央公园也成了城市建设的经典。

城市生活无非就是三大块:商场、情场、官场。佛说世界是有情世间,城市就该有情,环境也要有情,建筑更应该有情。

看科学家们打嘴仗

一位学富五车的老教授,听北京一位著名的保健医生说吃大蒜能抗癌,便大吃特吃起来,反正上了年纪味觉迟钝不怕辣了,也不再面对学生无须担心嘴里的大蒜味儿。但没过多久,癌是抗住了没得上,眼睛却坏了。同样著名的眼科医生说,是吃大蒜过量害的。

呜呼,现代消费社会,科技发达,知识爆炸,信息多得打架,人人都活得无比明白,却又十分糊涂。过去医生们都说,咀嚼坚硬的食物可加固牙齿、强劲和发达下巴上的肌肉。而解放军三〇六医院最近发布的研究成果却正相反,咀嚼坚硬的东西对牙齿损害很大。

此类相互打架的"科学知识"多了去啦,比如:这个说吃盐多了不好,那个说盐分不足危害更大。一会儿说腌咸菜吃多了能致癌,一会儿说腌雪里蕻是很好的抗癌食品。这个主张吃水果要削皮,皮里有农药残留物;那个说吃水果不能削皮,皮里维生素最丰富,甚至连"吃葡萄要吐葡萄皮"的习惯都是错的,对心脏有好处的红葡萄酒里的白藜芦醇,就含在葡萄皮里……

在一些更为重大的事情上,科学家们也照样在打嘴仗。国际上评选出的《2004十大科学预言》中有两条格外惊人:一条是由于全球气候变暖,海平面上升,到二〇二〇年,东京、伦敦、纽约等世界名城都将被海水淹没,从地球上消失。另一条是到本世纪末,人类只能住到南极上去。却还有一条说,二十年后人类将获得长生不老之术……现在的这些科学家可真敢说呀,他们也不给个解释,地球上的人都不死了,只有一个南极怎么能搁得下呢?

不管科学家怎么吓唬，看看周围的人有害怕的吗？没有。现代人早就被吓唬出胆儿来了，越是大事越不怕，离自己还很远的事就更不操心，或者干脆就认为这是猴儿拿虱子——瞎掰。比如，二〇〇四年冬季天气预报中使用频率最多的句子是"暖冬"，可有五六次我的自行车气门芯被冻坏，致使车胎撒气。我骑车四十多年，以前从未碰到过这种情况，我不是说去年冬天是四十年来最冷的，我只想说经过四十年来的现代科技的飞速发展，连我们的自行车的小小气门芯都变得无比敏感和娇气了。

所以，遇到又有新知识在你眼前"爆炸"，不要轻易就被吓住或炸蒙，再等等，说不准还会有别的声音。果然，二〇〇五年二月初，在英国埃克塞特举行的研讨会上，有些科学家又开始反击上面的预言，说全球变暖只是一个大神话，南极的冰盖不仅没有融化，而且越来越厚，年增厚度六点五毫米。这五十年来南极没有变暖而是变冷了。至于海平面上涨的问题，世界海洋在二万年中总共上升了一百二十米，最近海水上涨的速度大大下降，比过去慢了很多倍……

你看看，这到底该信谁的？

还有，前几年对胎教吹得神乎其神，好像再要生个比尔·盖茨就得从一坐胎便开始进行全方位教育。怀孕的妇女们真恨不得把贝多芬、达·芬奇连同"四书五经"一股脑儿都塞进自己的大肚子，以至于有人老贴着孕妇的肚子给胎儿放音乐，使婴儿出生后"听力受损"。最近科学家又变调了，说胎教屁用也不顶，胎儿在出生之前和分娩期间没有任何知觉，只有在呼吸作用开始后，身体组织出现氧化时才会产生感觉。

我还见到有更奇妙的科研新成就：人在说谎的时候，大脑活动的区域更大，脸部的肌肉活动更细腻、更丰富，因此经常说谎的人智慧更发达，显得更年轻。好啊，科学研究已经"细腻、丰富"到这般地步了，人类还有什么不敢干的。

于是，辣椒酱用苏丹红染色，海产品用甲醛保鲜，四川眉山市查出二万多条剥了皮的癞蛤蟆当鲜牛蛙卖……现在这类事多了去了，用一句老话叫"罄竹难书"。人们生活在科技高度发达的现代社会,吃东西没点胆量是不行的,活着全靠撞大运,不知什么时候就被毒一下。毒不死就是赚的。

难怪科学泰斗级的人物爱因斯坦说,科学能减轻人的劳动量,给生活以安逸和舒适,却不能带给人们幸福。这是因为人们没有完全有意义地利用它。什么叫"完全有意义地利用"? 这是说人类在发展和利用科学时,缺少全面的道德和责任。科学给了社会善恶两面,人类的德行跟科技的发展不能同步,科技在带来方便的同时,必然也带来麻烦。就像网上所报道的,一个德国男子在一次车祸中丢掉了命根子,医生利用现代高超的医术给他又造了一个,他甚至还利用这个新造的东西让妻子怀孕了。但他总觉得这个后造的玩意儿样子太丑陋,便花钱让医生又造了个好看一点的。医生不知出于什么心理,造好了第二根并未把第一个割掉,当这小子脱裤子向他妻子炫耀有两根阳具的时候,那个可怜的女人当场吓昏,醒来后拿着自己的东西逃了。现代科技常常就这么恶作剧般地成了男人裆里的第二根生殖器。

所以,最近公布的《中国科普现状调查》结果,让许多人大出意外。调查是由中国科学院等一些国家的权威机构和一批权威专家共同完成的,具有无可置疑的权威性和可信度:"每两个中国人中有一个人相信求签,每四个人中有一个人相信星座,每五个人中有一个人相信《周公解梦》,在五十个人中只有一个人具备基本的科学素养。"

这就怪了,国人无时无刻不生活在现代科技之中,利用现代科技造假坑人的手段是那么邪乎,胆性那么狂野,为什么真实的科学素养反而这么差呢?人们到底是越活越明白,还是越活越糊涂?甚至懂得越多,人类就越找不到祖宗,不知自己是什么变的,该跟谁攀亲。就像以前人们都相信自己是猴子变的,后来又发现人跟黑猩猩最接近,现代科学则证实三亿年前人跟鸡是同宗……

就这样有时太明白了反而像糊涂,傻到家反成了大聪明。前不久国际上热炒过一个新闻,让一个傻小子出了大名。十位科学工作者到非洲考察,其中一人还带着没人管的傻儿子。他们不幸被困在大沙漠中，两次都以为找到水了，奔到跟前才知是海市蜃楼。懂科学的人都躺倒在沙漠中绝望了，只有那个傻子不懂何谓海市蜃楼，只知道自己渴得要命，无论如何也要找到水喝。于是他又拼命翻过一个沙丘，果然看到一个水塘，便大声招呼那些人。可那些聪明人谁也不动弹，知道那不过是海市蜃楼又在捉弄人，从心里同情傻子，不如保存点体能，或许还多一些活下去的希望。这时候沙漠里起风了，傻子直扑水塘……后来当救援队找到他们的时候，只有傻子一个人活着。救援队百思不得其解，那些人离水塘这么近，为什么只有傻子肯翻过沙丘？

因为他傻，心里反而有信念、有定力。这可真是一种讽刺，在这个信息爆炸的时代，精明过头或过于敏感，往往也最容易被炸蒙、震昏，乃至搭上卿卿性命。活得傻一点，单纯一些，反而成了一种强大。

关于"称谓"

　　近接一老同志来信,里面还夹带着几个已经拆启过的空信封,信的措词相当严厉:"我压抑了很久,终于还是决定给您写这封信,请教一个问题:像我们这样一个所谓文化人聚集的地方,现在到底变成了一个什么单位?我在这个单位里又算个什么?近几年来,单位给我下开会通知,编辑部给我寄刊物,甚至是在年节寄来慰问信,信封上都一律只写我的名字,连个称呼都没有。我不敢指望单位能称我一声先生,难道却连当个同志的资格也没有了吗?这让人很容易联想到'文化大革命',就差在我的名字上打个叉了!我想单位里对您还不至于这样吧?那么能否告诉我在咱们单位里有哪些人还享受同志待遇,有哪些人像我一样已经不在同志之列了?但我至少还是个老人,这一点好奇心还希望能得到尊重。"

　　读罢信我哈哈大笑,对方身为"老同志",而许久却不被人称"同志",这滋味竟然到了忍无可忍的程度!我每天差不多都会收到一捆邮件,在信封上加称呼的很少,不只自己单位的来信是如此,就是外地乃至一些著名的大报、大刊的来函,也多是光秃秃地只写名字。我早已习以为常了,倒是看到很客气地加了称呼的信函,反会有所警觉,因为那多半是向你推销什么产品,或者是请你参加一个莫名其妙的活动,分不清是善意还是陷阱……

　　我想只要把我的这些空信封打包寄给那位老同志,或许就能化解他胸中的怨气,这至少说明我跟他享受同等待遇。其实能直呼你名字就算不错了,如果再把网上的称呼,诸如"老B4D"、"恐龙"等甩给你,你又能如何?

称谓原本是人际交往中最基本的礼貌,而礼貌是人与人之间的桥,"人无礼不生,事无礼不成,国家无礼则不安"(荀况)。所谓"构建和谐社会",最起码的也要讲究一点文明礼貌,若连与人相处的基本规矩都不懂,社会还能谈得上和谐吗?倘是对面交谈,有时可以省略称呼,一打哈哈就过去了。而写信省略称呼,难免会显得生硬。

书信能反映出一个人的修养和性格,一个单位也一样,从它发出的信函、文件可见这个单位的素质和品位。无论是单位或个人,对别人的不尊重也是对自己的不尊重。按过去的老传统,写信不仅要有称呼,而且称呼的等级很多,在称呼后面还要加上敬辞,诸如先生大人、仁兄大人、阁下、足下等等。

那么,在倡导社会和谐的今天,为什么会有那么多单位、那么多人不约而同地都省略了对别人的称呼呢?我在回信中向老同志做了如下的解释:以某个单位或某一级组织发给您的信件,常常并不是那个单位或组织的正式在编人员写的,大多是从社会上招雇来的打字员打的,而打字员是按字收费的,能省的就省。现代社会时尚讲究的是速度、直接,高速路、立交桥、电脑不停地升级……都是为了一个字:快!而人的名字不过是一个符号,越来越变得只是一个符号,再加上某些人的懒散或粗心大意,也就没大没小地一律直呼其名了。

礼貌原本是人类共处的一把钥匙,可以在人际交往中打通心灵,相互产生好感。而商业社会的律条是:"投入什么也别投入情感,谁投入情感谁先输。"人家既不想给你以好感,也不想对你有好感,当然也就怎么省事怎么来了。

话虽这样说,却不可否认一个事实:省略称呼已经成为不可逆转的一种社会潮流,反映了现代社会伦理的变化。无论朋友、同事、比你年长的或比你年轻的,乃至部下、晚辈,在直呼你名字的时候都不必大惊小怪、想得过多。

不知道这样的解释,能否消除那位老同志因称呼问题所造成的心中不快?

国 与 税

税,有着神秘而令人敬畏的色彩。

这是历史和社会赋予它的。一位著名影星因税而坐牢,成为轰动性新闻,出狱后会越发地著名。震惊中外的远华大案也跟税有关……至于走私贩私、制假售假、套汇骗汇以及黑社会犯罪等等,无不是想在税上打歪主意。

数年前,国家抽调税务界的精英,协助公安部门在广东潮汕地区破获了共和国历史上规模最大的出口骗税案。为此新华社发了通稿:"807工作组已经查实,虚开增值税专用发票金额高达三百二十三亿元。截至目前,司法机关已对三十八起案件涉及的六十五名被告人和十三个被告单位做出判决,其中判处死刑十九人,对被告单位分别判处了五十万至一千万元的罚金。还有一批案件正在进入司法程序。在揭露、抓捕社会上犯罪分子的同时,对党政机关、执法部门及其他部门的涉案人员共三百二十八人进行了调查,对六十四人实施了'双规'措施,部分违法人员被移交司法机关处理……"

作案金额是几百亿,涉案人员是几百、几十,难怪媒体在报道五花八门的案件时总是格外强调"大案、要案"。不"大"、不"要"的就略而不计了。

所以,我们的许多统计数字,也在前面都加一个限制词:"据不完全统计"。

现在就有这样一个"据不完全统计":"一九九〇年至一九九四年短短的五年间,全国出口退税累计一千八百亿元,而出口骗税竟有三百亿元之多……"

更不要说税收减免过多过乱,致使一些地方领导和企业过分依赖减免税,依法纳税观念淡薄,说情减免的风气滋生蔓延,甚至以偷税逃税为能,破坏了健康的税收秩序。中国亟须建设一个良好的税收法制环境。

于是,一九九四年秋天诞生了国税局。直截了当地将"国"和"税"连在一起。

其实,从人类发明税收制度的那一天起,税就是国家存在的根基。税关乎着一个国家的强弱,经济学界始终关注着一个命题:收多少税、怎样收税,才能既不抹杀国民的劳动积极性,又能满足国家的需要。

杨小凯曾做过通俗而精到的解释:薄赋轻徭是专制主义的一个特征,因为一个不是民选的政府不敢收太高的税,否则人民会造反的。而一个共和政府反而可能征得很高的税。所以早期英国的成功,就和法国的发展有着重要区别。英国政府平均税率比法国要高得多,但英国的税法很公平。在法国有很多人可以不缴税,比如贵族等。正因为税法不公平,所以法国的平均税率比英国低得多,它没有能力搞大规模的公共事业。

因此,税——构成了每个公民与国家、与社会、与自然的最本质关系。人是社会动物,取之社会,依赖社会,通过赋税回报社会、组织社会。

税法的尊严,国家的尊严,太大、太重了。

我们常听人讲,发达国家的税法是何等严密,在他们那里除去阳光和空气都要上税。而他们的公民,纳税意识又是多么的自觉和自然等等。然而,通过反避税调查发现,相当一批外资出口企业存在避税问题。比如挂着五星级标志的大酒店,这边在不断地扩建分店,那边到了获利年度该缴税了,账面上却出现严重亏损。还有不少外资企业,早该从初创阶段发展成熟了,竟不断地返老还童,摇身一变又成了初生的婴儿,使企业永远长不大,以逃避纳税。逃了税,反而瞧不起税。收税员有理有力有据地让逃税诸人补缴了税款,他们反而会对税尊敬有加。

皆因国税局前面有个"国"字。

由此可见,建立纳税秩序、培养纳税意识,比收缴税款有着更为重要和更为长远的意义。纳税必须成为正常的社会意识和全民意识。不确立对纳税人的尊重,纳税就不会成为百姓自觉而愉快的行为。

收税的事,任重道远。

2004年的说法

新年初旧历年尾,正是"瞻前顾后"的时候。差不多每个人都会对刚刚过去的一年总结一番、体味一番,对刚刚开始的一年(即将到来的农历鸡年),规划一番、祈祝一番。我有个最简便的方法,只要检索一下上一年的经典性语录,就可对过去一年的重大事件了然于胸。这些语录曾经像轻风般掠过二〇〇四年,飘落在人们的记忆里,重新捡拾一番,有实际性,也有思辨性。它们经得起再读,也经得起再思索。

二〇〇四年男女结合盛行老少配,有些老少配还造成了强烈的社会轰动效应。深圳某年轻俊男娶了一个大款老太,面对众人的困惑,他自揭谜底:"用钞票的时候,还需要关心它的发行日期吗?"

——这是个别的,还是道出了其他一些老少配的部分因由?

上一年性丑闻、性交易、性官司比较多。漫画家朱德庸说:"男人的一半是女人,定义如下:男人的一半是他身边的那个女人,剩下的一半是各式各样别的女人。"

民间的《新威胁论》说:"已婚的女人威胁老公,单身女人威胁已婚的女人。"

美国一家研究机构也凑热闹,公布了他们多年的研究成果:"胸部丰满的女性,智商要比普通女性高出十个百分点左右。"

——难怪娱乐业的女子都千方百计地在胸部出奇制胜。只是这家研究机构还缺乏一个有力的证据:世界上的知名科学家有多少是大胸女人生的?

在第七十六届奥斯卡颁奖典礼上,上届影后妮可·基德曼颁发男主角金像奖，借介绍入围五部影片男主角的特点，顺便就概括了当今全世界通行的男女关系："一个浪漫热情的小伙子，一个臭脾气的超龄坏孩子，一个有权威的一家之主，一个海盗，一个陷入中年危机的男士。对女人来说，他们是不同年龄段的约会对象。"

——老天哪，这就叫"通吃"！

中国的许多学校在二○○四年展开了有声有色的性启蒙教育，性知识带来性感觉，性感觉带来性麻烦。某大学的顺口溜是："开着灯的打麻将，关着灯的搞对象……"

成都一个参加高考的男生，抱怨前排的女生穿着太暴露，影响自己的发挥水平："写作文时，一抬头就看见她的光背，再加上浓烈的香气，实在有些受不了……"

一位陪女儿去医院的母亲对医生哭诉："我十七岁时不知道什么是恋爱，可我十七岁的女儿却要做人工流产。"《羊城晚报》的记者评论说："十七岁不知道恋爱和十七岁就要流产，都挺悲哀的。"

二○○四年无疑还是"经济年"，诸事要靠经济调节、经济推动，这从农村的大标语可以看出来：

"少生孩子，多养猪！"

"结致富的扎，上脱贫的环！"

"一人超生，全村结扎！"

如果又想超生，又不挨罚，怎么办？求助于"科学"。据《哈尔滨日报》二○○五年一月六日报道：在哈市一家医院，二○○四年十月至十一月间的短短四十天里，接生了七对双胞胎。一个叫小玉的二十九岁女人，经人介绍大剂量地服用一种价格仅十几元的促发排卵的药物，竟怀上八胞胎！真是低成本，高产出。

——马也先生评论道："人有多大胆，肚有多大产！"

外国人也有穷疯了的，俄罗斯一个叫奥斯皮夫的律师，向当地公证人办公室递交声明："我申请对世界各国上空的云朵拥有所有权，我已经在全世界的法律行业中开创了一个先例。"

针对二○○四年的各种重要社会现象，老百姓都有精彩的语录。

——评价一些干部读在职研究生："一是认认人，二是学学词儿，三是养养神儿。"

事故、灾难、污染、艾滋病……老百姓这样表达对生活的无奈："安全带、安全帽、安全套……现代社会里能给人安全感的，不是人际关系，而是塑胶制品。"

城市的垃圾桶前贴着这样的标语："垃圾分类，由我做起！"这好像说"我"就是垃圾。

南京大学的公告栏上贴出了一封"辛酸父亲的来信"："自从你考上大学，成为我们家几代里出的唯一一个大学生之后，心里已经分不清咱俩谁是谁的儿子了。"

在检索去年语录的时候，无论如何都不能漏掉一些政治人物的妙语，它们真实地反映了这一年的国际政治形势。二〇〇四年被称为"选举年"，马来西亚前总理马哈蒂尔在评价美国大选时说："美国的选民看起来愿意接受一个说谎者并选举他为总统。美国人民基本上都很无知，他们认为美国就是世界。"

去年三月，法国媒体举行一次特别的专题采访，七位法国前总理都参加了，并一起向公众大倒苦水，讲述担任总理的种种辛酸："法国总理的生活如同下地狱。"

英国首相布莱尔面对媒体的采访则说得更形象："我现在非常疲惫，就好像有一千个人在不分白天黑夜地踢我的屁股。"

十一月十二日，他和布什联合举行新闻发布会，有记者当场问布什，他是否认为布莱尔只知道追随他？布莱尔尴尬地请求布什："千万别说我是你的狗。"

二〇〇三年在"奥斯卡金猴奖"的评选中，获得"终身成就奖"的世界恐怖主义一号人物本·拉登，二〇〇四年继续在大山里钻来钻去，周围只有石头和山洞，有好几个月连他都不知道自己身在何处。于是，他在八月公布的一盘录音带里抱怨说："如果你知道我现在在哪儿，请立即告诉我。"

——这就叫找不到北了。会藏的人，藏来藏去竟真的把自己给藏丢了。

语言是最基本的信息载体,也是一种特殊的社会现象。它随着社会的产生而产生,也随着时代的变化而变化。人们都喜欢将生活经验倾注在简短的俏皮话里,将无奇不有的种种社会现象凝固在冷峻的警句中。这就是语录的作用。

最后,还是摘录一段二〇〇四年末尾的手机短信,作为此文的结束:"有件急事告诉你,你要冷静,做好思想准备。有帮家伙到处打听你,还说逮住你决不轻饶,他们一个叫财神,一个叫顺心,领头的叫幸福。"

据调查、据统计……

据说现代人已经步入"数字化生活",时时事事处处离不开数字,玩数字玩到了出神入化的地步。比如"政绩注水",实际"注"进去的并不是真正的水,而是数字。即"官出数字,数字出官"。

依此类推,"新闻出数字,数字出新闻",也早就不是什么新闻了。

去年一家安全套公司发布,中国人均性伴侣十九点三个,居世界之首。一下子让许多成年人无地自容,感到自己亏得慌,看周围的人不吭不哈、一本正经,原来暗地里竟干了那么多。正不知该如何迎头赶上,忽然这家安全套公司又改口说,人均性伴侣其实只有六点一个。原先所说的十九点三个是想当然,或者干脆就是猴拿虱子——瞎掰。

那么,这"六点一个"就"安全"可信吗?

这类数字游戏见得一多,就会发现他们的玩法也就那么几下子。

其一,含一半吐一半。"据调查,全球有近四分之一的人患失眠症";"据统计,百分之九十的男性对自己的性器官不满意,百分之四十六的成年男性有着不同程度的勃起功能障碍,百分之七十六的女性对她们的性伴侣不满意……"谁调查的、谁统计的? 又是怎么调查、怎么统计出来的? 这样的数字谁相信了,谁就要自己对此负责。

去年十二月二十六日的《广州日报》有一消息,白领张女士跟丈夫聊天,说看到报上有个统计数字,中国的一半男人有婚外情,所以男人只能相信一半。不想先生立刻反驳说,他看到的调查统计是,广州女性中八成有婚前性行为……一对原本好好的夫妻,随即吵了起来,险些闹得分道扬镳。

其二，干脆连"据"字都省掉，云山雾罩地直接告诉你数字。"有资料证实，中国人二〇〇五年吃掉了八千八百零六亿（这是什么意思？吃的是公款，还是私款？抑或是十三亿人一共吃了这么多？）"；"由中国赌客流失到境外的赌资达到六千多亿人民币"；"有数据显示，我国城乡居民每月读一本书的人为百分之五十一点七，比五年前（一九九八年）下降了八点七个百分点；一九九八我国有上网阅读习惯的人数比例为百分之三点七，二〇〇三年的人数比例达到百分之十八点三，年平均增长率百分之七十八点九"；"有专家调研，目前我国四十至七十岁男子当中，有百分之三十的ED（阳痿）患者，ED男人一半出于纯心理原因"；"除了高涨的不忠指数（男人百分之四十七点七，女人百分之三十二点四），百分之十三点五的男人有固定情人，有固定情人的女人则为百分之八点四。"

甚至干脆这样造句子："有一组数字说明"、"有人计算过"……正如美国已故统计学家列文斯坦所言："统计数据就像美女身上的比基尼，露的部分引人遐思，没露的部分才是最重要的。"

其三，故弄玄虚，生造数字。《羊城晚报》曾发表了一位博客网CEO的话："互联网的时间尺度是以狗年来计算的，我们的一年相当于普通人的七年。也就是说，我在互联网上奋斗了十年，就相当于已经是七十狗岁了。"他的意思很不错，过去有句老话叫："洞中方七日，世上已千年。"只是不知道他的这个"七十狗岁"是个什么岁？难道还有八十鼠岁、九十马岁、一百蛇岁？

其四，混淆概念，吓你一跳。一九九八年底，国家体委研究所李力研，发表了一份关于知识分子健康状况的调查报告："中关村知识分子的平均死亡年龄为五十三点三四岁，比十年前调查的五十八点五二岁低了五点一八岁，更低于北京一九九〇年所统计的人均寿命七十三岁。"这还了得，站在大潮前头、无限风光的中关村知识分子，竟比普通人少活十年！

于是媒体一阵热炒，全国一片惋惜，很自然地引起了有关领导的重视,指示"要用科学的抽样方法,准确的统计数字进行调查分析"。于是,二〇〇四年七月,国家人事部、北京市人事局,委托中国人民大学社会与人口学院,组织课题组,重新调查。最近公布了调查结果:"中关村知识分子人均寿命七十点二七岁。"

媒体觉得被糊弄了,别看老百姓被媒体糊弄了一点招儿都没有,媒体若觉得面子上下不来是要追问一番的。有记者致电国家体委,想重新采访李力研,不想李力研因突发心脏病已经去世,年仅四十四岁。我看到这条消息时脊背发凉,他由于混淆了"平均死亡年龄"和"人均寿命"两个不同的概念,让中关村知识分子短命十年。造出这种数字的人,就不怕自己折寿更多吗?

数字是马虎不得的,特别是关乎国计民生、人命关天的一些数字!

"零工资"挑战什么？

当下的就业市场波谲云诡，在二〇〇六届高校毕业生招聘会上，一些规模较大的事业单位，以缺少经验和培养一个新手的成本和风险太高为由，纷纷将应届生拒之门外。而许多应届生随即向用人单位做出让步：只要你们能录用我，我可以不要工资，什么时候你们认为我具备了工作所需要的经验后，再发工资。

——这就是轰动一时的"挑战零工资"的由来。

经济越来越发达，社会越来越富裕，每年都要增加许多新的千万或亿万富翁，可工薪阶层在工资上的纠纷也越来越多。农民工干一年拿不到工资，大学毕业生主动放弃工资还要干。在此之前，曾有过留洋回来的博士、硕士，年薪只要一美元的新闻。

二〇〇三年初，上海徐汇区的外经委和招商中心，以年薪一美元的报酬招聘了三名"海归"人士为公务员，聘期一年，造成了不错的轰动效应。招聘广告上说："特设岗位让这三个人担任兼职副职领导，不占用部门编制数和领导职数，有办公室，但可以不坐班，自己决定工作方式，比如通过互联网、电话、书信工作……"这就是说招聘单位并不指靠他们，有你不多，没你不少。既然属于编外，还能算是真正意义上的公务员吗？当然这对那三个被招聘者也很划算，可去可不去，干多干少随意性很大，耽误不了自己的事情，说不定还会搂草打兔子，有意外的收获。不然怎么解释他们肯为一美元付出一年的劳动时间呢？一美元也是交易，也是报酬。若出于爱心的奉献则完全可以采用做义工的形式，不要这份名义。

他们中的一位坦言：之所以这么做是"需要得到这份社会名誉"。有了这份"社会名誉"，是不是有助于选择更好的工作？二〇〇三年有七千多名"海归"找不到工作……既然求职不得，何妨来个舍近求远、迂回包抄，先占住位子再说。这可以理解，也应该得到应有的尊敬。

在一美元的年薪之前，金庸先生曾以一元人民币的价格，将《笑傲江湖》的电视剧版权卖给了中央电视台，当时在文化圈里很是热闹了一阵。揣摩其意，不外有三：一、开个玩笑，传为佳话，无形的收益大于有形的钞票；二、表达友情，名为卖，实为送，但宁可贱卖，不能白送，在商品社会白送会后患无穷；三、炫耀自己有这个力量和气度不在乎钱，但也表明很在乎对方的这块牌子和市场。

钓鱼的行家管这叫"打窝儿"。"窝儿"打好了，四面八方的鱼类会蜂拥而至，再下钩钓它们就容易多了。眼下求职之难超乎想象，就需动用超乎想象的智慧，舍得，舍得，有舍才能得。该牺牲的就得牺牲，该吃大苦受大累，就得丝毫不含糊，放长线能钓到鱼，也是一种幸运。

同时也不能不承认，一向僵硬而傲慢的权力体制，能够接受类似"零工资"或年薪一美元这样的事情，应该算是一种进步，任性和随意总能最便捷地嘲弄陈规陋习。世间的许多事物都存在某种偶然因素，某些具有轰动效应的偶然事件，一定有其必然的动因。

另类就业

陕西人陆步轩,北京大学毕业后求职无门,摸爬滚打十几年,历尽坎坷终不得温饱,人以食为天便开店卖肉。不想经媒体一炒竟"一举成名",经济上终于殷实起来,用他自己的话说是"比上不足,比下有余"。这就是说已经"中产阶级"了。而且著书立传,也不枉戴了四年北大的校徽。

于是,北大毕业生卖肉的故事不胫而走,竟带起了一股大学生"另类就业热"。

毕业于湖北高等专科学校电子商务专业的胡丽,在武汉一家酒店做了"光头礼仪小姐"。有女靓而光,格外招人眼球,想必会来客如云。更绝的是,辽宁锦州有一毕业于音乐学院美声系的小伙子,以美声唱法为人哭丧。其自拟的广告语是:"声音洪亮,情感真挚,善于煽情,能有效地烘托葬礼气氛,对悲伤者绝对是一种疏导和安慰。"

并明码标价:"放声高歌每小时一百元,四邻不安每小时二百元,绕梁三日每小时三百元,倾盆大雨每小时四百元,山崩地裂每小时五百元。"(《羊城晚报》2005年12月2日)据说他的生意很红火,现在对葬礼大操大办的太多了,美声哭丧新鲜又刺激,正逢其时。

成都一体育学院本科毕业的"帅哥",做了专门供人打骂的"泄愤模特"。现在心烦的人很多,在别处受了一肚子气无处撒或不敢撒,正可以撒到他的身上。当然对"打"有诸多限制,打的轻重不同、方式不同、时间长短不同,价格也不同。女士们的花拳绣腿可以,真要狠命往死里打恐怕不行。

等等,等等。只要你敢想又敢干,同时合理合法,就可以去试试。

甭管别人会怎么看,社会上会怎么议论。谁的看法和议论都不能当你的饭吃,而没有饭吃可是个要命的事,生存应该是第一位的。虽然古人有"饿死事小,失节事大"一说,可眼下的世风正相反,时兴"笑贫不笑娼"。

更何况"另类就业"不等于"娼"。至于它是不是备受争议,就不必计较。其实,所谓"正类就业"又是什么?国家分配,或者进大机关、大公司?且不说现在是否还有这样的"正类",即便还有的话也不是人人都能"正"着归类,被归了类就准能"正"……

前一阵子媒体曾热炒过一家"丐帮公司"招聘的事,看那气势这家公司是"大单位",招聘广告也带着"正类"的口吻:"招聘具有大学本科学历以上的部门经理",这些部门是老人部、残联部、音乐部以及创作部……应聘老人部,"面色苍老者优先";想去残联部,"缺胳膊少腿者优先";应聘音乐部,"需自带乐器";对应聘创作部的要求是,"能够创作出催人泪下的短文,让行人掏腰包募捐……"(《海峡都市报》)

谁能说得清这算哪一类"就业"?后来未见下文,不知这家公司的招聘结果如何?倘若只是一个恶作剧,那也是想戏弄当下太过紧张的就业市场,作践供大于求的高学历群。

或许世间的"正类就业"和"另类就业",本就没有固定的界限,"另类"成功了,就是"正类"。身在"正类"而没有混好,也便成了"另类"。当今世界首富比尔·盖茨,当初就是"另类就业",放弃了哈佛大学的王牌学历,拉上个同学去鼓捣什么软件,若在中国不被他爹揍扁了屁股才怪,这难道还不算是"另类"吗?

同样是发生在今年的事情,以优异成绩毕业于北京师范大学的王豪,因四个月找不到工作,就在家中喝农药自尽。留下遗书说:"我感到对不起父母,为了不连累他们,坦然地离开这个世界。"这怎么叫"坦然"?把你父母坑苦了,你能"坦然"得了吗?他也是重点大学热门专业的高才生,大概光想着"正类就业"了。

这反证出,上面提到的那些敢于"另类就业"者,都是勇者、强者,也是智者。人被逼到绝境,就该有这种精神,天生我材必有用,是锥子总要冒尖。"此处不留爷,自有留爷处;处处不留爷,爷就自己处。"

年是什么味儿？

近几年来国人几乎形成一种共识,觉得年味儿越来越淡。或者干脆说年味儿变了,变得什么味道都有,唯独缺少年味儿。

这就让人不能不追问一声:年,到底应该是什么味儿?

那就先得说说什么是年? 原始社会"山中无历日,寒暑不知年",到尧舜时期才有了"载",取意是庄稼收割后装载到车上运回家。"载"就是年,至今人们习惯说"一年半载"、"三年五载"。到夏代,称"载"为"岁",古写的"岁"字就是人举着大斧子,砍杀动物以祭祀神灵。所以过年摔碎了东西是好事,叫"碎碎(岁岁)平安"。进入周代,便以"年"代替"载"和"岁",年龄又称年岁。

古写的"年"字就是"人负禾",人扛着庄稼,"五谷皆熟为有年(有收成),五谷皆大熟为大有年(大丰收)"。最早的年就这么简单,最早的年味儿也非常纯净,一股浓郁的成熟的粮食味儿。当然,为了祈求丰收,免不了也会有一些祭拜天地、感谢神灵保佑的仪式。

到了汉代,中国的节日风俗便开始定型。元旦、除夕、人日、元宵、上巳、寒食、端午、七夕、重阳等重要节日的风俗内容,基本上确定下来。汉代是一个统一、稳定的时期,各个地区的风俗相融合,科学和神话并盛,年味儿也随之改变。鬼怪横行,妖魔当道,"年"变成了一种食人的凶兽,过年的主要内容就是逐利驱鬼、祭祀神灵和祖宗,以求辟邪降吉……所以汉代发明了爆竹,开始流行拜年。

当历史走到盛唐,年的风俗又发生了划时代的裂变,脱离原来诸多的禁忌、迷信、被禊、攘除等神秘气氛,真正变成一种"佳节良辰",以娱乐、礼仪为主，并渐渐向奢侈享乐发展。对今天的年俗影响最大的还是明清，年味儿出现重要变化：一是复古，追求奢靡；二是游乐，由敬畏年变为享受过大年，欢庆的风俗迅猛发展。这可以让人想到，今天过年大狂欢、大出行的风气是从哪儿来的？

由此可见，过年的味道是不断变化的，年俗的形成是历史的一种积淀过程，随着历史的演变，每到一个阶段，年味儿都要反映出当时的社会心理状态，折射出国家、民族、地区的文化因素和生活特点。年味儿是从时代这个大铁勺里烹炒出来的，特殊的历史时期，会出现特殊的社会风尚，年俗也会随之发生相应的变化。比如现在，年味儿的确大变了，要想过出以前的年味儿，就得保留许多传统的禁忌。甚至可以说从前过年，过的就是数不清的禁忌，有禁忌才有神秘性，才让人觉得有味道。

像除夕夜的五更不得在床上打喷嚏，否则会一年多病；也不得趴在床上讲话，门外有呼唤声不得搭腔，否则会搭上鬼；起床盥漱后要立即吃年糕，象征"年年糕（高）"；元旦日不能以生米蒸饭为炊，必须吃除夕前做好的熟食……科学发达到今天，社会已经改革开放，谁还愿意受这一套约束？现代人不仅百无禁忌，甚至还要反其道而行之，比如传统的除夕夜要"静"，因为神鬼出巡，凡夫俗子要待在家里"守岁"。现在则讲究"闹"，要出去，要游岁、赌岁、跳岁、唱岁、笑岁，甚至连千百年流传下来全家人围坐在一起吃的年夜饭，也要跑到餐馆里去吃，提前两个月就得预订，还得交押金，吵吵嚷嚷，乱乱哄哄，常常为订不上座位，为价格不公，为不让带酒水跟店家闹得脸红脖子粗，年夜饭变成"年夜烦"……

但"万变不离其宗"，年的内核还在，这就是："避凶求吉。"历史上任何一个年代过年说拜年话，都没有现代人说得多，说得巧，说得直露，说得肉麻，说得花样翻新。至于过年送大礼，就更是前无古人了。以前拜年只拜长辈和年龄大于自己的同辈人，现代人拜年哪管什么性别和年龄，只要用得着的都拜。这实际上也是对年的一种"敬畏"，以前祭拜的年是一只凶兽，现在的凶兽是两条腿，而且不止一只。

还有,现代人到了什么年就大拍什么年的马屁,鸡年必定金鸡,蛇年必定金蛇,猴年必定金猴,马年必定龙马,龙年则变成飞龙……什么年就是什么味儿,今年岁交丙戌称狗年,自然就充满强烈的狗味儿。可这个"狗"字跟什么好词儿配对都不大顺口,诸如金狗、银狗、福狗、钱狗等等,怎么听怎么别扭。这也没有影响现代人大拍狗年马屁的积极性,于是原本就很受宠的狗儿们,越发地一步登天,"人模狗样"起来。长春一家报纸,年前刊出一则广告:"招聘属狗的猎手。猎狗情谊无价,诚实、守信、速度、质量,只要您属相符合,只管应征,年薪二十万。"这是让人像狗,招像狗的人。还有让狗代人的,有一条新闻被炒得沸沸扬扬:一家网站要招一条狗做"代言人",年薪十万元。"代言"要用嘴,这可真是"狗嘴里吐出了象牙"!狗代人言,人仗狗势,人找工作难,狗却拿高薪,过去有句骂人的话叫"猪狗不如",现在竟变成了现实。

其实,人们如此急功近利地讨好狗年,骨子里还是迷信着只要哄好了年,就能避祸得福、大吉大利。这不还是古人过年的核心内容吗?所以,说现在的年味变了是不假,但用一个"淡"字来概括则不准。比如现在过年的商业味儿就更浓了,游乐味儿也更重了。倘若非用一个字概括现在的年味儿,那就是"杂"。酸甜苦辣咸,五味杂陈,个中还夹带着一股股的怪味儿和邪味儿。因为眼下的社会正处于"转型期",这一个"转"字就转出了大学问、大风景。有的转得快,有的转得慢,有的转过了头,有的刚开始转,有的转蒙了,有的转醒了,有的转了大运,有的转了霉运……社会五花八门,人有七情六欲,过年的滋味自然也就千差万别、一言难尽。

人仗狗势

冬天的早晨，小区里比较安静，我游泳归来老远就听到狗吠，十分刺耳。骑着自行车靠近了，才看见是一只白狗逼咬清洁工。清洁工上了些年岁，不敢跑，也不敢呵斥或踢打恶犬，吓得他抱着扫把直往后缩。不想他越缩，那恶犬的气势就越凶。有一男人，显然是狗的主人，指间夹着烟卷儿，大模大样、不闻不问地自管往前溜达。

我腿上加力紧蹬几下，冲上去大声吆喝："畜生！真是狗眼看人低，你是狗仗人势，还是人仗狗势？"那条癞皮狗还真被我赶跑了。我随即下了车，将自行车的钢绳锁提在手里，准备和狗主人好好理论一番。这里是公共住宅区，不是他的私家宅院，纵狗咬人不就等于行凶吗？我以前也受到过这类袭击，所以碰上这类的"狗事"格外生气。

狗仗人势，人不懂事，养的狗也好不了，恶犬是恶人养的。还好，那个狗主人听到我的呵斥声，只是回头看了看，没有吱声便跟着他的狗转到楼后去了。畜生就是畜生，狗永远都有狗性，要不怎么叫"狗改不了吃屎"呢？谁知道狗性什么时候会发作！

前不久我到云南昭通、富水参加当地的民族文化研讨活动，有一位北京来的教授，每到一地先打听医院在哪儿。原来他在来云南的前一天，不知怎么惹了自己的狗，狗脸说翻就真翻了，朝着他就是一口。其实，他对自己的宠物也没有信心，赶紧跑到医院去打针，防备得上狂犬病。而防止狂犬病的针要连续打六次，他只好将另外的五针带在身上，走到哪里打到哪里，一路上满脑子都是对狂犬病的恐惧，紧张得叽里咕噜。

宠物变成了祸害,这又是何苦呢?难怪在卫生部公布的二○○四年第四季度的疫情报告上,狂犬病在中国成为死亡人数最多的传染病(其死亡率目前几乎是百分之百)。报告上还说,中国患狂犬病的人数已经连续七年增长,成为仅次于印度的世界第二大狂犬病高发国。

一会儿闹"非典",一会"禽流感",狂犬病又以如此快的速度后来居上,原因何在?报告上举出两点:一、城市宠物犬急剧增多,狗的整体数量加大,咬人的几率自然就成几何级数上升。二、狗的管理和免疫能力跟不上。

据《羊城晚报》二○○五年三月十五日载:二○○四年广东报告狂犬病病例二百四十四例,已全部死亡,为近十年来最高峰。所以省里下达捕杀严令:凡发生两例以上狂犬病的地区,必须对无免疫的犬只就地捕杀。另据二○○五年二月十六日的《华夏时报》报道,春节期间,天津至少有四百多名市民在走亲访友时被宠物狗咬伤。

不错,人是什么样,就会把宠物也"宠"成什么样。人还没有养好,再养狗,那狗能好得了吗?人的素质上不去,养的狗怎么可能有素质?人都不老实,常常发疯、发狂、变态……狗又如何不疯、不狂?有人却说,养宠物是生活水平提高的标志,你看人家西方发达国家的人不是都爱养宠物吗?对呀,再往下问,为什么西方发达国家的狂犬病并不多呢?香港养狗的人也不少,却几乎没有狂犬病。

我说不出更深的道理,却可以讲一点自己不理解的现象:我在西方发达国家看见外国人遛狗都用绳子牵着,而国人遛狗大都是放狗,任由狗儿们自由自在地乱窜、乱嗅、乱舔、乱咬,撅起屁股乱拉屎,抬起后腿乱撒尿。真是怪了,养狗的人都爱吹他们家的狗只要一进屋就可以一夜不拉、一天不尿,怎么一离开它们的狗窝来到公共区域里,就三步一尿,五步一拉?弄得狗屎满地,已经成了小区的一害。《东方卫视》报道了最新的上海民意调查结果,在上海人最厌恶的十大陋习中排在第一位的是"宠物扰人"。

既然是狗,"狗眼看人低"的狗性就难改,说不准什么时候就发疯或抽风似的追着人乱叫乱咬。但,我们却不能再用老眼光小瞧它们,认为它们是狗仗人势。我倒以为恰恰相反,是人仗狗势。不是人宠着狗,而是狗宠着人,人以狗为荣,以狗为本。好像是狗儿们给了养狗的人一种特殊的身份,狗成了有点钱或有点地位至少是有点霸道的一种象征。

比如,在名流、富翁、白领以及所谓过着中产阶级生活的人们聚会时,不可缺少的一个话题就是谈狗……我曾有幸亲耳听到一位名人谈他是怎样每天和两只母狗睡在一个被窝里,如果不是睡在一起母狗们还不干。当母狗们来例假时,会弄他一被子狗血……你看看,弄一被子狗血都是值得说道一番的,足见狗是何等尊贵,人是多么的下贱。

既然养狗成了一种可以炫耀的资本,在当今喧闹、浮躁和攀比成风的时尚下,怎不一窝蜂地都想跟狗拉上点关系。不信你注意观察遛狗的女人,总是喜欢堂而皇之地与狗以母子或母女相称,无须做亲子鉴定就成了狗娘。而这些狗娘们是快乐的,这从她们跟狗说话的语气和神态上可以看得出来:高腔大嗓,旁若无人,不管她们的狗儿、狗女是否应声,她们竟自照说不误,自问自答,表情夸张。狗儿们或摇头晃脑,或不理不睬,表现出一种傲慢和尊贵。相比之下,狗娘们的喋喋不休,因为有条狗便在脸上洋溢出的骄傲感,反显出一种贱。

当今中国是没有"红灯区"的,而狗儿们,却有公开的合法的狗妓院。花二百多块钱,就能让一条老往主人大腿上蹭的发情公狗或母狗到狗妓院里待上一个星期,把那点劲儿折腾完再领回来。而且狗主人不用担心会串了种,狗妓院里的母狗都是服过避孕药的,只负责满足公狗的生理需求,却不会生出杂种狗……人开妓院算犯法,狗妓院却公然纳客、买卖兴隆,这是狗比人贵,还是人坏得不能再坏了,让宠物替代自己去干坏事?

我就此请教一位养狗的朋友,他甚为不屑:"你这是少见多怪,皆因不养狗,完全不知道狗的妙处。"接着他便口若悬河,滔滔不绝地论起了所谓养狗的文化:"狗逛妓院有什么新鲜的,狗还有医院、美容院、护理院、保健院,狗的美食店、时装店、培训学校。要进高级的狗学校,培训费一次就要交三四千元。你不能还抱着过去的陈旧观念,认为人类不能享受的狗也不能享受。世界上的贫困人口有十亿多,可在刚公布的世界十大宠物富豪榜上名列榜首的德国牧羊犬'金特四世',从女主人那里继承了一点四亿欧元的遗产! 以前有句老话叫:人比人气死人。人跟人比不了,现在人跟狗比也比不了,最终会被气死的还是人而不是狗。再告诉你一个信息,眼下狗的墓地也卖得很火,比葬人的墓地价格还高。你到狗墓地去看,给狗上坟的人一年四季络绎不绝,现在的时尚是,祖坟可以不扫,狗坟不能不扫。这就是时代的变化,人跟人的感情越来越轻淡,人跟狗的感情越来越深厚。美国有的州已经开始在议论跨物种婚姻的可能性,当然不是为了性或繁殖的目的,而是出于那种类似夫妻之间的确确实实存在着的感情。既然宠物经常在主人的遗嘱中被指定为遗产继承者,为什么就不能选择用正式的仪式来宣誓承诺自己对宠物的感情和爱呢? 婚姻作为一种社会和精神上许可的伴侣关系,不一定只局限于人类之间,只要这种关系的双方有明确的感情和相互陪伴的愿望……"

"打住,打住!"我赶忙拦住他的话头,"狗又不会说话,你怎么知道它愿意跟人结婚? 既然狗这么好那么好,你预计到什么时候,正讨论批准让人跟狗结婚的国家会选出一条狗来担任州长,甚或是当总统?"

"嗨,你这不是抬杠吗? 还别不告诉你,这也不是不可能。好几年前就有的国家选羊和驴当议员。既然动物可以当议员,为什么就不能当总统?"

呜呼,这我就无话可说了。狗若掌了权,会不会反过来把人当宠物来养? 真要到那个时候,说不定狗们会先立法,让自己的狗律师跟人类打一场官司,头一条就是划清界限:你们人类把地球糟蹋成这个样,自己繁衍出了那么多后代,又管教不好,眼看着自己的种类越来越不可救药,就又来打狗的主意,谁知你们安的什么心? 别怪我们狗眼看人低,狗脾气说翻脸就翻脸,如今该轮到你们人不如狗了,看我狗爷怎么整治你们这些两条腿的家伙……

话扯远了,还是回到在眼下这种"狗眼看人低"偏又"人仗狗势"的情况下,怎样保护自己不被狗伤? 经过多年摸索实践,我总结了几条

经验,公布出来供有同感者参考:

1.积极向人民代表大会呼吁,尽快出台《狗法》,现在管人的法律有一些,管狗的法律还没有,而狗儿们再不管不行了。

2.散步不得空着手,手里必须要拿件能防身的东西:羽毛球拍、健身球、长而有尖的伞、剑、拐棍——也可以叫"文明棍儿",当初人们给拐棍起这样一个别名,可能就是为了让没有上年岁的人也可以拿着它打狗。可见打狗是一种很文明的行为。狗大多都欺软怕硬,它看你手里拿着东西,就不敢轻易攻击你。

3.打狗不必看主人,狗不是东西,它的主人一般也不会是什么好玩意儿,只要看到狗就先做好打的准备,它冲你一龇牙就赶紧下家伙,先下手为强。

总之是不要怕狗,你越怕,它越凶,你越跑,它越追,你不怕它,它就可能怕你。现在还有什么动物是不怕人的? 二十世纪五十年代初中国也曾爆发过狂犬病,一场打狗运动就把疫情压下去了。我看现今的狗娘、狗爹们再这样张扬下去,把狂犬病闹得跟"非典"一样人人喊打了,那就离着一场打狗运动也不远了。

2005年的语录

令人难以想象的是国际上还有个"全球语言监测机构",不知他们对种类繁多、浩如烟海的全球语言是怎样进行"监测"的,最后选出在二○○五年全球使用频率最高的词语:难民(refugee)、海啸(tsunami)、教皇(纪念保罗二世教皇去世)、中国英语(chinglish中国式的洋泾浜英语)、禽流感(H5N1)、巴黎骚乱、卡特里娜、共同创建环境网站、手机短信、叛乱分子……

排在前十位的有六个灾难、一个死亡,足见对全球来说刚刚过去的一年颜色偏黑,晦气重重。但仍有透亮,世界并非"一锅粥",有暗就有明,有办丧事的,也有办喜事的。

我平时也喜欢搜集有见地、有趣味的语言,到年底归纳一番,分门别类,一年的脉络便清晰可见,足堪玩味。兹选出一部分抄录于后,看读者诸君是否有同感?

现代社会文化大致可分为三块:官场(政治)文化、市场(经济)文化、情场(伦理道德)文化。那就先说跟官场有关的语录。

去年世界上灾难频仍,出丑闻的总统和官员也多,因此媒体借纪念爱因斯坦的相对论发表一百周年,重新刊载他临终前对自己女朋友说的话:

"蠢货的统治是无法撼动的,因为蠢货那么多,而他们的选票又和我们一样算数。"

或许还更"算数"。因此一个中国律师公开说:"你遇到一个法官,请他吃饭不去,送钱也不要,这是最可怕的了。因为你不知道他是真的清廉,还是对方已经送过了。"

而姚元忠先生则说:"要让老百姓不怕官很简单,让官怕老百姓就行了。"

《中国青年报》二〇〇五十二月二十六日推出了《2005 社会怪现象》:"四十六岁的尤国英,被送到火葬场时还没有死;三十九岁的余祥林,妻子出走带给他十一年铁窗;十六岁的李洋,显赫落榜的高考状元;华油职工,为了上岗奋勇离婚;合肥五十八栋别墅无人认领……"

二〇〇五年七月十日,在成都召开的"和谐社会成都论坛"上,专家们对中国当前的社会阶层重新做了划分:"1.国家与社会管理者阶层;2.经理人员阶层;3.私人企业主阶层(雇用八人以上);4.专业技术人员阶层;5.办事人员阶层;6.个体工商阶层;7.商业服务人员阶层;8.产业工人阶层;9.农业劳动者阶层;10.城乡无业、失业、半失业阶层。"

"文革"期间曾有"臭老九"一说,一直处于领导阶级的"工农兄弟",如今却沦为老八老九,人们也早已习以为常了。难怪清华大学科技与社会研究中心的王浦生公开宣称:"自行车污染比汽车大,中国城市环境污染不是汽车造成的,而是自行车造成的,引起交通不畅,导致汽车停滞,排放更多尾气。"

这就叫霸道,还有点得便宜卖乖。在世界上人均土地占有量很低的中国,又拿出许多土地用钢筋混凝土覆盖,修建了一条条高速公路、高架路、快速路,哪一条是为自行车修建的?恰恰相反,城市里有些飞机场般的大道却取消了自行车道。

《燕赵都市报》曾著文介绍说,我国每年公车开支三千个亿,超过教育、医疗经费的总和。其文使用了一个醒目的标题:《多尊贵的臀部啊!》

再看经济类方面的语录。二〇〇五年在经济界流传最广的一句话带有天津味儿:"买嘛嘛贵,卖嘛嘛便宜。"一买一卖见时尚,黄金涨价,文物涨价,到年底北京、广州"清晨排长队,为了买金条贺岁"。

有钱的人越来越多是好事,为了适应越来越多的有钱人,"上海开发企业前沿控股集团声称,他们将在天目湖畔打造价值一千万元的高档别墅,购买者可获赠价值三百万元的直升机使用权,像出租车一样随叫随到。"

而媒体为中国上一届富豪榜做年终总结时发现,二〇〇五年很多上榜富豪被害的被害,被抓的被抓,感叹道:"这哪是富豪榜,简直是黑名单。"真是煞风景。

可能是因为"拿人家手短,吃人家嘴软"的缘故,二〇〇五年是经济学家最老实的一年,有媒体形容是"集体失声"。于是媒体重新发表王瑶先生评价鲁迅的话:"什么是知识分子? 他首先要有知识;其次,他是'分子',有独立性。否则,分子不独立,知识也会变质。"

晏阳初也说过:"富有的人和富有的国家,必须认识到,只有贫穷的人民和贫穷的国家满足了,你们才是安全的。你把这叫做明智的自身利益也可以。"

社会学家李光天说:"转型期的心里调适,应是社会全方位的,有钱的人要克服有钱的麻烦,没钱的人要找出没钱的快乐。"

究竟怎么个调适法呢? 王静在《杂文选刊》上发表了一个段子:"这年头,教授摇唇鼓舌,四处赚钱,越来越像商人;商人现身讲坛,著书立说,越来越像教授。医生见死不救,草菅人命,越来越像杀手;杀手出手麻利不留后患,越来越像医生。明星卖弄风骚,给钱就上,越来越像妓女;妓女楚楚动人,明码标价,越来越像明星。治安横行霸道,欺软怕硬,越来越像地痞;地痞各霸一方,敢作敢当,越来越像治安。流言有根有据,基本属实,越来越像新闻;新闻捕风捉影,随意夸大,越来越像流言……"

第三类是情场语录。二〇〇五年中国出现了同性恋家庭,贺曼公司推出了同性恋结婚贺卡,上写:"两个新娘成双对。"我想还应该有"两个新郎成双对"吧。

那么异性婚姻的状况如何呢? 有这样一些比较极端的段子:"有心的无力,有力的无钱;有钱的无情,有情的无缘;有缘的无分,有分的正闹着离婚。""说真话的男人大半打光棍,说假话的男人正在闹离婚,说半真半假话的男人大都艳福不浅,被女人奉为好男人。"

"法律规定:男人二十二岁可以结婚,但十八岁就能当兵。这说明三个问题:做人比做事难;生活比打仗难;对付身边的人比对付敌人难。"

西北师大旅游学院的讲师徐兆寿,在他自己开设的《爱情婚姻家庭社会学》的课堂上,让一百多个学生重复地同声大念一个字:"性——"像搞传销,性确实是当下最畅销的产品。

根据现行《婚姻法》修改起草专家小组主要负责人巫昌祯教授统计:"被查处的贪官污吏中百分之九十五都有情妇,腐败的领导干部中百分之六十以上与包'二奶'有关。"而作为"八○后"一代的代表、少女作家春树更有惊人之语:"有关系就是有关系,没关系有了关系也没关系。"

既然人类的情感已经到了这个地步,所以二○○五年最具轰动效应的殉情事件就发生在四只年轻的野猪身上。"它们是两雄两雌,一起跳百米悬崖身亡,坠亡后犹作两两相对。经多方推考,村民坚称它们是为情自杀。"(《都市快报》)

真是"蠢猪"啊,竟然想给人类做榜样。难道不知道人类更喜欢"好死不如赖活着"?

最后还是听听人类中智者的教导吧:"会经营婚姻的人,要比会经营爱情的人伟大。"

透　绿

　　将公园四周的高墙,和一些有碍观瞻乃至产生污染的建筑物统统拆掉,换成栏杆,让公园的绿色透出来,让外面的人透过栏杆可以看到公园里的绿……这就是城市的"透绿工程",无疑是一件好事。

　　可是,当我看到一些公园的栏杆时,却一阵毛骨悚然,立刻联想到这栏杆里面或许不是什么公园,而是监狱以及军火库一类的秘密地方。这栏杆粗看还比较漂亮,细看却极其凶险,在栏杆的顶部有两排弯曲的尖刺,一排向里弯,一排向外弯,每根半尺多长,如野猪的獠牙一般锋利。在两排獠牙的中间还埋伏着无数笔直而尖细的箭镞,纵然逃过了明枪还有暗箭……这些东西用来对付谁呢?

　　自然是那些不买票就想进公园的人。翻越公园的栏杆固然不对,难道就该开膛破肚,甚至被扎死? 公园的主人出于一种什么样的心态要把栏杆设计得这般狠毒? 倘有顽皮的孩子出于对惊险的好奇而被误伤怎么办? 真打起官司来,栏杆的主人恐怕得输。

　　这诡异的栏杆却真实地反映了当下的一种城市意识:看着是在为群众做好事,骨子里却把人看得很贱、很轻。以至于连公园都像防贼一样地防着游客和市民,却天天在喊什么"跟国际接轨"、"建设国际大都市"……哪个"国际大都市"里的公园还有栏杆? 因为人家的公园不像我们要卖这么贵的门票,甚至连博物馆都竞相免费迎客,任何人都可以随意出入,还要栏杆何用? 比如纽约的中央公园、伦敦的海德公园等等。

　　现代城市建设最时髦的一句口号是"以人为本",实际干起来往往是"目中无人"的。比如在我们这一大片住宅区外面修路,施工者只给汽车留出一条弯弯的窄窄的过道,将步行道和自行车道统统挖掉并用护板隔离起来。你修路纵使有一万个理由,也不能把数千户居民的路给堵死! 人活着最基本的需求是衣、食、住、行,这些人只要出门就得冒生命危险跟汽车轱辘抢道。由于这是一条连接城乡接合部的主干道,汽车格外多,而且开得贼快,人们夹裹在汽车中间,胆战心惊,气喘吁吁,每次一进一出都像捡了一条命。

其实,要留出一条小道供行人通过非常简单,也非常自然,不必打什么"以人为本"的旗号也应该做到,也能够做得到。所以人们有理由怀疑,高唱"以人为本"的人,脑子里真的有"人"吗? 我不知道这个口号是怎么流行起来的,也不清楚它的真实含义,却想起前年在英国遇到的一件事:当时伦敦市民正讨论和表决关于伦佐·皮亚诺大厦该不该建的问题,最后持反对意见的人占多数,致使建筑商一直未能拿到大厦的建筑许可证。

这是一座三百米高的尖形建筑物,建成后将给伦敦的天空中增加一个"漂亮的锥体",成为又一座标志性建筑。但伦敦人认为,伦敦的天空不属于政府或某个开发商,它属于伦敦的历史和文化以及伦敦的市民。尽管大厦的开发商一再许诺,这座大厦"绝对符合环保要求,建成后将直接用泵从地下抽水,利用太阳能光板为楼内供暖,还要修建一些花园改善自然通风……"但,不获得伦敦民意测验的赞同,就甭想动工。

最近媒体报道,伦敦市民要对此进行新的论证。这是对市民的尊重,也是对城市的尊重。有了这种尊重,才会有珍惜和呵护,才会小心翼翼地规划和建设。

是建筑的理性和社会性,决定了城市建筑需全民参与。现实是,不要说一般民众对建筑没有发言权,就是建筑界的专家能够参与一下也算不错了。北京的"鸟巢"先施工再喊停,先通过再修改,整个过程非常典型地说明了现代城市建筑是一种"强势文化",它偏重体现金钱和权力的权威意志。所以只要看到一个城市的建筑水平,大体就能了解这个城市以及它的决策者的水平。

可是不要忘了,好城市最基本的一条就是建筑必须要能在老百姓的心里活起来。比如过去的劝业场,民间关于它的传说特别多,当初是谁设计的,牌匾是谁题的,风水如何之好,建筑如何结实,大水泡不坏,大震震不塌等等。当时外地进津的人必须得逛逛劝业场,不逛劝业场等于没来天津,不住在市中心的天津人,隔一段时间也得来逛逛劝业场,好像长时间不去劝业场就会跟不上时尚,容易被天津市的主流社会所抛弃。劝业场是一座建筑,却成了一种标志、一种文化,甚至挂在劝业场二楼拐角处的一幅大型滑稽照片,一个很有人缘儿的男人龇牙咧嘴地蹲在地上抠脚气,至今还让许多人记忆犹新,想起来便会情不自禁地在嘴边泛起笑意……

市民喜欢和欣赏自己的城市,以城市的建筑自豪,才能扶持和善待建筑。若劳民伤财,与群众的情感格格不入,甚至惹得议论纷纷、骂声不绝,无论主家多么喜欢,恐怕也是失败的建筑。

小区景观

天津人爱议论"五大道现象"——由五条大道组成的一片街区,建成近百年来基本还保持着原有的风格,尚能闹中取静,至今仍算得上是比较漂亮和有特色的地段。可是,在"五大道"之后又建起了许多各式各样的住宅小区,刚建成的时候都挺漂亮,几年下来就变得面目全非、松、散、乱……这是为什么?

比如我居住的小区,两年前刚搬来的时候很整洁,很快就变得一言难尽了。楼前楼后挖沟不止,挖得很快,填的时候很马虎,复原就没有日子了。变电小屋挪来挪去,毁了草坪盖房子,房子建了一半因打官司又停工,到眼下已经跨过两个年头了,草坪毁了房子也没盖成。小区中心地带有很好的两栋高楼,一场官司之后在两楼之间竖起了一道铁栅栏,楚河汉界,老死不相往来,非常刺眼,显得极不协调,即俗话说的毁了小区的风水。

因此,在提倡构建和谐社会的今天,小区里却经常会出现一道格外醒目的风景,那就是"大字报"和"大标语",并伴随着一场接一场的没完没了的官司:房主和开发商、居民和物业公司、这个开发商和那个开发商、这个物业公司和那个物业公司、房主和房主……忒热闹了,一个小区就能演绎一部春秋战国。

我曾经以为这是自己运气好,摊上了这么一个多事的地方让你长见识。后来听朋友们谈得多了,或到别的小区串门看得多了,原来还有许多小区的状况都差不多,甚至包括其他城市的住宅小区,也都有着类似的麻烦,上演着内容大同小异的连本活剧。房主们在买房子的时候,每个小区的平面和立体规划图都做得非常好看,极具诱惑力,买房者便很容易疏忽大意,没有拿着这份规划设计图跟开发商到公证处做公证。等到小区的房子卖得差不多了,开发商就开始一点点地改变小区布局,或将草坪掘掉建变电站,或毁一块公共活动区域盖锅炉房,或干脆将留出来准备建广场和喷水池的地方改做他用……

"先规划,后破坏"——成了某些房地产商的惯技。或许也不能只责怪房产商,先建后拆和乱建乱拆,似乎是我们多年来养成的一种习性。想想近半个多世纪以来,我们的城市可曾消停过?我们的马路可曾干净过?难怪相声里说应该给马路安拉锁。城市建筑更是如此,泥巴灯、干打垒、工人新村、简易楼、大板楼……拆了过时的,再建起过时的,老是赶,老是拆,不停地建,不停地拆。甚至一个领导一个口味,每个领导上任伊始先拆老的,后建新的,这些新的建筑到下一个领导上任时,又变成了该拆掉的过时货。

这股习气非常强大,流风所至不可能不影响到住宅小区,刚建成的时候都比较漂亮,几年下来就又变成了大杂院,乱拆乱盖,乱堆乱放,垃圾遍地。以前人们都习惯性地怪罪中国人的素质太差,现在应该分析一下,归归类、排排队,看看都是哪些人的素质差,差在哪里,谁该负主要责任?就在我写这篇短文的时候,在我的东窗户下面,一帮民工又开始在一片空场上挖大坑,一位老太太闯进去横躺在坑里,才迫使工人们不得不停手。四周围着许多人,不知是谁报了警,警车"呜儿呜儿"地也赶来凑热闹……我估计很快又有新的大字报和大标语挂出来,一场新的旷日持久的官司也会跟着开场,不知要到什么时候我的东窗根底下才能安静下来?

既然写不了东西,就索性下楼看看到底是怎么回事,站在人群后面听到不少新鲜词儿,有人骂一些人是"刁民",有人指责另一些人是"刁商",有人大声阐述自己的理论,自我防卫是人类最古老的法则,就连地上一条小虫子遭到践踏都会改变方向,要知道房主们已经花钱把这个小区买了下来,小区是属于业主的,哪儿该怎么拆,要建个什么东西,怎么可以不经业主同意就乱来,岂不是欺人太甚?

我已经没有在这种乱哄哄、闹嚷嚷的场合争理、辩理的锐气了,也没有这份激情和能量组织群众、动员群众,只能躲在后边偷偷地长见识。但是,在心里还是由衷地赞赏和敬佩这些敢于挑头的人,他们不怕麻烦,不怕是非,积极组织房主们据理力争,维护自己的利益,不惜诉诸法律。

城市里一个个相对封闭的住宅小区,实际上已经取代了过去的"街道",由业主们民主推选出来的业主代表,也相当于过去政府委派的"街道主任"。管得好的小区,都有热心而公正的业主代表,他们是"公共活动分子"。就像社会需要"公共知识分子"一样,这关系着社会的进步。不就是因为有一批"院士级"的建筑学专家向国务院领导上书,作为北京奥运主会场的"鸟巢"才得以暂停施工,并进行了全面的"瘦身"吗?

还有位四十一岁的俞孔坚,北大景观设计学研究院院长,对中国正在"大搞城市化妆运动"的批评可谓惊世骇俗、入木三分:"这是一个尽情挥霍的时代,尽情地挥霍着土地、资源、纳税人的钱。看看要建的央视大楼,用十分之一的钱就可以建同样功能的建筑,它看上去极现代,但不具有现代建筑的本质,没有现代精神,只能是暴发户意识、封建意识的体现。这种意识再与横行中国的城市化妆运动相杂交,就生出了一个个城市景观的怪胎……很多城市都是一个政府大楼,前面一个大广场,一个中轴线……"

茨威格曾为专家下过定义:由于职业关系,应对所有超出常规的计划抱不信任态度。俞孔坚的声音恐怕不仅让关心城市建设的人听到了,也让许多普通百姓听到了。这种声音能够如此强劲地理直气壮地发出来,并大面积传开,就是时代的进步。我不相信这对中国当前的"城市化妆运动"或者说"城市的热膨胀",会没有一点作用。

再怎么说,我们的现实也不至于油盐不进、死猪不怕开水烫吧?

基于同样的信心,我对这些年来如雨后春笋般的住宅小区也寄予希望,这完全是居民自己管理自己,呈现出一种新型的社会组织形式。当业主们都能管理好自己的小区了,社会和国家的管理也自然会大为改观。到那时无论我们自己还是外国人,大概都不敢再拿中国人的素质说事了。

广　场　热

　　拥挤的现代中国，到处都在建大广场。空阔的广场和高大的建筑物相衬，成了富裕的象征、政绩的标志，乃至是"文化"的符号。于是许多城市便有了大致相同的模式：一座堂皇的政府大楼，前面一个大广场，最好还要连接着中轴线，水池、喷泉也是少不了的……

　　城市如此，乡镇也如此，有些地方镇有镇广场，村有村广场，广东最大的一个镇广场竟占地十四万平方米，有些村的广场也有四万多平方米……人们不禁要问，要这么多广场干什么用呢？占用了无数好土地建起来的一个个大广场，究竟有多少实际利用价值？

　　为了显示豪华，这些广场多用大理石铺面儿，顶不济也得铺上洋灰板儿，不吸热，却反热，夏天太阳一出来，大广场就变成烤箱，人在上面根本待不住。这些大广场只会为城市的"热岛效应"再添一把火。到冬天，空旷的大广场成了风口，扬土搅沙，奇冷无比。又因过于阔大与华丽，使广场显露出一种霸气，将人衬托得渺小而局促。何况广场上面也的确立了许多牌牌，这儿禁止入内，那儿不许踩踏……老百姓走上去心里怯怯的，谁还会去找那份不自在？或许广场修建者要追求的正是这种拒人于千里之外的"霸气"，这似乎已经变成一种时尚。在某市的豪华体育场里，就长期悬挂着这样的口号："志在最高，充满霸气，坚信自己，创造奇迹！"无论这是鼓励体育场的建设者，还是让运动员当座右铭，都活画出当今社会的一种典型情态：急功近利，千方百计追求一鸣惊人、不同寻常，结果却是稀松平常，乃至令人作呕。

　　北方一大城市，耗巨资在黄金地段，修建了一个八万平方米的"标志性"大广场,当然也是大理石的。为了点缀气氛,还在广场上有规则地修建起一些一米高的石槽,里面填满土种植花草,以示如今的花草"高人一等",闲杂人等只能仰视不可低瞧。有天晚上,市里头头陪同外省市的考察团参观本城夜景,当车队路过"标志性"大广场时,一客人突然惊诧地尖叫一声:"哎呀,想不到你们居然在市中心区还留下这么大一片坟场!"车内一时鸦雀无声,没有人敢接茬儿。不错,在以昏暗为情调的灯光暗影里,空荡荡的广场上的那些石槽子,实在太像坟丘子了。即所谓"好事不出门,坏话传千里",外地客人的惊呼很快就像风一样在全市传开了,一到晚上便再也没有人敢到那个广场上去。而且所有路过那里的人,也越看这个"标志性"的大广场越像坟场,阴森森,冷飕飕。

就这样,一个外地人无意中的一句话,竟毁了一个大广场。这样的城市"标志"不是未免太脆弱了吗? 这种一窝蜂的"广场热"到底标志着什么呢? 标志着一种极度夸张地追求"表层化和平面性"的社会风尚,被急速变化的社会物质和文化消费诱惑得六神无主,抛弃了应有的理性文化传统。在纽约曼哈顿的中心地段,矗立着由多座摩天大楼群组成的洛克菲勒中心,在某些人眼里这已经足够"霸气"了吧? 可是当年世界顶级的财阀洛克菲勒,担心的正是这种摩天大厦群的霸气会惹人讨厌,使它跟市民拉开距离。于是在摩天大楼群的前面搞了个下沉广场,夏季流水淙淙,有音乐和休闲茶座,冬季则变成火爆的滑冰场,气氛总是轻松活跃,热热闹闹。使得洛克菲勒大厦群一年四季都被旺盛的人气托浮着、包裹着,有效地调节了摩天大楼本身的冷峻和傲慢。以至于一百多年过去了,洛克菲勒中心早已经不再属于洛克菲勒家族,可后来的主人却依然保留着"洛克菲勒中心"的名称。

这就是理念的差异,越是真正的发达和富有,越知道平常的重要。只有不自信的暴富,才会追求霸气,并恨不得在一夜之间,把一座城市或自己管辖的地方换个样儿,惯称"一步到位"……这是以"大手笔、大气魄"表现出来的大不自信。伦敦、巴黎、纽约,都是经过了几个世纪的努力,才建成了今天这样的世界级大都市。它们也都有自己著名的广场,但并不以奇大和豪华为荣,而是用广场凝聚历史、储存记忆、亲和民众、彰显民族文化。

中国城市规划研究院副总规划师赵燕菁说:"我们建设了那么多新城,哪一个可以和元大都(老北京)比? 我很清楚很多人认为根本就是不可想象的。这只证明了我们这一代人想象力的退化——尽管我们比我们的祖先更有钱了。如果我们准备花几百年的时间建设一个伟大的首都,就等于是告诉人民我们对这个国家有多坚定的信心。"当年的"元大都"还给我们留下了一个世界著名的天安门广场,如今已成了中国人民心中的"图腾"。

而现在某些城镇的建设者,根本不知道自己城镇的生命力在哪里,真正需要的是什么? 只是一窝蜂地看见人家干什么就跟在后边学,以至于到处都是巴洛克、罗马柱、大广场,很快又将"广场热"弄成了"广场病"。

评2006年流行语

一年刚过,国内外便有各种版本的"流行语排行榜"出笼。但多是"政治流行语"或"灾难流行语",有些让我印象深刻的话并未上榜,而有些上了榜的却并不觉得曾经很流行。于是我将去年积存的近二百条流行语进行筛选,从中归纳出五类:名人之语、草根之语、广告之语、惊人之语、恶搞之语。每一类都选出几条,略加评点,搞了一个自己喜欢的民间流行语排行榜。看读者是否认可?

名人之语

名人多不甘寂寞,名人寂寞世界就寂寞了。这个商品消费社会之所以需要名人,是因为名人既可以视为偶像,又可以像商品一样被大众消费。那么二○○六年有哪些名人说出了哪些有味道的话语呢?

1."我这儿不是公共厕所,不能让他们随地大小便。"

——著名性学家李银河这样解释关闭博客留言功能的缘由。这句话传达了一个确实的信息,有人到李博士的博客上排泄粪便。这还道出了一个现实,天下比马桶还多的博客确有厕所化的倾向,然而谁把博客弄成公厕,先被弄脏搞臭的便是他自己。

2."我曾在世界不同的地方遇到抗议,这正是民主的真义。"

——美国波士顿大学的师生抗议学校向美国国务卿赖斯颁授荣誉学位,而赖斯却用上面的话评论对她的抗议。好智慧,好口才,好风度。斯人不赖。

3.美国总统布什似乎口碑不佳,以口无遮拦说话不得体,甚至说错话著称。但二〇〇六年说了两句大实话,颇受世人好评。一句是七月六日在庆祝他六十岁生日的聚会上说:"你们认为我有白头发是因为我是总统？其实不是,我有白头发是因为我有两个年轻的女儿。"

——何其坦白,一层意思是说他当总统不用心,另一层意思是说他的两个女儿让他操碎了心,当个美国总统女儿的父亲要比当美国总统难多了。

他还说过一句流传很广的话:"我要告诉你们我一生中的五个转折点:信奉耶稣基督,娶老婆,养孩子,竞选州长,听我妈的话。"

——所谓"五个转折点"其实只有两步:这个公子哥的命运改变,首先得益于有了信仰,然后又有了家庭并热爱家庭,并得到家庭的支持,于是从政一路顺风,直至坐上美国总统的宝座……他道出了一种有规律性的东西。

4."让我讲创业的故事,就像祥林嫂讲阿毛的故事一样,讲多了也没什么意思。"

——大陆首富丁磊在母校讲演时发出这样的感慨。现在的成功者大多都沾染了这种祥林嫂式的毛病,一遍又一遍地通过媒体操办的论坛、对话等节目向公众重复自己发财的故事,因为当今社会"财迷"多,"钱丝"多,媒体正可利用重复这些发财的故事赚自己的钱。

5.香港口碑最好、成就最大的女影星大概就数张曼玉了,不仅是众多男影迷的偶像,也征服了无数女人。去年她有句名言:"最让人回味的爱情就是还没有爱够,就戛然而止了。"

——这话貌似精辟,却难以成立。真正美好的爱情,正爱得死去活来的会自动戛然而止吗？除非遭到外力的摧毁,如战争、海啸等,那回味的就不再是爱情的美好,而是痛苦。

6."另外一个应该到意大利投资的理由是,这里有美丽的秘书。"(沈彦辑)

——贝卢斯科尼在担任意大利总理时,以这样的话游说美国商人到意投资,其口吻有点像拉皮条的。不久就下台了,不知跟兜售意大利"美丽的秘书"有没有关系？

草根之语

"知屋漏者在宇下，知政失者在草野。"根据民间传得最多的话语，可了解二〇〇六年的一部分社会情态。比如，有女愁嫁人、有儿愁就业……成了不可忽视的社会现象。

1."37度的男人正走俏。"（阿满）

——现代挑剔的女人们挑来挑去挑了个37度，36度太冷，38度太热，37度属于"低烧"，比正常体温多一点温暖，又不至于太热情做作。不冷不热，不死不活，不帅不丑，平平淡淡，总之"男人无才便是德"，正好给女人以安全感。我猜测，下一步该男性机器人吃香了。

2.一方面出嫁难，一方面少女堕胎的现象越来越严重。"以前的说法是：请把你的第一次留给你的丈夫；现在的说法是：请把你的第一胎留给你的丈夫。"

——结婚生子，繁衍不息，本来是人类的本能，再自然不过的事情。谁知随着人类社会的高度发达，很容易很自然的事情变得不容易、不自然了：先是不一定结婚，结了婚不一定有孩子，有了孩子不一定是自己的，是自己的不一定能保证健康成人，健康成人了不一定能在激烈的竞争中找到适宜自己的生存位置。或许有一天人类该把回归本真、保持自然视为头等大事。

3."诸葛亮出山前，没带过兵；女性头回临盆前，也没生过孩子——为什么用人单位都要求我们有'工作经验'？"

——大学生质问得有理，然而有理不等于有工作。甚至呼天抢地地质问越多的学生，越容易成为"三霸生"："面霸、会霸、拒无霸"，即参加面试最多，参加招聘会最多，被拒绝的次数最多。用人单位不会理会大学生的质问，大学生应该去质问自己的大学，你没有工作经验可以理解，可有真才实学吗？大学教育本该与社会需求协调一致，为什么大学生会过剩？现在是社会在修理大学，大学毕业并不是真正的毕业,还要重读"社会大学"。

4.那么有了工作的又如何呢?"一进公司,两眼无神,三更半夜,四肢无力,五脏六腑,七零八落,久而久之,十分痛苦。"

——现在讲究拿多少钱干多少事,而不讲"三老四严"、"主人翁精神",所以一方面就业难,一方面并不珍惜就业的机会,好高骛远,拈轻怕重。那就借鉴美国一家工厂大门上的标语吧:"如果你爱自己的工作,你就是它的主人;如果你恨它,它就会成为你的主人。"

5.当下有一首《贪官是怎样出来的》民谣:群众告出来的;情妇失宠后"抖"出来的;小偷无意中"偷"出来的;有关部门根据线索"揪"出来的;其他贪官落网后"咬"出来的;收了好处费不办事被"揭"出来的;驾名车养美女住别墅"露"出来的;非正常死亡后"挖"出来的。

——近十年来花样翻新的贪污腐败,让老百姓大长了见识,成为无处不在的任何场合都可以大谈特谈的话题,为民间的口头创作提供了取之不尽的素材。或者说,这些年"顺口溜"和"黄段子"能够盛行,是得益于贪污腐败的猖獗。

6."一张文凭,两国语言(精通英文),三房两厅,四季名牌,五官端正,六六(落落)大方,七千月薪,八面玲珑,九(酒)烟不沾,十分老实。"

——这是在上海流传的女孩子择偶标准。一方面大家都知道现在社会上"剩女"特别多,急得许多父母代替女儿去参加各种婚姻派对大会,到处替女儿相亲;另一方面女孩子们又不肯降低择偶标准,对婚姻充满理想主义。而眼下的事实是,什么样的男人都剩不下,即便没有文凭,没有房子,没有名牌,没有高薪,只要是个男的就行。难怪现在生育不平衡,生男多,生女少,男的无论生多少都剩不下,谁有机会不多生呀!

7.一项名为全球生活节奏的调查显示:"在随意情况下走过六十步所需的时间,广州人平均只需要十点八秒;重庆人需要十二点三秒;北京人需要十二点六秒;上海人最慢,需要二十七点三秒。"

——广州人值得羡慕,目标明确,精神抖擞。以重庆和北京人所代表的是随大流,夹在中间不紧不慢。上海人最麻烦,心眼多,想得多,心事重重,左顾右盼,好像抬脚动步都得查黄历。

8."如果在进入社会之前就只相信金钱,你差不多没有希望了;如果进入社会之后还不相信金钱,你差不多没有救了!"

——这句话被许多家长拿来教训自己的孩子,道出了所有家长的矛盾心理,希望孩子纯洁,又怕将来到社会上吃亏;从小就教孩子适应社会,又怕孩子学坏。于是设计出了这套"两段论",但谁遵循它谁就会吃亏。上学学一套,到社会上干的是另一套。上学只要理想不谈钱,到社会上不要理想只认钱……"两段论"容易培养两面派,甚或心理失衡,性格分裂。

广告之语

1.二○○六年引起争议的广告多是拿人的"中间部位"做文章,刺激消费者的"性趣",捎带着恶搞"中央"一词。如福建长乐人李振勇抢注安全套商标"中央一套"紧跟着有网友为其设计了这样的广告词:"中央一套,你套,我套,大家套!想事事去忧,就用中央一套!"一内衣产品的商标叫"中央三套";一药厂为自己的壮阳药取名"中央抬";一丰胸产品的广告语是:"一穿就大,一戴就挺!"(《羊城晚报》)

——这些人拿自己的产品恶搞,等于拿自己糟改,打着为"中央"的旗号,走的却是邪门歪道,想起哄赚热闹是可以的,想把企业做大、发财是断不可能的。越容易引起人们的性联想,越要严肃正经,美国辉瑞公司生产的"伟哥",也是为"中间部位"服务的,走的却是正道,所以发了大财。

2.利用谐音拿名人或严肃的国家机关取乐,哗众取宠。有两种猪饲料的商标分别是"猪食茂"(朱时茂)、"催永圆"(崔永元);一化妆品叫"张一摩"(张艺谋);甚至拿最高法院开涮,将理发店取名"最高发院";一咖喱鸡店的广告是:"看超女决赛,吃咖喱鸡腿";火锅店的广告语更邪乎:"吃了咱火锅,能防禽流感"……(《广州日报》)

——据闻还有叫"爱伦坡"、"林语堂"的楼盘正在兜售。这是一个嬉皮赖脸、全无顾忌、缺少尊重和神圣感的时代,讲究的是"逗你没商量"。不管转什么脑筋,只要能显摆一下,逗得大家哈哈一笑,就是本事,就算过了一把瘾。倘还能赚点钱,就会更加不择手段。

3.海口一民营企业主将其生产的老鼠药和杀虫剂注册为"双轨",并广为宣传:"当'双轨'老鼠药进入千家万户时,必将对贪官产生巨大的心理压力,使他们收敛腐败行为。"好家伙,这俨然像是中央纪律检查委员会的直属企业!

还有专在腐败上做文章的广告,南京生产的"至尊南京牌"卷烟的广告是:"至尊南京,厅局级的享受。"——为什么不往上说成是"省部级"的享受,而把消费对象瞄准在"厅局级"呢?因为"厅局级"中落马的贪官最多,在"厅局级"划线就等于将"省部级"以下的干部都囊括进来了。"厅局级"自身要吸这种烟自不必说,羡慕和想当"厅局级"的人,以及向"厅局级"行贿的人也都会买这种烟……想得多好。

——这就叫拿当官的说事。过去有一种理论,社会是由官场、市场和情场三大块构成。而现在的官场中就有个大市场、大情场,能打进官场,把官场搞活,还愁不能发财吗?只是要格外当心,刀尖上舔血的买卖危险性很大。

4.二〇〇六年最肉麻的广告,当属蒋雯丽为一化妆品代言,利用孩子的口吻说:"妈妈,长大了我要娶你做老婆。"

——有人指责有乱伦之嫌,有人赞赏其用心良苦。蒋雯丽是个出众的演员,成名后人缘不错,戏缘不佳,没有拍过给人印象深刻的好戏,广告倒拍了不少。

5.二〇〇六年最神经质的广告是:"有许多人希望配偶与自己亲近,但又不希望过于亲近。于是抱着笔记本电脑与配偶依偎在一起,既可以感觉有交流,又可以确保不会有四目相对的亲密。"

——这是什么广告大家想必一目了然。但,感情正常的男女是不会买这种"第三者笔记本"的,它是专门为那些想甩掉对方又不愿意明说的人预备的。

6.二〇〇六年最莫名其妙的,是英国国家安全局为了招募女性加盟,公开打出的广告:"她一个月花三十英镑用于化妆,喜欢蜷在沙发上看好的言情小说。她喜欢在自己中意的意大利餐馆享用浪漫晚餐。她开车执行许多任务,常常很长一段时间内只是坐着,一旦需要却能立即全力投入。她有只叫霍格的猫……"(西屏辑)

——中国人无法理解这样的广告,真有这样的好事还不得挤破头!值得玩味的是英国国家安全局招人还要做广告,显然是由于女人们不愿意去,即便条件如此优越。

7.我认为二○○六年最精彩的,是英格兰足球队的广告:"一个球队,一个国家,十一头狮子。"

——这是英格兰队的精神和信仰,所以博得人们的喜欢和热爱。现在没有精神和信仰的球队以及球员太多了。

8.二○○六年最能打动人的征婚广告有两则:"女,三十五岁。疲惫的女人,热衷充满艺术品位的事物,同样也对愚笨、怪异的东西感兴趣,企盼缠绵的亲吻和拥抱。""男,三十八岁。虚伪的男人,反对成双成对,热爱写作、绘画、修理汽车,拥有乡间别墅,目前与小猫小狗同住。"(小音辑)

——胜过言情小说,给人以极大的想象空间,调动起人们的好奇心和同情心。婚姻是一种艺术,征婚更是艺术。

惊人之语

在一个热衷炒作的商业社会,谁不喜欢一鸣惊人?或有惊人之举,或有惊人之语,爆冷门,展奇思,"语不惊人死不休"。

1.二○○六年英国一科学机构公布了一项最新研究成果:"工作是人们的健康快乐之源。如失业达六个月以上就将面临严重的健康威胁,相当于一天抽烟二十包,也就是四百根。"

——失业就等于多抽烟,这种换算让没有参与这一研究的人匪夷所思,无疑是对下岗者雪上加霜。其实让人信服无须吓唬,也用不着这么绕弯子,只要直接拿出两组有根据的数字就行:世界上吸烟者的平均寿命是多少？不吸烟者的平均寿命是多少？失业者的平均寿命是多少？正常退休的人平均寿命是多少？

2. 还有更邪乎的,研究生殖健康的人发布:"化学合成物正在攻击Y性染色体,要不了五千年,这个星球上将不再有男人了。"

——这话看似很吓人,其实吓唬不了任何人。五千年太长了,我们的文明史才不过五千年,谁会为那么多年以后的事操心？

于是,关心地球升温的人把恐怖大大地提前:"下个世纪,全球百分之九十的人类将死亡!"

——这可够吓人的,还有九十多年人类就要完了,至少生活在沿海发达地区和大城市的人会消失,剩下的那百分之十的幸运者不知是生活在哪个大山深处的犄角旮旯里。也就是说到现代人的孙子一辈就将灭绝。可看看周围有多少人在为此忧虑呢？现代人被吓唬油了,"抗吓力"极大地增强,你吓唬你的,他活他的,只要不是马上就天塌地陷。

3. 北京师范大学体育与运动学院院长毛振明说:"现在中国青少年体质可以概括为'硬、软、笨'。硬,即关节硬;软,即肌肉软;笨,即长期不活动造成的动作不协调。"(《羊城晚报》)

——中华民族一直以勤劳勇敢自豪,只要勤劳勇敢就不会"硬软笨"。而如果"硬软笨",就无法勤劳勇敢。中国还曾是世界拥有最瘦人口最多的国家,而今"全球五分之一的胖人在中国"。(《英国医学杂志》)在中国的习俗文化中,胖是一种"福态","富"起来的标志就是得先"胖"起来,而瘦是"尖嘴猴腮",有时为逞能还不得不"打肿脸充胖子"。

4. 二○○六年在长沙市民中流传着一个笑话:"拿张北京地图用针插三下,可能点中一个厅局级单位;拿张上海地图用针插三下,可能点中一个世界前五百强在沪的分公司;而拿张长沙地图用针插三下,居然戳中了三个洗脚城。"

——这说明什么？说明长沙是个注重保健的平民城市,人们活得健康快乐。不是还有笑话说,只有健康才是自己的,只有快乐最重要吗！

5.现代科学研究证明："你家中的多数尘埃,都是你的死皮。"(《通俗小说报》)

——这么说,美容店里的尘埃最多。

恶搞之语

二〇〇六年"恶搞"成风,因此"恶毒的话"也就少不了。

1."在此乱抛垃圾者将遭厄运缠身,行街摔死,赌钱输光,生意失败,百病缠身,老婆走佬,老公失踪,家宅不宁,人畜不安!"(任吾辑)

——此是深圳皇岗上围二村屋墙上的标语。国人随时随地制造垃圾的能力,以及随时随地乱抛垃圾的习惯,已经激怒另一部分国人,觉得怎么咒骂都不解气。然而骂归骂,情况却未见有多少好转,这是得益于一种颇为皮实的"垃圾性格",垃圾不怕脏,难道还怕骂吗?

类似的还有:"宁添十座坟,不添一个人!""该扎不扎,房倒屋塌;该流不流,扒房牵牛!"(摘自《检察风云》)这是强制计划生育的标语,能用这种手段对付生孩子,可想而知那个地方的生育率一定很高,而且生出来的孩子生命力极强,即所谓"恶向胆边生,一报还一报"。

2."把山西挖空了,就到北京当富翁。"

——这更像是一种恐怖。北京流传着这样的新闻,八十多个山西煤老板,提着满箱的现钞进京,看到哪座大楼好,就抬手一比画,这个洞眼儿从下到顶我都要了! 暴富的人,富了必暴。暴发户进京的多了,让首都这座历史文化名城见识了更多的"财富故事"。

3."账单要写得清楚些,而药方不妨写得潦草些。"

——中年医生向新来的青年医生传授经验,本该治病救人的医生,反成了高额医疗费坑害患者的帮凶,实属可恶。这确是一句恶语。难怪关于治病难的顺口溜特别多,"救护车一响,两头猪白养";"割个阑尾炎,白耕一年田"。于是有人就只好"小病拖,大病扛,重病等着见阎王……"

4. 为了二〇〇八年的奥运会,北京完成了《菜单英文译法》讨论稿,各饭店纷纷中译英,什么驴唇不对马嘴的令人恶心的乃至吓人的菜名都出来了:"四喜丸子"成了"四个高兴的肉团(Four Glad-meat-Balls);"宫保鸡"成了"政府虐待鸡"(Government abuse chicken);"生鱼块"成了"砍那陌生的鱼"(Chop the strangefish);"童子鸡"成了"还没有性生活的鸡";"红烧狮子头"成了"烧红了的狮子脑袋";"麻婆豆腐"成了"有满脸麻子的女人制作的豆腐"……(《羊城晚报》)

——奥运会的比赛只有一个月,而北京奥运会的好戏早已经开场了,关心奥运的人们可不要错过哟。

5. "养一个儿子是养一个豺狼,养一个孙子是养一条蚂蟥,养一个媳妇是养一个娘娘。"

——这是流行于武汉的一个说法,我之所以把它列为第五大恶搞语,是因为这句话表达了当下社会一种较为普遍的老人与子女的矛盾。传统习俗是"养儿防老","有子万事足",而现在却倒过来竟有了"啃老族":"一直无业,二老啃光,三餐饱食,四肢无力,五官端正,六亲不认,七分任性,八方逍遥,九(久)坐不动,十分无用。"什么叫"转型期"? 阴阳转换,老幼转换,贫富转换,伦理道德转换……

文人何以称"穷酸"?

　　相当长的时间以来,媒体一直兴趣不减地关注着文人们的"酸事":重庆富姐作家红艳,以每月不超过一万元的费用包养湖南落魄诗人黄辉,被包养者答应在一年内写出传世之作;另有一作家为吸引消费者,制造市场轰动效应,竟牵着一头毛驴进书店签名售书;几位诗人在北京一酒吧脱光衣服朗诵会,被警察及时制止;沈阳一曾经很先锋的作家在火车站设摊讨饭,意在臭一臭停发他工资的单位;趁个千八百万在一般富翁看来也许不算什么,但在文人眼里就是了不得的财富了,于是便搞出个作家富豪榜……

　　这些事若不是出在文人身上,媒体可能没有这么多话好说,即便有人想评点一番,也会就事论事,给一个具体而恰当的说法。天下包养的事情多了,讨饭的人就更是数不胜数,现代人为了推销,什么招儿不能使?别说牵着驴进店,就是赶着羊群进城、现挤现卖羊奶的不都有了吗?动不动就脱光衣服的人就更多了……却没有人拿他们跟"穷酸"两个字挂钩,唯独文人,一干这种事,这个老祖宗留下的现成词儿早就等在那儿了。

　　为什么文人总是难以摆脱鬼魅般的"穷酸"呢?

　　《现代汉语词典》里堂而皇之地解释这个词,就是专用来"讥讽文人"的"穷而迂腐"。范成大的《次韵和宗伟阅番乐》中也有这样的话:"洗净书生气味酸。"陈继儒在《李公子传》里说:"如欲了此君心事,但恐酸秀才正自不堪。"你看看,古人们只要一提到文人,就离不开一个"酸"字。韩愈在《赴江陵途中》说得更狠:"酸寒何足道,随事生疮疣。"

文人们的"穷酸",还是他们惹是生非或遭人非议的根源。

为什么"穷酸"的都是文人,而文人又确实多"穷酸"呢?看《名人轶事》,朱自清当年也曾查找过这个词的来历,可惜未果。某晚我闲翻《世说新语》,却发现一些跟"穷酸"有关的知识。原来这个词最早是在江南流行开来,古代读书的学子要到外地求师,需自带饭钵,而江南鱼多,读书人的饭钵中除了鱼再无其他奢华之物。鱼的做法又多是醋烧,简单、便宜又去腥——这就是"穷"而"酸"。因穷就不能不酸,酸还能解点穷,穷出点味道。用好了谁都得承认,"酸"也是一种有益的健康的味道。

其实这就是拿着穷书生寻开心,富人做鱼就不放醋吗?为什么不叫"富酸"?说不定"穷酸"这个词还就是文人们自己把它叫响的,而且越传越广。它毕竟比较准确而生动地概括了旧时读书人在未发迹前的境况。

有一贫困书生,需不得不向别人送礼,却又送不起好礼,怕被人家瞧不起,于是"酸"劲儿就又上来了,在礼盒里再加上一副对联,算是白饶的。好在写对联是书生的长项,"秀才人情纸半张",反正也费不了多大事:

　　醋泡曹公一坛
　　汤烧右军两只

当年曹操曾"望梅止渴",也够"酸"的吧?而"书圣"王羲之落魄时养过鹅,也算够"穷"的了。如此看来,"穷"和"酸"并不是什么丢人的事,我的礼物虽然不重,但把曹操和王羲之也一并都捎带上,谁还敢说轻?

时下"传统文化"正热,许多旧习气反成时髦,文人们一窝蜂地"穷酸"起来,也就不足为奇了。

现代鲁迅

记得上中学的时候第一次读一本赵朴初写的关于佛教的书,作者开篇第一句话就是:"释迦牟尼是人不是神。"书里其他的内容记不得了,却清清楚楚地记住了这一句。

人一生要读许多书,每一本书能让人记住一两句话就算不错了。恐怕有些书连一句让人记住的话都没有。我所以能记住这句话,是当时受到了震动,感到新奇,在此之前,我尽管对佛教一无所知,却从小就受到社会上烧香拜佛的影响,朦朦胧胧地以为佛就是神,神就是佛,他们是无所不能的,跟凡人不是一回事。却原来,出家的和未出家的众多信徒,一年到头顶礼膜拜的佛陀竟然也是人!

后来渐渐地理解了一个事实:神是人创造的。也许人类社会需要有神。

尤其是一个伟大的人物或被民众喜爱的人物,更容易被自己伟大的民众神化。不是他们想当神,而是后人喜欢把他们神化。甚至连历史都无法离开神话,许多英明的帝王将相就被后人神化了,连一介武夫关羽不也成了"关圣大帝"和"武财神"吗!《圣经》是西方人的神话大全,我们则有堂堂正正的《封神榜》、《西游记》,还有无以计数的各种各样的神话、仙话。

在"造神运动"的历史上也有一些文化人被神化。如老子李耳成了"太上老君",庄周成了"南华真人",就连一旦赶上革命风暴,还有可能沦为被砸烂、被批判对象的孔子,也成了"圣人"!成了"圣人"也不一定就保险,中国历史上已经不止一次地兴起过"砸烂孔家店"、"打倒孔老二"的运动,但风头一过他老人家照样当自己的"圣人",甚至会比以前更为红火。

这使我想起前两年有人对鲁迅的发难。鲁迅已经到了"伤害达不到"的境界,再这样折腾下去,很有可能也会把他推到神的座位上去。因为鲁迅曾被誉为"民族魂"——这应该算是一种至高无上的推崇和敬仰,已经很靠近神的境界,但他终于没有成神,仍然生活在人间,管着人间的事……

这大概跟他太真实,对中国人和中国社会认识得太深刻有关。他的作品"直面惨淡的人生,正视淋漓的鲜血",涉入世间太深,超脱不起来,也就影响了人的飞升。他曾说,在我国国民性的祖传病态中,有一种掩饰缺陷的"十景病",各地区差不多都要弄成"十大景观",点心有"十样锦",菜有"十碗",音乐有"十番",阎罗有"十殿",药有"十全大补"……什么事不凑够了"十"好像不完满。发展到今天,订规划要有十条,写总结要有十大成绩,做好事要凑足十件,评选先进人物要不多不少正好十位……

"……中国人向来因为不敢正视人生,只好瞒和骗,由此也生出瞒和骗的文艺来,由这文艺,更令中国人更深地陷入瞒和骗的大泽中,甚而至于已经自己不觉得。世界日日改变,我们的作家取下假面,真诚地、深入地、大胆地看取人生并且写出他的血和肉来的时候早到了;早就应该有一片崭新的文场,早就应该有几个凶猛的闯将!"(《论睁了眼看》)而当今社会时尚是追求贵族化,当今文坛便也怀上了贵族情结,即使不能为自己找到点贵族血统,也要千方百计跟贵族的姨太太或军阀、恶棍之类的人物挂上点关系。或者索性游戏人间,游戏文字,游戏的目的还不是哗众取宠,为了突出和标榜自己?甚至把作家们也搞了个财富排行榜……

鲁迅有著名的四不看:一、自称"铁血"、"侠魂"、"古狂"、"怪侠"、"亚雄"之类的不看。二、自称"蝶栖"、"鸳精"、"茅依"、"花怜"、"秋瘦"、"春愁"之类的不看。三、自命为"一分子",自谦为"小百姓",自鄙为"一笑"之类的不看。四、自号为"愤世生"、"厌世主人"、"救世居士"

之类的不看。鲁迅真是可爱而又博大!不论什么时候阅读他的著作,随便翻开一页,都能感受到强烈的现实感和强大的生命力。比他晚几十年的大量的作家和作品都过时了,他是非常注重现实的,其作品却反而超越了现实。是他立足于现实的深刻使他突破了现实的局限,还是现实的不断重复,无法逃过他的剖析?

什么事能瞒得过他的眼,能逃得过他的笔呢?面对鲁迅,当代文坛不仅缺少他那种为文和为人的正气和勇气,也缺少他那种批评的犀利和勇气。甚至可以说鲁迅带走了一个批评的时代,在他走后的半个多世纪里,我们搞了许多次政治运动,有斗争,有批判,有打棍子,有扣帽子,唯独没有鲁迅式的文学批评。

难怪郭沫若称《鲁迅全集》是"现代文化上的金字塔"。鲁迅的思想和知识结构是百科全书式的,在他以后的中国人,还有哪一个不读鲁迅,没有受到过他的影响? 读他的书就不是只记住一两句话,而是记住了他整个的人、他的风骨、他的精神、他炽热的冷、他冰冷的热,他激烈鲜明的深刻,以及他深刻的讥讽。他一方面对后人在提示着什么,在警诫着什么,一方面又像一条文化大河,浇灌着文化的品格和文化的精神。

鲁迅在《战士和苍蝇》里,曾引用叔本华的话:"要估定人的伟大,则精神上的大和体格上的大,那法则完全相反。后者距离愈远即愈小,前者却见得愈大。"

看鲁迅又何尝不是如此呢?

2007年什锦

2007年的爱情

"以前的爱情故事少,现在的爱情事故少。"二〇〇七年流行两句问候语:一句是"堵在哪儿了?"人们买汽车本来是要奔向灿烂的明天,不想被堵在了半路。另一句是"离了吗?"一位擅长帮助打离婚官司的律师,甚至在办公室门口竖起这样的广告牌:"生命短暂,离个婚吧!"离婚既然如此时尚,于是社会上就出现了"离婚宴",或者两个当事人大吃一顿高调分手,或者大发帖子,广而告之,像结婚时一样大操大办一番。但不知是再收红包,还是退还当初结婚时收下的红包。此风大盛并非出于草率,而是缘于当初结合的草率。有人编了个段子:"五十年代离婚,多为包办婚姻;六十年代离婚,多为阶级成分;七十年代离婚,多为路线原因;现在离婚,是因为搞不清为什么结婚。"

由此,二〇〇七年有两句关于婚姻的话很受欢迎。一是美国前总统克林顿的夫人希拉里所说:"百分之百的幸福美满,通常只是婚姻的假象;真实的婚姻就像人生一样,都是苦乐参半。夫妻双方要记恩,而不是记仇;要结缘,而不是结怨!"她确有说这种话的资格。另一句是中国学者周国平所说:"出现问题的婚姻,仍然可能是一个好婚姻。"要不怎么办呢?既然人类不能没有婚姻,眼下又找不出美满的婚姻,只能说有问题的也是好的。当大家都困惑、抱怨的时候,有明白人站出来说句明白话,这就是学者的作用。

宝鸡陈仓区群力中学，要求谈恋爱的学生交一定的费用，这引起早恋的学生和家长的不满，竟公然提问："老师，我们接吻一次要交多少钱？请明码标价。"校方这样做并非没有根据，最新版本的纽约市公立学校《学生行为守则》上增加了一项新规定："凡四年级以上的学生，在校园内搂搂抱抱，将被处以停学九十天的惩罚，严重者还可以被学校开除。"恋爱是美妙的，但宜迟不宜早，发情太早会受到种种限制，而活到百八十岁了还要恋爱结婚，却会受到人们的追捧，如杨翁之恋等。与恋爱婚姻紧密相连的"性"，则宜私不宜公。厦门大学教授柳建法，开设"性病学"公选课，被媒体称做"引发龙凤合株学校地震，讲堂上人满为患"。"性是什么？性是一种艺术、一种态度、一种能力，更是一种责任。如果不懂得性，也就不懂得生活的意义。"既然你把性说得那么好，还是一种艺术，珠海斗门区政协委员贾永庆，在参政议政之余也想"艺术"一下，个人斥资两万元，在公路边建造了一个高五米、重达五吨的巨型阳具雕塑，招来骂声一片，没几天就乖乖地搬走了（《羊城晚报》2007 年 7 月 11 日）。不知他把那个大东西放到哪儿去了？可别吓着人哪！

二〇〇七年流行"三不男人"：不主动、不拒绝、不承诺。而"三 Z 女人"最吃香：姿色、知识、资本。男女最流行的结合公式是："心薪相印。"即她用心偷他的薪，他用薪偷她的心。二〇〇七年还创造了两个新名词：一是"情妇门"。被曝光的贪官们多有情妇，且在两个以上，演绎出诸多事端。有人总结说，每一个成功的男人背后，都有一个女人；每一个犯罪男人的背后，都有两个或两个以上的女人。所以创造了另一个新名词是："贪内助"。其类别为："同舟共济"型、"死不悔改"型、"坐收渔利"型、"设障刁难"型、"强取豪夺"型、"主动敛财"型、"人间蒸发"型……那么在现代婚姻中有没有聪明的女人呢？有。她们的做法是："让男人在自己的婚姻这所学校里，读完小学还想读中学，中学毕业还想读大学，本科毕业还想读研究生，读完研究生还哭着喊着要留校任教……"

为什么社会越开放，人们选择的自由越大了，婚姻出问题的反而越多了呢？这跟男女是两种不同的动物有关,他们相互吸引缘于此,相互排斥也缘于此。男人是上帝根据世界的需要而创造的,女人则是根据男人的需要而创造的。而男人的需要是经常会变的,在婚前想找好女人,婚后却想着坏女人;女人则无非两种,聪明的会嫁给爱她的男人,愚蠢的会嫁给她爱的男人。前者自己容易红杏出墙,后者的丈夫容易移情别恋。科学家们为此找到了根据:男人天生花心,是遗传战略进化的结果,到处留情可帮助男人把基因播撒到各处。女性基因决定她们天生就只要一个男人,希望他和她白头偕老,帮她养育孩子。美国政府最近公布的一项研究结果,男人性伴侣数目的中间值是七,女人是四。英国学者的调查结果是,男人一生共有十二点七个异性性伴侣,女人的异性性伴侣为六点五个。当然,也有学者在数字上质疑这个研究结果。

既然是讲二〇〇七年的爱情,就不能不提一下这一年最大胆的"爱情表白"。法国总统萨科奇前不久离婚了,中国女子杨二车娜姆在博客上称:他智慧、有型、深情,正是自己喜欢的男人,并认为自己非常适合做这个黄金单身汉的配偶:"法国总统这几天离婚了,躺在成都酒店的浴池里的我,心里莫名地兴奋起来……我的能量和天分不做总统夫人算得上是一种浪费。"这让人想起大跃进时代的豪言:"人有多大胆,地有多大产!"但愿萨科奇能为此骄傲,而不是吓得从此不敢到中国来,甚或一蹶不振。

2007 年的绝招

在这个基本实现了煤气化的城市里,一卖煤球的小贩竟出奇地忙碌,生意做得很好,其诀窍就是男扮女装,花枝招展。并不无得意地放言:"现在干啥不都得追求个回头率嘛!"此招可称之为"哗众取宠"。街头一卖蟑螂药的小贩,在自己的药摊前竖起一块大牌子,上写:"蟑螂不死,我死!"有人打问他也不答话,只用手指指牌子,来买药的人果然不少。这是狠招,此谓"置之死地而后生"。因猪肉涨价,顾客多有抱怨,一卖肉的摊主不胜其烦,索性在肉架子旁边挂一纸板,上面没有写价格,而是写了一则本年度的最佳笑话:"沙僧对孙悟空说:大师兄,现在二师兄的肉比师傅都贵了喔!"来买肉的人哈哈一笑,不仅不再抱怨肉贵,对分量多少也不再斤斤计较。这招叫"丑话说在前边"。还有一招叫"故弄玄虚"。一家小理发店就打出了这样的广告:"基因技术烫;数码智能烫;浪漫欧式烫;八度空间烫;百变天使烫;飘逸无限烫;天花乱坠烫;麻辣直板烫;卡娜纳米烫;空气灵感烫……"

现代人大都渴望成功,而成功有一条法则:"第一等人创立法则;第二等人遵守法则;第三等人破坏法则。"去年的全国十大杰出青年、安踏掌门人丁志忠,讲出了他成功的原因:"百分之五十一与百分之四十九,是父亲教给我的黄金分割比例。他很早就告诉我,你做每件事情,都要让别人占百分之五十一的好处,自己只要留百分之四十九就可以了。长此以往,可以赢得他人的认同、尊重与信任。"丁志忠说清楚了一个道理:成功的最佳捷径,是让人们知道,你的成功符合大家的利益。成功的途径多种多样,另一位成功人士这样回答频频向他追问成功秘诀的人:"我没有一个成功的方程式给你,但必败的倒有一条,那就是尝试着讨好所有的人!"西方有句格言,奉承是傻瓜的食粮。诲言谀术总归靠不住。说到成功秘籍,美国心理学家威廉·詹姆斯倒有一条:"一个没有受过激励的人,仅能发挥其能力的百分之二十至百分之三十;而当他受到激励时,其能力可以发挥百分之八十至百分之九十。"胆小的人成功几率小,自信、奋发、坚忍乃成功的要素。

市场经济、商品社会,世俗的成功标准就是财富。通过对美国富翁的调查,发现当今百分之八十的百万富翁是普通人。于是得出结论:"今天成为百万富翁不是一种机会,而是选择。"然而现代社会又是风险社会,你选择财富就是选择风险。而最大的风险是不向市场投资,你不理财,财不理你。投资也是有诀窍的,比如买股票,"要在人们兴高采烈的时候卖出,在大家都痛哭流涕的时候买进"。但是,一提风险、投资、理财,就无法回避一个很流行的理论:钱是挣来的,不是存出来的,钱这种东西是越花越有。有的经济学家甚至鼓噪说:"拼命省钱,到最后肯定越省越穷!"这里可有陷阱,永远都不要以为自己比市场更聪明。世界零售巨头沃尔玛的新口号是:"省钱让生活更美好!"松下幸之助到八十多岁了还天天自带饭盒上班。《邻家的百万富翁》作者斯坦利则说:"大部分美国人对于财富的认识都是错误的,拥有财富和收入是截然不同的两回事。如果你每年都有不错的收入,但都花完了,你并不会变得富有,只是生活水平高而已。财富是靠你积累起来的,而不是靠你所花费的。"

与人生是否成功密切相关的另一件大事,就是恋爱婚姻。在这方面二〇〇七年也有一些"绝招"流行。比如选择女友最主要的标准是:和善、通情达理、健康、好相处、聪颖、善于持家。婚姻是以整个人生为目标,挑选合适的人,并创造一种合适的关系至关重要。一位成功女士的经验是:"挑男人就好比挑西瓜,仅仅从外表看不出内瓤的好坏。有的瓜看上去新鲜润泽,敲在手里脆响,卖相好,打开一看却是瓤粉籽白。有的男人相貌堂堂,接触起来才发现为人小气,心胸狭窄。男花瓶比女花瓶还不中用,女花瓶还能卖个好价,男花瓶若没傍上阔太,放在家里就成了鸡肋,外人看着荤,自己却下不了口。"男友如果老是说自己很忙,女孩儿就该明白对方根本不重视你。一个男人答应娶你,却又让你再一再二地流产,也趁早快点离开他。先哲曾教诲,在爱情上一切都是真的,一切都是假的,无论谁怎样吹呼,都不会被认为荒谬。一男青年征婚成功,用的就是"偷换概念"之术。他说自己"工作在外企",其实是指在外地人办的企业里打工;"有一处不动产",是指他老爹卧床两年不起了;"母亲在外经商多年",即老娘在门口摆地摊。现代人太过虚荣和功利,常常是在悠闲时恋爱,忙碌时嫌恶,治此病有两招容易奏效:一是爱过头,让自己疯狂起来,可一鸣惊人,会有奇效,如水下求婚、空中献花、死考验诈……南开大学一学生就让同学们为自己办葬礼以考验女友。另一招是提弄,故作神秘,引而不发,欲擒故纵,让对方发狂。

各行各业都有自己的绝招,奇思妙想,层出不穷。比如当官的诀窍是"五官端正",即手不黑、腿不懒、耳不偏、嘴不贪、眼不馋。当明星的诀窍是:"先搞脏,再搞富,最后把自己洗净。"做统计报表的诀窍是,要将数字填得像女人的三点式泳装,既诱惑了大众,又只让大众看到该看的东西。二〇〇七年的绝招可编一大本厚书,但更绝的是将自己整个人,或整个单位,变成这个时代中的一个绝招。

2007年的七种关系

朋友关系。英国著名的《金融时报》,用篡改的名句来概括互联网时代的人际关系:"天涯若比邻,海内无知己。"凤凰卫视的评论员石席平深有同感:"过去在饭桌上是酒逢知己千杯少,现在是酒逢千杯知己少!"李敖也有惊人之语:"不是敌人就是朋友,该是错了;不是朋友就是敌人,才是对的。"敌人要从宽认定,朋友要从严录取。但是,世界反兴奋剂机构主席庞德的观点正相反,他收回了环法自行车赛"七冠王"阿姆斯特朗的金牌、斗倒了女飞人琼斯,并公开宣称:"树敌是我的工作。"在所有人际关系中,敌对关系要比朋友乃至恋爱关系来得深刻,恨一个人总是要比喜欢一个人付出更多的情感。以前做生意是朋友间相互帮衬,现在如果有朋友张嘴向你借钱,你就得小心对方不再是你的朋友了。还是洛克菲勒老到,许多年前他就预言:"建立在商业上的友谊,比建立在友谊上的商业更重要。"既然外面的朋友这么难找,现代人不得不更多地依靠家里人,许多男人到中年以后忽然发现,最可靠的朋友还是自己的老婆!

男女关系。连接男女的是爱情,然而有诗人说,真爱就像鬼魂,大家都在谈论它,却从没有人看到过它。特别是在当今世界,没有真爱并不影响男女会发生种种关系,至少试男人可以用女人,试女人可以用金,试金可以用火。二〇〇七年英国科学家发布了一个新观点:在占全世界人口总数百分之二的最聪明的人群中,男性的数量是女性的二倍;但在同样占全球人口总数百分之二的最笨的人群中,男性的数量还是女性的二倍。这就是说,男性的智力水平出现两极分化的趋势。为什么呢? 由于竞争,由于压力,由于女人……且看在这一年里一些最聪明的人是怎样谈论男女关系的。历来人们认为女人最令人羡慕的东西有两样,一是才貌,二是财富。当代成功女性杨澜,已经具备了这两样东西,她说:"优秀的女人是没有好下场的,除非你找到一个好老公。"这就是说,无论多好的女人,碰不上一个好男人就不会得好。另一个堪称奇女子的杨丽萍,则发出了另外一种声音,当记者问她是否为跳舞而不生孩子时,她答道:"有些人来到世界是想传宗接代,有的是来享乐的,有的是来索取的,而我是一个旁观者,只想好好来这个世界走一走。"男人对这样的女子来说,只是一个旅伴,一个观众。

游客和景点的关系。中国游客向巴黎旅游局提出一个要求:"能不能想点办法让中国人在法国碰不见中国人?"以前不是有句话叫老乡见老乡两眼泪汪汪吗?《北京人在纽约》、《上海人在东京》曾很新鲜地拍成了电视连续剧,令全国人民羡慕。还有许多人为在国外碰不到同乡而抱怨自己的城市太保守、落后。曾几何时,又这般害怕在国外到处都碰见同胞。中国人能大规模地出国旅游,无论如何也是一种进步,虽然有点一窝蜂、扎大堆,但慢慢会升级的。那么我们这个旅游大国的众多游客,跟国内景点的关系又如何呢?有两段顺口溜可代表,一段是:"山上有个庙,庙里有个老道,老道挡住道,一边晒太阳,一边卖门票。"另一段是针对旅游景区门票提价的:"有朝一日我有权,名山景点全免单!"好心态。说说大话,编编段子,一笑了之。

人和地球的关系。中国的上天英雄杨利伟,突发奇想要在太空建立党支部,那将是世界上"最高"的党支部,向往到太空去过支部生活。而在太空生活了一年半载之后的俄罗斯宇航员则表示:"最难以忍受的事情就是返回地球。"以前鲁迅先生嘲讽某些人的异想天开,就像提着自己的头发要离开地球一样。现代人真的能离开地球了,而且不用提着自己的头发,一旦离开地球才知道那是何等美妙!所以海外的富翁排着队,花上几千万美元也要到太空待几天。地球人向往离开地球,是人的悲哀,还是地球的悲哀?

人和手机的关系。媒体公布的最新调查结果显示,现代人有五大无奈,"一天到晚被手机牵着",排在第一位。亚洲人出门之后如果又回家了,排名第一的原因是忘了带手机。于是北京大学教授张颐武宣布:"手机是人类的新器官。"而联合国却宣布:二〇〇八年为国际土豆年。土豆算个什么东西?世界上的好东西海了去啦,联合国没事干呀,为什么偏偏弄个土豆年?不仅如此还印发了一个口号:"未来要靠土豆拯救人类!"这也跟人类的"新器官"手机有关。最近几年,欧美国家出现了当今自然世界最怪异的一种神秘现象,承担为农作物授粉的蜜蜂"群体性锐减",造成农作物减产。经科学家研究证实,是手机释放的辐射干扰了蜜蜂的导航系统,使这种以热爱家庭生活闻名的动物找不到回家的路,都在离蜂巢很远的地方一个个孤独地死去。

人和动物的关系。最能说明这种关系的例子是,人类社会的市场上肉价上涨,挨饿的却是老虎。说明人和动物"血肉相连"。"猪是趴在地上的人类"——现代医学证实,人的内脏结构与猪是一样的,移植了猪心脏的人,偶尔会像猪一样去拱土。所以,在二〇〇七年,医院的妇产科总有人排队等床位,大家争着要生个"猪宝宝"!那么狗呢?狗在情感上跟人相通,而且不说话、不批评人,因此成为有狗家庭里最受喜爱和重视的成员,人养狗,狗亦养人,主人越来越像狗,狗越来越像主人。"动物园里最多的动物是人,人的住宅区里最傲慢无礼的动物是狗。"还有两种动物更令人类汗颜,一种是蚂蚁,"共同分享所有的财富,没有政府也不会混乱";另一种是蜜蜂,"有君主统治,却能保持各自的窝和财富"。鉴于动物越来越珍贵,人类开始以动物为榜样,一大学教授这样鼓励学生:"像野猪一样勇往直前,像狮子一样统率一切,像狗一样与众协调,像鹿一样谨慎小心……总之一踏上职场,就别把自己当人!"

人和死亡的关系。"从长远看,我们都将是死人。"这是经济学界的泰斗凯恩斯的名言。但每个人的死法却各有不同,并因此构成了人生悬念。美国统计学家研究出了各种死法的几率。鉴于现代人的生活雷同,吃着大致相同的食物,坐着大同小异的汽车,每天对着差不多的电脑,又都生活在全球变暖、空气污染的大环境中,不妨对照美国人的死法,检点自己的生活。死亡几率最高的前五名依次是:心脏病百分之二十,癌症百分之十四,脑中风百分之四点二,汽车交通事故百分之一点二,自杀百分之零点九……自行车事故的死亡比例是五千分之一,跟飞机失事差不多,酒精中毒万分之一,喜欢杯中物的朋友可以稍微放松一点了,喝酒比骑自行车还安全。

2007年的智慧

古今中外做人,都是一种智慧。二〇〇七年做人的智慧有什么特点?东方人崇尚:"若要敞开心胸,只有躺在手术台上。"法国历史学家丹纳,可做西方人的代表:"当今世界上有四种人,堕入情网者、雄心勃勃者、旁观者和愚笨者,最幸福的应该是愚笨者。"

迫于竞争的需要,没有人不抱怨现在的孩子压力太大了。一位母亲的话代表了现在做父母的智慧:"如果我还他一个童年,那我就要欠他一个成年。"从小就得让孩子知道,眉毛上的汗水和眉毛下的泪水,必须选择一样。越早地做出正确的选择,越容易在竞争中获得成功。

专家和成功者,也多是智者,他们是社会精英、时代骄子,请看他们的智慧。建筑大师贝聿铭说:"我设计的房子好就好在将来比较容易拆。"建,是为了拆。世界上没有永恒的东西,再先进的也有落后的一天,这就叫"前后眼"。保健专家的智慧体现在一项著名的建议上:"为增强体质,建议多喝牛奶;最新研究发现,牛奶中某些激素会增加前列腺癌的发病率,建议多吃西红柿;为消除西红柿中残留农药的危害,建议口服阿托品;阿托品有生物碱中毒的可能,为稀释及中和其毒性,建议多喝牛奶……"

医生的智慧是:"先把病人收进外科,即使是不能动手术的也可以先打开来,然后告诉家属做不了啦,再给缝上。在外科赚了一轮钱之后,便把病人转到化疗科,再赚上一轮之后又转到放疗科……等到西医的科室都赚够了,就把病人扔到中医科。"

策划大师及炒家的智慧是:将开会改叫"论坛",声明改称"宣言",单位都称"机构",落实改叫"执行力",集体改叫"团队",目录都叫

"菜单"……

　　就是写总结材料或起草领导讲话稿,也需要一种特别的智慧。比如:"去年公司发生两起航空事故,共死亡二百六十人。"写成材料则变成:"去年共有二百六十名旅客,乘坐本公司的客机到天堂一游……"

　　任志强在凤凰卫视上讲出了开发商的智慧:"让开发商公开成本,就如同让他们公开自己老婆的胸部有多大。"

　　招商引资的智慧是:"在房间里放鲜花,飞进来的会是蜜蜂;房间里有腐肉,飞进来的一定是苍蝇。"

　　这个年头,当"苍蝇"和"腐肉",也要有点"智慧",二〇〇七年的一大新闻是陕西宝鸡的一些官员,拿自己的老婆贿赂市委书记庞家钰,并总结出一条经验:"舍不得媳妇套不住狼!"此招果然灵验,自己的媳妇舍了,庞家钰这条狼也确实被执法部门抓住了。

　　甚至连贪官们也在挖空心思地想提高自己的智慧。《检察日报》刊文曝光了他们伪装自己的七种技巧:"艰苦朴素、诚信守诺、照章办事、包装镀金、故作高雅、挂着专家学者或反腐斗士的头衔。"

　　既然活在当下干什么都需要智慧,当个平头百姓也不例外。除了缺房缺钱缺车,现在还缺氧了,如果想不缺德,没有点智慧怎么行?"每天早上起来,先看一遍富豪榜,如果上面没有自己的名字,就赶紧好好去上班。"

　　一位捡破烂的老汉不无骄傲地说:"垃圾是人类的传记。"言下之意是他最了解人类,天天收集现代人的传记,完全可以成为人类学家,或社会学家。

　　一位超市收款员的心态也非常好:"数着别人的钱,过着自己的日子。"见过大钱,又没有为金钱所累,未尝不是一件乐事。

　　幸好这个世界上还有四样最好的东西,不是有钱就能买到,或有权势就能独占的:"婴儿的笑,上天堂,逝去的青春和好女人的爱情。"

　　这就是生活。俗云:生容易,活容易,生活不容易。

　　"台球神童"丁俊晖二〇〇七年在国际大赛上频频败北。但他说了一句话,让人对他刮目相看:"人不能把钱带进坟墓,但钱可以把人带进去。"连发明万有引力的牛顿,也曾抱怨,他可以计算出天体运行的轨道,却无法计算出人性的疯狂。

这就是现代社会物质过剩,为什么有精神疾患的人越来越多的原因:"心理变,态度就变;态度变,行为就变;行为变,习惯就变;习惯变,性格就变;性格变,命运就变。"

2007年的绕口令

现在,粉丝不是食品,钢丝不是建筑材料,炒作不局限于厨房,韩流和冷空气无关……语言已经发展到和词典没有多少关系、类似猜谜和绕口令的时代,比如:"一技以博,一机以造,一寂以收,一击以得。"谁能弄得懂这是什么话吗? 据说是最新发明的致富的四个步骤。但最难懂的,还是教育部(注意,是专管为民族培养栋梁之才的国家教育部)于二○○七年八月十六日公布的一百七十一个新词汇,让举国哗然,明明是中国话,却有百分之九十让中国人看不懂,剩下的百分之十也只能大概地猜测其意。不信随手抄几个出来看看:"白奴、白托、白银书;法商、废统、奔奔族;禁电、国六条、国十条、暖巢管家;三失、三手病、三限房、巫毒娃娃……"

有些话乍看绕口,知道了诀窍便不觉得绕了。比如:"爸爸! 哎! 中石油今天又跌了吗? 是啊! 咱家的钱到底哪去了? 套了! 我怎么割也割不了它! 套得牢啊……"如果将这番话配上《吉祥三宝》的曲谱唱出来,就会很顺了。关于股市的绕口令更多,有一则精彩的:"在交易所里,一切取决于一件事,是看傻瓜比股票多,还是股票比傻瓜多?"

另有一些话说快了觉得绕,说慢了就不绕:管理票据"票证办",预防艾滋"防艾办",消灭野狗"打狗办",济贫助困"扶贫办",下雨涨水"防洪办",天不下雨"抗旱办",对付坏人"治安办",捐赠助人"爱心办",检查落实"督察办"……这个办、那个办,真有了难事还是不知道怎么办!

这一年,绕口令或称"三字经"的极品,是媒体公开发表的启功先生在六十六岁时为自己写的《墓志铭》："中学生，副教授。博不精，专不透。名虽扬，实不够。高不成，低不就。瘫趋左，派曾右。面微圆，皮欠厚。妻已亡，并无后。丧犹新，病照旧。六十六，非不寿。八宝山，渐相凑。计平生，谥曰陋。身与名，一起臭。"大智大慧，大明大白，诙谐且富深意，足可传世。

有些绕口令不过是隐语或隐喻。如，"三十难立"族群遍布全球，在北美被称为"归巢小孩"；在英国叫"口袋小孩"；在法国被叫做"赖巢族"；在意大利他们是"妈妈的小孩"；在日本被称做"飞特族"；中国内地则叫他们为"啃老族"。有关专家对我国青少年的体质经过测试后给出了三个字的评语："软、硬、笨。"软，是指肌肉软；硬，是指关节硬；笨，即长期不活动造成动作不协调。

现代生活中"怨妇"不少，她们也用绕口令发泄心中的怨气：过去，我总是要熬到半夜，他才肯离去；而现在，我总是要熬到半夜，他才肯回家。在爱情中，有人"视死如归"；在婚姻中，有人"视归如死"！而金庸大侠却敢唱反调："我们情愿怕老婆，也不愿怕政府。"因为他生活在香港，才敢这么绕，香港人常常跟政府打官司，还常常能打赢。而跟老婆打官司就麻烦多了，即便赢了也要赔钱，输了就更别提！

另有一种绕口令其实并不绕口，绕的是一种"牛气"。名噪天下的巨人公司上市后，其总裁史玉柱说："我们造就了二十一个亿万富翁，一百八十六个百万富翁。"他算得可真是精确，如此说来他是制造富翁的富翁，是扶富英雄，堪称"富翁之母"、"成功之母"。这绝对是个人物，事业起伏跌宕，富有传奇色彩，倒下得快，起来得也快，跟头摔得漂亮，几年后又是一条好汉！河南新乡的一所民办小学更能"绕"，宣称可以培养出"意念感知神童"，到目前为止已经培养出了"初级神童一百二十人，中级神童十三人，高级神童七人"。若照这个速度培养下去，未来的世界无疑将属于新乡。

不要以为只是经济界、教育界能"绕"，最讲真理的科技界也可以"绕"。中国工程院院士黄尚廉，曾这样评价时下一些科技成果鉴定会："红包一发，嘴角一擦，就世界领先了。"媒体在这一年公布了最新医学成果:"胃的工作寿命可达四百七十六年,肺可以坚持百十年。"这让国人兴奋异常,原来我们喜欢大吃大喝是有根据的,是上帝的成全。以前有段子说什么"喝坏了党风,吃坏了胃",全是扯淡,今后可以全无顾忌地甩开腮帮子猛嚼猛灌,喜欢吞云吐雾的瘾君子们,也不用担心肺了。

性学家在广州一家大学的讲堂上讲解性文化时开导说:"现在有不少男性处于性失业状态,而在座的各位则处于性待业的状态。"难怪当今社会黄段子满天飞,娱乐场所一家接一家,性病、艾滋病蔓延猛烈,原来都是因"性失业"和"性待业"憋的!

综上所述,现代绕口令不单是绕口,还绕脑子,绕情感,绕生活,绕世道……需格外小心,不要被七绕八绕地绕进去。

2007年的无奈

人不是神仙,在生活中总会有无可奈何的时候。即便是神仙,降落于滚滚红尘,被商品大潮挟来裹去,也难免会有诸多无奈。正所谓"有钱男子汉,无钱汉子难"!

有人挺着脖子爱说大话:钱不是问题。不错,问题是没钱。金钱最容易让人哭笑不得。大连最近出了一景,两个女人站在路边为一个男人冷静地讨价还价:情妇开价是二十万,你别哭别闹,与他和平离婚。老婆嫌少:你要想叫我不哭不闹,和平转让,少了五十万不行! 再看看我们周围,有钱的老子和儿子多的是,可当你做儿子的时候,没有有钱的老子;当你成了老子,又没有有钱的儿子……你也只有无奈。以前集体拍照时大家一起喊"茄子"、"田七",可让嘴唇微张,做微笑状。如今流行喊"我——有——钱"! 仿佛这么可劲一喊,瞬间就能得到一种有钱的感觉。据说越是没钱的人喊的嗓门越大,你说若不是快穷疯了,怎么会想得出这么绝的主意。

那么,有钱的老板是不是就没有无奈呢? 钟南山院士为他们画像:"吃得好,营养少;喝酒多,吃饭少;赔笑多,欢乐少;住房多,回家少;早饭不吃、中午凑合、晚上撑个饱。"这里边恐怕也有为外人所不知的无奈。

大家知道,贫困地区生活艰难,缺医少药,无可奈何的事不少。生活在城市中就会好一些,在城市中深圳更是好地方,可在深圳"不丢六七部单车会被人笑话"。按理说年轻人是国家的希望,学校请来老红军正要跟他谈谈理想,有些年轻人却忙不迭地摆手:"别和我谈理想,戒了!"时下权力最好使,当权者的无奈应该比普通百姓要少得多,却有媒体披露,贵州锦屏县圭叶村的大印一分五瓣儿,五个村干部一人一瓣儿,要想行使村权力,必须五个人凑齐,而且心气还得一致。此举被媒体赞为是"创造了历史上最牛的公章"。河南一公安局长,在出庭作证时当庭为一贪官鼓掌,举座大哗。此人在被拘留审查时道出缘由:"经常听领导讲话鼓掌鼓惯了!"

每到农历大年初五,鞭炮声都格外猛烈,按风俗这一天是包饺子捏小人的日子。足见现代社会对小人的无奈。大家都对小人深恶痛绝,却又没有更好的办法,只好发泄在"狠捏"和"猛放"上。有人出主意:"对付小人,就像对付没有烧透的炭,你碰它才会燃烧,晾着它自然就熄了。"这是一厢情愿,还是不了解小人。小人不是炭,是鬼火,你不碰它照样起火星子,最擅自燃,无火也冒烟,有点气就能吹风撒土。鉴于此,有位高人提出了一个可行的办法:"应对污言秽语的最好方法,就是对其置之不理,就好像人永远不要和猪摔跤一样,双方只会搞得一身泥,而这正是猪喜欢的结果。"

除去小人,当代社会上还有一些惹不起的,网民们总结为"四大酷":喝酒不吃菜的,光膀子扎领带的,乳房露在外的,骑车八十迈的。"老百姓一般都怕流氓,现在更怕"流氓有文化"……你想吧,怕的东西多了,无奈自然就多了。

但公平地说,现代人的有些无奈是自找的,比如一方面制造污染,一方面又怕死。健康成了每个人天大的事,没老带少全讲养生,似乎所有的人都退化成两岁的孩子,需要按着别人的教导该怎么吃、怎么喝、怎么拉、怎么睡。女的恨不得全变成"植物人":脸是瓜子,腰是杨柳,眉是柳叶,眼是桂圆,嘴是樱桃,手是莲藕。男的恨不得变成"机器人":六分饱,四分饿;六分粗,四分精;六分熟,四分生;六分素,四分荤;六分忍,四分泄……有位医学专家实在忍无可忍,便站出来说了句大实话,立刻让养生一族全泄了气:"所谓健康,只不过是死得最慢的一种状态。"哈,不管健身不健身,都是一种无奈。

"男人离开女人没法活,女人离开男人没法生气。"在婚姻里,现代人同样也有不少无奈。这是因为婚姻跟用餐正好相反,用餐是先上凉菜后上热菜,而婚姻是先上热菜后上凉菜。许多人都梦想能跟名人结婚,而著名的《夫妻剧场》主持人英达却说:"羡慕名人的幸福家庭生活? 我觉得绝对没有这个必要,因为我没有见过几个真正幸福的名人。"惨啦,原来风光背后竟也有这许多不被人知的无奈。

那么怎样才可以让现代夫妻白头偕老呢? 当今世界上经济和文化最发达的两个国家,分别给出了两个药方。一个是美国爱荷华大学经多年研究得出结论:"妻子的权威是家庭和谐的保证,健康婚姻的一个标志就是丈夫接受来自妻子的影响。"说白了就是部分地恢复古老母系社会的传统。用现在的话说,让"妻管严"变成一条法律。德国一位女议员提出了另一种议案:鉴于现代婚姻有个过不去的"七年之痒",结婚证书的有效期应改为七年,每一个七年结束之后,每对夫妻都必须再说一遍"我愿意",婚姻才继续有效。

这也无奈,那也无奈,看来活着就是一件很无奈的事。但无奈也得活着。所以现代人想出许多办法排除心中的无奈。对生活有信心,寄希望于未来,就是个不错的办法。比如,眼下看病难,医药费贵得邪乎,劳动保障部养老保险司有关负责人就说:"到二〇二〇年,所有老年居民均能享受基本的生活保障。"这就有盼了,老同志们要好好地活,千万可不能在二〇二〇年前走。再比如,有人对当下的社会风气看不惯,对自己的工作不满意,就大胆地发布预言:十年后,社会上将重视五种人,有道德的人、尊重别人的人、有创造性的人、善于整合的人、受过专业训练的人。现在是大话时代,话无论说多大都不上税,谁都可以提建议、发预言,绝不会受干涉。别人敢说,你干吗不说呀? 于是有人觉得看春节晚会不过瘾,就大胆推举由张艺谋执导,并保证全是"大场面、大手笔、大白腿"!

还有一个对付无奈的办法,就是将无奈进行到底。就像流行歌曲唱的:"你说我颓废?那是你抬举我,我早就报废了!""喝醉了我谁也不服,我就扶墙。"对付家庭中的无奈就更好办了,一到紧要关头就高唱:"问世间情为何物,一物降一物。"

一旦将无奈变为无聊,也就不会再感到无奈了。

鼠年就不能说耗子的坏话吗？

二〇〇八为农历戊子年，亦称"鼠年"。按惯例到了哪个年，就要大说哪个年的好话。由于金子是好东西，金价连年攀升，最解气的好话就是在年份前面加上个"金"字：金鸡、金狗、金猪……今年连老鼠也是金的了，到处是"金鼠开运，好运连连"的祝福。

"福"嘛，离不开富；"富"嘛，离不开金。你说鸡呀狗呀猪的……给人类带来点好运还能说得过去，从前农村过年都要在马槽、猪槽或鸡窝上贴有"槽头兴旺"、"六畜兴旺"等字样的红纸，一来是这些动物跟人类生活联系紧密，二来是在中华民族的"创世记"神话里，这些动物占有重要地位。女娲娘娘在补天创世之后，大年初一先造了鸡，初二造狗，初三造猪，初四造羊，初五造牛，初六造马，到了初七才造人。看好了，这里可没有耗子什么事。即使在数千年前最原始的动物崇拜时代，有个所谓"四大门"（有的叫"四大家"），指的是狐狸、刺猬、黄鼠狼、蛇。我孤陋寡闻，还真没听说有把老鼠当成自己图腾的。

为什么二〇〇八年的好运，就需要一只耗子来"开"、来"连"呢？

我翻遍手边的典籍，没有查到这句话的出处。遂请教一位古汉语学的专家，他讲这是古代的一种民间传说，大概也是对老祖宗在排生肖时竟把老鼠弄到最前边不解，所以到了鼠年就编出一个故事：在天地混沌一片的时候，是老鼠咬破了天，遂使天、地、神、人得以通灵，相互有了感应，世界有了生气。因此在过去的"十二神兽庙"里也有"鼠神"这么一号，北京的圆明园里至今还保留着十二神兽的石雕。但那个被捧成"神兽"的老鼠是"蝠鼠"，能在夜间快速飞翔、觅食，皆因自体能发射超声波导航,其起居也颇为神秘。再加上"蝠"与"福"谐音,喜欢过年祈福的祖先们,把它奉为"神兽"不足为奇。我怀疑这"蝠鼠"就是"蝙蝠",而此物半鸟半鼠,人们一般并不把它跟耗子连在一块。

平日里关于老鼠的好话实在不多,一到鼠年才想起要恭维它,真难坏了要为鼠年大说吉祥话的人们。那么今年是怎么夸老鼠的呢?先搬出古人的赞语:鼠有五技,能飞、能跑、能穴、能攀、能泳。而《荀子·劝学》里却说:"螣蛇无足而飞,梧鼠五技而穷。"这是说老鼠有小伎俩,无大本领,不如螣蛇专一。蔡邕在《劝学篇》里也说:"五技者,能飞不能上屋,能缘不能穷木,能泅不能渡渎,能走不能绝人,能藏不能覆身是也。"

还有的祝福语拿老鼠的种类繁多说事,老鼠确有十几种之多,"鼹鼠体大如牛,重千斤;竹鼠如小狗子;鼷鼠则比拇指还要小;鼤鼠头如兔子;鼮鼠豹首虎腮;鼷鼠荧荧闪光,宛如浑身珠宝……"我查《辞海》,鼹鼠明明是:"体矮胖,形似鼠,长十余厘米。"或许确有像牛一样大的老鼠,但不是鼹鼠。以前倒是见过关于老鼠大得像猪一样的报道,那是在前苏联的切尔诺贝利核电站发生事故之后,受到核辐射的老鼠几年后发生重大变异,十分可怖。

在新旧交替之际,倒真有两则关于老鼠的报道,给人印象深刻。一则是安徽姑娘小杨,夜里熟睡之中被老鼠啃掉一大块头皮,鲜血淋漓,感染发炎,医好后"在脑后留下一个饭碗大的伤疤"。万幸的是那只老鼠没有像牛那么大,也没有携带着鼠疫病毒。后来一位上海医生花六个小时,在她后脑碗大的伤疤上种植了六千根头发,并一次性全部成活。在买药贵治病难、致使医患关系十分紧张的今天,此举无疑是创造了一段医疗佳话。而这段佳话,你还不能不承认是那只该死的老鼠引出来的……

另一则消息就不是什么佳话了,讲起来令人头皮发麻。半个多世纪前,洞庭湖水域面积近五千平方公里,到二〇〇六年还剩下八百七十八平方公里,转过年的五月,也就是二〇〇七年的春末夏初,哩哩啦啦小打小闹,或中打中闹地折腾了二十多年的鼠患,终于闹大了,"湖周边十万亩丰收在望的早稻受到老鼠的啃食,有数千亩良田因此绝收"。于是引发了一场空前规模的"人鼠大战":在鼠灾最严重的岳阳县滨湖村,平均每平方米就有一百八十只老鼠被铲死或鼠药杀死。湖畔老鼠尸横遍野,人都无处下脚。在马排村外堤,仅六月二十三日当晚,就捕杀老鼠近十吨,二十天内消灭老鼠九十吨。

我摘引这段早就见诸报端的新闻,并不是想在鼠年伊始激起人们对老鼠的厌恶。恰恰相反,老鼠作孽是人造成的。若不是"围湖造田、筑堤灭螺以及相关流域建大坝,剧烈地改变了洞庭湖区的生态环境",给老鼠繁殖创造了大好条件,然后又逼得它们"急了眼",怎会有此一灾? 甚至应该感谢洞庭湖那数百吨死老鼠,是它们跟人类的拼死一战,向现代人击一猛掌。我倒觉得这是对鼠年最有益的提醒和祝福。

与其鼠年在口头上、字面上敬鼠为神,还不如实实在在地对大自然心存敬畏、尊重和保护好自己赖以生存的自然环境。并借以善待鼠年,不可养鼠为患、纵鼠成凶。

2008 年最牛的……

　　这年头最牛,只有你想不出来的,没有人家做不出来、说不出来的。且看二〇〇八年评选出来的诸多"最牛":

　　最牛的奶妈。三鹿毒奶粉事件之后,有钱人家的孩子改喝人奶,奶妈职业一下子红火起来,北京有些"高档奶妈"的月工资涨到了四千元。是人往奶粉里掺毒,才有了毒奶粉。牛吃了有毒的饲料,奶里才有毒。奶妈同样也吃有污染的食物,其奶又能可靠到哪里去?

　　最牛的二奶。重庆一曾被"大奶"骂做"狐狸精"的女郎,因所傍的男人生意萧条,从"二奶"的岗位上失业了,便灵机一动成立了一个"狐狸精公司",雇了几个下岗的二奶,专门承揽一种业务:勾引男人,帮助大奶考验丈夫是否忠诚,或帮助妻子拿到丈夫有外遇的证据。甫一开业便生意兴隆,当今这个世界上能经得住狐狸精勾搭的男人太少了,她们拆散一个家庭的成功率为百分之七十,快的只消三天,最慢的也用不了一个月。"狐狸精"们破坏一桩婚姻最少可拿到一千六百元,还不算大奶以及倒霉蛋男人们给的红包。大奶、二奶本是一对天敌,一旦她们联起手来,便在男人堆里所向披靡。

　　最牛的乘客。杭州一公交车司机,跟一个不买票的乘客发生争执,一气之下自己跳下车不干了。乘客们百般劝解无效,一女乘客急了,坐到驾驶员的位子就将公交车开走了。司机一看不好,赶紧在后边追,等他追到终点站,早已人去车空。好,这年头谁怕谁呀?再也不是"方向盘、听诊器"称霸的年代,什么"离地三尺,高人一等"……现在人人都是"多面手",谁也拿不住谁。以后上轮船、乘火车、坐飞机也一样,再看到驾驶员磨磨蹭蹭,到了点不动弹,也可以学那位女乘客,当仁不让地取而代之。

最牛的猪。二〇〇八年人"牛",畜生也"牛"。比如重庆陈家坪的猪们。九月一日,第二届重庆月饼节在当地开幕。在此届月饼节上最出风头的是川渝两大"月饼王",一个净重四百斤,一个重达六百斤。按惯例,月饼节结束后这两"王"或拍卖,或捐赠,或当场分吃。西方国家也常做什么世界最大的蛋糕、最大的巧克力,一般都在展览结束后由到场者分而食之,以验证其不光最大,还最好吃。中国两个大"月饼王"的命运却没有这般幸运,而是被制作者抬去喂猪了。陈家坪的猪比参加月饼节的人更有口福,人们不免对猪们心生妒忌,做出了种种猜测:这两个"月饼王"里面装的真是月饼馅吗? 别是见不得人、根本就不敢让人吃的东西……如此一来那些最牛的猪们,就不是幸运而是倒了血霉。不知现在它们还活着吗?

最牛的贫困县。《法制周报》载文,河南桐柏是"国家级贫困县",却花费过亿元资金,在"风水大师"的指点下建造了五万平方米的办公大楼,楼内楼外配备了全套风水设施:有招财的"聚宝盆",挡煞的"大牌坊",震慑河妖的"降魔柱",降福的"龙眼",辟邪的"圣兽"等等。更牛的是花三千多万元刚修好的楼前大道,被"风水大师"发现此道"主凶",县委书记便一声令下砸了个稀巴烂……如今这全部风水"杰作"都变成了最晦气的东西,给后任留下了一个尴尬:毁了它吧,又得花钱;留着它吧,等于留着晦气,天天看着堵心。

最牛的钉子户。"在南京夫子庙闹市区,有家名副其实的钉子户矗立于繁华街边,屋子上面有一点八万枚铁钉,钉尖朝上,相互钉死,布满整个房顶。这是家开业二十二年的老饭馆,因拆迁安置问题与开发商协商不成,面临被强拆的危险,不得不用钉子武装自己,一家人日夜看守。"这家人真是好智慧、好胆量、好幽默,身体力行用实际行动诠释什么叫"钉子户"。其实这家人未必不知道,铁钉再多再长,也挡不住推土机。但,这些铁钉钉进了开发商的心里,看在了群众的眼里,效果就不一般了。

最牛的专家。这个牛，那个牛，现在是个尊重知识的时代，归结起来还是各式各样的专家最牛。大家总是愿意相信，专家比我们更高明。比如：三鹿奶粉已经使成千上万的孩子身体出问题，后来又查出含三聚氰胺的牛奶、鸡蛋等等，于是食品专家站出来说，只要每天不吃多少多少量，仍然会没事的。春天时众多媒体报道多宝鱼、桂花鱼发现问题，一时间人们不敢吃了。华南农大的教授站出来讲解道：没事，尽管国家规定不得在水产品中检测出孔雀石绿，但市民不必恐慌，你又不是大口地吞毒，微量的孔雀石绿离致癌还很远。再想想北京市场曾查出了河北的"红心蛋"，也有健康专家说，只要不是一天吃一千二百多个鸭蛋，离死远着哪！至于柑橘里长蛆，在某些专家眼里简直就是纯天然蛋白质，吃多少也没事。最厉害的还数股市上的投资专家，以及经常发布投资建议引导股民的专家，二〇〇八年算是"牛"到家了……

因此，北京有个哥们儿，在《北京晚报》上公开送给这些专家一句话："去你大爷的！"

2008年的创意

了解一下当世五花八门的创意,就能知道现代人有多么的聪明。年古的人损招多,心善的人好主意多,谁喜欢什么,就会在什么上动脑筋、下功夫。于今喜欢什么的最多呢?自然是钱了。因此,在二〇〇八年的创意中,关于怎样赚钱的花花点子,格外引人入胜。

一位贫病交加因缺钱而老婆出走、儿子失学的男子,死后让人在坟前立了块广告牌匾:"提供鞭尸服务,每次一百元!"想以此给儿子凑学费,大有"诸葛亮死后害司马懿"的悲凉和无奈。这样的创意,警世的意义大于实际意义。而另一位聪明人则更巧妙地利用了死,创建了中国首家"棺材旅馆"。楼上楼下摆着一排排黑森森的大棺材,给每个住店的旅客提供一口,而且分出等级:三星、四星、五星。据说生意还不错,原因是"现在有心理疾患的人太多了,他们总想着怎么自杀,认为死是结束痛苦的唯一出路。棺材旅馆恰恰就为这些人提供心理治疗,让你在棺材里躺上一夜、几夜或几十夜,彻底地痛痛快快地体验够死的感觉,就会珍惜生的可贵了"。妙!是一种黑色的智慧。

由金融危机带来经济衰退,社会上欠债不还的人又多了起来。一家"讨债鬼公司"便应运而生,专门替别人讨债。该公司的雇员一律鬼打扮,头戴黑色高帽,身穿黑袍,脸挂鬼面具:巨齿獠牙,血舌长垂……对欠钱的人不打不骂,只是昼夜不离地跟在人家身后,就像被恶鬼纠缠。这样的创意听着都让人发瘆,胆子稍微小一点或好面子的人,怎么能受得了?一般都会乖乖地把钱还上。但也有快快乐乐就赚大钱的。二〇〇八年夏天出现了一种十元钱一斤的西瓜,是"北京瓜王"王汉良种出来的,他说常给这种西瓜浇鲜奶,放贝多芬音乐……不知他浇的奶里有没有三聚氰胺?他的创意里有个重大发现,西瓜也能听懂音乐,倘能验证,说不定能申报诺贝尔生物奖。还有四川新津县的一位农民哥们儿,饲养成功一种"金牌音乐鸡",价格昂贵还供不应求。他的办法跟王汉良有异曲同工之妙,"早上对着鸡们吹唢呐,醒瞌睡。中午放摇滚,好减掉鸡们身上多余的油,为防备它们兴奋起来相互蛐架,还要给它们都戴上眼罩。晚上播轻音乐,鸡们睡得香"。天天如此这般地折腾鸡们,就不怕把它们都弄成了鸡精或鸡魔吗?其肉还真的会好吃吗?吃多了会不会也得魔怔?

一自称"文武双全"的人在网上做广告,为了赚钱过年,可替小学生写作业、冒充学生父母开家长会,还可以为雇他的学生出气欺负同学、打老师等等。每个项目收费标准也不一样,打女老师一次二十五元,打男老师一次三十元,打校长一次四十元……被打的人级别越高,他收费越高,依次打上去,打教育局长、教育部长该收多少钱?或者那个雇他的学生对父母、爷爷奶奶也不满意……一路打下去,孩子的恶作剧演变成成年人的暴力,那岂不乱套了?

如今找工作难,录取标准自然也越来越高,甚至到匪夷所思的程度。比如,湖南人事厅、卫生厅下文,"报考公务员必须要乳房对称"。不知这"乳房对称"可有标准答案?又如何考量?莫非还要"裸考"?如今找工作不容易,有了工作能经受得住老板的种种创意也不容易。深圳一家公司出台了一条规定:"上班讲话,被发现后要戴着口罩上班三天。"深圳夏天很热,捂着口罩还喘得上来气吗?至少会捂出一脸痱子,闹不好还会把嘴沤烂。说句话的代价可真够惨的。

二〇〇八年还有不少更另类的创意。比如,上海一男子,为躲避凶悍的老婆,竟故意犯罪,得偿心愿地被判刑四年。他又哪里知道,监号里的犯人比他老婆也不一定好到哪儿去。有一十岁男孩,为了不上学用胶水将自己粘在床上。他能有如此创意,肯定是动了不少脑筋,若是把这个脑子用到学习上,何至于憷头上学呢?现在的眼科医院里挂着一种"男人专用视力检查表",其创意"来自脱衣女郎,接受检测者能看到女郎所穿的衣物越少,就代表视力越好"。有句俗话叫:"看进眼里可拔不出来！"这样的视力检测表，检测的似乎不只是眼睛。一个严肃的大单位也可以有些令人哭笑不得的创意，据《城市晚报》称，长春市公安局将二〇〇八年确定为"纪律作风建设年"，到年底将从全市一万名民警中，按照百分之一的比例来抓反面典型。真厉害，公安局对内都按照指标抓"坏蛋"，对外是不是也有指标啊？

真正的创意是心灵的闪光、智慧的进射，也是人性的一种温暖。二〇〇八年确有许多让人称颂的创意。如郑州人建议政府，在中秋节晚上关掉景观照明灯，"为市民营造一个欣赏月亮的良好氛围"，温馨而幽美，越发衬出俄罗斯科学家想"炸掉月亮以求雨"的建议是多么的粗陋与霸道。成都小伙子张涛，将五十二名残疾人的资料制成扑克牌，到处发放，义务为这些人征婚。天津有一小学的女老师，每遇上难得的好天气，在课间操后就带领同学们一起仰头看天，她边看边给学生们讲解："人的眼睛运动可以反映好几种思维类型，向左上方看，会回忆起过去的景象……再向右上方看，会创造出新的景象……现在要有意识地从左上方向右上方转移视线，可以解除疲劳和郁闷，会获得更多的快乐。"

二〇〇八年还有些令人叫绝的幽默性创意。重庆奉节县二十五个部门的一把手，找替身去应付开会，被上级责令他们在县电视新闻中，对全县群众检讨自己的"无组织纪律观念"，但每人只给三十秒的时间。这短短的三十秒钟，只要慢慢咳嗽一声或哼唧一下就过去了，全县二十五个有头有脸的人物，在电视上一块尴尬……再想想天天在开会的各部门头头们，原来都是假的……相信奉节全县的群众一定会大开眼界，比看任何一个相声或小品都更开心。

这样的幽默创意国外更多。在二〇〇八这个美国的大选年，竞选国会参议员的卡德威尔没有钱，却又想吸引选民，便把自己吊挂在亚特兰大市中心的一座百米高的尖塔上。相信他这种敢于玩命的勇气，是不会让选民无动于衷的。日本新近出台了一项特殊规定："凡私人增添一辆汽车，必须同时种一棵树。"中国有句老话："管天管地，管不着放屁。"新西兰就开始征收"牛屁税"。因为他们全国有一亿头牛。在新西兰，对空气的污染除去汽车尾气，就数牛放屁了……

2008 年的尴尬

二〇〇八年有句流行语："中国有富翁阶层，无上流社会。"中国的"富豪榜"简直可以看做是司法机关的调查名单，光是有钱，精神品格却不"上流"，是社会的尴尬。在一个最有钱的现代社会，一场钱的风暴竟让世界头号金融帝国塌了半截，是世界的尴尬。这并非全是钱在惹祸，而是人祸。日前美国科学家断言："二〇一三年北极无冰。"那将是地球的尴尬，看似天灾，实则也是人作孽。古人云："天作孽，犹可恕；人作孽，不可活。"

天尴尬，地尴尬，生存于天地之间的人又怎么可能不尴尬？例如大学校园，本是当代骄子聚集的地方，理应春风得意，风光无限。却也出现了许多尴尬事。一位应届毕业生没有应有的喜悦，却发出一声惊人的感叹："我就像到了更年期！"一位母亲说："四年前送女儿读大学时，我哭了。四年后才知道，我哭得太早了。"于是在许多高校里都流传着这样一副对联："博士生研究生本科生生生不息；上一届这一届下一届届届失业。"横批是"愿读服输"。还有一首《学历歌》，也是专为那些会读书的好学生们写的："学士上面是硕士，硕士之后是博士，博士后面还有博士后。如果你够勇敢，再读两年是勇士，再读五年是壮士，再读七年是烈士。烈士以后还有圣斗士，读满两年是青铜的，五年是白银的，七年是黄金的。毕业后愿意再读下去的女孩儿，就有机会能考成雅典娜！"

学生如此，老师也不容易。中国人民大学博士生导师余虹，在当今社会的知识结构上应该算是顶级的人物了。在坠楼身亡之前留下一句话："自杀不易,活着更难。"正像另一副高校名联所描述的:"金沙江嘉陵江江江可投;教学楼宿舍楼楼楼可跳。"横批是"空前绝后"。近年来大学里频频发生自杀事件,说也怪了,昆明一中高一班的主题班会上,心理辅导老师竟给学生出题"写遗书"。莫非是让他们为进入大学后自杀做准备?有位学生的"遗书"写道:"爸爸、妈妈,我的压岁钱放在小柜里……"青年是民族的未来,学校的尴尬实际是民族的尴尬。

但尴尬的绝不仅仅是我们这个民族,这是一种世界性的通病。法国总统夫人布鲁尼,年初回答媒体的提问时说:"我的主要任务就是把萨科奇改造成一个文化人。"或许这只是一句玩笑话,即便是开玩笑也够厉害的,这不明摆着说萨科奇没文化吗?要在中国,你说谁没文化,谁都会跟你急。今年夏天,英国王储查尔斯,迎来六十岁生日,八十二岁的女王伊丽莎白二世为他举行了庆祝活动。英国《每日镜报》公开调侃道:"生日快乐,查尔斯。但还是祝愿女王能统治我们更久一些。"在一个六十岁的男人和一个八十二岁的女人之间选择,英国人宁愿选择后者,这让男人们尴尬。查尔斯肯定能入选世界历史上最尴尬的王子。

查尔斯以微笑和沉默化解尴尬,这是他的修养。中国名人则喜欢用大实话或幽默化解尴尬。香港电影明星成龙,无论在圈内圈外口碑都不错,前一段关于他有私生女的传闻闹得沸沸扬扬,不能不承认这是一件尴尬的事。社会上正不知真假的时候,他同样也是电影明星的儿子房祖名,见到了那个被传为是他同父异母妹妹的照片后惊呼:"像我像到死!"等于替他老子认下了,这一句大实话化解了爷俩的尴尬。歌星周杰伦前不久公开放话,将来跟他结婚的人,以后只能听他一个人的歌。立刻有人在网上回应:"现在都没人关心跟你结婚的人,是否就只跟你一个人睡了。"娱乐圈子从来都是"道高一尺,魔高一丈",千万别把话说满,吹牛必尴尬。

再比如,今年山西出事不少,临汾一县长在接受采访时说:"在山西为官已属高危行业,搞不好就要锒铛入狱。我们现在是在鸡蛋上跳舞,当太平官的日子一去不复返了。"话说过了,会说的不如会听的,既是"高危行业"，为什么还争破了头要当官呀？这未免有点发牢骚卖乖的意思。"在鸡蛋上跳舞"，不过是将鸡蛋踩烂，顶多脚下打滑，谈何"高危"？夸张得有些矫情。近日媒体报道，辽宁铁岭市政府副秘书长竟有二十多位，快够编一个排了。可见当官不仅不是"高危"，还是很高兴的事。这是"卖乖"卖出了尴尬。

《中国青年报》载文揭示了官场中的另一种尴尬，在近年四十一名落马的省部级高官中，有三十六名被曝拥有情妇，占近九成。一位高官的妻子对记者说："自己所在的政府家属大院，如同一个寡妇村，平日几乎没有男人在家。"经典作家说，男女之间是一场永久性的战争，官员们有权有势，成了这种战争的主力。而且勇往直前，常常是有去无回，制造了不少寡妇，或"活寡"。"两性战争"甚至能将庞大的欧洲央行置于一种尴尬境地，他们想不出别的高招，竟在二〇〇八年发行了一套新版的欧元，破天荒地将妓女形象和相关的警示语印到了钱币上，用来劝阻乌克兰妇女不要从事性交易。这可能是人类有史以来最大的尴尬了。

其实，在这样一个尴尬的现实里，只要你留神，随时都会看到各式各样的尴尬。南京一家开发商，在新街口竖起巨幅广告牌，上写："买一套房子，送一头奶牛！"这是哪儿跟哪儿呀？房子跟奶牛怎么联系到了一块？真是"风马牛不相及"的尴尬。

云南急救中心的领导要求下面的员工要微笑服务，让群众有如沐春风之感。时间一长人们就养成了微笑的习惯，有一次，开120救护车的司机满脸堆笑地去拉一个受伤者，伤者的家属一看他竟然还笑，蹿上去就是一顿老拳，边打边骂他是幸灾乐祸、笑里藏刀！你说这顿打挨得冤不冤呀？再看售票员的尴尬，她管不了小偷，只好管管乘客："车上的乘客请注意，下一站很有可能会上来几个小偷，请大家一定要看管好自己的钱包和随身携带的物品。"弄得公交车上的所有人都感到尴尬。

一个社会转型的特殊时期，生活丰富多彩，无奇不有。做人更要宽和厚道，避免不小心让自己陷于尴尬之境。

浪漫的 2008

人所共知,二〇〇八年里有大悲,也有大喜,同时又是进入新世纪以来最浪漫的一年。这有许多指标为证:首先是结婚的人最多。女明星们一窝蜂地结婚、一窝蜂地挺着怀孕的大肚子照相、一窝蜂地走光闹绯闻等等就不说了,只讲种种较为普遍的社会现象。在八、十、十一月三个结婚高峰期,在某些大城市要提前一个月排队登记。十一月十一日"光棍节"这天,仅广州一个越秀区就有二百四十对新人"脱光"(是脱离光棍族,不是脱光衣服)走入结婚殿堂。国庆节这天,重庆因结婚的人太多,场面无法控制,有些新郎吻错了新娘。这一错竟错出了许多佳话,有些外地人也跑到重庆去结婚,借机先吻别人的新娘子,反正自己的新娘又跑不了,留着以后慢慢吻。他们就不想一想,别人同样也可以浑水摸鱼吻了他的新娘。

其次是相亲的人最多。十月十九日,上海卢湾体育馆有三千多名白领青年相亲,男的排成长队,让女的依次检阅,相中谁就把手中的"缘分卡"塞过去。每个女青年在一个小时里要检阅一千个男青年,平均两三秒钟过一个,比打元宵还快。至于圆不圆、个头大小,根本就顾不过来了。光棍节那天,北京市在朝阳体育馆举行了国内首场"爱情运动会",有数千人参加,实际也是相亲大会。所不同的是没有年龄和性别限制,只要是光棍,无论男女老少都可以上阵。当场有一大批"银发飘飘的老光棍,成为一道独特的风景"。平时人们都以为,当今社会"只有剩男,没有剩女",在那场"爱情运动会"后,媒体发布了一个惊人的统计数字,目前中国的女光棍比男光棍多一倍。

浪漫光有群众性的热闹不行,还必须要有专家站出来上升到理论高度。于是学者熊笃按照《礼记》的说法,建议也将上坟扫墓的清明节,改为谈情说爱的"情人节",以满足人类进入谈情说爱的浪漫期的需求。这一来中国就有了三个"情人节",跟着西方人过"2·14",还有个农历的"七月七"……中国人的浪漫世界第一,当是没有争议的了。

这一年的浪漫氛围还改变了女子们的择偶标准。大家都知道,前几年女孩子们心中的理想伴侣是猪八戒,因为唐僧呆板缺情趣,孙悟空太敬业、不顾家,沙僧太老实,唯猪老二风流有趣、懂得怜香惜玉。在浪漫的二〇〇八年,中国女子的口味变了,她们一生最想嫁的"四个极品男人是:庄子、范蠡、项羽和周瑜"。这得感谢这两年的"国学热",又是专家和大师们提升了女人们的品位。

在浪漫的二〇〇八年,求爱的方式以及所用的玫瑰,也有所创新。一男子在成都理工大学女生宿舍楼下,摆了万朵玫瑰,并调来宝马和奥迪轿车做灯光照明。有钱的搞浩大声势,没钱的也有自己的绝招,一大学生十冬腊月站在大连火车站前广场的舞台上,高声发布自己的"爱情宣言",声称:"要把我的爱喊回来!"但愿他的爱不是聋子。还是一多情的重庆人,用六匹黑色的高头大马开道,后面跟着豪华的迎亲车队,在重庆的九滨路上浩浩荡荡、场面显赫。不料将被迎娶的女子却说了一句颇为扫兴的话:"如果是白马就好了!"是啊,这位男子只顾显示自己"黑马"般的实力,殊不知姑娘的全部浪漫就是嫁一个"白马王子"。在情场上斜刺里冲出几匹黑马,有点像后来居上要抢亲的第三者。在大喜的日子里,不适宜玩"黑色浪漫"。

全社会如此大张旗鼓地浪漫,岂能光便宜成年人,而不影响孩子?广东一八岁男孩,收费替同学们写情书。他写的情书头一句总是开门见山、直奔主题:"亲爱的,你嫁给我吧!"南京一小学五年级男生,因失恋离家出走,留下的纸条上写着:"我偏偏爱上了一个不该爱的人,因为她心里已经有别人了,我很伤痛……"这总让人觉得还带着孩子气,而大学生的浪漫就显得成熟和稳重多了。某大学一女生,想跟一个大四的男生"实习爱情",不想此男生回答道:"我刚被一个大二的小师妹实习完……"于是有好事者在宿舍大门上提前贴出春联:"爱国爱家爱师妹;防火防盗防师兄。"横批是"恋爱自由"。为了凑趣,其他宿舍的才子们又岂肯落后,也在自己的门上贴出对联:"男生女生穷书生生生不息;初恋热恋婚外恋恋恋不舍!"横批是"生无可恋"……校园里恋成一锅粥,有些学校吃不消啦。比如,广西宜州一所中学,就针对学生的种种浪漫行径,制定了一条很不浪漫的新校规:"男女同学,包括班干部,商讨学习、工作、生活中的问题,须在教室、走廊等灯光明亮的地方进行。当教室、走廊等交谈地点有其他人在场时,不能进行一对一交谈。违者视为非正常交往,并给予口头批评教育。"这真是煞了浪漫的风景啊!

而美国的一些大学却允许"男女生共居一室",被称为"大学校园里的一场亲密革命"。浪漫的二〇〇八年不只属于中国,也属于全世界。德国女总理默克尔,浪漫地穿着过度暴露的低胸礼服,参加挪威国家歌剧院开幕典礼。被媒体称为"大规模分散注意力武器"。十月十八日,美国怀俄明州也举行了一个"浪漫运动会",让男人们穿上高跟鞋走一英里。沙特百岁老翁扎赫拉尼,在前两任妻子相继都去世后,前不久又迎娶了一位只有二十六岁的娇妻,有一百二十多名他的儿子、孙子以及曾孙参加他的婚礼,创造了世界上"老少配"的新纪录。

既然是一个浪漫的年份,就不能光由人类独享这种"艳福",动物也是地球村上的成员,同样有权浪漫。南充市白塔动物展览园里的狼和羊,竟惊世骇俗地"展开了一场热恋,它们白天黑夜同居一室,分开一会儿,双方都会烦躁不安"。当然,这只是人类的一种揣摩,以人之心度狼、羊之腹。人类自己浪漫,便看世间万物无不浪漫。狼和羊是不是真正的浪漫,还要看以后的结果。反常的过度的浪漫,总是让人担心。

或许正因为在这样的一个浪漫世界上,人类浪漫得过了头,在浪漫的二〇〇八年后半截,爆发了世界性的金融风暴,这件极不浪漫的灾祸,严重地消解了世界性的浪漫热潮。据美国"联合调查"的最新统计:"逾八成富翁已经计划减少给情人的礼物开支及生活费,百分之十二的花心大佬甚至跟她们说了拜拜!"

想不到浪漫竟是如此的脆弱。

另类养生

现代人惜命，如今最火爆的讲演就是谈养生，长时间占据畅销书榜的也多是关于养生的书籍。但诸多养生专家们的"养生经"都相互矛盾，让惜命族无所适从。于是又有第三类专家站出来说："缺乏科学依据的养生类书籍，最有可能成为再造病的温床。"

怎么办呢？二〇〇八年便兴起了一种"另类养生学"。此学怪招迭出，另辟蹊径，看似邪行，却不无道理。比如，韩国人正流行"先死后活养生法"：活得好好的人，突然由亲属宣布已经死亡，并举行葬礼，宣读他的遗嘱，然后抬进棺材，用铁钉将棺材盖钉死，还要在上面认真地撒些黄土。大约十五分钟后，再打开棺材，将刚才被埋葬过的人再放出来，这个人就算获得了"重生"。可以告别过去，从此换一种活法，开创更好的未来，不再留下任何生活遗憾。

二〇〇八年人类学家发布了一项重大研究成果："夏季出生的人更容易患病，而秋季出生的人较为长寿。"想要孩子的男女，开始都选在冬季做爱，从立冬到年底之前紧忙活，一过了年就停止接触，或接触时上措施。这叫替孩子"提前养生"，或曰"未生先养"。

风趣自然，且演技精湛的老演员李丁，现身说法告诫同行：要想活得好，千万不要给药品做广告。他就曾经给一家药厂做过一个著名的广告，由于他人缘好，格外招观众喜爱，那个广告非常成功，家喻户晓，深入人心。不想"他现在的身体很不好，别说提着东西，空手也爬不动楼了"！央视一著名主持人被问及"女性应该具备什么样的养生智慧"时，答道："不试图像男性一样工作和生活，也不总像女人一样工作和生活。"这是什么意思呢？难道要做"二尾子"（即俗话说的中性人）？此法确实够"另类"的。

网上有个"拍美女专业户"，他拍的美女照片点击率已达到九百七十万，预计到二〇〇八年底可突破一千万。其经验是"多看美女，可以防止近视，防止老化"。这就说"色迷迷"不仅锻炼眼神，还显得年轻。想想世界著名的色鬼富翁，三房四妾，绯闻不断，也活到了七老八十。有高人把这条经验拔高后说："和漂亮女人握握手，和深刻的女人谈谈心，和成功的女人多交流，和普通的女人过日子。"看来现代男人养生是离不开女人了！

现代时尚女郎减肥成癖，女明星赵薇有绝招："演坏心肠的反角，伶牙俐齿，眼睛一立，横眉倒竖，人就会瘦。倘是憨厚善良，像个活菩萨，人就会显得胖。"为了减肥学坏，肉少了心坏了，可不划算。常言道，养德才能养生，名誉有增进健康的魅力。像获得诺贝尔奖的科学家的平均寿命，就比仅仅获得提名的科学家延长两年左右，比那些连诺奖的边都靠不上的科学家更不知会延长多少。还有一点，心怀感恩的人会身体更棒。因为心善的人大脑会释放出多巴胺，血液中复合胺的含量也高，更善于应付生活中的各种压力，有病恢复得快，不易得心脏病。但是，不要以为"学坏减肥法"容易，有些人是天生学不了坏的，不是有这么个段子嘛："做弱者，多不得好活；做强者，多不得好死；做名人，无法过自己的生活；做平民，无法过别人的生活；做男人，寿命短；做女人，青春短。"

那怎么办呢？"另类养生学"告诉人们：别做人，做畜生。今年最时尚的养生法就是学做动物。时下养宠物的人很多，看似人在养动物，实际是动物在养人，有些人离开亲属没关系，离开动物就活不了，人变成了动物的宠物。每天一睁开眼就要向动物学习：想睡就睡，饿了就吃，永远不为昨天的事烦恼，也不为明天的事担忧。所以二〇〇八年度世界 PARTY 设计大奖是"动物园"，而不是人待的地方。当下金领和白领们的聚会，也常选择在动物园，他们共同的感觉是：只有在动物园里才感到轻松自在，知道自己还是个人……

有人根据"名流常名到下流"的现象,发明了一种"过头养生法":"开心开到恶心,搞笑搞到可笑,娱乐娱到愚乐。"把什么事情都推向极端、推向反面,会促进身体横膈膜运动,加速血液循环。最典型的例子是鞍山市原国税局女局长刘光明,别的女人美容都在脸上或胸部下功夫,她却专门在屁股上想点子,光是臀部整形费就花了五十多万元,终于整出了一个著名的"鞍山市最美丽的屁股"。然后再继续走向极端,用"五十万的臀部"诱人、钓钱,由"最美"的又变回最臭的,最后那么个值钱的屁股,却只能坐到了监狱的小凳子上。

这一年还流行"数字养生法",得是那些整天没事干的人,脖子上挂块表,不停地数数计时间。比如发明了一种能"让人老得慢"的习惯:喘气慢吸快呼,吸气的长度是呼气长度的两倍;不吃大餐,每二至三小时吃一小顿。在吃上更要像"机器人"一样严格控制:"六分饱,四分饿;六分粗粮,四分精食;六分熟食,四分生食;六分素菜,四分荤食;六分忍耐,四分宣泄;六分养心,四分养生。"

二〇〇八年"极品另类养生法"是俄罗斯人发明的。该国第一所"百万富翁医院"规定,全年的身心检查服务费是一百万美元,而且须一次付清。如果哪个富翁一晚上能在医院花掉一百万美元,医院就能让他们享受二百万美元一次的治疗。而这家医院所推行的养生法却又很简单:"多喝水,多吃草莓酱。这是每个俄罗斯母亲都喜欢用的老办法,但许多年来行之有效。"此法做起来很简单,其理论根据却云山雾罩:"自己活动并能推动别人的,是水;经常探求自己前进方向的,是水;遇到障碍物时能发挥百倍力量的,是水;以自己的清洁洗净他人污浊,有容清纳浊的宽大度量的,是水;汪洋大海能蒸发为云,变成雨、雪或化成雾,又或凝结成晶莹如明镜的冰等,不论其变化如何,仍不失其本性的,也是水。"

不错,这也很符合中国的传统养生学,上善若水嘛。但还可以再加上一条:经常撒泡尿照照自己。尿也是水,这样容易让人清醒,别"另类"得过了头。

身体上的文字

几年前，文字专家们大声疾呼："全社会要像保卫黄河一样，保卫汉语！"这一号召在二○○八年可算是取得了巨大成效。现代科技极端发达，世界进入书写时代，文字像垃圾一样铺天盖地，于是乎只将文字印在纸上、写在网络上，已算不得是什么本事。得看哪一种文字能最大面积地占领现代人类的皮肤！毫无疑问，二○○八年被刻到人类皮肤上最多的文字，是汉字。在北京奥运会期间，闪耀在各种皮肤上的中国字，构成一道独特的景致。

优美型。西班牙美女网球名将施奈德，比赛时身着白色吊带短裙，露出右肩上一个楷书的繁体"龙"字，工整而又清秀，非常漂亮。随着她臂膀的挥动，汗水的浸润，"龙"字极为生动，像在她肩头活了起来，升腾幻化，忽隐忽现，助她大发神威。这个奇特而清雅的文身，被人们欣赏，被人们记住，也激励她在赛场上龙腾虎跃，博得阵阵喝彩。

哲理型。"万人迷"、足球爵士贝克汉姆，当他起脚开球时，有意露出腰际一行龙飞凤舞般的中国行草："生死有命，富贵在天。"他真的理解这八个中国字的含义吗？他名利双收，不缺富贵，更兼一表人才，所向无敌……难道都是因为他的命好，这一切全仰仗老天的成全？他爸爸可不这么认为，一直保留着他小时候苦练"贝氏弯刀"的轮胎，他须站在三十米开外的斜角，一次次将球踢进轮胎眼儿……他的全部富贵都是靠这一脚绝技挣来的。

励志型。美国NBA篮球明星艾弗森，胸口上文了个粗体的"忠"字，如一团烈焰，灼灼燎人。果然，他在球场上确是忠勇异常，势不可挡。

　　情爱型。俄罗斯女排队员库里克娃,在右臂上文了一行柔媚的汉字:"你永远在我心中!"这显然是为她男朋友文的,一个正浸泡在幸福里的浪漫女孩。我为她高兴,也为中国女排高兴,这种正处于热恋中的女孩,上了场还禁得住打吗? 朝她的位置上多扣几个重球,就能把她打得晕头转向。我想中国队是赢定了。孰料在中俄女排大战中,这个库里克娃就像她男朋友附体,两个人的劲都给了她一个人,越打越疯,倒把中国女排打得有点晕头转向。这就有点不像话了,沾我们中国字的光,还赢我们中国队。

　　幽默型。德国足球明星弗林斯,拿着自己的皮肤当废纸,在上面乱文一气。右臂上刻了五个互不沾边的汉字:"龙蛇羊勇吉",后背上又文了一道古怪的菜名和价格:"酸甜鸭子:七点九九欧元。"我一看到他的文身便立刻就想到中国文字专家的呼吁,不过得将"全社会",改成"全世界",现在糟蹋汉字的可不光是国人。还有俄罗斯网球明星萨芬,左肩膀上文了个"猴"字,是他把自己的年龄按照中国十二生肖套成属猴的,还是他喜欢猴,希望自己在赛场上像猴子一样机灵快捷、活蹦乱跳? 可这一次,他在赛场上却被对手打得有点像猴子似的抓耳挠腮。

　　作践自己型。美国的NBA球员肯扬·马丁,在胳膊上文了"患得患失"。或许是他的教练读懂了这四个汉字的意思,基本都让他坐在替补席上"患得患失"。有时在比赛的末尾,美国胜局已定,教练觉得对方无论如何都不可能逆转美国队的强大优势了,才会让他上场摸摸篮球。反正他"得"球也无所谓,"失"球也没关系。还有一个运动员在左肩膀上文了个"贱",看上去触目惊心,在镜头前晃了几晃就找不到影了,我也始终没有查到他的名字。但慢慢地咂摸出了一条规律,凡是在身体上胡乱刻字作践自己的,都不是优秀运动员,优秀运动员必须爱惜自己的身体。那些用文身糟践自己的人,参加单项比赛的没有拿过奖牌,参加集体的项目没有当过主力。

　　但作践自己最厉害的,还数中国长春的小伙子杜虎才,一听这名字很响亮,虎虎有生气。他也的确有一身好力气,打工二十年,却居无定所。由于性格老实,还经常被人欺负,本年十月初,在工地又遭人捆绑和毒打,打后还叮嘱他必须在身上刻个字,否则明天还要打他。下班后他喝了点闷酒,恼恨自己太穷,正因为没钱跟人家吃吃喝喝交朋友,才活得这般窝囊。一气之下走进文身店,花三十元钱在脑门上文了个深蓝色镂空的"穷"字。不料第二天老板看到他脑门上的"穷"字,登时就把他解雇了。从此再也没有人愿意招他,明摆着谁招他就是招"穷"嘛,这年头谁不想离"穷"远远的! 就在他将要陷于绝境的时候,终于碰到一位好心人,愿意出五百元钱让他去把脑门上的"穷"字洗掉。文上一个"穷"只需三十元,洗掉这个"穷"却要五百元,还得去好几趟。你说这是何苦来?

二○○八年夏天,北京一条高速公路旁边发现一无人认领的女尸,身上也文了三个字,第一个字是"陆",后边的两个字就没人能认识了。第二个字是上边一个"山",下边一个"正";第三个字上边是个"人",下边有个"力"。当时我看到这条消息时,有些毛骨悚然,过去老人常讲,中国的文字是圣人造的,绝对不能随意糟蹋。而身体受之于父母,毁坏自己的身体是不孝,如果你不仅糟蹋自己的皮肤,还糟蹋中国文字,不孝不敬不智,出了事还给警察破案添置障碍……

看来"保卫汉语",还得兼顾着保卫人的皮肤。

也谈"呼噜委员"

　　春天是"人大"、"政协"开大会的季节,一阵阵与大会会场气氛极不协调的呼噜声,引发了一场争论。这缘自中新社的一则报道:二月五日上午,在云南省政协大会的开幕式上,有两名与会委员公然打起了呼噜……

　　于是引来不少责难之声,说得最到位最俏皮的是丫丫之言:"负有政治协商之责的委员,岂能留一半清醒留一半醉,一边梦着周公一边参政议政?即使无力为人民鼓与呼,起码也不该当众打呼噜!闭着眼开会,睁开眼怕要说瞎话。呼噜委员,实际是忽悠公众。"但也有人对"呼噜委员"表示"深深地理解与同情"。开会都把人给开得打呼噜,这个会的组织者就没有责任、不该反省吗?倘若大会发言很精彩,或真正把参政议政的责任和压力都分担到委员身上,恐怕叫他们睡觉也未必睡得着。

　　不管再怎么同情"呼噜委员",都不可能有人公开为政协会上的呼噜声叫好。"代表"也好,"委员"也好,都是千挑万选出来的,在文山会海里磨练这么多年,还不知道开会的妙处,还不能充分享受这种妙处,实在是太令人惋惜了。打呼噜破坏了大会的隆重性,亵渎了自己的荣誉感,真正受损失的还是自己。都当上"委员"了还这么贪睡?总有一天你将有的是时间睡觉,永远都不用再醒过来。为了使那一天晚点到来,你现在就要不顾一切地多开会,开好会。不信你到各地的老干部局去打听,凡是经常开会、认真在会上多鼓掌的老同志,都健康长寿,活到八九十岁乃至百岁上下的大有人在。为什么?

因为他们在会上鼓掌多。只要开会就离不开鼓掌，鼓掌要主动，要使劲，要集中精神，每次都争取第一个带头鼓，鼓到最后再停。这就是眼下社会上最流行的"鼓掌养生法"。手掌是人的第二心脏，上面穴位丰富，联系着全身，开半天会至少要鼓上几十次掌，像政协的大会一开好几天，就能鼓几百次乃至上千次的掌。倘是天天开会那就更好了，鼓掌不断，促进血液循环，活络筋脉，强心健脑。鼓掌更是一种精神上的修炼，借别人的滔滔不绝陶冶自己，先提醒自己磨性子练身体的机会来了，然后将身子坐正，目视前方，似看非看，似听非听，深吸慢吐，浑身放松，气沉丹田，自然而然，让大脑一片舒服……会开得越长，你得益越大。久而久之，你就会迷上开会，老想给人家鼓掌，落得个自己健康长寿，别人也喜欢你，会更加频繁地请你出席各种活动，修身养性，益寿延年。如此的皆大欢喜，你何乐而不为？你或许会说，如果拍巴掌真有用，我一个人在哪儿都可以拍，何必非到会上去？那可不一样，你一个人没事就拍巴掌，那叫有病，别人会把你当成傻子，或者是疯子。再说你一个人拍巴掌，不可能长久地坚持。只有在会场上才有鼓掌的氛围，相互影响，相互激励，能把巴掌拍得更响更有力。利人利己，广结善缘，效果自然就会大不一样。

"呼噜委员"之所以呼噜，是觉得会上的讲话没意思，对他起了催眠作用。对这个问题一定要在认识上搞清楚，如果老是不懂得欣赏"没意思"的话，一听就心烦，就想瞌睡，那你就得烦死，就得天天睡觉处处睡觉，最后非得把自己睡死不可。因为你生活在一个言说的时代，每天一睁开眼就得听别人说话，而且很多都是"没意思"的话。不光开会如此，你在家里休息耳朵根子就能清静吗？现代人一回家先打开电视，而电视里是没完没了的说话节目，主持人在说，嘉宾在说，明星们在说，捧明星的也在说，抢话的，插话的，还有各种巧妙和不够巧妙的卖弄和自我炫耀，甚至还要忍受他们的傲慢、散漫、没完没了地拖延和浪费时间。你怎么办？总不能老捂着被子睡大觉。好吧，出去散步躲清净，但大街上也鼓荡着由各种各样的话语汇集而成的声浪，汹涌澎湃地从四面八方包围着你、拍打着你，甚至会兜头盖脸地把你淹没。即便你躲进汽车，司机也不会放过你的耳朵。你钻进商店，还有营业员的滔滔不绝在等着你……嘴是祖传的宝贝，不用白不用。现代人的嘴更是像奶油一般光滑，到处都在说，无时不在说，社会像得了"话痨"。

不然为什么说现代社会是阴盛阳衰？经典早就告诫过人类："语言是女性的，行动是男性的。"话语铺天盖地，现代人就没法不阴盛阳衰。事已至此，现代人要想活得正常就必须学会正确地对待别人的话语，不管有意思还是没意思，甚至要在"没意思"的话里听出大有意思。为什么你觉得"没意思"，却有那么多人在津津有味地说，还有更多的人在认认真真地听呢？这就是智慧，智慧是力量，力量就是声音，声音就是话语。

你如果认为这样的话还没有意思，那什么才有意思呢？像美国前总统布什，没下台前以经常说错话和开玩笑闻名于世，就有意思吗？在伊拉克挨了"鞋弹"还不忘幽自己一默，说打他的破皮鞋像是十码的。还有正在台上的法国总统萨科齐，以爱说大话和狠话出名，今天得罪这个，明天惹恼那个，就有意思吗？看看当今世界，唾沫星子乱飞，但真正会说话、能将话说好的又有几个？连全世界公认口才出众的现任美国总统奥巴马，在宣誓就职的时候鹦鹉学舌都学错了。

由此可见，当你意识到别人讲话没意思的时候，危险的不是人家，而是你自己。现代人最容易犯的错误有三条：必须讲话的时候沉默，必须沉默的时候讲话，必须鼓掌的时候打呼噜。

天下大美

——2009年的花边之一

 遗传学发布了新的研究成果:现代人类越长越漂亮,满大街都是美女、帅男,打扮得也更为新潮入时、赏心悦目。天下大美,正如美国希尔顿饭店集团女继承人、"话题女王"帕丽斯·希尔顿所言:"不论到哪里都要打扮俏丽,生命短暂,何苦从众。"

 她似乎是在代表天下美女发布爱美宣言,这却成全了一个世界著名的老男人,即意大利总理贝卢斯科尼。此翁从来桃色丑闻不断,并公开向民众给出了一个堂而皇之的理由:"外面实在有太多美女和企业家了。"听听,满大街的美色和金钱,不多弄出点丑闻,怎对得起自己和选民?意大利民众似乎也真的接受他的解释,前不久被打得满脸开花,支持率反而上升。大有"宁在花下死,做鬼也风流"的气概。

 无独有偶,杭州有位老先生,经常开着现代跑车,载着年轻女孩儿去潇洒。老伴不能容忍,提出离婚,他老人家也振振有词:"我一个七十岁的老头儿,即使有想法还能怎么着?你让我满足一下心理需求不行啊?"这是不是也喊出了一大帮"老头儿"的心声?古人云"老要张狂",此老虽然心不老,说出的话却难免扫兴,还是难比老贝。

 世界金融风暴以后,英国人赚钱难了,有一机构改行专门研究男女关系,他们得出的结论是:"男性平均每天要花四十三分钟看十个不同女性,一年就是二百五十九个小时。从十八岁到七十岁,男性看美女的时间累计可达十八个月十一天。"男人们过眼瘾最常见的地点依次是:超市、酒吧、夜总会、工作场所等。

 人类变美了,想不到还有这么多"附加值"。凡有车展,必有穿着薄如蝉翼的美女车模,在新车旁忸怩作态。有人讶怪:"是看车呀还是看肉?"有此一问,足见已经被"肉"之美惊住了。厂家正是以"肉"诱惑你看车,香车美女,一票看双美,岂不便宜?

那么,在这个波涛汹涌、一浪高一浪的"看美大潮"中谁最得实惠呢?一个叫文经风的年轻人,他于一九九三年开办了中国第一家性用品商店,推动了安全套的市场化,使中国人得以享受到"计划外"的性。或许就是因为这一"功德",他被"美"过的人们尊为"套爷"。遂在"套史"上留下美名。

但,二〇〇九年的大美,从里到外都美的老人,是七旬的拾荒老太郭冬蓉。十二月十八日早晨她捡到七千元人民币,如今不怕失主讹诈,敢在路边捡钱就是勇气。交公却也不是一件很便当的事,待老人颇费周折地将钱交给警察后,感到肚子饿了。一早晨光为了送钱耽误了自己拾荒,没有破烂可卖,兜里又没钱,只能向眼前的警察求助:"同志,我还没吃早饭,你给我一块钱,买俩馒头行吗?"难得老人这份实诚、坦荡和自然。倘若那位警察再给老人一个温暖的拥抱,然后送上一份热乎乎的早餐,就十全十美了!

还有跟警察有关的一桩美事,也非常特别。河南永城的警察去抓捕犯罪嫌疑人张某,不早不晚正赶上张某跟未婚妻拍婚纱照,"陶醉在爱情的幸福之中"。谁都知道如今拍婚纱照有多么的啰唆,警察们在外面硬是等了六个小时,让张某"幸福"完了走出来,才实施抓捕。这六个小时,充满了人性之美、人性之善。当张某知道警察竟等了他六个小时,分外感动,当即认罪。抓捕不是美事,却被人办美了。

美事有多种多样,夏末高考发榜后,有些地区的邮递员,在派送高考录取通知书的同时,附带着送上一束花,燃放一挂鞭炮,主家则必须回赠一个"六六大顺(一百二十元)"的红包。如果主家自觉自愿,便是两全其美。若是主家不情愿,邮递员强行索要,就为不美。

从"财迷"的角度说,作为中国人住在哪个城市最美呢?答案是北京、上海。据《2009胡润财富报告》称:北京每万人中有八十八人是千万富翁,上海每万人中有六十二人是千万富翁,而在全国,每万人中只有六人是千万富翁。不是千万富翁而又生活在千万富翁多的地方，到底怎么个美法？不住在北京、上海就无从知晓了。

即便不住在北京、上海，还有别的美，山西中财大酒店公然打出广告："党政机关出差和会议定点饭店。"可见如今开会就是一美，"凡开会没有不隆重的，闭幕没有不圆满的，讲话没有不重要的，鼓掌没有不热烈的……"有位爱开会又爱讲话的领导就特别得意，他每次讲完话后总会得到两次掌声。其实，第一次鼓掌是那些没睡觉的人，掌声吵醒了睡觉的人又鼓了第二次。官员们有这么多美事，很自然就想让自己的长相也变得更美，于是纷纷整容。"中国整形第一刀"陈涣然医生接受采访时说：最近两年常有官员联系整容，他们喜欢夜间来，速战速决，不露痕迹。官员和太太们可占到接诊人数的百分之二十到百分之二十五。爱美之心人皆有之，又何必偷偷摸摸？

不能光讲成人社会的美，而忽略了"儿童世界"之美。去年六一儿童节当天，在深圳中山公园大门口，停着一辆崭新的宝马车，副驾驶的位子上坐着个一脸稚气的男孩儿，从车窗里伸出一个用衣架做的钓竿，竿头挑着一块牌子，上写："缺温暖，钓后妈。"小家伙姓马，十三岁，在深圳一所贵族学校读书，父母离异，出此怪招想找一个能照顾自己的后娘。当时引起很多人围观，动了心的也大有人在，许多人都觉得这是一件美事。小马人小鬼大，唯愿他用宝马真能"钓"到个让他感到幸福的后妈。

没有人不爱美、不想美，多元社会对美有多种理解和追求。新春吉祥，祝福我们的社会美得丰富，美得健康。

赵本山:"别离婚!"

——2009年的花边之二

赵本山借二〇〇九年春节晚会捧红了小沈阳之后,却以反小品的正经口吻叮嘱这位得意门生:"要谨慎,别离婚!"这是哪儿跟哪儿?他怎么把走红跟离婚进行了必然的联系!一个以搞怪逗哏成名发财的"小品王",何以说出这般正统得近乎守旧的话?

这或许正是赵本山的智慧。出彩逗笑是职业,而生活则要正经,甚至保守一些也无妨,演员切忌台上台下不分。所以他才有一大群徒子徒孙,把本是民间说唱的"二人转"做大,堂而皇之地进入中国娱乐界的最高殿堂。而世上的好话有千千万万,他为什么单拿"别离婚"说事?赵本山何其敏感,最善于体察社会热点,而眼下一个很明显的社会问题,就是经济危机带来的全球性离婚热潮。

中国已然"与国际接轨",自然也不例外,而且创造了新的离婚纪录。广州一对夫妻,九月九日领证,九月十五日离婚,且在网上发布离婚宣言:"离婚,离婚,必须离婚!"以前的婚姻有"七年之痒"一说,现在则一年半载就开始发痒,快的只几个月就完成了"婚姻的三部曲":"相敬如宾—相敬如冰—相敬如兵!"可见商品时代,并非只有日本人才是"经济动物",地球人大多都经济挂帅了,经济一出危机,紧跟着婚姻就亮红灯,各地纷纷告急。

美国的统计证明,"二〇〇八年新生儿减少六点八万,预计二〇〇九年将减少近十万"。英国一项调查显示,"百分之七十三的人懒得过性生活"。瞧他们这点出息!日本更邪乎,正风靡"分开同居",别说结了婚的要离,连同居都得分开。不想在一块还要同居,这不是成心找别扭吗？乱了，乱了，不到半个世纪的时间，男女关系就闹了三次大的动荡。第一次是"性解放"，将性和婚姻分开，谓之"泛爱"；第二次是只同居不结婚，谓之"恐爱"；现在干脆连同居都烦了，可谓之"不爱"！

如此下去世界怎么得了？如果说金融风暴能瘫痪世界经济，任这场离婚大潮蔓延下去也必将危害现代人类社会。于是，各个国家纷纷打响了"婚姻保卫战"。澳洲女议员菲尔丁最是高屋建瓴，以绿色的名义向全球男女发出呼吁："为了地球，不要离婚！"只要一离婚，势必要占用更多的土地、房屋以及水电资源等，导致温室气体排放增多。美国最讲实效，在风景优美的度假区开办"婚姻训练营"，竟有百分之七十五已经触礁的婚姻，最终保住了家庭。印度的办法很浪漫，组织要离婚的夫妻进行"散伙旅行"，结果有绝大多数夫妇将"散伙游"变成了"鸳鸯游"。日本的办法最简单，借用古代的"武士道"那一套，将要离婚的男子集中起来，教他们反复学说三句"魔语"："嗨，我爱你！""嗨，谢谢你！""嗨，对不起！"学会了回家对老婆说，每句"魔语"每天至少说一遍，据说有奇效。俄国人的图腾是北极熊，婚姻专家告诫自己的同胞，维持婚姻最简便又最有效的办法是"熊抱"。每天给配偶三个拥抱，婚姻就会牢固。如果再多拥抱三次，就会神采焕发，精力旺盛！

光有这些硬性规定、具体招式还不行，想要从根本上解决男女的情感危机，就得讲道理，做思想工作，比如请名人现身说法。贵为法国第一夫人的布吕尼，要貌有貌，要财有财，要地位有地位，可以说一个女人最羡慕的东西她都有了，却在自传中公开向世界承认，"过去八年来一直接受心理治疗，原因是得知自己为母亲婚外情所生，父母感情破裂对子女的伤害是无法估量的"。如此说来就愈加佩服赵本山的预见性，他劝告徒弟这一代不离婚，到他徒孙那一辈，在心理上就比同龄人占据了优势。还有，全世界都知道美国国务卿希拉里是最有理由离婚的，可人家却觉得"夫妻还是原装的好"。在就职演说中曾这样评价世界头号花心丈夫："我要好好感谢他这辈子带给我各种各样的经验。"多会说，说得多好。

说了许多外国的经验，中国有什么高招呢？我们有不同的文化背景和强大的婚姻传统,对付离婚潮的办法自然就更多,而且也更智慧。最重要的是先要务虚,解决思想认识问题。根据儒家的观点,在妻子眼里"夫"是比"天"还要高出一头的。另一方面,将老婆娶进门叫"新娘",谁的"新娘"?当然是丈夫的。"新娘"也是娘,将来还是孩儿他娘。我敬你比天大,你敬我如娘,这不就好办了嘛!何况我们还有道家的智慧,在道家看来,女人希望婚后丈夫改变,但他不会改变;而男人希望婚后妻子不变,但她肯定会变。所以夫妻相处的妙法有三条:一不要随便说好,二不要随便说不好,三不要随便问对方这样好不好。这就叫智慧。许多夫妻吵架是为了钱,其实在对待花钱的问题上,越是态度相反的人越容易相互吸引。这是有大量调查为证的,喜欢乱花钱和喜欢节约的男女更容易成为好夫妻。

但,最重要的是防患于未然,专家们给出了一个不离婚的公式:"女方比男方有更高的学历＋女方年纪比男方至少小五岁＋夫妻两人都是初婚。"怎样才能实现这个公式呢?目前在白领圈里正掀起一场"换草运动"。中国人的束缚是"兔子不吃窝边草",转换一下思维,你窝边的草介绍给我吃,我窝边的草介绍给你吃,岂不皆大欢喜!

最后还是用中国老百姓的话收尾:宁拆一座庙,不破一桩婚。成就一段姻缘,胜造七级浮屠。

不怕"脱"

——2009年的花边之三

　　前不久,一女子在广州东川路便利店行窃,被店员发现后追赶至大街之上,惊动了路人和附近的保安,在呐喊声中挺身拦截,遂成合围之势。女贼情急之中不做别的反抗,竟开始脱掉身上的衣服,幸好南国不像北方这么冰天雪地,她本衣衫单薄,脱起来也方便。当身上只剩一件内衣时,一边做脱状一边大叫:"再不让我走,就脱光给你们看!"真不知此女是怎么想的,你脱光了又如何?现代男人们还会惧怕一个异性裸体吗?或许不说这句话还要好些,差不多已经"脱光"了还要火上浇油,保安们便"勇往直前,一举拿下"!

　　这个女贼大概爱看小说,上了作家的当了。以前不是一有青少年犯罪,就说是受了黄色小说的毒害吗?一百多年前法国有个大作家雨果,曾发过高论:"一个全裸的女人,就是一个全副武装的女人。"这句名言可真害了不少女人。至今还有些青年女子愿意当"肉弹",那可是肉里藏着真炸弹,不是为了自己逃跑,而是先把自己炸死。当一个女子光有一堆肉,谁还怕你?若在前些年,利用人们少见多怪的心理,当众脱光之后或许没人敢碰、无人敢抓,趁机溜之乎也。现如今,各种各样的裸体人们见得多了,银幕上、车展上、欢场上、选美大赛上,乃至操场上、法庭上、餐馆里,哪里没有"脱"景?

　　而且不光女的脱,别以为当众脱光是女人的专利,男的也脱。去年夏天,复旦大学两名男生,"头戴学士帽,在校园内裸奔,庆祝毕业,并拍照留念"。这很有可能是受了中国古代作家的影响,古人说人生有两大快乐:洞房花烛夜和金榜题名时。莫非男人们一碰到高兴事就联想到要进洞房,下意识里先脱光了再说?然而不管出于什么心理,男人爱"脱",总归上不了台面,不被骂为下作、无聊、发疯就不错了。或许有人说,中国古代也有过"脱男",并且因"脱"成名。不错,《三国演义》里祢衡裸身击鼓,那是为曹操所逼,借脱骂曹。还有一个爱脱光的刘伶,是借酒撒疯,但他只在自己的家里脱。

二〇〇九年最著名的一"脱",是成都一吴姓女子。因告男友强奸索赔未果,便脱光衣服大闹法庭,拳打书记员,掌抽法官脸,结果被司法拘留十五天。既输了官司,又搭上了自己。作为一个女人,即使愤怒至极,又何必非糟践自己的身体?如果真被男友作践过,为什么自己再作践第二次?这不恰好从反面给法庭的判决提供了有力的证据?衣服这个东西,是人类文明史上的一大创造,别看款式多样,穿起来很复杂,一旦穿上它,就简单而安全。当人脱光衣服之后,看起来简单,实际上却复杂了,反而会添乱。世间的许多麻烦,乃至战争,都是因为脱衣服而不是穿衣服引起来的。珠三角连锁西餐厅的一家分店开业,竟请来数名一丝不挂的人体模特助兴,结果闹得场面大乱,人们搞不清此处是卖饭哪,还是卖肉?

——这里也脱,那里也脱,脱来脱去,脱不胜脱。人类由裸到穿上衣服,是文明的一大进步。不怕裸,见裸不怪,遇脱不惧,又是社会的一种进步。既然你自己不怕脱,别人也就不怕你脱。但是,有些人已经脱上瘾了,动不动就脱,不分时间场合,想脱就脱,甚至强脱乱脱。北京一高档住宅区里有对外国男女,光天化日之下竟脱个精光,躺在草坪上晒太阳。小区里的居民们看不惯这种西洋景,侧目而过,议论纷纷,保安却目不斜视地走过去,很有礼貌地请他们立刻穿上衣服。那对"光男"、"光女"落落大方,又振振有词:"穿上衣服还怎么晒太阳?"似乎还很有理。保安也很机智:"小区的太阳不是只属于你们俩的,你们这样污染了小区的阳光,对其他居民构成骚扰。给你们三条建议:一是赶快穿好衣服;二是回到自己的家里爱怎么脱就怎么脱;三是再这样晾着,我可就报警了,警察会强行让你们穿上衣服,还要加以处罚。"当众穿衣服跟当众脱衣服同样尴尬,那对男女选择了抱着衣服回家。就因为这一"晒"成名,那对男女再碰到人都低头而过,后来干脆就搬走了。

同样的道理,有的影视女星靠一脱成名,以后再想把脱掉的衣服穿上可就难了。有的要好几年,还有可能永远也穿不上了。特别是危机时代,今天这儿闹灾,明天那儿出祸,人们需要穿着严谨。《伦敦时报》公布了一项调查成果:金融危机爆发后,欧洲男子老式白衬衣的销量迅速增长。法国南部的沙滩上,只能看见老年女人的裸体,而年轻女性变得保守,开始拒绝裸体日光浴。这就是潮流,而潮流总是有其道理,并不是凡裸体就好看、就美,有相当多的人是经不起裸的。有衣服遮挡着还像模像样,一裸便惨不忍睹。所以才发明了衣服。

成都一家肥肠粉店,深知当今潮流是反裸、厌裸,就用来当做惩罚手段,公然在店门口贴出告示:"使用假钞,五十元以下当众臭骂,五十元以上脱衣游街!"立竿见影,告示贴出一年多再没有收到过假钞。这样自己立法自己执行,未免有点霸道,倒是中央美术学院的创始人及首任校长郑锦,发明以裸体拒客,极尽雅妙之趣。他用布幔画了一对裸体男女共舞图,悬挂于办公室中,若有粗鄙豪绅来访,便拉开遮掩画作的布帘,"访客便会坐立不安,很快就告辞而去"。当这个秘密传开以后,所有来客一见校长要拉帘,就赶忙起身逃走。

风尚是不断变化的,"脱风"也会转向。为了不出乖露丑,还是看护住自己的身体,穿好衣服。衣着得体,才能抬举人,即"人配衣服马配鞍"嘛。

偏方治大病

俗话说："有病乱投医。"环境污染，气候变化，现代社会什么病没有？作为平衡，热心而聪明的人也多，于是各种各样的偏方便大行其道，构成洋洋大观。

比如"以狗代医"——当下高龄产妇多，难产的孕妇也多，在有些高档医院的产房里，增加了一些四条腿的"助产士"，它们是一些漂亮的公狗。难产的孕妇只要跟狗对视一会儿，体内就会分泌更多的催产素，有利于顺利生产。据说这项"高科技"还是从日本引进的。有些接受了狗大夫帮助的产妇在网上撰文说："妇女难产还不是臭男人惹的祸，越是跟人打交道多了，就越喜欢狗。因为狗永远是狗，而人有时候不是人！"

有位名模保持好身材的偏方是："每天一起床先疯笑三声，通天、通地、通便，好身材都是拉出来的。"不错，自古有"好汉子搪不住三泡屎"一说，何况是娇嫩女子。

由于"多恋症"泛滥，有的一个人恋好几个，有的却一个也恋不上，造成失恋的人很多。对症下药，有一个治失恋的偏方正在广泛流传，而且非常简单："玩命跑步，将身体里的水分蒸发掉，失恋也自然就跟着好了。"妙哉，原来所谓爱情不过就是一股水呀？竟把天下人折腾得五迷三道。待到将那股"坏水"挤干或熬干，就没事了。

不要以为偏方都是来自民间，联合国经济合作与发展组织（OECD），发布了二○○九年以各国生活条件统计为依据的结论："吃饭速度快的国家，经济增长也快。"据说金融危机严重的欧美诸国，听到这个偏方后都加快了用餐速度。

奥运会、全运会,中国运动员成绩斐然。羽毛球冠军林丹公布了一个偏方,运动员要想出好成绩,就把性交给国家,让国家统一管理。"运动员的性是国家的,受一个体制管理,我们男女分居,不能相互接触,多数时候是禁欲状态。"曾有媒体曝光,过去东德的体育非常棒,他们的偏方是,在大赛前的两三个月让女运动员怀孕。女子在怀孕初期体能会有超常的发挥,赛后再流产。看来无论是纵欲还是禁欲,都可用作秘密武器。

中国的高速公路已经网络化,司机疲劳驾驶的状况日趋严重。有些收费站就想出高招,向司机收费的同时发放干辣椒,让他们嚼着干辣椒上路,想不兴奋都不行。此方格外受到湖南、湖北、四川、云贵等地司机的欢迎。

但也有些偏方欠雅,南京有个社区,老人们打麻将成瘾,为了顾及老人的健康,管委会借口房子紧张将麻将桌摆进一个厕所里,以为老人们嫌臭就会罢手。不想老人们戴着口罩在厕所里照样打得昏天黑地,还自得其乐地在厕所门口挂上"老年人活动中心"的牌子。不禁令人想起许多年前流传很广的一个叫"老干部活动中心"的笑话。

最简单可行又有奇效的偏方,是改名字。电影演员黎姿嫁给富商马廷强后,为了让马家有后改名为"黎珈而"。此偏方估计会有大效果,李嘉诚的儿媳妇王富信,过门后连生女儿,于二〇〇五年改名为王丽桥,二〇〇六年即为李家诞下首名男孙。可谓立竿见影。改名后转运的明星还有刘福荣——改为刘德华,梁碧芝——改为梁咏琪……但中国人多,此风不可大面积蔓延,更不能不征求本人同意强加于人。比如有人在网上给侯耀华改为"侯药华",将赵忠祥改为"芙蓉姐夫",便有失厚道。

多年来政治生活中有一痼疾,即开会多、效果差,还常常有上边讲话、下边不听的情况发生。如今有偏方治这种毛病了:不想解决问题就老开会,真想解决问题则不开会;要解决大问题就开小会,会议越重要参加的人越少;解决小问题则要开大会,会议越不重要参加的人越多。又怎么让人听信你的话呢？如果大声说不听的时候，小声说就听了；当面说不听的时候，背后说就听了；你跟他说不听的时候，让人传话他就听了；说正经话不听的时候，夹一堆脏话就听了。

网上曾传播过一些青年人在公共场所的爱情偏方：女孩儿闹牙痛，男孩儿凑上去一个长吻，女孩儿的牙立刻不痛了。一会儿女孩儿的脖子又出了故障，男孩儿一吻也好了。旁边一老太太看得眼热，高声求年轻人帮忙："小伙子你真神了，能治脚气吗？"后面有位老大爷更急切，挤到前边说："先给我来吧，我的痔疮又犯了！"

当代社会有股风气，一有富翁征婚，哪怕长得像歪瓜裂枣，也会有成百上千的美女前去应征。这让许多独立好强的妇女很不以为然，她们不怪自己的姐妹不争气，却觉得是有几个臭钱的男人在羞辱妇女。风气败坏也是一种社会病，而目前的商品社会不可能有正规渠道医治这种病，只能用偏方，以其人之道，还治其人之身。她们明察暗访，鼓动唇舌，终于说服一位四十九岁的单身富婆也公开招亲，打出广告在全国范围内寻找"灵魂伴侣"。这下不得了啦，只短短几天就有三百九十四名男子前来应试，年龄从二十岁到六十岁不等，职业从公务员到医生、律师等等什么人都有。应征者在自愿的情况下还可以现场高声朗诵一首诗："少女诚可贵，少妇价更高；若有富婆在，二者皆可抛。"

——这回可让妇女们好好地出了口恶气。谁都知道现在看病难、药费贵，既然"偏方能治大病"，省钱又省事，那就多多益善吧。

不许放屁

——2009年的花边之五

　　——这个题目并不是从毛泽东的《念奴娇·鸟儿问答》中抄来的,而是北京市胡庄小学的校规:"学生当众放一个屁罚款五元,乱扔垃圾罚款零点五元……"该校老师解释说,制定这个新校规是为了让学生们从小养成良好的卫生习惯,同时也是响应上边的号召。

　　上边是谁?一位中科院院士在"中国森林城市论坛"上呼吁:"政府应考虑对企业甚至排放二氧化碳的市民征收每月二十元的生态税。"市民如何排放二氧化碳?还不就是放屁嘛!

　　环境污染已严重到危及地球的生死存亡了,原来最大的污染源竟是人们的"后门"!怎样监管这众多的"后门"呢?河南太康一所初级中学有创意,在厕所里安装摄像头,"摄"得学生们总觉得是在众目睽睽之下拉屎撒尿,能憋的就憋回家再方便,有的孩子老憋着就得了大便干燥……"后门"倒是管住了,厕所也干净多了,却不是有益孩子健康,而是相反。

　　哥本哈根的联合国气候变化会议,真实地反映了国际社会的现实:反复无常,混乱无序,各说各的理,吵成一锅粥。但也产生了一个很大的正面效应,那就是人们的环境意识增强了。有些中国官员跟得最紧,口号来得也快,随即提出要当"绿色干部,加强绿色意识"。

　　国家审计署原审计长李金华却提醒道:"中国公务员人均办公面积世界第一。"可见"绿色空间"确实巨大,你不是要当"绿色干部"吗?那就请拿出点实际行动来:合并办公室,住房超标的让出来,每天骑自行车上班,像新西兰人一样每次洗澡不超过三分钟,还得像小学生一样不准乱放屁……国家越清廉,环境污染才越好治理。

网络上正在议论一件事:凡提到交通拥挤、车祸频发、妇女儿童被拐卖,就说警力不足。影星范冰冰到武陵山国家森林公园为一减肥产品代言,竟有警车开道,所到之处无不警力充足……这当然会造成一定的污染,那"生态税"该由谁来上?

但是,世界上确有以各种花样翻新的实际行动来保卫地球的:新西兰就有个组织,公开号召民众:"为了环保,请吃掉你的宠物。"四川成都有一批环保志愿者,与新西兰人的主张正相反,他们站在饭店门口或大堂里,大声提醒用餐者:"为了共同的地球,请不要吃肉!"

全日本航空公司,为减少燃料消耗和二氧化碳的排放,要求所有乘客"登机前先如厕"。一些尿频、尿急等前列腺有毛病的乘客,难免会对"全日空"心生恐惧。

非洲出海盗的索马里,最近又诞生了一个激进的"环保组织",认为妇女隆胸不环保,"女性胸部应该保持自然,任何人工的方式都是违反自然的欺骗行为。"他们的成员手持皮鞭,在大街上巡视,看到有胸部"不自然"的,就冲上去一顿鞭打。

澳大利亚的科技人员发现,刚剪下来的青草气味特别好闻,能释放一种对人有益的化学物质,使人快乐而又放松。于是他们提炼青草汁代替香水,让每个洒了这种绿水的男女,"闻起来都像是刚刚割下来的青草"。又省钱,又保健,这才是名副其实的"绿色发明"。

浪漫的意大利人正想拾掇起一个环保的老偏方。当年为淡化牙齿的颜色、清新口气,罗马人曾大量进口葡萄牙人的尿,他们固执地认为葡萄牙人的尿疗效更好。尽管气味不佳,但尿液里含有氨水及尿素,具有杀菌成分,能有效地防止牙龈炎——前些年中国、日本风行过一段时间的"尿疗",原来此方还是东西方通用、国际流行。

最绝的是俄罗斯一名二十八岁男子,竟在肺里种小树——与其被动地只靠外面提供新鲜空气,莫如在自己的体内搞绿化。说他是无意间吸进了树的种子,有些不可想象,那粒种子在他肺里生根发芽,小树苗已长到了五公分高,这不是三五天能办到的事,他怎么可能没有觉察？若说他是成心往自己的肺里吸进几粒树种,也有点匪夷所思……最终还是因为疼痛难忍,到医院开刀,把好不容易成活了的小树苗又取了出来。不管怎么说,他曾经拥有一个"绿化肺"的事实,令人称奇。如果真是出于对环保的痴迷而这么做,其精神就该受到尊敬,故媒体称他为"绿色堂吉诃德",实不为过。

中国当然也有这类付诸实际行动的"绿色人士"。北京一芳名杨珏的白领,夏天的晚上和朋友一起在小区花园里用电蚊拍灭蚊,噼噼啪啪的响声能缓解工作和生活中的压力,灭蚊又可帮助小区清洁环境,减少疾病传播。事虽小,却比说一大套漂亮的空话要好。

还有一些正在萌生的绿色理念,也很有意味。年轻人正提倡以"低碳爱情"适应低碳时代。有一调查结果显示,热恋中的女人每五秒钟就会想到一次购物,爱得越炽烈,对物质的贪求和浪费也越大,二氧化碳的排放就更多。于是有了这样的说法:"天长地久太难,缠缠绵绵太累,保持适当的距离与合适的温度,就相当于'减排'。"爱,也要环保。

当下是"虚实交叉"的时代,每个人既活在现实中,又离不开网络,环保也应该在"虚实"两界同时展开。"生活中,人们用真名说假话;网络上,则用假名说真话……为了环保,请一律用真名说真话。"

按照世界权威气象学家的说法,从现在到二〇一五年,人类还剩下五年时间拯救地球。而最大的环保,就是培养出一代代的"环保人"。联合国教科文组织总干事马约尔说得很聪明:"我们留下一个什么样的世界给子孙后代,在很大程度上取决于我们给世界留下什么样的子孙后代。"

气死人不偿命

一著名电视节目主持人,郑重其事地在电视上卖弄他的深刻:"这是个胡说八道的时代。但胡说八道要分工精细,演艺圈胡说八道,会逗大家开心,权威人士胡说八道,却会置人于死地。"何谓"胡说八道的时代"? 即"雷人的时代",追求的是"语不惊人死不休"的效果。只是境界不同,前者是语不惊人自己死,后者是一句话要把别人噎死,而且气死人不偿命。

比如重庆一对夫妻吵架,其十四岁的女儿在旁边不仅不劝解,反而怂恿道:"你们离婚吧,那样我的零花钱就会多一点。"二○○九年咸阳的小学暑假作业上有道大人题:"如何解决人口老龄化问题?"一对老教师的孙女只有十一岁,在他们眼前写作业时这样答道:"让老人死一部分,或者多生些小孩! 要不来一场瘟疫吧,老年人抵抗力差,会自然降低老龄人口。"就坐在疼爱她的老人身边,像是自然而然地就发出了对老人的诅咒。

海口一个九岁小儿,用"如果"造出了下面的句子:"如果我有一颗炸弹,我就会炸平我的学校;如果我有一把小刀,我就会杀死我的妈妈。"总复习的时候老师对学生说,哪一门功课弱就集中精力补习哪一门,就像平常说的吃什么补什么。立刻有学生提问:"缺心眼儿呢,吃什么补?"老师被气得愣在讲台上,半天说不出话来。

举了这么多例子,怎么都是孩子? 这就对了,"雷人"原本就是青年人的专利。再往大里说,世界各地动真"雷"的恐怖行为,诸如人肉炸弹、汽车炸弹等等,哪一桩不是年轻人干的? 但他们的祖师爷是成年人拉登。中国这些嘴头上常常杀七个宰八个的孩子,也是成年人教育出来的。任何一个孩子成长都有四个老师:家庭、学校、书本和社会。现在的问题是,家庭教育常常和学校的教育拧巴着,而家长、老师的教导又常常跟书本上说的不搭调。最要命的是,社会教育干脆就和前三种教育背道而驰。怎么可能不培养出一批批的"雷子"? 正像有个笑话说的,"小孩刚出生的时候是原创,后来变成了盗版,有人称这就是教育"。

眼前就有现成的例子,在泉州第六中心小学门口公开发售的"儿童奖券"上,竟赫然印着这样的话:"有姐不泡,大逆不道;见姐就泡,替天行道。"他们真不如干脆就把妓院开到学校门口得了。确是大逆不道啊! 武汉积玉桥学校一化学老师,设立了自己的奖项,考试得第一的学生可以在课堂上放枪。当然是体育比赛的发令枪,但枪声是一样的,刺激是一样的,难怪有真枪的学生动不动就制造校园枪击案……让人很难不发生这样的联想。

其实,这位中学老师奖励学生放枪的原意并不坏。即便是大学的教授们又如何? 一位高校纪检委干部公开发帖说:"如果按照美国人的标准,我们的很多教授都得坐牢,那学校还怎么办下去?"中国人民大学的校长纪宝成更是语出惊人:"中国最大的博士群体并不在高校,而是在官场。"因为一些高校将学位化作向官员献媚的礼物,在得到项目、经费和资源的同时,也成为博士帽批发商。大名人易中天对此也有回应,他在北京电视台的一个对话节目上公开放言:"这年头,不弱智怎么当领导?"

这些话虽然听起来气人,却不能怪说话者,只能怪世间确实有许多可气之事。所以并没有哪个领导,真的被易中天气死。再比如著名的"胡润富豪榜",很有一批富豪一上榜就犯案被抓,这倒能活活气死人。这样的事一多就成了一种规律,于是舆论哗然,说"胡润富豪榜"实际是"杀猪榜"。胡润也不一般,并没有被这样不吉利的咒语给气坏,反而借机把责任全推给了"猪"们:"我的富豪榜是不是杀猪榜并不重要,重要的是,为什么好多猪没有长大就死了? 或者说这些肥猪到底都吃了些什么,如此脆弱不堪。"

装傻充愣,太过贪吃变成了肥猪,早晚都逃不了被杀的命运。你干的就是"卖猪"的营生,"榜"者,"绑"也。不然"胡润富豪榜"何以这么名头响亮?前不久中德足球在柏林进行热身赛前的训练,当德国队退场、中国队入场时,两千多名球迷跟随德国队一哄而散,并连声呼喊:"中国队来了,快跑!"这才叫气死人不偿命哪。我们是到你的国家做客,你们就这么不给面子,让我们在国际上丢大人!可这能怪人家说话气人吗?谁叫你中国足球太臭,在自己家里臭就行了,还跑到国际上去现眼,自找难堪,又能怪谁?

江苏宿迁一路公交车上贴着这样的标语:"吐痰请向外吐,提高个人素质。"你能怪这标语"雷"人吗?他不贴这个标语有人就在车里吐,把车厢变成痰桶。气人的事一多,有时说好话不管用,惹急了就"雷"上几句,不"雷"白不"雷",说不定倒会有效果。像靠察言观色、顺情说好话吃饭的算命先生,是最不该着急上火说气话的。湖北巴东却有这么一位,在街边蹲了大半天没有一个主顾,到快收摊的时候来了个脑满肠肥的家伙,穿着光鲜,说新买的名牌皮鞋,只穿了一天底子就掉了,想请先生给算算吉凶。算命的正没好气,张口也就没好话了:"你印堂发暗,两眼挂晦,心里有事,将有厄运……"这家伙姓谭,还是巴东县科技局的局长兼党委书记,登时就吓坏了,赶紧到纪检委交代了犯罪事实。

徐州有个漂亮的广场,却经常星罗棋布着摊摊狗屎,众多老年人都看不惯,便给管理部门提意见说,"现在闹猪流感,再这样胡作,过不了几天就得闹狗流感。"于是城管立起了不许在广场遛狗的警示牌,还劝阻那些在广场放狗的人随时打扫自己的狗粪,却收效甚微。有人出了个主意,既然我们把放狗的当人看不顶用,干脆反过来,把人当狗看,把狗当人看。于是他们改换了警示牌上的标语:"亲爱的狗朋友们,请不要带你的主人随便来广场上大小便!"不想立见奇效。

你看看,就因为胡说八道有用,才造就出一个"胡说八道的时代"。

369

2010年的"哥"

二〇一〇年急速蹿红的各色各样的"哥"们,并不真是什么哥。全都八竿子打不着。甚至也不一定是人,比如在南非世界杯上大红大紫的"章鱼哥"。在这个急功近利的网络社会,若想出名快,当"哥"是一条捷径。

夏末武汉科大的新生郑某入学,由五名家人陪伴,其中有他坐在轮椅里的八十三岁奶奶,另有十名志愿者帮他扛着十四包行李,光毛巾就带了七条,卫生纸带了够用四年的……不知是否还带了奶嘴和保姆? 在网上立刻被评为"齐全哥"。

毒奶粉和致婴儿性早熟的奶粉事件曝光后,令孕妇们犯了难,要补充营养不能不吃奶粉,可吃什么样的奶粉以及怎样吃才安全呢? 一南方女子心计玲珑,让她丈夫买来各式各样的奶粉先试吃。这反倒成全了这个幸运的男人,天天拿奶粉当饭吃,而且发明了各种雷人的吃法,往网上一贴,瞬间爆红,被称做"奶粉哥"。此兄之所以受追捧,还因其成名途径具有广泛的推广和普及意义,现在有毒的岂止奶粉? 男人们特别是丈夫们还有许多"哥"可做:"青菜哥"、"大米哥"、"水果哥"……再引申一步,干脆代替女人怀孕,做个"代孕哥"岂不更具轰动效应?

无锡小伙子周力所在的单位经常加班,却不发加班费。他向劳动监察部门反映,得到的答复是"没法管"。一气之下周力做了一面锦旗,送给无锡劳动监察大队,上书:"不为人民服务。"惊世骇俗,随即被网友们尊为"锦旗哥"! ……这"哥"那"哥",别看"哥"这么多,但"哥"

的封号却不是可以乱给的。同样是讨要工资,河南三十多名农民工,跑到郑州花园口景区门前的河神塑像前焚香、杀鸡,磕头祭拜,祈求河神显灵,帮他们讨回被拖欠三年的工钱。他们没有"哥"的自信和强势,以弱者无助的姿态,欲借求神感动地方官员或老板。不知黄河的河神爷是否真能显灵?可不要受了百姓香火也"不为人民服务"!

"哥"一族的兴起,代表了世人的一种心气,似乎跟二〇一〇年非常流行的一种理论有关:在现代网络社会中,只存在"能的"和"不能的"两种人。而且这两者之间的差距正以人们意想不到的速度在扩大。"能的"越来越能,不断聚集财富;"不能的"越来越无能,不断失去财富。——难怪世界银行的报告说:"美国是百分之五的人口掌握了百分之六十的财富。而中国则是百分之一的家庭掌握了全国百分之四十一点四的财富。中国成为全球两极分化最严重的国家。"

这令人不禁想起一个著名的广告:在没有任何铺垫和渲染的情况下,一些中国体育明星突兀地脱口而出:"我能!"由于口气太大,给人印象特别深刻,让许多人记住了那些体育明星的大话。后来发现那些喊"我能"的明星,都输掉过重大比赛。原来他们是"能赢,也能输"!时下异想天开的人很多,但现实社会永远都不会让一个人想有多"能",就真能多"能"。就像广州一个聪明过头的女子,乘车时被夹断了右手食指,灵机一动觉得财运来了,请律师要起诉汽车公司,并索赔一百万元。律师认为要价过高,她却振振有词:"我那根手指是用来指挥我丈夫的,我丈夫可是百万富翁!"不等她说完律师早就溜了,周围的人也都悚然退后好几步,怕她疯劲上来被咬一口。

当今社会热闹很多,看热闹的人也很多,你"能"不好,反而会出乖露丑。做蠢事的往往并不是蠢人,蠢人做不了太大的蠢事。做蠢事的都是聪明人、能人。这个世界上真有你想"能"就能、偶尔有一"能"就可多能、一时"能"就可永远能的事吗?要有也是做梦娶媳妇,只要"心想"就能"事成"。到了被称为"神"的地步,应该是无所不能了吧?巴菲特就被全世界的人当成"股神",还曾是全球的"首富哥",到头来却将百分之九十九的财富都捐给慈善事业。而且他从来不吹自己

"能"，只承认自己有"非凡的好运，但命运的安排反复无常，无人能确定谁会在什么时候抽到上上签"。"拥有某些东西，确实能让我的生活更有滋味，但拥有过多反而让我吃不消。我想有一架私人飞机，但若拥有好几处房产，就会成为负担。很多时候，拥有越多财富，越会沦为财富的奴隶。"

中国目前有私人飞机二百多架，仅"飞机哥"林某一人就拥有十一架。至于"拥有几处房产"的人，可能都数不过来。能到"通神"的人与一般的"能者"，或者叫世界级的大富翁和"烧包"之间的差异，竟然像他们所拥有的财富一样悬殊！这是为什么？摩根大通银行对《福布斯》近二十年来全球富豪排行榜研究后得出结论："在四百位曾进入过全球富豪榜的名流中，只有五分之一的人能维持其地位。统计表明，这些富豪的风光生活通常都维持不了二十年，而投资失误、重税和挥霍无度是搞垮这些富豪的三大原因。"

原来巴菲特的过人之处，是为自己找到了一个最佳归宿，把钱都捐了，反而能永保"风光"。所以像过去的洛克菲勒、现在的盖茨等一批世界首富，不管以前当过什么"哥"，最后都选择做了"慈善哥"。为自己的人生画个圆满的句号，生生死死都做了财富的主人。

"桃色满园"

——2010年金句之一

二○一○年的地球,可称得上是"花花世界"、桃色满园。

东半球的中国武汉 702 路公交车上,贴有大幅咸宁温泉广告画:一个半裸女人泡在水中,曰:"爱我就来泡我。"西半球美国亚拉巴马州生产一种葡萄酒,酒瓶上印有"红发裸女",此酒随裸女也得以畅销。长沙公民道德宣传标语赫然有这样一幅:"精液奉献!"有精力旺盛者以为捐精可代替捐钱,便前去打问,才知"精神文明办"错将"敬业"写成了"精液"。真不知他们在制作标语时心里想着什么了?黑龙江两个十七岁少女,在五个女同学陪伴下去医院做人工流产,一路说说笑笑,其中一流产者说:"和好朋友一块流产,多酷啊!"有人叹曰:"集体做人流,不羞反风流。"东莞刘某因工伤而失去性能力,其妻状告其夫单位,欲索要二十万元性生活权利损失费。不想她丈夫的单位"性商"很高,一次性补偿她六十四万元。于是中国妻子的"性福权"第一次有了公开的价码,以后凡有此类事故都可参考这个价格,此价可能离中国性学会提出的"性小康"的标准也不远了。

你说这个世界花不花?若嫌不够,后边还有。四川一女模特,在演出时脱光衣服走上台来,说是"对抗潜规则"。理由不错,一丝不挂,无处藏掖,什么规则也"潜"不了。罗马尼亚二十七岁的小伙子拉吉,结婚三个月离婚,再娶其四十五岁的丈母娘。这叫先"滚婚"后"裸婚",在二○一○年格外流行。"滚婚"就是"我滚了,你跟别人过去吧;或你滚吧,我有别人了"。"裸婚"则是死活硬结,谁反对也不行,一根筋认定非结婚不行。这一年流行的还有"压婚":在亲戚朋友的压力下不结不行。"乱婚"：配偶是汽车、宠物、一棵树等等不一而足。

为了适应这各种各样的"婚配"需求，首都北京率先开张了一家"爱情超市"，名为"我在找你"。据媒体报道生意红火，头一个月就吸引了一千多名顾客，成功撮合了五十对情侣。紧跟着四川绵阳也成立了一家"婚姻商店"，货架上悬挂着许多单身男女的相框，内有他们的照片、年龄、职业、收入等信息，该店打出的广告语是："出售缘分，创造婚姻。"缘分也可以买卖了。物质时代，物性的价格不断上涨，人性的价值却在走低，卖百货反而不如卖情感。有这样的好事，网络岂能光看着别人赚钱？于是诞生了"淘男网"，实为"男人超市"。这就怪了，为什么男人可以公开买卖，却忽略了女人呢？莫非女人被"幕后交易"占走了一部分份额？据国家人口研究机构发布的预测，"到二○二○年，中国将有三千万适婚男青年无法找到配偶"。这相当于一个小"光棍国"呀！得办多少超市推销他们？

可是，"花花世界"又苦乐不均，常常是饱汉子不知道饿汉子饥，有了配偶的人就用自己能想得出的办法显摆。合肥一对年轻情侣持刀抢劫出租车，落网后坦白说："我们抢劫是为了证明我们彼此相爱！"孟加拉四十六岁的电动黄包车车夫巴帕里，"黄"过了头，用瞒哄手段娶了四个老婆，有一天露了馅，被四个老婆合伙痛打致死。美国《花花公子》杂志创始人、八十四岁的赫夫纳，近水楼台先得月，又迎娶了第三任妻子、年仅二十四岁的女模特哈里斯。这一对男女的年龄差刷新了杨振宁、翁帆的纪录。说到杨老先生，最近以充满幸福感的口吻对媒体宣称："到我茶寿的时候，翁帆还很年轻，再过二十年，她五十四岁，还是风韵犹存。""茶"字上面二十八，下面八十，加在一块是一百零八，也就是说今年八十八岁的杨老先生想活到一百零八岁。但这番话是什么意思呢？对外宣布自己的幸福规划？还是为自己茶寿后的夫人做宣传？

那么在这个"花花世界"上有什么办法，可以让一对夫妻冷静地过正常的生活？二○一○年有三类夫妻受推崇。一是"床上夫妻"，只是晚上睡在同一张床上，其余都是分开的，每人各有一辆车，每人各有一套房，每人各有属于自己的事业，白天全独立，晚上夫妻一下；第二类是"通勤夫妻"，分居时往一块凑合，同居时想分开，不能不"通"，又不能通得太"勤"，每三个周末出去旅游一次。据统计美国有三百五十万对这样的夫妻，未来十五年内，这个数字还将翻一番。这类夫妻中的典型代表，是前总统克林顿夫妇。第三类是"配件夫妻"，把"配偶"当"配件"或其他小装饰品。代表人物是现任美国第一夫人米歇尔，她在二〇一〇年说的最著名的一句话是："我最喜欢的配饰就是我的丈夫。"

绕来绕去的太麻烦了，可生活在"花花世界"里怎样做到不花心，不管是面对"桃色满园"还是"春光大泄"，都能做到面不改色心不跳呢？现代人都是人精，只相信科学知识，于是科学家先站出来从根本上解决理论问题。二〇一〇年有两大轰动"花花世界"的科研成果，一项是西班牙瓦伦西亚大学科学家做出的："男人与一个美女仅相处五分钟，便会使体内的压力荷尔蒙——皮质醇——水平提高，将加重心脏病、糖尿病、高血压与阳痿等疾病。"这还了得，美女致病。第二项是英国莱切斯特大学科学家艾根的发现："男人酒喝多以后，会觉得女性变丑。"这一招太妙了，天天喝高了就能将"花花世界"变成丑八怪的社会，捎带着还保护自己的心脏和血压。难怪世界上男人酗酒的那么多，让好酒涨价都涨疯了！

在这方面最干脆的还是英国男人，有百分之十二一手抱着足球、一手拎着酒瓶子发下狠话，英国若夺得世界杯，他们一年拒绝性生活。还有百分之十索性许诺跟妻子分手。你夺不夺世界杯，跟女人有多大关系？闹了半天还是把女人当"祸水"。其实这个地球之所以成为"花花世界"，很大程度上是因为男人们都有一副"花花肠子"。

"活见鬼"及其他

——2010年金句之二

　　网络时代信息爆炸、知识爆炸，大家似乎都觉得人类再无秘密可言。"人肉搜索"更是连个人隐私都"搜"光"索"尽。其实未必，信息和知识的爆炸还会"炸"出许多新的信息、新的知识，甚至越"炸"秘密越多。这样人类才会有事可干。比如世界上果真有鬼吗？有谁亲眼见到过？美联社和益普索调查机构对此联合进行问卷调查，结果有"百分之二十三的美国人见过鬼"。并特别强调这次问卷调查的误差只在正负百分之三点一左右，足见可信度很高。美国人的"活见鬼"率像他们的国家一样发达。于是形成死后用手机陪葬的风气，名律师雅各布斯的遗孀，不仅要求用充满电的手机做丈夫的陪葬品，还与移动电话运营商签订合同，要保证能随时跟她的死鬼丈夫通话。阴阳两界畅通，人鬼感情依旧。妙哉，信息爆炸"炸"到了阴曹地府！

　　不吓人一跳、惊出你一身冷汗，还叫"爆炸"吗？中国计生委的报告称："中国每三十秒就出生一个残缺儿"！一分钟俩，一个小时一百二十个，这个数也太高了吧？澳大利亚九十五岁高龄的微生物学知名教授法兰克·芬纳也发惊人之语："人类可能在一百年内灭绝，不仅是我们的子孙，包括其他动物都将消失。"其根据是在过去的一百年里，人类社会的都市化程度增加十倍，仅仅几代人就把数百万年形成的石油资源耗尽，人类对地球的负面影响不亚于冰河时期或彗星撞地球。原始人不懂科学，不会制造二氧化碳等温室气体，所以能存活四五万年，而现代人无法做到。这就是说，进步等于死亡。可这个结论有人信吗？看当下世界，都还在玩命地争、拼命地斗，哪有为自己准备后事的样子？

"爆炸"会造成尘土飞扬，烟雾弥漫，真假模糊，是非难辨，于是出现了大规模的谎言。有人生产谎言，有人相信或假装相信，之所以这样做是因为有利可图。法国人类学家证实，"所有政客都是职业说谎者"。相声演员郭德纲公开对媒体说："我们相声演员最大的特点就是说谎，真的，不管多恨这个人，见面都跟亲人似的。"把"专业的"和"业余的"说谎者加在一起，这个数字可就大了！英国科学家经过长期调查研究后得出结论，"每个人每天至少要撒二十个谎"。撒谎既然收益很高，成本很低，精明的现代人"何乐而不为"？当大家都可能撒谎时，信息社会便出现信任危机，人类开始求助"数字化"。凡事都要查一查，凭数据说话，唯数字才是根据，也最具说服力。

且看《2010年中国人的欲望排行榜》，财迷心窍的排第一，想有更多钱的占百分之七十二点六六，想中大奖的占百分之二十六点八五，加在一块快百分之百了；玩闹派、想周游世界的排第二，占百分之六十五点一二；还不错，爱国的、希望中国成为世界第一的占到百分之五十四点零九，排第三；最惨的是想读书的人只有百分之四十五点二三，排第六位，有着悠久而灿烂的古文化传统的子孙，竟有一多半对读书失去兴趣了！老想交桃花运、俗称"色鬼"的人占了百分之二十五点六七，以前没见过这方面的统计，不知这个数是多还是少？不管怎样能进入排行榜，就是一种鼓励，可一壮"色胆"。平均四个人里有一个，再除去一半女人，等于两个男人里就有一个是"色鬼"。再除去老人小孩，凡青壮年男人，差不多有一个算一个啦？其余上了榜的欲望依次是：开名车、住别墅、交朋友、当老板。

还有《2010十大奇闻怪事》、《2010中国十大阶层》、《2010十大爱情地标》、《2010十大谬误》……而《科学界最糟糕的十类工作》让人长见识，排在第一位的是"粪便导入者"，将健康人的粪便通过鼻腔导入病人的小肠。上了榜的还有"粪便收藏者"、"喷嚏研究员"、"海洋鼻涕收集者"、"蹩脚舞姿观察员"……不是跟肮脏打交道就是被精神折磨。二○一○年还评选出世界上最美的职业是"海滩涂油员"，往美女身上涂抹防晒油,在评选的过程中就馋得评委们牙根发酸。美国收入最高的蓝领是电梯安装工和维修工,年收入六点八万美元。

人类在二○一○年下功夫最大、调查研究最多的项目还是男女关系,公布了许多新成果。爱沙尼亚的科学家发明了"失恋解药",澳大利亚的生物学家找到了"谈情说爱公式"。荷兰科学家则计算出,和情感亲密的人相隔约半米站着,最高可让人感觉体温上升二摄氏度。但不能贴得太近了,亲密到肌肤接触就不算数了,那叫"欲火中烧"。英国科学家建议,求爱、说好话或提建议时,要冲着对方的右耳朵,人的右耳朵喜欢好话、爱听劝告。废话、粗话、想分手,则对着左耳朵说,对方不是当成耳旁风就是跟你吵起来。另外金发女郎只适合做女友,想娶妻子最好找黑发女子,忠实而善理家务。而女子挑丈夫最好找"大鼻子、厚嘴唇的",这种男子还不容易感冒。法国有个电影明星叫"大鼻子情圣",演技笨拙,但人见人爱,红得发紫,所有女影迷都喜欢他,世界顶级女明星都想跟他配戏。

二○一○年自然也少不了一些令人啼笑皆非的调查,一项是关于人性的,现代人都愿意说大话,却不愿意做小事。比如:"人人都说愿意出力拯救地球,却没有人愿意出力帮母亲洗碗。"《卫报》驻北京记者乔纳森危言耸听:"如果全部中国人在同一时间跳起来并落地,这会将地球从中轴线震裂为两截,大家都完蛋。"这种研究纯属扯淡,此类的事情根本不可能发生,也无法做到。倒是有一项关于猪肉注水的调查很有意思,食品监管部门调查一个农贸市场,发现平均每头猪注水五公斤,一头牛可注水三十公斤。可中国人长时间吃了这么多注水的肉,为什么没有发现大面积爆发严重疾病呢?卫生部门公布了一个调查报告似乎给出了答案:"中国人每年要输液一百零四亿瓶。"平均每人每年输液八瓶!难怪猪肉注水现象屡禁不止,人肉都注水,何况猪肉了。或许正因为人肉注了这么多水,恰巧稀释了吃注水肉带来的副作用。

"闹太套"

——2010年金句之三

"闹太套"——这三个互不沾边的汉字组合在一起,便上了二〇一〇年十大网络名句的榜单。它源自影视明星黄晓明一口蹩脚的英语,把"not at all"说成"闹太套"。歪打正着恰恰印证了二〇一〇年也的确是太"闹"了。大自然闹,地球闹,人更闹。闹事、闹乱子、闹病、闹脾气……大国闹世界,小国闹邻居,本事大的大闹,本事小的小闹,没有本事的闹心……

滥情时代自然"闹春"的很多,婚礼几乎都要办成"荤礼",司仪开口闭口离不开荤的。在长沙就发生了全国第一起"荤礼官司"。司仪在新娘小徐的婚礼上,大讲黄段子煽情挑逗,黄来黄去竟公然询问新娘的公公:"媳妇比老婆漂亮不?""这么漂亮的媳妇,想不想抱一下?"令新娘十分难堪,一气之下以侮辱罪起诉司仪。

动物闹春多在春季,人闹春不分季节,不分年龄。四川有两个十岁孩童,私订终身后男孩携"妻"欲步行二百公里,去拜见在重庆打工的"丈母娘"。西安一高校贴出告示:男生在冲凉时必须穿内裤,否则会影响清洁工阿姨打扫卫生。阿姨为什么非要在学生冲凉时打扫卫生?打扫卫生时眼睛该盯着哪儿看呀?是学生在"闹",还是阿姨在"闹",抑或是学校在"闹"?这一点就不如广东的一所高校,明文规定:在校大学生怀孕可休产假一年。给"春"提供足够的便利,人们就可不闹或少闹。

举这几个例子是想说明东南西北都在"闹",但绝不可理解为只有中国人最多情,怀了春就闹。"闹春"是世界现象,国外甚至闹得更邪乎。二〇一〇年本来已濒临绝种的北极狐狸,雪上加霜又遭遇灭顶之灾,只是韩国一个姓沈的商人,一次就走私四千九百个雌狐狸的生殖器。被抓住后他的理由还很堂皇:天下人都知道狐狸精最可爱,也最迷人,只要将一个雌狐的生殖器官放在身上,凡单身姑娘很快就能找到如意郎君,若丈夫出轨了会想家,并很快再回到原配的身边。人闹春闹到动物身上,走在韩国的大街上,不知道谁的口袋里装着母狐狸的生殖器,想想怪恶心的。他们就不怕公狐狸都拥到韩国进行报复吗?最近韩国《朝鲜日报》刊文称:"韩国社会似乎正在向母系社会过渡。"是否也与此事有关?

在二〇一〇年各式各样的"闹"中,不会少了胡闹、瞎闹、白闹。海南一老板,白天发工资给民工,晚上派人再去抢回来。越闹越大,最后不是闹出人命,就是将自己闹进班房。湖南一中学,老师可以向迟到的学生罚款,还可办理"包月",哪个学生如果一次性缴纳二百元至三百元,在这个月内可以天天迟到。一个富家子弟举一反三,在一次考试中一道题不会,在交白卷的时候夹了一千元钱和一张纸条:十元买一分。不想老师还不是很贪,发卷子的时候给了他五十九分,退给他四百一十元。闹了半天他还是不及格!

"闹"有真闹、假闹。孙子被儿媳妇送进幼儿园,在里面哭闹,老奶奶在园门外陪着哭了一天。这肯定是真哭!郑州一男子,腰上的高级皮带解不开了,两天不敢吃东西。正好河南本地有句老话是针对这种现象的:"吃饱了撑的。"上海一王姓男子,投河自尽,投身下去才发现河水太脏,又赶紧爬了上来,让近百人看了一场闹剧。不知他是想"闹",还是想死?但观众还是为他临死还讲卫生的好习惯鼓了掌。

南京的一名男子就不同了,在鼓楼区的广场上打出牌子:"一块钱卖儿子!"他是没钱给孩子治病,谁能救他的孩子,孩子就给谁!在所有的"闹"中,唯有闹自己的人最值得同情。洛阳一老太太,为防贼每个门上安十八道锁,配了九十七把钥匙。不要觉得新奇,在中国,这样的老太太不少。湖南陶老太太家住二楼,曾被小偷撬坏过三十一把锁,有门上的和各种柜子上的。万般无奈遂出一奇招,不走大门走窗户,将防盗铁门紧锁,在防盗窗上开个洞,每次回家都从物业管理处背来三米高的木梯,架在自己的窗户上,翻越护栏穿过窗洞进入自己的房子。出门时还是这套程序,落地后将木梯背还给物业。如此一来是不是治了小偷不得而知,治了自己倒是真的。

　　这似乎代表了现代人的尴尬,活在这个闹闹腾腾的世界上,得处处小心别叫别人给闹了,也别被自己闹了。

城里又见断头树

到外地参加一个朋友的新书研讨会，会后跳上他的吉普车直奔山区。这位朋友喜欢摄影，镜头是他的第二支笔。此时大地回暖，万物复苏，嫩绿由低向高、由阳面向背阴处一级级、一层层地濡染，山野现出勃勃生机。但我们却没有享受更多的野趣，反看到一种怪异景象，勾起满腹感慨，抑郁不舒。

正是"植树造林"的季节，无论哪里都应该栽树才对，可乡里正在刨树，在一个人的引领下专挑大树刨，有卡车在旁边等着，装满一车就拉走。朋友告诉我，那个向农民讨价还价并当场点钱的指挥者，就是"树探"。如今有专门发现明星的"星探"，有专门物色优秀管理人员的"猎头公司"，寻找和出卖大树也成了一种职业，说白了就是"树贩子"。

我上前打听价格，他倒不隐讳，也不怕我的朋友拍照，傲慢得很，反问我们是哪来的，然后说你们那里也买过我的树，许多大城市都买我的树，那里的头头就是靠我的树创造政绩升了官。你们看我挑的这些树，首先是长的地方好，带着一身好风水过去，谁买了准能升官发财……我问他这么大的树，底下只留那么小的一个土包，把根都砍掉了，能活吗？他满不在乎地咧咧嘴，那就不是我的事了，留这么大的根包是专家计算过的，只要栽得好、会护理，绝对能活。我说你把根多留点，土包大一点，不是更保险吗？他眼睛一斜，你站着说话不腰疼，那我们就得多花多少钱、多受多少累？再说了，他们若是栽一棵活一棵，以后我的树卖给谁去？前边的人一步到位把城市都绿化好了，叫后边的人还怎么出政绩升官？

他竟然还有这样一番道理？许多年前曾听人抱怨过,植树造林走过场不重实效,大多是"植树造零"。不想今天竟变成"植树造官"。我问他买这些树的价格？他说每棵树都不一样,一般二三十年的好树要二三百元,最高不超过五百元。松树便宜,十几年的树农民管装上车才七十元一棵。再问他运到城里要卖多少钱,他一摆手,说这是商业秘密。朋友接过话茬儿答道,十几年的树最便宜也要卖七八千元,贵的一棵上万或几万元,二三十年以上的好树最高可卖到一二十万元!

这么贵呀?! 倘若再活不了,那就不是"造林",而是造孽了!俗云:"人挪活,树挪死。"农村的青壮劳动力大都进城打工,多少还能挣个活钱,如今连像点样子的树也被挖走了,乡村一下子空了,山野失去了灵气。而有些树就是一个地方的象征,是一部地方志、一部乡村历史,甚至一棵树就是一个村子,或一个山岭。譬如:青松岭、银杏谷、柳树庄、槐树屯……就这么用铁锨给毁了?

在回去的时候朋友特意绕道新城区,看看从山区挖来的那些大树进城后的命运。它们被锯掉树冠,变成一根根干邦邦粗大的橛子,整齐地埋在新拓宽的马路两侧,不管它们以前是什么树,进城后都换成一个统一的名号:"断头树。"其命运也像它们的名字一样凶险不祥,大部分"断头树"或渐渐枯干,或在当年回光返照抽出几根细枝、钻出几片新叶,到第二年死掉,在马路边站上一到两年的岗,便被拔掉再栽上新的"断头树"。只有极个别的幸运者会存活下来,重新长出新头……

——这只是我个人的观察,不足为据,回家后立即上网查找有关城市"断头树"的存活率,搜到熊培云的文章《乡村的古树》,文中说:大树进城的死亡率很高,有时买十棵要死六七棵,"需要为其'吊水'、'打针',甚至盖起'空调房',二十四小时不间断地喷水保持水分。即使这样,还有百分之七十的大树最后变成了干柴"。

我忽然想到,一九五八年的"大跃进",疯狂地砍树炼钢铁;如今在城市急剧的膨胀中,怎么倒霉的又是树?

答《中国妇女》问

妇女的重要性至少体现在两点：一是有个全国性的组织"妇联"，为天下女人撑腰；二是有个《中国妇女》杂志，传导天下女人的心声。相对中国男人来说，就没有个"男联"组织和《中国男人》杂志。但妇女的问题大都跟男人有关，所以《中国妇女》最近找到我，解答妇女们提出的问题。这是她们的保留栏目，已经开办多年了，我完全没有信心能解答好妇女们的问题，但听完了她们的问题却真有些话想说。其实也是老生常谈，妇女的地位不能光靠外部给"拔高"，关键还是要靠自己自尊自强，矫枉过正有时还可以"自高自大"一点。

比如，一位化名"风信子"的女士，替她的姨"喊冤"，也许是托借姨之名诉自己的苦。她上来就发问，她的姨为什么这么命苦？和姨夫一点都不幸福，她在家什么权利什么地位都没有。起初姨夫对她姨还好，虽然她婆婆一直鸡蛋里挑骨头。近些年来，她姨夫对姨也越来越冷淡，经常帮他妈妈数落姨的不是。他俩在一个单位，她的钱都要交给他们家，每次回娘家婆家都不让买东西，并且从来没有让她回来过过年。婆婆不准她睡午觉，说习惯不好，床只有晚上才能睡。她吃不消，可是没办法，很怕婆婆的脸色。还规定在婆家不准讲娘家的老家话，连接个电话她都不敢。他们家的沙发也不许她坐，说在办公室上班身上很脏，必须换衣服才可以坐。而每个月都是她洗沙发套。她实在受不了曾提过离婚，可丈夫威胁她，如果离了就让她娘家爹妈都没好日子过。她吓坏了，再也不敢提离婚的事。亲戚朋友们都劝她离，可她觉得自己都快四十岁了，怕孤单过一辈子，别人怎么说她都下不了决心。真是让人心疼这样一个好女人,又替她不甘心,不值得,她命太苦了。请问作家,像她这样的情况应该怎样做才能获得幸福?

我反问道:连你都说怎样"获得"幸福,幸福是需要用力争取的,不能靠"不劳而获"。这就先需搞清楚"幸福"的概念,是你认为你姨"不幸福",还是她自己的感觉?你们已经给她出了主意,待在这样的家里是没有幸福可言的,只有摆脱眼前的不幸,才有可能找到属于自己的幸福。倘若她自己认为过着这样屈辱的日子,也比一个人孤单好,你的主意再好也难奏效,又何必怒其不争?

世界原本就有施虐和受虐都感到刺激和快乐的人。一方喜欢歧视她,又不离婚,离了婚到哪儿再去找一个这样逆来顺受好欺侮的对象?而另一方宁活在屈辱中也不抗争,别人又如何帮她?无论男人女人,首先是"人",要有起码的做人的资格和尊严。如果一方不是"人",另一方还能算得上是"妻子"或"丈夫"吗?我基本赞同这样一种观点:妻子是丈夫的学校。妻子不能维护自己基本的人格尊严,就会惯出丈夫的坏毛病,且得寸进尺。

听风信子的叙述,恍惚觉得你姨还活在"窦娥时代",倒退一百多年前还可以理解,现在讲这样的故事,不要说让人给出主意,连让人相信都有点难。才刚刚"快四十岁",按现在的标准还算年轻人,就害怕"孤单过一辈子",你确信她的精神和身体都是健康的,在婆家手里没有"短"?若果真如此,那只有感叹雨果的真言:"性格就是命运!"既如此就不要抱怨,"怨妇"最让人无奈,只能对其苦笑或摇头。

生活是自己"活",没有人,包括你也不能代替你姨生活。

另一位叫"安静"的女士,受虐待的理由更是匪夷所思。她结婚十二年了,当年跟老公还是校友,随着女儿的出生,她的苦难也开始了。其夫生在农村,几代单传,一心想要个儿子,两人都在国企上班,不能生二胎,丈夫便整天不着家,在外面打牌,回到家来稍有不如意就对她恶语相向:"我这辈子做的最后悔的事就是娶了你。我巴不得外面有个男人把你带跑了,我还放鞭炮感激他。现在我也想通了,随便找个女人帮我生个儿子……"每次看到丈夫回来,她心里就特别害怕,也不知该怎样跟他沟通？很想离婚自己过安静日子,可为了女儿又一直劝解自己,女人要隐忍、要包容,为了家庭为了孩子。但隐忍换来的却是更恶毒的冷暴力,而且发生的频率越来越高,不知该怎么办？是这样过下去,还是分开？

我问她:你说"为了家庭",你觉得你这是家庭吗？自己的日子还能这样过下去吗？忍得了一时,能忍一世吗？"女人的隐忍、包容",可不是忍受冷暴力、包容欺凌。你真以为自己现在的处境是因为没有生儿子吗？在偏远贫困的农村,靠儿子养老,持这种观念对待老婆的人都不多了,何况你们是校友,生活在城市里,又都是在国企工作,也都有养老的能力。这不过是个借口,最根本的原因是没有爱了,甚至连夫妻亲情也没有了。光以一个六岁女儿为理由维持婚姻,未免太脆弱了。对孩子来说,生活在这样的家庭中,不比父母离婚好多少,甚至更坏。为什么不选择给对方一个有可能生儿子的机会,也给自己一个寻找新的幸福的机会？

现代妇女有多少问题？

　　最近有一妇女杂志找到我，说有几个问题只想请作家解答，为陷入困境的妇女出主意。我很欣赏一句民谚："没有比替别人出主意更不讨好的了。"但几经推辞，最后还是好奇心促使我接下了这个任务，想知道现代女士们都有些什么样的问题？又陷入了何种"困境"？

　　一位化名"纠结的人"问我，她从交友网上结识了一个"出色的男人，事业成功，博学、幽默"，并从同学那儿得知他曾有三次婚史，他解释说第一次结婚时还不懂爱情，第二次是女人先背叛他，第三次是女人脾气太坏，受不了。并赞美她"温柔美丽，善解人意，是女人中的珍品，是他生命里最重要的女人，是他生命中最美丽的一道光彩"。"给她写很多浪漫的诗，喂她吃葡萄，陪她买衣服，总是痴痴地看着她……"她觉得他是世界上最温情的男人，而自己正是那个最幸福的女人，却又怀疑离过三次婚的男人还能信任吗？

　　这种事她是当事人都拿不准，我又没去调查那个男人，怎么能为他打包票或投反对票？只好以问代答：你是不相信他，还是不相信自己？真正爱上了是不顾一切的，一个成年人对自己的感觉这样没信心，还努力摆出许多他的好处来说服别人，其实是在说服自己。一个男人能否值得信任不完全取决于有几次婚史，有些大人物似乎还不止有过三次婚史，跟最后一个不也能白头到老吗？任何婚姻都有冒险的成分，世上没有完美的人，却可以有特别合适的人，他对别人不合适，对你合适，就有可能幸福长久。你所说的这个"世界上最温情的男人"，肯定只是他的一个方面，他若一贯如此就没有你现在的机会。

他离过三次婚,也肯定不都是女方不好,实际上你到目前为止也还没有真正爱上他,所以瞻前顾后,患得患失。因你看到的都是表面,你举出的这些花前月下的细节,是任何一个成年男人想讨好女人都会做得出来的。你最好以平常心、以将来要过家常日子的标准,再交往一段时间看看。

一名叫"凡人"的女士说,为了报复出轨的丈夫,她在外面也有了人。但报复以后并不快乐,丈夫出轨让她像吞了苍蝇,自己的出轨又像吞下第二只苍蝇。此刻却无法收手,她对那个男人动了真情,欲罢不能,而对方不想娶她,其妻还找到她大闹一场,自己的丈夫也坚决不与她离婚,她觉得自己的生活毁了,问我错误的人生还能不能改写?

确是"凡人",但凡人哪有不犯错误的? 何况她犯的就是"凡人的错误"。本来人生中有些错误是不能犯的,那是些无法改正的错误。恰巧她犯的这个"凡人错误"是可以改正的。用出轨报复出轨,用错误惩罚错误,结果错上加错,那个做了她报复丈夫的工具的男人,并不想娶她,他权衡以后还是认为"原装"的好,这跟丈夫当初背叛她有什么不同? 她以背叛报复背叛,结果遭遇两次背叛。幸好她婚姻中的裂隙并非不可修补,丈夫早已回心转意,把一切过错都揽到自己身上,这样的男人已属难得,值得珍惜。我劝她也彻底收心,守着自己的家庭过安定日子,只要以诚相待,时间会弥合伤口。天下这样的夫妻不少,晚年相依为命,仍旧能找回平静与和谐。

还有位"小红"姑娘爱上了已婚的"老大哥"同事,在生活和工作中"罩"着她,并夸赞她有着传统的古典美,在现代社会实属难得。两人一起外出时她被照顾得像度蜜月,但晚上他却要分房而眠,害得她每晚都不锁门,期待他会在半夜突然出现在自己的床边……她的心里很苦,问我维持现状是最好的选择吗?

我问她:你还有什么"现状"可维持? 所谓"现状"很有可能是你一厢情愿的想象,你的心里已经起火,半夜为他留门,这样的心火难灭,迟早要烧起来,到那时恐怕被毁的只能是你。有问题的现状不能维持,只能改变。维持有问题的现状,等于维持问题,越维持问题越严重。给你三点建议:1.真若如你所说,他是现代社会难得的真君子,你应该成全他的高洁,不该心存疑念,坏了一个好男人的清名。从现在的关系中急退,以一个淑女的姿态对他,对他所有的赞美和暗示一笑置之,不往心里去。2.他可能是情场高手,或在放长线,等你受不了时主动投怀送抱,他则进退自如,不负任何责任。否则他对你的赞赏就不会让你感到是一种暗示、近乎挑逗,引得你心神迷乱。或者他有难言之隐,没有能力或不敢接受你的感情……无论是哪种情况,你都没有必要继续这样自误。3.倘若你是个拿得起放得下的人,不妨主动跟他挑明,说你爱上他了,看他怎么办?

……一些匪夷所思的问题,没有笔墨细述了,就此打住。

没 正 形

　　清晨在游泳池边我向一泳友打招呼："这两天没来?"他先咳了一声,"别提了,那天我喝多了,朋友把我送到家就吐了,老婆一个人弄不动我,就喊女儿帮忙,谁想她妈还没抱怨,她倒嫌弃我了,竟挑唆她妈跟我离婚,还说你当初怎么会看上这么个人? 甩了他算啦。你说现在的孩子怎么这份德行? 没正形!"我反问他:"你有正形吗? 经常在外面喝得烂醉,回到家吐个一塌糊涂,深更半夜的人家不得收拾,不得给你洗澡吗? 你就不能控制在不醉不吐的境界?"他嘿嘿一笑,没正形的劲儿又上来了:"酒就是为了让人醉的,喝酒不醉,不如喝水。一醉方休,不醉怎能散席?"

　　我蓦地想到,"没正形"这三个字,倒很形象地概括了当下一种普遍的社会现象。"没正形"或许成了现代人的一种常态。演艺明星赵薇曾发惊人之语:"为了变态的观众,必须要煎熬自己。"另一明星王珞丹更直截了当:"人人皆变态,别把我们逼成正常人。"十人九歪,有话不好好说,以"雷人"为有才;不会规规矩矩做人,以搞笑、搞怪为有趣;视生活为小品,游戏人生。孩子没正形,肯定跟他们的"三个老师"有关:父母、学校、社会。即所谓"上梁不正下梁歪"。就像媒体报道的:"请客送礼,从娃娃抓起。"小孩子从进幼儿园就得给老师送礼,上学后要当班干部需打点的人就更多了。惹恼了老师可以让同学互扇耳光……难怪有家长向一实验小学的校长请教到底什么是教育? 这位国家特级教师脱口而出:"今天睡好觉,明天不跳楼。"

　　这像正经话吗? 可你不能说这不是实话,现实就是这么没正形。

大学的招生考试更应该是头等严谨公正的事情吧？且看前不久被媒体热炒的这些试题："卡扎菲、金正日、萨达姆都是六十九岁死的,中国房产使用权是七十年,你对此有什么看法？""你是一个公司的推销员,请你去北极把冰块推销给当地的爱斯基摩人"、"想办法用蜘蛛网捕鱼"(2012年3月19日《羊城晚报》)。若再说社会上的没正形,就更多了。日前在武汉光谷街头上演了一出活报剧,一青年女子用铁链牵着三名男子在地上爬行,打出的口号是："女人站起来就一定要男人跪下去!"清明节扫墓本是严肃静穆的事,今年的清明竟将有些墓地变成了庙会,吹拉弹唱,笑语喧哗,最红火的是"唱墓"者,这个坟头唱完那个坟头唱："吉地吉墓风水好,安葬先人最吉祥。子孙后代代代强,升官发财家门旺。不做经理董事长,就做市长和省长……"直将没正形闹到阴曹地府。若想没正形能"没"出了圈儿,需绞尽脑汁,也算是一份"怪才"。

大家都比着看谁更没正形,或戏说、或恶搞、或忽悠、或山寨、或无厘头、或装疯卖傻……大面积、多层次的没正形,形成了一种文化怪象、文化乱象,可称之为"没正形文化"。在中国的文化传统里,方方正正的文字是神圣的,为"圣人所造",现代人的没正形就是要把代表民族文化和智慧的文字和词语弄歪搞邪,利用各种媒介每天无孔不入、铺天盖地地推销没正形文化。正规大报的大字标题竟然可以是《某某很萌》《谁谁毕婚》,网络和电视上更是充斥着各种挖空心思的没正形成语招牌:酒厂的招牌是"有口皆杯",银行的口号是"钱途无量",洗衣店的格言是"洗出望外",染料厂的警句是"好色之涂"……多了去啦,完全可以编一大本《没正形文化词典》。

文化上没正形,是一定要拿圣人开涮的。前两年网上闹腾了一阵"全民孔子计划",一会儿让"孔子被逼婚",一会儿让老夫子去"卖烧鸡",忽而又让他当上了"播音员"。"屈原"则被注册成为猪饲料的商标,孙悟空爱上铁扇公主。而天下女人几乎都爱上了最没正形的猪八戒。今年是诗圣杜甫诞辰一千三百周年,网上正以"杜甫很忙"为题大做没正形文章,却无非还是恶搞孔子的那一套,或让他"肩扛机枪"要去中东,或让他"身跨白马"风度翩翩,或让他落魄"摆摊卖西瓜",或让他失意"当了送水工"……

这真的很好笑吗?没正形之笑很多时候是自己胳肢自己的胳肢窝,是强笑、哄笑、恶笑,笑过之后常会空空荡荡,并不都能收获快乐,有时反会更加无聊。没正形本来是对"假大空"的矫枉过正,现在似也临近物极必反了。一个人怎么可能老不正经、不会正经?老没正形就干不了正经事,当没正形成为一种追求,甚或是一种信仰,那恐怕就不仅仅是搞笑的事。你可以拿世间一切搞笑,但世间的一切并不都是笑料,常常会弄巧成拙,最后发现被搞的是自己。难道现在乐极生悲的事还少吗?

听 “吹”

　　河北有首著名的管子曲《吹歌》，婉转高拔，清妙入神，令人百听不厌。吹如歌，吹胜于歌。吹是一种技巧、一种艺术。其实吹奏器乐、吹糖人、吹玻璃器皿等等，固然也是一种本事，若跟“吹牛”相比，不过是雕虫小技。不可误会，“吹牛”早已不再是贬义词，时下满天飞的段子、笑话、小道新闻等等，都是为了满足人们爱“吹”和听“吹”的需求应运而生的。各种各样的聚会、饭局，也绝对少不了“吹”和听“吹”。能“吹”跟能“侃”差不多，凡有人群聚集，特别是在旅行途中，擅长“吹”的人总是最受欢迎，到哪里都被簇拥、被围护，他那一条翻转流利的舌头就是大家的快乐之源。

　　我曾聆听过“大师”之“吹”，当时观他的风貌，不过六十岁上下，可他记不得自己到底在世上活了多少年，或许八九十年，或许一百多年了，他只记得曾经历过二十个奇迹。第一个奇迹是年轻时还不知道自己身有绝技，在七楼的阳台上跟朋友们聊天聊到兴奋处，起身走下阳台，朋友们都吓坏了，待他落到地面却不疼不痒，反身又走回到七楼的阳台上……当我用文字记录下他的奇迹，不要说别人，连自己都不大相信，可当时在听他讲的时候却没有丝毫的怀疑。这就是真正的“吹”，能让人忘记他是在“吹”，即古人说的“巧言智者难防，听之丧其所守，至死不疑”。何况我算不得是什么“智者”，但“大师”的身边却不乏智者，他们有高级工程师、著名文化人等，却心甘情愿地追随其左右，过着“野营拉练”般的生活，对其言必称“大师”，奉若神明。如果说“大师”是“吹”，他们对“大师”就是“大吹”，或“吹大”。

　　"爱吹"和被"吹",也许是人的天性,世界上的绝大多数人都能跟"吹"沾上边儿,或者"吹"过,或者听别人"吹"过。活一辈子说每一句话都实事求是,对每一件事都宁说不够也不说过头的人毕竟太少了。只要看看各种各样的会议,真正自甘寂寞、始终闷声不吭的人很少,更多是想语惊四座,或者讲一番能吸引大家注意力、博得会心大笑的话。特别是在商品社会,哪个卖瓜的不说自己的瓜甜?只要看看那些无孔不入、吹得天花乱坠的商业广告,就知道此言不虚。讨人嫌的是那些小打小闹,凡事都喜欢虚虚忽忽,卖弄嘴皮子"浅吹"、"小吹"和让人一听就知道是"瞎吹"的人。真正的"吹"者,由于开口就"吹",常"吹"不懈,久而久之便形成习惯,不以"吹"为"吹",而相信自己是在讲经、在布道、在传达一种智慧……自己不疑,别人才信,自己"吹"得兴奋,别人才听得愉悦。"吹"时激情洋溢,表情丰富,手势有力,把死人说活,把活人说死,绝对能营造出一种征服人的氛围。

　　"爱吹"和"能吹"、"会吹"不是一码事。能把人"吹"得哈哈大笑、浑身舒服,或惊叹不已、五体投地,还只是嘴上功夫。能"吹"出一番事业,那才是大本领。比如开放之初的"吹坛"霸主,其成名的段子是"用罐头换飞机",然后就夸下海口:要给海军捐献一艘航空母舰;要把喜马拉雅山炸开一个三百公里长的大口子,让印度洋的暖湿气流吹过来,使寒冷干旱的青藏高原变成江南;在五至十年内跻身世界五百强的前十名……舌头是祖传的宝物,不用白不用,用了可不白用。只可惜,这位能人至今可能还蹲在监狱里。但他给"吹坛"做出的表率是:"吹"起来要百折不挠、花样翻新,"吹"出勇气、"吹"出想象力、"吹"出大境界、"吹"出恒心,还要善于从"吹"的实践中总结"吹"的理论。

　　这应该也是商品社会的调剂品。随着商品的极度开发,"吹坛"高手们是不是也要常"吹"常新,永"吹"不休?

疯狂的世界杯

　　西方有一种说法,称足球为"宗教"。也有人说世界杯是"病毒",正在迅速地传染和蔓延整个世界。人类对现代足球的迷恋确实像有病,提前好几个月就开始倒计时,热切地企盼着,好像生活就是两块内容:看世界杯和等待世界杯。不错,这种病更像精神病,俗称发疯。但到底是谁有病,却也难说。一个正常人走进疯人院,在正常人眼里满院都是疯子,在疯子的眼里这个闯进来的正常人才是疯子。凡事就看从哪个角度说。

　　那么世界杯在中国是怎么一步步狂热起来的呢?近二十多年来,中国人可以说是亲身经历了足球由冷到热,再到举国狂热的全过程。先是在国内热,随后就是冲向亚洲热,很快又变成冲出亚洲热……热了冷,冷了热,冲来冲去,中国足球又缩回自己的老窝里来了。人们由于极度失望,便把对足球的全部希望、梦想和热情,都转嫁到世界杯上。情感经历这样一番揉搓能不疯吗?有气疯的,有憋疯的,有想疯的,有馋疯的……即使不看中国足球的人也迷恋世界杯,甚至连对足球没有多大兴趣的人,对世界杯的兴趣也越来越大。

　　世界杯不仅仅是足球的事,足球也不单是那些有资格参赛国的事,能因为世界三大男高音不是中国人,我们就不听他们的歌?好莱坞大片不是中国人拍的我们就不看?此届世界杯的确是属于德国,这回就看德国的了。而德国可看的东西也确实不少,首先就看他们的精神、他们的激情,没有激情就没有创造,而足球的生命就是创造。球一开出无时无刻不处于变化之中,充满神奇。他们这届世界杯的灵魂,是登上"生命之巅"。胸中充满烈火,这里有一个梦想,这是一个机会,去做想做的事、那些希望的事。激情用于创造,而组织世界杯则需要严谨和精细,且看德国人是怎么做的:球票实名制,巴西队比赛的球票,早早地就存在银行保险柜里,提前演练揭幕战,最妙的是警察派潜水员清理莱茵河底,怕狂欢的球迷落水后被河底的杂物刺伤……

此时全世界都在向往德国,去德国,看德国,谈德国……当今世界上一个国家无论干什么,都不如举办一次世界规模的体育盛会更有影响,政治、经济、文化全面开花。要不各个国家都抢破头似的争办世界杯、奥运会。我们还不是一样,提前好几年就进入北京奥运会的倒计时……

在当今商品时代,还有什么事比赚钱更能吸引人?谁都知道世界杯是一棵摇钱树,可你得会摇。摇得巧,摇得妙,掉得钱就多。这次的摇钱树由德国先摇,全世界也都能跟着沾点光。风水轮流转,你还得要驾驭得了风水,当好风水转到你这儿你得承受得住。

世界杯能够风靡世界还有现代人心理上的因素,如今人们都活得紧张、封闭、孤独、自恋,精神疾患多,而足球可以成为全世界共同的话题,为现代人提供了一个表达最内在的思想和情绪的渠道,人们在看世界杯的时候最愿意与人分享自己的感受。这就是说,世界杯为世人提供了一个大规模的公开交流和疯狂发泄的机会。因此有一种说法,世界杯拯救了男人,满足了女人。女人不管对男人们多么失望,都可以在绿茵场上感受男性的力量和速度。

所以,现在的世界杯想躲都躲不开。在世界杯期间整个世界变成一个球,你能躲到哪里去?假若你想要快乐,就赶快让自己疯狂起来,哪怕是装疯卖傻也好。该疯不疯你自己难受,该笑不笑就是有病。现代医学证实,无论真笑假笑,乃至奸笑、冷笑、苦笑都同样对人有好处。倘若你就是疯不起来也笑不出来,在旁边看着别人装疯卖傻不也是很好玩吗?如果非要牢骚满腹、天天怄气,那又能怪谁?

开始了，看管好自己的心脏

世界杯是谁的？

人们会毫不犹豫地回答：是球星的。

任何一个球星只要在世界杯上露了脸，就会一登龙门，称王称霸，名、利、色会追着找他，而不用他再去拼命追逐这些东西。"球王"贝利、"足球皇帝"贝肯鲍尔、"上帝之手"马拉多纳等等，无不是借世界杯黄袍加身的。

但是，我要说世界杯更是球迷的。

没有球迷也不会有世界杯，能哄得球迷快乐、爱看，世界杯才能一届届地办下去。就如同我也爱看拳击，但我不想当泰森，更不想当泰森的对手，只愿意看泰森打拳。看足球也一样，"旁观者清"——球迷的优势是旁观。

旁观是一门艺术，哭着喊着骂着是看，笑着美着醉着也是看。愤怒生气抱怨是看，清醒理智地欣赏也是看。球赛总有输赢，只盯着失败就会气死，多看赢家的精彩就会赏心悦目。以前的世界杯跟我们没有关系，我们是坐山观虎斗，谁输谁赢都能从中找乐儿。这次不同了，我们掺和进来了，从明天起可要仔细看管好自己的心脏和大脑。

具体做法就是接受米卢的调教。米卢老谋深算，不仅是中国足球队的教练，也是中国球迷的心理医生。他在热身赛阶段，一盆盆地给中国球迷浇冷水，还说什么"再输一场又如何？"明明非常令人失望，他却表示"很满意"。

他就是要让你失望，乃至绝望，对世界杯不抱任何希望了。这实际是替中国人的心脏和大脑早就想好了,倘若中国队在世界杯赛上踢得跟热身赛一样糟,球迷已经有精神准备,就不会再大吵大闹。

如果中国队稍有斩获,国人将会大喜过望。

这就叫"欲扬先抑"。

中国球迷万不可辜负了米卢教练的一片苦心。

最大的悬念

二○○二年的韩日世界杯可能是世界杯赛历史上最扑朔迷离最充满悬念的一届。按以往规律,世界杯在欧洲举行便由欧洲球队折桂,由美洲做东则肯定是美洲球队夺冠,而且负责主办的东道国也往往会捧杯。这次破天荒地在亚洲摆擂,而且东道主是两个国家,又将怎样分配大力神杯呢?

欧、美两洲的球队向来敢吹大话,个个都说势在必得。意大利的总理贝卢斯科尼甚至公开用过火的玩笑话吓唬自己的球员:"如果拿不了冠军就不要回来,回来也要下监狱!"

那么按以往惯例推算这次应该是最有希望夺冠的亚洲人,态度又如何呢?连一向狂妄的韩国队,也说自己"取得冠军的希望几乎是没有的",他们和日本队一样都把最高目标定在打进十六强。中国队干脆连个目标都不敢有,五月二十二日,国足公布了致球迷的信:"世界杯是我们无怨的付出和无悔的心愿,给我们带来一种企盼、紧张和无以言表的压力……我们也担心由于经验不足和实力的差距,在世界杯上不能取得令人满意的结果,让你们失望、心痛和惋惜。"看看,还没有上阵就先怯了,赶紧把后路留足。话语也全是虚的,没有一点实的,像美女作家造的句子。中国人真是太会中庸,太会给自己留有余地了。

每次世界杯都爱发表预言的球王贝利,这次语惊世界,说中国队可以干掉巴西晋级十六强。我真想喊他万岁,可我们的传媒竟骂他是"乌鸦嘴"!我们怎么自卑得不知好歹,连好赖话都分不出来了!

古人讲宁可被人打死,也不能让人吓死。提前留这样的退路是没有用的,只要世界杯一开赛,国人对获得进军世界杯资格的满足感就会消失。如果中国队真的抱个大零蛋回来,国人又岂止是"失望、心痛和惋惜",米卢创造的"快乐足球"又将沦为痛苦足球、倒霉蛋足球,将会泡在十几亿人的唾沫星子里,直到下一次打了翻身仗。

其实,自"9·11"事件之后,世界已经变得无法预测和无法把握了。在此之前谁能想得到世界最强横的美国会挨这样的炸?谁能想得到整个飞机可以当炸弹,甚至人体也可以爆炸?然后就是飞机一架一架往下摔,轮船一艘一艘往水底沉,汽车一辆一辆往沟里翻,连最安全的火车也朝铁轨外面栽!你说这个世界还有什么事情不能发生,为什么亚洲队就不能称雄世界杯?

别看中国人嘴上不说,心里可都盼着中国队会创造奇迹。因为我们都知道自己的运气此时正旺。没有企盼就没有悬念,没有悬念就没有足球、没有世界杯!

地球随着足球转

　　"环球同此凉热"的有两个节日,奥运会和世界杯足球赛。没有这两个节日,世界的冷清、当代人的寂寞是难以想象的。别的节日都受到国家、地区、种族、文化、政治等因素的局限,这两个节日则不受这些影响。体育成了全世界各民族共同的最富魅力的风俗,足球几乎是人类共同的爱好,即便不喜欢足球的人,在世界杯赛的这二十多天里也甭想清净,甭想让周围的人不谈足球。

　　足球为什么能疯狂地迷住人类?

　　网球、高尔夫球,太讲排场,属于贵族阶层;乒乓球、羽毛球,小巧可爱,但分量有点轻。唯有足球,不大不小,它的比赛形式和规则,它的对抗性之激烈,它对进攻和防守近乎苛刻的追求,它的崇尚力量、速度和技术,和地球人类的生存法则差不多,和地球正好般配。可以说是缩小的地球,所以能成为全世界的兴奋点。无论男女老幼、贫富贱贵、高低上下、各色人种,都喜欢足球。足球是全世界所有人都懂得的一种语言。

　　别的节日都是一天,顶多三天,而世界杯赛这样的大节要过一个月,何等地过瘾!

　　第一,先过预测瘾。爱算卦、爱预言是人的一种习性,现在无论是谁,对世界杯足球赛怎样预言都没有关系。球王贝利一会儿说哥伦比亚队将捧杯,一会儿又说德国队实力最强,连他自己也乱套了。连当今足坛一号权威——国际足联主席阿维兰热都沉不住气了,预言巴西球员罗马里奥将成为本届大赛的头号明星。有人则不同意,认为巴乔最好,还有人看好哥伦比亚队的阿斯普里拉……只要你敢猜,谁胜谁败谁红谁臭都没有关系。实际上比赛一结束大家关心的是最后的结果,没有人再记得谁曾做过什么预言,除非你立了军令状。一九八二年秘鲁队带着一位巫医出征世界杯大战,此巫医预言秘鲁队安全得冠。结果预言失败,被迫在电视摄像机镜头前当众剃成光头,秘鲁人的愤怒和遗憾全发泄在他的头发上!事实上十猜九不准,猜是一种乐趣,凑热闹。中国球迷不要太拘谨,轻松大胆地猜家伙,过足瘾。看球与观棋不一样,"观棋不语真君子","看球不语非球迷"。此为过嘴瘾,我们踢球踢不过人家,倘若说再说不过人家,岂不太惨了!

第二,平心静气地大饱眼福,也可叫过眼瘾。世界杯没有中国队的份儿。由于谁输谁赢跟我们关系不大,可以更充分地享受足球带来的快感,更专注地欣赏明星的表演,更客观地评价各个球队的技术和风格。一九八二年的世界杯赛谁是冠军印象不深了,但济科的倒钩破网却历历在目,那真是辉煌的一瞬,永远印在球迷的心里。一九八六年激动人心的是马拉多纳靠"上帝之手"捧走了世界杯。一九九○年令人难忘的是马特乌斯的远射。有人说这届世界杯赛不会产生一号明星,也不会做出什么较大的贡献。我看则不然,我认为此届大赛必然会造就出一号明星,明星也会有惊人的表现。大赛也将有许多出人意料的地方。实际上大赛尚未开始就已经出现了一个明星:罗滕伯格。他是足球的门外汉,却领导和组织了这届大赛,在不喜欢足球的美国掀起了足球热。美国人是不会无所作为,让世界球迷失望的。其实有许多球星是球迷塑造的,巴西队队长拉伊走到大街上被女球迷发现,她们就会扑上去拥抱他、亲吻他,称他是"性感偶像"。

听听这些球星的绰号:霹雳火剑枪手萨维切维奇、笑面虎纳瓦、踏雪无痕博班、咆哮天尊伦蒂尼、玉面阎罗那波利、金毛狮卡洛斯、黑羚羊阿斯普里拉、快刀浪子巴蒂斯齐塔、疾风之子卡尼吉亚、涡轮发动机穆勒……单听这名字每个都像一部武侠小说或美国的警匪片,他们凑在一起怎么会没有好戏看?况且有些球星,球迷想忘记他,他却不让你忘记,比如马拉多纳,自一九八六年以后在绿茵场上就难有惊人的表现,却始终占据着人们的议论中心。为什么?他擅长在球场外不断地制造"轰动效应",一会儿吸毒,一会儿被判刑,一会儿被释放,一会儿向记者开枪,一会儿闹出个私生子……你怎么能忘记得了他?可谓"堤内损失堤外补"。全面了解一个作为球星的人,作为人的球星,是很有意思的。中国球迷能做到这一点,因为他们聪明、理智,一般不会和球星发生感情纠葛,或往球场上扔火球、闹事打架等等。也许正因为中国的足球队不入流,才培养出堪称世界一流水平的中国球迷:老看自己的队在关键的时候输球,时间长了就输出了水平,输出了教养,既然"国脚"老也不走向世界,球迷们只好先走向世界了。来他个"君子动眼动口不动脚"。

足球已超越了体育范围,球迷在看球赛的时候也应获得更多,迷而不痴,迷而不疯,迷而有智。从这个角度说,我们能坐在家里观虎斗,又何尝不是一件乐事!

感受开幕式

　　期待了四年之久的世界足球狂欢节,今天真的要开幕了。在整个世界杯期间真正能称得上是"大家乐"的一场戏,唯有这场开幕式。此时人人心里都怀有希望,谁都可以做英雄状,有心境享受这大战前的握手、微笑和碰杯。开幕式之后就进入紧张、激烈,乃至是残酷的争夺。到闭幕式时就只是胜利者的狂欢了,其他人都各有滋味在心头,脸上有笑也勉强。

　　其实,开幕式也是一场比赛,举办国要不遗余力地和以前的开幕式比,裁判就是现场球迷和全世界的电视观众。球赛是球队的事,开幕式可是国与国之间较劲,要展示自己的国力、科技和经济成果,充分表现民族的文化和智慧。同时还要艺术性高,要独特,要精彩,要一鸣惊人,要给全世界留下深刻印象。

　　每届世界杯内容大同小异,无非就是争夺一个杯,可味道各不相同,盖因举办国不一样。德国办有德国味,法国办是法国味……味道——就是文化的差异、传统的风格。

　　因此,每个国家的足球味道也大不相同。身为球迷就应该趁这个机会了解韩国足球的风格是怎么形成的。前些年我们的足球不是还得过一阵"恐韩症"吗?现在娱乐界正刮"韩流",韩国美人像随处可见。

　　不知关心足球的人对韩国又真正知道多少?反正我是只知道夏天吃韩国的冷面非常爽口,在中国商业圈里韩国企业的诚信口碑一直不佳,给人留有乍富即狂的印象,最出名的让中方员工下跪的丑闻就出自韩国企业。

但是我感谢韩国争得了世界杯的举办权,对亚洲人来说这是最舒服的一届世界杯了,没有时差问题,不必在一个月里晨昏颠倒。我这个人不好妒忌,既然我们没有争到举办权,任何一个亚洲国家举办我都高兴。

我们看过许多开幕式,不怕不识货,就怕货比货。这是了解韩国的好机会,他们拟定的框架是:"欢迎,沟通,和谐,分享。"要体现东方神韵,还要把自己的历史和成就浓缩在半小时里。这相当不容易,且看他们怎样做这篇文章吧。

欣赏球迷

　　足坛上有个极大的不公正：热爱足球却敌视球迷。美国努力争取到了举办一九九四年世界杯足球赛的资格，洛杉矶警察当局却制定了一个"大规模逮捕计划"。当然是针对球迷的，绝不会把球星抓起来。观球迷如临大敌，想到球迷首先和暴力及流氓滋事联系在一起。更多的情况是吹捧球星，蔑视球迷……

　　球迷是足球的一部分，是世界杯的一部分。足球史是球员和球迷共同写就的。谁能想象，如果比赛的时候没有观众，没有呐喊声。只有二十二个人在场地上争来抢去，外边有几个教练员指手画脚，那还有意思吗？足球运动能发展到今天这样的规模吗？

　　看足球赛其实包括看球迷——每天凌晨打开电视机，未见画面先听到球迷的呐喊声，热浪扑面。

　　体育场里坐得满满的，旗帜招展，花花绿绿。球迷们身着奇装异服，涂着花脸，怪模怪样，手之舞之，足之蹈之，或唱或叫，或哭或笑，或颂或骂，自自然然展现着自己的文化、自己的风格、自己的个性。构成了足球比赛不可缺少的强大而热烈的气氛。

　　也正是球迷，给世界杯赛增加了多少情趣、多少花絮，哪一张报道赛事的报纸上没有球迷的新闻？倘没有这些新闻，大赛会黯然失色。

　　球星踢球，不仅过球瘾，还可以赚钱，甚至赚大钱，虽然在比赛中很容易受伤，但很少为足球牺牲性命。而球迷喜欢足球，却要出钱、出力、出汗、出血，乃至生命！

　　球星都是球迷捧起来的，有什么样的球迷就有什么样的球队，眼下巴西举国跟着足球运转,全国一点五亿人几乎都是球迷,所以才产生了巴西这样的球队。一个冷冷清清没有球迷的国家,是不可能有一支高水平的球队的。

球迷大致分这样几类:

疯迷(那些本不喜欢足球,另有用意利用球迷情绪闹事的不在此列)、痴迷、醉迷、穷迷、智迷、冷迷。

中国现有的体制不可能产生大疯大痴的球迷,因此中国的足球队也疯不起来。

世界杯赛球队,也赛球迷。中国的球迷,在欣赏球赛的同时,莫忘了欣赏世界球迷的迷劲……

国运和球运

本届世界杯一场最不被人重视的比赛,其结果却成了本届世界杯开赛以来最奇特、内容最丰富的一场比赛——这就是俄罗斯队以六比一疯取喀麦隆队。

在此之前,喀麦隆队内部就出了乱子,早已经被自己的人打败了。全队的核心人物、门将贝尔由于代表全队向政府要求补发拖欠的工资、奖金,遭到政府官员的忌恨,交通国务部长甚至命令教练不得让贝尔在对巴西一战中上场。虽遭到了全队的抵制,但来自政府的压力也更大了。为了不让队友为难,贝尔宣布退出喀麦隆国家队,并从此退出足坛。此后该队又力图表现得像什么事也没有发生一样,有人甚至说大话,做出士气旺盛状。俄罗斯队的日子也不好过,在本届世界杯开赛前就矛盾重重,内讧不断,导致阵容不齐,心气不整,两战皆败北。主教练萨德林在内忧外困之下自感脸上无光,遂比贝尔早一天就悻悻地宣布将引咎辞职。

就是这样两支队伍,在小组赛的收尾战相遇了。俄罗斯队自知出线的希望微乎其微,再输一场也无所谓,如果胜了则可找回一点面子。喀麦隆队如果胜了对手就可出线,论实力和战绩也确实比俄罗斯队强一些,在正常情况下战胜或战平对手的可能性极大。然而疯狂的足球哪会有正常的时候?结果喀麦隆队竟以一比六告负,兵败如山倒。他们只是用腿在跑,用脚在踢,场上找不到灵魂,门前兵荒马乱。但他们尽了自己的力量,甚至成全四十二岁的米拉踢进一球,创造了一项世界杯赛的纪录。但他已经没有兴致当场跳扭屁股舞了,更不能使全队起死回生,到最后的三十分钟已无心恋战,败象全露。对喀麦隆人来说这是一场痛苦的比赛,令人惋惜,令人深思。

他们首先是被金钱、被政治、被自己的政府打败了。别看足球是皮子做的,失去了金钱和权力的支持,就变得极端脆弱,很容易破碎。若不是他们总统私人拿出十八点五万美元,喀麦隆队就无法来美国参赛。真难为了喀麦隆总统。特别是现代足球,更是一项金钱运动,有了金钱的支持才能踢不烂踩不扁。看看当今足坛上的强队,大部分来自国力强大的国家,即使有的队所代表的国家不是很发达,球员还是很富有,因为平时他们在西方发达国家的球队里效力。比如以德国队为代表的欧洲强队,和他们的国力很相称,有雄厚的国力给球员的脚力作劲,脚力给国力作脸。巴西、阿根廷更是从总统到百姓,万众一心地热爱和支持球队,球员们更不会为钱发愁。就连美国,曾经是世界上头号不知足球为何物的美国,然而世界杯赛偏偏要在这里举行,事实证明美国人也确实干得漂亮。它的球队也在一夜之间突然成了世界强队。这难道跟他们的国力和国运没有关系吗?甚至韩国队和沙特队,之所以成为亚洲的强队,在本届世界杯赛上有不俗的表现,同样也跟他们国家的财力有关。

有较强的国力做后盾,便踢出了一种气势。

有钱的国家不一定都有一支强大的球队。穷而多事的国家要想培养出一支强大的球队则很难很难。越穷越容易闹事。一起内讧就影响战斗力,就容易吃败仗,战败后又互相埋怨,遂成恶性循环。无独有偶,俄罗斯队出征前也由总统出面调停内讧,落实了金钱的问题,和喀麦隆队可算难兄难弟。

任何一支强队必是团结的整体,足球强国都懂得用金钱和权力凝聚球员,而不是分化他们。罗马里奥嘴上没有把门的,然而在大赛期间人们看到的是一个可爱、合群、出类拔萃的球星。许多球星都有怪癖,越是强队,优秀的球星越多,他们集中在一起,保留住各自的技术,并不以怪对怪,这体现了球星的素质和强队的素质。

以往最佳射手都从强队或获胜较多的队中产生。俄罗斯队名不见经传的萨连科却给这届世界杯赛出了个难题:不承认他是最优秀的吧,他确实踢进了六个球,遥遥领先于克林斯曼、罗马里奥等巨星;承认他是最优秀的吧,心里又有那么点不舒服。这将给各个强队的巨星们以巨大的压力。余下的比赛不玩命进球,就真的会让萨连科占先了。

尽管俄罗斯队大胜了喀麦隆队,但并不说明他们今后就会好运亨通了。因为他们不可能再遇上比他们更倒霉的喀麦隆队了。这是两个倒霉者之间有胜负,不是强队和弱队间的必然差异。

但是,在小组赛临近尾声的时候,宁看弱队拼命,不看强队耍活。俄罗斯队上半场以三比零领先,下半场并不采用保守打法,仍摆出进攻的姿态,球员跌倒了立刻爬起来,并不装死卖傻,十号球员脸上带血拼杀。而同时进行的巴西队和瑞典队之战,松懈、疲软,不仅队友之间有默契,似乎和敌手之间也有默契,瑞典球员倒地未起,裁判未吹哨,巴西球员却有意把自己脚下的球踢出边界,充满人情味、礼让精神和绅士风度。不禁使人联想到发达国家之间友好、默契和合作,越是贫困落后的地区,越是相互厮杀,连年战乱,如中东地区、柬埔寨、波黑……

看一场足球赛居然想到了当今世界的格局,如果我也算是个球迷的话,大概是走火入魔了。

球迷的等级

在这个标榜机会均等、公平竞争的商业时代,唯足球最是强弱分明、等级森严。一提足球人们的脑子里立刻便出现许多台阶,以及各式各样的分类排队:论洲是欧洲、南美洲、非洲等依此类推;论国是德国、英国、法国、意大利、阿根廷等依此类推;论赛事是欧锦赛、英超、意甲、西甲、德甲等等;连不入流的中国足球都分成甲 A、甲 B……世界杯更是等级大战,三十二支球队争进十六强,再争八强,然后是四强、决赛,只有登上最高等级的球队才能捧得大力神杯。

球迷当然也是分等级的。球迷球迷,要以球做依傍,有球才能迷,为球而迷,所以球迷的分等跟球队的级别分不开。

一等球迷自然是最幸运的球迷,即自己的球队最后能夺取冠军。前面提到的那些足球强国的球迷,都曾经登上过最高的等级,成为世界上最幸运的球迷。同时他们也是最牛的球迷。比如巴西,是个并不富裕的发展中国家,人口只相当于中国的十分之一,距离德国比我们还远。这次却有超过五千名的球迷跟着自己的球队转战德国各地,并把自己国旗的颜色、民族风俗带到德国各地,铺天盖地地先实施文化轰炸。英国则有十万球迷大军到德国现场为自己的球队助威,英国外交部专为自己的球迷设立了流动大使馆,提供一切周到的服务。牛不牛?球迷能混到这个份儿上,也值了。

最有价值的球迷。最典型的代表就是法国人法比安,通常都是在比赛前四个小时进场,实地考察,做好准备,他有着丰富的活跃现场气氛的经验,指挥本国球迷什么时候该统一举国旗,什么时候要唱歌,什么时候亮出手中的牌子组成图案,什么时候掀起人浪……而且无论球队胜利还是失败,他领导着球迷永远都支持自己的队员。

豪华球迷。世界有越来越多的富翁加入球迷队伍,出国看球坐头等舱,住豪华宾馆,吃各地的美食,把看球赛当成度假。此风还带动一批中产阶层的球迷纷纷效仿,欧洲一对叫克莱芒的七十岁高龄的夫妇,已经到国外看过近百场球赛。西班牙球迷马诺洛为看小组赛就已经花掉了四千欧元。如果西班牙能进决赛,他还要再增加两倍的开销。做个现代球迷,钱包不给使劲不行。

古怪球迷。没有相应的经济条件,还想迷得体面,就显得有些反常。韩国人金咨玲,到银行贷款去德国看球。日本球迷则给自己的狗都穿上日本国家队的队服,惹得外电众说纷纭,一说是谦虚,以狗自居,把自己的球队比做世界杯上的宠物,跟着又跑又跳地凑热闹,永远不会成为世界杯的主人。一说是借狗年行狗运。还有古怪到近似疯狂的球迷,竟辞职、休学去看球,或者为看球闹得家庭失和,看到疯狂处,还会纵酒、骂街、摔东西。这类球迷聚到一起,再升一级就会酿成恶性事端,打架斗殴,纵火行凶,乃至打砸抢。

最超脱的球迷。当然非中国球迷莫属了,无所依傍,没有归宿,这次世界杯赛跟我们没有一点关系,完全是娶媳妇打幡——跟着凑热闹。这倒正好发挥中国球迷的优势:冷静,能说,坐山观虎斗。中国球迷也可以称做教练式球迷,人人讲起来都头头是道,别看我们自己的球队踢不进世界杯,却可以指点那些足球强队怎么去夺取世界杯。又省钱,又省事,还不着急,不上火,这大热的天,真是老天成全。

活力激射

怎么样？四年没有白等吧？真是不错,这届世界杯开了个好头!

韩国苦心经营的开幕式,采用"魔幻现实主义"手法,简洁、紧凑,在悠长的传统音乐伴奏下,场面轻灵、欢畅、火爆,确是充满活力。不搞大规模的劳民伤财的人海战术,整场演出以洁净的纯白为主调,衬以红、黄、紫,白幡摇动,衣带飘飘,象征祥和的古老金钟突然拔地而起,有惊人之笔。鼓声是韩国精神的灵魂,或轻或重,或急或缓,引导着演出的节奏,还带着几分举重若轻的随意。

随后的揭幕战同样也散发活力,一上来就爆冷门,体现了足球的本质——足球的本质就是进球,年轻的淘汰年老的。在此之前,世界舆论大都看好法国队会卫冕冠军,把这场比赛看做是老师和学生之战。没想到是老师队在场上显得紧张拘谨,作为学生队的塞内加尔反而踢得轻松自如,踢进了本世纪第一个球,击败了老师。这意味着足球世界已经进入春秋战国的混战期,没有绝对的强,也没有绝对的弱。因此,中国队——有戏!

谁是世界杯的大赢家？

每一场比赛之前，裁判都要抛硬币以决定对阵双方的进攻方向。这个细节对足球具有非常的象征意味：足球离不开金钱，金钱决定足球的方向，同时也是足球的强大驱动力。

这需要用数字说明，韩日世界杯已近尾声，国际足联和主办者已经在算账了。先说已经装进口袋的现金，世界上的豪富巨贾们排着长队希望能赞助世界杯，而国际足联只挑选了十五家企业，每家的进入费就是两千五百万英镑（约三千七百万美元），只此一项国际足联就净收入三点七五亿英镑。

别看人们普遍反映这届世界杯沉闷、低劣，少有精彩之作。但电视转播费却高达八点二八亿美元，是一九九八年法国世界杯的十倍。除去花销还可净赚六亿美元。

天下还有什么买卖能在一个月的时间里玩玩闹闹地就赚了这么多啊？

再说举办国的收益，世界杯能给韩国创造三十五万个就业岗位以及百分之二的经济增长。单讲旅游一项，三十二万球迷到韩国，每人兑换一千美元，就是三点二亿美元，光是兑换手续费就净赚七百亿韩元。去日本的更多，今后五年内还会有至少一千万游客到日本，由此而产生的交通、饭店、地方产业等新增经济效益可达五十三万亿日元。昨天国际足联市场主管马戈耶宣布："通过主办本届世界杯，韩国可获得八十八点八亿美元的直接经济效益；日本为二十五点八亿美元。"

其实，日本人也很聪明，更会赚钱。比如，日本妇女（也包括相当多的男子）崇拜贝克汉姆简直到了疯狂的程度，日本人于是就给小贝铸了座铜像。这会成为一种景观，一种纪念，记住一段历史和一种文化，并且永远地把贝克汉姆留在了日本。实际也是留住了钱。小贝是这届世界杯上唯一身价不受输赢影响的性感巨星，日本商家都一窝蜂地盯上了他，因为只要他一出场就能拽住人们的眼球。水涨船高，他的广告出场费也达到了两亿日元。

英格兰出局后，日本人又转而捧巴西，这就叫广结善缘，广开财源。

而韩国人呢，闹腾得太厉害，恨不得把每一个比他们强的队都给吃了。但他们更注重掏国民的口袋，韩国队每赢一场球，所带来的经济效益是二点二万亿韩元（约十八点三亿美元）。你看看，绿茵场上的"韩国精神"原来还带动着这么丰厚的物质利益。难怪会形成"红魔"，说白了就是"钱魔"，又叫"穷疯"。

现在我们可以明白了，三十二个队在世界杯上争得你死我活，有哭有笑。真正不战而胜又一路笑到底的是金钱效应。

足球的后面有一根鞭子，这根鞭子就是钱，哪一个球员，哪一支球队，进到什么层次就拿什么钱。现代足球首先是一种产业，其次才是什么文化呀、快乐呀……不认识这一点，就会看不懂世界杯。

足球的精神

　　美国和韩国这两支气势正猛、运气正旺的生力军相遇了。一支是最讲精神的,韩国号称踢的是精神足球。不要说韩国人懂得这一点,就是中国的大人小孩儿眼下都把韩国人的精神挂在嘴边上。这次中国队倒霉,一是自己太不争气,逢赛必输,技术战术不如人,连跑也跑不动,这不明摆着是没有精神吗?二是韩国、日本太争气了,不怕没好货,就怕货比货,一下子把中国地处亚洲的这个唯一借口也给堵死了。而今天跟靠精神赢人的韩国队对阵的,恰恰是最不讲精神的美国队。你说美国队讲的是什么精神?他们胜了葡萄牙这种世界一流强队,美国国内竟毫无动静,美国人关心的仍然是篮球、拳击、棒球。可见"美国精神"跟足球不搭界,至少是兴趣不大,无意让足球代表美国的什么"国家精神"。那么他们能代表美国的民族精神吗?美国是多种族的移民国家,从未听美国人谈过什么是美国的"民族精神"。这样一来,美国足球队的输赢好像就是世界杯上的正常比赛,没有其他什么特殊的含义。

　　这下有好戏看了,吊人胃口,悬念很大。结果却是踢了个平局,有相当多的人感到不过瘾。实际上这个结果非常耐人寻味。讲精神的和不讲精神的战成平手,那精神的作用又是什么呢?依我说,韩国如果不是精神鼓得太邪乎了,这场球他们是赢定了。就因为精神太足了,只能赢不能败,看台上红海洋,场上红旋风,球员的技术以及身体条件跟不上胀鼓鼓的精神,不是动作变形,就是腿脚发软,几次应该进球的机会都没有抓住,好像精神就是能跑。

那现在我们就来论一论足球场上的精神。兵是要靠将帅来带，有什么样的将帅就会带出什么样的兵。诸葛亮带兵帮着卖草鞋的刘备打下了三分天下，还是这些兵让刘备带，就被火烧连营。中国队输了，为什么就是中国或中国人缺少精神呢？如果要说精神上输了，那中国足球队输的也是米卢的"精神"，假如老米有精神的话。韩国队踢得好是因为韩国人的精神，还是荷兰教练希丁克的精神？如果体现的是韩国的精神，那为什么在希丁克之前没有这股精神呢？日本和其他国家的球队也一样。法国教练带着塞内加尔打败法国，瑞典教练带着德国战车打瑞典……而且每一支球队也都不单纯，全是世界各个俱乐部的球员临时现凑起来的，过去是战友，今天成了敌手，昨天是敌手，今天成了队友……世界足坛本来早就乱套了，我中有你，你中有我，今天我打你，明天你打他，根本就是一场场的混战。你说，哪是你的精神？哪一种精神又是至高无上的？今天赢了就有精神，明天输了呢？

足球就是足球，别人为地拔得太高。如果足球真有精神，那就是要踢得紧张激烈，好看，多进球，便于媒体炒作、商业运作，球迷赚个快乐，球员寻找机会。人玩球，球玩人，如此而已。

颜色和输赢

六月四日,中国和哥斯达黎加的队员一亮相,我心里就是一惊。我们传统的吉祥色——大红,穿在了哥队队员的身上,而中国队员穿白。在这么重大的国际比赛上,这一身白可白得真不是时候!而教练米卢倒身着红色T恤,于是我们的球迷就乱套了。看身在现场的新华社记者是怎么描述的:有的穿白,有的穿红,有的长袖,有的短袖,有的头戴横幅,有的什么也不戴,胸前标志更是五花八门,手里的红旗大小不一……整个一帮杂牌军。

再加看台上稀稀落落,现出一种令人担忧的冷清。媒体报道中国去了八万名球迷,这工夫都到哪儿去了?倘若有一半人去看这场球,就会塞满整个体育场。何以中国的首仗竟去了不足两万名中国球迷?这太像我们的现实了,散漫松懈,自以为是,缺乏统一的组织。或者还缺钱,买不起高价的球票。

那么颜色和输赢还有什么关系吗?或许不会绝对地决定输赢,但肯定有关系。不然为什么各个国家的球迷和球队都是一个颜色?你看看日本战比利时,看台上一片蓝色,和本国队员短裤的颜色一致。忽而淡如轻烟,忽而深如碧海,给人以苍穹无垠之感。韩国战波兰,看台上韩国球迷和韩国队球衣的颜色相同,一片紫红:大胆热烈,积极奔放,充满活力。现代科学以及人类长期的生活经验早就证实,颜色对人的心理和情绪有着重要的影响。比如,黄色很容易激起人的希望,让人感到明快。绿色给人以安全感,联想到自然、生命、鲜活。白色给人的感觉是柔弱、虚无。灰色干脆就令人消极、失望,备感孤独。所以,全世界的路口,都是红灯停,绿灯行。

世界杯赛史上也不乏因衣服的颜色而影响战绩的例子。一九九四年美国世界杯上,本来身穿传统橙色球衣的荷兰队在四分之一决赛碰上巴西队。由于巴西也是穿黄色球衣,组委会便下令要荷兰队改披白色战袍。荷兰的球迷没有准备,而且荷兰人认为白色为不祥之色,结果真的以二比三被淘汰出了四强。也正是出于对队衣颜色的重视,韩国队的主教练恩格尔认为韩国队过去的球衣颜色让队员们躁,便改成了现在的紫红色。

球迷在现场支持自己的球队,只有两种渠道,一是颜色,一是声音。当两队的球迷旗鼓相当,声音过于嘈杂的时候,球员因比赛过于紧张,有时会难以分辨出哪是自己的球迷。而颜色如果摆出阵势,在看台上形成规模,自己的球员随时都能看到,会不断地受到激励和鼓舞。那天我们穿红色衣服的球迷,完全可以被视做是给哥队加油。

中国队输了球不该责怪球迷,当个中国球迷已经够尴尬、够不容易的了。但既然当了球迷,似乎就应该要求自己"迷"出点水平。在世界杯上球队跟球队比,球迷也要跟球迷比。你不想比,人家也要比。球队固然代表着一个国家,有时从球迷身上则能更容易更直接地了解一个国家。但愿,六月八日的中国与巴西一战,中国球迷和球员的颜色能协调一致。

看得我浑身发冷

在德国和沙特交锋之前,可以说我一直感到很过瘾,享受着一种"黑色幽默"——昨天,在韩国商店里顺手牵羊拿走金项链的小偷,打败了法国绅士。今天,喀麦隆队一上来如黑珍珠撒满绿茵场,滚动如飞,无孔不入,轻灵飘逸,千变万化,看得人眼花缭乱,心荡神迷。这才是快乐足球,让人实实在在地享受足球艺术的快乐。

因为场上不时地有戏剧性场面出现:脚下飞旋着一个流星般的白球,项上摆动着一颗颗坚硬的黑头。有一次两个喀麦隆队员和一名爱尔兰队员争顶,跳起来之后,爱尔兰的白色头颅突然幽默地往下一缩,害得两颗粗壮的黑色头颅在空中相碰,如两颗炸弹相撞!二号查托锃光瓦亮的黑头碰得翻着一道口子,淌着血,在电视画面上看得清清楚楚,他自己却浑然不知。十八号苏弗的黑色脸颊上挂着一个圆形的白色金属,闪闪发光,如黑夜中的星光。

而他们的对手爱尔兰,恰恰是在世界上以幽默著称的民族,出现过如萧伯纳、王尔德这样的极富幽默智慧的戏剧大师。还有排在二十世纪最伟大的小说家之列的乔伊斯,都是爱尔兰人。他们人口不多,却专出世界量级的文学巨匠。一个是头脑幽默,一个是脚下幽默;一个是外在幽默,一个是骨子里幽默。一黑一白,黑得有味,白得英俊,这场球怎么会不好看?

前几届世界杯,总会有那么几天、有那么一些队要打保守足球,冗长乏味,令人好不耐烦。而这届杯赛一开场就是进攻、进攻!丹麦和乌拉圭是力量和技术的对抗,最后力量战胜了技术。就因为是进攻。

如果玩技术,那技术好的就会沾光。

要知道,乌拉圭可是一九三〇年第一届世界杯的举办国,并同时夺得了第一个世界杯冠军。身为亚军的阿根廷为此不服气,竟和乌拉圭断绝体育交往好几年。一九五〇年世界杯在巴西举行,又是乌拉圭队,从巴西人的眼皮底下夺走了大力神杯。资料上这样写道:"当时体育场里死一般寂静,二十万巴西观众惊得目瞪口呆。随后举国痛哭,并下半旗志哀。"仔细体味这样一支球队的起起落落,就可以找出足球的轨迹,理解足球的命运。

但是,该德国和沙特对阵了——这也正是我最想看的,因为亚洲队出场了。昨天塞内加尔队鼓起了我的雄心,以为非洲足球和欧美的足球已经没有明显的差距,甚至可以说非洲也许还是世界足球的希望和未来,是他们逼着世界足球在改革、在进步。这让我产生了一种亚洲也不是过去的亚洲的错觉。没想到亚洲的强队沙特竟输得这样惨,惨得让德国人踢疯了! 我越看心里越凉,甚至惊出一身冷汗!

何以输得如此平静？

　　行啦,出局啦! 八万名中国球迷也该收拾东西回来了,早回来好,还能省点钱。

　　零比四,中国队应该说是挨了巴西很重的一"巴"掌。令人奇怪的是,从球员到观众都输得波澜不惊,非常平静。仿佛中国队该输,不输不正常。我不知是巧合还是恶作剧,在中国队输给巴西队之后竟还有人放鞭炮! 这是什么心态啊? 和打第一仗时认为必胜的狂热反差何其大? 四天前还相信这届世界杯会出现奇迹,而奇迹很可能就应在中国队身上。现在又认为中国队大输是理所当然。仅仅几天的工夫,中国人大热大冷,大起大落,可真被折腾得够呛! 有一种被戏弄,甚至是被骗的感觉。

　　这让我想起米卢的一句话:"再输一场又如何?"这是他在中国队的热身赛阶段老也"热"不起来的时候说的。别人可以将这话理解为是破罐破摔满不在乎,也可以理解成他心里有根,对未来的比赛有信心。当时我觉得这家伙老奸巨猾,提前给自己留后路。现在看他确是心里有数,知道中国队不会赢,热身赛赢不了,世界杯赛上肯定也要抱个大零蛋!

　　那么,中国队能赢,闹好了还会打进十六强的声势又是怎么造起来的呢? 这近似一场足球把戏,戏弄了国人。现在是不是该回头看一看想一想,这把戏是怎么玩成了这么大? 先从中国队出线说起,看看跟我们分在一个组的国家:印尼、柬埔寨、马尔代夫……这些国家都让我们拿分了。中国队的运气实在是太好了,如果把我们跟伊朗、伊拉克、科威特分在一组，如果韩国、日本不是因东道国先得到了名额，我们出线的可能性还会有多大呢？一切都那么巧，到底是中国队的运气好，还是运作得好？

到了世界杯赛场，一切都要动真格的了，中国队员便露怯了。个子不矮，块头不小，却像金枝玉叶，一碰就倒，一倒就伤。暴露出战术失策、技术太差、准备不足、缺乏训练……但最主要的是缺少足球精神。事后一个个还都挺好意思地给失败找理由，说什么在赛场上精神无法集中呀，输了球才知道世界杯上的压力有多大呀……败给巴西之后准还会说，我们虽败犹荣啊，我们尽力了，我们踢得比上一场好啊，等等。一个认为自己该输、不输不可能、输了还有理的失败者，还能救药吗？

我现在怀疑，未必是米卢改造了中国足球，很可能是中国足球改造了米卢。他知道中国队靠真功夫不行，于是便顺应中国国情，乐得广交朋友，多结善缘，多个朋友多条路，一分善缘一条财路，利用中国人渴望打进世界杯的强烈愿望，借助媒体大炒特炒，同时也让自己的腰包鼓鼓的，还可以泡在女人堆里逢场作戏。他绝对不会像希丁克那样，对违反纪律的球员一是重罚，二是重打——是打，拳脚相加地打！米卢是好好先生，反正世界杯之后他就不再担任中国队的教练了，何苦得罪人。那就提前送送他，愿他一路走好。或许他还不走了，在北京买了房，老婆孩子也要来了……

"中国气球"

此"气球",并不是能够升上高空的那种"气球"。

"中国气球"——乃中国足球的别称。因为中国足球是吹气的球,是杀气的球,是泄气的球……

总之,是惹气最多的球,是气死人不偿命的球!

这样一个风光的倒霉的不能没有它又不能指望它的球,称其为"中国气球"还算恰当吧?同时也不能不承认,中国足球又是最谦虚的球。你说眼下中国还有什么人不敢说足球、骂足球,无论男女老幼张口就能给中国足球指出几十条弊端,口气一转又可以提出十条八条的合理化建议。你干一项事业,到了谁都比你更有能耐的时候,你说你还能干得好吗?

话说回来,全国有这么多人给你出了这么多好主意,你还干不好,岂不是无可救药了?既是无可救药了,还长时间地占着茅坑不拉屎,是不是心里有私,把足球当成了自己的球?

不错,中国的足球之所以成了"气球",就因为它目前还是"官球"——即当官的在管足球。不信可看甲A的各个俱乐部,其后台大都是政府。在俱乐部兴办之初,倒确有一些企业乘兴加盟,但时间一长就知道锅是铁打的了,企业家本事再大也折腾不过当官的,白闹个劳民伤财,赔了本连吆喝也赚不到,只好纷纷撤出。

既是"官管球",官场的所有习气足球上都有,它又怎么可能转得自然、转得轻灵?

而在足球发达的国家,是足球涵盖政治,甚至涵盖一切,包括男孩子的教育、社会归属以及国家同一性等等。阿根廷足球经纪人、前国家队的中锋奥马尔就说过："在我们国家，当权者总是有各种各样的权力。只有一种权力他们没有，那就是改变球衣。球衣是神圣不可侵犯的，那是穿在大牌球星身上的。"

正因为如此，他们的官员崇拜足球，崇拜球星，连总统也是某个具体球队的球迷。如现在的总统爱德华多·杜阿尔德迷信班菲尔德俱乐部，前总统梅内姆偏爱河床队，胡安·庇隆是竞技队的支持者……

我们一些俱乐部所在地的官员，并不是真正喜欢足球，有时兴致来了也去看球，那不过是一种姿态，以示对群众热情的关心。我曾听一个俱乐部的干部抱怨说：最怕的就是头头来看球。凡是头头大都迷信，他一来就只能赢不能输。赢了球好让群众相信他是吉星高照、福运当头，输了球就容易被骂为丧门星。所以头头一来我们就得找人掐算，如果没有确保赢球的把握，就得在底下运作。但人算不如天算，有时阴错阳差还是输了，那头头的脸立刻变得比猴腚还难看，连输上两场俱乐部主任就该挪窝了！

其实，中国已经步入了市场经济时代，一切活动都讲求符合市场规律，提倡"有问题去找市场，而不要去找市长。即便找了市长，市长也还是要领你去找市场。"足球为什么就不能真正地进入市场呢？

目前世界上的足球强国或半强国的足球，无一不是市场足球。尽管市场也有市场的局限，但和官指挥足球相比总还是进步。严格的市场规律会规范足球运动，为了市场利益也会促进足球的发展。只有赢球才有快乐，强大才能吸引更多的人看球，市场也才会有收益，这是明摆着的事。

如果中国足球有幸解决了体制问题，那剩下的就是营造足球环境，建设足球文化——这是中国人培育出自己的足球的唯一途径。眼下别看中国足球闹腾得挺厉害，其实并未真正形成广泛的足球文化。就以中国的球迷队伍为例，他们大多是借足球寻求刺激和快乐，他们中有多少人能让自己上学的孩子也迷球？更不会鼓励自己的孩子去踢球。大牌球星都是天才，他们的踢球生涯都是从童年就开始了。而中国的少年天才都被家长逼着去学钢琴、读英语、参加各种各样的作文大赛和数学竞赛。相反,倒有不少头脑迟钝、干什么都不行的孩子,家长为了让孩子将来能有个饭碗才托人送礼,让孩子进了体校或体工队,混几年被淘汰下来到小学当个体育教员。

本来踢足球是可以挣大钱的,在商品社会中见钱眼开的大有人在,这也无可厚非,西方球星的丰厚收入就是足球人才源源不断的吸引力之一。中国的流行歌星多如"雨后春笋",其中一个原因就是唱歌出名快,挣钱多。只可惜中国足球界喜欢挣黑钱,偷着拿,偷着分,躲避了社会的监督,但也消除了足球对商品社会的刺激力。

对中国足球不管怎么说它都不过分,却唯独不能忽视它、蔑视它。因为中国足球已经形成了一种足球现象——足球现象联系着社会现象。最现实的办法是承认它、重视它、改进它、发展它。一待中国人找到了自己的足球,那才算是取得了自由进出足球世界的资格,才真正称得上享受足球的大快乐。

泡沫不算入流,末流不是主流。是这届世界杯让我们梦碎,也使我们梦醒。重新定位并不是悲观,更不等于自暴自弃。即便是韩国和日本足球的进步,也是象征意义大于实际意义。

足球滚圆,哪儿受力都会飞动,因此永远都充满着机会和诱惑。

注意细节

世界杯赛场上有些黑人运动员,通身漆黑,在黑头的两边分别戴着两个非常醒目的白色耳坠。而男人一般很少戴对称的双耳坠。这就是黑人的优势,打扮得多怪都不显怪,越俗就越雅。看世界杯万不可只被输赢挡住了眼,体育的情趣往往体现在细节上。

有的人球衣忽然被撕掉了半截,条条缕缕,飘飘摇摇,有一种滑稽的紧张。昨天德国的八号,抬腿一脚劲射,脚上的鞋随着球一起飞走,他赤着一只脚捡起鞋,发现鞋带成了死扣,在场边抱着鞋用牙啃了好半天也解不开。

细节见性格,有时还能折射出一支球队甚或一个民族的性情。

一般来说非洲球员轻灵诡异,多是性情中人。率真直露,轻松自然,自己失误后自己先笑,做鬼脸,吐舌头。进了球翻跟头,扭屁股,格外会制造戏剧场面。被冒犯了也容易起性子,有个黑人球员不就在光天化日之下揪着对方球员的耳朵,嘴里还喋喋不休地叫喊着。

欧洲球员严整剽悍,脸上的表情不丰富,进了球就是狂奔和砸人堆,输了球不是沮丧就是愤怒,缺少幽默感。

亚洲球员也有自己的细节,中国队的邵佳一被红牌罚下时,竟不自觉地举起了双手,做投降的样子。是平常投降投惯了?郝海东在第一场开赛没有多久也吃了一张黄牌,他冲着裁判反复挑大拇指,脸上堆出媚笑,叫人极不舒服。

细微处见精神。真正的球星射门的时候根本不看球门,可见球门就在他们的心里。球员进攻的目标就是球门,心里没有目标怎么进攻? 只有那些笨蛋,老是抬头转头地找球门,球门找到了,球没了。

踢球也是一种创造,是创造就不能缺少细节。

外行看热闹,内行看门道,门道就在细节里。

"黑马"失蹄的启示

赛前,球王贝利喋喋不休地叫嚷哥伦比亚队是本届大赛最好的球队,说他们既有技术,又将名利双收,是最有希望得冠的黑马。阿根廷教练把哥伦比亚队吹得更邪乎,还有足坛其他一些有身份的人物也跟着起哄。于是哥伦比亚队就被炒红了。然而到球场上全不是那么回事,哥伦比亚队没有章法,被罗马尼亚队三下五除二打断了马腿。

要说哥伦比亚球员技术好,可真看不出来。一些被爆炒的明星几次该进门的球都踢飞了,踢进去的那一个球也是稀里糊涂没有味道。倒是罗马尼亚的三个进球充分展示了一流球星的一流技术。哥伦比亚踢的是情绪球,一旦情绪受到抑制和破坏,便没有威慑力了。这样的球队可以大赢一两场,却很难成为稳定的大赢家。就因为前不久他们以五比零大胜过阿根廷队,被炒起来了。可见足坛也是很势利、很脆弱的,很容易被唬住。

没有人对罗马尼亚队表示过特殊的兴趣,这可能是球场以外许多更复杂的原因造成的。但他们不声不响地以力量和智慧轻取强敌。足球不是无色彩的,常常代表着一个国家的运气、经济、文化和政治。罗马尼亚队的主力选手平时都在国外踢球,他们的技术并不受国家政治的局限,这次大赛,罗马尼亚能派出二百多名少年拉拉队来美国为自己的球队助威,也使我相当感动。倘若中国队也取得进军美国的资格,我们也能派出几百人的拉拉队吗?

也有足球水平和国力极不相称的,比如美国队。尽管如此,他们却取得了举办世界杯赛的资格,恐怕主要靠的是国力,而不是足球水平。世界足球和国力最相称的,如德国。他们来参加世界杯比赛,像移居美国一样,花费四百八十万美元装备自己的球队和随员,甚至包括一个"中等规模的医院",是典型的"享受足球"、"金钱足球"。但金钱并没有像有些人想的那样,腐蚀了德国球员的意志和战斗力,在最紧张的揭幕战上,仍从容镇定,或急风暴雨,或稳扎稳打,果然一派王者气概。在他们的威势面前,玻利维亚队像玩杂耍似的,尽管脚上花活很多,全不实用。带去的巫师球迷,身披法衣,在场上念念有词,摇来晃去,大施魔法,也不顶用。

唯韩国队踢的是精神足球。天有三宝日、月、星,地有三宝水、火、风,人有三宝精、气、神。硬的怕横的,横的怕不要命的。韩国队和哥伦比亚队一比就可看出强队交锋,精神的力量有多大了。可怜的是一些中国评论员又把韩国队当做亚洲的代表,大加吹捧……

这样就能慰藉中国球迷伤痕累累的心吗?人家韩国队愿意当亚洲的代表吗?他们之所以没有精神负担,轻松一拼,就因为没人炒他们。哥伦比亚的精神负担就来自被炒过火了。黑马早就不黑了。都说他们要爆冷门,这个冷门,还会爆吗?

哥伦比亚所扮演的角色

在一九九四年美国世界杯大赛中哪个球队被人们议论得最多呢？

——哥伦比亚队。

舆论对巴西队、阿根廷队一片赞扬声，对德国队是谨慎地恭维。唯独对哥伦比亚队一会儿捧上天，一会儿踩入地；一会儿是能捧杯的黑马，一会儿是全世界嘲讽的对象。在即将卷铺盖回家的时候，已经变成了乱人捶的破鼓、众人推的烂墙。连为他们在大赛之前就猛敲开场锣鼓、造足夺冠气氛的球王贝利，捎带着也挨够了骂。

仔细想想这不是很有意思吗？给世界杯大赛增添了许多色彩、许多笑料、许多谈资。如果没有这样一个球队，这样一个喋喋不休的贝利，历时一个月的大赛岂不显得太严肃、太寂寞、太单调了吗？

一台大戏必须要有生、旦、净、末、丑，缺一个行当都不行。每一届大赛都有垫底儿的球队，不可能都成为八强、四强、冠军。哥伦比亚队不是垫底儿的，是这场足球大戏中不可缺少的丑角！

丑角都是有点本事的，哥伦比亚队曾以五比零狂胜阿根廷队。但丑角的目的不是为了当主角，而是陪衬主角，插科打诨，逗人发笑，常常有违背常情、出人意料的惊险动作，比如把球踢进自己的大门，等等。

试想，如果没有哥伦比亚队，本届大赛能有这么起伏跌宕、妙趣横生吗？

哥伦比亚队的表现也是这届大赛成功的因素之一。由于他们输给了美国队，一下子鼓起了东道主美国人对足球的热情——这正是国际足联所期望的。从这个角度说,哥伦比亚队可谓以牺牲自己成全足球,功不可没。包括贝利球王变为"丧门星",也只会给大赛凑趣,而不会给足球抹黑。

后边的比赛由于缺少了哥伦比亚队,很可能就只剩下激烈的厮杀、紧张的争夺了。但愿另有球队站出来接替哥伦比亚的角色,使大赛多一份情趣,多一份诡秘。

再加上胜者的勇猛、败者的悲壮,此届足球节的色彩就丰富圆满了。

我以此文为哥伦比亚队送行。我想人们是不会忘记他们的。

让脚下有神

踢足球用脚,指挥脚的是头脑。优秀运动员都是天才,他们的临场发挥,其实是即兴发挥,更多的是靠一种感觉。激烈的比赛当中,运动员是不可能"三思而后行"的。

一个运动员在赛场上找到了感觉,踢出了感觉,就是进入了最佳状态,必然有上乘的表现。上场就能找到感觉,很快就能进入最佳状态,对一个人来说就是一位优秀的球员,对一个整体来说就是一支优秀的队伍。

这就叫脚下有神。

脚下有神不是说求神灵保佑你的脚,而是脚下踢出一种精神,踢出一种志气、一种威风、一种魅力。韩国队踢的就是典型的精神足球,带着一种气势出场,遇到强于自己的队,可叫人打死也不叫人吓死,甚至把对方吓个半死,宁为玉碎勿为瓦全。有时会以弱胜强或虽败犹荣,精气神不倒。遇到弱队,在气势上就把对方镇住,在球场上创造一种摧枯拉朽的局势。

天津足球队最辉煌的时期也有自己的威势——专踢外国队。见了外国队就长一辈,长精神,有些来中国访问的足球队,胜了中国国家队,碰上天津队就输。中国球迷在北京憋了一肚子气,就到天津来出气。那个年代下大雨比赛,观众都把球场的看台挤得满满的,呼喊声地动山摇,整个城市跟着比赛一同兴奋。

球队有精神,老百姓也有精神,城市就长精神。

目前天津足球队的精神是什么?

保住在 A 组的位置？莫忘一句老话："取法于上，仅得为中，取法于中，故为其下下。"

怎样培养起一种精神？

一个球员有自己的精神，一支球队有整体精神。踢球用腿脚，更要用头脑，在球场上要有灵魂。一个球队的灵魂往往是通过尖子球星来体现。没有尖子球星的队伍如同有刀无刃，有琴无弦，在赛场上一盘散沙，胜败靠碰运气、看情绪。

天津队应该下大力气培养自己的尖子球星。靠这样的球星激励内部，动员球迷，吸引投资者。社会和新闻传播媒体是通过球星来炒足球的，没有出色球星的球队难以被炒热，足球被炒得越热，越容易建立起一种精神。因为社会和足球血肉相连，一荣俱荣，一损俱损，起鼓励作用，也是一种督促。冷冷清清，可有可无，老坐冷板凳，老吃败仗，能培养出什么精神呢？

培养球星很重要的一条是球员自己培养自己，不能靠走后门、拉关系，贬低别人抬高自己。球星是要在赛场亮出真本事，获得群众认可的。二十世纪五十年代和六十年代初，天津出了一批"球疯子"、"球痞子"、"球魔"，他们仿佛为足球而生，爱球如命，踢球不要命，知道自己这一辈子就是跟足球摽上了，就要踢出花样来。把踢球视做自己的生命、终生的事业——这样的人多了就容易出现天才球员。其中相当多的人后来成了天津队的主力。

如果说目前中国足球的状况令人忧虑，我以为中国足球的未来更堪忧虑。现在每个家庭只准许生一个孩子，家长们都希望自己的孩子学画画、学音乐，"学而优则仕"，将来当贵族或出国。还有多少孩子踢球？足球的基础在哪里？

足球是穷球也是富球。有些世界级的球星，曾经是穷孩子，从小在大街上踢球，也是小球痞子一类的人物，后来真的踢出了花样儿，踢出国门，踢向世界，成了富翁。中国既然有"学而优则仕"，为什么不能让球员"踢而优则仕"？体育是一个国家、一个地区、一个城市的经济、政治和民心的综合体现。近两届世界杯赛的经验证明，那些国力衰弱、为球队的路费和奖金争吵不休、球队内部互相攻击的队伍都早早地被淘汰,且丑闻不断,洋相百出。

在商品社会,没有经济后盾,要想维持一支优秀的足球队是不可能的。培养天津足球队是全市的事情,想让球队踢出一种自豪感,先得让球队的城市感到自豪,然后城市才有可能为球队感到自豪。天津人目前是急需一种自豪感的。

世界的富人行列里有不少是运动员,如贝利、乔丹等。中国的优秀运动员乃至世界冠军都很多,可有因此而发财的? 有的农民几年前年收入就超过了一百五十万元,许多私营企业家更不用提,社会曾热热闹闹地炒各类富翁,为什么没有听说哪个运动员成了富翁? 是没有,还是被社会忽略了? 如果天津足球队出现一个年薪百万元的球星会怎样?

只有经济上有了安全感,才能留住优秀的运动员,才能吸引更多的年轻人从事这项运动。体育有了广泛而强大的社会基础,就具备了产生天才运动员的土壤。但愿天津的足球运动进入一种良性循环,那时才有可能建立起天津队的足球精神。

中国足球的情感危机

　　凡是喜欢足球的人都还记得世界杯赛结束之后所感受到的那份失落：已经习惯了美国时间，而美国时间不再属于足球；习惯于夜半醒来，醒来方知无事可干，四周一片沉寂；习惯于一打开电视机就能听到如海潮般的呐喊声，立刻被刺激得兴奋起来，如今电视机开了关、关了开，再也找不到那份激昂和热烈。无奈中国足球还不能拥有自己的时间，中国球迷只好接受时差的折磨。

　　许多天以后心理上才接受了世界杯赛已经结束的事实，不得不看国内的比赛，聊以解闷儿。然而感觉上的反差是那样大：场地荒凉，草皮似绿似黄、似有似无、秃吧拉叽，看台上观众稀稀落落，没有激情，没有色彩，球员们身体瘦弱，如村童嬉戏，真惨不忍睹。

　　——这感觉并不真实，世界杯赛固然是无法替代的，但也没有那么好，国内的比赛也没有那么糟。但有这种感觉的人相当普遍。这是为什么呢？为什么中国的球迷不陪伴自己的球员，先自走向世界、胸怀世界呢？许多球迷看世界杯赛、看世界级的球队比赛，不看国内比赛，是"世界球迷"，而不是中国球迷，他们爱外国的球员胜于爱中国的球员。这在世界上恐怕也不多见，可算是中国特色吧……行笔至此我突然意识到必须举出实例，否则也许有人会怪我诬蔑中国球迷崇洋媚外，引起不必要的误会。

　　一批女球迷在报纸上公开表达了对自己喜欢的球星的大胆热烈的感情，并且署上自己的姓名、地址和单位。

　　喜欢罗马里奥的说：

"绿茵场上的拿破仑。"当做伟人和英雄一样来崇拜。

"我只喜欢他那不可一世的样子。"如同找到了"白马王子"。

"刚刚爱上足球的我,因迷你而迷上了本届杯赛。"爱足球是第一步,迷上人才是真的。

"嘴潇洒,脚潇洒,球潇洒,人更潇洒。"迷上了就什么都好。

"看到你在球场上的形象,很多女球迷萌发了和丈夫离婚的念头。"即便不"很多",也至少有一个。

喜欢罗伯特·巴乔的人说:

"人帅,入球更帅。"人帅沾光。

"女人的辫子,男人的魅力。"留着女式的辫子,并不妨碍获得女人的爱。

"可怜的小辫儿,连你流泪的样子都十分可爱。"充满女性的温情和爱怜。

喜欢克林斯曼的说:

"足球场上的超级模特。"她心目中的美男子。

"众多女球迷战胜炎热、黑暗与困倦,都是为一睹他飘洒俊逸的风采。"打着"众多"的旗号表达自己的情感。

"你占据我的心灵。"这多么直截了当!

"等你等得我心痛……"如痴如怨,缠绵悱恻。

请问哪个中国球星获得过带有如此强烈感情色彩的评价? 这才叫"迷",由球而人,由喜欢一种运动升华为一种情感的追求。

人们喜欢足球已经变成了一种感情的需要。以前曾有人说足球是男人的运动,现代工业文明把男人雕琢得拿腔捏调,彬彬有礼,很少有痛快淋漓地表露感情的机会,而人又急需发泄感情,足球就满足了这种需要。面对足球人们可以大声欢呼、谩骂,手之舞之,足之蹈之,甚至还可以借机胡来,惹是生非,尽情地宣泄强烈的感情,从而避开了现代生活中许多令人不安的问题。所以近十几年来中国的球迷人数猛增了好几倍,而且涌现出一大批女球迷,她们的勇敢和开放不亚于西方女球迷,令世人惊羡。足球不再只属于男人,它成了全人类的恋人。谈论足球成了一种时尚,心理上获得很大益处。尤其是女球迷们,更为激烈痴情,不看足球仿佛就是没文化、少情趣、活得傻、活得累。

哪个国家的足球不能满足国人的这种情感需求,就说明这个国家缺少一支好的球队。球迷眼睛向外,"移情别恋",也属情有可原。中国足球为什么缺少魅力?技不如人固然是一个原因,但不是唯一的原因。罗伯特·巴乔和克林斯曼在美国世界杯赛上都是失败者,为什么仍能赢得众多女球迷的芳心?皆因人可爱,有个性,有感情,自自然然,赢了球会笑,笑得花样翻新、满场生辉,输了球会哭,哭得让球迷们心疼。罗伯特·巴乔踢飞了点球,马拉多纳药检不过关,都是该遭唾弃的,由于他们会哭,反让女球迷们觉得他们眼泪滂沱的样子更让人动心。因为他们曾经是英雄,英雄的眼泪才能打动人。一个经常失败的倒霉蛋,即使哭瞎了眼,也不会有这样的效果。尽管足球场上不可以没有眼泪,胜了哭,败了哭,单哭,群哭,但不是乱哭,不是人人都有哭的资格。只有成功的英雄或失败的英雄才能哭。喜剧可以哭,悲剧也可以哭,闹剧不能哭。

在这方面,中国的球员远不如球迷感情丰富、自然可爱。北京球迷协会的吴京红小姐说:球迷该做的事我们好像全做尽了,组织会员看比赛,本地看了外地看,白天黑夜地赶车,一会儿东北,一会儿江南,有时背着行李晕晕乎乎就进了赛场。嗓子喊哑了,喇叭吹破了,标语也不知写了多少,却总觉得像做梦,心里不踏实。把一元一元筹来的钱凑成个拿得出手的数目,颁发给评出的足球先生,哪个队员病了赶忙去看望……这就叫"迷"吗?古力特可以专程赶到异国去探望一个生病的球迷,而我们的队员往往对球迷吝啬得连个微笑都没有。可我们还是没完没了地去龙潭湖看他们训练,看得饥肠辘辘。太阳落山,最后再看着他们拎着拖鞋、毛巾,低着头冷漠地与我们擦肩而过。有时我陪女球迷专程去看一个她特喜欢的球员,那球员开口就说:"这人真逗!"那意思似乎是说:"这人是不是有病?"有时开赛前全体起立,升国旗、奏国歌,连球迷都有一种神圣感,个别教练人员却在众目睽睽之下坐在长椅上聊天儿……

这位首都第一球迷像个出色的社会活动家,有强烈的责任感,任劳任怨,还要忍受一次次的失败和屈辱。中国足球对不起她们,如同一个伤心球。自中国队兵败伊尔比德之后,据传这位姑娘很少出门了。中国足球老输,对中国人的心理破坏很大,人家都说踢足球踢热了地球,那是优胜足球;常败足球也会踢冷球迷的心。

中国足球上不去往往在战术上找原因,忽略了球员的气质、品格和感情因素。一个人从小只会踢球,没有接受过其他方面的教训和训练,到最后很可能连球也踢不好。所以中国球场上个性球员少,才子球员更少。试想一个人如果感情贫乏得不敢或不会哭和笑,品格不健全,气质低俗,又怎能经受得住足球比赛的巨大压力和竞争的残酷?北京的女球迷曾评选过“世界杯赛美男子阵容”,可见女球迷对球员的美不美是很在乎的,她们心目中的美男子是“球技、仪表、风度、道德的综合”。女人在足球场上要寻找真正意义的男人,寻找力量,感受紧张激烈的竞争。因此那些被炒得轰轰烈烈的优秀球星,无一不富有耀眼的人格魅力。

球迷是足球的一部分,大批女球迷的出现还在悄悄地改变足球的性质。比如,以前人们总喜欢说足球场上的厮杀如同战争,战争能造就常胜将军,强大的胜,弱小的败,是战争的必然规律。以前足坛也有常胜将军,现在没有了。球场上的强弱瞬息万变,强的会突然变弱,一贯的弱者会在一段时间里突然变强,其变化无常,胜败难料,一如女性的神秘莫测。于是稳妥的保守战术盛行,最男人化的对抗,具备了女性的耐心。还有在前面已经提到的足坛哭风大盛,似乎圆而硬的足球不能没有圆而软的眼泪相伴随……

足球满足男人容易,想要满足女人就困难得多了。女人对足球的要求更高,而不是更低。女人不想把足球软化,而是要强化。足球越是男性化越叫女性喜欢。而不是把足球女性化。如日本的大相扑,是纯男人的运动,最入迷的观众是女人。足球大赛的奖杯曾经叫“女神杯”,男人们拼命地奔跑冲杀就是为了争夺最后亲吻“女神”的权利。

“女神”成了足球事业的原动力,愿她也降福给中国足球队。

"狗娘养的裁判"

每一届世界杯,都会有一两句"名言"流传开来。

二○○二年韩日世界杯上最著名的话就是这句"狗娘养的裁判"了!

那是六月十二日在阿根廷对瑞典的比赛中,坐在替补席上的阿根廷前锋卡吉尼亚第一个骂出来的,惹得当值的阿联酋判官阿里·布吉萨姆举着红牌跑到场外把他罚走。

以后便有无数人重复这句脏话,甚至还有人觉得光骂不够解气,叫喊着要"逮捕裁判"、"枪毙裁判!"可见对裁判之恨。

任何一场比赛都必须由三方完成:对垒的双方加上裁判。裁判也是人,肉体凡胎,两只眼睛,有感情就有倾向,有倾向就有局限。判罚公正是应该的,误判错判是难免的。有时错判是水平问题,有时错判是品质问题。不然为什么凡有东道国参加的比赛,裁判的问题也最多?

很少有哪一届杯赛的裁判是无失误的,但唯有这一届的裁判遭人诟骂最厉害:挺好的进球算无效,没有犯规判点球。德国同喀麦隆一战,裁判出示了十六张黄牌和两张红牌。韩国对葡萄牙之战,让十一个韩国人打九个葡萄牙人,如果再加上裁判就是十二个打人家九个!韩国战胜意大利之后,意大利的球迷就骂韩国人是"小偷",偷走了他们的胜利。

裁判等于给韩国人帮了倒忙。

有那么几场比赛,可以说是裁判颠倒了胜负双方的位置。球员心里有数,现场的观众通过大屏幕看得清清楚楚,全世界的电视观众也一目了然。唯有现场的裁判,无暇顾及大屏幕,自以为是地扮演了小丑的角色。很是可悲。

话说回来,没有"狗娘养的裁判",也就没有这"狗娘养的足球赛"了!使用现代科技手段准确无误地裁判球赛,不是不能做到。但那样一来足球便索然无味了,球场上再也不会有像现在这样惊心动魄的妙趣横生的戏剧性场面。

所以,无论大家对裁判骂得多凶,国际足联还是死保裁判。一方面死保,一方面又臭裁判,在球场四周设立无数高清晰度的摄像机、录像机和大屏幕,让人人都能在看台上或在电视机前裁判当值的裁判。这叫"螳螂捕蝉,黄雀在后",实际是监督裁判,挖裁判的墙脚,给大家顺气。

世界杯是一场大游戏,既然是游戏,就越热闹越好。凡大牌球星在场上都格外有风度,无论裁判多么"狗娘养的",也温良恭俭让地服从。他们知道自己赚的就是这份钱,上场如演出,掏钱看比赛的观众才是上帝,哄得大家高兴是至理。要想耍大牌球星的脾气,等比赛结束回到场外再说。

大家都是游戏中人,就要遵守游戏规则。

"国脚"和"国嘴"

"进一个！进一个！"——现场两万多名中国球迷齐声呐喊，国内几亿电视观众或跟着一起叫喊，或在心里默默企盼。

中国人的目标变得非常简单，就希望中国队能在韩日世界杯上进个球。当然喊得最响的还是电视解说员，他们的嘴前有麦克风。今天中央电视台的名牌主持黄健翔也喊疯了，当他高喊"好球"的时候，中国的球员已经把"好球"弄成了"坏球"或"死球"；当他高喊"快传"的时候，中国球员已经传不出去或把球传丢了……

结果自然还是抱着零蛋回来。别看国足无法把足球踢进球门，但要踢中国人的脸、踢现场解说员的嘴巴，那可是一绝，一踢一个准。

中国足球队的球员简称"国脚"。中央电视台的热门节目（当然包括体育节目）主持人被称为"国嘴"。"国脚"踢球，"国嘴"说球，因此这两种国字号的人物谁也离不开谁。

但从表面看，"国脚"更主动些。"国嘴"是负责吹的，"国脚"是管踢的，踢得好了球进门，踢得不好就把球踢到了"国嘴"的嘴巴上，封住了"国嘴"。

实际上在中国能让"国嘴"难堪的，也唯有"国脚"。

比如，距离世界杯开赛还有好长时间，"国嘴"就吹上了，对"国脚"大炒特炒，大鼓大呼。然后就是倒计时：距离中国队上场还有九天、八天……一天！六月四日终于到了，开场之前你看"国嘴"们造的声势，好像世界大战就要爆发了，不，是要结束了，而且我们是胜利者！

"国嘴"们精神亢奋，喜气洋洋，声音一下子提高了八度，从球场的各个角度向国内观众报道。看他们的精神头,这场球的胜利已经装在他们的口袋里了。

啪——这个大嘴巴扇的!

"国嘴"吹得多高,"国脚"就摔得多重,而且都砸在了"国嘴"上。

在这之前"国嘴"解说外国队的比赛,那是嘴不闲着,从不打锛儿,解说多了偶尔也许会有词不达意的时候,但绝不会出现冷场。实在没词儿了就再背一遍外国球员的履历,从姓甚名谁,祖宗三代,遗传基因,结婚与否,绯闻多少,有无伤痛,伤在哪里,在哪效力,收入多少……那真是如数家珍,滚瓜烂熟。

而在现场解说中哥之战的是"国嘴"黄健翔和张路,黄还是我比较喜欢的主持人,他和另外两张"国嘴"的"足球聊斋"就聊得轻松自然,不时有机智之语顺嘴溜出。但那一天,两个人都格外谨慎、拘泥,一点灵气和智慧都看不出来了,解说单调乏味,还经常冷场。

我想那时候他们变成"机械嘴"了,不解说不行,带着自己的感情和智慧解说也不行,球迷的情绪已经成了火药桶,他们有哪一个词使用不当煽起事端,那还了得!

"国嘴"牵涉到"国",这难可就作大了。不管心里多气多恨多冤,也不能哭,不能骂,不能叫,更不能撞头。还得装得跟没事人似的,让嘴唇咧开三十度,露出半个牙做似笑非笑状,受了大罪啦!

所以,人们不要光看到他们平时是多么的风光,姑娘的求爱信一收就是一筐。"国脚"就是他们的克星! 可话又说回来,看上去是"国脚"踢"国嘴",又怎知不是"国嘴"在耍"国脚"?

吹捧"国脚"的是"国嘴",数落"国脚"的也是"国嘴"。"国脚"踢好了"国嘴"有词儿,"国脚"踢坏了"国嘴"还有词儿。铁嘴钢牙,哪怕你腿软脚臭!

"郝董"是谁?

报纸上经常出现"郝董"这样一个名字,可国足里并无一个姓郝名董的人,这也不像是指一个姓郝和一个姓董的两个人。

经打听才知道是郝海东。因为他是一个企业的董事长,按中国的习惯这既是简称,又是尊称。董事长嘛,有重要比赛必须得上场,有他上场,输了球就没有事。

不让他上场,输了球似乎就没法交代。

我心头一亮,这下可找到中国队的亮点了:别看我们足球踢得臭,但我们球队里有董事长。那些外国强队虽然足球踢得好,可队里有董事长吗? 董事长是什么身份? 下场踢两脚就是给你面子,这叫玩票!

贝利虽然当过巴西体育部长,可足球界以及媒体,宁叫他"球王",也不叫他"贝部"。"足球皇帝"贝肯鲍尔,是德国最大的一家足球俱乐部主任,同伴以及传媒也并不叫他"贝主任"。葡萄牙队的主将菲戈,在里斯本开了家酒馆,勉强可以算个小老板。可当葡萄牙被美国队战败后,葡萄牙的球迷要砸他的酒馆,并发誓以后再也不到他的酒馆来吃饭喝酒。

外国的那些大牌球星们,日进斗金,单论资产也许并不比咱们"郝董"少。但他们谁能有"郝董"在队里队外所享受的这份尊荣?

中国的董事长也不少,有人开玩笑说,向大街上抛出一块砖头,打着了三个人,其中两个是董事长。但能踢球的董事长大概只有"郝董"。所以连一向刻薄惯了的媒体,一提起他来都一口一个"郝董"。

这也难怪,中国还穷,碰上一个有钱的或有时髦头衔的人,总是先敬让三分。

"红魔"之死

你别说,德、韩一战还真有点悬念。这悬念是:在一片骂声中裁判将怎样执法?

"红魔"是继续疯魔下去呢,还是被德国的"坦克"碾死?平心而论,眼下的德国队还只是一支二流球队,一脚下去不知会把球踢到哪里去。就是这样一支队伍终结了"红魔神话",因为裁判在国际众怒的巨大压力下不敢胡来了,剩下的就是韩国必败。

倘若他们十天前败,会败得体面,令人惋惜。今天则败得灰头土脸,甚至令许多人额手称庆。到此,是否该对这种引起极大争议的"红魔现象"作番小结呢?

韩国队中七号金泰映的鬼脸面具就是"红魔"的象征,刺激对方的视觉,考验对方的神经,再伴以死缠烂打,连滚带爬,把对手惹恼,熬烦,拖垮,然后乘机拿下。如果听任他们一路疯魔下去,就会让人觉得足球不再是圆的了。

这牵涉到一个根本问题:怎样理解足球?韩国人自己以及全世界都把他们的成"魔"之道,归功于荷兰教练希丁克照搬了欧洲足球的那一套,并佐以东方补药和炼狱般的魔鬼训练法。但韩国人不是欧洲人,从心灵到身体都有着诸多重大差异。中国有句老话叫"邯郸学步",你可以一时学得比邯郸人还更像邯郸人,但你还是你,永远成不了邯郸人。

韩国队挺进了四强,但在人们心目中却仍然是二流球队,甚至是准二流球队。这实际上是足球的悲哀,而韩国的荣誉就建立在这种悲哀上。韩国人却自以为荣,有相当多的中国球迷也引以为是亚洲的胜利。

亚洲确实是盛产"精神胜利法"的地方!

这也是因为对足球的理解不同,不同的理解产生不同的足球。

我们不妨做一下比较:南美洲视足球为生命,男孩儿学走路从父亲那里学到的第一个动作就是踢球。欧洲足球最功利,发明了各种各样的踢法,目的就是赢,赢了就名利双收。所以全世界的优秀球员都必须到欧洲去"赶考",在欧洲足坛上成名,就能畅行天下。最纯粹的是非洲足球,因此他们的足球也最具艺术观赏性。足球是他们表现自己的一种手段,足球的本质和他们身体的本质能力最相近。

所以,非洲没有所谓足球从弱到强的过程,他们不踢则已,一踢就能一鸣惊人。今年这个队是"黑马",明年那个队是"黑马"。这次非洲没有一个队进四强,但谁也不敢否认非洲有着众多的世界一流球星和一批准一流的球队。

人家踢的才叫"快乐足球"。有人偷来这个概念硬套到中国足球的头上。中国足球实际上是"痛苦足球"、"悲惨足球"。

亚洲根本就不可能有"快乐足球",踢的都是"政治足球",要体现什么国家利益、民族精神、政治需要……包括春风得意的韩国队,也是如此。所以亚洲的球队都是经过了四五十年的"拼搏",才摸进世界杯。这届摸进了,下一届就不知道又会被甩到哪儿去。比如朝鲜队,不就曾经打进过八强吗?现在朝鲜队的影子呢?

在亚洲"兴球"似乎比"兴国"还难。日本战后用了不到三十年便成为世界经济强国,中国改革开放才二十多年,取得的成效已令世界瞩目……而足球呢?

难道非得用当主办国的机会才能让足球"兴盛"一下吗?

看"球痴"舞球

巴西和土耳其之战,实际上是给中国队唱帽戏!

好,巴西赢了。这正是我所期望的。尽管他们还可以再多赢几个球。巴西和土耳其几天后都是我们的对手,而且谁都知道巴西要比土耳其强大得多,我何以这么地扶强欺弱呢?且听我的道理:中国队宁愿打强,也不愿打弱。跟强队遭遇,输了丢人不大,胜了却能一鸣惊人。跟弱队交锋,赢了没有太大的轰动效应,输了却越发地没面子。何况,打强大的巴西要比打无名之辈的土耳其会更容易。

为什么?因为巴西是"球痴"。或者说巴西整个就是个足球。我说这话是有根据的,一九五八年他们首次夺得大力神杯,巴西总统派专机去接他们,专机一进入巴西领空,有十六架喷气式战斗机起飞为其护航。但飞到首都的机场上空却无法降落,因为百万欢迎的人群站满了跑道,专机不得不飞到邻近的一个小城市的马路上降下来。你看巴西人是多么的随意啊,随意得又是多么可爱。首都所有的道路上都挤满了人,凯旋的英雄们无法进入总统府,人们就将贝利、迪迪等球星当球一样抛起来,然后用手臂接住、传送。球星们就在人们的手臂上被滚动了四个多小时,脚未沾地就进了总统府。其他摸不到球星的人,就抓着什么往空中抛什么,有个傻小子把自己手中的儿子给高高地抛出去了,要命的是他抛出去就忘记接了,把儿子活活给摔死。这算不算痴?

巴西人是以足球为生命的。也确实是巴西人赋予了足球以色彩和魅力。连罗纳尔多的妻子米妮,都能颠球四十五分钟让球不落地,至今还保持着颠球九小时零六分钟,颠球五万五千一百八十七次的吉尼斯纪录。自有足球以来,凡有巴西队参加的比赛,无论输赢,场面上大都很好看。今天也一样,看他们的比赛真是一种享受,时间过得很快,常常忘记此身何身,今夕何夕,有时连解说员的聒噪都听不到了。他们好像浑身都是脚,只要需要,从腰眼上、腋窝里,都可以伸出脚把球控制住。土耳其的红衣服是非常醒目的,可我常常看到球场上只有一片黄色在飞动。巴西的实力非常强大,却没有德国那么凶狠、那么逮着理不让人,要赶尽杀绝。他们是"球痴",或者叫"球仙",在场上表演的是"球舞"。他们太喜欢足球了,球到了自己脚下都舍不得传出去或把它踢进网底。所以他们从来不恃强凌弱地大比分赢人。

中国队初闯世界杯,就能跟这样的队伍一较高低,真是一件值得高兴的事。只要我们镇定自若,我行我素,在巴西的"球舞"跳得最痴迷时,适时地攻他一下,准能得手。但不要太伤他们的面子,一是心有不忍,二是会破坏绿茵场上的美感。

至于土耳其,与巴西相比他们不过是"球痞"。能进一个球就是很大的侥幸,已经占了便宜,却还是抑制不住露出一副痞子无赖相。中国队要对付土耳其也不难,只要扮演"球警"的角色即可,一身正气,凛然无畏。因为流亡无赖最怕警察。

八仙过海

　　并无多少惊人之处的土耳其,竟颠覆了人气正旺、野心勃勃的日本。但韩国的一片火海,终于葬送了老牌的意大利军团。

　　至此,世界杯进入了一道分界线,"八强"产生了,今后的比赛将更加紧张和严酷。可谓"八仙过海,各显其能",最后却只能有一支队伍夺得大力神杯,便是得道成仙。

　　当初谁能预见得到"八强"的格局是这样的呢? 这就是现实,现代足球的本质是只重结果,不在乎过程。法国走了,阿根廷走了,世界顶级巨星走了,只是当做这届杯赛的插曲被记录下来。

　　世界杯照样踢,足球还是圆的,地球没有末日,世界少了谁都行!

　　足球是没心没肺无情无义的。人们的兴趣很快就转移到这新"八强"的身上,回味他们成"仙"的历程,揣摩将来谁会过海得道?

　　这里面最有色彩、艺术品位最高的是巴西队,当之无愧是"球仙"。每个队都把能跟他们比赛引以为荣,称他们为足球大师,球缘和人缘极佳,世界上几乎没有不喜欢巴西队的,这真是一个奇迹。但巴西人除外,他们的女球迷将巴西队评为世界上最丑的球队,说人见人爱的"外星人"罗纳尔多是最丑的球星。这也非常奇特,世界所有的球迷都爱自己的队,巴西女球迷的幽默体现了巴西足球文化的强大和自信。当今世界上也唯有巴西队已经超越胜负了,他们能不能夺冠都无损于他们的荣誉和被人喜爱的程度。如果有一天巴西足球失去了光芒,足球就该改朝换代或已经灭亡了。

　　"球魂"的称誉应该属于英格兰。巴西人赋予足球以美感,英格兰赋予足球以灵魂和情感。贝克汉姆成了现代足坛上的第一大情种,迷晕了无数年轻妇女,连男人也不能不为他的魅力所倾倒。甚至连日本水族馆里的海豹,都对正播放英格兰比赛的电视画面着迷。英格兰本是传统足球的发祥地,他们永远都是足球的"种子队"——培养球员,播撒球员。同样又是以小贝为标志,宣布世界足球进入性感时代。

"球胆"——德国队,他们缺少个性魅力和幽默感,但稳重牢靠,是世界上唯一一支连续十三次杀入八强的队伍。

"球丐"——塞内加尔队,有点像武侠小说中的丐帮,势力不可小瞧,做出什么事你都不要大惊小怪,有时也很有正义感。

"球怪"——美国队,一帮愣头青,上来疯劲儿那几脚谁也难以抵挡。但总是不匀,忽冷忽热。所以穷横的波兰专门治他。这叫愣的怕横的,横的怕不要命的。

"球魔"——韩国队,他们像中了魔一样想取胜,在场上跑不死,踢不死,死缠烂打,连滚带爬,跟你玩儿了命啦!他们把许多足球以外的东西都加到足球上。韩国总统金大中三次到球场给自己的队员打气加油,可韩国的球迷却打着要让荷兰籍的教练希丁克当总统。这不仅使他们的总统尴尬,也使整个国家没有尊严。如果这就是"韩国精神",那这种"精神"未免有点可怕,如果球队输了,韩国人是不是要把希丁克给吃了?

"球精"——西班牙队,由于太精了,便显得没有个性,只剩下老牌子、老资格、老奸巨猾。

"球巫"——应该送给土耳其队,技术和战术都差点火候,却似乎会点巫术,很会占位置:在小组赛中有中国队给垫底,在八分之一决赛中又有日本队垫底,就靠这两支亚洲软柿子把自己送进了八强。

不管怎么说,这"八仙"花色多样,品种齐全,各个洲的队都有,各种风格的都有,有冷门有热门,有老马有黑马,有主角有配角……每一个"大仙"又都代表着一种地域的和民族的文化传统。表面看较量的是足球,但足球旋转的好坏与快慢,却受着足球所代表的内含的牵制。

巴西玩儿进决赛

罗纳尔多的脑袋原本是个大光蛋,只几天工夫没见,前顶多了一小片三角地,却不知上面的毛发是哪儿来的? 莫非头皮也能像草皮一样移植? 或者临时粘贴上去的? 巴西人真不愧是绿茵场上的魔术师,头像脚一样也具有非凡的魔力。在世界杯快要散戏的时候他为什么东施效颦也在脑袋上玩儿点花样呢? 这里必有缘故。

大家还记得这届世界杯开幕式上的吉祥物"阿特摩"(Atmo)吗?取缔了以往的卡通动物造型,推出了一大两小三个太空精灵。大精灵浑身金黄,两个小精灵一个蓝色,一个是紫罗兰色。据设计者解释,这三个宇宙王国的精灵是专门来为地球上的世界杯助兴,而太空精灵就是外星人。尽人皆知罗纳尔多也是"外星人",世界杯的吉祥物成了他哥们儿,这样的吉祥物就好像专为巴西队设计的,实际也只象征着他们的吉祥。所以巴西人今天晚上极端轻松,简直是玩玩闹闹地就把土耳其给收拾了。甚至可以说这届世界杯也是专为巴西举办的,其他三十一支球队全是赔本赚吆喝哄着他们玩儿的。

不信你就回忆一下,巴西从一分组就分在了一个最幸运的组,其他三个队全是给他垫底的。最倒霉的是土耳其,垫过一次不行,还要再垫一次。于是,巴西队便一路顺风顺水,由那三个太空精灵假命运之手,把其他能够跟巴西争锋的强队,都早早地就打发回家去了,只让他们象征性地在进军四强的途中遭遇了英格兰。那本应该是一场激烈的经典大战,歪打正着他们穿了蓝色球衣,跟其中的一个太空精灵是同颜色,所以轻而易举地就过关了。

眼下世界杯需要巴西,更甚于巴西需要世界杯。倘若巴西进不了决赛,让连自己人都认为只是二流水平的德国队,和四十八年没有沾过世界杯边的土耳其队去争夺大力神杯,无论谁夺冠,世界杯都将降格为"二流杯"!若真是那样的话,把世界折腾了一个多月的世界杯颜面何在?世界杯有可能从此会失去应有的规格和权威性,也就失去了魅力和号召力,往后谁还拿它当回事呢?好啦,罗纳尔多受太空精灵的启示,让脑袋上多了块三角地,轻轻松松地挺进了决赛,使这届世界杯的决赛就像个决赛了。说是巴西人拯救了世界杯,也不为过。有"外星人"的巴西队,真是好福气啊!

巴 西 队

——集万千宠爱于一身

离着大决战还有两天呢，全世界的媒体就着魔般地开始大捧特吹巴西队。说什么是巴西使足球世界恢复了理智，是巴西使世界杯变得精彩并重新赢得了荣誉……

按以往的惯例在两队交锋前，会相互先打"口水仗"。这叫在战略上藐视对手，压倒敌人。最怪的是将要跟巴西决赛的德国队，竟也上上下下地一致大讲巴西的好话，说巴西人是"艺术家"，是"梦幻组合"……主教练沃勒尔或许觉得这太长他人志气灭自己的威风，便找补了几句也要力争夺冠的意愿。但紧跟着又解释一句："世界杯冠军并不一定总是由最好的球队赢得。"这就等于承认即使德国队能够捧杯，也不是最好的球队。最好的当然是巴西。

巴西尚未赢得大力神杯，却已经被造成"球神"了——似乎巴西赢了任何队都是理所当然，任何队输给巴西都不算丢脸。这是为什么呢？这是对本届世界杯前半截"黑马"乱撞、频繁颠覆的反拨，或者可以说是报复！大家对这届世界杯不够精彩的抱怨，对裁判的不满，对大牌球星和大牌强队过早出局的惋惜，对节日即将结束的失落，都想通过歌颂巴西来得到补偿。人们对足球的喜爱以及对世界杯的种种期望，都压在了巴西人的身上。

不是巴西要当神，是足球世界需要一个神，以寄托现代世界的足球理想。巴西的"艺术足球"被神化，正是对足球商业化和过于功利化的一种抵制、一种净化。有了巴西，是足球的幸运；有了世界杯，是巴西的幸运！

悲哉，齐达内！

法国和丹麦一战，全世界都关注着齐达内，把挽救法国队的希望压在了他的身上。因此，摄像镜头对准他的时候最多，我清清楚楚地看见他满脸都是汗珠，张口喘息，神情落寞。这是他可以成神的机会，今天只有神才能做到人们期望他要做到的事情。

可惜他不是神，因为他有骨头掺肉长成的腿。有腿就有了局限，终于没有能挽狂澜于既倒。整个法兰西的悲哀，变成他一个人的悲哀！尽管他仍是法国队中踢得最好的，可能没有人会责怪他，更多的是同情。

但，一号种子队、世界杯以及欧洲杯的双料冠军粒球未进就被踢出局，人们难掩其失望和无奈。人类在最无奈的时候也最容易把人当成神。而只要把人当成神，最终失望的还是人类自身。

其实，到目前为止本届世界杯最大的特点就是明星不明，强队不强。进球多的名气不大，名气大的进球不多。世界杯看的就是巨星的光芒，这也是产生巨星的最佳时机，正如战争造就英雄一样。来到这届杯赛上的巨星们，多是吃老本，靠以前的辉煌声名，甚至是靠相貌，靠发型，靠性感魅力吸引人。足球已经成为一种时尚，正在走进性感时代……

现在来说队伍的强弱。打进世界杯的三十二支球队，除去中国队一上场任谁都能看得出是典型的弱旅，其他球队在场上能分得出胜负，却很难看出明显的强弱。包括沙特队，在第二场对喀麦隆的比赛中于场面上是不分伯仲。在初赛就被淘汰的队伍中有法国、乌拉圭、巴拉圭、斯洛文尼亚……谁敢说这是足坛上的弱军？

足球真是地球的缩影。凡是圆的东西，你就无法预测和把握它会出什么事情，不知它旋转着会滚动出什么花样？甚至，世界足坛和世界政坛也有着某种宿命般的相似之处。

一个藏在阿富汗山洞里的恐怖分子，竟把世界上最强大的美国炸得晕头转向。你说何为强，何为弱？看似强的，在某一点上弱；看似弱的，在某一点上可能强。

不管怎么说，足球又是公平的。虽然冷门迭爆，胜负难以预料，但冷是热的转化，热是冷的变形。足球表现的是最真实的东西，绿茵场上滚白球，没有隐藏。一个集体、一个团队的状态在足球场上也是没有办法隐藏的。不是说大话、造舆论、放烟幕可以掩饰的。毕竟只有一个真实的比分才有意义。

世界杯闹腾得这么大，逼着人们会思考许多东西，不能不面对许多东西，不仅是足球，还有太多太多足球以外的东西。

贝克汉姆的脚胫

太紧张、太累了。昨天的中哥之战自不必说，就是跟中国队八竿子打不着的，看着看着也会动感情、有倾向，开始从心里希望这个队赢，不愿意看到那个队输……

好在大部分球队都亮过相了，今天就抛开输赢，谈点轻松的话题。

卫冕大热门法国队，由于主将齐达内肌肉拉伤缺阵，开赛就失利，立即由热变冷。为此赌球赔了钱的人，更是恨法国队，于是便议论法国队已经在预订回程机票了——足球就是这么势利！

我奇怪，现代科技无所不能，完全克隆一个齐达内都办得到，为什么不提早为他装个铁腿肚子？或者把他拉伤的那块肌肉换成不锈钢的？

这不是开玩笑，你看人家英格兰队的王牌人物贝克汉姆，脚胫骨折，比齐达内的伤还重。可小贝的赞助商专门为他设计了一种"超级球鞋"，底部有一个特殊的凹陷，正好把受伤的脚胫保护起来。所以，在英格兰和瑞典一仗贝克汉姆就上场了。如果没有他，英格兰说不定真就完了。别看小贝的脚胫受伤，仍然像精确制导导弹的瞄准器，开出的球飞旋着去找自己队友的脑袋，不用队友再费事拿脑袋去找球。

其实又岂止是一个贝克汉姆，这届世界杯的一个重要特色就是全面用现代科技武装。用的球不用说了，叫"飞火流星"，一听这名字就够邪乎的。球星跟球接触最多的就是脚，脚上要有鞋，所以我们看比赛的时候眼睛不能光盯着球，还要留神每个球员的脚。每个队的鞋都不一样，在同一个队里的大牌球星的鞋跟其他球员的鞋也不一样。巴西的罗纳尔多和法国的亨利穿的是"金色无影鞋"。鞋底有百分之二十五的玻璃纤维,穿在脚上跟什么都没穿一样轻便,但一碰上足球,又觉得自己的双脚成了导弹发射器。

除去脚之外,跟足球接触也很多的是胸部。好,那就在球衣上做文章。喀麦隆队的球衣短袖像治丧的黑纱,紧紧贴着球员的黑色皮肤,光滑如泥鳅,让对方的球员抓不住,拉扯不起来。意大利的球衣正相反,具有极度夸张的伸缩性,只要对方的球员一拉扯,球衣就可以被拉得离开身体六十多厘米长,让裁判远远地就能看见,保证会判对方犯规,闹不好还被红牌罚下。

另一个和足球接触最多的部位就是球员的脑袋了,到目前为止还没有发现哪个球星的脑袋是假的,或在外面包了一层什么东西。这个问题恐怕要留待下一届世界杯的时候解决了。因为现在的球星要扮酷,而扮酷就得在脑袋上做文章。

球员身上的问题解决了,咱再说说外部设施。为了对付足球流氓闹事,韩、日的警察人手一把"蜘蛛枪"——能发射由强力尼龙制成的网,一次可同时网住两三个人。你不见这届杯赛上球迷格外老实吗?还有体育场内的草坪,像地毯一样随时可以撩起来或揭走,有比赛时拉进来铺上,比赛结束了再拉出去浇水、晒太阳。运动员住房里的卫生间就更绝,屁股一挨马桶音乐就响。不习惯的人要格外留神,不然会吓一跳,连屎也拉不出来了!

总之,足球的进步要靠现代科学技术来保驾护航。想来会有那么一天,在大赛开场之前,得专门成立一个机构对每个球员验明正身,是肉身,还是钢筋铁骨?是真人,还是假人,抑或半真半假?

被阉割的经典

今天下午,地球村的空气陡然变得湿润了。是女球迷的眼泪调节了气候,因为英格兰队是全世界女球迷心目中的白马王子。

哭英格兰跟送法国和阿根廷可大不一样,对后者只是惋惜,对英格兰是要动真情、真掉泪的。又岂止是女球迷,今天下午整个世界停下来两小时观看这场比赛,这才是足球的灵魂所在,体现了经典之战的魅力。

球赛尚未开始,全世界先兴奋和紧张起来了。除巴西和英格兰的球迷之外,其他人心里恐怕对哪一方出局都感到可惜。这两个队本来应该在决赛相遇的,现在就踢完了,后边还看什么呢?

一届成功的世界杯,不是光看赚了多少钱,进了多少球,出了什么样的黑马,爆了多少冷门,最关键的是要有经典之战流传下去。经典之战也需有经典球队来完成,就像巴西和英格兰,分量在那儿摆着,吸引力不可抗拒,世界为之瞩目,地球为之倾斜,空气中弥漫着浓重的经典战役的氛围。

这就是经典的效应。

大家还记得一九九〇年的世界杯吧?英格兰和意大利争夺季军之战,踢得气势磅礴,激烈而又精彩,被公认是那一届世界杯的唯一经典。使第二天的德国和阿根廷的决赛,黯然失色,备受嘲讽。

可惜,今天巴西和英格兰只踢了多半场好球,后边被当值的墨西哥裁判给扼杀了。他把巴西的小罗纳尔多红牌罚下场之后,巴西就不再进攻了,英国绅士觉得以多打少,胜之不武,精神也不能集中了。

更为重要的是，一场经典大战的经典气氛突然间被破坏了。

连我都想要骂"狗娘养的裁判"！至少这个裁判是狗脑子，这样的比赛别说可罚可不罚，就是该罚也不能罚下场。一定要保证比赛的顺畅，成全经典。

他扼杀了这场比赛，实际上等于葬送了这届世界杯的足球品位！

颠覆者的搏杀

　　这一场韩、土之争,按理说没有多大意思,季军或殿军差不了多少,顶多在出场费上有些差别。历届世界杯上的这一仗都很松弛,或许踢得比较好看,但绝谈不上紧张激烈。可韩国队和土耳其队就不一样了,他们都是第一次进入世界杯的四强,非常想再进一格,证实自己不是滥竽充数靠外力帮忙混进来的。特别是韩国队,成了这届世界杯上最遭人议论最遭人怀疑的球队,他们急于要借这一仗给自己恢复名誉。须知已是强弩之末了,还要这么功利,只会越描越黑。果然,"红魔"在场上已经毫无"魔力",踢得混乱不堪,连所谓的"韩国精神"也荡然无存。这反而证实了自己成为四强有虚,心里有虚。

　　这一仗还有一个引人瞩目的特点:韩国队和土耳其队在这届世界杯上都扮演了颠覆者的角色,两个队都是奋斗了四十多年才摸进了世界杯的决赛圈,一旦进了这个圈,就野心勃勃,横冲直撞,要改朝换代,夺权篡位。最后却功败垂成。现在这两个颠覆者相遇了——这太像历史的重演,两个本是同盟的人由于最终的目的没有达到而变为冤家,且狭路相逢。大家等着看一场好戏,可惜他们缺乏演出好戏的资本和技能,奔跑有余,精彩不足。

　　说句公道话,正是韩国、土耳其以及塞内加尔等这样一些球队,才使这届世界杯更具有时代特色,更符合时代潮流。这个时代就是颠覆的时代、叛逆的时代,儿子杀母亲,学生杀老师,反过来也有母亲杀儿子、老师杀学生的。拉登炸了美国,并不等于他就是世界最强大的;美国最强大,也不能保证就不挨炸,虽然挨了炸,却仍旧最强大。这就是当今世界的真实,而这届世界杯就表达了这种大真实。"黑马"们没有必要为提早"黑"走了许多强队、强人而心里发虚。况且他们的颠覆也并未取得最后的成功,最后还是由巴西和德国这两个传统的强队站在了最高处——他们才真正代表了足球最本质的魅力。这就是现实,颠覆归颠覆,叛逆归叛逆,但地球照样转,足球照样踢,人们仍然活得有滋有味。

变性的悲哀

尼日利亚队本来被誉为"非洲雄鹰",属于猛禽。视点高,俯冲快,防不胜防,令对手生畏。可是今天对阵阿根廷队,他们自动实施变性手术,成了非洲沙漠中的一种植物。绿衣绿裤绿袜,和绿色的草场非常协调,跑动起来煞是好看。特别是六号韦斯特,光头上还长出了两个芽。十六号索德吉下巴上钻出一片嫩叶。相当可爱,很像是为环保募捐的友谊赛。

那么阿根廷队呢? 队员个个长发披散,奔跑起来很像动物的鬃毛。场上的核心人物奥尔特加绰号"毛驴"。这不是一般的毛驴,是野驴,或者把他们叫做"疯驴"更准确。因为阿根廷队的主教练绰号叫"疯子"——他似乎屁股上有钉子,在教练席上坐不住,老是在边线外面不停地走动、咆哮,不停地喝矿泉水,又不断地吐唾沫。"疯子"加"驴",不就是"疯驴"吗?

这一来就麻烦了,"疯驴"很饿,一时却又吃不下这种非洲带刺的植物。非洲的植物虽然想用"疯驴"的血肉做自己的肥料,但又奈何不了强壮而又经常处于跑动状态的"疯驴"。所以上半场打得激烈而沉闷,杀机四伏,却谁也得不了手。

中场休息过后,"疯驴"更疯了,而尼日利亚队不仅外表像植物,心性也植物化:柔软,和善。这一下子可完了,终于被阿根廷这头"疯驴"当做饲料给吞下去了。

教训哪,不管对手多么强大,你万不可临阵变性。自己的性情一变就不是你了,这仗还怎么打? 要变也要往更凶猛更高级的位置上变,如鸟枪变炮。无论如何不能往软里变,往小里变。

今天有四场比赛,可谓烽烟四起。轮到巴拉圭和南非开战,我终于可以喘口气了。我想对大多数观众来说这也是一场轻松的球赛,没有悬念,不会为任何一方揪心,输赢只对他们交战的双方有意义。这跟两支球队的"球缘"和分量有关。一个球队的分量又不完全取决于实力。如中国队,论实力排在三十二个队的后面,但全世界都在等待着看中国队的表现。这就是分量。但南非打进了本届杯赛的第一个点球,也算是有了点纪念性。

等到英格兰和瑞典一开场,气氛立刻不一样了,全世界都兴奋起来,一下子又有了好奇心,好像都知道这会是一场不同一般的比赛,必有一场激烈的对抗。果然不错,一开哨就像是两支重型装甲兵部队在对攻,长炮轰鸣,横冲直撞。其结果却是和前面的巴拉圭与南非一样都打成了平手。

到我动手写这篇短文的时候西班牙和斯洛文尼亚还在打着。我访问过斯洛文尼亚,当时还是南斯拉夫的一个加盟共和国,我对它印象非常好。故而希望这场比赛爆冷门,有颠覆!

蚂蚁啃骨头

　　非洲有一种食肉蚁,个头并不特别大,但集结起来铺天盖地,所到之处天地一片白光光。像象群、巨蟒、野牛、狮、虎这样的猛兽,在蚁群经过之后也只剩下一堆堆的白骨。在这届世界杯上成了"红魔"的韩国队,就让我想起这种蚂蚁。论足球技术哪一个被他们打败的球队都比他们高一截,但他们能成群结伙地扑上去,围而攻之,抢而歼之,在裁判的帮助下,最后把对手一个个地都吃掉了。

　　应该说,韩国队进入十六强的过程基本上还算光明正大。虽然技术粗糙,但人们理解身为东道国所独具的天时、地利、人和的优势,赢得了一致的赞誉。跟意大利队一战,胜之不武,引起了全世界的争议。这时候相当多的人对"红魔"有了反感,这两个字也不再全是褒义。但韩国人并不知趣,越发地张扬欲望,气势骄横,完全不知道自己是老几,还利用东道国之利欺负人。在跟西班牙队比赛的前一天,就在光州体育场的大屏幕上赫然打出了已经战胜西班牙队的比分,而且还注明进球的时间。这使我不得不重新思索一条原本不相信的消息:在韩国队跟意大利队开战前,网络上风传韩国队将在开场五分钟内领先。果然在开场第四分钟,裁判给了韩国队一个点球。莫非他们对西班牙队一战的结果心里也早有底?凡事不能太过,做得太绝就不得人缘。历届世界杯,东道国或多或少总是会沾点光,但从来没有哪一届这么邪乎!

　　但,不承认"红魔"的魔力也不行,那五粒获胜的点球可是在全世界的眼皮底下踢进去的。谁都知道韩国队球员踢点球最臭,在此之前曾有两个点球都没有踢进去。到真需要点球决胜负的时候,他们居然就会踢了,这就叫运气来了挡都挡不住!同时人们也知道西班牙对点球最有把握,门将卡吉亚斯是这届世界杯上运道最好的守门员,一碰上韩国"红魔",他们的运道就全没了。真是"道高一尺,魔高一丈"。"红魔"逢"牙"就拔,他们如果就凭这股魔劲打进决赛,最后竟夺得了大力神杯,那可真是足球的不幸!

球场上的运气

土耳其队的运气太好了,在小组赛有中国队垫底,后又有日本队垫底进入八强。昨天西班牙队跟爱尔兰队熬到点球大战决胜负,西队门将卡西利亚斯神奇地扑出了爱尔兰球员的三粒点球。赛后他只总结出一句话:"我的运气太好了!"

点球太神秘,在那样的距离,面对那么巨大的门网,踢不进去无法解释,只有往运气上推。第二天,美国队又完胜墨西哥队,更是"傻小子睡凉炕——全凭火力壮"!

还有那在许多场比赛中都屡屡发生的"门柱现象"和"横梁现象":那么大的球门,那么窄的门柱和横梁,势在必进的球偏偏会被门柱和横梁给挡出来。"满贯王"法国队这次就是被门柱给打败的,第一场同塞内加尔队的比赛中两次击中门柱,以后在跟乌拉圭队和丹麦队的比赛中也各有一次。

已经有人在传,韩国队就是法国队的"百慕大",齐达内是在跟韩国队的热身赛中受的伤,世界杯偏偏又在韩国举行,法国队必败无疑。其实,瑞典和尼日利亚等许多队,也都有被门柱和横梁挡住的记录,因而过早地出局了!

既然运气无所不在,你踢得再好、跑得再快也摆脱不了运气,胜负需受其左右。那么有人想驾驭运气就不足为奇了。这次来到韩日世界杯赛场的五支非洲球队中,有四支是带了巫师的。比赛前他们特制了浴汤,里面掺进牛羊和其他动物的血,让队员们沐浴后能获得一种神奇的力量。当球员进了赛场,巫师就在看台上占卜作法,口中念念有词。唯一准备好要带而最终没有带巫师的是南非队,原因是队员们抗议巫师用同一把刀割所有队员,让大家的血流在一起,好"血往一块流,心往一处想,能众志成城"。这闹不好会感染恶病。

有的球队不带巫师还有其他办法,阿根廷队的教练别尔萨,出征前在机场大厅里郑重接受了一名教士递给他的卢汉圣母雕像。这个雕像在一九七八年和一九八六年世界杯赛期间一直摆放在阿根廷队的衣帽间里。这次是一直放在别尔萨的怀里,结果小组赛就被淘汰回家了。

意大利队的主教练特拉帕托尼,随身总带着一瓶经神父祝福过的"圣水"。在战厄瓜多尔队之前怀揣"圣水"做弥撒,就胜了。输给克罗地亚队之后赶紧用"圣水"洗手,并洒到球员的坐席上,结果就战平墨西哥队出线了。

在这届杯赛上成了传奇英雄的日本队主教练特鲁西埃,绰号就叫"白巫师"。

运气是足球的影子,它偏偏又像天气一样变幻无常。因此历届世界杯大赛都会有人请神鬼相助。上一届(一九九八)夺冠大热门英格兰队的主教练霍德尔,公开宣布聘请五十七岁的女算命师埃琳随军出征,当时曾被媒体大炒了一阵。

北方有句老话叫"倒霉上卦摊儿"!人在缺乏自信、感到命运要舍弃自己的时候最容易求助神灵。脆弱的人类总是把运气当做赐予,而实际上运气是出售,经常会把求助它的人给卖了。人们经常抱怨球场上的裁判不公,一旦把胜负交给运气,你就会发现它愈加不公!

但世界杯上什么民族都有,什么信仰都有,只要你装神弄鬼不影响他人,不干扰比赛,国际足联就不加干预。芸芸众生,慈悲为怀,世界杯者,世界悲。

世界上有什么,这个杯里就有什么,又何必大惊小怪呢?

何来荣誉之感？

好了，本届杯赛的又一支夺标大热门——阿根廷队，也被踢出局了！

他们实在是帮了中国队一个大忙，连法国、阿根廷这样的世界数一数二的强队都回家了，我们中国队也忝列其中，何其荣幸！

但中国队还有一场走过场的球要踢，最近几天国内国外一片鼓噪，且看有些报纸的大标题：《范志毅参训勇猛，渴望上场》、《国足赴汉城，为荣誉而战》……还有，米卢一再对媒体表白：他对中国队失败的"过程很满意"、"我已经完成了任务"等等。

踢了两场输了两场，丢了六个球，自己却一球未进，身为主教练他还"很满意"，那么要输到什么程度他才不满意呢？要回家了，范志毅突然"勇猛"起来，真可谓训练勇猛，上场发蒙。明天下午跟土耳其队一战，对中国队已经毫无意义，只是把形式走完，别的队还需要你这个道具。这哪里还有什么荣誉可言？说是耻辱之战还差不离儿。

如果这一仗你踢得很好，人家会说你有病，这种病叫"抽风"。该你踢好的时候不好好踢，该你回家了又成心卖弄，怎么叫人觉得这么恶心！相比之下斯洛文尼亚的表现倒更真实，更令人同情。他们已经订好了周六回国的头等舱机票，队员们却非要周四一应付完跟巴拉圭的比赛就走，没有头等舱宁愿坐经济舱也要走。他们输得不服气，对裁判的不公有意见。这还算有人的火性，像是足球运动，踢一脚能弹起来。

不服输，将来才有可能不输。

　　而中国队呢？是不是太会服输了，输得"很满意"，输得皆大欢喜！想想跟巴西的那一仗吧，电视解说员反复重复一句话：巴西上场的都是主力，这表明他们对中国队非常重视。

　　这是何等的自卑啊，唯恐人家拿你不当人！

　　岂知人家重视的世界杯，是要在你身上拿三分。当人家胜券在握的时候，你看看人家是什么表情？罗纳尔多进了球无论是他本人还是队友都没有一丝兴奋的样子了，给人的感觉是无所谓、无聊。到下半场的后二十分钟，巴西人几乎就不怎么踢了，耗到结束不失球就行了。可我们的队员呢？在赛前就抑制不住将要跟巴西球星交换球衣的兴奋，甚至让记者公开发表出来，他是几号，将跟巴西的谁谁交换……

　　他关注的不是即将到来的比赛，而是巴西球星的衣服。这是中国队的球员啊，还是巴西队的球迷？结果，比赛一结束，巴西相当多的球员根本没有要跟你交换球衣的意思，甚至连手也不握就走了。你还说人家拿你当人？

　　可中国呢？本是输了，却像赢了一场球一样高兴。说什么"虽败犹荣"啊、"踢出了中国队的水平"啊……

　　中国队的"水平"就是零比四输阵啊？这场球又"荣"在哪里呢？

　　比赛结束后大街上还响了一阵鞭炮，我无论如何都想不明白，第二天早晨去游泳，见一个人问一遍：昨天晚上放鞭炮是怎么一回事？有人说是感谢巴西，人家给咱留了面子，要不还可以再踢进去几个。

　　有人说是赌球的赢了钱。他们打赌的标准是中国队输三个球算赢，输三个球以上才算输。结果是还对国足抱有幻想的人输了钱，不拿国足当人的赢钱庆祝。

　　于是我想起了我们的"国粹"：京剧《法门寺》里的贾桂，在主人面前宁愿站着，说是站着得劲，坐着不舒服。中国足球如果想扮演"球奴"的角色，又何必非到世界杯赛上去出丑？国人似乎也该想一想：我们喜欢足球什么？足球能给我们什么？我们能给足球什么？

骂名和盛名

第十七届世界杯已经结束了，可人们还在议论这届杯赛上的裁判问题，余兴未尽，"骂兴"未尽。单从这一点看，韩日世界杯就是成功的——在眼下这个世界上挨骂或骂人成名快，骂名往往能够成就"盛名"。

比如拉登，是世界上挨骂最多的人，同时又是名气最大的人。

现代足球故意混淆传统的黑白两色，搞出个"飞火流星"来代替，正说明心里有鬼。在皮子上去掉黑色，不等于就没有黑的一面。在皮子上加一点红也不等于能遮盖得住里边的黑幕。

曾风云一时的所谓"中国第一庄"大邱庄的庄主禹作敏，有一句名言："当头的不能一碗水端平，端平了就喝不到嘴里去！"这就是说，韩日世界杯上裁判的水碗没有端平，是有人要先下嘴。不然裁判最严重的错判就不会都发生在有韩国队参加的比赛上，而且太胆大妄为，前所未闻，一错再错！连国际足联的头头也不能自圆其说，一会儿推出边裁做替罪羊，一会儿又说"主裁判的错误更令人惊讶……"

国际足联主席布拉特像说漏了嘴，于是其他官员又攻击他。很像一台戏，有的唱红脸，有的唱白脸。或许演的是苦肉计，或许真的起了内讧——请注意，安排足球比赛的人被习惯性地称为"官员"，有官员就有官场，有官场按惯例就有官场上会有的一切东西……

迫于强大的国际舆论的压力，韩国对德国的一场半决赛可以说是踢了一场干净的球。正因为干净韩国队就输了，于是韩国的足球大官郑梦准不饶了，公开指责裁判偏袒德国。他就是敢这么张嘴，以往裁判偏袒了他们,他们不吭声,他们一输球按他们的逻辑就是对方获得了裁判的照顾。看来他们的"红魔精神"不单是用于踢球,也用来对付裁判。

而郑梦准的"梦想"是通过举办世界杯,自己能成为下一届的韩国总统——这已经是这届世界杯上尽人皆知的新闻。可见裁判的错误后面,还有着很多重要内容,无须细数!

裁判的判决不能更改,这一条规矩使黑心裁判有了冒险的胆量,也使那些倒霉蛋们冤沉海底。这真是,哪个庙里都有屈死的鬼呀!

足球是"有规则的战争",裁判的价值就是维持规则,保证比赛的公平和公正。而裁判一旦黑心,规则便成了欺骗,比没有规则还坏。所有替裁判辩护的人都说同样的话:"裁判也是人,是人就会犯错误。"

大谬,裁判不是人。人只是裁判的工具。裁判需要的是一种没有感情的智慧。而这届世界杯的许多裁判,看不出有多少智慧,倒是感情很丰富。一会儿对球员做笑脸、挑拇指、拍肩膀,转脸又会对另一个人掏红牌、一脸判官的权威相,很像戏台上的三花脸。

裁判应该除去规则没有别的上司,而现在的裁判,首先就得讨好国际足联,好安排他多上几次场。还要接受各种各样的暗示和明示,交易、交换、假球、假哨……这也是不争的事实,甚至连无比辉煌的巴西足协,目前也正在吵闹着经济及政治丑闻。当今世界净土难寻,包括绿茵场上。

但,足球本身存在着法则,它对所有的人都是共通的、理性的、永恒的。裁判一旦违背了这种法则,那就成了足球的敌人,必将引起公愤。所以世界杯还没有结束,人们就在哄传某个吹黑哨的裁判被杀了!

即使这个人还活得很结实,他今后的裁判生涯恐怕也要大打折扣了。因为他忘记了,是足球运动造就了裁判,不是裁判造就了足球运动。

媒体盛事

过去人们一直把奥运会、世界杯称做"体育盛会"或"体育盛事"，现在没有人还会这样叫了。韩日世界杯被国际媒体一致称为"世界最大的媒体盛事之一"。"体育盛事"什么时候变成了"媒体盛事"呢？

细想想的确不错。世界杯办得空前盛大完全是靠媒体给炒出来的。世界杯的主要财源也是靠出卖电视转播权。所以全球每天才能有近五亿球迷通过电视观看比赛，在地球的任何一个方位都能对赛场上的每一个细节、球员的每一个动作看得清清楚楚。实话说，没有现代媒体，还真就没有现代的世界杯。

不必说那些足球强国，以足球成绩在世界名列第五十位的中国为例，中央电视台购买了全部比赛的电视转播权，各地方电视台又向央视购买国内转播权，同时世界杯期间，各台还纷纷开辟各种各样的世界杯专题节目。

另外，全国有几百家报纸，差不多每家大报在世界杯期间又都推出"世界杯特刊"。世界杯现场就更是不得了，足球大战尚未开始，媒体大战早已经硝烟弥漫，一个赛前的新闻发布会就可以吸引几百家新闻单位的记者。为了抢得新闻先机，各媒体甚至想方设法"包"下可能会出彩的球员，比如给球员送当地的手机，有些球员手里竟拿着三四个手机。而那些什么都不送的"抠门记者"，想要采访别人"包"的球员可就难了！

你看，这不是"媒体盛事"是什么？

现代世界进入传媒时代，一切无不要借助于媒体。政治靠媒体，经济靠媒体,军事行动更要靠媒体动员民众、获得舆论的支持,连美国轰炸阿富汗都能在电视上看得清清楚楚。足球又怎么能例外呢?

值得思量的是:"体育盛事"变为"媒体盛事",就说明体育的本质已经在悄悄地改变了。它要变得适应媒体,接受媒体的制约。这样的体育自然也会变得更火爆热烈,更具观赏性,大起大落,变化无常。所以,这届世界杯上数千万足球彩票的购买者,竟没有一人猜对八强的阵容。

因为"媒体盛事"必然带来信息爆炸,莫衷一是,真假难辨,人们被炸得昏头涨脑。比如眼下盛传哪个裁判被杀、哪个队搞了什么阴谋、马俊仁要出任国足主教练等等。体育是有品质的,媒体在最得意的时候也是最应该注重自己品质的时候。

否则走到了反面,失去了诚信,媒体也就不成其为媒体了。

迷幻的国足

中国足球队悄没声地从世界杯上回来了,竟像没事人似的又开始吹上了。

且看大标题:"痛并快乐"(这得看谁痛,谁快乐? 中国人痛,你们快乐!)、"十年后国足将杀入世界十强"(历来有四强、八强,十强怎么分? 真敢吹啊!)、"我们最大的收获是开阔眼界"(我每届世界杯都看,都开阔眼界。你是去踢球啊,还是去看球?)、"亚洲的巨大胜利"(借自己是亚洲人,吹捧韩、日逃避责任!)、"失败也是一种财富"(那胜利就是灾难了?)……

这就叫恬不知耻。中国的古训是知耻而近乎勇,不知耻就百药难医。光听他们吹不行,再看看国际舆论怎么评价中国足球。昨晚在汉城狂欢的韩国女球迷,一见到中国记者马上收起笑容:"中国队太差!"

许多没有到过中国的人,这次算是知道中国了,"原来就是这样啊!"北方百姓管国足叫"现世报"! 路透社采访哥队教练吉马良斯,居然用了个《我看透了中国》的标题。大意是:"我队以二比零击败了中国队,是整个中国的错误。世界杯分组的那一天,当我知道哥斯达黎加队和博拉(米卢)率领的中国队分在一组时,非常沮丧,因为他对哥队太了解,他的善变与狡猾也是我所不及的。但我在网络上看到了所有博拉将要采用的技战术以及变阵的可能性,中国的媒体将博拉的一切想法摸得一清二楚,并且在一个媒体的终端上进行了销售。这在任何一个国家的传媒中都是不可思议的事情。中国第一次走进世界杯,球员一下子从人见人骂的弃儿变成了明星,球队中的许多人都是广告明星,还有人是企业的老板。电视台甚至在出征的最后关头还要求博拉率领队员们参加庆功会。我开始为自己庆幸,中国队员拍广告、拍电视剧,他们还有多少精力投入到训练中去。在互联网上还看到中国队的内部情况非常糟,所有的队员几乎都对博拉提出了指责。中国队的队员都成了报纸的专栏作家,他们掌握着博拉和中国队的核心机密。于是我对博拉的布阵做出了针对性的布置,他们不团结,跑动不积极,失球不反抢,这给了我们很大的机会。中国队的五号范是一个挺爱吹牛的家伙,我真的搞不懂博拉为什么会让他上场?这个人整场发挥失常,我庆幸我又遇到了一个废物,就在这个人所控制的中路我们打入两个球。通过这一场比赛,我不仅看透了中国队,还看透了中国。不是我们打败了中国队,是中国队自己打败了中国队,是中国媒体打败了博拉。"

吉马良斯还只是说出了一些现象,其实并不能全怪媒体出卖米卢,是米卢有意要这样利用媒体。双方得利,谁也怪不得谁。也正是他带头出传记、拍广告、闹绯闻,又怎么约束队员?对中国足球来说,米卢就是一剂带甜味的迷幻药,迷了中国足球,也迷了中国人。

话说回来,国人中并非都不知道他是有害的迷幻药。之所以相中他、留住他,正是因为他有这种迷幻作用。根据中国足球的情势,再加上官场(政治)、情场(文化)和市场(经济)的需要,眼下正需要米卢来迷一迷,给国人制造点幻象,刺激一下,兴奋一下。

米卢这个"老足球",为了一点蝇头小利,晚节不保,也实在是可悲可叹。

实际上国际足坛的老江湖,对中国足球的情况看得一清二楚。不信就听听英国利物浦大学足球产业集团主席罗根·泰勒是怎么说:"尽管中国足球联赛为时不长,但已经沾染了现代足球运动的种种痼疾——腐败、假球、黑哨、球员工资过高……而基层业余足球运动却发展缓慢……中国的足球业还不具备一个能够产生世界级球员的运行机制。"

又是"机制"!还用我们再多说吗?

眼前发黑

别骂，别闹，反正我没有囊气一头撞死，甚至不敢说从此就不看足球了。那怎么办？给自己顺气，又不是第一次当阿Q了！中国的球迷是学者型的，冷静沉实，忍辱负重，知识渊博，对世界各个球队以及球星的情况了如指掌、倒背如流。因为我们中国人从小就一次又一次地填写各种各样的履历表，因此对外国球员的履历也记得准：身高、体重、遗传、婚否、特点、在哪儿效力……说起来都不打锛儿。平时我们不就是从这种叙述中获得一些快乐和满足吗？世界上再没有哪一个国家的球迷能达到我们这样的水准。

外国的球迷大体可分为流氓型、自我宣泄型、钓金龟婿型——即到足球场上找女婿。我不用列名单大家张口就能说出一大串国外的哪些女明星嫁给了足球运动员。那对足球运动是多大的鼓励啊！所以在开赛第一天胜了巴西的塞内加尔的教练公开宣扬他的"制胜秘诀"：是让球星们在赛前做爱。说这样"可以放松精神，睡个好觉"。我们的女球迷都是大家闺秀，含蓄幽雅，只追足球，不追球星。女明星们更是一窝蜂地都想到海外去钓金龟，有的年轻的找了个外国白胡子老头儿，有的钓上的金龟婿从外表像在逃犯、大烟鬼、屠夫——我这可不是贬低杀猪的，有猪可杀比下岗强多了。倘若再有点职业道德，不往猪肉里掺水，不把死猪、病猪当好猪卖，那就算是好屠夫。可这样一来，害得我们的球星没有一个是娶了名女人的。这时候你又想起来叫人家赢球，哪有这么便宜的事！

——我之所以这么东拉西扯，就是想把大家从失败的氛围中拉出来。足球毕竟就是足球，我们只不过是输了一场球，并没有把地球输掉，所以也不是世界末日。既然我们看球的不想一头撞死，就想看下边的比赛。在韩国踢球的也不可能今晚就卷铺盖回来，后面的两场球还得踢下去。气可鼓不可泄，有什么事等回来再说。

要说今天下午也不是全无收获，我最大的收获就是心脏经受住了考验。中国人长寿，就要感谢中国足球。今天下午许多单位放假，大学停课，开场前电视解说员又把声势造得那么大，好像一场大战要爆发，而且我们势在必得！一下子把国人的期望值提高了好几倍，当哥队破门的那一刹那，真是天旋地转，眼前发黑，犹如世界末日。我相信今天中国人的心里都堵上了一个足球！

这就对了，中国才算是有了足球气氛。有些足球强国输球之后举国痛哭，下半旗志哀。我们也非得把足球不仅仅看做是几块皮子一团气，多想想足球以外的东西，也许反而能找到中国足球的希望。

今天输了不全是坏事，给国人上了一课，不能一厢情愿地凭个人愿望梦想，足球需要的是实实在在的真功夫。对国足也可以放下一切包袱，权当跟世界强队练球，后面的比赛放脚一拼。这叫置之死地而后生。

足球的悲剧美

在这小组赛的最后一天,俄罗斯队也出局了。

结束的哨音响过之后,几个白皙英挺的俄罗斯球员脸朝下趴在草地上哭泣。

在场上格外活跃的前锋西绍夫,则低着头抹着眼泪默默地离开赛场……我的眼窝忽地一热。想起前天法国队出局后,齐达内和门将拉梅孤零零地站在场地中间,两个人面对面,手拉手,互相支撑着。满脸无奈,满脸水雾,不知是泪水,还是汗水。

我看着都心里发热,眼睛发潮。

有的人失败了也是英雄。

英雄的失败便有了一种悲壮的美。

有的人失败了什么也不是,就不能创造出这种悲怆的美感。

人们只知足球就是快乐,习惯性地把世界杯视为狂欢节。

其实,足球的魅力来自两个方面:一面是笑,一面是哭!有时候哭比笑更感人,更能深刻地表达足球的本质。

在世界杯赛上真正能笑到最后的只有一个队,其他三十一支球队都是垫底的。

不过有的早哭,有的晚哭。有的自知是技不如人,败得心服口服,也可以不哭。

所以一个优秀的球员或球队,想真正对得起足球,就要赢得英雄,输得也英雄。能够带来欢乐,也能够酿成悲剧。不要当那种娶媳妇打幡——跟着凑热闹的,有你不多,没你不少。

今天突尼斯队也出局了,有谁会为他们心热眼潮？同样,日本以小组第一的成绩出线了,也没有太让人动心。人们顶多是羡慕他们的运气太好了。

但凡世界杯,东道国的运气总是不会差。因为裁判有时会成为他们的队员。不然,为什么会有那么多的国家要打破脑袋般地争着争当主办国？

足球的性感

前天，中国首场世界杯赛失利，我昏头昏脑地在一篇短文里说了一段昏话，大意是外国的女明星们争着嫁球星，这无疑是对球星们的巨大鼓舞。而中国的女明星们想方设法嫁老外，"国脚"们备感寂寞，自然在场上就提不起精神。

不想我认识的一位名女人恰巧看到了这篇短文，昨天打电话来把我这一顿好骂！可我又不能不承认她骂得有些道理，所以在这里转述她的意见，以表示我对女明星们的歉意。

她说，你们这些男人可真会拉不出屎屎赖茅房，自己踢不过人家，反把罪责推到女人身上！再说球星会缺女人吗？没有女明星不是还有各式各样的小姐吗？那个米卢就没少赚中国姑娘的芳心，就凭他那一脸老褶，一头乱草，一会儿热吻著名女歌星，一会儿有美女经理送上交杯酒，还要怎么样？你怎么不说他把心思都用在天天做广告赚钱上了呢？在电视上一会儿举着白酒瓶子，一会儿参加别人的结婚宴席，灯红酒绿，红男绿女，这样一个人还能带出赢球的队伍？难怪咱那些球员有的弓着腰，有的缩着脖，像上了烟瘾，提不起精气神。要不就在场上嬉皮笑脸。输球后有人不就公开承认是输在精力不集中吗？这是世界杯呀！举国盼了四十多年。这时候还不能集中精力，这样的人还有救吗？就这份德行还想找女明星？

你看看日本球员，小个子，细腰身，头上一撮杂毛，下巴上几根黄毛，身上的球衫白不拉叽灰不拉叽就像屎屎裤子（普通话叫尿布），一个个灰头土脸，活脱脱一群土拨鼠。可人家的脚上功夫好，小个儿打大个儿,在九十分钟里满场飞,踢出了国家的气势,踢出了男人的魅力。所以那个中田英寿的女友换了一个又一个,而且个个都是影视明星、名歌星或名模。这叫什么?这叫本事!韩国的球员也很棒,所以那个前锋安贞焕的妻子李惠媛公开许愿:韩国队只要打进十六强,她将安排球队未婚的球员与韩国小姐妹们集体约会。她本人就是一九九九年的韩国小姐。

从这位名女人的谈话中我感到她对足球知道得还不少,就问她,莫非您也是球迷?

她直言不讳:我迷的不是球是人,如今只有在足球场上才能见到英俊挺拔、强劲有力的男人,一个赛一个,白有白的味,黑有黑的味,看一场球赛比跟萎缩的小男人待在一块舒服多了。你看人家脚上的功夫,踢出的球就跟长了眼睛的炮弹一样。那一条条长腿,结实有力,跑起来让人心动。再看看脖子上头的风光,要不就是个大光蛋,生猛刚健,性感四射。要有头发就一定有绝的,贝克汉姆的发型就像一个鸟头上的翎毛,德国队的齐格,发型像莫希干人的小头领……脑袋本是圆的,把它弄得不圆了,才显示出个性。不然为什么看台上会有那么多女球迷?

足球的魅力要靠球星来体现,球星的魅力就是性感、就是力量、就是进球!

这就是现代足球,球星有魅力,看的人就多,钱赚的就多,足球就兴旺。所以足球也要从娃娃抓起,条件差不多的,要选那些长相顺溜好看的。

她心直口快,话无遮拦,我不知会否有女球迷认同她的观点?但她提供了一种对足球的女性视角,至少让我感到新鲜,颇值得玩味。顺便提一下,在这里转引她的话已征得了她的同意,如果转引有误,责任在我。

高潮后的失落

　　真过瘾啊,巴西铸造辉煌,也给全世界带来了一个狂欢之夜!

　　除德国之外,全世界的人都希望巴西夺冠。他们果然以"桑巴艺术"击溃了德"意志",以天才战胜了实用主义,以激情淹没了理性。这就给本届世界杯一个圆满的大结局。因为这是一届最富疯狂意味的世界杯赛,但颠覆和叛逆终于没有进行到底,最后还是该得冠军的得了冠军! 在此之前,一个个"黑马"们都被说成是"创造了历史",那不过是媒体哄着他们玩儿,好让他们"黑"得更疯狂,更具观赏性。世界杯的历史,是十七个冠军的成功史,其余的都是淹没在历史尘埃中的失败者。

　　其实,任何一届世界杯,到闭幕的时候都会宣布取得了巨大的圆满成功。就像中国开大会一样,只要开幕就一定会"圆满成功"。这不是世界杯的功劳,是足球的功劳。足球已经实实在在地变成了"魔球"! 在这一个月里,全世界都在谈论足球,连联合国秘书长安南都发表讲话感谢"世界杯为纷乱的国际局势带来了一个月的安宁"。但,既然是魔,就要有始有终,有聚有散。常在魔中便是中了魔症,是一种灾难。对"魔球"不迷太亏,快乐就在迷中。却又不能太迷,太迷则丢了自己,快乐就无所依傍。你连人都找不到了,快乐何在?

　　现在戏散了,人们都回家了。球员们有的大喜,巴西人恐怕要高兴好几年。有的一半高兴一半遗憾,有的只有遗憾,有的是恨、是怨……那么看球的人收获了什么呢? 这一个月享受了刺激、兴奋、感动,促进血液循环,净化心灵;这一个月笑得最多,彻底赶跑了精神上所有的抑郁和不快；这一个月也骂得最多，可以直截地连球带人一块骂，也可以指球骂人，指人骂球，指着国内骂国外，指着国外骂国内，指着世界杯骂一切想骂的人和事……将胸中块垒宣泄得干干净净。一个普通人平时哪能这么骂啊？即便人家让你骂，你也没有那个兴致。这要感谢世界杯，世界杯、世界杯，全世界的杯，踢球的动头动脚，看球的动嘴。疯了一个月，也算是过了一个长长的狂欢节。

但，节一完却容易找不到魂儿，生活突然出现了空白，心里空落落，干什么都没有精神。现代医学管这种现象叫"后世界杯症"。有人为这种病开了一剂绝对有效的药方，当你被足球的魔力所困，世界杯散了你还沉浸在杯里恍恍惚惚，就想想中国足球，列数它的种种劣迹：假球、假哨、假繁荣、假快乐……唯独拿钱是真的，糊弄人是真的。管保你立刻清醒，知道自己此身何身，今夕何夕。明天该干什么就高高兴兴地去干什么。

天津和冠军

一九九五年五月八日晚上,王涛在第五盘中赢了瑞典的名将佩尔森之后,将手中的球拍一扔,顺势往地上一躺——这个可爱的嘎小子,使天津世乒赛出现了戏剧性场面,进入了大赛的最高潮。

天津人可以舒一口气了,这回当东道主算是当成功了。

团体赛冠军代表一个国家的整体水平。斯韦思林杯是世乒赛七个奖项中分量最重的一个奖杯。如同奥斯卡奖中的最佳影片奖。再加上中国女队先一步夺取了另一个团体冠军考比伦杯,可以说天津人承办的这次大赛,成功的大局已定。即便后面的比赛中国队员再出现某些闪失,也不妨碍这个成功的大局。当然如果一点闪失不出,那就更好,是功德圆满了。

一个城市争取到举办世界大赛的机会是幸运的,但不等于大赛就一定能成功。称得上是成功地举办了世界大赛,至少有三个重要条件:机会、一流的设备和组织水平、好运气。

前两条天津人都具备了,如果中国队员在比赛中都输了,能叫成功吗?能叫天津有运气吗?

那天津就会和失败联系在一起,永远以失败的象征留在人们的记忆里。人们会说:"兵败天津",将来要"雪天津之耻"! 爱发牢骚的人还会说多少怪话:"我早就说赢不了,对得起那么好的体育馆吗? 对得起那些维护安全的警察吗?"

也许有人说,输了球赢得了友谊也行。那是对弱者对失败者的安慰,是祖传的阿Q精神。为什么不敢批评失败,歌颂胜利! 搞得中国人赢了故作谦虚,输了强装大度,不敢大喜大悲,活得温温吞吞,甚至在社会竞争中也不前不后。

也许还有人说,不以成败论英雄。在政治上也许有失败的英雄,比如有一段时间知识分子的干部们聚在一起,喜欢谈论自己在哪一次政治运动中被整得如何惨,受了多少折磨,如何妻离子散,甚至家破人亡等等。似乎谁受得灾难越多,失败得越惨,就越光荣,越英雄。在体育竞技场上,只有胜利才是英雄,纵观世界体坛,没有一个人是因失败而成为英雄的。对于失败最好的评价是:"输得起。"有一种情况是在教练指示下,故意输给自己的战友,让战友去战胜自己没有把握战胜的对手,那顶多叫无名英雄。

没有哪一个国家的人民愿意在自己举办的世界体育大赛上看到自己的队员光输。

正如我们也曾组织过一些带点国际性的足球赛和拳击赛一样,中国队全输,老百姓说那是花钱哄着别人玩。

对这些,人们记忆犹新,中国还没有完全从一些失败的阴影中走出来。不要说马文革在老乡面前打球心里有负担,观众心里也有负担。一九九三年第四十二届世乒赛团体赛上,中国男队眼看要捧杯了,然而瑞典队是在自己的城市哥德堡打球,得地利、人和,最后还是战胜了中国队。这一次比赛地点搬到了中国天津,倘若中国男队还不能雪哥德堡之耻,天津人心里会怎么想?反正心里不舒服,会觉得对不住中国男队。所以五月六日之前,天津人只是形势热,心里并未热起来。六日以后才进入佳境,警察和气了,出租车司机不说粗话了,人们开始真正地关心那个橘红色的小球。终于等到了王涛躺在地上,等着队友们撒着欢儿来往他身上砸。

中国男队终于在天津捧回了斯韦思林杯,有王涛一份功劳、马文革一份功劳,还有一份功劳属于丁松。我欣赏丁松的性格,典型的乒坛冷面杀手。脸始终如铁板一块,喜怒忧思不形于色,少年老成,硬派小生。和王涛、马文革这两位"老将"的情绪外露形成反差,使男团决赛这台大戏色彩缤纷,波澜壮阔,让观众大饱眼福。

今后男子大赛的好戏大概就在丁松、刘国梁、孔令辉三位小将身上了。刘国梁机智活泼，发球像抡起大马勺舀水。孔令辉清雅内秀，很容易就能让观众对他有信心。是天津大赛把他们推向了世界，他们不会忘记天津，天津的球迷更不会忘记他们的。通过他们，球迷对中国男队的未来有了信心——这是天津世乒赛又一个重要的收获。

我曾在另一篇文章里说过，乒乓球是幸运之球，别看它小，却曾转动过地球，造成了中美关系的和解，让毛泽东和尼克松两个世界级的重要人物握手言和。这届世乒赛在天津举行，现在看来，天津已给乒乓球带来了好运气，但愿乒乓球也给天津带来好运气。

雅典——奥运心态

这是一种心态。不同的国家和民族，对奥运会有不同的心态。

先说希腊人的奥运心态。同样也引用希腊一位电视主持人安东尼斯·帕努索斯的话说："我们和英国人一样，希腊人也喜欢在困境中取乐，我们要么做最好的，要么做最差的，不想选择中庸之道。"

在民意调查中，希腊一直位列欧洲最傲慢的民族之首。希腊人背负着历史和神话的包袱，在膨胀的自尊心和残酷的现实之间存在着冲突，他们想要捍卫自己及其价值观，等待一个能让他们自豪的机会。雅典奥运会应该就提供了这样的机会，认为这是自希腊的亚历山大大帝征服世界以来，所做过的最重要的事情。

可他们毕竟是只有千万人口的小国，举办这么庞大的盛事，筹备工作动手最晚，准备最仓促，且一波三折，再加上关于恐怖袭击的满天谣言，几乎是难以承受的负担。

可全世界都看到了，他们举重若轻，搞得很纯粹，既然是全世界的节日就办得让所有人都很舒服，觉得这就是体育。开幕式上鼓手、乐手们像在湖边散步一样随意，恋人们在水里热吻、打滚，孩子开纸船、打小旗走来走去，很轻松自然。

甚至还有百分之四十的雅典人（约二百万人），在奥运会期间离开自己的城市，远离喧嚷和奥运会，奔向希腊岛屿上的阳光、海水和沙滩。

希腊有一颗平常心。以平常心办大奥运，才能发挥出最佳状态，激发出大想象力。

那么我们的心态怎么样呢？只举一个例子就足以说清楚。经院士们一质疑，"鸟巢"和其他北京奥运场馆便立即停工检查，举国哗然。要知道这些设计当初是"经过专家严格评审、反复比较、认真筛选，经决策部门认真研究，还吸收了普通观众的感受……"程序可以说非常完备，可这些程序到底是怎么走过来的？

我们搞这一套太容易了，只要领导表示或暗示想要一个什么样的结果，无论有多少人、走多少程序，最终一定会实现领导的意图。如果以这种奢华铺张的心态举办北京奥运会，在奥运会原宗旨"更快、更高、更强"的后面，还得再加上"更贵、更大"！

现在正是雅典奥运会进行期间，我们的媒体就经常不忘吹一下自己，得意一番。比如我眼前就摆着一份报纸，通栏的大标题是：《2008年，中国有可能金牌总数第一！》

雅典的悬念

在这个多雨的夏季,"环球同此凉热"——雅典奥运会就要开场了。这是不分种族、不分地区的盛大地球节,全世界的人都在等着瞧热闹。

这一届奥运会最有可能的大热闹,不是比赛爆冷门,而是真正的爆炸。不能不承认,奥运的故乡希腊没有赶上天时,关于恐怖分子将袭击雅典奥运会的传言满天飞扬,于是希腊政府便在雅典和其他四个奥运城市上空建立了"导弹保护伞",由爱国者导弹、毒刺导弹和隼式导弹为主干,辅以幻影2000战机和F16战机,并请求北约届时出动防原子武器和生化武器袭击的特种部队以及地中海舰队等。此外在奥运会现场还部署了七万名警察和士兵,出动近四万兵力保卫火车站、国境线等。东道国如此草木皆兵,那些能打仗和爱打仗的国家岂肯示弱,美国首先表态要派出大批武装警卫去雅典……

你说这是体育比赛呀,还是真枪实弹地打仗啊?有人说,体育是和平时期的战争,或许自雅典奥运会开始,可以去掉"和平时期"四个字,变成"体育就是战争"。

第二个热闹就是媒体大战。现代媒体可以把伊拉克战争都渲染成一部悬念迭生的好莱坞大片,何况是报道奥运会?过去人们一直把奥运会称做"体育盛会"或"体育盛事",现在没有人还会这样叫了,国际媒体一致的称呼是:"世界最大的媒体盛事(one of the world's biggest events)。"细想想的确不错。奥运会办得空前盛大完全是靠媒体炒出来的,奥运会的主要财源也是靠出卖电视转播权。所以全球每天才能有几十亿的人通过电视观看比赛,在地球的任何一个方位都能对赛场上的每一个细节、运动员的每一个动作看得清清楚楚。实话说,没有现代媒体,还真就没有现代奥运会。

现代世界已经进入传媒时代,一切无不借助于媒体,美国干脆将新闻媒介称为"第四种权力"。值得思量的是,"体育盛事"变为"媒体盛事",使体育的本质也在悄悄地发生变化,变得更加适应媒体,并接受媒体的制约。这样的体育自然也会变得更加火爆热烈和更具观赏性,大起大落,变化无常。"媒体盛事"还带来信息爆炸,什么样的说法都有,真的、假的、有意的、无意的,莫衷一是,真假难辨,人们被炸得昏头涨脑……

第三,当然,奥运会最经典的热闹还是奖牌大战。正式比赛尚未开始,全世界的人都在算计怎样瓜分这些奖牌,特别是金牌了。美国经济学家甚至能精确地预计出奖牌的分配数目:美国九十三块、俄罗斯八十三块、中国五十七块、德国五十五块、澳大利亚五十四块……但,我劝买奥运彩票的人要小心了,不要被这种预测给套住。如果奥运比赛真能像他们算的那么准,还有什么意思呢?哪个人心里不盼着自己的国家队能创造奇迹?没有企盼就没有悬念,没有悬念就没有体育。

奥运会之所以有悬念,金牌的分配不可能被准确预测,是因为奥运里有"运"。能拿多少奖牌除去实力以外还要有点运气,赛场上的各种偶然因素很多。在体育比赛中运气是无所不在的,运气是体育的影子,它偏偏又像天气一样变幻无常,飘忽不定。脆弱的人总是把运气当做上天的赐予,而实际上运气经常会把完全求助于它的人给出卖了。奥运会上什么民族都有,什么信仰都有,国与国之间千差万别,体育实力的竞争伴以个人命运和国运的碰撞,奥运会就变得丰富多彩、瞬息万变了。

第四,雅典奥运会还有一个重要的悬念,那就是钱上的赔和赚。在每一场足球比赛开始的时候,裁判都要抛硬币以决定对阵双方的进攻方向。这个细节对所有体育竞赛都具有非常的象征意味:体育离不开金钱,由金钱决定方向。金钱同时也是现代体育的强大驱动力。

一九七六年的蒙特利尔奥运会使该市的市民背上了需几十年才能还清的债务,让人们对奥运会生出恐惧之感。到一九八四年的洛杉矶奥运会就改由民间承办,便理所当然地扭亏为赢两亿多美元,使筹委会主席尤伯罗思成了那届奥运会的头号英雄,还让他雄心勃勃地参加了一次美国总统竞选。从此,各国承办奥运会都把赚钱当成了一个重要目标。可二〇〇四年的雅典奥运会,又恢复为完全由希腊政府操办,他们为此投入了八十亿欧元,希望能"先赔后赚"。

现在我们可以明白了,运动员在奥运会上争得你死我活,有哭有笑,真正不战而胜又一路笑到底的是金钱效应。体育后面有一根鞭子,这根鞭子就是钱,哪一个运动员,哪一支队伍,晋升到什么层次就拿什么奖钱,这是毋庸置疑的。现代体育首先是一种产业,其次才是什么荣誉呀、风格呀……不认识这一点,就会看不懂奥运会。

而这一次我们对奥运会的关注又不同以往,因为下一次就该轮到中国做东了。唯愿到时候我们能集天时、地利与人和于一身。

凑 热 闹

昨天晚上看女子三米板跳水的预赛,心里想的全是郭晶晶和吴敏霞谁能摘得这第二块金牌? 可看着看着就走神想到别处去了。参加预赛的共有二十五名来自世界各地的选手,她们在雅典等了十来天就为着跳这么六下。实话说我每天游完泳都要跳一会儿水,也不止六下。而她们比画完这六下就将有一多半的人得卷铺盖回家,她们中也确有那么几个选手是直着下跳,横着落水,像下饺子。我猜她们肯定更清楚自己的水平,那为什么还敢或者还要到奥运会上来呢? 这不是娶媳妇打幡——凑热闹吗?

其实又何必说别人,我们自己还不是一样? 派出了六百多人的庞大军团,撑死了能拿三十块金牌,平均二十多人一块,其中十九人是凑热闹的。说穿了奥运会也是如此,百分之九十九的人都是来凑热闹的。人喜欢热闹,没有这些人来凑,奥运会就热闹不起来。正如同娶媳妇没有喝喜酒和闹洞房的,只有一对新人静坐,那叫"幽会",不叫结婚。

看来,奥运会不过是一场热闹。

既然是热闹,光有凑热闹的不行,还必须有制造热闹的。制造出热闹来,就不愁没有来凑热闹的,然后才有了我们这些观众是看热闹的,奥运会这台大戏就可以开场了。争夺金牌就是奥运会这场大热闹的核心。所以它同样是梦工厂,是制造英雄的地方。没有英雄和天才,奥运会也不成其为奥运会。

对于凑热闹的选手来说,重在参与,过程重于结果。对于制造

492

热闹的人来说,到奥运会来就是要夺金牌,过程无所谓,结果就是一切。俄罗斯的女子撑竿跳选手伊辛巴耶娃,试跳四点七米失败,她的对手却跃过了四点七五米,她要么拿银牌,要么把横竿升到四点八米,争取金牌。她说,"我不要什么银牌、铜牌,要么是金牌,要么什么也不要!"血性上涌,心气高了身子就轻了,刚才四点七米没有跳过,又升高了十厘米反而一跃而过。观众欢呼(注意,看热闹的这时候就起作用了),她将横竿升到四点八五米,又是纵身飞过,观众沸腾。她再次将横竿升高至四点九一米,神奇地又一纵而过。新的纪录诞生。

是这些金牌英雄为奥运会制造了一个又一个的热点、看点。当然也要有失败的英雄,如瓦尔德内尔、涅莫夫,还有阿兰·约翰逊,在跨栏的跑道上摔倒,眼镜摔出老远,双手前伸,睚眦皆裂……制造了一种悲剧效果。像奥运会这般恢宏的连台大戏,自然要有正剧、喜剧、悲剧和闹剧(如服用兴奋剂夺走了奖牌又被没收之类的丑闻),也还需要各种各样的主角和配角,以及角色的转换。本来只想凑热闹,却意外地拿了奖牌,原本是铁定要争奖牌的却成了给别人凑热闹的……这就是奥运会能吸引这么多人的魅力所在。

还有,把奥运当成一场热闹来看,有些现象就好理解,就不会太别扭。比如,许多人都觉得女子十米跳台的金牌非中国的跳水才女劳丽诗莫属,结果却被澳大利亚的纽贝里夺走。另一位澳大利亚选手图尔基还捎带连铜牌也敛走了,把劳丽诗孤单单地夹在中间。澳洲的跳水怎么一下子变得这么厉害了?原来她们的教练是中国前跳水名将童辉和王和祥,闹了半天还是中国人厉害,自己人拆了自己人的墙脚。那么女子团体射箭,中国队打败中国台北队夺得决赛权,乒乓球男子双打中国战胜中国香港摘得金牌,能说是中国队欺负中国台北队和中国香港队吗?不能你输了就不自在,你赢了就没事。童辉正是这样为自己辩解的:"我对'中国人打中国人'的指责非常反感,体育说到底就是一种游戏,不要那么上纲上线。再说哪一个教练不想弟子夺金牌?"

也可以从另一个角度看这件事,在中国教练调教下,澳洲选手夺了跳水奖牌岂不见证了中国人的跳水技术和卓越的训练方法,又何必心中不快呢? 我甚至突发奇想,倘若有更多的国家聘请中国教练,有一天在奥运会上形成一种奇特的景观,在许多项目上都是中国军团和中国的"海外兵团"竞技,那岂不是更有热闹好看了?

体育的本质

奥运大赛进入第三天，尽管中国队仍然收获了一枚金牌，但国人却有些沉闷，掩饰不住的失望和焦虑。因为中国人的胃口变大了，第一天四块，第二天就应该是五块、六块或更多，再怎么也不能少于四块，这才叫"开门红"后的"满堂红"，芝麻开花——节节高。

也只有那样才对得起我们的心气、我们的运气。现在可倒好，喜讯不多，坏消息不少，羽毛球的世界一号种子、我们的夺金热门林丹被淘汰了；中国的强项男子体操，简直就如同天鹅下蛋一样纷纷从器械上往下掉；原本势头不错的女垒也败了；败得更惨的是男篮，"旗手"姚明被中途罚下场，而且情绪失控，极端沮丧，抱怨队友不敢承担责任，每遇到挫折就会放弃……这叫什么？内讧！

于是，我想谈谈什么是体育，体育的本质是什么？

体育如果只哄着一两个或极少数几个国家玩儿（不管他们有多么强大），奥运会就不会有现在这般魅力，能延续几千年不衰，且越办规模越盛大。美国厉害吧，真枪实弹地发动伊拉克战争都能呼风唤雨，他们的篮球甚至比他们的导弹还牛，号称"梦之队"，里面充满天才。昨天竟也以大比分惨败给小国波多黎各。美梦破灭，噩梦开始，教练大骂球员，承认"耻辱的历史产生了"。

这就是奥运会，让傲慢的美国人也要先搞清自己是什么？

有人说体育是和平时期的战争。奥运会上的金牌大战，争夺是异常激烈的，不可能不残酷。但残酷也有残酷的美丽和辉煌。说穿了，人类从骨子里是喜欢这种残酷的。自有人类的那一天起，争夺就从未停止过,除去人类喜爱它和需要它以外无法解释这种现象。随着人类文明的进步,大多数人对战争的杀戮和毁坏感到恐惧和厌恶,而体育既有战争的波澜壮阔和惊心动魄,又不会造成战争那样巨大的破坏,于是便受到了全人类疯狂的热爱,这其中也包括热爱体育的残酷。

金牌的争夺越是艰难,就越要争夺。奥运会对当代人类的最大贡献,就是培养了一种进取精神,以及与这种进取精神相匹配的体能,使人类免遭退化,或延缓退化。

奥运会的另一个重要魅力是它每时每刻都充满悬念,因为奥运会里有"运"。能拿多少奖牌除去实力以外还要有点运气。赛场上的各种偶然因素很多,在体育比赛中运气是无所不在的,运气是体育的影子,它偏偏又像天气一样变幻无常,飘忽不定,脆弱的人总是把运气当做上天的赐予,而实际上运气经常会把完全求助于它的人给出卖了。奥运会上什么民族都有,什么信仰都有,国与国之间千差万别,体育实力的竞争伴以个人命运和国运的碰撞,奥运会就变得丰富多彩、瞬息万变了。

其实,昨天为我们摘得了唯一一块金牌的柔道女冼东妹,已经非常生动地解释了体育的本质。她用了一个我不懂的术语叫"一本"获胜,把那个日本运动员压在身下一动不能动,别说是规定的二十五秒,我看那架势压上一天那个日本姑娘也翻不了身。赛后她回答记者说,对方撞到我的枪口上了,她上来就使"寝技",那正是我的强项。当记者问她这时候心里是怎么想的,以往运动员这时候都要说一些教练或他人事先教好的话,什么心怀世界呀之类的套话,冼东妹却不假思索地说想念丈夫,不知道他现在干什么,并立刻接过记者的手机当众给丈夫打电话……她把一种幸福感立时传导给全世界!

这就是体育。萨马兰奇好像说过,体育是生活,是生命,是健康,是友谊,是教育。所以它才是唯一能让全世界都走到一起来的强大力量!

冠 军 相

　　看奥运会比赛看多了，忽然发觉自己无师自通地懂得了一点相术，在每个项目的开赛之前，差不多就能看出谁是冠军，经过多次验证基本上八九不离十。现将我的心得公之于众，向诸方专家和有相同爱好者求教。

　　游泳冠军——细而长。身材是细的，肌肉是长的，身上的全部纤维都是长的。

　　体操冠军——黏而飘。

　　乒乓球冠军——精。精确，精细，精明，精灵，精豆子，冒精气，成精了。

　　羽毛球冠军——俏。

　　跳水冠军——笑。他们有着魔鬼的身材和天使的笑容。相貌如歪瓜裂枣者，或做派没有正形的，必不能夺冠。

　　举重冠军——女的需面有静气，眉眼清秀。男的则相貌周正。不然外国人为什么要将中国的女子举重冠军称为"杠铃美人"？别看举重是个力气活儿，却偏爱漂亮的，不信你看五十八公斤级的陈艳青和六十九公斤级的刘春红，都是秀外慧中。包括七十五公斤以上级的金牌得主唐功红，面相舒展，质直浑厚。冰冷的杠铃并不喜欢蠢得够十五个人看半月的，或惨不忍睹的。男的如张国政、石智勇，简直可以说得上是相貌堂堂了。石智勇夺冠时的后空翻，比体操队的哥们儿翻得还利索。

　　柔道冠军——狠，辣。像咱们的冼东妹，膝盖上有两根钢钉，脚上

497

有伤,摔起来却仿佛用那两根钢钉把对方钉在了地上。——七十八公斤和七十八公斤以上的刘霞和孙福明为什么没有拿金牌,因为她们眉眼柔和,脸相太善。俗话说"人善有人欺"嘛。心善了下手就软,孙福明自己也说,有实力而一时失手。心里有狠劲,实力就会翻番并打上双保险。心里无狠劲,实力就变虚。你看摔倒刘霞的那个日本选手阿部教子,活脱脱一个咸疙瘩头,抓不住,啃不动,很难缠。

射击、射箭以及所有带"射"字的冠军——面沉似水,不露声色,莫测高深,岿然不动。年纪轻轻的朱启南是这个样子。男子双向飞碟的冠军、阿联酋的马克吐姆,也是这个样子。你看他,鹰鼻子鹞眼,始终不发一言,即使是示意裁判放靶,别人都嘴发声,他却只用鼻子哼一下。除去他要消灭的目标,在整个比赛过程中他的眼睛就从不向别的人或东西瞄一下,一气打了几十枪,无一枪脱靶,获胜后吻自己的枪,牙齿坚硬且白得晃眼,像是要把枪管咬断。

还有韩国的女子射箭队。当她们剩下最后一箭的时候,还落后中国九环,真是将千钧一发系在那个叫朴成贤的女子身上,她不可能不紧张,不可能手不抖。而且她们的前九箭就只有两箭射中十环,在这最后一哆嗦了,怎么可能还射出个十环?我几乎确信这块非同一般的金牌已是中国的囊中之物了。就在这时候,我们三位十分漂亮的女射手突然喜笑颜开地相互拥抱,甚至身姿非常优美地跳起了小步舞……

我的心一下子跳到了嗓子眼儿,坏了,太沉不住气了,这必然刺激韩国人。果然,朴成贤真的射了个十环。事后有记者问她,在那种情况下你怎么能没有压力?她说,压力有,但我相信自己,当我瞄准十环的时候,我就能射出十环。我让自己的心静下来,我成功了。

可见,冠军相取决于有没有冠军魂。平时她们那套"铸造钢铁意志,克服自我恐惧"的训练方法,在关键时刻真的奏效了。

奥运会上不同的比赛项目,其冠军的特点也各不相同。但今天只能先说到这儿,以后有机会再容我细细道来。

冠军人生

体育像个时髦的女人，对一个"老"字格外敏感。所以，年龄是游荡在奥运赛场上的幽灵，它无处不在无时不在地影响着人们的情绪和评判标准。

二十公里竞走卫冕冠军王丽萍，在雅典奥运会上却只得了个第八名，圈里圈外一片同情和无奈：人家都二十八岁了，退役生了孩子，国家需要又把人家叫回来……那神情那语气就像在说一个八十八岁的人，战争打响，国难当头，又毅然从军，还要人家怎么样？

马琳输给三十九岁的瓦尔德内尔似乎格外地不应该，瓦尔德内尔就因为赢了孔令辉和马琳，虽然最后什么奖牌也没拿到，却受到英雄般的欢呼和拥戴。为什么？因为他三十九岁了。王义夫也因为已经四十四岁了，拿了一块金牌就显得极不容易，人们无数次地提到他的年龄，称呼他为"老枪"，甚至崇敬得有点过头，叫人能听出背后的潜台词：行啦，见好就收吧，别受这份罪了。

澳大利亚有位四十岁的女子跳水选手，由于生着一头黄头发，看上去比实际年龄更大些，在一群水灵灵的跳水小姑娘中格外惹眼。于是只要她出场，主持人就介绍一遍她的年龄，把她的故事重复一遍，什么出生于俄罗斯，随母改嫁到澳洲……不一而足。她当然听不到，如果听得到不抗议才怪哪。但抗议也没用，参赛必须填报年龄。可人们这么敏感她的年龄，所有的眼睛里都带着怜悯和好奇，就像揣度一个怪物，你说她还能跳得好吗？

还有那个倒霉的萨乌丁，脑袋秃得像个老大爷，尽管身材和肌肉都保持得不错,跳得也不错,却总是摆脱不了一个老字,摆脱不了人们的各种猜测:他是怎么回事?找不到别的工作?非要赖在跳板上跟水池子拼到底啦?

现在,二〇〇八年又成了运动员的一道坎儿。连彭勃、郭晶晶这样二十几岁的年轻人,夺冠后也受到主持人的追问:今后怎么打算?还参不参加北京奥运会?我大体统计了一下,在体育主持人的心里有一道杠,这道杠恐怕不是主持人发明的,它代表了官员和我们体育体制的惯例。此杠可能是以二十二岁为线,线以下的可忽略不计,凡超过二十二岁的都得要追问今后的打算。不是冠军的不问,似乎不是冠军,今后就不成问题,或有问题也不值得关注。而冠军就不同了,他们确实存在着一个"今后"的问题……

冠军的"今后"是个什么问题呢?有些冠军们获胜后都喜欢说,为此付出多大的代价都值得!可他们真正懂得什么是代价吗?这代价可不仅仅是训练的刻苦,比赛时的意志磨砺,还有拿了冠军以后的生活,有时是要以一生做代价的。赛场上的圆满和人生的圆满不是一码事。其实,从精神层面上讲,奥运夺冠本可以视做人生的大圆满。但在现实生活中,冠军未必够吃一辈子的。站在领奖台上只是一瞬,而生活是一辈子。夺冠是成就了美梦,美梦之后就是漫长的现实。而现实需要清醒,逼你清醒,如果不清醒想永远地活在美梦中,那就得在走下领奖台后立即发疯,如范进中举——这是废话。

所以奥运冠军和其他明星一样,一成名随即便要想到今后的归宿。前辈冠军们在这方面提供了太多的经验和教训,有的出国,有的当教练,有的嫁富翁,有的经商……也有的调整不好冠军和现实之间的落差,生活颇为尴尬。有些并不是冠军们不想调整自己的心理落差,而是社会现实不接受他们的调整。

为避免在奥运期间煞风景,说一个小一点的冠军的命运。如大家耳熟能详的举重大力士才力,曾获得过二十多个亚洲冠军和四十多个全国冠军。一九九七年退役后推荐他到沈阳交通局面试,虽然他很想能拿到这份当交通警察的工作,但因体重超标,容易打盹,在面试中竟睡着了,工作自然也随着他的呼噜声告吹了。后来还是妹妹花钱给他成了家。二〇〇一年终于找到了一份当门卫的工作,他满腔感激,干得兢兢业业。可刚干了两年多便死于呼吸暂停综合征。他的妻子刘成菊,也曾夺取过全国举重锦标赛的冠军,如今和父母、孩子一起住在四十平方米的一套房子里。她的收入是夏天每月七百元,冬天九百元。搬家的时候把能扔的东西都扔了,却仍然保留着那六十多块奖牌,放在显眼的地方。

冠军有大小,但心同此心,情同此情,叫大小冠军们怎么能不趁着冠军还有效应的时候想想将来呢?

"08"情 结

这真是一个沉闷的夜晚。

中国奥运军团在昨天收揽了五枚金牌之后，今天竟吃了个零蛋。自雅典奥运开赛以来，中国运动员就是这么不匀乎，忽冷忽热，时好时坏。

不过，这沉闷的夜晚并不是一无所获。我以为最大的收获，是找到了给中国队捣乱的"鬼怪"。此话怎讲？在三米板上跳水得了零蛋的彭勃、王克楠，竟面对镜头侃侃而谈："我们尽力了，请大家理解。"

"我"或"我们尽力了"——是许多中国运动员的经典台词，或曰金质盾牌。

世界顶级大赛的赛场上只有两种结果：不是赢就是输。你输了还说"尽力了"，难道你是尽力去输的？为什么一输了就先搬出让大家理解来做托辞？大家理解你就没事了？其实大家看得很清楚，倒是你没有弄清自己是什么？拿了金牌是你的，你不会分给大家，大家也不会沾光。耻辱也是你的，大家理解与否也成不了你逃避责任的托辞。

男子体操队几乎是溃不成军，输得狼狈至极。居然还大言不惭地说："先把金牌借给日本！"看来他们不仅屁股上的皮厚，不断从器械上摔下来而摔不破，脸上的皮也不薄。

这还都不算什么，最绝的要数射击运动员谭宗亮，在中国射击队揽金收银、风头正劲的情势下，他把子弹不知打到什么地方去了，未能进入决赛。就是这样一个人物也可以对着电视镜头潇洒地抱怨一番："我从来没有这样过，真是鬼使神差。"

高,他干脆把失败的责任推给了鬼神。

或许他说得不无道理,中国队老是这么忽上忽下地起伏跌宕,确像有个妖魔在捣鬼。这个妖魔就是"08"情结——什么都是二〇〇八年北京将举办奥运会。心里念着,嘴里喊着,如痴如醉,如疯如魔。"情"而成"结",就是病。

中国男女体操队在雅典奥运会上噩梦连连,打的旗号都是为二〇〇八年练兵。比如,滕海滨在预赛中从双杠上掉下来,到决赛时教练仍然还叫他做同一个动作。就如同一个刚被老虎咬伤、已经吓破了胆的人,第二天仍逼他赤手空拳去打这只老虎。这不叫练兵,这是拿新兵当炮灰。

再比如,为了给二〇〇八年练兵,将中国的女子体操变成了儿童运动。女娃娃们往奥运的赛场上一站,稚嫩可爱,却没有底蕴。没有体操所必须具备的文化和精神气质,所有的动作都将失去美感,体操的动作里有舞蹈,不美就不称其为体操,再加上频频失误就惨不忍睹了。

这种在雅典惨败的兵,到二〇〇八年就真能用得上吗?大败的阴影将沉重地压着他们的精神,折磨他们的灵魂,奥运赛场就是他们的噩梦,到四年后北京奥运会时,腿肚子不转筋就算好的。

中国的男女体操队磨练了二十多年,才磨出一种体操气质,动作有了美感,并跻身世界强队的行列。而雅典奥运会,一下子又使中国体操队倒退了十几年。奥运大赛可不是训练课,二〇〇八年也不应该成为在今天的雅典赛场上大失水准的借口。

真是"鬼使神差",我们这么大个国家,有这么多人口,经历过这么多灾难和挫折,为什么还是成熟得这么慢?为什么总是喜欢头脑发热,矫枉过正?

健康竞争

　　你注意到没有,媒体这次报道雅典奥运会漏掉了一项重要的调查,以往在报道一九九六年的亚特兰大以及二〇〇〇年的悉尼奥运会的时候,都公布过这样一些数字:在奥运会期间医院收治的心脏病人突然增加了多少,死亡率提高了多少,车祸增加了多少(皆因司机开着车听比赛实况转播)。当然也还有一些好现象,比如在奥运会期间小偷减少了多少,社会犯罪率下降了多少……这说明什么呢? 现在老百姓的心脏承受力增强了,心态健康自然,不会为奥运会血压增高、心跳加速,拿着自己的小命玩儿悬。当然,偷儿们和犯罪分子的神经也强健了不少,可能在奥运期间会照偷不误,犯罪的念头也并未打消或减弱,因此社会调查机构就难以提供奥运减少犯罪的详实数字。

　　我还注意到中国选手在赛场上拥抱的多了,女抱男,男抱女,女抱女,男抱男,老抱少,少抱老。而且会拥抱了,在全世界的观众面前拥抱得很得体、很自然,不僵硬,叫人看着不难受,比一些影视作品里拥抱得好。这说明什么? 心态洒脱而奔放。彭勃拿到金牌后同得零分的搭档王克楠一抱,这个说没有你来助阵我拿不了冠军,那个说谢谢你为我争了一口气。他们够哥们儿,够意思,也够感人。

　　还有些年轻的选手,精神松弛,心里明亮,面对记者能够说心里话,显得真实而可爱。朴实的农村姑娘唐功红,夺冠后就实话实说,拿金牌能帮助家里改善生活很高兴。十九岁的王旭把日本的王牌摔跤手滨口京子打败后,滨口如梦方醒,然后气急败坏地叫喊着在台下跳脚,她的老爹也恼羞成怒地从看台上跳下来,想爷俩一块上。听听咱们的小姑娘怎么说:"二○○八年我在北京等着你,不服咱接着摔!"当记者采访她时,张口就说:"我是早晨八九点钟的太阳!"这就对了,花已开放,该灿烂就得灿烂! 再想想李婷、孙甜甜的青春气息,一路笑到底,俏皮到底。这些年轻人在奥运会上的心态、姿态,才是中国体育的希望。

在雅典奥运会上还有个以往不多见的现象,有些运动员哭是哭、输是输,你可别以为他们真的是要死要活,天塌地陷。有些眼泪是叫记者给逼出来的、勾出来的,有些眼泪是哭给领导看的,有些眼泪是哭给观众看的。不是说眼泪是最好的武器吗?人家孩子都哭了,你还要怎么样? 最有力的证明就是他们哭过以后就笑,哭哭笑笑,哭里有笑,在以往的奥运会上从未有这么多人都是先大输,后大赢。马琳、王楠、彭勃等等,这说明他们的心态没有像他们的眼泪所表达的那么紧张。这是好事,体育就是体育,奥运会办了三千多年,还没有弄成一个世界末日!

让我不敢恭维的有两种心态:一种就是现场记者。他们比运动员还沉不住气,到处煽情,煽完运动员煽观众,典型的"皇帝不急太监急"。记者经常挂在嘴边上的话:"你是怎么想的?"输了你怎么想的?赢了你怎么想的? 非逼得输了的说出"我尽力了……",逼得赢了的热泪盈眶,然后说出"为国争光"之类的话。

再有就是我们这个体制的心态。还是先借用中央电视台主持人在奥运专题节目里讲过的一个笑话:在雅典感到是北京在承办雅典奥运会,而雅典却只像是在筹备二○○八年的北京奥运会。他的意思是说,北京的奥运会气氛以及热度,大于正在举办奥运会的雅典。

也就是说,人家娶媳妇我们想入洞房,比真正办喜事的人家闹腾得还厉害。

有人真恨不得明天就是二○○八年,可我们那个"鸟巢"不还没想好怎么改吗?"鸟巢"之所以弄成这个奶奶样儿,不正是一种心浮气躁、好大喜功的心态的结果吗? 再以这种心态办奥运,费多少钱且不说,跟老百姓的心态可相差太大了。

渐入佳境

今天早晨,我骑车去游泳,快到游泳馆时被一泳友赶上。他问:哼哼什么哪,一大清早就有这么好的兴致?我猛然意识到,自己一路都在哼着国歌!我在大街上骑着自行车很少哼哼歌,皆因马路上太脏了,到处挖沟弄得尘土飞扬。再加上汽车尾气如烟似雾,谁还有歌唱的兴致。那么今天是怎么一回事呢?只有一种解释:清晨看奥运比赛时听国歌听多了,心里还回响着那个旋律,大脑深层仍停留在兴奋状态,一蹬上车子就下意识地不知不觉地哼出了国歌的调子。

在刚刚过去的这个夜晚,对中国奥运军团来说非比寻常。这并不是说刮起了揽金的风暴,而是指涌现出了天才。涌现出天才要比收获金牌重要得多!

这个天才是十九岁的朱启南。看他的比赛,尽管是在这种奥运大赛的决战关头,仍然是一种享受。你不必将心提到嗓子眼儿,不必担心他会晕倒、他会失常,他比你更从容,更有定力。他不慌不忙,一枪是一枪,不疾不徐,恰似行云流水,浑如物我两忘。小小年纪,练射击只有四年,这四年里第一次参加全国比赛就拿了全国冠军,第一次参加亚洲比赛就拿了亚洲第一,第一次参加世界锦标赛就拿了世界第一,第一次参加奥运会就又拿金牌又创造了新的奥运会纪录。不是天才才能做到吗?

还有一对十七岁的跳水姑娘劳丽诗、李婷,名字像诗,人像诗,动作像诗,被誉为"梦幻组合"。美国人爱说他们的篮球场上"充满天才",套用他们的话说,中国的跳水队里也充满天才。衬托这一对天才姑娘的,是一对三米板的双跳运动员彭勃、王克楠,最后一跳竟稀里糊涂地滚进水里,得了个零分。这大概也算是跳水比赛中的"奇迹"了。

能发现天才,是非常难得的。有些运动员可以说很优秀,但不是天才。比如上届奥运会的男子体操团体冠军中国队,有几名很优秀的运动员,但没有一个天才。他们都是久经赛场的老将,可你对他们的表现仍毫无把握,前一个动作可能得高分,一分钟之后就会从器械上摔下来。包括俄罗斯的"冰美人"霍尔金娜,很优秀,也不是天才。现在仍留在人们记忆里的天才体操运动员,还得数以前罗马尼亚的科马内奇。

形容中国军团昨晚的势头,还可以用另外四个字:称王称霸。"称王"是指素有"蛙王"之称的罗雪娟,这又是个"智多星"式的姑娘。预赛的时候只游了个第七名,把自己藏得很深。决赛当天的中午睡了个好觉,这就是大将风度,每临大事有静气。醒来后便恢复了王者的感觉,教练说她总是在该兴奋的时候兴奋起来。在第一泳道夺得金牌并创造了新的世界纪录的,大概她是第一人。赛后在答记者问时也语出惊人:除去感谢家人、教练和喜欢自己的人外,还不忘"感谢憎恨我的人"!

"称霸"的是举重运动员石智勇和罗茂盛。举重比赛如同一场精彩的折子戏,你方唱罢我登场。什么面貌什么肤色的都有,什么表情什么姿势的都有,有的上台前教练给捏耳朵,有的上台前需要教练拍屁股,有的失误后用双手拍打自己的脸,把自己弄成个大花脸。到最后,环顾台上台下,就只剩下两个中国哥们儿在较劲了。

四十八公斤的女力士陈艳青的金牌,最富"中国特色"。无论是她的父亲还是中央电视台的主持人,都说这块金牌四年前就该是她的,那时她状态最好,由于"各种复杂的因素",没有让她去悉尼,于是她就退役去上学了。到底复杂在哪里呢? 无非就是:"说你行不行也行,说你不行行也不行。"连陈艳青自己也说,今天表现并不是很好,挺举一百三十公斤从来没有失误过,当国歌奏到一半的时候她才突然醒悟自己是奥运会的冠军了。这可真是福大命大,命里该有的,早晚都是她的。

最后还可以再用四个字形容中国奥运军团:渐入佳境。

金枪杜丽

雅典奥运会的第一块金牌——这个分量了得吗?!

更重要的是它扫清了我们满身的晦气!

由于四年后奥运会要搬到北京,我们正高兴得有点儿找不到北。啪!——这个大跟头摔的,女足竟被人家德国队灌了个八比零,这是足球的比分吗?

中国人一下子又蒙了、傻了,上下一片喊叫声:"没想到啊"、"不可能啊"……

那你想什么了?奥运的魅力就在于经常让你想不到,你认为不可能的事人家就可能!

啪!——山东姑娘杜丽,摘取了雅典奥运会的第一块金牌!

我想,今天中国要有多少人长出了一口鸟气,由衷地感谢杜丽这位镇定而略显矜持的姑娘。夸张一点说,她救了中国队。至少是救了中国队的信心和士气。

雅典奥运会的第一块,中国的第一块,她的这块金牌里含着双份的金,含着太重的国人的情。有了第一块,后面就会有第二块、第三块、第N块……我们的强项在奥运的前半截,也就是说好戏在前头,必须紧抓挠,先下手为强。

杜丽,就是我们的金牌,我们的运气!

这是国家的幸事,更是她本人的幸事,这个第一块金牌证明了她跟奥运有缘,从此将开始奥运人生。我们见过有些运动员,其实力完全可以拿金牌,可就是老跟金牌擦肩而过。可哪一个运动员不做奥运的梦？一个运动员能把自己跟奥运金牌联系在一起,才有完美的运动生涯。所以,奥运赛场是运动员寻梦的地方。

梦是美的,运动也是美的,而任何竞技都有残酷的一面,正如同人生也有其残酷性是一样的。

运动员的人生恰恰是集约的,又是放大的。集约是指他们的巅峰时期是有限的,放大是指无论他们的欢乐,还是他们的痛苦,都要放大给别人看。而且看的人越多就越壮丽。

在奥运会上圆梦,由全世界见证。是个人的,也是国家的。

——这是他们的幸福所在,也给了他们巨大的压力。

运动员在临场比赛时要尽力丢掉一切压力和负担,在生活和训练中却又不能没有压力和负担。因此,他们就很难。

许多人的失败,并不是他们的水平问题,而是承受不住这超常的压力,在关键的时刻远离了自己。体育是征服自己的战争,在运动场上的胜利者,一定是最有毅力的。

所以,体育崇拜少年。少年由于单纯,反而能够承受更大的压力。

杜丽在比赛的时候是多么的文静、沉实,那一刻她无比美丽。当她的最后一颗子弹射出后,人们看到她的表情就知道她是冠军了!

我真诚地祝福她,中国的福将,中国的金枪!

人缘和金牌缘

  运动员有许多等,最优秀的应该是:既有人缘又有金牌缘的那一类。

  比如,雅典奥运会羽毛球女子单打金牌得主张宁,不能说她是美女,可她在赛场上就非常美。气韵贤淑,品格沉静,且充满智慧,不仅在技术上能主动调动对方,气质上也征服了观众。因此她获胜之后的激动、快乐和幸福,就感染了所有人,全都跟着她一起激动、快乐和幸福。包括被请到中央电视台演播室的她的父母和准公婆,也显得质朴而自然,让人看着很舒服。在亿万电视观众面前表露感情而让人感到舒服是非常不容易的,因为电视能放大人的任何一点疏忽、缺陷和做作。如今在电视上作秀的人太多了,包括一些名人和明星,但让人觉得舒服的却很少。是张宁的球艺和心性,借大赛的氛围真正征服了奥运赛场和观众。

  赛后她绕场一周,那些中国和外国的热情观众都想近距离看看她,跟她握一下手或请她签个名,在一直缺少人气的雅典赛场我还是第一次看到如此热烈的场面。在这个竞争激烈、妒忌成性的商业时代,特别是奥运大赛的赛场上,大家居然都由衷地为她的成功而高兴,没有丝毫的眼热或眼气,这就是人缘!

  这样的运动员,这样的比赛,同时也净化了人们的情感,提升了人们的精神。大家都感到十分美好,心境变得温暖而平和,充满光明和善意。这就是体育的魅力和教化作用。

  同样也是有人缘和金牌缘的运动员,却可以表现得大不一样。像羽毛球混合双打冠军张军和高崚,让比赛充满戏剧性,赢球痛快,输球也痛快,转瞬间大起大落。尤其是张军,动作迅捷,花活不少,如裆下横抽、卧鱼扑救。在无比激烈的比赛中,他眉眼灵活,表情夸张,手脚不闲着,嘴也不闲着,整个一活猴。

但,有些运动员就只有人缘,却没有金牌缘。最典型的就是射击选手赵颜慧,在国内的成绩老是排第一,大家也都喜欢她,上届奥运会舆论炒得翻天覆地说她一准拿头一块金牌,结果大失水准名落孙山。这次又炒她,说她有了上一次的经验,这回拿金牌是板上钉钉了,结果又是空手而归。若再举中国的运动员为例,恐怕要犯忌,那就拉出俄罗斯的网球运动员库尔尼科娃做样本,她是最典型的只有人缘而没有金牌缘的选手。在世界各种网球大赛上她从来没有拿过冠军,可她的知名度却非常高,收入连续许多年都排在世界网球运动员的首位。皆因她的人缘好,有很好的广告效应,商家们便纷纷找她签约。这当然跟她的相貌不无关系。但长得招人喜欢和漂亮并不是一个概念,有些人长得太漂亮了反而招人嫉恨,缺少人缘。漂亮到受看而不遭人嫉妒,再加上内在品性的滋润,才成人缘。

也有些运动员有金牌缘而没有人缘,可以拿冠军,却不招人喜欢,在了解他的圈子内甚至让人讨厌或招恨。还有一些运动员,既无人缘也没有金牌缘,比如中国的男子足球队。

对运动员个人来说,人缘是无形的金牌,是可以享用终生的金牌。在赛场上他们受欢迎,退役后也容易有个比较好的归宿,不愁没有地方请他、要他、接纳他。

对现代体育来说,运动员的人缘好就更重要了,因为体育必须要吸引观众,越多越好。国际奥委会不是很为雅典奥运看台上的稀稀落落而头痛吗?以至于赶紧白送票也要请人来看比赛。这是为什么?没有人看的比赛,无论你怎么说都不能算是成功的,奥运会尤其需要人气。这也是北京申奥成功的一个重要原因,因为中国绝对是人气充盈。

从现代体育的市场效果来说,观众是票房收入的保证,有人看才能将电视转播权卖个价,商家才会来赞助或做广告。所以西方在挑选运动员的时候,水平差不多的就选择长相有人缘的,一个人见人爱的贝克汉姆给欧洲足球带来了多大的收益?这样说或许有人不赞成,怪我把人缘和性感搞混了。其实性感还不就是魅力?好人缘需要多种因素构成,或这个运动员女人缘多一些,或那个运动员男人缘多一些。一个有人缘的运动员可以不必太漂亮,却也不能全无魅力,否则就难以想象了。运动是美的,赛场上比的是美,动作的成功之美,参赛者的人性之美、体魄之美……

否则,他就是圣人、妖怪或外星人。

拥　抱

在赛场上拥抱变得容易了。

不知大家注意到没有,中国选手在赛场上拥抱得多了,女抱男,男抱女,女抱女,男抱男,老抱少,少抱老……而且比西方选手还要抱得多,抱得热烈。

因为西方选手平时在生活里也不缺少拥抱,经常拥抱就抱疲沓了,只是礼节性地点到为止。中国运动员就不一样了,只是近几年刚开始敢在大庭广众面前拥抱,但也局限于赛场上,正抱得兴趣盎然,淋漓尽致。

拥抱一多自然就会抱了。他们在全世界的观众面前拥抱得很得体、很自然,不僵硬,叫人看着不难受,比一些影视作品里的明星们拥抱得还好。

这说明什么? 运动员心态洒脱而奔放了。彭勃拿到金牌后同得零分的搭档王克楠一抱,这个说没有你来助阵我拿不了冠军,那个说谢谢你为我争了一口气。他们够哥们儿、够意思,也够感人。

当然也有不拥抱的。当队友变成对手,特别是到最后剩下两个中国选手争冠亚军了,我发现有那么几对哥们儿或姐们儿一下子变得形同陌路,赛完后不仅不拥抱,甚至连握手都免了,有的即便握一下也是浮皮潦草,却带出了明显的冷淡和妒意。

这也是真实的,是体育的另一面。我有一泳友,退休前曾在国家的专业队当过领队,他向我讲过一个在圈内流传了许多年的顺口溜:

拿了金牌的三只眼（头顶上多了一只）

没拿金牌的一抹黑

拿了金牌吃嘛嘛不香

没拿金牌给嘛吃嘛

……

打住，人们正沉浸在奥运所带来的欢乐之中，说这种话是不是有点煞风景？

神来之笔

神乎其神,雅典人将一个可容纳七点七万名观众的巨型体育场地变成了一个湖泊。突然从天际坠落一颗彗星,嘭地点亮了水下的奥运会五环标志。人们都说水火不容,在这里不仅水火相容,而且相映成趣,碧波荡漾之中,五环蓬蓬燃烧。紧接着湖面上又造出一座海市蜃楼,引出希腊神话中人头马身、手持长矛的海神波塞冬……

带翅膀的天使(爱神)在观众的头顶上飞来飞去,希腊文明史上的重要时刻、重要人物以及神话中的十二位大神,从灯火阑珊处乘彩车飘然而至,领头的为诸神之首宙斯和天后赫拉,下面依次是大家耳熟能详的阿波罗、雅典娜、普罗米修斯等等。

东道主出神入化地利用自己丰富的神话资源,在奥运会开幕的神圣时刻,营造了一个现代神话。神话成全了希腊的历史和文化,今天又成全了雅典奥运会。

但,我感兴趣的不是雅典奥运的开幕式本身,而是他们的思路:功夫下在立意上,创见一定是希腊独有的,新颖奇特,惊世骇俗。场面则简洁,流畅,别致,节省。

任何一届奥运会,进入各种具体项目的比赛过程,都是差不多的,规则一样,程序一样,每届奥运会之间真正不同的是开幕式,二十八届就有二十八个版本。所以各主办国无不在开幕式上下大力气,这是展现一个国家风采的绝佳机会。

一个国家靠别的出风头很容易遭恨挨骂,比如炫耀武力、显摆富有、制造事端等等。唯有在奥运会上,你有多大本事都可以使出来,风头出得越大,大家越给你鼓掌。开幕式简直就是对主办国的历史文化、民族传统、经济实力、科技水准的大检验、大展示。

难怪大家都抢着办奥运,都想借机一鸣惊人,流芳百世——在这个什么都容易"速朽"的世界上,能够"流芳百世"的人、事真的不多。但奥运会是个例外,它本身的历史已有三千多年,而且每四年都会把它的辉煌翻腾一遍,那些精彩的场景永远都被人们津津乐道。当今的文学艺术已经创造不出史诗了,世人的史诗情结便转移到奥运会上,也真的是可以把开幕式搞成史诗。

希腊人很清楚自己的优势,这优势就是他们的历史和文化。现代奥林匹克运动源自古希腊的奥林匹亚竞技会,那正是祭祀宙斯神的大节。一脉相承,雅典开幕式便在神上做足文章,以神来之笔,画龙点睛。既神秘又新奇,既传统又现代,既艺术又科学,既深含民族性又广具世界性……

《荷马史诗》所代表的古希腊的文学、艺术,柏拉图、亚里士多德的哲学,欧几里得、阿基米德、阿里斯塔克等所体现的数学和物理学成就,对古罗马和后世的欧洲乃至世界都有重要影响。现代雅典人构思奥运会开幕式的时候,正是巧妙地发挥了自己的这些优势,天上地上,神人共舞,爱海情岸,男女同欢,自由挥斥,纵横捭阖。

根据以往的经验,开幕式开好了,奥运会就算成功一半了。

当然,这要有智慧。希腊只有一千万人口,还赶不上重庆、武汉、上海,当然还有北京的人口多。但,开幕式上震撼人心的想象力,是来自大脑的开发,而不是靠奢华的铺陈和张扬。四年的时间转眼就到,我一边看着人家的开幕式,一边想我们的北京奥运开幕式该怎样构思,会选一个什么样的主题?希腊人省略了以前的开幕式上少不了的团体操,真是太有警示意味了,而我们就是喜欢炫耀人多势众和敢于大把扔钱,以弥补意识的僵硬和想象力的不足。办奥运总不至于还陷入春节晚会和人海战术的套路吧?

说说媒体

　　刘翔飞起来了,媒体疯了。用尽了世上所有赞美的词句,铺天盖地,一遍又一遍,怎么说都不过瘾,怎么说都说不够。这的确是个让人发疯、疯了也值得的日子。只是,在这疯狂般的喜庆和自豪中,带出一种骨子里的自卑,每抬一句刘翔必贬一句黄种人:黄种人田径不行,在世界短距离跑道上从来没有出现过黄皮肤……

　　刘翔参加的好像不是一百一十米跨栏赛,而是皮肤大赛。由于他是中国人,这块金牌的分量就不一般。倘若他是白人或黑人,难道这块金牌就会贬值吗?这么集中这么赤裸裸地通过对黄种人的蔑视来抬高刘翔这块金牌的价值,这是高兴得过头了,还是暴露了某种不正常?别看平时说得那么热闹,原来骨子里并不认为自己是可以和西方运动员平起平坐的,好像另外已经拿到手的二十六块金牌加在一起也抵不上这一块。

　　可是,我记得真正产生世界男女飞人的大赛是百米大战。我们在报道上淡化从来都非常引人的百米大赛,就等着突出我们占优势的一百一十米栏?这原也无可厚非。可是不要把这个说成是唯一的、最好的。刘翔是公平地有尊严地赢了世界顶尖的百米跨栏高手,成为新的跨栏王。我们对他的称颂和褒奖也要对得起这种公平和尊严,何必在皮肤上做这么多文章?看看外国媒介怎么评价他:"优雅男孩"、"漂亮的起跑"……

　　我们起哄式的吹捧对得起刘翔的"优雅"和"漂亮"吗?这让我想起在决赛前,我们的电视记者举着话筒几乎问遍每一个参加一百一十米栏决赛的选手："你认为谁能夺冠?"记者的意思很明白,希望人家都说出是刘翔。可那些外国选手偏不这样说,有的点着自己的鼻子尖说:"是我,当然是我。"老实一点的回答说不知道。在大赛前向选手这样发问合适吗? 是用心理战术故意扰乱竞技对手的心境? 在闪耀着青春气息的李婷和孙甜甜夺得女子网球双打的金牌后,记者采访竟说出这样的话:"你们真是一对黝黑黝黑的黑马!"又是在广大的电视观众面前,拿两个了不起的非常值得崇敬的姑娘的皮肤调侃。

过去人们一直把奥运会称做"体育盛会"或"体育盛事",现在没有人这样叫了,国际媒体一致的称呼是:"世界最大的媒体盛事(one of the world's biggest events)。"细想也的确不错,奥运会办得空前盛大要靠媒体炒作。奥运会的主要财源也是靠出卖电视转播权。所以全球每天才能有几十亿的人通过电视观看比赛。在地球的任何一个方位都能对赛场上的每一个细节、运动员的每一个动作看得清清楚楚。别忘了,现在比赛都现场直播,记者的言行也被看得清清楚楚。摄像机镜头能放大人的优点,比如在奥运的氛围烘托下,所有的冠军都很美,这是成功、是精神赋予他们一种光彩。但,摄像镜头也能放大人的缺点,不仅放大被采访对象的缺点,也同时放大记者的缺点。还记得全国的电视歌手大赛吗? 歌手常常被问得张口结舌,在全国电视观众面前异常尴尬,主持人和评委的胡乱点评却更出丑。不是随便什么人拿个话筒,就是"无冕之王"、"天之骄子",别忘了电视对人的文化底蕴和内在气质格外挑剔。

我觉得雅典对得起他们的神,深知"媒体盛事"可不是闹着玩儿的,一定要让全世界的人在电视里看到一个整洁幽静的雅典,一个严肃干净的奥运赛场,所以把全市两万多件广告牌统统摘掉,赛场无广告,选手的衣服上不得挂广告。而我们的中央电视台,在播放刘翔创造奇迹的节目当中插播广告,刚把"风之子"吹得神乎其神,突然刘翔用跨栏的动作去跟滕海滨抢一罐可口可乐。紧跟着中国乒乓球队的总教练蔡振华出场,手里拿着个什么产品一本正经地宣布:"我能!"

你能干什么？

我们的媒体就是这样对待奥运英雄,操办中国的"媒体盛事"？ 明星做广告是潮流,无论谁说什么都没有用,但明星们在接广告的时候最好不要光看给钱多少,稍微斟酌一下广告的内容。我欣赏航天英雄杨利伟,他也是不小的英雄吧？ 就没见他做过有损自己身份和让人感到不舒服的广告。

奥运表情

积许多年观看奥运比赛的感觉,我自以为有一个重要发现:中国运动员特别爱流泪。

"老枪"王义夫,四十四岁的东北壮汉,单手举着气手枪跟拿根草棍一样稳,在雅典奥运赛场上打下金牌后登上了领奖台,国歌一响便泪眼婆娑。他是奥运赛场上的戏剧性人物,曾有过著名的一哭:在亚特兰大奥运会上,为了保证中国队首日就能收获金牌,他带病上阵,靠吸氧把比赛撑持下来,最后以零点一环之差痛失金牌,当场昏厥。他的教练和当时在场的中国奥委会名誉主席何振梁登时就都哭了,而且哭得分外伤心。幸好王义夫很快就苏醒过来,自然也是泪水难禁,说了一句:"我尽力了。"

那一天还有大块头的姑娘孙福明,以"拼命三郎"的气势摘得了女子柔道的金牌,却立刻便现出两眼通红的女儿态。游泳姑娘乐靖宜,面对升得最高的国旗也不停地用划水很有力的手掌擦拭自己的眼泪……

中国运动员赢了哭,输了也哭,女的哭,男的也哭,领奖台上有时会泪光一片。而外国运动员虽然也有哭的,但相对要少得多。这是为什么呢?

有人说,中国运动员精神压力太大。有人说,中国人情感丰富,泪窝子浅。而电影界则流传着另一种说法:西方人有两张脸,因此拍电影好看。在他们的面皮和腮骨、眼骨之间还有段距离,这段距离可以藏得下不少的眼泪。而黄种人,就只有一张脸,面皮紧贴在腮骨和眼骨上……

我最欣赏的一种说法是："眼睛里有泪水,灵魂中就会有彩虹!"

"男儿有泪不轻弹",轻弹不是不弹,有泪该弹就得弹。从医学上讲,流泪是一种排毒。世界各个国家的人口平均寿命,都是女人高过男人。原因就在于女人比男人爱哭,眼泪流得多,身上的毒素排得较为干净。而男人往往死要面子活受罪,有了困苦尽力忍着扛着,精神和身体内的毒素就不大容易排出来。

但,中国运动员也并非人人都爱抛洒热泪,我发现跳水运动员就很少掉泪,他们的标志性表情是阳光灿烂。比如田亮和郭晶晶,各自和同伴包揽了雅典奥运会第一天的双跳仅有的两块金牌,他们的笑容照亮了世界,被誉为"跳水台上亮晶晶"。想想以前的孙叔伟和伏明霞,也是如此,定格在人们记忆里的是他们的笑脸。

我想这或许跟水有关,水乃生命之源,柔抚万物。能经常从空中翻滚到水中,那神经被水花拍打得是何等强健,皮肤被清水滋润得是何等光洁、柔滑,怎么能不亮、不美?

其实,奥运会的表情永远都是这两种:不是哭就是笑。

我当然天天都盼着能看到中国运动员的这两种表情。因为他们只有站在领奖台上,我们才能看得见他们的表情,无论哭也好,笑也好,肯定是拿奖了。输了比赛就是哭下大天来也没有人看见,只能一个人躲到没人的地方去偷着哭,即便是抽自己的嘴巴也没人管。

所以,当我们看不到自己运动员的表情了,那形势肯定是有点不妙了!

天下奥运

　　雅典奥运会落下了大幕，重新回忆开赛前各种各样的著名人物对奥运会的各种各样的预测，便显得别有意味。其中最著名的预计要算美国两个经济学家安德鲁·伯纳德和梅根·巴斯做出的奖牌分配表，他们宣称在完全不知道参赛运动员资料的情况下，根据人口基数（人口越多越有机会发掘、选拔出具有运动天赋的选手）、国内生产总值（这是一项关键指标，它决定着一个国家是否拥有培养奥运会参赛选手的经济实力）、历届奥运会成绩及主场优势等，预测出参赛国最终能获得的奖牌数。那么结果如何呢？

　　现在结果出来了，他们把他们心目中的体育大国，如美、俄、中、澳等国的奖牌数预计过高了（只有对中国的金牌数的预测比较准确），对其余国家的奖牌数预计过低了。雅典奥运会最大的特点是，奖牌的分配面扩大了，有些从来没有沾过奖牌边的国家和地区，如津巴布韦等，都实现了"历史的突破"。大家还记得那个叫易卜拉欣的摔跤手吧？获胜后竟用一个背口袋把他的教练摔倒在台上，两个人抱做一团，原来他获得的是埃及五十六年来的第一块奥运金牌。感谢希腊诸神，雅典使体育大国的优势在减弱，中小国家的竞技势头在增强。以美国为例，在一九九二年巴塞罗那奥运会上夺取了全部奖牌的百分之十三点二，这个数字到二〇〇〇年的悉尼下降为百分之十点四，在本届奥运会上则降到百分之十以下。这样的奥运才是天下人的奥运，试想，如果奖牌都叫你得，裁判也都偏向你，谁会乐意老哄着你玩儿？

　　中国还不是一样，一改在过去的奥运会上有前劲没后劲的状态，这次在雅典的表现完全符合古人对做一篇好文章的要求:"虎头、猪肚、豹尾。"在这半个月里媒介使用最多的一个词是"历史"。李婷、孙甜甜"创造了历史",刘翔"改写了历史",双人皮划艇"填补了历史",连邹市明拿了个拳击铜牌也是"突破历史"……我们是历史大国,千百年来埋在老祖宗留下的历史财富里,受用无穷。今天在一个雅典奥运会上就创造了这么多历史,也算对得起后代子孙,让他们慢慢享用吧。

希腊人仗着有神做主,表现得非常有性格,自己的运动员服了违禁药物,坚决收回奖牌。也不像有些国家那样,借着做东把自己的优势项目强塞进奥运会,说白了就是近水楼台先得月。愈演愈烈的兴奋剂丑闻,正使奥运失去纯净,过分商业化的浪潮,让人们开始留恋纯洁与神圣的奥林匹克精神。因此奥运的故乡人要还给世界一个圣洁的奥运。应该说他们做得不错。甚至在比赛以外也是如此。比如雅典人看比赛的积极性不是很高,一听说鲍威尔要来参加闭幕式,立刻拥上马路游行抗议,满街满巷,比体育馆里看比赛的人还多。鲍威尔是什么人物,不要大牌,不摆美国谱,很知趣地宣布因公务繁忙就不来看闭幕式了。轻描淡写地化解了一场矛盾,让一个本该圆满的盛会有个圆满的结局。

这届奥运会还留下一个悬念,也是中国媒体天天在嘀咕的,俄罗斯的金牌数什么时候赶上中国,能不能超过中国?论奖牌总数俄罗斯已经超过中国了,但人们更看重金牌,在金牌榜上俄罗斯一直没有赶上中国。这是为什么?西方的媒体揭开了谜底:在当今商品世界,在赛场上和在生活中做其他的事情一样,付出与收入成正比。美、中、澳、德等国都斥资十多亿美元打造自己的奥运队伍,而俄罗斯只投入了不到两亿。我们的媒体则报道,国家是投入了六十七亿人民币。还是值得的,我们现在需要精神的东西,而中国队在奥运赛场上的表现正好给国人提供了一种精神,甚至是一种信仰。

可见,任何人都不要轻易对体育赛事预言,预言必不准,这也是体育的魅力所在。最好还是多祝福,祝福我们的运动员,不管是拿了奖牌的还是没有拿奖牌的。不是还有好几位老将等着从雅典回来结婚吗?如张宁、张国政、孙福明、占旭刚等,祝他们幸福美满。

边看边记

——北京奥运札记

足球为奥运打场子

我顶着三十五度的闷热，坐在"水滴"（天津奥林匹克体育中心）里连看两场北京奥运的足球预选赛：美国对日本、荷兰对尼日利亚。

"水滴"里满是汗滴。场地上汗滴交迸，观众席上汗滴蒸腾。

我浑身湿黏，就是为了想寻找一个答案：奥运会为什么要让足球给自己打场子？狂傲的足球又为什么愿意为奥运会担当这个角色？

北京奥运会明明到八月八日的晚上才算正式开幕，可提前两天足球就先踢上了。这让我想起卖艺的先要打场子和唱大戏的在未开场之前先要打三通锣鼓，为的是吸引观众，让场子静下来。奥运会上的足球赛，起的就是打场子和敲击开场锣鼓的作用。

问题是，足球被称为"世界第一运动"，曾扬言足球就是地球，地球上有什么，足球里就有什么，足球世界杯里装的是整个世界，它的规模仅次于奥运会，但热烈和疯狂的程度并不亚于奥运会。既然足球它如此了得，又为什么会心甘情愿要为奥运会打场子呢？

足球从来不在奥运会上抢风头，其比赛的热烈和精彩程度，也略逊于自己的世界杯。甚至连过激的球迷在奥运会上闹事的都少。

这说明奥运会镇得住足球。

足球再精彩、再激烈，毕竟只是一项单一的体育运动。而奥运会则多了一种大气和庄重，有自己的信仰、理念和追求，形成一种庞大的文化现象。是当今世界上唯一具有能让全世界走到一起的力量和魅力的竞技盛会。

精彩而激烈的足球运动,拥有最广大的观众,由它为奥运会打场子是再合适不过了。这也恰好验证了奥运会强大的力量和魅力,体现了世界体坛的大和谐。

人们之所以这么喜欢和看重奥运,就在于它代表了现代世界的一种潮流和追求:和平康宁,团结兴盛。

人们希望世界能像奥运会这样相处。

而奥运会不过是为现代人类社会在打一个好场子。

好　兆

北京奥运在天津开场,真是选对了地方。

天津——说白了就是顺乎天意的渡口,是北京奥运大成功的过渡。

古时洛阳曾有过"天津桥",天河之中有九星,能占据天河就叫"天津"。中国女足在天津以二比一战胜了强大的瑞典队,这是一场美妙的胜利。送给北京奥运会一个"开门红",鼓舞了国人的信心,是个大大的吉兆!

天津确实是北京奥运的福地!

在北京奥运会即将开幕的关键时刻,中国女足成了北京奥运的"吉祥物",国人捧着这样一个吉祥物迎接明晚的开幕,心中是何等的惬意呀!

期待了百年之久的中国奥运之梦,终于梦想成真。在整个奥运期间真正能称得上是"世界同乐"的一场大戏,唯有开幕式。此时人人心里都怀有希望,谁都可以做英雄状,有心境享受这大战前的亮相、狂欢、微笑和碰杯。开幕式之后就进入紧张、激烈,乃至是残酷的争夺。到闭幕式时就只是胜利者的狂欢了,其他人都各有滋味在心头,脸上有笑也勉强。

其实,开幕式也是一场比赛。举办国要不遗余力地和以前的开幕式比,裁判就是现场的运动员和观众,还有全世界的电视观众。具体比赛是运动员的事,开幕式可是国与国之间较劲,要展示自己的国力、科技和经济成果,充分表现民族的文化和智慧。同时还要艺术性高,要独特,要精彩,要一鸣惊人,要给全世界留下深刻印象。

任何一届奥运会,进入各种具体项目的比赛过程,都是差不多的,规则一样,程序一样。每届奥运会之间真正不同的是开幕式,现代奥运会办二十九届,就有二十九个版本。所以各主办国无不在开幕式上下大力气,这是展现一个国家风采的绝佳机会。

一个国家靠别的出风头很容易遭恨挨骂,比如炫耀武力、显摆富有、制造事端等等。唯有在奥运会上,你有多大本事都可以使出来,风头出得越大,大家越给你鼓掌。开幕式简直就是对主办国的历史文化、民族传统、经济实力、科技水准的大检验、大展示。

难怪大家都抢着办奥运,都想借机一鸣惊人,流芳百世。

在这个什么都容易"速朽"的世界上,能够"流芳百世"的人事真的不多。但奥运会是个例外,它本身的历史已有三千年,而且每四年都会把它的辉煌翻腾一遍,那些精彩的场景永远都被人们津津乐道。当今的文学艺术已经创造不出史诗了,世人的史诗情结便转移到奥运会上,也真的是可以把开幕式搞成史诗。

根据以往的经验,开幕式开好了,奥运会就算成功一半了。

所以,中国女足在天津的胜利,让我们有理由相信,北京奥运会的好运,已经启动了!

北京笑了

北京奥运会的开幕式让人惊奇的地方不少。比如:用烟火在空中组成了二十九个巨大的脚印,从远处走向鸟巢;优美的"墨人作画";对古人四大发明的表现等等。

但,一个成功的开幕式还是要取决于能感动人。北京奥运会的开幕式,最让人感动的是,展现了二〇〇八张世界各族儿童的真实笑脸,纯洁烂漫,可爱至极。刹那间构成了极富感染力的幽默感,哄然一声引发了无边无际的笑声……

场地上的孩子们笑了,看台上的九万名观众笑了,包括来自世界各地八十多个国家的首脑,还有全球四十亿电视观众,也会情不自禁地露出笑容。

可以说,在这一刻全世界都笑了。

能让世界有此一笑,而且是在同一时刻,这就是开幕式的成功。是北京奥运的巨大成功。它实现了北京奥运的理念:"同一个世界,同一个梦想。"

它印证了一个事实:奥林匹克运动的本质是给世界提供和平与快乐!

能让环球有此一笑,是容易的事吗?

北京为了争得第二十九届奥运会的举办权,在国际上经过了"十年游说",顶住了各种各样的争议,尽心竭力地建设了十年直至开幕的一刻……当前面那二十九个"大脚印"跨进二〇〇八年的时候,国内又灾祸频仍,或者冰封雪冻,或者骚乱成凶,或者山崩地裂……甚至开幕在即,还要提心吊胆,害怕天降大雨扫了兴,防备恐怖分子来捣乱,有多少人忧心忡忡,或者是累得不会笑了。

终于,盼到开幕式以惊世骇俗的气势开场了。人们悬到嗓子眼儿的心,踏踏实实地放回原处,人人扬眉吐气。随后乐声一起,灯光一亮,国人一片惊呼,我相信整个世界也会一片惊奇:

北京这么漂亮啊!

鸟巢这么漂亮啊!

谁能想得到?

我们能在这一刻,借奥运会的开幕式把北京真实地展示给世界,把中国真实地展示给世界,就够了。

今天晚上,北京笑了。

灯光璀璨的鸟巢,也变成了一张巨大的笑脸,对着世界笑了,对着国人笑了,对着历史笑了,对着未来笑了。

没有比开幕式上九万多张笑脸更动人的了,也没有比北京的笑容更美的了。会笑的人不只是和善,还是幸福的。特别是克服了种种险阻的人,笑得会更好。

奥 运 泪

自北京奥运会开赛以来,今天看男子体操决赛是我第一次眼潮。中国小将邹凯(教练安排他最后一个上场真是妙,"邹凯"者,"奏凯"也!)漂亮地完成了全套单杠动作、稳稳落地之后,整个体操馆一片沸腾,紧跟着也有一片泪光闪烁!

先是中国体操队资深教头张健、黄玉斌师徒,相拥而泣。继而是体操队的队员们抱成一团,哭成一团……我看电视直播都哭了,相信当时的体操馆里定是"泪飞顿作倾盆雨"。这是喜泪,是成功之泪、欢庆之泪。

还有伤心之泪、痛悔之泪。杜丽射飞首金后一路流泪,回到更衣室便控制不住地大哭。大到什么程度?眼泪是爆发般地倾泻。第二天朱启南得了银牌,按理说也算不错了,却仍然泪流不止。有人说中国运动员特别爱哭,赢了哭,输了也哭,女的哭,男的也哭。而且这种哭是有传统的。比如现在的国家射击队教练、著名的"老枪"王义夫,四十八岁的东北壮汉,单手举着气手枪跟拿根草棍一样稳,四年前在雅典奥运赛场上打下金牌后登上了领奖台,国歌一响便泪眼婆娑。

人们很简单地把这种现象归结为,中国运动员精神压力太大。再加上中国人情感丰富,本来在生理上泪窝子就浅。

"男儿有泪不轻弹",轻弹不是不弹,有泪该弹就得弹。特别是在奥运赛场上,不管男女,有泪自管弹!外国人也一样,前天女子气手枪的银牌得主,是一位北欧三十三岁的老运动员,站到领奖台上时两眼都哭得红红的。韩国的朴泰桓游泳夺冠后父母在看台上几乎哭倒。昨天巴西六十五公斤柔道选手的母亲,看到儿子拿了铜牌竟高兴得哭昏过去……

奥运会必须有眼泪伴随,越是成功的奥运会,眼泪就越多。这也正是当今世界如此热烈地喜欢和重视奥运会的原因。据世界卫生组织公布的数字:"全球共有五亿人患有精神疾病,仅神经官能症患者就有二点五亿,精神分裂症为一点五亿……"我敢说,若无奥运会,这个数字恐怕还要加大。

我上午看男子体操决赛,有一种强烈的印象:漂亮的人物,漂亮的动作,漂亮的比赛,对所有看客都是一种身心大享受,是心理的大清洁,精神的大愉悦,可使灵魂干干净净,阳光灿烂。从医学上讲正是这样,流泪是一种排毒。

世界各个国家的人口平均寿命,都是女人高过男人。原因就在于女人比男人爱哭,眼泪流得多,身上的毒素排得较为干净。而男人往往死要面子活受罪,有了困苦尽力忍着扛着,精神和身体内的毒素就不大容易排出来。

但,中国运动员也并非人人都爱抛洒热泪,我发现跳水运动员就很少掉泪,他们的标志性表情是微笑,他们的笑容照亮了世界。想想以前的孙叔伟和伏明霞,也是如此,定格在人们记忆里的是他们的笑脸。我想这或许跟水有关,水乃生命之源,柔抚万物。能经常从空中翻滚到水中,那神经被水花拍打得是何等强健,皮肤被清水滋润得是何等光洁、柔滑,怎么能不亮、不美?

赛场上的细节

闭眼的神秘威力。凡是上场前闭会儿眼的,都拿了金牌,而且拿得非常漂亮,让别人目瞪口呆。中国女子体操队的六个小姑娘,临到谁上场都要提前先闭一会儿眼睛,有的还口中念念有词。我猜了一天,都无法猜出她们都嘟囔了些什么?反正再睁开眼后,便精神大振,且沉稳自信。待圆满地完成自己的整套动作,接受完教练和同伴的祝贺后,便顾不得高兴,赶忙为下一个上场的队友喷杠子、抹粉子……做好一切上场前的服务工作。因为下一个要上场的队友，正在闭着眼睛修炼内功。于是她们令人信服地创造了纪录，摘得了沉甸甸的团体金牌。

不光是女子体操队有此绝招，神奇的女力士刘春红也会此功，上场前一定要闭上眼睛静默一会儿。再睁开眼时便有如神助，第一把就举起了金牌，第二把打破世界纪录，第三把刷新自己刚创造的世界纪录。把把都有惊人之举，举了六把，五破世界纪录。再想想昨天同样是六十九公斤级的男子举重赛，简直是屁滚尿流、惨不忍睹，有被杠铃压倒在台上的，有压坏了脚的，还有临场怯阵放弃比赛的……当然他们也都一直睁着眼睛。

八月十三日的北京奥运赛场上，"老少配"最风光。其中最耀眼、金牌分量也最重的，是中国女子体操队，只有队长程菲，是参加过奥运会的二十岁老将。其余的五名队员，全是第一次参加奥运会的新手。男子双人三米板跳水冠军，也是"老少配"。二十九岁的王峰是奥运会的老选手，他的搭档秦凯则是新手，但看上去还像哥俩。而俄罗斯组合，看上去完全像爷俩，三十四岁的萨乌丁，是参加过五届奥运会的老将，光着个大脑袋，跟刚二十岁左右的新手搭档，就成了这届奥运上最典型的"老少绝配"。爷俩能收获一枚银牌，也算相当圆满。我由衷地祝福萨乌丁中校，退役前能实现自己的愿望：晋升为上校。

成就辉煌的脚。在女子体操团体决赛中，美国队以二分之差屈居亚军，队中的一号主力、去年的世界体操锦标赛全能冠军肖恩，只有十六岁，参加了全部项目的比赛，且表现十分出色。特别是在平衡木上的表演，无论是前跳后翻，左旋右转，两只脚都像牢牢地钉在了平衡木上。她的比赛结束后，人们都盯着电子记分牌，当看到她得了高分，想寻找她时却看不到人了，最后还是记者的摄像机镜头找到了她。她坐在一个角落的地板上，解开了缠在脚上的白布，给脚板流血的地方粘上创可贴……正龇牙咧嘴，猛然发现记者的镜头，便赶紧做微笑状，友好地腾出一只手做职业性摆动。

掌声中的孤独。程菲比赛中从平衡木上掉了下来，但她后面的动作完成得非常好，最终还得了十五分多。下场后跟教练握了手，就一个人默默地坐到一边,满脸沮丧和懊悔。这时候所有的人都聚精会神地关注着场上的比赛,生怕受她失误的影响再出现闪失,因此没有人过来安慰她。其实此时的任何安慰都没有用,或许还更坏。当程菲之后的两名队员都出色地完成了自己的动作后,跟教练和其他队友又是拥抱,又是俏皮地相互撞肩膀,大家都在欢庆胜利。只有程菲一个人在旁边默默地看着这一切,神情无比孤独。到下一项是自由体操,程菲是最后一个出场,恰好为她选的音乐是钢琴协奏曲《黄河》,奔腾、激昂、刚烈,正符合程菲此时的心境,她完成得非常成功,胜利一下子就驱散了她心头的沮丧和孤独,融入到欢乐和温暖的集体中。美国队的主力范克拉莫妮,也从平衡木上掉下来了,本来可以借下一个项目的胜利驱散沮丧,不幸她又在自由体操中失误,坐到了地上。直到后来站上领奖台,她仍然一脸的孤独和落寞,好像美国队经过集体拼搏才获得的银牌,与她无关。我想得到,只有在下一届奥运会,她为美国队争回了金牌,才能彻底驱散她心中的愧疚和孤独。否则,她或许会懊悔和孤独终生。

"小将"与"福将"

北京奥运会已经开赛四天了,中国军团却仍然走不出"第一次现象"。

此话怎讲?

在赛前寄予厚望的老将,有些认为是十拿九稳能夺金牌的项目,甚至在他们的家乡都做好了庆祝的准备,不想却纷纷败阵,让国人以及他们自己大失所望。比如吊足了国人胃口的第一块金牌,似乎是中国军团的囊中之物,而且还打了"双保险";比如女子击剑,上届以一剑之差失金,而且就是那一剑也存在巨大争议,我们认为是裁判误判,此后便取得了一系列的世界第一,同样也是打了"双保险";还有著名的男子三剑客、男子射击,也都是"双保险"、"三保险",结果都是纷纷失利。谭宗亮参加过四届奥运会,今天本来可以摘得金牌,却只得了第三,他竟说出了"愧对祖国培养"这么严重的话。甚至连我们的羽毛球女双，上届的奥运冠军杨维、张洁雯，也莫名其妙地被一对并无惊人之技的日本选手淘汰！

到我动笔写这篇短文的时候，中国队获得的十一枚金牌中，有七枚半是第一次上奥运赛场的小将拿的，所以叫"第一次现象"。

这些小将在登上奥运冠军领奖台以前，没有人知道他们。他们当然也是为了争金牌而来，但没有多少精神负担，有的只是动力。男子十米台跳水冠军林跃、火亮，分别是十七岁和十九岁。女子十米台跳水金牌搭档陈若琳、王鑫，刚刚十六岁，宛若一对精灵。王鑫的"鑫"字就是一堆金牌。想起当年郭晶晶第一次拿双人金牌时，记者称她们是伟大的运动员，郭晶晶说："什么伟大的运动员，就是俩小孩儿！"正是这种"俩小孩儿"的心态才成就了伟大的运动员。

五十六公斤级举重金牌得主龙清泉，还未满十八岁，愣头愣脑地说："我不知道什么叫害怕。"男子气手枪冠军庞伟甚至反问记者："我为什么要害怕？准备了那么长时间，终于盼到了这一天，我把它当做一个节日。"

这让我想起上学的时候，好学生和差学生的区别，就在于对待考试的态度上。功课好的学生，临到考试就像过节一样兴奋和快乐，成绩差的学生则如过鬼门关。庞伟的教练王义夫说他"有一种天生的气质，是为大场面而生的选手"。这种气质或许可以从他母亲身上去寻找根源。有些被认为是夺金热门的运动员，金牌还没有到手家里已经坐满了领导干部和记者。而庞伟的母亲，知道儿子得了奥运金牌后"也没说什么祝贺的话"。当被问及难道不高兴吗？才回答说："挺高兴的。"

母亲将奥运大赛看得如此平常，儿子还能有多大的压力呢？

而女子气手枪的奥运冠军郭文珺，自称"特拧，有事钻进去出不来"。如果她瞄准了枪靶的中心也钻不出来，那就是莫大的优势了！看她的发型就知道是个极有个性的女孩儿，加上内向，曾离开射击队外出打工。因祸得福，在外面漂了一年后变得成熟了，这成了她人生的转折，经教练苦劝再拿起枪时，她的个性就成了射击上的优势，不服输,也很难受他人影响,具备了一个优秀的射击运动员必备的素质。

陈燮霞就更厉害,早晨八点钟称体重,然后是决战,头一天晚上她九点钟就睡着了,比教练规定的时间还早了半小时,一直睡到早上六点二十分,闹铃响了还不想睁眼起床,直到教练来催。这样的心理素质,这样的精力储备,到了赛场上怎么会不如猛虎下山?

这就是北京奥运开赛前三天的金牌小将。

而老将也并非全军覆没,有些老将已经成了"福将"。比如冼冬妹,五次退役又五次奉命复出,复出后又五次夺冠,三次全国冠军,两次奥运冠军,至今左膝上还有三枚钢钉,用以固定膑骨。她成就了一段传奇,也因此成了奥运精神的化身,成了柔道场上的"福将"。

比如郭晶晶,年纪轻轻的跳水女皇已经是参加过四届奥运会的元老了。她的搭档吴敏霞在接受记者采访时一口一个郭姐如何如何……两个人站在漂亮的领奖台上时,颁奖官员没有把金牌的绶带给吴敏霞戴好,郭晶晶便自然而亲近地帮她把队服的领子翻起,将金牌绶带压在底下,整理服帖。全世界的人通过摄像机镜头看到了这个让人心里很舒服的细节,这就是福将。有福将的中国跳水队,从来没有让国人失望过。

在历届奥运会上,跳水队都是中国军团的"福将"。

再比如王义夫,还有以前邓亚萍、李宁等等,也都是中国体坛的"福将"。正因为有了这些福将,中国体坛才有今天这番景象。所有"福将"不只是给体育带来福气,自己也大都会有个圆满的归宿。

像杜丽、朱启南等,在上一届奥运会上他们也是小将,成了老将之后就要挺住,要继续修炼自己,争取成为"福将"。前面说到的那几位金牌小将也一样,到下一届就都变成老将了,同样面临两种选择:是昙花一现呢,还是做中国体坛的"福将"?

奥运姿态

六天前,杜丽让世界为之惋惜。六天后,同一个杜丽又让世界为之惊奇,她终于大翻盘射落了一枚金牌。赛后她对现场采访的记者说了一句让人无不动容的话:"这几天太难熬了!"然后向观众深深一躬……这一躬含义极其丰富!

当时我就想,作为观众受得起"金枪姑娘"的这一躬吗?是不是得反过来,观众更应该向她深鞠一躬啊?在奥运赛场上,你经常可以发现,观众看不同的比赛项目,会有不同的姿态。甚至存在着看人下菜、鞭打快牛的问题。大致可分为三种:

第一种是高姿态。姿态一高,企盼就大,要求就严。中国女排输给古巴队,许多人简直像塌了半边天,沮丧、堵心,叫喊着悬啦悬啦,金牌要飞! 金牌又不在我们的口袋里,哪来飞不飞的问题?中国女排现在手里有的是上届奥运会的金牌,北京奥运的女排金牌还在国际奥组委的保险库里,飞不了的。凡比赛就有悬念,就有输赢,这也正是体育的魅力所在。这种一厢情愿的高姿态,曾参与破灭了杜丽的首金梦,也给谭雪等一批有能力夺金牌的奥运高手帮过倒忙,现在又轮到中国女排了……所幸女排的姑娘们心态很正常,她们的教练陈忠和在赛后对记者说:"这是开赛以来打得最好的一场比赛。"

高姿态会形成高压。所有运动员都是顶着压力上场的,越是优秀的运动员压力也就越大。若是十三亿人希望和企盼的高压加在一块,还不能把一个运动员压垮,用"伟大"来形容他(或她),都不算过分。

第二种是低姿态。观众姿态的高低,有时要靠那项运动的灵魂人物引导。纵观北京奥运的中国军团,以游泳队的姿态最低,却非常智慧。甫一开赛,张亚东教练就借媒体采访之机,把身段放得很低:"中国游泳队没有资格高调,我们只能把预赛当决赛打,不能跟别人比,让每个队员跟自己比,要在原有的基础上提高成绩,经受大赛的锻炼。"

国人也确实没有对游泳队抱太大的希望,因为他们沉寂的时间太长了。可实际情况又如何呢?在菲尔普斯光焰万丈、一手遮天的情况下,中国队老有惊喜传来。先是张琳不声不响地拿了二百米自由泳的银牌,继而是周雅菲摘了仰泳的铜牌,到第六天中国游泳队竟在水立方制造了高潮,一时风头盖过了美国队和澳大利亚队。十八岁的小将刘子歌和焦刘洋，双双打破二百米蝶泳世界纪录，分别获得了金、银牌。

这是个重要的标志，自北京奥运会开始，中国游泳队走出了低谷，走出了沉寂，在某些项目上已经具备了与世界强队争锋的实力。卧薪尝胆许多年，低姿态却有高水平，帮助了中国游泳，也让国人大喜过望。

还有一种低姿态，取决于观众对那项运动水准的感觉。比如对中国男篮，国人的标准就出奇地低，媒体以及赛场上公开喊出的口号是："少输就是赢！"这叫什么话？输就是输，赢就是赢，奥运赛场上只有这两种结果。到了中国观众这儿，却变成三种结果，并奉行不公正和不公平的双重标准，女排就必须夺冠，男篮这个剩宝贝儿只要少输点就不错，谁叫外国队那么强大呢！溺爱得有些不讲道理，这自然会惯坏一些人。比如男篮一输了球就将责任推到体力不支上，好像我们还在度荒。怪体力不如人家已经怪了几十年，就找不出点别的借口了？体育运动哪个项目不需要体力？比如举重、游泳、柔道等等，为什么只有你老喊体力不行？莫非中国男篮就得一直输下去？

第三种是无姿态。比如对中国男子足球，随你怎么踢，国人根本就不指望，也懒得指望，似乎是有你不多，没你不少……

写到此我忽然悟到，杜丽给观众鞠躬致谢是由衷的。有什么样的运动员，才会有什么样的观众。观众会影响运动员，运动员也在教育观众。杜丽不就在感动和教育国人吗？要求十三亿人都采取一个姿态是不现实的，别看人们嘴上说，看比赛要有一颗平常心，持正常的姿态，可在激烈的一定要分出输赢的赛场上，什么样的姿态才算是正常态呢？连韩国的僧侣都跨国来为韩国队加油助威。按理说出家人已经跳出三界外、六根清净了，尚且带着如此强烈的倾向性，何况是迷恋奥运的凡夫俗子？

赛场语录

奥运赛场并不是个"光练不说"的地方。由于它是生活的浓缩，是人生精粹的集中展示，运动员们不仅"练"得精彩，有时"说"得也很精彩。

佟文以绝对优势击败日本"地上最强的女人"塚田真希,获得七十八公斤级以上的柔道金牌。台下有人高喊:"胖子,好样的!"

她在台上蹦着脚回应:"是的,我就是国宝!"

中国人习惯把熊猫当成"国宝",再加上她体魄丰满,便引得满场大笑。

这就是天津姑娘的幽默。或许她原本不是这个意思,可这又有什么关系?

在奥运大赛上夺冠,是生命之花的怒放,无论说什么都是最真实的、最动人的。

美国游泳奇才菲尔普斯,在北京获得八块金牌后接受采访时说:"上中学时,一位老师说我永远不会成功。现在回想起这件小事十分有趣。"所有当老师的人听到他的话,恐怕不会觉得有趣,说不定还有一种被击一猛掌的感觉。从此会记住:无论在什么情况下都不要对学生的未来下断语,特别是对那些在你眼里看来不成器的学生。日后不要说他拿八块金牌,就是拿一块金牌跟你秋后算账,你也无言以对。反过来说,老师的那句话对激励菲尔普斯成才,也起到了不可忽视的作用。否则他也不会到现在还牢牢地记着它。

幸运的运动员极端敏感,善于借力发力,有如神助。

北京奥运会的自行车赛道在长城脚下,这突然激发了瑞士选手法比安,一鼓作气夺得金牌。赛后他说:"是长城给了我力量和体能,中国人经历千辛万苦创造了这个世界上的奇迹,也给了我很大的启发。他们已经做到了,我也能做到!"

法国游泳队在男子4×100米自由泳接力项目上实力强大,赛前夸下海口"要给美国队好看"! 实际上他们也一直领先,到最后一刻却让美国队抓住时机,抢走了金牌。记者问法国队是不是很失望?法国队的布凯斯,神情却极其轻松欢愉:"失望?你是问我吗?我的脸上写着失望吗?我可是奥运会的亚军,我们站上了领奖台的第二级台阶,这是一种荣耀。"

多好的心态。有相当多的人怀有疯狂的金牌情结,认为不拿金牌就是失败。

那就再说个失败得最古怪、最不可思议的人，就是美国的射击运动员埃蒙斯，一个幸运的倒霉蛋儿。在雅典奥运会上把快到手的金牌送给中国队，换了个漂亮的金牌妻子。这一届在绝对领先的情况下又匪夷所思地打了个四点四环，拱手又把金牌送给中国队的邱健。他在接受记者采访时说："我有经验了，在比赛中只要一出怪事，后边就准有好事。从现在起就等待着大好事降临到我的头上。"

而中国有些运动员一失利就爱说："我尽力了。"这是一句奇怪的话，什么叫你尽力了，到奥运赛场上来的有不尽力的吗？输了就是输了，没什么大不了的，不过就是一场奥运。明明是输了还说尽力，难道你就是尽力要输的吗？

还有的运动员说："我最大的对手就是我自己"，"我要战胜自己"……听来好像多么有哲理，你在自己家里关上门可以跟自己闹革命，"狠批灵魂深处一闪念"。可到了赛场上，对手就实实在在地站在你对面，这些空洞的漂亮话丝毫帮不上你的忙。倘若你真是把自己当对手，那你就面临两个对手，自己脑子里装着一个，对面还站着一个，那你必败无疑。

奥运会除了运动员还有其他各色人等，既然是收集语录也不能忽略了那些人的话。一位老先生戴着小帽、举着小旗全副武装地看中国男篮跟西班牙队的比赛，这是他生平第一次看篮球，完全不懂规矩，有人喊加油他就跟着一块喊。有时西班牙队进球他也跟着人家的球迷鼓掌叫好。旁边一个中国小伙子忍无可忍便呵斥道："你瞎喊什么？纯粹是娶媳妇打幡——凑热闹！"老人不恼反笑了："小伙子，这可不就是凑热闹的事。现在死了人要送二奶、送小姐，为什么娶媳妇就不能打幡儿？"

还有一位老大妈，站在路边等着为参加公路自行车赛的儿子加油助威，一见儿子像箭一样冲过来，便急得大喊大叫："东山哪，小心，可千万不能骑这么快呀！"

奥运赛场上的国籍问题

八月十七日晚上,国家主席胡锦涛陪同国际奥委会主席罗格,到乒乓球馆看男子团体决赛,对阵双方是中国队与新加坡队。大家都知道,中国乒乓队的主教练是刘国梁,而新加坡男子乒乓球队的主教练是他的哥哥刘国栋。这真是北京奥运赛场上富有戏剧性的一幕,是"栋梁哥俩大战",结果是哥败弟胜。可也有相反的时候,比如让许多人担心的"和平大战"(陈忠和执教的中国女排与郎平挂帅的美国女排之战),就以"和"落败了。

我用两天时间做了一项私人调查,询问了周围的四十七个人:郎平率领美国女排战胜中国女排,你能忍受吗?众口一词地回答是:没有什么不可忍受的,很正常。还有三十多人说,感觉比输给古巴队时好受多了。有十来个人说,有点像用自己的左手打右手的感觉。另有五人为郎平感到骄傲,为中国培养出郎平这样的人感到骄傲。要知道美国女排是"草台班子",大多是大学生和硕士、博士研究生,为了参加奥运才临时集结起来,竟然战胜了世界上的王牌之师,郎平不愧是"铁榔头"。可她自己却非常大度地将姿态放得很低,一回国就遭到个别人物的抨击,却概不回应,并说自己只是个"纸榔头"。

中国的"海外兵团"现象,已经存在了几十年,到北京奥运会可算蔚为大观。男子双人跳台跳水决赛的前四名,有三名是中国教练,除大本营中国队外,墨西哥、加拿大的教练也都是从中国跳水队出去的老队员,有的还拿过奥运冠军。高敏不就在加拿大待了好多年又回来的嘛。这届奥运会女子体操的全能银牌得主、十六岁的美国女孩儿肖恩,非常优秀,人见人爱,而美国女子体操队的主教练就是乔良。乒乓球就更不用说了,这是我们的强项,简直可以用"桃李满世界"来形容。甚至已经五十岁的中国女子击剑奥运冠军栾菊杰,这次是代表加拿大来北京参赛……

对这种到处开花的"海外兵团"现象,国人由最初的担心、愤怒,乃至咒骂和蔑视,到今天已经变得习以为常、见怪不怪,甚至还很高兴、很欣赏。比如我,看男子双人跳台跳水决赛,脑子常常走神,就像在看国内的比赛,甚是轻松愉快,看着不同肤色的小家伙们上下翻飞,实际都是咱的哥们儿姐们儿调教出来的,谁输谁赢有多大关系?当今世界已经步入一体化的时代,往往是你中有我,我中有你。像这次来北京参加奥运会的美国代表团中,就有著名的华裔赵小兰和关颖珊。

"海外兵团"现象也不只中国有,凡体育大国,或在某一个项目上格外强大的国家,都会有"海外兵团"。还记得前两天中国击剑运动员仲满,突破性地摘得了男子佩剑金牌,而带领他在决赛中击败法国队的,正是法国教练。其实,中国目前在曲棍球、男篮、女篮以及游泳等项目上有外籍教练二十八人。当然也有相反的例子,这次中国女足在第一轮小组赛中就战胜了瑞典队,而瑞典队的领队正是以前中国女足的教练多曼斯基,典型的学生打败老师。这次为美国女子体操争得巨大荣誉的柳金,获得了个人全能金牌和团体银牌,其实她是前苏联体操名将瓦莱里的女儿。瓦莱里曾在汉城奥运会上代表前苏联夺得两枚金牌和一银一铜。

说了这么多并不表明在奥运赛场上国籍不重要。恰恰相反,奥运会之所以这么受到世界各个国家和地区的喜欢与重视,就因为它能本着体育最根本的精神,一视同仁地接纳世界上所有的国家和地区,谁赢了就奏谁的国歌、升谁的国旗。

行文至此,我要特别向一个人表达敬意,他就是华天。我们是一个有着十三亿人口的大国,在自己的首都举办奥运会,倘若竟不能参加所有大项目的比赛,总是会有点缺憾吧?

就为了补上这点缺憾,中英混血儿华天,于二〇〇六年放弃英国国籍,正式成为中国公民,在北京奥运的中国军团中,是唯一一位参加马术比赛的选手。虽然他因中途坠马无缘奖牌,我想在国人的心里,早已经给他准备了一块分量很重的奖牌。

菲尔普斯的脖子

菲尔普斯的体形极富雕塑感,下水前往池边一站,活脱脱一尊长身力士。一旦纵身入水,前细后长,如大鱼般成流线型,灵动如飞,鼓浪而进。

我看一专访节目,他竟这样介绍自己的身体条件:下身短上身长,手臂奇长,肩宽腰细,头小脚大……然而就是这些七长八短的部件,在他的身上组装起来,却异常地协调匀称。特别是那根又粗又长的脖子,挺直了一发力,比脑袋还粗。这不是天生的,是长期锻炼的结果。而且是专为游泳锻炼出来的。那根异常强韧的脖子,是他的标志,成就了他的游泳神话。若不练出这样一根脖子,又怎么能挂得住那么多的金牌,打得破那么多的世界纪录?

凡运动员,形体特点都格外突出,特别是优秀运动员。比如游泳、体操、篮球、举重等等,一看运动员的体形、肌肉、线条,差不多就能看出他的水平和潜质。这并非是以貌取人,而是看他有没有把自己练出来,练出了一副冠军相。有些项目的冠军,的确是挂相的。比如游泳冠军,就没有大脑袋细脖子的。再举个亚洲的冠军,世界"蛙王"北岛康介,身材不算太高,照样是脖子粗脑袋小。

但是,成就"菲尔普斯神话"的主要因素,并不是他的身体条件,而是性格。这么多天来,全世界的人都在盯着他,给人们留下印象最深的是什么?

是他的笑。笑起来嘴张得很大,真实、朴善,是天性的自然流露,还略带点孩子气。尽管他天天都在创造奇迹,在竞技场上你天天在赢,别人就会天天在输,可他的人缘很好,无论是队友还是对手,包括观众,都不怎么嫉恨他。当然,他已经优秀到别人的嫉恨够不到和伤害不了的程度。游泳比赛的最后一天,可能全世界的人都希望他能收获第八枚金牌,愿意看到他功德圆满。其魅力竟能让不同国家的人为他加油,为他祝福,这是一股多么巨大的能量,有了这股能量的帮助,他还愁不创造神奇?这样的运动员就当得起"伟大"两个字了。

菲尔普斯确是一位奇人。而好奇是我的职业,因此便格外关注记者对他的采访,留意他的谈吐。

其实,那个"一定要拿八块金牌,拿不到就留在中国"的说法,是媒体的"合理想象",然后加到他头上。可他不辩解、不生气,就当成一个段子,一笑了之。

事实也是如此,通过这八九天的比赛,谁能感受到他有那种不拿八金就不回家的压力?也正是这种心态,更体现出他的自信,最后弄假成真,成就了北京奥运的一段佳话。

这时候不是其他国家的记者,反倒是美国记者站出来挑他的刺,也许是故意刺激他,问出别人不敢问的话。那位美国记者问道:"在美国,人们认为你的成绩好得难以置信,不是常人能做到的,你自己怎么解释?"这是什么意思,明摆着是暗示大菲吃药了!若搁在有的国家那还了得,我为国争光,你不捧场反而拆台,什么居心?从领导到群众还不得把你给吃了!菲尔普斯竟毫不生气,自自然然地解释说:"别人有权利说他们想说的话,我只保证自己是清白的。事实上为了证明这一点,我有意做了很多有针对性的兴奋剂检测。"

八月十七日上午,国际奥委会主席罗格到水立方看比赛,在菲尔普斯获得本届奥运会的第八枚金牌后,国际奥委会又授予他一枚荣誉勋章。让人感到这是在为他辟谣,承认并保护他创造的奇迹。

水立方真是菲尔普斯的福地,成就他创造了奥运游泳史上的传奇。同时,他也成了北京奥运的吉祥物,帮助这届奥运会创造了更多的世界纪录,为百年奥运续写辉煌。

北京奥运的成功,并不在于中国军团借主场之利多拿了多少枚金牌。而在于是否创造了神奇的纪录,涌现出神奇的人物。到目前为止,北京奥运会至少有了两个这样的人物:

一个是菲尔普斯。另一个是牙买加的"百米飞人"博尔特。

而他们,就成了北京奥运会真实的吉祥物。

刘翔的霸气和运气

在世界一片叫好声中,北京奥运的比赛正如火如荼、凯歌高奏。但在二○○八年八月十八日这样一个三个"八"的日子,却发生了极富戏剧性的一幕:刘翔退出北京奥运的比赛。这是一个让今天和将来只要谈到北京奥运,就无法回避的事件。

当时鸟巢里有近十万人正拼命为刘翔呐喊加油,全都傻了,举国一片惊诧。可见大家对刘翔的喜爱。喜爱和期望得过了头,就会忽略在这之前的许多未雨绸缪的铺垫。比如,大约在半年前,媒体便告诉国人刘翔受伤了,并放弃了国际上的一两场比赛。于是他的脚跟就成了中国人心中的一个悬念,一会儿说好了,一会儿又说复发了,这根线一直拽着中国人的神经,就是不让你放松。直到奥运会进行到第十天,该他上场了。

再有,北京奥运开幕前夕,媒体传出刘翔竞选国际奥委会委员,并说以他的名气十有八九会成功,任期八年。只要他成了国际奥委会的委员,在国内的体育部门还愁谋不到个一官半职吗?以后定会仕途畅达,前途似锦。运动员在鼎盛时期就着手规划自己的归宿,是聪明之举,在情理之中,不仅可以理解,还应该支持。问题是一个想着怎样去当官的人,怎么能全力以赴地备战奥运大赛呢?

第三,近几个月来刘翔的广告铺天盖地,直到奥运开幕刘翔还在为各种产品大步跨栏。由他代言的一家牛奶广告里竟然有这样的话:"有我,中国强!"可真是霸气十足。一个想在奥运会上重新创造辉煌的运动员以及他的教练,会允许商家在大赛前这样使用自己吗?不仅自己静不下心来,也让喜欢他的人替他担着一份心。只有一种解释说得通,如果北京奥运会上拿不了金牌,今后将不会再有这么多商家找自己做广告,趁着现在还有广告效应,何乐而不为?

第四,不久前记者采访刘翔,一向被认为是目前中国最有霸气的运动员,却说了几句像是萌生退意的泄气话:"跨栏只是我生活的一部分,不是我生活的全部,不跨栏了我还有很多事情要做,生活还会继续。"

这是他个人的心态。再说说国际上的形势。刘翔是世界冠军,他还能不能当冠军取决于世界一百一十米栏界的形势。去年从古巴冒出一个愣小子,不足二十岁,名叫罗伯斯,冤家路窄也主攻一百一十米栏,两个月前刚刚打破了由刘翔保持的世界纪录,憋足了劲要跟刘翔一较高低。偏偏有他参加的比赛刘翔因伤全都放弃了,于是这个愣小子便扬言:"就是要在北京打败刘翔。"他到北京后又状态奇佳,在小组赛中戴着个墨镜,欢蹦乱跳地就跑了个第一。

形势摆在这儿,即便刘翔脚跟没有伤,胜罗伯斯的可能性也不是很大。何况他就是有伤,使这场大赛的结果已没有任何悬念,对刘翔来说就是一个怎样选择的问题了。那么我们就设身处地想想,假若自己是刘翔,会怎么选择呢?无非是两种可能,一是逞一时之勇,拼力一搏,宁被人打死也不被人吓死。其结果可以想见,不仅输了比赛,让国人失望、遗憾,甚至会遭到诸多指责、埋怨乃至唾骂。这并非危言耸听,是有前车之鉴的。那么还有一种选择,就是退出比赛。任何比赛运动员都有权弃权。因伤退出比赛虽然也会令国人失望、遗憾,却不会遭指责、埋怨和唾骂。谁也不愿意有伤,有伤比不了有什么办法?

权衡之后,退出比赛是上策。剩下的就是用什么方式、在什么时刻退出了。刘翔的运气太好了,在他的前面,同样也是第二跑道,一位美国选手在跨了两个栏之后,因腿脚扭伤放弃比赛,跪在跑道上又是抱头,又是捶打跑道!这简直就是在启发和提醒刘翔,并为他退出比赛铺了个台阶:美国人可以退出,我为什么就不能退出?只是他仍有霸气,退出时略嫌轻率了一些,只是告诉工作人员一声自己便抽身走了。所以有记者在新闻发布会问他的教练孙海平:"刘翔回去后有没有流泪?"这一问倒把孙教练的眼泪给问出来了,顿时泣不成声……

刘翔是无可指责的,退出比赛是他的权利,无论是多么重大的比赛,也无论他伤轻伤重。至于国人的心气和企盼,不能让他负责。或许正是他退出比赛的方式略嫌简单了一点,才给这届奥运会留下了一个意味深长的花絮,甚至会成为悬案。在相当长的时间里,人们都将津津有味地谈论"刘翔的脚跟之谜",说不定会成为奥运史上著名的一个谜。

同时,刘翔的"退赛事件"也会让国人思考许多事情:运动员的荣誉和责任、运动员和国民的关系、体育的本质以及制度……

喊　叫

喊叫是比赛的一部分,奥运赛场上若没有各种各样的喊叫,简直是不可想象的。尽人皆知的"飞鱼"菲尔普斯,已经有六枚金牌入账,他不说胳膊腿游累了,却抱怨把嗓子喊哑了。是在男子4×100米接力赛时为最后一棒的队友加油喊哑的。

在北京奥运会上,像"飞鱼"这样喊哑了嗓子的人可多了。冼冬妹夺冠后,跟教练一起接受记者采访,她的教练就嗓子哑得说不出话来,好在金牌到手,嗓子暂时用不着了。

人在一种特殊的情势下是必须要喊叫的,不喊叫就不痛快、不够劲,起不到加油助威的效果。"怒吼"是愤怒时的喊叫,"不平则鸣"是勇敢仗义的喊叫,"喊冤"是有了冤屈的喊叫,"呐喊"是示威、是壮胆……声势雄壮、声威赫赫。造势必须有声,有声才能威得起来,喊叫才能壮声威。

而人世间最千奇百怪、复杂多变和持久不断的喊叫,就是奥运赛场上的喊叫,既有运动员的喊叫,也有看台上观众的喊叫、电视机前观众的喊叫。世界上数百个国家的人连续叫喊十七天,你说什么样的情绪没有?什么样的腔调没有?什么样的味道没有?观看奥运比赛千万别忽略了欣赏各种各样的喊叫声。

奥运赛场上最神秘的喊叫,出自举重教练。凡运动员出场,他们的教练没有不站在边上大声喊叫的,台上的选手是根据自己教练的喊叫声做动作,成功者都是跟教练的喊叫配合最默契。那一刻他们似乎是没有自己的意识,完全变成一个举重机器人,随着教练的喊叫:

"抓——运气——发力——起——挺住——放!"

山东不仅出大汉，也出大力女，比如刘春红，六举五破世界纪录，惊呆了世界！每当她上场后蹲下抓杠的时候，她的教练就要在后场的门口冲着她暴叫一声，雄浑厚重，势如奔雷，全场被震得一哆嗦。没有人能听得清他在喊什么，只有他的女弟子听懂了，这就是战场上的冲锋号，是一种激励、一种提醒。她在用力的一刹那自己也必呐喊一声，我第一次听到她的叫喊时大出意外，那么大的力气，惹急了两三个男人绑在一块被她一把就可扔到台下去，可她发力的那一声叫喊却是那般尖细、清脆，彻底暴露了女儿态。可就随着这样一声娇叱，巨大的杠铃便稳稳地举过了头顶。

喊叫是灵魂的兴奋剂，斗志的突然迸发，胆气的自然流露。乒乓球选手大都有在比赛中喊叫的习惯，有的赢球后对着自己的拳头喊叫，有的握着拳头向对方喊叫，是一种示威，一种炫耀，刺激对方。有的喊叫带着杀气，有的喊叫有正气，如王皓，浓眉大眼，相貌周正，赢了球便攥拳闭眼，朝天一吼。韩国队的柳承敏相貌凶狠，他的喊叫是向对方抖动双拳，咬牙切齿。有时比赛太紧张你可以闭上眼睛，光凭他们的喊叫声就能知道谁输谁赢。嘴上喊疯了，球也容易打疯了。输了球的人底气不足，叫喊也不会有威慑力。

所以，不管是什么比赛，一定不能让对手喊疯了。遏制不住他的喊叫，就会让他的喊叫遏制你的水平发挥。喊疯了是一种示强，一种示硬。赛场上还有另外一种示软的喊叫，那不是情绪的自然流露，而是理智的精心设计。比如在足球场上，特别是在自己的禁区内，对方球员稍微一碰就顺势倒地，躺下装死，或疼得浑身扭曲，要不就喊叫着捶胸顿足做痛苦状，似哀鸣，似号叫，那是为了向裁判要点球，或者让裁判给对方出红牌！

可见运动员在场上对喊叫都格外敏感，不管是来自对手，还是来自观众。女子射箭冠军张娟娟、金牌射手陈颖等，获胜后都感谢观众的大力支持。观众又是怎么大力支持她们的呢？在该喊叫的时候拼命喊叫，在不该喊叫的时候鸦雀无声。

人人都有一个嗓子，到用得着的时刻就是用来喊叫的。每个看奥运大赛的人,肯定都是带着嗓子有备而来。因此不可不喊叫,不可老喊叫,更不可乱喊叫。至于怎样喊叫才算喊得好、叫得妙,那技巧可就多了……但标准很简单:你喊痛快了,让运动员也赛痛快了,最好是用你的喊叫声帮助你喜欢的选手得了奖牌,那才是皆大欢喜,没有白费嗓子。

竞技与表演

现代竞技体育也是表演。选手的每个动作和表情,都在几十亿电视观众聚精会神地盯视之下,再加上高科技的监视,事后都还可以重放、慢放。所以优秀的运动员都具备表演的天赋。"百米飞人"博尔特,八月二十日晚上,是一路表演着进入二百米短跑的决赛场地。他的两只手不停地在比比画画,做着各种手势,脸上的表情也极其丰富,忽而蹙眉,忽而瞪眼,像是在演一出哑剧。他的表演调动起鸟巢近十万人的热情和好奇心,都急切地盼望着看他怎样再创神奇,打破被称做人类极限、十二年来无人企及的世界纪录;另外也想看他赛后如何表演?

他果然没有让世界失望,创造了新的奇迹之后,在巨大而堂皇的鸟巢里表演一圈。脱掉两只金黄色的跑鞋,挺着两只黑色的大脚,边走边进行即兴式的表演。最精彩的是跳起"哆嗦舞",将两条长腿做高频率抖动,像不停地在打哆嗦,逗得满场鼎沸。那一刻全场乃至全世界的电视观众就只看他一个人,把其他选手全盖住了。

还有另外一种类型的表演,如游泳奇才菲尔普斯,文质彬彬,但会笑(能笑出个好人缘并非易事)、会说(机智而得体,没有废话、套话)、会喊(为队友呐喊助威,显示团队精神)、会摆造型(媒体上有关他的照片都是人见人爱的样子)。这类例子在其他功成名就的运动员身上也屡见不鲜,如米拉大叔进球后跳起绝妙的摆臀舞,马拉多纳的"上帝之手"……那是一种临场发挥的机智,有这样的表演才能真的会让上帝都成全他。

赛场上的表演崇尚真诚自然,最好是率性而为,是一种天性的自然流露。想哭就哭,想笑就笑,想喊就喊。忌讳不阴不阳,别别扭扭。杨威在中国男子体操队夺得冠军,以及他摘得个人全能金牌后的哭、笑、抱、说(最想未婚妻)都很好,令人动容。但在吊环上排在陈一冰之后拿了块银牌,就跟以前的表现反差很大,跟队友少了一抱,笑得也有些勉强。就是这点差异很快便招致网上有了八卦新闻,说他要拍卖这块银牌,拍卖的钱捐赠灾区。于是又有人反问:既然如此急公好义,为什么不拍卖全能金牌呢?还有那个男子蹦床亚军董栋,在整个发奖仪式上都嘟噜着脸,郁郁不乐。要知道你一站到领奖台上,每一个极细小的表情都被电视机放大送到观众眼前,大家自然会做各种各样的猜测。年纪轻轻,前途远大,但愿他的教练不光教他蹦床技巧,也多教他点别的。

再看看中国女子沙滩排球的四位姑娘,她们包揽了银牌和铜牌,四个人在大雨中相互拥抱、祝贺,也向获得金牌的两位美国姑娘真诚祝贺。她们才是现代健康美女的典型,从里到外一片阳光灿烂,对得起阳光和沙滩,也对得起这么美的一项运动。让国人大开眼界,见识了这种运动的魅力。或许是老天有意要考验她们,决赛竟然顶着大雨进行,排球变成水球,阳光下的美女变成在雨中绽放的莲荷。但雨水遮不住她们的笑和她们的美。因此她们给自己以及沙滩排球,结下了很好的人缘。

运动员是分类型的,有的能拿奖牌却缺少人缘,有的有人缘却拿不到奖牌。最好的是既能拿到奖牌又有人缘。这样的运动员就称得上是福将,能给别人也能给自己造福。

二〇〇八年八月二十一日上午,北京奥运会竟在鸟巢专门安排了一场大型的体操表演,就是给运动员们提供一个专门的表演机会。奥运会是世界顶尖的体育盛宴,这次表演让人尝到了盛宴的美好滋味,从观众到运动员都不再紧张激烈,只有享受和欢乐。美国的"单杠飞侠"霍顿,在男子单杠决赛中只是因为难度系数略低于邹凯,而获得了银牌。他利用这次表演的机会在杠上翻腾旋转,凌空飞翔,惊险而漂亮地玩儿了一次又一次的杠上大撒把,赢得了观众一阵阵惊呼,一阵阵掌声,大家等于又给他补发了一枚金牌。

李小鹏也很会表演,将自己的绝活在双杠上露了两手,同时也能轻松自然地跟观众互动,在鸟巢里制造了连绵不断的笑声。中国蹦床队的运动员们,用一串接一串令人眼花缭乱的跟头,将体操表演推向高潮,让人觉得奥运会的金牌发得太少了,还有这么多的优秀选手都值得给个金牌!

运动员的表演甚至让穿插其中的文艺表演大为逊色,显得矫揉造作,松散肤浅。当时的这种感觉让我吃惊不小,且百思不得其解:为什么专门从事表演的人,反比不过运动员的即兴发挥?包括那个主持这场表演的外国老头,自然风趣,硬是强过一些大牌的年轻主持人。

赛场上的无冕之王

奥运会上最活跃、出镜最多的是什么人?不是运动员、教练员,他们只在跟自己有关的比赛场地上露面,赛完便走。在奥运赛场上的每个角落、每场比赛以及每个时刻都少不了的人——是记者。能让全球四十亿电视观众看上北京奥运的实况转播,全仰仗他们。奥运会办得空前盛大,也完全要靠媒体的能量。因此,过去一直被视做"体育盛事"的奥运会,如今被国际媒体一致称为"世界最大的媒体盛事"。

体育记者自然就成了奥运赛场上的"无冕之王"。运动员无论是输了还是赢了,都要先过他们这一关。昨日杜丽射飞了首金,对记者的追问无言以对,一回到更衣间便放声痛哭。就连她的痛哭也逃脱不了记者的镜头,让全世界都看到了她的眼泪。观众无论喜欢不喜欢,都得忍受着记者的表演,看着他们用各种各样的问题纠缠运动员。

赛场上的运动员有各种各样的类型。赛场上的记者大致也可以分出这么几类:

诱导型。十四岁的游泳小将李玄旭,在四百米混合泳决赛时得了第八名,一上岸记者就盯上了她:你换了新泳衣?是不是不适应?看着你不太舒服?小姑娘赶紧随声附和地说:有点紧。泳衣有松的吗?

记者先生你到底想说什么呀？你又不是她,怎知她的泳衣不舒服？是想给小姑娘得第八找个台阶？

咄咄逼人型。其实李玄旭能得第八已经不错了,却被记者逼到了墙角:你比昨天的预赛还慢了六秒,为什么？小姑娘被逼问得吭哧憋嘟,什么都答不上来。记者先生你就不怕吓着人家孩子？这时候她的教练都不会这样责备她。当下的记者有个心态,老想表现得有才气,显示自己的多才多艺,难免锋芒外露,气势凌人。

考问型。陈燮霞夺冠后,记者当着她的教练问道:你对没有来参加奥运会的战友有什么想法？想对他们说点什么？陈燮霞一下子被问傻了,不知该怎么回答,也不明白记者突然提出这么怪的问题是什么意思？可她到底是奥运举重冠军,不知怎么回答就不答,禁得住重压,硬是看着记者一声不吭。这才叫"无招胜有招",最后是出题考她的记者感到了尴尬。

哪壶不开提哪壶型。杜丽上场前记者问她:你肩负着为中国军团摘得第一块金牌的重任,我们又是东道国,观众这么多,对你希望这么大,都在为你喊加油,你是不是压力很大？杜丽说没有,人越多热情越高我越高兴。我一听就坏了,她没敢说真话,可见她压力大得害怕承认有压力了。她们射击队教练王义夫就多次教导她们要警惕"主场灾祸",积他参加了六届奥运会的经验,把"主场"和"灾祸"联系到一块:"主场作战对其他项目来说也许是个优势,但在射击界把它称为"主场灾祸",母语干扰和主场压力是最难排除的障碍。"

没话搭话型。郭晶晶、吴敏霞毫无悬念地蝉联三米板冠军,记者拦住了问道:你们对自己今天的表现还满意吗？她们刚拿了奥运金牌,是英雄,你想叫她们假谦虚地说对自己不满意,还是要让她们向全世界表现出一副志得意满的样子？

应付差事型。八月十日郭文珺摘得了一块弥足珍贵的射击金牌,记者迎上来问:你能有今天的成绩,多亏在你后边有很多人给予帮助,这时候你想对他们说点什么？真是千年一问哪！自从有中国运动员参加比赛的那天起,他们可能就接受这样的询问。一个枪法神奇又很有个性的姑娘,却不得不应付几句套话。就这样,本来是一些很可爱的奥运冠军,却被记者们问成了千人一面,千人一腔。

还有软磨硬泡型、死缠烂打型……就不再一一细述了。

我们为举办北京奥运会似乎什么都想到了,什么都准备了,却唯独忘了该好好培训一下庞大的记者队伍。他们在奥运赛场上同样也是在参赛,一言一行都在众目睽睽之下,关乎着这届奥运会的质量。既然"体育盛事"已经变为"媒体盛事",而体育是有品质的,媒体在最得意的时候难道不该注重自己品质的提高吗?

其实,在奥运会期间要学习怎样提问、怎样说话得体并不困难,只要留心,周围有很多会说话的榜样。比如国际奥委会主席罗格,当法国记者要他对国际上想抵制北京奥运会的势力表态时,他说:"当我听到一名政要要求抵制北京奥运会时,我认为这是虚伪的行为,因为他完全没有考虑召回驻华大使或停止与中国的贸易往来和文化交流。"比如世界反兴奋剂机构主席庞德,有人责备他树敌太多。他用一句话就回答了:"树敌是我工作的一部分。"

什么是体育的精神?

想想在北京奥运会开幕之前,有多少闲言碎语,有多少人在推三阻四,还有多少人在担心这个忧虑那个……大赛一开场,人们的疑虑重重、忧心忡忡都被看比赛的热情所代替,只要不是怀着特别的心事,都会关注扣人心弦的比赛和紧张激烈的竞技。这半个月来,世界上唯一值得关注,又精彩纷呈的重大事情,就是北京奥运会——这就是体育的精神!

能吸引全世界的目光,自然是因为体育能给现代人千篇一律、平淡无奇的生活创造奇迹,让你亲眼目睹奇迹怎样发生,被现代科学判定的所谓人类极限在你眼前怎样被体育一次次突破。在这届奥运会上,体育解说员用得最多的词汇是"创造了历史":中国女子体操队获团体冠军是创造了历史、刘春红将杠铃举了六下五次打破世界纪录是创造了历史、菲尔普斯创造了历史、博尔特创造了历史……这也是体育的精神！

津巴布韦游泳女将的芳名非常响亮、好听——考文垂。获得二百米仰泳金牌后，全国放假一天，为她庆祝，为她骄傲，也感谢她从北京给津巴布韦人民赢了一个"考文垂狂欢节"。爱莎尼亚的铁饼选手夺得冠军后，被国内授予"民族英雄"勋章……在北京奥运会上这类好事、喜事不胜枚举。体育如果只哄着一两个或极少数几个国家玩儿（不管它们有多么强大），奥运会就不会有现在的这般魅力，并能延续几千年不衰，且越办规模越盛大——这就是体育的精神！

体育对生活具备强大的净化作用，能雕塑人的灵魂。这届奥运会似乎格外具有人情味儿，妈妈选手不少，有的是为了挣钱给孩子治病，有的是听从教练的召唤尽自己的一份责任，有的就是为了实现自己的梦想，给自己寻找一份快乐。香港一赛马选手六十一岁，都当了爷爷啦。至于三四十岁的哥哥姐姐级选手就更多了。当然，最多的是还保留着孩子气的选手，中国十四岁的小姑娘李玄旭获很需要体力的八百米自由泳第五名，十七岁女子体操团体冠军成员江钰源，家境贫寒，有时因练得太苦曾萌生过退意，其母便劝道："你要不练了就得跟着我去讨饭……"德国十九岁的女子四百米和八百米自由泳金牌得主阿德灵顿，赛后高高兴兴地向记者承认自己想获胜的动力是为了买新鞋："爸妈答应我，如果赢了奖牌就送我几双名牌鞋子。我已经有两双好鞋了，我爱鞋子，希望每件衣服都能有一双搭配的鞋子。"难怪有人说这是一届"最时尚的奥运会"，是"花花体育盛会"，你看吧，田径场上有金光闪闪的鞋子，有大红的鞋子，巴拿马运动员阿兰达脚上的鞋子却一只蓝一只红，萨摩亚选手萨尼托阿甚至穿着粉红色的舞蹈服参加一百米短跑预选赛……这也是体育的精神！正如萨马兰奇所说，体育是生活，是生命，是健康，是友谊，是教育。所以它才是唯一能让全世界都走到一起来的强大力量！

奥运里有"运"。能拿多少奖牌除去实力以外还要有点运气。中国女垒主教练王丽红说："在这届奥运会上，无论面对哪支强队，中国队在技术统计、场上防守都占有优势,却如同邪魔附身,就是不能得分。我就是想不明白到底是怎么了,问题出在哪儿?"赛场上的各种偶然因素很多,在体育比赛中运气是无所不在的,运气是体育的影子,它偏偏又像天气一样变幻无常,飘忽不定,脆弱的人总是把运气当做上天的赐予,而实际上运气经常会把完全求助于它的人给出卖了。强大的菲尔普斯回国了,他说:"想急于投入训练,有许多新技术要练习,好为下一届奥运会做准备。"这一届还没有结束,他就急着想练习新技术,为下一届做准备,这恐怕才是他的好运气的保证。奥运会上什么民族都有,什么信仰都有,国与国之间千差万别,体育实力的竞争伴以个人命运和国运的碰撞,奥运会就变得丰富多彩、瞬息万变了。这也是体育的精神!

奥运会上的金牌大战是异常激烈的,不可能不残酷。但残酷也有残酷的美丽和辉煌。说穿了,人类从骨子里是喜欢这种残酷的,自有人类的那一天起,争夺就从未停止过,除去人类喜爱它和需要它以外无法解释这种现象。随着人类文明的进步,大多数人对战争的杀戮和毁坏感到恐惧和厌恶,而体育既有战争的波澜壮阔和惊心动魄,又不会造成战争那样巨大的破坏,于是便受到了全人类疯狂的热爱,这其中也包括热爱体育的残酷。金牌的争夺越是艰难,就越要争夺。奥运对当代人类的最大贡献,就是培养一种进取精神,以及与这种进取精神相匹配的体能,使人类免遭退化,或延缓退化——这就是体育的精神!

"外星人"大战

任何一届奥运会,都将田径大赛作为压轴的重头戏,碰头彩便是男女百米飞人大战。这似乎是奥运会的传统,或者叫做原则。由现代奥林匹克运动创始人顾拜旦定下的规矩。他在一八九六年创立第一届现代奥运会时,就确立田径为奥运会的第一运动。

田径是从人类生活技能中发展起来的,其竞技性具有强烈的自身特点。罗宾说过,无须探寻田径运动的起源,从古埃及人到现代人,运动崇拜的痕迹无处不在。跑、跳、投掷等运动皆体现生命形态。古人类为了追逐、逃跑、自卫或进攻,而跑、跳、投掷,构成了体能活动的基本格局。但是,运动越简单,就越困难,也越好看。每个人从四五岁就学会了跑、跳和投掷,经历了四五千年的发展,人类乘卫星可上"九天揽月"了,可要想在地面上跑得快、跳得高、投掷得远,仍然是最难的。

所以田径大赛格外吸引人。本来就是要把两条腿的事,真要想看懂还挺不容易。俗话说:"内行看门道,外行看热闹。"我甚至连热闹也看不明白。比如,跑得越快的人,肤色越黑。男女百米飞人都是黑人,甚至参加百米决赛的都没有白人和黄种人。到二百米的项目就有了一星半点的白人,四百米白人就多了,一千五百米以上的项目,白人黄种人就都有了。但优势似乎还在黑人身上。投掷又不一样了,需要大块头、大力气,白人又占了绝对优势。

这跟人种的特点有关系,与法西斯的"优劣论"无关。也正是在奥运的田径赛场上,曾痛快淋漓地教训过希特勒。一九三六年柏林奥运会上,希特勒想证明雅利安人种的优越,到现场为德国跳远选手鲁兹·朗打气,一定要让他战胜美国黑人选手杰西·欧文斯。而后者因为精神紧张,前两次试跳都失败了。也是老天有眼,这时候希特勒起身离场去方便,作为对手的鲁兹赶紧告诉欧文斯一个窍门,让他把毛巾垫在踏板后面,瞄着醒目的毛巾起跳。欧文斯纵身一跃差点破了奥运纪录,并以微弱的优势战胜鲁兹夺得金牌,并成就了和鲁兹的一段佳话,一直流传至今。欧文斯也因此在那届奥运会上越战越勇,最后收获了四枚金牌,风头盖过了自以为是"优秀人种"的希特勒!

看了几天田径比赛后,我还发现田径运动员跟其他项目的选手有很大的不同。首先在精神气质上,显得更自然、更放松,甚至个性张扬。当记者的摄像机镜头对着他们的时候,都喜欢做怪样、抛飞吻。许多选手还提前给自己设计好了一个招牌手势,不停地重复表演。如"百米飞人"博尔特,一得意就比画个射箭的动作,似乎是隐喻自己跑得快如飞箭。铜牌得主对着镜头爱伸出食指做敲鼓状。还有个哥们儿把舌头染蓝了，一有镜头扫过来就将蓝色的长舌头伸出来，若巨蟒吐芯……田径选手身上的零碎也特别多，有个人脖子上的链子又粗又亮，还喜欢咬在嘴里，像马戴着嚼子。一跑起来也像马一样飞奔腾越。还有位选手，嘴角、眼眉、耳朵上都挂着铁环，奔跑起来叮当作响……

优秀的田径运动员身上还有一种特别的虔诚，甚至会笼罩着一股神秘感。男子跳远金牌被肯尼亚选手摘走，还有女子四百米冠军，获胜后都要跪在跑道上，做五体投地状。仿佛是在拜谢跑道，对跑道表达一种崇敬。在某些地方，体育与原始的图腾崇拜保持着内在联系，从远古时代起，投身体育运动就是为生存而斗争，如狩猎、防卫，运动是在人身上保留原始人优点的唯一方法。像俄罗斯的女子撑竿跳名将伊辛巴耶娃，每当举起竿以后都口中念念有词，眼睛不是盯着将要跨越的横杆，而是瞄着自己手中撑竿的顶端，两眼炯炯放光。每跳过一次，她都要走老远，到一个草地上坐下，然后用白被单子把自己蒙起来，在里面鼓鼓鞴鞴，不知是在作什么法？有人说是在休整自己。

套用著名体育评论员韩乔生形容美国游泳队的一句话，看北京奥运会的田径比赛，犹如看"外星人大战"，新鲜刺激，甚是过瘾。但愿借北京举办奥运的机缘，调动起国人对田径的极大热情，让中国的田径运动大普及大提高，也能涌现出几个"外星人"！

奥运最后的24小时

奥运会越到最后，越能凸显这项伟大运动的精神含量。争夺金牌的狂热反而相对减弱。

因为大局已定，跟最后几个比赛项目无关的运动员，都拥向北京的风景区、街头和商店。奥运会上还有不足万名运动员，每天却有六千多名运动员光顾奥运村内的专卖商店购物……连这届奥运会上的神话式人物博尔特都说："说实话，想快点回到普通人的生活。"

奥运会给他们，或者说给现代人提供了可以"不普通"的机会，经过两周的激烈竞争，满足了人们对"不普通"的向往和实践，又开始怀念过普通的日子。然后修整四年，积蓄力量，充分准备，当渴望变得难以忍耐，浑身肌肉鼓胀得嘣嘣乱跳的时候，世界又重新投入奥运赛场。

——这就是奥运的魔力。

但，北京奥运最后形成的世界体育格局，跟上届雅典奥运所形成的格局不一样。雅典奥运的格局又跟上上一届悉尼的格局不同……或大或小，每一届都不相同，每一届都有新的变化。这变化能让世界深思，让未来充满悬念，也给所有人都带来希望，带来鼓舞。当然也伴有压力，鼓起勇气。

——这便构成了奥运的巨大号召力。

因此，任何一届奥运会，在最后一个有赛事的晚上，一定要让男女大型接力赛（4×400米）压轴。

百年奥运就是一场接一场的接力赛，到最后谢幕的时候必须有"交接"，这一届和下一届，这个城市和下一个举办城市……在五环旗下，并以五环的名义。

人生也是一场接一场的接力，没有哪一个人的一生是靠自己独立完成的。成功的人生，或者说丰富多彩、波澜壮阔的人生，都是最懂得"接力"和"借力"的。

历史就更像接力赛，奥运赛场上的格局变化简直就是人类历史的浓缩。

而接力赛的关键是交接棒。这届奥运会形成的大格局变化，其中一个重要原因是，过去田径场上的"巨无霸"美国队，在交接棒时频频失误。女子4×100米接力赛时把棒子掉在地上，身材健硕、肌肉发达的美国男队，也把那根极其轻盈花哨的空心棒子掉在了地上。

有完美的交接，才能接力，才能传承，才有可能创造完美的结局。交接不好，一切化为乌有。美国的男女接力队没有"接"好，是因为他们强大，都具备夺冠的实力。而中国男子4×100米接力队，沾美国队的光捡了个进决赛的机会，并扬言"决赛要拼了，无论如何不能垫底儿"！

到决赛时却还是掉了棒子,真的就垫了底儿。还有其他一些项目的运动员,也都说过"拼了"的话,却没有一个"拼"到奖牌。奥运赛场不是拼命的地方,没有足够的实力,越拼越坏。

"接力"的原则并不是只适用于接力赛,也适宜其他项目。无非有的是有形的交接,有的是无形的交接,并没有一根棒子可握。比如被国人寄予厚望的女排,以前创造过辉煌,就像美国田径队一样,没有完成必须的"交接"就不能延续辉煌。主教练有功劳也有苦劳,但是太累了。以前外国队怕他,说他是"笑面虎"。人笑不可怕,老虎笑就可怕了,因为它看你就像它的一盘小菜,要吃掉你。现在则老是苦笑,变成了"笑面团",谁都可以捏。输球不怕,怕的是在场上打不出锐气。即使连滚带爬地争得个老三,终究也躲不开交接的问题……看看中国的跳水、体操、射击,"交接"得就不错。

奥运会总是要把马拉松留到最后一天进行,并一定要在隆重的闭幕式上为马拉松的优胜者颁奖。之所以如此尊重这项运动,因为它是奥运会的一种象征。

是马拉松传奇,最初启发并奠定了奥林匹克的信仰,铸造了它的灵魂。世界上每年都有各种各样的体育单项世界杯、锦标赛,为什么人们独尊奥运?就因为它通过体育表达一种理想,一种超越经济、政治和地理概念上的精神追求。

马拉松运动告诉人们,对于一个真正的奥运冠军,最重要的不是赢得了金牌,而是锻炼出一种像金子一样沉重而明亮的人格。忠诚、互助、友爱、团结、坚持,以难以置信的性格和力量,克服成功道路上难以想象的困难和障碍。

人性的伟大应该高于竞争。马拉松的象征意义就是号召大家集结在五环旗下,追求真正的奥运精神。

留恋,北京!

闭幕式的成功,不取决于它的文艺演出、导演编排以及妙思佳构,而取决于奥运大赛本身。北京奥运会获得了巨大的成功,收获了一个又一个新的奥运纪录,有些纪录是神话般的奇迹,前无古人!

还收获了一批新人、巨星、天才、"超人"、"外星人"……有些运动员堪称伟大的运动员!

奥运会本身已经功德圆满,无论用什么形式闭幕,都是成功的。

对于一个成功的奥运会,闭幕式不过是锦上添花。它承担的主要任务是完成北京和伦敦的奥运交接。然后是制造欢乐。在今晚,将"绿色奥运、科技奥运、人文奥运",变成"快乐奥运"。

北京奥运,真称得上是皆大欢喜!

八月十八日晚上,鸟巢的田径赛场上要进行女子二百米预赛,跑道上出现了一位漂亮的亚洲姑娘,脖子和头发都用花头巾包裹得严严实实,只露着一张年轻而恬静的脸。她的参赛号码格外好记:1001。我以为临到开跑时她会摘掉自己的头巾,不想她就那样包裹着自己进入了比赛。于是引起全场的关注,一阵阵声浪为她加油,一阵阵掌声为她鼓劲。

她是阿富汗选手卢比娜,只有十九岁。每天天亮前三个小时就起床,在自家门口附近找块空地练习跑步,八点半之前必须上班。因为阿富汗人都知道,早上九点前后是爆炸的高发时段,反政府武装分子总是选择在人们上班的高峰期发动袭击。

然而,就是在北京奥运会上,从来跟奥运奖牌无缘的阿富汗、蒙古、多哥、巴林、巴拿马、印度、塔吉克斯坦等国家,都实现了金牌或奖牌的突破。因此,有些国家自己搞的"闭幕式"早已经开始了。

萨拉迪诺跳远夺冠,得到了巴拿马历史上的"首金"。于是便被邀请乘总统的专机回国,下机时为他鸣礼炮二十一响。然后是举国狂欢,进行了他们自己的"闭幕式"。

蒙古柔道运动员图布辛巴亚尔获得了一百公斤的金牌,当晚乌兰巴托就为他举行了盛大的"闭幕式",彻夜狂欢庆贺。

创造了三项世界纪录的尤塞恩·博尔特的家乡,为他举办的"闭幕式"就更特别,在大道中央摆上酒桌,凡路过的客人必须喝够了酒才能走……

北京奥运，也可以说是天下奥运。这种奥运后的大满足，举世同乐的欢歌，是对所有运动员的赞美，是对奥运精神的尊重。

即使有个别体育强国少收获几枚金牌，或许心里有那么一点点遗憾，跟奥运整体的这种惊喜、欢乐相比，又算得了什么？

北京奥运的闭幕之夜，也是奥运的狂欢之夜。鸟巢里近十万名观众的热情如波涛奔涌，人浪之浪，激情澎湃，天地呼应，北京奏凯。闭幕之夜，所有的奥运英雄，都成为快乐英雄！

大家还记得开幕时留下的悬念吗？

奥运会规定的所有项目，在闭幕式之前就全都比赛完了，可本届奥运会分量最重的一块奖牌，要等闭幕式结束的时候才能颁发——它就是"安全"！

为保卫北京奥运，北京奥组委组织了百万安保志愿者，装备了十万精兵和专业安保人员，调动海陆空从四面八方将奥运赛场保护起来……为了获得这块安全的奖牌付出的代价最大，却最值得。

其实，奥运自身的巨大魅力，也对一切恐怖分子形成强大的震慑。

此时，我们终于可以松一口气了。

"天下没有不散的宴席"，包括奥运的盛宴。此幕实不想闭，却不能不闭。

北京留恋奥运。

奥运留恋北京！

后　记

　　此生让我付出心血和精力最多的，就是建构了属于自己的"文学家族"。感谢人民文学出版社提供机会，能将这个"家族"召集起来，编成队列。

　　——这就是整理《蒋子龙文集》。

　　整理文集确实像召开家族大会。将我亲手创作的各色人物，聚集到一起，大大小小，林林总总，他们的风貌、灵魂、故事（即便是散文随笔中也有人物、事件和思想）……一下子勾起我许多回忆，感慨万端。

　　有的令我欣慰，有的曾给我惹过大麻烦。如今竟都让我感到了一种"亲情"，不仅不后悔，甚至庆幸当初创造了他们。

　　将他们收拾停当，排出先后次序，送到人民文学出版社这个"大广场"上，像所有等待检阅的人一样，有兴奋，有期待，还有紧张。

　　首先将检阅我这个"家族方阵"的是责任编辑包兰英，然后是出版社的老总。他们是我写作上的贵人。而人民文学出版社则是我的文学福地。

　　"文革"结束后，我头一次住在出版社的招待所里改稿子，就是在人民文学出版社。

　　我在文学讲习所读书时，导师是人民文学出版社的秦兆阳先生，他看了我的《赤橙黄绿青蓝紫》后，给我写过一封长信，那是我收藏中的珍品。

　　我的第一部长篇小说《蛇神》在人民文学出版社《当代》杂志上发表；我下功夫最大也是自己最看重的长篇小说《农民帝国》，也是在人民文学出版社出版。

写了大半生，能在人民文学出版社出版文集，我视为是一种"终身成就奖"。

由衷地感谢包兰英先生的举荐，感谢人民文学出版社的厚意。

蒋子龙

2012 年 12 月 31 日于天津